Herbjørg Wassmo

Dinas Vermächtnis

Herbjørg Wassmo

Dinas Vermächtnis

Roman

Aus dem Norwegischen
von Holger Wolandt

Luchterhand

Für Hilde

»Das hat seinen tiefsten Grund darin, was das Wesentliche in der menschlichen Existenz ist, daß der Mensch ein Individuum ist und als solches gleichzeitig er selbst und das ganze Geschlecht, so daß das ganze Geschlecht am Individuum teilhat und das Individuum am ganzen Geschlecht*.«

Søren Kierkegaard,
Der Begriff Angst

* Falls also ein einzelner vom Geschlecht abfallen könnte, dann würde sein Abfall auch das Geschlecht anders determinieren. Falls jedoch ein Tier von der Art abfällt, dann ist das für die Art vollkommen gleichgültig.

Prolog

Darum fürchtet euch nicht vor ihnen. Es ist nichts verborgen, was nicht offenbar wird, und nichts geheim, was man nicht wissen wird.

Das Evangelium nach Matthäus, Kapitel 10, Vers 26

Die Treppe war steil und schmal. Die unterste Stufe hatte eine tiefe Kerbe, als hätte dort jemand mit einer Axt hineingeschlagen.

Eines Tages stand die Luke offen, eine große schwarze Öffnung.

Sie hatte immer gewußt, daß sie dort war, weil sie davon geredet hatten, daß sie dort hinaufwollten. Aber sie hatte sie nie gesehen.

Erst stieg sie nur ein paar Stufen hinauf, denn es gab kein Geländer zum Festhalten. Aber ehe sie noch Zeit hatte, sich zu fürchten, war sie bereits so weit oben, daß sie in das Dunkel hineinsehen konnte.

Wie sie so dastand – den Kopf über der Kante –, veränderte sich die Dunkelheit. Sie flüsterte ihr etwas zu, sie wollte ihrer habhaft werden.

Sie legte die Hände flach auf den Boden und tastete sich weiter. Bestimmt lauerte dort eine Gefahr. Welche, wußte sie nicht.

Nach und nach freundete das Dunkel sich mit ihr an und ließ sie Truhen, Kästen, Schachteln, Koffer, schadhafte Stühle und Leinensäcke erkennen. Gebündelte alte Zeitungen stapelten sich. Gleich neben der Öffnung stand ein Korb mit Rädern und Klappverdeck.

Sie wußte, es würde ihr nicht gelingen, ganz hochzugehen, wenn sie sich jetzt umdrehte und ins Licht hinuntersah. Deshalb erklomm sie die verbleibenden Stufen, bis sie die Dielenbretter unter den nackten Füßen spürte.

Es war nicht eiskalt, wie sie erwartet hatte, sondern viel wärmer als in der Kammer. Als strahlten die Dielen eine innere Hitze aus.

Je weiter sie ins Dunkel eindrang, desto wärmer wurde es. Die Luft war unbestimmbar schwer.

Die Balken, die das Dach hielten, waren kräftig wie die Arme eines Trolls. Sie konnte sie gerade noch über sich erkennen. Sie bildeten tiefe Spalten und Vorsprünge, die alles, was man nicht sah, verbergen mochten.

Es gab kein anderes Licht als das, was durch die Luke über der Treppe kam. Ihr Körper wurde allzu leicht für ein so großes Herz. Es schlug hoch oben im Hals, sobald sie nur ihren eigenen Schatten sah.

An der nächstgelegenen Schornsteinmauer stand ein Koffer mit Eisenbeschlägen. Das war das erste, was das Dunkel ihr preisgab. Sie öffnete den Deckel, und es raschelte leise. Sie war es nicht, die dieses Rascheln verursachte.

Sie kniff die Augen zusammen und zählte bis drei. Dann öffnete sie die Augen wieder und sah noch deutlicher, daß sich da etwas regte. Gleichzeitig stahl sich etwas an ihren Füßen vorbei. Wie ein Windhauch.

Ihr Herz klopfte zum Zerspringen. Eine Weile stand sie einfach nur da. Ganz still. Dann steckte sie die Hand schnell in den Koffer, bis etwas sachte raschelte. Es fühlte sich an wie das Seidenpapier, aus dem Sara zu Weihnachten Engelgirlanden ausschnitt.

Darunter fühlte es sich an wie Samt – oder Haut. Sie griff mit beiden Händen danach und hob es hoch. Es war viel größer als sie. Sie schleifte es auf dem Fußboden hinter sich her und wagte nicht, es anzuschauen oder an sich zu ziehen.

Sie breitete es im Licht der Treppenöffnung aus und hatte plötzlich den Geruch des Sommers in der Nase. Er war gleichsam fremd und vertraut.

Erst dachte sie, es sei nur ein langärmeliges Kleid aus rotem Samt mit schwarzer Spitze am Halsausschnitt.

Dann glättete es sich und setzte sich auf.

In dem Kleid steckte eine Dame mit langem Haar und streckte ihr die Hände entgegen. Armreifen klirrten. Ganz leise, nur für sie. Mehr Armreifen, als sie zählen konnte, funkelten im Halbdunkel.

Mit einem Mal überkam sie die Übelkeit. Das Gefühl in Armen und Beinen erstarb, und ein gellender Ton erfüllte ihren Kopf. Sie wußte, daß sie fallen würde.

Dann spürte sie undeutlich die rauhen Dielenbretter unter sich.

Als sie wieder einen Gedanken fassen konnte, war alles rot und schwarz. Ein dumpfer Schmerz, und sie wußte, daß sie sich in die Zunge gebissen hatte. Hals und Gesicht waren ganz naß und klebrig.

Blut lief ihr aus dem Mund. Sie versuchte, sich das Gesicht abzuwischen. Aber es gelang ihr nicht. Zitternd versuchte sie, die Knie an sich heranzuziehen, weil sie fror.

Da spürte sie den weichen Samt. Sie lag in einem Schoß. Wenig später spürte sie die Hände. Warme und behutsame Hände mit Armreifen, die sangen.

Erst kniff sie die Augen zu. Dann öffnete sie sie und sah geradewegs in das Gesicht, das sie von dem Gemälde über dem Klavier kannte. Es war auch dasselbe Kleid. Doch dieses hier war wirklich.

Großmutter Dina saß da und hielt sie in den Armen und wartete darauf, daß sie zu sich käme.

Davor mußte sie keine Angst haben, dachte sie und schloß wieder die Augen.

Da hörte sie: »Ich wußte, daß du eines Tages kommen würdest.«

»Hast du gewartet?«

»Natürlich habe ich gewartet.«

»Ich wäre schon früher gekommen, wenn ich gewußt hätte, daß du hier bist«, sagte sie unsicher.

»Du hättest die Luke doch nicht alleine aufbekommen.«

»Heute stand sie auf. Warst du das ...?«

»Oder jemand anderes.«

»Wie soll ich nur die Luke aufkriegen, wenn ich zu dir kommen will?«

»Bitte Benjamin, sie zu öffnen.«

»Aber wenn er nicht will?«

»Er muß.«

»Warum?«

»Du hast mich doch schon aus dem Koffer befreit.«

Bergljot kam polternd die Treppe herauf. Mit angsterfüllter Stimme rief sie Karnas Namen.

Reglos lag sie in den Samtarmen.

Sie trugen sie hinunter in die Kammer. Durch die offenen Türen hörte sie, daß Bergljot gescholten wurde, weil sie die Luke zum Speicher geöffnet hatte.

Stine saß am Bett und betete über ihr das Vaterunser, wie sie das immer tat, und löffelte ihr einen Absud aus Frauenmantel ein.

»Ihr müßt Großmutter Dina vom Speicher holen«, sagte Karna zwischen den Schlucken.

Sie sahen einander erschreckt an und wollten sie nicht verstehen.

Da kniff sie die Lippen zusammen und wollte nicht weitertrinken.

»Gott erbarme sich, ich glaube, das Kind hat ein Gespenst gesehen«, sagte Bergljot.

Da begriff Karna, daß sie Nachsicht mit ihnen haben mußte. Sie wußten es nicht besser. Sie erinnerte sich, daß Oline einmal gesagt hatte: »Dina hatte so viele schöne Kleider. Sie war eitel, wenn auch nachlässig. Sie liegen wohl immer noch auf dem Speicher.«

»Holt das Kleid von Großmutter«, sagte Karna streng.

Und sie setzte ihren Willen durch.

Sie war oft dort. Nicht nur im Sommer, wenn der Fußboden warm unter den Füßen war. Und nicht nur wenn es regnete. Nein, sie ging hinauf, wenn es ihr ein Bedürfnis war.

Alle Dinge, die man früher besessen oder getragen hatte, gab es gewiß dort oben.

Stine und Oline meinten, es sei gefährlich, Karna allein auf den Speicher zu lassen. Sie könne einen Anfall von Fallsucht bekommen und sich ernsthaft verletzen.

Aber Papa meinte, sie müsse lernen, den Anfall vorherzusehen, um sich rechtzeitig hinlegen zu können. Man dürfe sie nicht zu sehr behüten.

Immer wenn Papa ihr die Luke öffnete, rief Oline aus der Küche: »Der Herr Doktor ist kein richtiger Vater, er ist ein Dummkopf! Er will das Kind da oben im Dunkeln umkommen lassen!«

Aber sie hatte nicht mehr das Gefühl, fallen zu müssen, wenn sie dort oben war. Dort oben war es dunkel und still. Nur die eine oder andere Maus oder was es sonst sein mochte.

Papa half ihr, die Kisten und Koffer zur Luke zu tragen, damit sie besser sehen konnte. Eine Lampe bekam sie nicht.

Stundenlang wühlten Großmutter und sie in den alten Sachen, die niemand mehr brauchte. So viele Bilder gingen ihr durch den Kopf. Menschen, die sie nie zuvor gesehen hatte. Nicht alle nannten ihren Namen. Aber das machte nichts.

Großmutter sagte, daß sie nach der Zeit suchten.

Gelegentlich probierten sie auch Kleider an, alle beide. Auch wenn Karna zu komisch aussah, lachte Großmutter nicht. Sie half ihr nur mit den Knöpfen und Gürteln.

Die Schuhe waren seltsam. Viel zu groß für Karna. Sie scharrten beim Gehen über den Fußboden.

Eines Tages fand sie einen Schal aus Federn. Er schlängelte sich hinter ihr her wie eine Schlange und roch beinahe wie Papas Arzttasche. Trotzdem legte sie ihn sich um den Hals und spürte deutlich, wie er lebte.

Bevor sie wieder nach unten ging, zog Großmutter das rote Kleid aus. Damit sie den Sommerduft mitnehmen konnte, wenn sie nach unten ging. Karna trug es in die Kammer und legte es über den Stuhl mit der hohen Rückenlehne.

Dann saß da gewissermaßen Großmutter auf dem Stuhl. Sie konnte im Bett liegen und die Hand nach ihr ausstrecken.

Der Gesang des Meeres. Ihre erste Erinnerung. Das Gefühl, aus sich herauszutreten. Weil sie mußte. Oder wollte?

Noch im Bett schwebte sie davon. Sie öffnete die Augen, und

die große Kraft war da. Das Licht. Es hob sie hoch, zog sie zu sich. Zwang sie. Denn sie sollte den Gesang hören.

Im Traum sah sie sich selbst über das Meer hinausschweben. Der Wind hatte so starke Arme.

Laute. In der Ferne. Draußen bei den Schären wie ein dumpfes Brausen. Dann sich nähernde, deutlichere Töne, während sich weit draußen ein neuer drohender Klagegesang erhob. Und noch einer. So ging es immerfort. Schließlich ein gewaltiger Chor, der flüsterte und sang, schalt, dankte und betete, und das alles zugleich.

Das Meer sang wohl doch das gewaltigste Lied der Welt.

Ab und zu hörte sie, wie sich eine Woge über den Hügel mit der Fahnenstange warf. Sie brauchte sie nicht mehr zu sehen, wußte, wie sie aussah. Sie richtete sich hoch auf und warf sich allem entgegen.

Zum Schluß schäumte sie weiß vor Wut und reckte sich gen Himmel. Es endete jedoch stets damit, daß sie stürzte.

Aber der Fahnenhügel hatte Bestand. War gewiß ewig. Nur die Fahnenstange knickte in manchen Jahren.

Als sie in ihrer Kammer erwachte, war alles grau und schwarz. Die Zweige der Rosenbüsche kratzten am Fenster. Nicht hart. Eher wie eine Unruhe im Kopf.

Sie war in Schweiß gebadet, fror aber trotzdem. Es verging eine Weile, ehe sie es fertigbrachte, ihre Füße auf den Boden zu setzen.

Ihr Magen war in Aufruhr, und sie konnte nicht mehr schweben.

Der Flickenteppich war gestreift, aber die Farben waren nicht zu erkennen. Sie empfand sie nur als eiskalt und unruhig. Sie wußte, noch ehe ihre Füße den Boden berührten, wie das sein würde. Die dunkelblauen Streifen waren am unruhigsten. Sie waren aus Hannas altem Wintermantel.

Sie ging über den Fußboden und durch das Eßzimmer, in dem es bereits im Ofen brummte. Taumelte in die Küche. Erst durchdrang die Wärme ihre Zehen. Dann ihren ganzen Körper. Und inmitten der Wärme sah sie Oline. Immer.

Vor langer Zeit hatte sie geglaubt, daß Oline und der Hocker mit Rädern eins waren. Aber einmal, als Oline Fieber hatte und in ihrem

Bett lag, stand der Hocker allein neben dem Ofen. Er hatte ein blau-weiß-kariertes Kissen, das sie nie zuvor gesehen hatte.

Es kam vor, daß sie mit einem widerlichen Geschmack im Mund aufwachte, der sie daran erinnerte, daß Papa nicht dagewesen war, als sie einschlief.

Da tat es gut, auf Olines Schoß zu kriechen und zu fragen: »Ist Karnas Papa endlich nach Hause gekommen?«

Als die Sonne zurückkam, wohnte das Licht auch im Schnee. Um die Augen herum begann alles zu flimmern, als wollten sie sich verstecken.

Doch das gelang nicht. Erst tat es fürchterlich weh. Als würde ein Schwarm scharfflossiger kleiner Dorsche durch den Kopf schwimmen.

Trotzdem brauchte sie es. Das Licht.

Wenn sie lange genug in das Sonnenauge starrte, überwältigte sie der Ton des Meeres. Anschließend mußte sie das mit Übelkeit verbundene Erwachen ertragen.

Papas Arme waren ihr Trost. Seine Stimme. Seine Hände auf ihrer Stirn.

Am schlimmsten war es, wenn fremde Augen sie anstarrten oder wenn sie in die Hose gemacht hatte.

Papa deckte sie dann zu oder trug sie in die Kammer. Aber er war nicht immer da.

Einmal war der Schnee ganz frisch und weiß, und sie legte sich zwischen Laube und Gartenzaun auf den Rücken. Auch mit geschlossenen Augen wußte sie, daß das warme Licht und der kalte Schnee eins waren. Genau wie weit hinter den Schären das Meer und der Himmel.

Als sie daran dachte, ging ihr Kopf in Stücke und wurde eins mit dem Himmel.

Sie bewegte Arme und Beine in großen Kreisen, um zu spüren, daß es sie noch gab. Danach stand sie vorsichtig auf. Sie hinterließ keine Fußspur.

Sie öffnete die Augen und schaute nach unten. Vor ihr im Schnee lag ein Engel. Genau da, wo sie gelegen hatte. Sie hatte ihn ganz allein erschaffen.

Zu ihrem Bilde.

Sie erzählte Oline von dem Engel und bekam zu hören, das sei frevelhaft. Nur Gott könne etwas zu seinem Bilde erschaffen.

Sie widersprach nicht. Aber sie sah ein, daß Oline nicht immer recht hatte.

Sie wollte glauben, daß Hanna stets Hanna war. Aber so war es nicht. Es hatte etwas mit der Stimme zu tun. Und den Kleidern. Nur eine Hanna hatte so zupackende Hände. Außerdem besaß sie einen Geruch, der nichts auf Reinsnes glich.

Einmal, es mußte gewesen sein, nachdem sie ihre ersten Knöpfstiefel bekommen hatte, denn sie erinnerte sich noch an das Klack-Klack ihrer Schritte auf der Treppe, stand diese andere Hanna am Fenster im Saal. Sie verbarg ihr Gesicht in den Händen.

Als Karna sie anfassen wollte, beugte sie sich zu ihr herunter und umarmte sie. Sie roch stark und süß, und Laute kamen aus ihrem Mund. Ihr Gesicht war ganz naß.

Zum ersten Mal spürte sie die Leere, die sich ab und zu um die Erwachsenen legte. Sie konnte die Farbe aus den Wänden nehmen und es kalt werden lassen. Selbst wenn im Ofen ein Feuer brannte. Es geschah, wenn man am wenigsten damit rechnete.

Papa kam in den Saal und machte alles nur noch schlimmer. Er sah sie nicht an, hatte nur Augen für diese andere Hanna. Er sah ganz fremd aus und sagte Worte, die sich in ihrem Kopf festsetzten. Das war seltsam, denn sie konnte sich nicht daran erinnern, was er sagte.

Es knisterte in den Röcken, und eine hohe Stimme sprach von Abreise.

Da riß Papa sie an sich.

Seine Hände waren so hart, daß sie mit den Beinen zappelte und schrie: »Du bist nicht mein Papa, wenn du so gemein bist!«

Nachher wußte sie nicht mehr genau, was wirklich vorgefallen war. Aber er hatte sie an sich gepreßt, so daß es weh getan hatte, und zu ihr herabgebrüllt: »Ich bin dein Vater, zum Teufel, du Rotznase!«

So kam es, daß Karna die Schuld daran trug, daß Hanna abreisen wollte. Warum, wußte sie nicht.

Eigentlich verstand sie schon damals, daß es zwei von ihnen gab. Denn Hanna und Isak waren bereits nach Strandstedet gefahren.

Hanna hatte den Mund fast immer voll mit Stecknadeln. Der schwere Geruch von Stoffballen und halbfertigen Kleidern an den Wänden hing in der Luft.

Ehe sie etwas sagte, nahm sie immer eine Nadel nach der anderen aus dem Mund und steckte sie in das Nadelkissen aus schwarzem Samt. Es war an der Tischkante festgeschraubt. Die Stecknadeln standen hübsch aufrecht und funkelten im Schein der Lampe.

Es war gut, Hanna zu haben, aber man konnte sich nicht darauf verlassen, daß sie immer da war. Deswegen war es wichtig, sie zu sehen, sobald sich Gelegenheit bot. In dieser anderen zum Beispiel. Karna glaubte nicht, daß das so schlimm war. Sie fuhren ja doch alle früher oder später ab. Alle fuhren mit dem Dampfer weg.

Erst hörten sie nur den Lärm, das Donnern der Maschine, dann tauchte das Schiff hinter dem Hügel mit der Fahnenstange auf und kam puffend zum Stillstand.

Dann ruderte der Krämer-Livian hinaus. Bei Wellengang tanzte das kleine Boot auf und nieder und sah fürchterlich einsam aus. Bei ruhiger See schwamm es wie ein Vogel neben dem großen Dampfer.

Manchmal trafen nicht nur Pakete und Kisten ein, sondern auch Menschen, die sie noch nie gesehen hatte. Kamen diese hinauf ins Haus, mußte sie sich fast immer zeigen und ihnen die Hand geben.

Sie konnte es ihren Augen anmerken, ob sie sie auch wirklich wahrnahmen.

Die andere Hanna sah sie, sobald sie kam. Fast noch mehr, als sie Papa sah.

Zuerst sagte sie etwas Unverständliches, und Papa antwortete gleichermaßen. Als sie von der Anlegestelle zum Haus gingen, nahm sie Karna bei der Hand. Mehrere Male blieb sie stehen und beugte sich ganz herab, so daß sie genauso klein war wie Karna, und dann sagte sie ihre seltsamen Worte.

Papa bekam eine ganz weiche Stimme bei dieser anderen Hanna. Auch noch nach dem Tag, als er im Saal so gemein gewesen war. Vielleicht ganz besonders nach diesem Tag.

Die andere Hanna saß am Klavier.

Es roch nach Gras, und die Gardinen waren so weiß. Plötzlich bauschten sie sich gewaltig ins Zimmer. Kurz darauf hingen sie wieder reglos da. Sie meinte fast, nur geträumt zu haben.

Karna schmiegte sich ganz nah an das schwarze Ungetüm heran, um zu hören, wie die andere Hanna es zum Singen brachte.

Zwei nackte Füße berührten die Pedale. Die großen Zehen ragten in die Luft, wenn sie die Pedale betätigte. Sie sahen trotz ihrer Untätigkeit böse aus. Oder hatten sie vielleicht Angst? Daß sie jemand berühren würde?

Eine Weile gab sie sich ganz den Tönen hin und überlegte, wie groß die Angst der Zehen wohl war. Dann öffnete sie den Mund und biß zu.

Erst dröhnte es im Klavier, als die andere Hanna versuchte, den Fuß zurückzuziehen. Dann steckte sie ihren Kopf unter die Tasten. Umgedreht. Das Haar hing fast auf den Fußboden. Wie ein Vorhang zwischen ihnen.

Es war nicht so schwarz wie das der richtigen Hanna. Aber trotzdem schön.

Papa kam und schimpfte, weil sie Hanna am Klavierspielen hinderte. Er zog an ihren Füßen, um sie hervorzubekommen.

»Laß sie nur«, sagte die andere Hanna und schlug ein paar fürchterlich wütende Töne an.

Aber sie war gar nicht wütend. Sie lachte.

Papa setzte sich neben sie auf den Hocker. Lange saßen sie so mit zusammengesteckten Köpfen da. Sie stießen seltsame Geräusche aus.

Karna setzte sich auf und wollte gesehen werden.

Sie sahen sie nicht.

Da streckte sie sich und legte beide Hände auf die Tasten. Ein großer Gesang erscholl. Und trotzdem sahen sie sie nicht.

Also sagte sie es ihr ohne Umschweife.

»Du kannst mit dem Dampfer wieder abreisen!«

Papa wurde böse, aber die andere Hanna nahm sie auf den Schoß. Sie legte ihre Finger unter ihre eigenen auf die Tasten und drückte darauf. Es tat ein bißchen weh.

»Oh, jetzt kannst du uns etwas vorspielen«, sagte die andere Hanna und drückte immer wieder.

Aus dem Klavier ertönte »Bruder Jakob«.

Die andere Hanna ließ ihre Hände los, und Karna schaute auf die Tasten und drückte dort, wo sie die Töne vermutete.

»Bruder Jakob« erklang ein zweites Mal im Zimmer.

Auf der Kommode in der guten Stube stand ein Bild in einem schnörkeligen Rahmen. Sie sagten, das sei ihre Mutter.

»Das ist deine Mama, Karna, nach der du getauft bist«, sagte Papa. »Sie starb, als du geboren wurdest.«

Sie konnte hören, daß er schon oft genau dasselbe gesagt hatte. Die Worte waren nur noch Laute.

Für sie wurde der Name Kopenhagen auch so ein Laut. Er machte, daß Leute tot waren. Und das war dann ihre Schuld. Denn alle sagten: Als du geboren wurdest.

Ab und zu zog sie sich einen Stuhl heran und kletterte hoch, damit Mama-Karna sie sehen konnte. Sie fühlte sich jedesmal sehr einsam dabei.

Als die richtige Hanna nach Reinsnes kam, war bereits entschieden, wann sie wieder nach Strandstedet zurückfahren würde.

Isak mußte sie begleiten. Er schlief in der Kammer bei Karna, obwohl er schon größer war. Wenn er wütend auf sie war, schlief er im Nebenhaus bei Stine und Tomas.

Mit Isak ließ es sich aushalten, wenn er gute Laune hatte. Aber man wußte nie, woran man mit ihm war. Wenn er wütend wurde, sagte er, sie sei klein und dumm. Das gefiel ihr nicht. Aber daran konnte sie nichts ändern. Sie trat gegen einen Stuhl oder ging in den Stall, um die Pferde mit einem Stock zu pieksen, damit sie wieherten. Wenn niemand sie sah. Aber das half nicht viel.

Einmal fiel sie, als Isak wütend auf sie war. Alle kamen angelaufen. Hanna auch. Da lief er weg, zum Sommerstall, und blieb den ganzen Nachmittag dort.

Hanna schlief im Haus im Südgiebel. Ein für allemal, sagte Oline. Das hörte sich nach lange an. So als könne man sich darauf verlassen, daß es Weihnachten auch noch so sein würde.

Aber sie fuhren alle wieder ab. Papa auch. Mit seiner großen Arzttasche.

Einmal hatten Papa und sie jungen Seelachs mit der Schleppangel gefangen, und er ließ die ganze Zeit den Kopf hängen.

Da sagte sie es ihm.

»Du kannst doch die Hanna wieder nach Hause holen, dann wird alles gut.«

»Sie muß in Strandstedet bleiben und nähen, weißt du.«

Hanna war die einzige Frau, die Karna kannte, die selbst entschieden hatte, woanders zu sein. Sie tat, was sie wollte, ohne viel Aufhebens darum zu machen.

Stine hatte eine Art Erklärung. Sie sagte immer: »Die Hanna macht, was ihr gefällt.«

Karna glaubte, dies bedeute, Hanna säße mit Stecknadeln im Mund in Strandstedet, wenn ihr der Sinn danach stünde.

Sonst war es schwer zu sagen, was Hanna eigentlich wollte. Gelegentlich stand ihr der Sinn nach Karna. Aber nicht immer. Es stand ihr auch nicht immer der Sinn nach Isak.

Dann sagte Oline: »Der Knirps braucht einen Vater.«

Früher war Hanna oft nach Reinsnes gekommen. Papa und sie lachten dann abends immer so fürchterlich. Sie hörte es bis in ihre Kammer.

Sie schlugen sich gegenseitig im Dame- und Schachspiel. Das waren nur Figuren auf einem Brett.

Einmal war sie auf den Gang zum Speicher gekommen, als Hanna vor dem Wäscheschrank stand und etwas holen wollte. Karna sah, daß Papa auch dort stand.

Sie glaubte, daß sie sich dort im Halbdunkel schlugen. Aber das taten sie wohl doch nicht. Als sie sie bemerkten, redeten sie ganz lieb mit ihr. Beide gleichzeitig.

Sie wußte nicht mit Sicherheit, ob das vor oder nach der anderen Hanna war. Oder sowohl als auch.

Oline sagte: »Früher gab es zu viele Frauen auf Reinsnes, jetzt gibt es viel zu wenige.«

Karna verstand gut, daß das so war, weil die richtige Hanna fort war.

An einem Tag mit gutem Wetter nahm Papa sie im Boot mit. Sie segelten so schnell. Alles wurde so leicht.

Da sagte sie es: »Das war nicht meine Schuld, daß sie gefahren ist.«

»Nein, wie kannst du das nur glauben? Natürlich war es nicht deine Schuld!«

Er sprach über das Meer hinweg. Seine Stimme war so weich, daß sie brach.

»Wer hatte dann Schuld?«

»Es war meine Schuld.«

»Weil du so gemein warst?«

»Weil ich so gemein war, ja!«

»Kommt sie zurück?«

»Das weiß ich nicht.«

»Kannst du sie darum bitten?«

»Tja …«

»Willst du nicht?«

»Das ist nicht so leicht.«

»Brauchst du sie denn nicht?«

Da lachte er, obwohl er doch so traurig aussah.

»Ich weiß nicht, was ich tun soll ...«

Da bekam Karna Angst, weil sie wußte, daß er daran dachte. Zu reisen. Weit weg.

An dem Tag, an dem Papa kam und sagte, daß er eine Praxis in Strandstedet eröffnen wolle, begriff Karna nicht, daß er dort auch schlafen würde.

Als er einen Tag und eine Nacht fortgewesen war und auch an diesem Abend nicht heimkam, fragte sie Oline, wo er denn schlafe.

»Er schläft im Zimmer hinter der Praxis in Strandstedet.«

»Papa soll mir mein Essen geben«, rief sie.

Sie sagten, das sei nicht möglich. Da hatte sie keinen Grund, überhaupt etwas zu essen.

Zwei Tage lang versuchten Oline, Stine und die Küchenmädchen, sie zum Essen zu überreden. Als Oline sie schließlich zwang, Brei zu essen, spuckte sie ihn wieder aus und über den Tisch.

Trotzdem wollten sie sie mit ihrer Drängelei nicht in Ruhe lassen. Da kletterte sie auf das Küchenbüfett und starrte in die Abendsonne, bis der Gesang des Meeres kam und sie mitnahm.

Stine hatte Kisten, die draußen auf den Feldern überall herumstanden, auch unten am Strand. In ihnen wohnten die Eiderenten, wenn sie brüteten; aus den Eiern würden dann Küken schlüpfen.

Als so viele Tage vergangen waren, daß Karna sie nicht mehr zählen konnte, und Papa immer noch nicht kam, ging sie hinaus zu den Kisten und verscheuchte die Eiderenten. Dann fing sie an, die Eier zu zertrampeln. Nicht nur eines oder zwei. Viele.

Aus einigen wurde einfach eine eklige Schmiere. Andere hatten bereits Klauen und Schnabel und bläuliche Haut. Sie untersuchte sie sorgfältig mit einem Stöckchen.

So fand sie Tomas. Er wurde fürchterlich wütend und schleifte sie ins Haus zu Stine.

»Papa, Papa! Er soll kommen!« rief sie und stampfte mit dem Fuß.

Sie hatte so große Angst, daß ihre Zähne klapperten.

Da tat Stine etwas, was niemand erwartet hätte. Sie nahm sie auf den Schoß und sagte: »Armes Kind!«

Da lief es nur so aus ihr heraus. Oben und unten. Mit einem Holzscheit im Mund kam sie wieder zu sich. In kalten Schweiß gebadet auf der Schlafbank im Nebenhaus.

Stine band gerade einen grauen Wollfaden um ihr Handgelenk und betete das Vaterunser.

Den Faden durfte sie nie verlieren. Nie.

Dadurch sollte sie ihre Gabe besser ertragen können. Damit sie sich nicht mehr auf die Zunge biß.

Die Gabe war nicht der Faden, sondern die Tatsache, daß sie fiel.

Sie saß auf Stines Schoß und malte tote Eiderentenküken. Fürchterlich rot und blau. Sie würde das Bild auf die Kommode in der guten Stube stellen neben das der toten Karna. Damit sie jemanden hätten.

Stine sang ihr etwas vor, über Vögel, die frei waren und in der finsteren Nacht hoch in den Himmel flogen und den kleinen Mädchen Daunendecken gaben, unter denen sie schlafen konnten.

Am Tag darauf kam Papa heim. Nachdem er die Geschichte von den Eiderenten und dem Anfall gehört hatte, sagte er, es sei wohl besser, wenn Karna mit ihm nach Strandstedet käme, wenn er dort sei.

Oline und die anderen Frauen waren entsetzt über soviel Unvernunft bei einem erwachsenen Mann.

»Wir sind schon zusammen von Kopenhagen nach Reinsnes gefahren, dann können wir auch zusammen nach Strandstedet gehen. Wir können uns doch eine Haushälterin nehmen«, sagte er.

»Wir nehmen das Boot und suchen uns eine Hanna«, meinte Karna.

Im Zimmer wurde es still.

Aber letzten Endes durfte sie doch nicht mitfahren, um in Strandstedet zu übernachten. Wenn sie darauf zurückkam, dann hieß es, er müsse erst etwas verdienen, um sich irgendwo einzumieten und ein Kindermädchen zu nehmen.

Bis dahin mußte sie sich einfach damit abfinden, daß er ab und zu in Strandstedet schlief.

Wenn Papa dann tagelang fort war, igelte sie sich ein und wurde ein Niemand. Oder sie wurde eins mit dem Ton des Meeres.

Einige Male, als ihr danach war, spürte sie, wie Mama-Karna dem Bild entstieg und sie anfaßte. Nicht auf eine Art, daß man sich darauf hätte verlassen können, daß es etwas zu bedeuten hatte. Und auch nie, wenn jemand zusah. Aber im Gesang des Meeres. Damit Karna nach Hause finden konnte.

Einmal, als sie böse auf Papa war, weil er zu den Kranken mußte, sagte sie, er sei dumm, wenn er glaube, es sei so wunderbar mit einer Mama, die hinter Glas auf einer Kommode stehe.

Das sah er ein. Aber er änderte trotzdem nichts daran.

Kein anderer fuhr mit einer großen schwarzen Tasche voller kleiner brauner Gläser und kreideweißer Lappen herum oder saß vor einem Glasschrank und behandelte Leute.

Aber er gehörte nur ihr.

Sie begriff, daß er Frauen lieber hatte als Männer. Man erkannte es an der Art, wie er sie ansah. Und an seiner Stimme. Sie kamen nach Reinsnes, wenn sie wußten, daß der Doktor zu Hause war.

Sie glaubte nicht, daß alle wirklich krank waren. Sie blieben nie lange.

Er begann, sie bei gutem Wetter zu den Kranken mitzunehmen. Dann saß sie oft stundenlang da und paßte auf das Boot auf, während er in den Häusern war. Sie wußte, daß er immer jemanden bat, ein Auge auf sie zu haben. Aber diejenigen sah sie selten.

An einem Ort gab es nur ein kleines Holzhaus und eine Erdhütte. Als sie fragte, warum es auf diesem Hof keine weiteren Häuser gebe, sagte er: »Weil es so teuer ist, Häuser zu bauen.«

»Warum haben wir dann auf Reinsnes so viele Häuser?«

»Weil die Leute auf Reinsnes früher einmal reich waren.«

»Warum bist du nicht so reich, daß wir uns ein Haus in Strandstedet bauen können?«

»Weil ich nicht so gut mit Geld umgehen kann. Aber du wirst das schon können, genauso wie Dina.«

»Warum wohnt Dina nicht in Reinsnes?«

»Weil sie Lust bekam, sich in der Welt umzusehen.«

»Wann ist sie damit fertig?«

»Das weiß ich nicht.«

»Es gibt zu wenige Frauen auf Reinsnes. Kannst du sie bitten, zurückzukommen?«

»Ich habe sie schon gebeten.«

»Dann hast du sie nicht genug gebeten!«

»Vielleicht«, räumte er ein.

»Ist sie nett?«

Er dachte nach und lächelte versonnen.

»Nicht zu allen. Mir gegenüber war sie ganz in Ordnung. Aber streng.«

»Wäre sie das bei mir auch?«

»Nein, das glaube ich nicht.«

»Dann kannst du sie doch noch mal bitten.«

»Ich werd's versuchen. Du kannst ihr ja ein Bild malen.«

»Von den toten Eiderenten?«

»Nein, von den lebenden.«

»Sie haben so schöne Farben ... die toten«, meinte sie.

Dann mußte er kreuzen. Sie mußte dabei immer stillsitzen und durfte nicht reden. Aber als er das Manöver beendet hatte, wußte sie, was sie sagen sollte.

»Ich glaube nicht, daß ihr nett genug zu ihr wart. Deswegen mußte sie wegfahren.«

»Wie kommst du darauf?«

»Habe darüber nachgedacht.«

»Na, wer war denn der Böse?«

»Ich weiß nicht recht.«

»Es gibt Leute, die müssen einfach fort«, sagte er.

»Bist du einer von denen?«

»Vielleicht.«

»Aber du darfst nicht fahren!«

Er antwortete nicht sofort.

Als sie Atem holte, hatte sie Glasscherben in der Brust.

Dann schaute er übers Meer und sagte: »Ich werde dir schon rechtzeitig Bescheid sagen.«

Da stand sie auf und packte mit beiden Händen einen der großen runden Steine, die sie als Ballast mitführten, und wollte mit ihm über Bord springen, hinein in den Ton des Meeres.

Das Boot wäre beinahe gekentert, als er sich nach vorne warf, um sie festzuhalten. Er fluchte fürchterlich und war schrecklich böse.

Das Boot kam vom Kurs ab, als er das Ruder losließ. Es dauerte eine Ewigkeit, bis sich die Segel wieder füllten.

»Du bist gemein, wenn du böse bist«, sagte sie.

»Das bist du auch, wenn du einfach ins Meer springen willst.«

Nach einer Weile sagte er: »Komm her und setz dich zu mir!«

Sie kletterte nach hinten und schmiegte sich in seinen Arm. Da spürte sie es. Das Herz.

»Papa, dein Herz will raus.«

»Es bekam solche Angst, daß es dich verlieren könnte. Aber jetzt sind wir auf gemeinsamem Kurs.«

Sie nickte.

Alles war so sonderbar still. Selbst ihr Pinkeln war kaum zu hören.

Sie zog die Pantoffeln nicht an, die unterm Bett standen, obwohl es kalt auf dem Fußboden war. Sie schob nur den Topf unter das Bett und lauschte in das schlafende Haus. Graues Licht fiel durch das Fenster ins Zimmer. Selbst das Meer war still.

Sie öffnete die Tür zur Küche und sah Oline am Tischende. Sie saß über ihre Kaffeetasse gebeugt, eine Wange auf dem Arm. Die Spitzen ihrer Pantoffeln zeigten unterm Tisch voneinander weg.

Karna trat von hinten an sie heran, weil sie sehen wollte, was Oline so gründlich anschaute, daß sie ihren Kopf auf den Tisch drücken mußte.

Sie legte den Arm um sie und versuchte zu erkennen, was Oline sah. Aber da war nichts Ungewöhnliches. Nicht einmal ein kleiner Vogel auf dem Futterbrett.

Die Morgensonne schien noch nicht einmal auf den Brunnendeckel, und der Stalljunge hatte die Hühner noch nicht ins Freie gelassen. Das Gras beim Taubenschlag glitzerte silbern vom Nachtregen, und die Vögel, die in der Allee wohnten, waren noch still. Vielleicht war es ja noch Nacht?

Sie lehnte sich gegen Oline und wollte auf ihren Schoß klettern.

Da passierte es. Oline kam ins Rutschen wie eine Stoffpuppe. Das Gesicht und der Oberkörper glitten über den Tisch. Ganz schlaff. Als schliefe sie noch.

Karna stieß sie an und machte sich bemerkbar. Aber Oline sah sie nicht an. Da stieß sie sie ein weiteres Mal an. Wie immer, wenn Karna sie piekste, sah man eine Vertiefung.

Da passierte es noch einmal. Unter großem Getöse kam Oline wiederum ins Rutschen und glitt vom Hocker herab. Mit den Armen überm Kopf, ohne sich abzufangen. Ein Geräusch wie mehrere Schläge auf einen riesigen Teigklumpen.

Ihr Kopf schlug auf die Dielenbretter, und die Fensterscheiben und die Tassen auf dem Tisch klirrten.

Oline kümmerte das nicht. Sie blieb einfach liegen. Der dünne weiße Zopf hatte sich gelöst. Er lag da wie ein kleiner Pinsel, der mit weißem Zwirn umwickelt ist.

Eine Hand lag mit der Innenseite nach oben. Als würde sie darauf warten, etwas zu bekommen.

Karna gab ihr einen Butterkringel vom Teller auf dem Tisch und blieb stehen.

Aber Oline nahm ihn nicht richtig. Starrte sie einfach nur von da unten aus an. Mit fremdem Blick und halboffenem Mund. Das Gesicht war allzu deutlich.

Karnas Herz fing an zu pochen. Erst schnell. Dann hämmernd. Es hämmerte und hämmerte. Auf die Füße war kein Verlaß, also legte sie sich neben Oline. Ohne zu wissen, wie lange, blieb sie dort liegen.

Schließlich gelang es ihr, eine Hand zu heben und sie auf Olines Brust zu legen.

Da fühlte sie die Stille. Sie war so groß wie der ganze Himmel und gewiß größer als der Ton des Meeres.

Erstes Buch

1

Der Herr schaut vom Himmel und sieht alle Menschenkinder. Er lenkt ihnen allen das Herz, Er gibt acht auf alle ihre Werke.

Der Psalter, Psalm 33, Vers 13 und 15

Sie sah nicht nach mehr aus als nach einem Bündel. Aber er hatte ihren Willen bereits zu spüren bekommen. Das verdammte Geschrei. Dabei war er immer bis zu den Fingerspitzen in Schweiß gebadet.

Sowohl die Besatzung als auch die beiden Mitpassagiere mieden sie. Die Kajüte hatten sie für sich.

Zwei Tage lang schrie sie nur. In der Nacht auf den dritten Tag kam Sturm auf. Endlich schlief sie ein, und zwar so tief, daß er sie ab und zu wecken mußte, um ihr Essen zu geben. Mit einem Löffel gab er ihr aus einer Tasse ein Gemisch aus Milch und Wasser.

Das dauerte jedesmal eine halbe Stunde. Das Boot schaukelte so stark, daß er die Milchtasse zwischen die Knie klemmen mußte, um beide Arme frei zu haben. Einen, um das Kind zu halten, und den anderen für den unberechenbaren Löffel.

Nach ein paar Tagen stanken seine Hosen nach saurer Milch. Er blieb in der Kajüte, so daß das nur ihn störte. Es war wohl der Geruch, der ihn an die Zeiten erinnerte, da er mit Anders im Lofotenmeer gefischt hatte. Die Übelkeit. Die Demütigung, als ihn die Männer in der Trantonne getauft hatten. Die Angst, als sie ihn im eiskalten Meer gekielholt hatten.

Die See wurde ruhiger, und der Küchenjunge teilte ihm mit, daß auch die Milch in der Kombüse sauer sei. Sie eigne sich kaum als Säuglingsspeise. Er erbot sich, einen dünnen Brei aus Kartoffeln und Wasser zu kochen.

Auf dem spiegelblanken Meer spuckte die Kleine Brei auf ihren Vater und schrie, bis ihr die Luft ausging. Zum Schluß wurde sie ganz blau und still. Sie verdrehte die Augen wie eine Sterbende, behielt aber den Schaum der Raserei vor dem Mund.

Er bekam eine Heidenangst und versuchte sich daran zu erinnern, was er während der Studienzeit oder später als Assistenzarzt am Frederiks Hospital gelernt hatte. Über Säuglinge, ihre Bedürfnisse und ihren Zorn.

Das war nicht viel. Er hob sie, Kopf nach unten, an den Füßen hoch und gab ihr einen Klaps auf den Hintern. Das Kind wurde wieder rot im Gesicht und beruhigte sich. Das währte jedoch nur einen Augenblick. Als sie wieder sicher an seiner Brust lag, ging es von neuem los.

Wenn er sie in die Koje legte und nicht weiter beachtete, wurde es noch schlimmer. Er konnte sie keinen Augenblick allein lassen.

Hätte er nicht schon so viel durchgemacht, dann hätte er sich gewiß darüber freuen können, daß sie ein solches Lungenvolumen hatte. Aber ein anderer Gedanke kam ihm in den Sinn: Was, wenn sie jetzt für immer ruhig wird? Und in einem Versuch, es nicht so deutlich auszusprechen: Hätte ich sie bloß in Kopenhagen gelassen!

Vater eines solchen Kindes zu sein, und dazu noch allein, war eine Hölle, die ein Mann wirklich meiden sollte.

Am 18. September war strahlende Sonne. Der Bauernkalender sagte: »Ist an diesem Tag gutes Wetter, gibt es einen guten Herbst.«

Drei Tage zu spät, drei Tage später, als er es Anders in einem Telegramm mitgeteilt hatte, legte er der Schreienden einen Schal um und nahm sie mit auf Deck, um die Einfahrt in den Hafen Vågen zu beobachten.

Anscheinend gefiel ihr die Landluft, denn sie wurde ruhig.

Wenig später und unbeschreiblich erleichtert ging der junge Benjamin Grønelv in Bergen an Land, mit nach Sauermilch stinkenden Hosen und dem Bündel unter dem Arm, als wäre es irgendein Paket. Erstaunlicherweise war sie ruhig.

Aber als er sie wieder mit Respekt behandelte und sie gegen seine

Vaterbrust legte, begann sie wieder zu brüllen. Wie aus Instinkt lud er sie auf seine Hüfte. Von dort starrte sie mit runden, ernsten Augen auf ihre Umgebung.

In den Decken hielt sie, so gut es ging, Arme und Beine ausgestreckt, als wolle sie fliegen. Ihr Hals hatte zu tun, den Kopf aufrecht zu halten, damit sie etwas sehen konnte. Ab und zu fiel er ihr auf die Brust, im nächsten Augenblick war er jedoch schon wieder in Position.

Allerdings mußte sie der Bewegung des Mannes folgen, wenn es ihm in den Sinn kam, sich umzudrehen. Aber das Erleben war eindeutig ihr eigenes. Sie war ganz ruhig.

Diese Art, ein kleines Kind zu halten, sah ziemlich lieblos aus. Aber es funktionierte.

Hanna wartete im besten Zimmer des Pensionsbesitzers. Der Wirt erklärte, daß ein Unwetter auf See das Schiff aus Kopenhagen aufgehalten habe.

Am ersten Abend servierte er Kakao mit Sahnehaube. Er brachte ihn selbst.

Hanna hatte keine Erfahrung mit Pensionsbesitzern und wußte nicht, wie sie reagieren sollte. Aber als er am späten Abend wieder heraufkam, um die Tasse zu holen, sagte sie einfach nur durch den Türspalt, sie hätte sich bereits hingelegt.

So lernte Hanna, daß es in Bergen klug war, mit verschlossener Tür zu schlafen.

Am nächsten Abend ging sie selbst in die Küche, um sich ihren Abendkakao zu holen.

»Damit der Wirt ihn nicht hinaufbringen muß«, sagte sie zu dem Küchenmädchen, die ihren Mund nicht mehr zubekam.

Damit hatte sie alles geklärt.

Aber er rächte sich, als sie zum Frühstück an seinem Tresen vorbeiging.

»Eine schöne junge Frau aus dem Norden auf Reisen? Ganz allein?« Er machte ein Gesicht, als hielte er sie für eine verkleidete Zuchthäuslerin. Oder noch etwas Schlimmeres.

Einen Augenblick lang verstummte sie. Sie stand mit gebeugtem Kopf da und konnte sich nicht wehren. Dann hatte sie ihre Fassung wiedergewonnen.

»Ach, reisen etwa die Frauen aus guter Familie in Bergen überhaupt nicht? Sie sitzen wohl nur daheim und langweilen sich?«

»Doch, Gnädigste, sie reisen in Begleitung.«

»Hier in der Stadt gibt es wohl so viele Räuber und Schurken, daß eine Dame allein nicht sicher ist?«

»Es gibt Dinge, die sich gehören, und Dinge, die sich nicht gehören«, sagte er unwirsch.

Nachdem sie ihm erzählt hatte, daß sie auf Dr. Benjamin Grønelv warte, der ohne Begleitung mit einem Säugling aus Kopenhagen eintreffen solle, kam der Wirt auf andere Gedanken. Er servierte ihr persönlich den Kaffee.

Grønelv? Ob sie Grønelv gesagt habe? Er könne sich gut an die große, dunkelhaarige Dina Grønelv aus Reinsnes erinnern. Die Witwe von Jacob Grønelv, die dann den Anders aus Reinsnes geheiratet habe. Sie habe sogar Klavier gespielt. Eine außergewöhnliche Frau! Er könne sich gut an sie erinnern. Er habe bereits darüber nachgedacht, warum sie nie mehr nach Bergen komme.

»Sind Sie schon so alt, daß Sie sich noch an Jacob Grønelv erinnern können?« knallte ihm Hanna hin.

Der Mann schwieg. Seine Schnurrbartspitzen hingen weit herab, und sein gestutzter Vollbart, der sein Doppelkinn ganz bedeckte, zitterte.

»Dina Grønelv ist derzeit in Berlin und spielt Cello. Sie konzertiert«, teilte sie ihm mit.

Den ganzen Tag freute sie sich über dieses Wort: konzertieren.

Hanna war sich im klaren darüber, daß diese Reise nicht nur Benjamin und seinem Kind galt. Als Anders sie gebeten hatte, nach Bergen zu fahren, hatte sie das als eine Chance gesehen, endlich etwas zu erleben. Ja, als Vorsehung des Herrn! Die Sehnsucht nach der Fremde war größer als die Angst vor dem Unbekannten.

Als sie Witwe geworden war und ihren Mann mit Kränzen

begraben wollte, die mit Wachsblumen dekoriert waren, wie das auf Reinsnes üblich war, hatte sie zu hören bekommen, sie sei nur die Tochter eines Lappenmädchens.

Als der arme Håkon endlich unter der Erde war, hielt sie es für das beste, an Anders zu schreiben. Ob es ihm recht sei, daß sie nach Reinsnes zurückkomme und ihm im Geschäft zur Hand gehe. Anders schickte ihr ein Telegramm und ließ sie abholen.

Da überlegte es sich ihre Schwiegermutter anders und wollte sie zum Bleiben überreden. Hanna sah ihr in die Augen und sagte: »Ich will nicht nur nach Reinsnes, ich mache einen Ausflug nach Bergen, mit dem Dampfschiff.«

Sie wußte selbst nicht recht, wo sie das herhatte.

Nachdem sie fort war, hieß es, sie sei so eingebildet, daß sie jeden Tag fast nackt hinter einem Wandschirm stehe und auch noch alle versteckten Ecken wasche, die ein Körper offensichtlich hatte. Und das sogar im Winter.

Aber nach Bergen kam sie.

Sie hatte an ihn gedacht. An Benjamin. Wer war er heute? Wie sah er aus? Vielleicht würde sie ihn gar nicht erkennen.

Sie hatte ihn zuletzt als junges Mädchen gesehen. Sie hatte gerade begonnen, richtig zu begreifen, daß sie nicht von gleichem Stand waren, obwohl sie zusammen aufgewachsen waren und dieselben Schulbücher gelesen hatten.

Anders sagte, er sei jetzt fertiger Doktor. Er könne alle möglichen Krankheiten und Beschwerden heilen.

Hanna war nicht der Mensch, der sich leicht beeindrucken ließ. Aber daß der Benjamin, den sie einmal gekannt hatte, das fertiggebracht hatte, das war außerordentlich.

Ihre eigenen Leistungen waren nichts dagegen.

Vor fünf Jahren war eines sonnigen Tages ein junger Fischer nach Reinsnes gekommen. Er war nur ihretwegen an Land geblieben. Das erste Mal, daß sie so etwas erlebt hatte.

Freiwillig fuhr sie mit ihm auf die Lofoten und wohnte unter Menschen, die sie nicht kannte. Die Hochzeit war eine eiskalte

Angelegenheit in einer riesigen, fast leeren Holzkirche. Das Brautkleid, das sie selbst genäht hatte, wirkte seltsam fremd, wie sie selbst.

Nicht einmal der Pfarrer war anschließend zu der kärglichen Fleischbrühe eingeladen.

Jedesmal, wenn sie später Fleischbrühe gesehen hatte, fühlte sie sich unwohl. Sie hatte auch damals nicht viele Löffel herunterbekommen.

Daß sie auf Reinsnes erzogen worden war, konnte ihr niemand nehmen. Sie aß so selbstverständlich mit Messer und Gabel, wie die Frauen auf den Lofoten ihre Haare flochten. Sie hatte mit dem Propst an einem Tisch gesessen und Weihnachten zusammen mit der Familie des Lensmannes gefeiert.

Daß ihre Schwiegereltern weder ein Geschäft hatten noch einen Kronleuchter an der Decke, ließ sich leicht ertragen. Aber sie fand nicht einmal ein Brett, auf das sie ihre wenigen Bücher hätte stellen können.

Sie machte kein Aufhebens darum, legte die Bücher einfach in eine Kommodenschublade und nahm sie hervor, wenn sich die Gelegenheit bot. Dann hieß es, daß sie kostbare Arbeitszeit verschwende.

»Nicht nur die Arme müssen arbeiten. Der Kopf auch!« sagte sie eigensinnig.

Und das mußten sie zugeben, arbeiten konnte sie.

Es kam vor, daß ihre Schwiegermutter sie um etwas bat, was sie bereits gemacht hatte. Dann sagte Hanna kein Wort. Sie zeigte. Wenn die Schwiegermutter es nicht sah, sondern ihr die Anweisung einfach noch einmal gab, weil sie keine Antwort bekam, zeigte Hanna nicht mehr. Sie setzte sich.

Dadurch fiel allen im Zimmer auf, wie selten Hanna eigentlich saß.

In Storvågar hatten sie noch nie eine Frau gesehen, die ein auf der Fensterbank liegendes Buch las, während sie den Brotteig knetete. Bei schönem Wetter ging Hanna in den Ort, ein aufgeschlagenes Buch in der einen, die Markttasche in der anderen Hand.

Das hieß nicht, daß Hanna auf den Mund gefallen war. Alles andere! Reden hatte sie auch auf Reinsnes gelernt. War sie in Laune, sprudelten die Worte mit großer Kraft und Einsicht. Zum Beispiel darüber, wie man zur Kirchfahrt die Boote schmückt und sich selbst schön macht, jedenfalls wenn man auf Reinsnes geboren ist. Oder wie man Fisch kocht.

Seit Menschengedenken hatte in Storvågar niemand versucht, den Frauen beizubringen, wie man Dorsch kocht!

Die Schwiegermutter kochte alles in einem Topf, Rogen, Leber und Fisch. So hatte ihre Familie seit Generationen überlebt. So sparte man Brennholz.

Hanna kochte alles getrennt und richtete Fisch und Rogen auf weißen Tüchern an, ehe sie alles auftrug. So gab es nach jeder Alltagsmahlzeit eine Menge Wäsche. Das war verwerflich.

Sie wurde zurechtgewiesen und erzählte daraufhin freimütig, wie Lensmann Holm seinen Fisch serviert haben wollte. Er bestand auf einer eigenen Leberkasserolle, gekocht mit gehackten Zwiebeln. Und Anders auf Reinsnes verlangte einen eigenen Teller für den Rogen, denn er duldete nicht, daß sich dieser mit dem Fischsud mischte. Warm und trocken sollte er sein und nur mit Butter und hauchdünnem Flachbrot serviert werden.

Im ersten Frühling fragte sie nach dem Küchengarten und den Kräuterbeeten. Sie wollte die Samen aussäen, die ihr Stine mitgegeben hatte. Ihre Schwiegermutter schnaubte verächtlich, aber Hanna zog Stiefel an, holte einen Spaten und begann umzugraben. Ihr Mann fand, das könne er nicht auf sich sitzen lassen, machte es also selbst und errichtete einen Zaun, um die Schafe fernzuhalten.

Im Lauf des Sommers dufteten Stines Kräuter immer stärker. Felsufer, Guano und der breite tangbewachsene Strand bei Niedrigwasser bekamen ernsthaft Konkurrenz.

Die Schwiegermutter lenkte ein. Aber sie verlor nie ein Wort darüber. Und im Frauenverein, wo sie mit vernünftigen Leuten reden konnte, nannte sie die Kräuter »der Hanna ihr Gras«.

Seltsam war jedoch, daß bereits im zweiten Frühling zwei Frauen bei sich in der kargen Erde zwischen Johannisbeersträuchern und Stall gruben und sich Samen von Hanna erbaten. Im Sommer verglichen sie dann ihre Beete und hatten große Freude daran.

Sie waren sich einig, daß sie unnütz waren. Aber das waren die Geranien auf dem Fensterbrett auch.

Hanna fand sich soweit in Bergen zurecht, daß sie alle Besorgungen auf der Liste erledigen konnte. Sie hatte auch einen von Anders' Geschäftspartnern aufgesucht und darum gebeten, die Rechnung für die diesjährige Lieferung von Tau und Ausrüstung in drei Raten, und zwar alle drei Monate, zu schicken.

Da sie nicht wußte, daß es sich dabei um eine Niederlage handelte, führte sie diesen Auftrag mit einer solchen Selbstverständlichkeit aus, daß sie ein Ja als Antwort erhielt.

Sie hatte noch einen Auftrag, der alle anderen übertraf. Stine und sie hatten auf eine Nähmaschine gespart. Jetzt war die Gelegenheit zum Kauf gekommen.

Der Verkäufer ließ sie mehrere ausprobieren. Er nähte auch selbst, obwohl er ein Mann war. Anscheinend war es so üblich hier in Bergen. Er sprach die ganze Zeit über die Vortrefflichkeit der verschiedenen Modelle und ließ ihr dabei keine Ruhe. Aber schließlich einigten sie sich auf eine echte »Hamilton« mit Doppelfaden, Patentsystem und Stempel.

Die Transportkiste müsse stabil sein, meinte Hanna und erklärte, wie lang die Reise sein würde. Er solle einen Burschen damit zu ihrem Quartier schicken.

Das sei eine Kleinigkeit, wenn sie bar zahlen würde.

Erst konnte sie nicht verstehen, warum sich eine Frau eine Nähmaschine, die nicht bar bezahlt wurde, selbst unter den Arm klemmen durfte. Aber das war gewiß auch nur eine der Sachen, die hier anders waren als dort, wo sie herkam.

Sie hatte auch andernorts Nähmaschinen zum Verkauf gesehen. Dieser Mann, der sich so wichtig nahm, berührte sie unangenehm. Aber sie hob den Kopf nur noch höher und sagte, sie würde sie bar zahlen, wenn sie fünf Prozent Rabatt bekäme und er sie am Tag ihrer Abreise direkt ans Dampfschiff bringen ließe.

Der Mann verdrehte die Augen nach oben. Als würde er noch einmal nachrechnen. Dann nickte er gnädig.

Es freute sie, daß er nicht ganz zufrieden aussah.

2

Eine kleine dunkelgekleidete Erscheinung kam durch die Tür, als würde sie tanzen. Und dunkle, mandelförmige Augen sahen ihn direkt an.

Benjamin stand mit dem Bündel unterm Arm vor dem Tresen seines Quartiers.

»Hanna!« stieß er hervor.

Als wäre es ein Spiel aus ihren Kindertagen, und als hätten sie sich seither jeden Tag gesehen, entgegnete sie fast unwirsch: »Ich dachte, ich mache einfach einen Ausflug.«

Die lange Schiffsreise saß ihm noch in den Gliedern. Umgeben von Kisten und Koffern fühlte er sich seltsam matt.

Sie hatte sich vorher überlegt, was sie sagen würde. Er war unvorbereitet. Solche Zwischenfälle hatten ihn in ihrer Kindheit dazu gebracht, wütend an ihren Zöpfen zu ziehen.

Jetzt war er erleichtert. Freute sich. Daß es gerade sie war, die kam.

Sie hatte sich kaum verändert. Jedenfalls nicht äußerlich. Trotzdem war sie eine andere. Das hatte mit ihrer Haltung zu tun, mit der Art, wie sie den Kopf hielt. Mit dem Mund. Eine verbissene Sturheit. Als hätte sie nicht mehr gelacht, seit sie sich zuletzt gesehen hatten.

Aber golden. Er hatte vergessen, wie golden Hanna war.

Gewissermaßen sah er sie zum ersten Mal. Auf Reinsnes war sie einfach nur dagewesen. Wie alles andere.

Am meisten hatte er sich wohl selbst verändert.

»Ach so, einfach nur einen Ausflug«, sagte er lachend und sprach, ohne daß ihm das auffiel, wieder Dialekt.

Sie lachte nicht. Kam einfach näher und gab ihm die Hand.

Die Kleine schrie, als hätte sie jemand mit einer stumpfen Stopfnadel gestochen. Er legte sie gegen die Hüfte und zog Hanna mit dem freien Arm an sich.

Einen Augenblick lang legte er seine Stirn an die ihre und schämte sich, daß er so gerührt war.

Der Mann hinter dem Tresen starrte sie nur an.

»Sie ist gesund, das hört man«, sagte sie.

»Gesünder als ihr Vater«, räumte er ein.

Ruhig nahm sie das Kind auf den Arm.

Dabei wurde ihm so leicht. Er wäre beinahe gefallen. Er mußte sich gegen Hanna lehnen, um das Gleichgewicht wiederzugewinnen.

»Daß so ein kleines Wesen so schwer sein kann«, sagte er verlegen.

»Wie heißt sie?«

»Karna.«

Hanna betrachtete das kleine Gesicht.

»Karna? Warum nicht? Oline wird sich schon daran gewöhnen.«

Er schlief fast vierundzwanzig Stunden. Erwachte davon, daß die tiefstehende Abendsonne durch das Fenster schien und ihn eine alptraumhafte Unruhe erfüllte. Diese Stille!

Er tastete nach dem Bündel, noch ehe er die Augen geöffnet hatte.

»Karna!«

Er hörte seine eigene Stimme und erinnerte sich. Er ließ sich auf das Kissen zurücksinken, streckte sich lang aus. Schloß die Augen und seufzte erleichtert.

Hanna war da.

Sie hatten noch drei Tage, ehe das Dampfschiff nach Norden fuhr.

Benjamin wollte ein solches Gerät kaufen, wie er es in Kopenhagen gesehen hatte. Einen Korb mit Klappverdeck und Rädern.

Hanna glaubte nicht, daß man auf Reinsnes für so etwas Verwendung hätte. Aber als sie das Wunderwerk endlich aufgetrieben hatten und sie es über die Pflastersteine schob, zuckte es um ihre Mundwinkel. Das war wohl eine Art Lächeln.

»Direkt vermessen, aber lustig«, sagte sie.

Daß das Kind nur die Fetzen am Leib trug, die seine Großmutter aufgetrieben hatte, bekümmerte Benjamin nicht.

Aber da war Hanna unnachgiebig.

»Denkst du, du könntest mit dem Mädel einfach nur in Lumpen heimkommen?«

Es endete damit, daß sie in ein Geschäft für feinere Trikotagen gingen und für eine größere Summe Kleider für die kleine Karna kauften. Es war mehr, als Benjamin zahlen konnte, aber Hanna hatte von Anders Reisegeld bekommen.

Das Ladenmädchen hielt sie für ein Paar mit seiner Erstgeborenen. Sie widersprachen nicht. Nachher verloren sie kein Wort darüber.

Auf dem Weg ins Quartier schaute Hanna immer wieder in den Wagen.

»Das hätten wir geschafft, jetzt siehst du jedenfalls aus wie ein anständiger Mensch!« sagte sie und rückte Karnas Spitzenhäubchen zurecht. »Sie hat ungewöhnliche Augen. Das ist dir sicher auch aufgefallen? Wüßte ich es nicht besser, dann hätte ich gesagt, daß sie mit Tomas verwandt ist.«

Er spürte, wie er bis in die Ohrläppchen rot wurde. Aber Hanna sah ihn nicht an. Sie schaute in Karnas weit offene Augen, ein blaues und ein braunes.

»Ja, ja, sie sieht sicher genug, mit den Augen, die sie hat.«

»Es regnet!« sagte Benjamin und ging weiter.

Am Abend wollte er nach Karna sehen, ehe er sich zur Ruhe begab. Als er klopfte, hörte er ein zögerndes »Herein«.

Hanna saß mit dem Kind auf dem Schoß im Bett. Außer ihrem Rock hatte sie nur ein Mieder an.

»Gib mir meine Bluse!« sagte sie, ohne ihn anzusehen.

Er nahm die Bluse vom Stuhl. Spürte, daß seine Hände zitterten. Nichts war, wie es sein sollte. Sie waren keine Kinder mehr, die sich halbnackt voreinander zeigen konnten.

Einen Augenblick dachten sie beide an ihre Kindheit, an Spiele, von denen niemand etwas wissen durfte.

Eilig reichte er ihr die Bluse, ohne ihr mit der Hand zu nahe zu kommen. Sie legte das schlafende Kind neben sich aufs Bett und zog sich an. Er wollte wegsehen, konnte aber nicht.

»Ich hatte vergessen, wie golden deine Haut ist«, sagte er hilflos.

Als sie die Bluse zugeknöpft hatte, stand sie auf und legte das Kind in den Wagen. Er folgte ihr mit den Augen. Die leichten Bewegungen. Die Arbeitshände, die nicht zu ihrer schmalen Taille und ihrem zarten Rücken passen wollten.

Sie stand über den Wagen gebeugt. Die Rundungen ihrer Hüften. Ihre Taille. Er schluckte. Das alles berührte ihn, oder was war es sonst?

Geschäftig legte sie ein paar winzige Kleidungsstücke zusammen und deckte das Kind sorgfältig zu.

Er fühlte sich schwer. Er durfte nicht zu hastig atmen.

Als wüßte sie, daß er sie anschaute, richtete sie sich auf und drehte sich um.

»Setz dich doch«, sagte sie seltsam tonlos.

Sie setzten sich jeder auf einen Küchenstuhl. Er schaute auf seine Hände. Nach einer Weile räusperte er sich und sagte: »Danke, daß du uns entgegengereist bist!«

Sie blinzelte hastig. Dann kamen die Worte. Schnell und freimütig.

»Du hattest ja telegrafiert wegen des mutterlosen Kindes. Aber auf Reinsnes wußten wir nicht einmal, daß du verheiratet bist.«

»Nein?«

»Die Mutter, ist sie …?«

»Tot.«

Das klang hohl. Als würde er eine Lüge erzählen.

»Von so einer Kleinen? Wie das?«

»Frag nicht … Nicht jetzt …«

Sie zuckte ein wenig. Dann hob sie das Kinn. Er kannte das. Sie war gekränkt.

Er lehnte sich zu ihr nach vorne.

»Hanna?«

»Ja?«

»Ich wünsche mir, bei dir schlafen zu dürfen ...«

Ihr ganzes Gesicht geriet aus den Fugen, wurde beinahe häßlich. Sie blickte zu ihm auf und schüttelte den Kopf.

»Verzeih mir! Ich ... Herrgott, wir sind doch nicht mehr zehn. Verzeih mir!« bat er.

Stille. Er wußte nicht, was er mit dieser Stille anfangen sollte. Sie steckte ihre Hände in die weiten Ärmel ihrer Bluse und legte sie um sich, als würde sie frieren.

»Möchtest du dich hinlegen ... sofort?« murmelte er.

»Das muß nicht sein.«

Sie saß kerzengerade, die Knie nebeneinander.

Das Kind schluchzte in seinem Wagen. Er ging hinüber und rollte den Wagen hin und her. Warf Hanna ein vorsichtiges Lächeln zu, das sie nicht erwiderte.

»Erzähl mir von dem Mann, mit dem du verheiratet warst«, sagte er und setzte sich wieder.

»Er lebt auch nicht mehr«, sagte sie kurz.

Er begriff, daß dies die Retourkutsche war.

»Ich fahre heim nach Reinsnes und weiß überhaupt nichts. Nicht einmal über dich?«

Sie zögerte kurz. Schaute interessiert auf ein Loch in der Bettdecke. Sie ließ ihren Zeigefinger darum herumkreisen.

»Håkon war Fischer. Er hatte kein eigenes Boot, dafür aber einen kleinen Hof. Zwei Kühe und acht Schafe. Er war lieb ... Das kam einfach so. Mit der Heirat. Wir bekamen ein Kind, einen Jungen. Wir nannten ihn nach dem Großvater, der auf See geblieben war, Isak. Er war ein Jahr alt, als Håkon ebenfalls ertrank. Das ist so in dieser Familie. Bei den Männern. Sie ertrinken.«

»Isak? Wie alt ist er jetzt?«

»Drei. Er läuft immer dem Tomas nach und gräbt überall, wo man graben kann. Vielleicht bleibt ihm so das Ertrinken erspart.«

Sie schwieg verlegen. Das kam nicht oft vor, daß sie so viel über sich erzählte.

»Und sie ... deine Frau?«

»Wir waren nicht verheiratet«, sagte er kurz.

»Nicht verheiratet?«

»Nein.«

»Barmherziger Gott!«

Sie fuhr sich mit beiden Händen übers Gesicht, preßte die Haut zum Haaransatz zurück. Gleichzeitig wiegte sie sich hin und her.

»Das Kind! Der Propst muß für sie beten, Benjamin!«

Er nickte. Kopenhagen war nicht der Ort für solche Gedanken gewesen. Aber vielleicht war es so am besten.

Das Dampfschiff »Michael Krohn« glitt langsam heran.

Auf dem Hügel mit der Fahnenstange flatterte etwas träge. Die Flagge war gehißt. Der Wind hatte den feuchten Nebel aufs Meer getrieben, so daß gute Landsicht war. Zwei Bootshäuser, zwei Anlegestellen und das Haus mit dem Laden waren nicht mehr so rot, wie er sie in Erinnerung hatte. Die Windbretter am Dachüberstand und die Dachgauben waren nach Südwest schon ganz grau, die Türen waren geschlossen.

Am Ende der Allee thronte mitten im kräftigen Grün das große Haupthaus mit roten und weißen Nebengebäuden zu beiden Seiten. Der Hofplatz lag da wie das Brett eines Brettspiels, die Spielsteine ordentlich darum herum. In der Mitte ragten Brunnenhaus und Taubenschlag empor. Das graue Schieferdach des Haupthauses und die Reihe glänzender Fenster schimmerten schwach. Das Erddach des Nebenhauses erinnerte an einen Grashügel voller Tau. Die ockergelbe Gesindestube mit Glasveranda auf der Seeseite unterbrach die wohlgeordnete Reihe von Weiß und Rot.

Weiter oben hoben die Herbstfarben die Landschaft dem Fjell entgegen. Die Allee aus Vogelbeerbäumen stand bereits gelb mit blutroten Beeren. Der Garten wies alle Schattierungen von Gelb und Grün auf. Er konnte die achteckige Laube zwischen den Bäumen erkennen.

Aus dem Schornstein über der Küche quoll Rauch, und die Glocke auf dem Vorratshaus läutete. Er wurde erwartet.

Natürlich hatte er sich auf diesen Augenblick gefreut. Bereits in Kopenhagen hatte er sich alles so ausgemalt, wie er es in Erinnerung hatte.

Dann wurde es ihm trotzdem zuviel. Er mußte sich abwenden und das Gesicht in die Hände legen.

Aber je näher er kam, desto weniger rot und weiß waren die Häuser. Das Dach des Andreasschuppens sah schlimm aus. Der Herbst war hier an Land deutlicher zu spüren. Das Grün hatte gelbe und braune Einschläge.

Dadurch wurde alles irgendwie leichter. Daß die Wirklichkeit den Traum in Stücke schlug. Dadurch blieb ihm, einem erwachsenen Mann, das Weinen erspart.

Tomas holte sie mit dem Boot des Ladens ab.

Er war darauf vorbereitet. Sie saßen sich gegenüber und sprachen über die Reise, den Wind und das Wetter.

Tomas stellte keine Fragen, die schwierige Antworten verlangten. Das Kind betrachtete er eher als ein zerbrechliches Gepäckstück. Daß es irgendwo noch eine Mutter geben könnte, lag offenbar außerhalb seines Interesses.

Hannas Anwesenheit feierte er mit einem »Guten Tag« und einem »Willkommen daheim«, das war alles. Seine Aufmerksamkeit war auf das Gepäck und das rein Praktische gerichtet: ein Boot zu rudern.

Benjamin hatte vergessen, wie es war. Ein Mann und sein Boot. Die Arbeit. Die geschickten Hände. Der stumme Stolz.

Er selbst war in diesen Breiten kein richtiger Mann. Seinen Aufenthalt im Ausland, um Arzt zu werden, hielt man hier daheim gewiß nur für Müßiggang. Und daß die Männer die Mütze ziehen mußten, wenn sie den Herrn Doktor trafen, würde sicher nur für Unmut sorgen.

Tomas' Arbeitshände in festem Griff um die Ruder. Mit mehreren offenen Wunden und Rissen. Die Augen, die so viel in die Sonne und in beißenden Wind geschaut hatten, daß sich die Falten wie weiße Linien eingegraben hatten. An der Lodenjacke fehlte ein Knopf. Er hatte sie mit einem Nagel geschlossen. Die unordentliche, rotweiße Mähne, die der Wind nach oben blies. Der blaue und braune Blick war direkt, gab jedoch nichts preis.

Als sie ihm vor einigen Wochen erzählt hatte, daß Tomas sein Vater sei, hatte er gefragt: »Warum Tomas?«

Und sie hatte ihm mit einer Frage geantwortet: »Warum Karna?«

Jetzt schlugen ihre Worte gegen die jähen grauen Wellenrücken.

Niemand ließ eine Bemerkung darüber fallen, daß Karna ein braunes und ein blaues Auge hatte, nicht einmal Oline.

Bedeutete das, daß es alle wußten, aber niemand etwas sagte? Oder dachte niemand so genau über die Indizien nach, die auf der Hand lagen?

Aber das Kind wurde wie ein kostbarer Schatz aufgenommen. Und der Korb mit Rädern und Klappverdeck? Hatte man jemals etwas Schöneres gesehen? Sie strichen über die Decke aus rosa Satin, klappten das Verdeck auf und zu, rollten den Wagen hin und her.

Der kleine Isak konnte sein Interesse im Zaum halten. Bisher hatte er den großen Oline-Schoß und den der anderen Frauen ganz für sich gehabt. Jetzt mußte er sich mit den harten Knien der pfeifenrauchenden Männer begnügen.

Aber Karna wanderte von Schoß zu Schoß, wurde bewundert und bestaunt, auf der Küchenwaage gewogen, gemessen, und die Werte wurden aufgezeichnet.

Die Frauen schüttelten den Kopf darüber, daß er als Doktor und Vater das nicht schon längst getan hatte. Dann hätten sie gewußt, ob Karna auf der langen Reise genug Nahrung bekommen hatte. Hatte sie Durchfall gehabt? Husten? Ausschlag? Gelbsucht? Vielleicht noch etwas Schlimmeres?

Als Oline zu Ohren kam, daß er sie nicht hatte taufen lassen, ehe er mit ihr über alle Meere gefahren war, weinte sie heftig.

Anschließend mußte er Dinas Bibel und die Porzellanwaschschüssel aus dem Saal holen. Anders mußte sich seine Arbeitsbluse aus- und sein Sonntagshemd anziehen. Hier war eine Haustaufe nötig, um das Mädchen vor allem Bösen, das ihm widerfahren konnte, zu bewahren.

Aber Oline war alles andere als sicher, ob das genug war oder ob nicht doch das Strafgericht kommen würde. Benjamin mußte versprechen, daß er das Kind auch in der Kirche taufen lassen würde. Und Hanna sollte es halten.

3

In dem Jahr, nachdem Karna und Benjamin nach Reinsnes gekommen waren, war der Heringsfang märchenhaft. Anders nannte das Mädchen sein Heringsglück und glaubte, das Glück würde dauern, jedenfalls ein paar Jahre, so daß er einen Teil der Schulden an die Bergener Kaufleute zurückzahlen konnte.

Aber bereits im Jahr danach kam der Rückschlag. Und als man das Jahr 1875 schrieb, war das Meer ganz leer. Der große Hering war vollkommen verschwunden. Drei Heringsnetze hingen die meiste Zeit über den Balken und waren nicht einmal bezahlt. An Verkauf war nicht zu denken. Wer kaufte schon ein Heringsnetz, wenn es keine Heringe gab?

Da tauchte aus einem entlegenen Fischerdorf in den Schären von Senja ein junger Mann auf. Er unterschrieb mit W. Olaisen und war ein guter Tänzer. Sogar die Töchter der Abstinenzler tanzten mit ihm.

Seit einem guten Jahr war er Dampfschiffsexpedient in Strandstedet. Jetzt hatte er damit angefangen, die Felsenklippen am Sund aufzukaufen, weil er Klippfisch herstellen wollte.

Der Mann war zu jung und zu gutaussehend, so daß die Leute glaubten, er tauge höchstens zur Abfertigung des Dampfschiffs. Die Männer meinten, er könne zwar ganz leidlich rudern, aber nur schlecht schwere Güter verstauen. Außerdem trug er auch an Werktagen Sonntagskleider. Eine Zeitlang lachten sie über den Grünschnabel. Als ob das so einfach wäre! Von einer böigen Schäre weit draußen im Meer zu kommen und sich zu etablieren.

Sie verkauften ihm trotzdem ihre Felsen für ein paar Kronen und sprachen mit Mißtrauen darüber, wo er das Geld herhatte.

Eines Tages kam er zu Anders, um auch von ihm eine felsige Strandpartie zu kaufen. Ja, er würde für einen angemessenen Preis auch die Heringsnetze kaufen, wenn Anders sie loswerden wolle. Ob er also die Klippen bekäme?

Anders, seit langem müde und halbblind, war nur froh darüber. Denn aus den Plänen, die er mit den Felsen in Strandstedet gehabt hatte, war nichts geworden.

Wilfred Olaisen bekam sowohl Felsen als auch Netze für einen Preis, mit dem beide leben konnten.

Benjamin erfuhr von dem Verkauf. Aber er hatte keinen Grund zu bezweifeln, daß Anders tat, was richtig war.

Er selbst hatte nicht einmal so viel Durchsetzungsvermögen, Bezahlung für Pillen, Verbände und Jod zu fordern. Aber Anders war der Meinung, daß jede Gutmütigkeit auch eine Grenze haben müsse, sonst würde nichts funktionieren.

Er erwähnte mit keiner Silbe, daß Benjamin nicht sonderlich viel von Dinas Geschäftssinn geerbt hatte. Er nannte überhaupt nicht Dinas Namen, falls nicht jemand wissen wollte, wie es ihr ging.

Und dann sagte er nur kurz: »Danke, ausgezeichnet! Sie meinte, daß sie vielleicht im Sommer kommen würde.«

Viele Sommer waren vergangen, und schon lange hatte niemand mehr gefragt.

Der alte Lensmann, wie er genannt wurde, obwohl er mit Polizei und Verwaltung nichts mehr zu tun hatte, wohnte weiterhin auf Fagernes und polierte seine Jagdgewehre. Er war immer noch ein lautstarker Mensch, besonders seit er schwerhörig geworden war.

Er war nicht unfreundlich oder gefährlich. Man konnte nur einfach kein Gespräch mit ihm führen. Das hatte man im Grunde nie gekonnt, dachte Benjamin. Er erinnerte sich an seinen Großvater wie an einen polternden Plagegeist bei den Weihnachtsfeiern seiner Kindheit und an anderen großen Festtagen.

Als Dagny und der Lensmann nach Reinsnes kamen, um sich den frischgebackenen Doktor und die kleine Karna anzusehen, stellte Benjamin fest, daß sein Großvater noch lauter sprach und noch schlechtere Manieren hatte, als er es in Erinnerung hatte.

Natürlich war der Mann alt und befand sich nicht mehr ganz in der Wirklichkeit. Aber trotzdem hielt er sich kerzengerade, war groß und stattlich und roch bereits von weitem nach Zigarren. Bei jedem Treffen mit Anders befahl er ihm, Dina aus Berlin zu holen. Das konnte peinlich sein, nicht nur für Anders, sondern für alle, die es hörten.

Eine weitere Anordnung lautete, daß Anders an das Haupthaus zur Seeseite hin eine große Glasveranda anbauen lassen müsse. Ein großer Handelsplatz sollte nicht nur am Nebenhaus, wo das Personal wohnte, eine Glasveranda haben. Das Haupthaus benötige eine doppelt so große. So sei das erbärmlich, meinte er.

Anders hatte anderes im Sinn als Glasveranden.

Benjamin fand, er müsse Anders zu Hilfe kommen, und sagte, das Haupthaus habe seine eigene Architektur, die durch einen Glaskäfig nur zerstört würde.

»Blödsinn!« rief der Lensmann und fügte hinzu, Leute aus Dänemark wüßten nicht, was man in Nordnorwegen benötige.

»Wartet nur, bis ihr einmal alt seid und im Warmen und Trockenen über das Meer blicken wollt. Da wird euch die Glasveranda fehlen. Nein, Dina, die hatte Sinn für so was!«

Wenn er von Dina sprach, dann benutzte er denselben Tonfall, den man gebraucht, wenn man von Toten spricht.

Benjamin erinnerte ihn daran, daß auch Dina es nicht für nötig gehalten hatte, eine Glasveranda an das Haupthaus anzubauen.

»Blödsinn!« rief der Lensmann. »Sie hatte einfach nicht genug Zeit!«

Da ergriff Anders nachdrücklich das Wort und bat alle, noch einmal zuzugreifen, ehe die Tafel aufgehoben würde. Wie immer, wenn Anders es für gut befand, in Gegenwart des Lensmannes etwas zu sagen, geschah es mit gedämpfter Autorität.

Und alle begannen, über andere Dinge zu sprechen, der Lensmann auch.

Dagny hielt sich an Benjamin und bestand darauf, daß er nach Fagernes kommen müsse.

Er entschuldigte sich damit, daß er so viel dienstlich unterwegs sei; wenn er schon einmal zu seiner eigenen Anlegestelle komme, bleibe er dort so lange, wie er könne.

Dagny streckte die Arme nach ihm aus. Hielt ihn lange fest. Das hatte sie immer getan. Zu allen anderen in der Familie war sie kühl und korrekt.

Seit die Jungen ohne sie zurechtkamen, war sie jeden zweiten Sommer zu ihrer Familie nach Bergen gereist. Um an der Welt teilzuhaben, wie sie es nannte.

Benjamin konnte sich aus einer Zeit an sie erinnern, als er noch ein Junge gewesen war. Eine prickelnde, heimliche Sehnsucht, die er nie jemandem anvertraut hatte. Er beugte sich näher an sie heran und redete leise, und er stellte fest, daß ihr das gefiel.

Während sie dort am Tisch saßen, dachte er: Sie sehnt sich danach, daß ihr Mann stirbt. Es fiel ihm nicht ein, ihr deswegen Vorwürfe zu machen. Der Lensmann hatte, so lange er sich erinnern konnte, ein schwaches Herz gehabt, aber eine Gesundheit wie ein Teufel.

Als er das später einmal Anders gegenüber erwähnte, bekam er folgende Antwort: »Es ist nicht das Herz, das zu wünschen übrigläßt, sondern die Herzenswärme. Deswegen ist er auch immer noch am Leben.«

Lensmann Holm mußte im folgenden Frühling aufgeben. Das Herz blieb eines Tages stehen, als er auf dem Weg zum Markt im Boot saß.

Jetzt beschwerte er sich nicht mehr lautstark wegen dieser Tochter, die nie ein Lebenszeichen von sich gab.

Sonst war er in dieser Beziehung immer sehr verläßlich gewesen. Am letzten Weihnachtsabend, als sie ohne Musik um den Weihnachtsbaum geschritten waren, hatte er Anders unter Tränen und mit kraftvollen Worten abverlangt, Dina nach Hause zu holen.

Wie immer hatte Anders das alles ertragen, ohne zu widersprechen.

Ab jetzt würde also Frieden sein.

Benjamin schrieb an Dina vom Tod des Lensmannes. Erzählte von Reinsnes, von Anders und den anderen, von Karna und von sich, von seinen Plänen, sich in Strandstedet einzumieten und dort eine Praxis zu unterhalten. Es gebe viele, die einen Arzt brauchten, aber wenige hätten die Mittel, ihn zu bezahlen. Dagegen fänden sich überall immer mehr Handelsgehilfen und Handwerker. Der Laden in Reinsnes sei leer, es gebe weder Kunden noch Waren. Also sei Hanna nach Strandstedet gezogen, um für die Leute zu nähen.

Er schrieb auch an Aksel, adressiert an seine Eltern in Dänemark. Er hielt den Brief in einem leichten, sorgenfreien Ton und lud ihn nach Reinsnes ein, jederzeit.

Aksel schrieb aus Berlin und erzählte, er versuche mit einer privaten Praxis in Gang zu kommen. Das sei nicht leicht. Am allerliebsten wolle er in einem Krankenhaus arbeiten, mehr lernen. Aber das sei schwierig. Er habe ja nicht Benjamins Zensuren. Und außerdem müsse er auch erst die Sprache ordentlich lernen.

Als sei Dina nur eine gemeinsame Bekannte, schrieb er weiter, daß sie mehrere große Zimmer in einer guten Gegend gemietet habe. Er selbst habe ein kleines Zimmer in einer Pension in der Nähe.

Eine sinnlose Eifersucht brachte Benjamin dazu, den Brief halb gelesen fortzuschleudern.

Seine Mutter lebte mit seinem besten Freund zusammen, der kaum älter war als er selbst. Mindestens fünfzehn Jahre Unterschied. Dazu kam noch: Sie überließ es Aksel, ihm das zu erzählen. Nicht gerade schön.

Was zum Teufel würde passieren, wenn sie seiner müde war? Oder noch schlimmer: Was würde passieren, wenn er ihrer müde war?

Er holte den Brief wieder hervor.

Aksel erzählte auf jeden Fall, daß sie jeder für sich wohnten. Also nicht der große öffentliche Skandal.

Die Angst davor, daß der Brief von Aksel Anders in die Hände fallen könnte, brachte ihn dazu, ihn in den Ofen zu stecken. Er achtete darauf, daß ihn die Flammen verzehrten, und setzte sich gleich hin, die Antwort zu schreiben.

Es wurde eine lächerliche Warnung vor einem Leben in Hurerei und Ehebruch.

Als er ihn durchgelesen hatte, knüllte er ihn zu einem kleinen harten Ball zusammen, so daß er Tintenkleckse auf die Handflächen bekam. Er konnte verdammt noch mal Aksel keine Moralpredigt halten. Er?

Nach ein paar Tagen schrieb er einen neuen Brief an Aksel, in einem Ton, als wären sie beide noch Studenten. Ohne andere Sorgen als die, die sie sich selbst eingehandelt hatten.

Bat ihn darum, Dina zu grüßen. Falls er sie träfe.

4

Das Kontor war braun und verwahrlost. Es roch nach Tabak, Papieren und Siegellack. Niemand kam und störte sie. Der Laden war leer. Nur einige staubige, schlecht verkäufliche Waren auf den Regalen und in den Schubladen. Dinge, die sich lagern ließen. Die vielleicht noch im Haushalt verwendbar sein würden. Pechdraht und Pfeifenreiniger. Lampenzylinder und Wachstuch in von der Sonne verblichenen Rollen.

Anders hatte sich ein paar Tage auf das, was er sagen wollte, vorbereitet. Jetzt saßen sich Benjamin und er, jeder mit einem Glas Rum in der Hand, gegenüber.

Es gehe um die angestrengten Finanzen, begann er mit einem gutmütigen Grinsen.

Ob er das recht verstehe, daß er Karna mitnehmen und sich in Strandstedet mit Haushälterin einmieten wolle? Er müsse sagen, was er von dieser Sache halte. Denn diese Rechnung wolle einfach nicht aufgehen.

Benjamin wußte nicht, wie er das aufnehmen sollte. Er war doch kein Junge mehr, den man einfach so in die Schranken weisen konnte, wenn es einem einfiel.

Doch, er habe vor, eine Praxis in Strandstedet zu eröffnen. Er habe mit dem Distriktsarzt darüber gesprochen. Es sei Bedarf für einen weiteren Arzt. Ohne Zweifel.

Anders stellte auch gar nicht in Abrede, daß Benjamins Einsatz als Arzt benötigt wurde. Er habe gesehen, daß er sowohl Anerkennung finde als auch Respekt genieße. Das sei alles gut und recht. Aber davon könne er nicht leben, solange er nicht auch dafür sorge, daß er bezahlt wurde.

Ja, Anders sagte es unumwunden. Er fühle sich wie der Verwalter eines Besitzes, der nur ihm allein etwas bedeute.

Für jemanden wie Anders waren das ungewöhnlich direkte Worte.

Da von der anderen Seite des Tisches keinerlei Einwände kamen, setzte er die längste Rede fort, die er gehalten hatte, seit er auf der Fahrt zu den Lofoten Benjamin vor den üblen Scherzen der Fischer gerettet hatte.

Der Hering sei wieder verschwunden, sagte er. Bereits seit 64 sei es nicht mehr möglich gewesen, die Waren der Fischerbauern auf die alte Art gegen Waren an die Fischer zu befrachten. Sie wollten für ihre Fische sofort in klingender Münze bezahlt werden. Sonst gingen sie zu einem anderen Aufkäufer. Und sie hätten schon lange aufgehört, im Laden von Reinsnes ihre Münzen zu gebrauchen. Nein, die Fischer gingen an irgendeiner anderen Landzunge an Land.

Und er, Anders, müsse Vorschuß zahlen, ehe er den Fisch verkauft habe! Er allein trage die Verantwortung für die Fischqualität. In Bergen beschädigte und nicht angenommene Fische seien dann sein Verlust.

Dann seien da auch noch diese verdammten Dampfschiffe! Sie hätten die gesamte Befrachtung übernommen, pünktlich wie die Uhr, egal wie Wind und Wetter.

Überall ließen sich Krämer nieder. In Strandstedet, am Sund und auf den Inseln. Jeder dürfe Handel treiben. Wäre das Wasser in Reinsnes nicht so seicht, dann hätte er trotz seiner verdammten Blindheit alles auf eine Karte gesetzt. Er hätte ein Dampfschiff gekauft und sowohl Passagiere als auch Waren befrachtet.

Die neue Zeit lasse nicht nur Reinsnes havarieren. Vielen anderen alten Handelshäusern und Gastwirten gehe es ebenso. Aber wenn Benjamin glaube, das sei ein Trost, dann habe er sich geirrt!

Die Fischer auf den Lofoten verkauften ihren Fisch roh an die Aufkäufer, die ihn zu Klippfisch verarbeiteten. Emporkömmlinge wie Olaisen hätten sich dafür entschieden. Aber der sei jung, sehe noch ausgezeichnet und habe ohnehin ein sicheres Auskommen. Diese Burschen würden Frauen und Kinder wie Tiere schuften lassen. Nicht für Kost, sondern für klingende Münze.

Benjamin erinnerte ihn daran, daß er die Felsen verkauft hatte. Ob das klug gewesen sei?

Anders grinste bitter und begann zu erzählen, was nötig sei, um aus dem blinden Schiffer eines Frachtseglers einen Klippfischgrafen zu machen. Außerdem: Das Haupthaus und die Anlegestellen müßten gestrichen werden, jedenfalls nach Südwest. Ausrüstung und Taue seien aus Bergen auf Kredit geliefert worden. Der Frachtsegler habe schlechte Segel.

Die Leute, die zur Feldarbeit angestellt wurden, begnügten sich nicht mehr mit Kost und Kleiderstoffen, sie verlangten bare Münze. Für das Salz habe er tatsächlich bereits gezahlt, aber nicht für das gesamte Mehl.

Selbst sei er auf dem Frachtsegler nicht mehr voll einsatzfähig. Er müsse einen extra Steuermann für die Fahrt nach Bergen anheuern. Die Leute, die ihr Heim und ihre Beschäftigung auf dem Hof hatten, könne er nicht fortschicken. Wo sollten sie hin?

Landwirtschaft und Viehhaltung seien in Tomas' Händen gut aufgehoben. Er selbst habe sich an den Bilanzen versucht, aber das sei nichts für einen halbblinden Mann. Außerdem tauge er nicht für solche Arbeit. Er sei ein Mann der See und würde es bleiben.

»Aber du, Benjamin, du hast doch das eine und andere gelernt, du kannst dir doch die Zahlen anschauen?« schloß er und knallte sein Glas auf den Tisch.

Benjamin hatte der langen Untergangsprophezeiung gelauscht. Jetzt schüttelte er den Kopf.

»Wir stellen jemand ein, der etwas von Zahlen versteht, damit er sich um alles kümmert«, sagte er.

»Noch einen, der seinen Lohn in barer Münze bekommt? Nein! Es geht nicht nur um die Bilanzen. Wir brauchen auch Einnahmen.«

Hatte der gelehrte Herr Doktor den Ernst nicht verstanden?

»Begreifst du eigentlich nicht, wie es steht?«

»Doch ... Aber wir sind doch wohl nicht tatsächlich bankrott?«

»Nur so in etwa«, sagte Anders trocken.

»Da müssen wir gemeinsam zupacken und für einen guten Fang beten.«

»Ich kann besser arbeiten als beten«, sagte Anders.

Benjamin meinte, daß sie Tomas in die betrübliche Lage einweihen müßten.

Anders sah zu Boden. Es war noch nie so gewesen, daß Hofarbeiter in ökonomische Schwierigkeiten eingeweiht wurden.

»Das war wohl vor meiner Zeit, als Tomas einfach nur Knecht war«, sagte Benjamin.

Sie sahen sich vielsagend an.

Anders murmelte, er sei vielleicht etwas altmodisch. Tomas verwalte schließlich den Hof. Er erwirtschafte zwar keine großen, aber immerhin einigermaßen solide Einnahmen. Nicht so sehr in barer Münze, sondern in Nahrungsmitteln und anderen Dingen des täglichen Bedarfs.

»Hast du mal ausgerechnet, was es kosten würde, das Essen für den gesamten Hausstand zu kaufen?«

Nein, das hatte Anders nie.

»Dann müssen wir Tomas zu den Beratungen hinzuziehen und sehen, wo wir sparen oder Profit machen können.«

Sie schickten nach Tomas.

Es dauerte eine Weile. Er mußte noch eine Arbeit fertig machen, sich waschen und das Hemd wechseln. Tomas zeigte sich nie ungepflegt in Gesellschaft von Leuten, die sich nicht die Hände schmutzig machten. Aber er ging nicht so weit, daß er sich auch noch rasiert hätte.

Falls es ihn überhaupt erstaunte, in den beklagenswerten Zustand von Reinsnes eingeweiht zu werden, zeigte er es nicht. Er wurde nur einen Moment ganz still. Dann kam es: »Auf Dorsch ist mehr Verlaß als auf Hering. Wir können südlich von den Bootshäusern die Felsen freilegen. Da gibt es massenweise Felsen, die nur mit einer dünnen Schicht Heidekraut und Moos bedeckt sind. Wenn wir jetzt anfangen, dann wäscht sie uns das Unwetter von Südwest sauber, gratis, ehe die Fangzeit beginnt. Außerdem hast du doch Felsen in Strandstedet. Wir fahren mit dem Frachtsegler auf die Lofoten, um Fisch zu kaufen, und machen ihn dann selbst direkt auf den Felsen zurecht.«

»Ich habe die Felsen in Strandstedet an diesen Wilfred Olaisen verkauft«, sagte Anders knapp.

Tomas stutzte, fing sich jedoch schnell wieder.

»Ich glaube, die Felsen hier auf Reinsnes liegen günstiger, für die Fischer ein kurzer Lieferweg. Außerdem haben wir sowohl Anlegestellen für die Annahme und Unterkunft für die Leute, die arbeiten ...«

»Ich glaube nicht, daß wir etwas damit erreichen«, sagte Anders entschieden.

»Aber wenn Tomas es versuchen will?«

Benjamin fühlte sich nicht ganz wohl als Vermittler.

Aber für Tomas war das Unglaubliche geschehen. Er saß im Kontor des Ladens und besprach die Zukunft von Reinsnes. Es wurde entschieden, daß er ein paar kräftige Jungen anheuern sollte, um die Felsen freizulegen, gegen bar. Auf Anders' Kosten. Anschließend würde er anfangen, Fisch zu kaufen und Leute einzustellen. Auf eigenes Risiko.

Tomas grinste, als er zum Abendessen erschien. Ein Grinsen spielte auch die nächsten Tage noch um seine Mundwinkel. Ihm gingen so viele Dinge durch den Kopf, in die er Ordnung bringen mußte. Er konnte sich nicht erinnern, daß er in seinem Leben jemals so viel auf einmal nachgedacht hatte. Gegen bar! Das war etwas ganz anderes als Viehzucht und Pflügen.

Er ging hinter dem Pflug her und hatte eine großartige Idee nach der anderen. Dann ging er ins Haus, um sich zu waschen. Anschließend klopfte er bei Anders. Der saß im Kontor und betrachtete Listen durch ein Vergrößerungsglas.

5

An einem Märztag wurde Benjamin zu einer abgelegenen Häuslerkate mit vier kranken Kindern geholt. Die Eltern hatten tagelang geglaubt, es sei gewöhnlicher Husten und Erkältung. Aber in der zurückliegenden Nacht war das Jüngste so krank geworden, daß sie nach dem Doktor schickten.

Benjamin konstatierte hohes Fieber, Ausschlag und weißen Belag auf der Zunge. Das Jüngste war schon vollkommen entkräftet und hatte diese charakteristische Blässe um den Mund.

»Das ist wohl Scharlach«, sagte er und gab kurze Anweisungen, wie sie sich verhalten sollten. Das Jüngste war so elend, daß er es für das beste hielt zu bleiben, bis es zu einer Wende kommen würde.

Aber da war nichts, was er tun konnte, und im Verlauf des Abends starb das Kind. Die ganze Zeit, die er am Bett saß, hatte er nicht das fremde Kind vor Augen, sondern Karna. Als alles vorbei war, gelang es ihm nicht einmal, sich selbst zu trösten.

Am späten Abend stapfte er mehrere Stunden durch brüchigen Harschschnee, ehe er es fertigbrachte, die Türen zur Wärme und zu den Lichtern von Reinsnes zu öffnen. Er sehnte sich nach Wasser zum Waschen, Essen und Schlaf.

Bergljot brachte ihm Wasser und die Zeitung, *Tromsø Stiftstidende*, hinauf in den Saal, wie sie das immer tat. An diesem Abend fiel ein Brief aus der Zeitung. Große Schrift, die sich etwas nach links neigte. Da begriff er, daß er von ihr war. Anna.

Der demütigende Abschied wurde ihm wieder sehr gegenwärtig. Gleichzeitig verspürte er eine prickelnde Erwartung. Sein Atem, als wäre er weit gelaufen. Sein Puls schlug an den merkwürdigsten Stellen. Im Mund. In den Gehörgängen.

Er zwang sich, den Brief ganz langsam zu öffnen. Mit dem Brieföffner.

Die Tinte verschwamm vor seinen Augen. Die Buchstaben waren geheimnisvolle Chiffren aus unregelmäßigen, trotzigen Strichen.

Er sammelte sich. Versuchte zu lesen. Meinte zu verstehen, daß sie sich über seinen Brief gefreut hatte. Kein Wort über den schmerzlichen Abend. Keine Vorwürfe. Nicht einmal zwischen den Zeilen.

Hatte sie sich entschlossen, ihn als einen gewöhnlichen Bekannten anzusehen? Oder wollte sie ihm die Chance geben, von vorne zu beginnen? War sie vielleicht nur höflich? Die wohlerzogene Tochter des Professors?

Erst in den frühen Morgenstunden schlief er ein. Der Brief war das erste, was er nach dem Erwachen zur Hand nahm.

Danach wurden die Briefe von Anna eine Fangleine zum Rest der Welt. Eine Pause von Pflichten und Alltag.

Er wandte sich regelmäßig an sie, wie an ein Tagebuch. Schwierigkeiten, Freuden, Episoden des Alltags. Er mied Formulierungen, die an einen abgewiesenen Freier erinnern könnten. Liebeserklärungen ebenfalls. Etwas sagte ihm, das sei vielleicht klug.

Die Seiten, die ihm beim Durchlesen bedrohlich vorkamen, schickte er nicht ab. Statt dessen schrieb er ein paar Zeilen über Karna. Amüsantes. Aber die tieferen Gedanken über die Vaterschaft und darüber, daß er sich zu Reinsnes verurteilt fühlte, verschwieg er.

Dagegen ließ er sie an den tragischen Ereignissen, deren Zeuge er wurde, teilhaben. Beispielsweise, daß drei Häuslerkinder an Scharlachfieber gestorben waren. Damit sie nicht glauben sollte, daß sein Leben allzu traurig sei, machte er sich über seine eigene Unvollkommenheit lustig. Das machte sich gut, wenn er den Brief noch einmal las.

Ab und zu ließ er durchblicken, daß er sich fortsehne. Er untertrieb dabei jedoch immer.

Anfänglich antwortete sie nicht regelmäßig. Die Briefe waren recht distanziert, hatten nicht dieselbe leichte Vertraulichkeit, die er ihr erwies.

Aber nach und nach gab sie mehr. Obwohl er die ganze Zeit den Eindruck hatte, daß das nicht ihre wirklichen Gefühle waren.

War das der Abstand?

Einige Male ertappte er sich dabei, daß er an sie wie an eine Person dachte, der er nie begegnet war. Vielleicht sehnte er sich danach, sie zum ersten Mal zu treffen? Vielleicht träumte er von ihr? Sie war in seinen Gedanken. Auf diese Art hatte er sie ständig.

Alles andere bedeutete nichts.

Sie schrieb nie etwas über die letzte, aufwühlende Zeit. Die Auseinandersetzung. Aksel erwähnte sie mit keinem Wort. Dagegen erzählte sie anschaulich von einer Reise nach England und Schottland, davon, daß sie Klavierstunden gab und einige Konzerte veranstaltet hatte. Zwei davon öffentlich in Kopenhagen.

Er bekam zwei Briefe, als sie bei einer Tante in London wohnte. Sie erwähnte einen Schotten, den sie getroffen hatte, widmete dieser Begegnung mehrere Sätze.

Er antwortete sofort, wie im Fieber. Bat sie, das Verhältnis zu überdenken. Sei dieser Mann wirklich der Richtige für sie? Sie dürfe nicht dieser dummen Angst nachgeben, als alte Jungfer betrachtet zu werden.

Als sie antwortete, hörte er ihr Lachen zwischen den Zeilen. Sie habe nie daran gedacht, einen Schotten zu heiraten. Jedenfalls nicht diesen. Er interessiere sich zu sehr für Geld und Wortspiele. Sie ertrage ihn auch nur in kleinen Portionen. Dann könne er allerdings außerordentlich unterhaltend sein.

Aber ein Schotte sei nichts, was man mit nach Hause nehme. Wenige Männer eigneten sich für den Import, schrieb sie.

Immer wieder las er ihre Briefe. Ab und zu las er sie Anders vor. Nur einen Absatz oder zwei, um die Freude mit jemandem zu teilen.

So wurde Anders in Annas Existenz eingeweiht, ohne daß er Fragen stellte. Aber er lachte leise, erinnerte sich an einige von Annas Worten und unterhielt sie beide damit, indem er sie wiederholte.

»Wenige Männer eignen sich für den Import.« Als handele es sich um Klippfisch, fügte er noch hinzu.

Oder: »Das englische Essen läßt einen verstehen, warum sie Imperialisten sind. Die Grausamkeit sitzt in den Därmen.«

»Unvergleichlich, he, he.«

Benjamin machte Kreuze in seinen Kalender, wenn es Zeit für einen neuen Brief war. Eine Art Zeitrechnung. Oder ein Zeichen, das er immer, wenn er wollte, anschauen konnte, genau wie die Briefe.

Aber dabei mußte er allein sein.

In einer vertraulichen Stunde mit Anders versuchte er, seine Gedanken in Worte zu kleiden. Sie saßen in der Kajüte des Frachtseglers, der vor Reinsnes vor Anker lag.

»Wir haben wohl beide kein sonderliches Glück mit den Frauen, weder du noch ich?«

Anders blickte ihn durch den Pfeifenrauch verstohlen an.

»Nun ... Du mußt erst einmal trocken hinter den Ohren werden, ehe du deine Position bestimmst. Für mich dagegen ist die Reise schon vorbei.«

»Glaubst du, daß sie nie mehr nach Hause kommt?«

»Was in aller Welt hätte sie hier verloren?«

»Du bist doch hier. Reinsnes. Karna.«

»Nimm lieber noch einen Schnaps, Junge.«

Diese Schlagfertigkeit und Ruhe konnten Benjamin rasend machen. Als hätte der Mann alle Gefühle abgetötet und wäre darauf auch noch stolz. Ob Dina sich genauso darüber aufgeregt hatte?

»Ich habe ihr geschrieben und sie gebeten, zu kommen und zu sehen, was wir für Reinsnes tun können«, sagte er plötzlich.

Anders reinigte seine Pfeife. Dann stopfte er sich eine neue. Das dauerte seine Zeit. Als er fertig war, zündete er sie umständlich an. Schmauchte. Nahm sie aus dem Mund und sah sie mißtrauisch an. Kein Anzeichen von Glut. Er versuchte es erneut. Ebenso schwarz wie vorher. Dann nahm er einen vier Zoll langen Nagel aus der Tabakdose und kratzte alles wieder heraus. Den braunen Haufen in der Dose betrachtete er mit Interesse.

»Ja, ja, man darf doch noch an Wunder glauben.«

Dann legte er die Pfeife beiseite und goß Rum nach.

Benjamin mietete weiterhin zwei Zimmer beim Schuster in Strandstedet. Dort behandelte er zwei Tage die Woche seine Patienten, wenn die See für kleine Boote nicht zu rauh war.

Er gab gerne zu, daß Segeln nicht zu seinen großen Talenten gehörte. Aber Anders hatte recht damit, daß auch Arbeit, zu der man kein sonderliches Geschick hatte, nach und nach Routine wurde.

Er hatte sich an die einsamen Stunden auf See in allem möglichen Wetter gewöhnt. Auf diese Weise gab es auch keine Zeugen, wenn die Wogen vor Senja oder die große Flutwelle auf dem Andfjord ihn mutlos werden ließen. Oder wenn der Herr Doktor manchmal jammerte, weil er gegen den Wind rudern mußte und die Blasen an den Händen aufplatzten.

Er hatte ein gutes Boot. Aber ein wenig Spritzwasser genügte, und er wünschte sich nach Kopenhagen zurück. Immer wieder plante er den Rückzug. Fort. Nur weg.

Die Studienzeit erschien ihm als Fest, als Freiheit. Das Leben als Doktor in den Schären gab ihm oft das Gefühl, verbraucht und uralt zu sein.

War das Wetter so, daß ein Mann unter dem Segel sitzen und in Frieden nachdenken konnte, dann plante er, nach Kopenhagen oder nach Deutschland zu gehen, um sich zu spezialisieren.

Er hatte eine dritte Möglichkeit: Fødselsstiftelsen, die Geburtsstiftung, ein Entbindungsheim in Bergen. Vielleicht war das seine Bestimmung? Kindern auf die Welt helfen. Frauen helfen.

Es kam vor, daß er sich eine Frist setzte, in der er eine Bewerbung schicken wollte. Aber es genügte ein überraschender Seitenwind, den Plan zu vereiteln. Oder der Gedanke verschwand spurlos in Karnas blauem und braunem Blick, wenn sie ihm am Anlegeplatz auf unsicheren Beinen entgegenkam.

Sie suchten ihn auf. Die Frauen. Junge und alte. Wollten Rat. Medizin. Im Winter sah er sie fast nicht unter den vielen Kleidern. Im Sommer merkte er sich den einen oder anderen Blick. Ein Muttermal. Ein Lächeln. Eine Locke. Aber wirklich waren sie für ihn nicht. Nur Fälle. Er mußte sie aber trotzdem anfassen, vielleicht auch trösten. Es kam vor, daß er die Wärme ihrer Haut bemerkte. Dann paßte er sofort auf. Er sollte für sie dasein, nicht umgekehrt.

Wenn er in Strandstedet übernachtete, kam es vor, daß er sich an Orte verirrte, an denen sie nicht mehr seine Patienten waren. Idiotische Basare zugunsten des einen oder anderen. Der Leseverein des Redakteurs. Er hörte zu, wie sie laut aus irgendeinem Roman vorlasen.

Strandstedet war aber nicht Kopenhagen. Hier flanierte niemand in dünnen Sommerkleidern unter Bäumen. Keine Absätze klapperten auf Pflastersteinen. Er versuchte, sich an Situationen, Ereignisse, Szenen zu erinnern. Immer mit Frauen in großen Hüten. Mit dem Rücken zu ihm und mit dieser schwingenden Bewegung in den Hüften. Der Schöpfer war wirklich ein liederlicher Satan!

Liebe?

Nordnorwegen war ein trostloser Ort. Für jemanden wie ihn.

Eines Tages suchte er Hanna auf. Sie hatte zwei Zimmer in einem ungestrichenen Haus beim Telegrafen gemietet.

Er hatte sie mehrere Monate nicht gesehen. Sie war nur selten auf Reinsnes.

Einmal war sie bei ihm in Strandstedet gewesen, um Hustentropfen für Isak zu holen. Sie hatte in dem winzigen Warteraum gesessen und sich so aufgeführt, als würde sie ihn nicht besser als wer weiß wen kennen.

Sie mied ihn. Oder war es vielleicht umgekehrt?

Deutlich erstaunt empfing sie ihn in der kleinen Stube hinter ihrem Nähzimmer. Dort war es gemütlich, aber eng.

Sie holte Kaffee und Gebäck und machte sich wieder daran, das Oberteil eines Kleides zusammenzuheften.

Er wußte, daß sie hart arbeitete, um genug für das Notwendigste zu haben. Einige Male hatte er Stine ein paar Geldscheine zugesteckt und sie gebeten, sie Hanna zu geben, ohne zu sagen, wo sie herkamen.

Nun wurde ihm bei diesem Gedanken unwohl. Als hätte er versucht, etwas zu kaufen.

Erst sprachen sie von den Kindern. Er hatte einen Zinnsoldaten für Isak mitgebracht.

»Er ist unten am Wasser und spielt«, sagte sie.

Vor einigen Tagen hatte er Isak im Doktorboot mitgenommen. Das Wetter war gut, und er wollte am Abend ohnehin wieder nach Strandstedet zurückkommen. Der Junge streifte allein am Strand herum, dort, wo er sein Boot liegen hatte. Als er gefragt wurde, ob er mitwolle, antwortete er besonnen, er müsse erst Hanna Bescheid geben. Er versuchte zu verbergen, wie froh er war.

Sie hatten über die große Welt gesprochen, dort hinterm Horizont. Und über einen vereiterten Finger, den Benjamin vor Isaks Augen aufgeschnitten hatte.

Der Junge hatte einen anderen Glauben an die Welt als Hanna. Seltsam war nur, daß er diese Eigenschaft vermutlich Hanna zu verdanken hatte. Wo andere Witwen überbeschützend gewesen wären und ihr Kind verwöhnt hätten, schickte Hanna Isak alleine los. Besorgungen machen, bei Krankenbesuchen mitfahren und im Hafen rudern, um die Schmiede am Strandveien zu besuchen.

Es war Isak, der die Rede auf den Dampfschiffsexpedienten brachte.

»Er hat der Mama Kunden verschafft. Er kennt so viele.«

»Ach so?«

»Er sagt, wir können bei ihm einziehen. Er will, daß wir ihn heiraten.«

»Hast du das gehört?«

»Gehört und gehört ... meine Ohren haben es mitbekommen, ja! Ich hatte mich schlafen gelegt, aber konnte nicht einschlafen.«

»Was hat sie geantwortet, deine Mutter?« fragte er leichthin.

»Das habe ich nicht gehört. Aber sie hat eine Halsbrosche bekommen.«

Er wollte Hanna von dem Ausflug mit Isak erzählen. Da sah er die Brosche auf ihrer Brust. Oder war es umgekehrt?

Er sagte statt dessen etwas über die Brosche.

»Der Dampfschiffsexpedient hatte sie rumliegen ... Aber sie ist noch nicht bezahlt.«

Er wählte einen neckenden Ton.

»Der Dampfschiffsexpedient kann es sich wohl leisten, einer Dame eine Brosche zu verehren?«

Sie wurde vorsichtig, redete schnell. Olaisen wolle einen Kai für das Dampfschiff bauen.

»Kai?«

Sie erzählte noch schneller, daß er Geld von einem Onkel in Amerika geerbt habe.

»Du triffst ihn oft?«

»Ab und zu. Isak mag ihn.«

»Und du?«

»Ich?« sagte sie und ließ ihre Handarbeit fallen.

»Ist es ernst?«

»Du meinst, ob er um meine Hand angehalten hat?«

»Ja, so in der Art.«

Sie hielt die Augen auf ihr Nähzeug gerichtet. Anscheinend die Knopflöcher. Sie machte rasend schnell und sehr genau Knoten mit einem Gesichtsausdruck, als würde sie sie hassen.

»Willst du auch, daß ich gut versorgt bin?«

»Nein, ich frage nur. Wir sind doch fast Geschwister.«

»Fast Geschwister?«

Sie ließ die Finger ruhen. Dann machte sie mit der Nadel eine entschiedene Bewegung und holte den Faden für den nächsten Knoten. Sie hatte wieder angefangen. Stach und stach.

»Nein, wir sind nicht wie Geschwister. Wir hatten viel gemeinsam. Aber Geschwister sind wir nicht! Ich bin der Bankert eines Lappenmädchens, und du bist der Sohn auf Reinsnes und warst in Kopenhagen, um Doktor zu werden.«

Er wollte ihr erzählen, wessen Sohn er eigentlich war. Wollte sagen, daß er sie gern hatte. Aber dazu kam es nicht.

»Wer hat das mit dem Lappenmädchen gesagt?« Er brachte das Wort Bankert nicht über die Lippen.

»Meine Schwiegermutter.«

»Auf solche Schwiegermütter kann man verzichten.«

»Ja. Deswegen bin ich auch hier und nähe für die feinen Leute.«

»Bist du bitter?«

»Über was?«

»Das Leben.«

»Nein, wozu sollte das nützen?«

»Ich bin das manchmal.«

»Du? Ja, ja, es ist nicht so wichtig, wie es einem geht, sondern was man daraus macht, wenn es darauf ankommt.«

Er hatte keinen Grund, das Thema zu vertiefen.

Nach einer Weile sagte sie, gleichzeitig Atem holend: »Er hat um meine Hand angehalten.«

Es wurde ihm unwohl. »Ja?«

Sie schaute ihn direkt an. »Was hätte ich antworten sollen?«

»Auf dein Herz hören, das ist das einzige, was zählt«, sagte er.

»Ja, du weißt das wohl.«

Hanna redete nicht um Dinge herum. Er mußte sich in acht nehmen.

»Es gibt sicher eine Lösung, ohne daß du ...«

»Ich warte wochenlang auf das Geld für das, was ich genäht habe, weil ich Angst habe, zu sagen, daß ich es brauche. Ich habe Angst, daß die feinen Frauen böse werden und mit ihren Kleiderstoffen nicht mehr hierherkommen.«

Er stand auf. Stellte sich hinter ihren Stuhl.

Als hätte sie sich verbrannt, schnellte sie hoch und legte das Nähzeug auf den Tisch.

»Du mußt wohl jetzt gehen?« sagte sie.

Unversehens umarmte er sie. Er konnte sich nicht erinnern, in letzter Zeit andere als die kleine Karna und Kranke im Arm gehalten zu haben.

Diese wohlige Oberfläche. Lebendige, frische Haut. Er legte

sein Gesicht an ihren Hals. Wilfred Olaisens Brosche piekste ihn am Kinn.

Er schlang seine Arme eng, eng um ihren Körper.

Eine Weile stand sie ganz still, als könne sie nicht glauben, was geschah. Dann machte sie vorsichtig ihre Hände frei und legte sie um sein Gesicht. Sie hob es zu sich hoch und sah ihm forschend in die Augen.

Er wollte ihr nah sein. Er wollte doch nur das. Murmelte ihren Namen. Streifte ihren Hals und ihre Wange mit dem Mund. Und hielt sie fest.

Es kam ihm vor, als würde sie eine Entscheidung treffen. Sie riß sich los und wich ganz bis zur nächsten Wand zurück. Starrte ihn an, während sie versuchte, wieder zu Atem zu kommen, als hätte sie ein schweres Stück Arbeit vollbracht.

»Versteh doch, daß ich mir so etwas nicht leisten kann, Benjamin. Für mich steht zu viel auf dem Spiel. Und wir beide ...« Sie hielt inne und rückte mit bebenden, aber energischen Händen den Kragen ihres Kleides zurecht.

Er ging auf sie zu und wiederholte unvorsichtig genug: »Und wir beide?«

Da schlug sie die Faust gegen die Wand, daß es klirrte.

Er blieb mitten im Zimmer stehen und sah hinunter auf die abgetretene Farbe des Fußbodens.

»Verzeih mir. Es wird nie wieder vorkommen«, sagte er.

Sie legte Stirn und Handflächen gegen die Wand. Tränen quollen aus ihren zusammengekniffenen Augen.

Er wartete und wußte nicht, was er machen sollte. Sie hatte sich wieder in sich verkrochen. Da nahm er seine Schifferjacke von der Wand, zog drei Scheine aus der Brieftasche, legte sie auf den Tisch, nahm seine Arzttasche und ging.

Am Wasser strolchte Isak herum und versuchte, das Mysterium der Strandlandschaft zu ergründen.

Benjamin fuhr ihm durchs Haar und probierte sein Borkenboot in einem Tümpel zwischen den Klippen aus. Der Junge erzählte, daß er gerne einen Ausflug nach Reinsnes unternehmen wolle, wenn nur die Mutter mit dem Nähen fertig würde.

»Du kannst den Ausflug notfalls auch allein machen«, sagte Benjamin und klopfte ihm auf die Schulter.

»Jetzt sofort?«

»Nein, nicht heute ...«

Die Hand auf der Schulter des Jungen verlor jedes Gefühl, als hätte er lange gefroren, als wäre ihm alles abgestorben.

Isak legte den Kopf in den Nacken und sah ihn an. Vertrauensvoll. Dann nickte er ernsthaft. Er faßte an wie ein Großer und schob das Doktorboot geschwind zwischen den Steinen hindurch, die Hand hielt er zum Abschiedsgruß erhoben, bis es hinter der Landzunge verschwand.

Anfänglich ruderte er, daß es nur so spritzte. Dann kam ein ordentlicher Wind auf. Es ging nur so dahin! Er zog die Riemen ins Boot und setzte sich ans Steuer.

Wie so oft ertappte er sich dabei, daß ihm Aksel fehlte. Einer, mit dem er reden konnte. Mit dem er uneins sein, sich auseinandersetzen konnte.

Nicht wie eine brennende Sehnsucht oder Besessenheit, so wie Anna in seinen Gedanken auftauchen konnte. Mehr wie der Wunsch nach einem warmen Mantel. Bier und Kneipen! Das Unverbindliche, das einem Mann Raum zum Atmen gab.

Wenn er bis Ende des Sommers aushielt und dann einfach abreiste? Wie Dina es gemacht hatte?

Er wog das Für und Wider ab. Karna war noch ein kleines Kind. Und dann war da die Fallsucht. Wer sollte sich um sie kümmern? Erklären? Trösten?

Wieso machte er es nicht wie andere Männer? Fand eine Frau, die bereit war, alles für ihn zu opfern?

6

Im Bauernkalender war es der 3. Februar 1876. Der Blåmessedag, an dem es heißt: »Der bläst bis zum Frühling Leben in alle Glieder.«

An diesem Tag kam ein etwas anderer Brief von Anna.

»Guter Benjamin«, begann sie. Und sie schloß wie gewöhnlich mit: »Deine Freundin Anna.« Aber der eigentliche Brief war unwirklich. Sie nahm nämlich seine Einladung an, mit der er immer seine Briefe beendete: »Komm nach Reinsnes, Anna!«

Er war so daran gewöhnt, daß sie es entweder nicht weiter erwähnte oder mit einer höflichen, aber praktischen Absage kam. Jetzt stand da: »Schwester Sophie und ich kommen!«

In einem Nebensatz erzählte sie, daß sie einen dritten Freier abgewiesen habe, ohne daß Benjamin von den beiden ersten gewußt hatte. Und daß sie seit dem Frühling, in dem sie voneinander geschieden seien, immer der Versuchung habe widerstehen müssen, nach Reinsnes zu kommen.

Nach dem letzten Korb, über den besonders die Mutter sehr verzweifelt gewesen sei, habe der Vater aufbrausend gemeint, sie solle nach Nordnorwegen fahren, um die alten Gespenster loszuwerden. Sie riskierte es immerhin, sich über den Kummer ihrer Eltern wegen ihres Altjungferndaseins lustig zu machen.

Anna war also weiterhin wirklich.

Es wurde ihm klar, daß er sie auf eine Ebene rein geistiger Gemeinschaft erhoben hatte. Seine Vertraute. Er hatte gewiß durch Annas Briefe ein reicheres Leben habt.

Er dachte zuerst daran, daß mit ihrem Kommen die Briefe aufhören würden.

Jetzt kam sie also. Und Sophie! Der Schock ließ ihn im Kontor hinter dem Laden in den Sessel sinken.

Er schaute sich in dem Eck um, in dem er Patienten zu empfangen pflegte. An diesem Tag war es ungewöhnlich braun und alt. Der verschließbare Glasschrank mit den Instrumenten und den Medikamenten war einmal weiß gewesen. Jetzt war er grau und hatte häßliche Flecken, wo die Farbe abgeblättert war. Er hatte ihn gebraucht gekauft.

Der Sessel, auf dem er saß, mußte frisch bezogen werden. Bei den Armlehnen kam schon das Füllmaterial zum Vorschein. Die Farbe war ein unbestimmbares Braunrot. Soweit ganz praktisch im Hinblick auf Blutflecken. Aber, mit Annas Augen gesehen, wahrscheinlich weder ansprechend noch hygienisch.

Der Schreibtisch war neu. Der taugte. Der Bürostuhl und die zwei normalen Stühle ebenso. Aber an der Erbärmlichkeit, die darin bestand, die Praxis hinter einem Krämerladen zu haben, war nicht vorbeizukommen.

Es war Februar. Was konnte er bis Juni machen?

Wie würde Reinsnes in Annas Augen aussehen?

Das Haupthaus war im vergangenen Sommer zur See hin weiß gestrichen worden. Aber der Laden war ein trauriger Anblick, ebenso das eine Lagerhaus mit der Anlegestelle. In der verglasten Laube waren mehrere Fenster zerbrochen, und in der Bank auf der Haupttreppe fehlte ein Brett. Plötzlich erinnerte er sich daran, daß die Tapete im Wohnzimmer unter den Fenstern Flecken hatte. Dann mußten vermutlich auch die Fenster neu verkittet werden?

Er ging auf dem abgetretenen Fußboden hin und her. Ein unbestimmbarer Kopfschmerz wurde immer stärker.

Wo sollte er sie unterbringen? Sollte er ihnen die größte Gästekammer geben? Nein, die war zu klein. Sie hatten sicher eine vollständige Garderobe bei sich und brauchten Platz. Er mußte aus dem Saal ausziehen.

Aber wie würden die Leute auf Reinsnes es aufnehmen, daß er auszog, um Anna aus Kopenhagen Platz zu machen? Sie mußten glauben, daß er gefreit und ein Ja bekommen hatte.

Weil er sich um alle Details auf einmal Sorgen machte, mußte er nicht an das Eigentliche denken. Daß Anna kam.

Oline stand in ihrem 78. Jahr. Verwaltete Küche und Haus von einem Hocker mit Rädern aus.

Vor einigen Jahren hatte sie sich an einem Fuß eine Wunde zugezogen, die nicht verheilen wollte. Sie klagte mit keinem Wort, seufzte aber um so mehr. Ihr Haar war dünn geworden. Sie kämmte es, so gut es ging, über den Kopf und steckte es mit drei Haarnadeln zu einem kleinen Knoten zusammen. Ihre Haut war merkwürdig glatt und frisch. Wie Milch und Honig, wie Anders es ausdrückte, wenn er sie milde stimmen wollte.

Sie nahm das gnädig auf. Oline ließ sich nicht von jedem schmeicheln. Sie war den Leuten gegenüber skeptisch. Und kam mit vernichtenden Bemerkungen, wenn sie es für nötig hielt.

Durch gewisse Leute sah sie einfach hindurch, als wären sie Luft. Und sehen konnte sie im Gegensatz zu Anders immer noch. Dafür wuchs sein Haar nach wie vor wie ein Unwetter.

Benjamin wartete ab, bis das Küchenmädchen nach draußen gegangen war. Dann trat er leise ein und setzte sich ans Tischende.

»Oline, ich muß dich um einen Rat bitten.«

»Jaaa?«

Sie drehte ihren Schemel vom Herd in seine Richtung und sah ihn nachdenklich von Kopf bis Fuß an.

»Im Sommer, verstehst du, kommen feine Leute hierher.«

»Sooo?«

»Ein Fräulein ... Zwei Fräulein aus Kopenhagen.«

Oline kniff den Mund zusammen und legte den Zeigefinger auf die Lippen. Schon in Benjamins Kindheit hatte das bedeutet, daß Oline nachdachte.

Er ließ sie eine Weile nachdenken.

»Das sind nicht irgendwelche Fräulein?«

»Nein.«

Sie kreuzte ihre fleischigen Arme über der Brust und betrachtete ihn fröhlich.

»Wie heißt sie?«

»Anna Anger.«

»Anna. Ein christlicher Name. Was will denn diese Anna auf Reinsnes anstellen?«

Benjamin errötete stark.

»Ihre Schwester heißt Sophie. Sie besuchen mich«, antwortete er.

Oline runzelte die Stirn, kommentierte seine Ausdrucksweise aber nicht weiter.

»Benjamin bekommt also endlich Damenbesuch. Ja, du bist jedenfalls erwachsen genug. Über dreißig. Vater und ohne Frau. Ein Mensch allein ist zu nichts gut. Wie Gott selbst gesagt hat.«

Sie nickte heftig. Als hätte sie Direktkontakt mit unserem Herrgott, der auch dieser Meinung war.

»Gibt es dann auch eine Verlobung?« fragte sie weiter.

»Immer mit der Ruhe, Oline. Ich bekomme nur Besuch. Sie war noch nie so weit im Norden. Das sind die Töchter von einem der Professoren, bei denen ich studiert habe. Aber ich möchte dich um einen Rat bitten ...«

»Eine echte Professorentochter? Du liebe Güte! Was für Essen ist denn die gewöhnt? Gott helfe mir! Jetzt wird es genau wieder so wie in der guten alten Zeit hier auf Reinsnes. Herrschaften und Kalbsbraten und zwölf zu Tisch. Und spätes Essen. Wir müssen ein Mädchen mehr anstellen. Du liebe Zeit, wie soll das alles enden? Es ist schon so lange her.«

Sie strahlte und sah richtig gut aus.

»Ich brauche nur einen Rat.«

»Rat?«

»Ich glaube, sie haben viel Gepäck dabei. Die Gästekammern sind so klein.«

»Gästekammer! Für eine Professorentochter mit Kleidertruhe und Hutschachtel und Krimskrams! Nein, du mußt aus dem Saal ausziehen. Doktor hin oder her. Das ist egal. Sie muß im Saal wohnen. Hast du ein Bild von ihr?«

»Nein.«

Oline seufzte und kratzte sich vorsichtig an ihrem Verband über der Wunde am Fuß.

Benjamin seufzte ebenfalls.

»Ist sie hübsch?«

»Ja. Ihre Schwester Sophie auch.«

»Auf die pfeife ich. Ist diese Anna fröhlich?«

»Nein, nicht besonders.«

»Hübsch, aber nicht sonderlich fröhlich?«

»Sie ist wohl meist recht ernst«, pflichtete er ihr bei. Anschließend verband er ihre Wunde mit besonderer Sorgfalt.

»Ich begreife nicht, wie ich den Fuß retten konnte in der Zeit, als du fort warst. Daß der nicht verfault ist. Aber was wollte ich sagen …? Weiß Hanna das mit Fräulein Anna?«

»Nein, du bist die erste.«

»Nicht, daß mich das was anginge, aber wenn ich du wäre, würde ich es ihr sagen, bevor sie es von jemand anderem erfährt.«

»Warum?«

Oline betrachtete ihn. Er kniete und befestigte die Bandage.

»Ich habe da so ein Gefühl …«

Der Distriktsarzt hatte nach ihm geschickt, und er rechnete damit, daß das mit dem Bericht an die Gesundheitsbehörde zu tun hatte. Der alte Mann haßte Papiere und Aufzählungen, die sich von Jahr zu Jahr widerlich gleich blieben. So hatte es sich ergeben, daß ihm Benjamin bei den Berichten behilflich war. Besonders das Kapitel »Krankheit im Distrikt« bereitete ihm Kummer.

Benjamin ging zum Doktorhof in Strandstedet hinauf. Beim alten Doktor gab es in der Regel Essen und anschließend Punsch. Das Haus war gastfreundlich, und der Mann war klug. Aber er hatte mehr Interesse an den Menschen als an den Berichten an die Gesundheitsbehörde.

Vom ersten Tag an, an dem ihn Benjamin aufgesucht hatte, um zu fragen, ob er etwas dagegen habe, daß er eine Praxis betreibe, hatte ihn der Alte adoptiert. Ja, mehr als das. Er zeigte deutlich seine Dankbarkeit darüber, daß Benjamin sich um die Krankenbesuche kümmerte. So konnte er sich in Strandstedet seinem Beamtendasein widmen, ohne nasse Füße zu bekommen, wie er es selbst ausdrückte.

Mit lächelnder Empörung nahm er es hin, daß der Armenausschuß Schwierigkeiten machte, wenn er Geld für den Transport zu Krankenbesuchen erbat, den nicht er, sondern Benjamin bestellt hatte. Er hielt Benjamin und seiner Frau einen Vortrag über den Mangel an Verstand bei den führenden Männern der Gemeinde.

Er führte einen langen, komplizierten Briefwechsel mit dem Vorsitzenden des Armenausschusses, Pettersen. Das letzte war, der Mann verbitte es sich, daß der Distriktsarzt sich mit seinen Klagen an den Amtmann wandte.

Der Distriktsarzt schickte ein Schreiben zurück, in dem er darum nachsuchte, daß der Vorsitzende des Armenausschusses seine Briefe datieren möge, wie es Vorschrift sei. Pettersen antwortete umgehend und nannte das eine ungehörige Unhöflichkeit von einem Distriktsarzt, der »kaum einmal seine Schuhe anzieht, um kranke Menschen in Not zuzubereiten«.

Der letzte Satz versetzte den Distriktsarzt in ungewöhnlich gute Laune. Er schrieb dem Amtmann, er verstehe die Sprache des Vorsitzenden nicht. Das müsse doch ein Mißverständnis sein, von dem er mit Zustimmung des Amtmannes ganz absehen wolle, daß er seine Patienten zubereiten würde.

Benjamin kam zum Doktorhof und erwartete eine Fortsetzung dieses unterhaltsamen Briefwechsels. Er hatte auch Notizen für den Teil des Berichts an die Gesundheitsbehörde dabei, den er zu verantworten hatte.

Aber es war deutlich, daß dem Distriktsarzt nicht wohl in seiner Haut war, wie er so dasaß. Seinen Zügen, die wie immer etwas zerknittert und grau waren, war eine stille Wut anzusehen. Aus seinen großen Nasenlöchern ragten einige borstige Haare. An diesem Abend wirkten sie im Schein der Lampe ungewöhnlich widerspenstig.

Er hob sein Punschglas in Benjamins Richtung mit einer Miene, als würde er das Blut seines Feindes trinken. Es war wohl so, daß der Amtmann ihn dafür zurechtgewiesen hatte, daß er sich immer über die Gesundheitskommission lustig machte. Aber aus dem einen oder anderen Grund ließen die sarkastischen Kommentare des

Doktors auf sich warten, Benjamin zog deshalb den Entwurf für den Bericht an die Gesundheitsbehörde hervor.

»Exanthemer Thyphus, Typhusfieber, epidemische Zerebrospinalmeningitis und Kinderpocken: keinerlei Vorkommen. Scharlachfieber: vier Fälle, davon drei mit tödlichem Verlauf. Masern: keinerlei Vorkommen. Dysenterie: keinerlei Vorkommen. Kindbettfieber: keinerlei Vorkommen. Wundrose: vier Fälle, davon zwei mit tödlichem Verlauf. Röteln: zwei leichtere Fälle auf dem Hof Sørland. Krätze aller Art ist in den kleinen Fischerorten ziemlich verbreitet ...«

Hier hob der Distriktsarzt abwehrend die Hand.

»Heute abend macht mich der Bericht an die Gesundheitsbehörde krank! Das muß warten. Ich habe einen gemeinen Brief aus der Hauptstadt bekommen!«

Benjamin legte seine Papiere weg und wartete.

»Du mußt verstehen, daß man da im Süden nicht in allen Dingen so ganz bei Verstand ist ...«

»So?«

»Also wirklich! Man hat es für gut befunden, Benjamin Grønelv als Quacksalber zu bezeichnen.«

Irgendwo hinter dem Zigarrenrauch des Doktors saß seine liebenswürdige Frau und stickte an etwas Rundem. Er konnte sich vorstellen, daß das einmal ein Stuhlbezug werden sollte. Die Farben waren braun und gelb.

Jetzt stand sie leicht wie eine Elfe auf und ging hinaus. Das war nicht richtig. Sie saß für gewöhnlich immer eine Weile bei ihnen, ehe sie zu Bett ging. Benjamin hatte das Gefühl, keine Luft zu bekommen. Es war, als hätte er sie beleidigt.

»Sie haben herausgefunden, daß du kein Recht auf eine Approbation hast, weil du nicht in Norwegen ausgebildet bist. Und sie haben es mir auferlegt, dein Henker zu sein! Der Teufel soll sie holen! Wir werden Beschwerde einlegen!« hörte er den Distriktsarzt sagen.

Benjamins Kopf füllte sich mit einem Lärm, den er nicht bestimmen konnte.

»Sag was!« befahl der Distriktsarzt, nachdem er ihn eine Weile beobachtet hatte.

»Meint der Distriktsarzt, daß ich nicht das Recht habe, Doktor zu sein, weil ich in Kopenhagen studiert habe?«

»Nein, nicht ich, aber in Kristiania hat man sich auf eine streng nationale Praxis verlegt. Norwegische Ärzte in Norwegen.«

»Aber ich bin doch Norweger!«

»Natürlich. Und wahrscheinlich besser ausgebildet, als das in Kristiania möglich gewesen wäre.«

»Worum geht es dann?«

»Sie sagen, so sind die Regeln. Das Gesetz. Ich sage, daß das reiner Protektionismus ist.«

»Das kann nicht wahr sein!«

»Ich fürchte, doch. Man kann sich nicht vor Dummheit schützen. Die ist überall. In der Gemeindeversammlung, in der Gesundheitskommission, in Kristiania ... Aber wir werden Beschwerde einlegen. Ich werde ihnen erklären, daß ich ohne deine Hilfe nicht zurechtkomme. Wir geben uns nicht geschlagen!«

Benjamin wurde den Lärm im Kopf nicht los. All diese Jahre in Kopenhagen. Waren sie weggeworfen? Hatten irgendwelche verdammten Greise in Kristiania die Macht, ihm einen Beruf zu verweigern, den er mit den besten Zeugnissen ausüben konnte?

»Aber ich habe mich doch bei dir gemeldet, als ich nach Hause kam, und ...«

»Ich habe es weitergemeldet und geglaubt, alles sei in bester Ordnung. Die Mühle öffentlicher Instanzen mahlt langsam, aber gnadenlos.«

»Aber haben sie die Medizinische Fakultät in Kristiania nicht mit Hilfe von dänischen Professoren aufgebaut?«

»Sicher. Aber jetzt sollen wir alle Norweger sein. Norwegische Klistiere, norwegisches Serum, norwegische Flatulenz, norwegischer Exitus und norwegische venerische Krankheiten. Der Teufel soll sie holen und ihnen chronische norwegische Diarrhö verpassen.«

»Dänemark-Norwegen war doch einmal ein Land! Ich habe

doch nichts anderes gemacht, als Medizin in diesem Land zu studieren.«

Der Distriktsarzt trat gegen das Stuhlbein und schnalzte mit der Zunge, als könnte das seinen Flüchen Nachdruck verleihen.

»Wir hätten den Dänen bei Düppel helfen sollen ... Wir verrieten sie wie Feiglinge!« rief Benjamin.

»Es ist vorteilhaft, nicht so zu sein wie ich, aber bleib bei der Sache, junger Mann!« brummte der Alte.

»Ich habe keine Rechte! Was soll ich machen?«

»Gegen die Entscheidung Widerspruch einlegen! Das wird aber dauern.«

»Und währenddessen?«

»In der Zwischenzeit bürge ich für dich als einen verdammt tüchtigen Quacksalber!« sagte der Distriktsarzt verärgert und rief nach seiner Helene mit einer Stimme, als wäre das alles ihre Schuld. Sie kam mit mehr Punsch.

Die beiden Männer saßen da und tranken auf das Unglück, und nach einer Weile sagte der Alte: »Das bleibt unter uns. Es gibt keinen Grund, dein Ansehen unnötig zu untergraben. Wir warten ab.«

»Aber ich kann nicht unter falschen Prämissen praktizieren, das wird zu ...«

»Daran mußt du dich gewöhnen! Wir brauchen dich! Wärst du diesen Winter nicht gewesen, dann säße ich wohl nicht mehr hier. So etwas verstehen die nicht in Kristiania. Dort fährt man in seiner nationalen Pferdedroschke und denkt national, während das Pferd nationale Pferdeäpfel fallen läßt. Und hier im Norden, verstehst du, junger Mann, bläst es den Schiet aufs Meer. Aber solche wie wir, wir bleiben aufrecht durch alle sich ändernden nationalen Vorschriften hindurch! Das kannst du mir glauben!«

»Am liebsten möchte ich mich ertränken.«

»Sprich wie ein Mann! Sonst sterbe ich noch, ehe wir mit dem Widerspruch durch sind. Und werde von dem einen oder anderen Idioten aus Kristiania abgelöst. Wer soll dann für dich eintreten?«

Er hatte nicht mehr die Kraft, noch am selben Abend zurück nach Reinsnes zu segeln. Schlaflos lag er auf dem schmalen Bett hinter seiner Praxis.

Er hatte Anna vergessen. Jetzt tauchte sie auf und machte seine Scham noch größer. Was hatte ein Quacksalber wie er einer Professorentochter schon zu bieten?

7

Es passierte das, wovor ihn Oline gewarnt hatte. Hanna kam an Pfingsten nach Reinsnes und wurde mit der Nachricht empfangen, daß eine Professorentochter aus Kopenhagen kommen würde, um den Doktor zu besuchen.

Das Küchenmädchen erzählte es ihr ganz atemlos. Deswegen hatten sie im Saal auch neue Sommergardinen aufgehängt.

Hanna ging hinauf in ihre Kammer. Blieb am Fenster stehen und sah übers Meer. Anschließend packte sie langsam ihre Träume weg und auch ihre privaten Habseligkeiten, die sie hier immer noch stehen hatte, um ihre Zugehörigkeit zu demonstrieren.

Das war schnell getan. Sie nahm einen von Dinas alten Koffern. Das Schloß war kaputt, er würde also niemandem fehlen.

Erst dachte sie daran, wieder zu fahren, ehe er heimkommen würde. Aber sie konnte Isak nicht enttäuschen. Er hatte sich so auf den Besuch gefreut. Deswegen schob sie den gepackten Koffer unter das Bett und zog ihre Alltagskleider an. Dann ging sie hinunter in die Küche und fragte, wobei sie helfen könne.

Oline schaute sie durchdringend an. Dann gab sie gutmütige Anweisungen, ohne Fragen zu stellen. Nicht, bis sie endlich allein waren.

Natürlich habe Hanna gehört, daß Benjamin eine Liebste aus Kopenhagen erwarte. Das sei sein gutes Recht. Die kleine Karna brauche eine Mutter, und …

Je mehr Hanna sagte, desto ausdrucksloser wurde ihre Stimme. Glaubte sie, wie sie so gebeugt am Küchenbüfett dastand und sich über das Gesicht strich. Dann lief sie zur Tür hinaus. Die Allee hinunter. Zum Ufer. Dort sahen sie, wie es sie im nassen Südwestwind schüttelte.

Benjamin war auf Krankenbesuch auf den nördlichen Inseln, als

Hanna kam. Und als er spätabends zu Hause eintraf, waren alle bereits zu Bett gegangen.

Er ging in die Küche, um etwas zu essen.

Alles war still. Die Scheuerlappen hingen ausgewrungen auf einer Leine bei der Küchentreppe. Es roch schwach nach Lauge wie immer, wenn die Küche für die Nacht aufgeräumt war.

Oline hatte ihn gehört.

Es war immer noch so, daß die Treppe zur Kammer der Dienstmädchen über Olines Bett hinweg führte. So konnten ordentliche Leute ihre Töchter unbesorgt nach Reinsnes schicken, um Hauswirtschaft zu lernen. Kein nächtlicher Freier kam ungesehen zu ihnen hinauf.

Es half nichts, daß es der Doktor persönlich war, der etwas zu essen wollte. Oline hielt ihn mit einer Handbewegung auf, als er eines der Mädchen wecken wollte. In der Anrichte hätten sie für ihn Essen unter einem Tuch bereitgestellt.

Er lächelte müde und wünschte gute Nacht.

Aber Oline war nicht fertig. Sie war wütend.

»Das neue Mädchen aus Strandstedet hat der Hanna Bescheid gesagt.«

»Bescheid?«

»Wegen des Fräuleins aus Kopenhagen.«

Er blieb in der Tür stehen.

»Ja und?«

»Ganz krank wurde sie!«

»Krank?«

»Ja, Gott sei deiner sündigen Seele gnädig«, sagte Oline und schneuzte sich.

»Meinst du ... ist sie krank?«

Oline nickte mit dem ganzen Körper. Dann robbte sie wie ein raufiustiges Walroß zur Bettkante.

»Kümmer dich um sie. Jetzt sofort!«

»Meinst du jetzt? Soll ich zu ihr hinaufgehen?«

»Sie braucht einen Arzt.«

Er vergaß das Essen in der Anrichte. Oline lauschte dem Knarren seiner Schritte hinterher. Er ging die Treppe hinauf und blieb vor Hannas Tür stehen.

War sie schon eingeschlafen? Nein, er hörte eine schwache Bewegung hinter der Tür.

Er klopfte vorsichtig.

Eine fast unhörbare Stimme sagte: »Ja.«

Dann stand er vor ihr und blickte in ihre fassungslosen Augen.

»Oline sagt, daß du krank bist, und ...«

Sie antwortete nicht. Ihr dunkler Blick traf ihn wie ein Schlag ins Zwerchfell.

Es war der Doktor, der sich auf die Bettkante setzen mußte. Er legte seine Hand auf ihre Stirn.

»Kein Fieber«, stellte er fest.

Sie sah ihn mit leerem Blick an.

»Hanna ...« flüsterte er und tätschelte ihre Wange.

Da nahm sie seine Hand und hielt sie wie ein Schraubstock fest.

»Geh!« sagte sie hart. »Ja, ich bin krank, deinetwegen, schon seit Jahren, seit du mit der Else Marie im Gras beim Sommerstall gelegen hast. Ich habe nie geglaubt, daß ich es dir einmal sagen würde. Aber jetzt weißt du es. Und wenn deine Liebste aus Kopenhagen kommt, dann vergiß nicht: Jetzt läuft sie in Strandstedet herum und ist krank.«

Hanna war völlig außer sich. Das war seine Schuld.

Er konnte es nicht mehr ertragen. Trotzdem blieb er sitzen.

»Hanna?« flüsterte er nach einer Weile.

Sie antwortete nicht.

»Ich hätte sagen können, daß sie nicht meine Liebste ist, und das wäre auch wahr gewesen ... Verstehst du?«

»Nein.«

»Sie war für mich unerreichbar, als ich sie kennenlernte. Jetzt schreibt sie, daß sie kommen will. Ich weiß nicht, was daraus wird oder was ich will. Ich weiß nicht einmal, was sie will. Verstehst du?«

»Nein!«

»Willst du ein Schlafmittel?«

»Nein.«

Es war Irrsinn. Aber er zog die Jacke aus und schleuderte seine Schuhe von sich. Dann kroch er ins Bett. Schob seinen Arm unter ihren Kopf und wartete darauf, daß sie ihn wegschieben würde. Das tat sie nicht.

Ihr Körper unter dem dünnen Nachthemd brannte glühend heiß gegen den seinen. Er drehte sich ihr ganz zu und legte seinen anderen Arm ebenfalls um sie.

»Erinnerst du dich noch, wie wir als Kinder in einem Bett geschlafen haben?«

Sie antwortete nicht. Schloß nur die Augen und lockerte den festen Griff um seine Hand. Er richtete sich halb auf und strich ihr vorsichtig mit zwei Fingern über den Handrücken.

»Niemand auf der Welt hat mir so viel gegeben wie du, Hanna. Und daß du mir bis Bergen entgegengekommen bist. Daß du einfach dort warst. Daß du so lieb zu Karna bist.«

Die Mitternachtssonne schien zu ihnen herein. Die Strahlen berührten Hannas Reisetasche in der Ecke. Dann schließlich auch das Bettende.

»Ich hätte dir von Anna erzählen sollen. Aber ich habe es immer wieder verschoben. Dachte wohl nicht, daß es so wichtig ist. Außerdem warst du das letzte Mal, als wir uns unterhalten haben, so wütend.«

Er hörte selbst, wie hohl das klang.

»Du wolltest nicht, daß ich einen Freier habe, während du ...«

»Das war dumm«, gab er eilig und erleichtert zu.

Sie betrachtete ihn mit fast geschlossenen Augen.

»Du besitzt mich nicht, auch wenn wir zusammen groß geworden sind.«

»Nein«, pflichtete er ihr bei.

»Du kannst nicht auf mich aufpassen, damit ich immer zur Hand bin, und dir selbst eine Liebste aus Kopenhagen holen, von der niemand etwas gehört hat.«

»Nein.«

»Was willst du von mir, Benjamin?«

Er holte tief Luft und ließ die Zeit arbeiten. Die Nachtsonne hatte ihren Arm erreicht. Er lag in einem goldenen Nest auf der Decke.

»Ich glaube, mit mir ist etwas nicht in Ordnung«, begann er. »Ich fühle mich so verloren. Wenn ich daran denke, daß ich den Rest meines Lebens auf Reinsnes verbringen soll, dann ... Hier ist es so eng. Immer muß ich aufs Meer. Ich bin kein Mann des Meeres. Ich bekomme Angst, wenn ich allein in ein Unwetter gerate. Ich habe nie gehört, daß Anders oder sonst jemand auf dem Meer Angst gehabt hätte. Ich sitze also hier und träume von einem anderen Leben. Draußen in der Welt. Träume alle möglichen Dummheiten. Weißt du, Hanna, ich träume davon, einmal Spezialist und berühmt zu werden. Ist das nicht närrisch?«

»Nein.«

Er sah in ihr aufgelöstes Gesicht. Und aus Dankbarkeit darüber, daß sie ihm entgegengekommen war, sagte er beinahe: Komm, wir reisen. Komm, Hanna!

Aber er sagte es nicht. Und die Leere, die er dabei empfand, war unerträglich. Trotzdem lag er einfach da und tat, als wäre nichts.

Statt dessen sagte sie: »Komm!«

Das Wort liebkoste sein Ohr, und er fühlte, wie ihre Arme ihn umschlossen. Das war nicht wirklich. Er ließ sich darin treiben. Und dann verschwand alles andere.

Wenn Doktor Grønelv Hanna in dieser Nacht nach Olines Anweisung auch etwas zum Schlafen gab, so befreite er sie doch nicht von dem Fieber. Im Gegenteil. Sie bekamen beide Fieber. Sie kümmerten sich nicht einmal darum, die Tür verschlossen zu halten.

Eine Weile schliefen sie ineinander verflochten wie gezwirntes Garn. Und jedesmal, wenn sich der eine bewegte, erwachte der andere gerade lange genug, um zu denken: Sie ist hier, nahe bei mir!

Oder: Benjamin ist bei mir, und das ist kein Traum.

Dann stand er hinter seiner eigenen Tür, und nichts ließ sich mehr ungeschehen machen.

Er legte den Kopf in den Nacken und versuchte, ruhig zu atmen, während er sich ein zweites Mal auszog. Der schwere Rausch saß ihm noch in den Gliedern. Sie saß ihm noch in den Gliedern. Ihre Düfte umgaben ihn, saßen in seiner Haut. Er schwitzte Hanna. Stand da und atmete sie ein, als wäre sie die lebensspendende Luft um ihn herum und nicht ein Erlebnis hinter einer Tür.

Sein Gehirn wollte sich einmischen, aber er wies es brüsk zurück. Alles war, wie es sein sollte. Hanna war doch immer ein Teil seiner selbst gewesen.

Aber er hatte nie geträumt, daß sie so warm sein würde. So nah und so wild. Sie hatte sich ihm mit der gleichen Kraft hingegeben, mit der sie ihn nun schon fast vier Jahre auf Abstand hielt.

Sie war zum verbotenen Teil seiner selbst geworden. Ein Spiel, von dem niemand etwas wissen durfte. Das erfüllte ihn mit unbändiger Lust. Er hätte schreien können, singen, was auch immer. Aber die Aufmerksamkeit, die das auf sich gezogen hätte, konnte er entbehren.

Statt dessen freute er sich bereits auf das nächste Mal. Die Erwartung glich nichts anderem. Der Hunger nach ihr war wieder da, obwohl er erst gestillt worden war. Er gab Kräfte. Er hätte gleich wieder ins Doktorboot steigen können, ohne einen Augenblick geschlafen zu haben.

Oline saß auf ihrem Hocker und beaufsichtigte den Kaffeekessel. Sie erlaubte den Mädchen nicht, in das Obergeschoß zu den Herrschaften hinaufzugehen.

»Macht dort keinen Lärm. Der Doktor hatte Nachtwache bei einem Kranken, und der Hanna geht es nicht gut.«

Karna kam auf leisen Sohlen aus ihrer Kammer und bekam ein großes Stück Kringel. Danach durfte sie auf den Küchentisch vor dem Fenster klettern, um die Pfingsthexen abzuwarten, die vielleicht über das Dach des Kuhstalls reiten würden.

Und als Isak aus dem Nebenhaus angelaufen kam und hinauf zu seiner Mutter wollte, bekam er ebenfalls einen Kringel. An irgendwelche Pfingsthexen glaubte er nicht. Aber er wollte ebenfalls auf dem Küchentisch sitzen.

Oline erlaubte dem großen Jungen, dasselbe zu tun wie Karna.

Möglicherweise hatte sie eine Auseinandersetzung mit dem Herrgott, was ihre Komplizenschaft bei dem sündigen Treiben im Dachgeschoß anging. Aber das behielt sie streng für sich.

Oben in ihrer Kammer packte Hanna wieder alle Sachen aus, die sie in Dinas Koffer gelegt hatte. Stellte alles, eins nach dem anderen, wieder an seinen Platz zurück. Gelegentlich legte sie den Kopf zur Seite, betrachtete den Unterschied und lächelte.

Sie begann, sich mit dem kühlen Wasser aus der blaugeblümten Porzellankanne zu waschen, und pfiff leise vor sich hin.

Es gelang ihm nicht, sich von ihr fernzuhalten. Er strich um sie herum, sobald niemand hinschaute. Benahm sich albern und freute sich dabei außerordentlich.

»Komm mit mir zum Sommerstall«, sagte er und pustete ihr in den Nacken. Sie waren einen Augenblick allein im Eßzimmer, während sie den Tisch deckte.

Sie lächelte und tat, als wäre nichts.

»Ich warte heute nacht am Fluß auf dich«, sagte er, als sie abräumte und er noch als einziger am Tisch saß.

Sie lächelte erneut und antwortete nicht.

Am Nachmittag wurde er zu einem Mann geholt, der sich übel in den Fuß gehackt hatte.

»Komm mit mir ins Boot«, flüsterte er.

Sie schüttelte den Kopf.

Aber als Isak in diesem Augenblick hereinkam und fragte, ob sie drei Tage in Reinsnes bleiben würden, hörte er, daß sie sagte: »Ja, drei Tage.«

Sie fährt ja nicht weiter als bis nach Strandstedet, dachte er, während er sich seine Jacke anzog, seine Tasche nahm und zum Boot eilte.

Er segelte, daß die Gischt spritzte. Mit Hannas geöffneten Schenkeln vor dem Bug. Er konnte an nichts anderes als an ihren Schoß denken. Es schäumte.

Runter in ein Wellental. Und wieder nach oben. Auf und nieder, auf und nieder. Die Lust war nicht zu bändigen. Er stellte sich im Boot auf und segelte quer zu den Wellen, so daß er ganz durchnäßt wurde. Das Salzige, Kalte. Er beherrschte es. Besiegte es.

Benjamin Grønelv war heute unbesiegbar. Er konnte mit dem Teufel um die Wette segeln, egal wie weit. Er würde nach Kristiania reisen und sie eines Besseren belehren! Er würde ihnen schon zeigen, wer hier ein Quacksalber war!

Am Abend, bei seiner Rückkehr, hatte sie sein Boot schon lange gesehen, ehe er anlandete. Sie saß im Nieselregen am Ufer.

Der hellgraue Mantel, den sie selbst genäht hatte, war dunkel vor Nässe.

Er fühlte, wie sich wie in einem warmen Wind die Poren öffneten. Bilder aus der Kindheit tauchten vor seinem inneren Auge auf. Hanna und er. Hanna, wenn sie hingefallen war. Weinend in seinen Armen. Hanna, wenn sie über die Wiesen lief. Weit weg von ihm. Die Zöpfe wie lose Zügel hinter sich.

Ihr Anblick berührte etwas in ihm. Etwas Zerbrechliches. Er bekam Lust, sie zu beschützen.

Ihr Haar war naß und lag in schwarzen Strähnen um ihr Gesicht und ihren Hals, ohne daß sie das gekümmert hätte. An den Füßen hatte sie ein Paar Seemannsstiefel, die nicht zu ihrem feinen Mantel paßten.

Jetzt watete sie zwischen den tangbewachsenen Steinen auf ihn zu und packte das Boot.

»Du solltest deinen Mantel nicht naß werden lassen«, rief er warnend und sprang an Land.

Sie antwortete nicht, faßte einfach nur gemeinsam mit ihm kräftig an. Sie zogen das Boot so weit aus dem Wasser, bis es auf die Seite kippte.

Er wußte, daß man sie von den Häusern aus sehen konnte, trotzdem mußte er sie umarmen.

»Du bist aber leichtsinnig«, sagte sie ruhig.

»Wieso?«

»Alle sehen uns.«

»Laß sie.«

Da lehnte sie sich schwer an ihn.

»Mußtest du nähen?«

»Ja, es sah wirklich häßlich aus. Aber es wird wieder wie vorher. Ich kann das wirklich gut, nähen.«

»Wir nähen beide.«

»Ja, zum Teufel, wir nähen beide!«

Sie lachten sich ausgelassen an. Es gab soviel Gelächter auf der Welt. Es sprudelte.

Sie gingen unter tropfenden Baumkronen die Allee entlang, und sie erzählte ihm, es bedeute den Leute etwas, Doktor Grønelv oder Doktor zu sagen. In Strandstedet höre sie das ständig. Respekt, glaube sie.

Mit ein paar wenigen Worten, in der Zeit, die es brauchte, zum Haus hinaufzugelangen, verwandelte sie seine Fertigkeiten zu adligen Eigenschaften.

Ohne daß sie zuviel Aufhebens gemacht oder es direkt gesagt hätte, bekam seine Tätigkeit einen tieferen Sinn.

Kam denn nicht Doktor Grønelv bei jedem Wetter angesegelt? Trug er nicht seine schwere Doktortasche an Land und half allen? Armen und Reichen. Kurieren, das konnte er. Nähen. Sogar eine klaffende Axtverletzung.

Er lächelte verlegen. Aber er widersprach ihr nicht.

Und dann, ohne daß er wußte, wo er es herhatte, dachte er: Das hätte Anna nie gesagt.

Er wartete, bis sich alle zur Ruhe begeben hatten. Ging noch einmal nach draußen zum Klohäuschen, um ein Alibi zu haben, falls ihn jemand hörte. Dann schlich er hinein zu ihr.

Die Freude! Der glühende Körper. Er mußte ihn einfach berühren. Hatte doch auch ein Recht darauf, ein wenig zu leben.

Und sie? Er sah, daß noch andere außer ihm daraus Nutzen zogen, daß Hanna froh war.

Anschließend, in seinem Zimmer, sah er in dem großen Spiegel zwischen den Fenstern einen Fremden. Aber nur einen Augenblick lang.

Die Zukunft? Die mußte bis nach Pfingsten warten.

Zwillinge in Steißlage! Das war doch kein Problem, solange nur das Wetter so war, daß der junge Doktor aufbrechen konnte. Er war einmalig! Anschließend trank er mit den Frauen Kaffee mit Branntwein wie eine Hebamme.

Während andere Männer wegliefen, bis alles vorüber war, blieb der Doktor sitzen. Hielt fest, redete zwischen den Wehen und lobte die Gebärende, wie tapfer sie sei, wenn die Wehen ihren Höhepunkt erreichten.

Die Frau von Schuster Persen erzählte davon, wie ihre Schwester Else Marie Zwillinge bekommen hatte. Sie stand in Hannas Nähstube und probierte ein neues Kleid an, denn sie wollte nach Tromsø zu einem 70. Geburtstag.

»Du und Else Marie, ihr kennt euch doch von früher?«

Hanna nickte, und die andere plapperte weiter. Sie habe gehört, daß manche Frauen stärkere Wehen vortäuschten, damit nach dem Doktor geschickt wurde. Aber nicht Else Marie! Ihr Leben habe an einem Faden gehangen.

Die alte Hebamme wollte bei Geburten von Männern nichts wissen, aber zum Schluß mußte sie ihn doch holen lassen. Frau Persen hatte zu ihr gesagt: »Stirbt sie ohne den jungen Doktor, dann ist das deine Schuld.«

Nur weil das Kind, das zuerst kommen sollte, es für gut befunden hatte, auf dem Rücken zu liegen.

Gott sei Dank war der Doktor bereits in Strandstedet. Nur in Hemdsärmeln kam er angelaufen. Nahm die Klagende bei den Händen. Fragte und fragte. Nickte und sprach Trostworte. Es sei nur eine Frage der Zeit, dann sei alles vorbei.

Immer wieder äußerte sich Frau Persen über den Volant ihres Kleides. Schwer genug sollte er sein, damit er richtig fiel. So!

Der Doktor ging mit seinen Händen also direkt zur Waschschüssel und baute so viele Instrumente auf, als wollte er die Kinder herausschneiden. Untersuchte sowohl von vorne als auch von hinten. Den Bauch. Maß mit den Händen und schaute in die Unaussprechlichkeit, als wäre sie ein Backofen, während er ganz ruhig weiterredete, als ginge es nur darum, zwei Weihnachtsbrote hervorzuziehen.

Die Hebamme hatte gefunden, es sei unerträglich, daß er nicht mehr Respekt vor einer halbnackten Frau hatte. Sie wollte Else Marie wieder zudecken und den Doktor vertreiben. Er brauche nur zu sagen, was sie machen solle, sagte die Hebamme, dann würde das getan.

»Aber was antwortete er doch darauf?« rief Frau Persen, während sich Hanna am Oberteil ihres Kleides zu schaffen machte.

»›Ich muß da rein und den ersten holen‹, sagte der Doktor und war zwischen den Knien von der Else Marie, bevor die Hebamme noch Atem holen konnte. Die Else Marie krümmte sich vor Schmerzen und stöhnte. ›Das geht schnell. Gib dir Mühe!‹ hat er gesagt und ihr einen Schluck Branntwein aus seinem Flachmann gegeben. Der war so blank. Vielleicht aus reinem Silber?«

Nein, Hanna müsse unter der Brust den Stoff etwas mehr einnehmen. So!

Und Hanna tat, worum Frau Persen sie gebeten hatte.

»Ehe sie sich's versahen, hatte er aufgeschnitten und den ersten hervorgezogen. Er zerrte ihn einfach an den Füßen raus wie ein Kalb. Ich wäre fast in Ohnmacht gefallen. Aber der Doktor stand fest auf beiden Beinen. Hielt das Kind, als hätte er nie etwas anderes getan. Ehe wir's uns versahen, waren beide Kinder da. Es gab ja wirklich viel Blut, aber auch nicht mehr, als man erwarten konnte. Und nähen, das kann er, und so flink wie du, Hanna. Während er sich darüber ausließ, wie tüchtig sie war. Und daß er sich erinnern kann, wie sehr ihr damals die Walderdbeeren geschmeckt haben, als sie mit ihrer Mutter auf Reinsnes gewesen ist. Dann verlangte er für sie ein großes Glas Rum und Essen. Viel Essen! Ich sollte ruhig schon auftragen. Dann saßen sie da und aßen alle beide, als hätten sie schon immer so zusammengesessen. Hast du deiner Lebtag ...?

Nein, du mußt hier noch mehr einnehmen. So!« sagte sie und hielt die Luft an, während sie den Stoff in der Taille raffte.

Dann erzählte sie weiter von Else Marie, die ein paarmal aufgeschrien hatte, als er nähte. Und was glaube Hanna, was der Doktor dann getan habe? Er habe sich kurz unterbrochen und um Verzeihung gebeten! Hat man so etwas schon einmal gehört? Noch dazu bei einem Mann?

Der Schluß war aber trotzdem das Unglaublichste. Als er fertig war und über die Waschschüssel gebeugt dastand, liefen ihm die Tränen in Strömen über die Wangen. Merkwürdig. Sie hätten wahrhaftig die Nähe Gottes gespürt.

»Die alte Hebamme hat gemeint, der Doktor hätte den Dreh raus. Wenn er nur noch etwas trockener hinter den Ohren wäre und etwas taktvoller mit der Nacktheit umginge, dann würde er noch richtig tüchtig. Ha, ha! So ein dummes altes Weib! Aber Else Marie, die schon geglaubt hat, daß sie sterben muß, ließ den Doktor nicht gehen, ohne ihm noch einmal die Hand zu geben.«

Hanna mischte sich nur selten ein, wenn die Damen bei der Anprobe Tratsch erzählten. Das tat sie auch jetzt nicht. Sie war Zeugin der restlichen Geschichte geworden, aber das erzählte sie nicht.

Als Benjamin nach Hause gekommen war, war er sofort zum Bild von Karnas Mutter gegangen. Ohne sich die Jacke auszuziehen. Er stand einfach da, stützte sich mit beiden Händen auf die Kommode und stieß Worte hervor, die sie nicht verstand.

Sie wollte ihn fragen, wie die Überfahrt gewesen sei. Ob er Hunger habe.

Da legte er den Kopf auf seine Arme. Sein Rücken war so seltsam schmächtig. Er bebte.

Sie hatte sich einfach neben ihn gestellt. Ohne etwas zu sagen.

8

Sie wußten, an welchem Tag sie kommen würde.

Sara nahm Karna bei der Hand und bewachte die Fahrrinne vom Hügel mit der Fahnenstange aus.

Die Hausmädchen sprangen während der Arbeit immer wieder ans Fenster, und Oline hatte keine Zeit, Benjamin an diesem Tag ihre Fußbandage wechseln zu lassen. Aber da er andeutete, daß es anfangen könnte zu stinken, willigte sie ein.

Während er noch damit beschäftigt war, den Fuß zu umwickeln, war schon das Pfeifen des Dampfschiffs im Sund zu hören.

Er zwang sich, alles fertig zu machen, als wäre dies ein ganz gewöhnlicher Tag und ein ganz gewöhnliches Schiff.

Oline seufzte unruhig und wollte ihn weghaben. Rasche Schritte und gedämpfte Rufe waren zu hören. Jetzt kam das Dampfschiff um die Schäre!

»Geh schon!« zischte Oline und stieß ihn mit dem Fuß an.

Er stand auf, schaute einen Augenblick auf die Tür des Windfangs, dann war er schon draußen.

Er warf sich zusammen mit Tomas in das Boot, mit dem das Dampfschiff abgefertigt wurde, und spürte ein lächerliches Herzklopfen.

Er erkannte die Gestalt an der Reling, ohne es richtig zu glauben. Daß er Sophie nirgends sah, merkte er erst viel später.

Nach allen möglichen Schwierigkeiten wurde die Strickleiter endlich heruntergelassen. Er packte sie mit beiden Händen und kletterte Anna den halben Weg entgegen.

Sittsam versuchte sie ihre Röcke festzuhalten, während sie herabkam. Einmal streifte ein Rocksaum sein Gesicht. Er streckte seine Hände nach ihr aus. Mit dem Rücken zu ihm kam sie herunter.

Unten im Boot verwandelte sich die Fata Morgana in feste Formen. Das grelle Sonnenlicht, das von der schwachen Dünung reflektiert wurde oder von was auch immer, ließ sie zuerst gesichtslos erscheinen.

Er setzte sich und hielt ihre Hände weiterhin fest. Er wollte, daß sie sich auch setzte, aber es fiel ihm nicht ein, es ihr zu sagen.

Nur Augen. Zwei Öffnungen im Himmel über ihm.

Die Leute standen um sie herum und schauten. Teufel noch mal, wie sie alle glotzten! Er merkte, daß er rot wurde, und fühlte sich wie der größte Trottel in Nordnorwegen.

Aber um ihn herum war die Welt blau und silbern.

Als sie sich ohne Aufforderung ihm gegenüber auf die Bank setzte, dachte er: Jetzt läuft Hanna in Strandstedet herum und ist krank.

Denn als er in Annas Augen blickte, ging sein gesamtes Dasein in einem Augenblick unter. Wie hätte er jemals glauben können, daß Anna nur eine Korrespondenz mit Kopenhagen war.

»Willkommen in Reinsnes, Anna!«

Er hatte geübt. Glaubte, man könnte das einfach so sagen, wie man eine Pfeife anzündet. Aber er irrte sich.

Tomas hatte schon einem Matrosen dabei geholfen, zwei Koffer vom Deck zu fieren, und er wußte immer noch nicht, was er sagen sollte.

»Findest du, daß ich mich so fürchterlich verändert habe?« sagte sie lächelnd.

»O nein, wieso das?«

»Du starrst mich so an.«

Todernst stand er auf und schwenkte seine Schirmmütze über dem Kopf. Dann setzte er sich so ruckartig wieder hin, daß das ganze Boot schaukelte, nur um im nächsten Augenblick wieder aufzustehen und die Mütze erneut vom Kopf zu nehmen.

Anna hielt sich mit beiden Händen an der Ruderbank fest und sah ein wenig unsicher zu ihm hoch.

Er versuchte, in dem schaukelnden Boot das Gleichgewicht zu behalten, und schaute ihr gleichzeitig in die Augen und sagte auf, was ihm vom Hohenlied noch einfiel. Die Worte hallten weit über den Sund.

»Du bist wunderbar schön, meine Freundin, und kein Makel ist an dir. Wer ist sie, die hervorbricht wie die Morgenröte, schön wie der Mond, klar wie die Sonne, gewaltig wie ein Heer?«

Tomas hatte mit Rudern innegehalten. Er ließ das Boot treiben, während es von den Riemen tropfte.

Anna saß da und schaute auf ihre Schuhe. Aber als Benjamin fertig war, schaute sie auf und klatschte Beifall. Dann stimmte sie eine Strophe von Oehlenschläger an:

»Im Schatten wir wandern,
Zwischen zartgrünen Gräsern,
Johanniskraut wir pflücken,
Wo Blumen stehen.
Schönes, kleines Kraut,
Stehst so rein und lauter,
Stehst so frisch und grün,
Unbemerkt verborgen.«

Ihre Stimme war klar und jubelnd. Als würde sie eine Huldigung singen.

Er kannte das Lied von den Mittsommerfesten auf Dyrehavsbakken.

Schließlich sang sie das Lied von der Fahrt auf dem Øresund, und ersetzte »Øresund« durch »Nordland«, und »nachtdunkel« durch »ewighell«:

»Laß sie fahren, wer da will,
Das Dampfschiff wartet, wir fahren, schau.
Wir wollen segeln still
auf des schönen Nordlands ewighellem Blau.«

Man lehnte auf der Reling des Dampfers und lauschte. Erst als sie fertig war, gab das Schiff das Signal zur Weiterfahrt.

Einige der Passagiere riefen Abschiedsgrüße über das gekräuselte Meer, und die Schaufeln begannen zu arbeiten.

Die »Præsident Christie« setzte ihre Fahrt nach Norden fort.

Den Weg an Land benutzte er dazu, so ruhig wie möglich durchzuatmen und sich zu überlegen, wie er sie trockenen Fußes ans Ufer bekommen sollte. Was hatte sie gesagt? Daß er starre? Das war wirklich töricht von ihm.

Er spannte die Armmuskeln und strengte sich an, bis er es in den Oberschenkeln spürte. Dann hob er sie an Land. Drückte sie fest an sich und dachte triumphierend: Das darf ich! Wir sind nicht in Kopenhagen. Bei uns packt man zu, wenn man die Damen aus dem Boot hebt.

Er hielt sie so lange, wie er es wagte, denn aller Augen waren auf sie gerichtet. Sein schwerer Atem verriet, daß er es kaum länger gekonnt hätte.

Erst als er sie heruntergelassen hatte, wagte er, seinen Empfindungen nachzugeben. Ihren Duft einzuatmen. Den Stoff ihrer Samtjacke zu fühlen und die Wärme ihrer Schenkel durch ihren Rock.

Anna hockte sich vor dem Mädchen hin und nahm seine Hand.

»Und du bist Karna?«

Karna nickte und betrachtete die Fremde eingehend. Dann hatte sie es auf einmal fürchterlich eilig. Sprang von einem zum andern, deutete auf jeden und sagte den Namen.

»Sara, Ole, Tomas, Anders. Die Oline und die Bergljot sind in der Küche, die Stine im Nebenhaus und der Isak in Strandstedet. Und die Hanna …«

Als sie Hanna gesagt hatte, stockte sie plötzlich, sprang auf Benjamin zu und versteckte sich hinter seinen Beinen.

Aber als sie zu den Häusern hinaufgingen, nahm sie wiederum Annas Hand und betrachtete ganz genau ihren Ring und ihr Armband.

Oline meinte, daß man schon richtig feiern müsse. Aber er hatte nur seinen Gast da haben wollen, keinen anderen. Und Anders natürlich.

Trotzdem hatte Oline Schwierigkeiten, sich von ihrem Hocker aus um alles zu kümmern, deswegen half Stine ihr heute. Zwei Mädchen bedienten drei Menschen! Weniger ging einfach nicht.

Erst gab es Kerbelsuppe. Den Kerbel hatte Stine am selben Tag in den frühen Morgenstunden gesammelt, sorgfältig gewaschen und feingehackt, eine halbe Stunde lang mit einer ganzen Ingwerwurzel in guter Fleischbrühe gekocht und dann mit zehn Eigelb und Sahne verrührt. Serviert mit verlorenen Eiern und gestoßenem Ingwer.

Dann kam der im Ofen gebackene Lachs. Sorgfältig gewaschen, getrocknet und mit ein wenig Mehl, gestoßenem Pfeffer, Muskat und feingehackter Zwiebel bestreut sowie mit vier Anchovisfilets, Salz und Butterflocken. Zum Schluß mit Weißwein, Wasser und Zitrone beträufelt und in den Ofen gestellt. Serviert mit großen gekochten Mandelkartoffeln, diese allerdings vom Vorjahr, und mit selbstgebackenem hauchdünnem Flachbrot und dickem Sauerrahm.

Das Dessert bestand aus Multebeeren mit Schlagsahne und gerollten Waffeln.

Am Wein konnte selbst ein Kopenhagener nichts aussetzen. Weißer und roter Bordeaux, Haut Sauterne, Pondensac und Portwein zu einem Speziestaler die Flasche.

Alles von Ole M. Gundersens Haushalts- und Delikatessenhandel, der prompt auch nach auswärts lieferte.

Die Rechnung war Anders hart angekommen. Aber wenn es keinen anderen Ausweg gab?

Oline hatte die Mahlzeit zum Servieren vorbereitet, ihr Fuß schmerzte, und ihr Gesicht war in Auflösung vor Wärme und Anstrengung.

Wie die alleinherrschende Katharina die Große thronte sie auf ihrem Hocker mit Rädern und besaß die Welt, soweit sie sich vorstellen konnte, daß es da etwas zu besitzen gab.

Sie ließ sich in ihre Kammer schieben und aus der Schürze und den Schuhen helfen. Dann sank sie erschöpft in vier große Kissen, mit einem Glas Madeira auf dem Tisch.

Zu essen wollte sie nichts. Sie hatte so oft abgeschmeckt, das mußte reichen.

»Man kann nicht gleichzeitig Essen im Kopf und im Magen haben«, sagte sie.

Der Rock fiel weich über ihre Hüften. Er hob schon die Hände, um sie zu umfangen, steckte sie dann aber rasch in die Taschen.

Anna kam in Himmelblau die Treppe herunter. Wogend. So waren Feen. Leicht. Verschwommen bemerkte er das flatternde Band, das ihr Haar im Nacken zusammenhielt. Kein Schmuck, keine Ringe. Er versuchte, seinen Blick auf ihr Gesicht zu heften. Aber sie wurde undeutlich.

Es war so unwirklich. Er nahm die Hände aus den Taschen. Es mußte doch erlaubt sein, sie anzufassen? Wenn sie jetzt stolperte und fiel? Dann könnte er einen Satz nach vorne machen und sie auffangen.

O nein. Er wußte ja nicht, ob er rechtzeitig kommen würde und sie richtig zu fassen bekäme, um sie vor Beinbruch zu bewahren.

Schließlich blieb er mehr oder weniger untätig stehen. Jetzt erinnerte er sich daran, daß sie auch in Kopenhagen recht abweisend gewesen war, als wollte sie sagen: »Versuch es nicht! Ich lasse mich nicht darauf ein.«

Sie saßen einander gegenüber und Anders am Tischende. Er bemerkte, daß sie ein Muttermal auf dem Unterarm hatte. Das war etwas Neues.

Er hatte Anna neu entdeckt. Das Mal war auf ihrer Haut aufgetaucht, um ihn zu erfreuen! Er hatte seine Augen darauf gerichtet. Als hätte er Angst, es könne verschwinden.

Anders war für seine Verhältnisse richtig lebhaft. Anna lachte zweimal über seine Äußerungen, und das bereits bei der Suppe. Beim ersten Mal schob Anders das Kinn vor und lächelte.

Benjamin hatte viel darüber nachgedacht, wie er Anna möglichst für sich haben könnte. Jetzt wurde ihm peinlich bewußt, daß Anna die Unterhaltung allein hätte bestreiten müssen, wäre Anders nicht dagewesen.

Jede Erziehung, jede höfliche Bemerkung schien wie verflogen. Er war nicht in der Lage, ein einziges Gesprächsthema zu finden, keine einzige Frage.

Das Muttermal. Es half ihm dabei, seinen Blick nicht wandern zu lassen. Er konzentrierte sich darauf, Salz und Pfeffer weiterzureichen.

Anders erzählte, daß er in ein paar Tagen nach Bergen fahren würde. Er lud Anna vorher auf den Frachtsegler ein. Er müsse nach Strandstedet und eine Ladung holen, ob sie einen Ausflug machen wolle? Dieser neue Frachtsegler war nicht so an Frauen gewöhnt wie es die »Mor Karen« gewesen war, aber sie würden schon keinen Schiffbruch erleiden.

»Spielt Aberglauben eine große Rolle, was Frauen und Boote betrifft?« fragte sie.

»Ich würde nicht alles, was nicht zu erklären ist, Aberglauben nennen«, sagte Anders gleichmütig.

»Deine Mutter erzählte auch von Bootsfahrten, Benjamin, erinnerst du dich?«

»Dina, ja ...« begann er und stockte.

Schuld war wohl der Gesichtsausdruck von Anders. Lippen und Blick waren wie weggewischt. Der Mann beugte sich langsam vor, fischte nach seiner Taschenuhr und schaute darauf, und das, während sie beim Essen saßen.

Es wurde still. Anna merkte, daß etwas nicht in Ordnung war.

»Das schmeckt vorzüglich!« sagte sie und versuchte, Benjamins Blick aufzufangen.

»Das Muttermal!« rief er.

Sie sah auf ihren Arm.

»Du hast ein solches ... ein Mal auf dem Arm!« sagte er fast triumphierend, legte sein Besteck weg, beugte sich zu ihr vor und legte seinen Zeigefinger auf das Muttermal. Mit einem Ernst, als würde er eine ungewöhnliche Diagnose stellen.

Anna sah ihn verwirrt an.

Da gelang es ihm. Sie ganz zu sehen. Sie wurde auf der anderen Seite des Tisches deutlich.

Er holte tief Luft und atmete langsam wieder aus. Holte wieder Luft und hielt die ganze Zeit den Zeigefinger auf der winzigen braunen Erhöhung.

Anders hatte wieder angefangen zu essen. Er schluckte und sagte: »Das Essen von Oline ist das beste weit und breit!«

Niemand erwiderte etwas.

Anna hielt ihren Arm reglos. Hals und Wangen überzog eine leichte Röte.

Er beugte sich noch näher zu ihr vor. Erhob sich mit gebeugtem Rücken und reckte sich über den Tisch. Hob ihren Arm hoch und sah forschend auf das Mal.

»Daß ich das wiedersehen würde«, murmelte er und gab ihr den Arm zurück.

Anders ging an diesem Abend zeitig zu Bett.

Dinas Pianoforte stand im Eßzimmer. Anna schlug die Hülle beiseite.

»Was für ein wunderbares Instrument!«

Sie spielte ein paar Akkorde, verzog aber dann die Nase.

»Fürchterlich verstimmt.«

»Ja, sicher«, sagte er beschämt.

»Spielt denn niemand?«

»Ich lasse morgen einen Klavierstimmer kommen. Ich hätte daran denken sollen, ehe du kamst.«

Er steckte die Hände in die Hosentaschen und sprach rasend schnell.

Sie deckte das Instrument wieder zu.

»Hat denn nur deine Mutter gespielt?«

»Sara hat wohl mal angefangen«, murmelte er.

»Sara?«

»Die Tochter von Tomas und Stine.«

Sie nickte. Sie hatte sie bei ihrer Ankunft begrüßt. Aber da waren so viele gewesen. Sie konnte sich nicht an alle Namen erinnern. War sich nicht sicher, wer zu den Bediensteten zählte und wer Verwandtschaft war.

Beim Essen wurde ihr klar, daß nur Anders zur Familie gehörte. Und die kleine Karna.

»Kommen dir Erinnerungen, wenn ich anfange zu spielen?«

»Woran?«

»An deine Mutter.«

»Das ist so lange her.«

Er hörte selbst, daß das zu einfach klang.

»Vielleicht kann Karna Klavierspielen lernen?« fragte sie.

»Sie ist so klein.«

»Je früher, desto besser.«

»Meinst du, du kannst sie dazu bewegen?«

»Wenn sie will. Das könnte Spaß machen.«

Er wollte ihr nachschenken. Lächelte fragend. Aber sie schüttelte den Kopf.

»Können wir noch etwas spazierengehen, ehe wir zu Bett gehen?« fragte sie. »Es ist so hell. Kaum zu glauben, daß es schon so spät ist.«

Sie gingen durch den Garten und an der Laube vorbei.

»Wie romantisch!« rief sie und schaute hinein.

»Dina saß immer hier und trank Wein, nachts, wenn sie nicht schlafen konnte. Das war nicht sehr romantisch ... wenn ich sie dort fand. Mit einer leeren Flasche und halbgerauchten Zigarren.«

Er sagte das bitterer, als er gewollt hatte.

»Vielleicht hatte sie es nicht so leicht?«

Er wurde vorsichtig. Aber dann nahm er sich zusammen und sagte munter: »Reinsnes ist kein Ort für Frauen wie Dina. Oder dich.«

Sie war ein paar Schritte vor ihm hergegangen. Jetzt drehte sie sich um.

»Soll das eine Warnung sein?«

»Vielleicht.«

Sie blieb vor ihm stehen. Der weiße Muschelsand knirschte leicht, als sie ihre Füße bewegte.

»Ich bin auf jeden Fall gekommen.«

Er hätte es sofort fragen können. Das war die Gelegenheit. Ob sie vorhabe zu bleiben. Oder: Ob sie wisse, daß er ihr kaum etwas zu bieten habe. Denn hier zu Hause in Nordnorwegen sei er nur ein Quacksalber.

Ihr Gesicht vor seinem. Wehrlos.

Es gelang ihm nicht, überhaupt etwas zu sagen. Er wagte nicht, sie zu berühren. Er hätte sie ja verschrecken können. Er fühlte sich wie ein Fjell, der Steinlawinen auf etwas Zerbrechliches auf dem Gartenweg herabschickt.

»Was wolltest du eigentlich damit sagen, Benjamin?«

Wie bringt sie es nur fertig, so ruhig zu bleiben? dachte er und schluckte. Dann richtete er seinen Blick auf eine ungefährliche Stelle auf ihrer Nase.

»Es freut mich, daß du es hier romantisch findest.«

»Ich bin nicht nur gekommen, um Nordnorwegen zu sehen.«

»Nein?«

»Ich bin wegen deiner schönen Briefe gekommen. Findest du, das ist ungehörig?«

»Nein, mutig.«

»Warum?«

»Ich bin doch ein Wilder vom Nordpol.«

»Der das Hohelied Salomos zitiert«, sagte sie lächelnd.

Sie gingen ein paar Schritte. Dann wandte sie sich ihm wieder zu.

»Warum hast du mir geschrieben, Benjamin?«

Er dachte rasch nach: Ich muß es ihr sagen. Daß ich keine Approbation habe. Aber nicht jetzt!

»Ich wollte dich nicht ganz verlieren. Wollte auf jeden Fall an deinen Gedanken teilhaben. Briefe kann man immer wieder lesen. Sie haben kein Ende ... Wie oft man einen einzigen Brief lesen kann! Ich dachte, wenn sie jetzt heiratet und eine Menge Kinder bekommt und so, dann kann sie mir trotzdem ab und zu einen Brief schicken, ohne daß ihr Mann das seltsam findet. Weil ich weit weg und deswegen ungefährlich bin. Einer aus der Jugend. Und die Jahre können dann einfach vergehen, dachte ich, denn ich habe wenigstens die Briefe. Und die Gedanken, die sie mir nicht anzuvertrauen wagt, weil sie niemanden verletzen will, die lese ich trotzdem zwischen den Zeilen. Und das, wonach ich mich sehne, kann mir niemand nehmen.«

Er schwieg abrupt. Denn er sah, daß sie sich abwandte.

Er ging mit ihr ganz hinunter zu den Anlegestellen. Sie betrachteten die Möwen und Stines Eiderenten. Die Küken waren geschlüpft, und die Mütter versuchten, sie aufs Wasser zu locken.

»Alles ist wie ein Märchen!« sagte sie und holte tief Luft.

Ihm wurde warm ums Herz.

»Was hattest du erwartet?«

»Oh, ich weiß nicht. Kälte ... Denk nur, die Sonne scheint, obwohl es fast Mitternacht ist! Ich wußte es ja. Aber es selbst zu erleben, das ist etwas ganz anderes.«

Er wollte ihr zeigen, wie die Sonne wieder aufgeht. Vom Hügel mit der Fahnenstange aus. Er war so eifrig, daß sie nicht mit ihm Schritt halten konnte.

Dann stand er mitten auf der Wiese, auf der das Johanniskraut blühte, und wartete auf sie. Gegen die Sonne kam sie in all dem Rotviolett auf ihn zu. Das Licht hinter dem dünnen Kleid war so stark, daß es aussah, als wäre sie nackt.

Gott hatte Anna mit Gold umrissen und ihr Haar in Brand gesetzt. Er dachte, wenn er schon sterben müsse, dann könne er das hier und jetzt tun, während sie auf ihn zukam.

Dann saßen sie auf der Bank, ohne etwas zu sagen. Das Sonnenauge tauchte ins Wasser. Der Horizont löste sich auf. Grenzen gab es nicht mehr.

Als die Sonne wieder aufging, wurde sie immer durchsichtiger. Er konnte durch sie hindurchsehen. Wie unter einem Mikroskop. Flaum auf der Oberlippe. Die feinen Blutgefäße auf den Augenlidern. Der Pulsschlag in der Halsbeuge. Ein feiner Nebelschleier stand um sie herum wie eine Aura.

Vielleicht war sie ja nicht ganz wirklich? Er berührte sie vorsichtig mit den Fingerspitzen. Unter dem Umschlagtuch das Muttermal auf ihrem Arm.

Mit einem Seufzer lehnte sie sich an ihn.

Da küßte er sie. Aber nur wie ein Gentleman. Nicht so, wie er eigentlich wollte. Und weil er dabei zwanghaft nachdachte, war es kein Genuß. Auch für sie nicht?

Mittendrin erinnerte er sich an das letzte Mal, als er sie geküßt hatte. Ob sie das auch tat?

Er hätte sie natürlich fragen können. Aber das wäre eine Einladung gewesen, über die Zukunft zu sprechen. Und da hätte er ihr erzählen müssen, wie wenig er ihr zu bieten hatte.

Er spazierte mit ihr wieder zum Haus zurück und sagte ihr vor der Tür zum Saal gute Nacht. Er fragte sie sogar, ob sie noch etwas brauche.

Aber sobald sich die Tür zwischen ihnen geschlossen hatte, fing es an. Der Gedanke, daß sie nur fünf, sechs Meter von ihm entfernt lag. Auf der anderen Seite des Gangs. In seinem Bett.

Der Schlaf war wie weggeblasen. Er hatte nur den einen großen Gedanken: Er durfte dort nicht hineingehen.

Trotzdem taumelte er auf den Gang. Zu ihrer Tür und zurück zu seiner eigenen. Es fiel ihm ein, daß er die Wäscheschränke öffnen könnte, dann würde sie ihn hören, zur Tür kommen und ihn hereinbitten.

Das mußte sie doch. Worauf wartete sie noch?

Auf knarrenden Dielen ging er wieder zu ihrer Tür. Zurück an der Treppe vorbei. Blieb stehen. Lauschte. Daß Anders oder andere ebenfalls lauschten, daran dachte er nicht.

Im letzten Augenblick rettete er sich nach unten und ins Freie. Über den Hofplatz. Hinunter zu den Speichern an den Anlegestellen. Schließlich lag er unter einer Pferdedecke auf dem alten Sofa im Kontor hinter dem Laden.

Erwachte von der Sonne, die ihm direkt ins Gesicht stach, und von einer Fliege, die glaubte, er sei etwas Eßbares.

Steif und erschöpft streckte er sich und verfluchte die Tatsache, daß er ein so kompletter Feigling war.

Anna kam zum Frühstück und erklärte, sie hätte in einem wunderbaren Bett in dem gemütlichsten Zimmer geschlafen, in dem sie jemals gewesen wäre.

Er lächelte matt und dankte. Sie waren allein. Anders und Karna aßen immer bereits in aller Frühe in der Küche.

»Anna, du machst mich so hilflos«, erklärte er und schlug sich vor den Kopf.

»Was meinst du?«

Er öffnete den Mund, um es zu erklären. Schloß ihn jedoch wieder.

Es kam ihm in den Sinn, daß Leute mit offenem Mund aussahen wie Fische.

»Warum sagst du das?« flüsterte sie.

Er legte sein Besteck weg und faltete seine Serviette zusammen, als wäre die Mahlzeit vorbei, ehe sie noch begonnen hatte.

»Ich hatte solche Sehnsucht. Hatte solche Angst, was du meinen könntest ... denken ... Ich hatte im Detail geplant, was ich zu dir sagen würde. Wie schön es werden würde. Daß du dich zu Hause fühlen solltest. Und jetzt kann ich mich nicht einmal mit dir unterhalten. Nicht einmal im selben Haus schlafen, ohne ...«

Anna faltete ebenfalls ihre Serviette zusammen. Schob sie umständlich in den Silberring mit Jacob Grønelvs Monogramm.

»Willst du, daß ich wieder fahre?«

Er sprang auf, lief um den Tisch herum und warf sich vor ihr auf die Knie.

»Benjamin, bitte!« sagte sie lächelnd.

In diesem Augenblick kam Karna ins Zimmer. Sie blieb in der Tür stehen und starrte auf ihren Vater, der auf dem Fußboden lag, und auf die fremde Dame auf dem Stuhl. Dann sagte sie mit Olines Stimme: »Papa! Man bleibt am Tisch sitzen, bis alle fertig sind!«

Benjamin stand auf und breitete die Arme aus.

»Das ist richtig, meine Kleine! Guten Morgen!«

Alle drei sagten guten Morgen, und scheinbar war alles wieder normal.

Karna zog einen Stuhl neben den ihres Vaters und kletterte hinauf. Das kleine Gesicht reichte gerade knapp über die Tischkante. Das braune und das blaue Auge erweckten den Eindruck, als würde sie schielen. Ihr Blick war direkt, und die dicken Zöpfe tanzten um ihren Kopf. Das Haar wollte jedoch nicht gebändigt werden. Hier und da schaute eine Locke hervor.

Bei ihrer Geburt war das Haar ebenso dunkel gewesen wie das ihres Vaters. Aber als sie in Reinsnes ankam, war sie kahl wie ein alter Mann. Das Haar wuchs so hell nach wie das der Mutter, die sie nie gekannt hatte. Nach und nach wurde es dunkler, kupferfarben. Als wollte sie Zeugnis über alle ihre Vorfahren ablegen.

»Oline hat gesagt, daß ich einen Honigkuchen bekommen kann«, sagte sie.

Benjamin reichte ihr einen.

Mit ihren kleinen Fingern brach sie Stücke ab. Sie steckte sie nachdenklich in den Mund, während sie die beiden Erwachsenen abwechselnd anschaute.

»Wie viele Jahre bist du jetzt alt, Karna?« fragte Anna vorsichtig.

»Vier!«

»Da lernst du sicher bald die Buchstaben und die Zahlen?«

Karna sah Anna kauend mit großen Augen an.

»Bleibst du lange?« fragte sie.

Anna sah Benjamin kurz an.

»Eine Weile.«

»Brauchst du viel Medizin?«

»Nein, keine Medizin«, sagte Anna und lächelte breit.

»Gesund? Sie ist gesund«, erklärte Karna und zupfte Benjamin am Ärmel. »Kann ich noch einen Kuchen haben?«

»Nein«, sagte er, aber konnte sich ein Lächeln nicht verkneifen.

Karna bemerkte es und legte den Kopf zur Seite.

»Nur einen?«

»Nach dem Mittagessen.«

»Nein, jetzt!«

»Karna! Oline hat einen gesagt.«

Ihr kleiner Mund war nur noch ein dünner Strich, aber sie fragte nicht mehr. Nach einer Weile ließ sie sich vom Stuhl gleiten und ging hinaus.

Als sie draußen war, sagte Anna: »Sie ist ein sonderbares Kind!«

Er fuhr sich ein paarmal durch die Haare.

»Schon seltsam, dich so zu sehen ... als Vater. Das sieht dir so gar nicht ähnlich. Ich meine ... In Kopenhagen warst du ganz anders.«

»Eine Veränderung zum Besseren?« Er versuchte, lustig zu sein.

»Das hoffe ich doch«, sagte sie neckend.

Er ahnte ihre kleinen festen Brüste, als er sich zu ihr vorbeugte. Und ihren Hals. Als sie ihren Kopf etwas drehte. Das Haar war zu einem schweren Knoten hochgesteckt, und der Haaransatz war zu sehen.

Da wurde er übermütig. Wie in Aksels Zimmer. Als er ein Nein für ein Ja genommen und alles zerstört hatte.

Jetzt war sie trotzdem hier. Er mußte sich beherrschen. Selbstbeherrschung.

9

Tomas brachte Stine nach Strandstedet. Aber sie ging allein zu dem ungestrichenen Haus, um Hanna zu erzählen, sie sei jetzt gekommen. Das Fräulein Anna aus Kopenhagen.

Vielleicht hatte Benjamin diese Dame aus der Stadt nur aus Höflichkeit eingeladen, meinte Stine. Und das wollte Hanna auch wirklich glauben. Ganz sicher würde er zu dieser Anna sagen: »Ich halte mich an Hanna. Wir sind jetzt ein Paar.«

Stine sprach mit leiser Stimme davon, daß die Menschen nicht immer verläßlich waren. Der Wille der Männer sei wie Eisen im Feuer, weich und beweglich in die unbegreiflichsten Richtungen, je nachdem, was ihn gerade forme. Wenn man nicht aufpasse, würde alles, woran man glaube, ein einziger schwarzer Klumpen.

Hanna war die ganze Nacht auf und nähte das Kleid für Wilfred Olaisens Schwester fertig. Am nächsten Morgen packte sie ihre Reisetasche, nahm Isak an der Hand und fuhr mit Stine nach Reinsnes.

Es hieß, daß Stine Hilfe für Oline geholt habe, weil so feine Gäste gekommen seien. Dafür hatten alle Verständnis.

Hanna war auch nicht irgendwer. Sie hatte ihr eigenes Zimmer im Haupthaus. Wand an Wand mit dem, in dem Benjamin schlief. So hatte sie eine gewisse Kontrolle über die Nächte.

Als sie ins Eßzimmer trat, war ihm klar, er hatte sich darauf verlassen, daß sie wegbleiben würde. Ohne daß er sie darum gebeten hatte. Aber warum hätte sie das tun sollen?

Jetzt wünschte er sich nur weit weg.

Anna und er hatten gerade gefrühstückt, und Bergljot war dabei abzudecken. Als Hanna eintrat, ging das Mädchen in die Anrichte und blieb dort.

Wie ungewöhnlich das war, fiel ihm erst auf, als er wieder allein war. Wieso zog Bergljot sich zurück?

Er stand auf und stellte sie einander vor.

»Das ist Hanna! Hanna Hærvik! Ich habe dir ja von ihr erzählt. Fräulein Anna Anger!«

Anna erhob sich ebenfalls. Sie gaben sich die Hand und begrüßten sich höflich.

»Hanna und ich sind wie Geschwister. Wir sind zusammen aufgewachsen und haben zusammen lesen und schreiben gelernt.«

»Sie sind die Tochter von Stine und Tomas?« fragte Anna freundlich.

»Nein, mein Vater starb. Dann heirateten Mama und Tomas.«

Anna nickte.

»Und jetzt wohnen Sie mit Ihrem Sohn in Strandstedet?«

»Ja. Ich bin Witwe. Ich habe eine kleine Nähstube, oder wie man das nennen soll.«

»Sie nähen. Wie interessant.«

Hanna schaute einen Augenblick zur Decke hoch, dann meinte sie trocken: »Überwiegend durchwachte Nächte und wunde Finger.«

»Es wäre doch praktischer, wenn ihr euch duzen würdet, nicht?« sagte Benjamin so beiläufig, wie er nur konnte.

Anna sah ihn an. Er konnte ihren Gesichtsausdruck nicht deuten. Fühlte sich unwohl. Das war nicht zu ändern. Hier galt es, nach allen Seiten nachzugeben.

»Das ist es wohl«, sagte Anna höflich.

»Ja, ich bin ja auch nicht so förmlich«, sagte Hanna auf diese rasche Art, die bedeutete, daß sie eigentlich beleidigt war.

Anschließend fand er, daß es annehmbar gelaufen war. Aber das war noch, ehe er wußte, daß Hanna während Annas Besuch die ganze Zeit auf Reinsnes bleiben würde, um Oline im Haus zu helfen.

Er verspürte eine grenzenlose Wut, mußte aber einsehen, daß die Frauen über diese Dinge allein bestimmten. Ohne ihn überhaupt zu fragen.

Sagte er nur ein einziges, verkehrtes Wort, würde ihm alles um die Ohren fliegen. Anna würde alles durchschauen.

Was eigentlich? Daß sie die Zivilisation und Kopenhagen hinter sich gelassen hatte, nur um herauszufinden, daß Benjamin Grønelv immer noch ein Hurenbock war? Was das anging, konnte sie auch ebensogut einen Schotten heiraten. Oder war er Engländer?

Anna hielt das Gespräch in Gang. Sie fragte interessiert nach Strandstedet und der Schneiderei. Hanna antwortete und versuchte die ganze Zeit, sich ein Bild von der anderen zu machen. Ihr Kleid, ihr Haar, ihre Figur. Als dächte sie darüber nach, welche Vorzüge die neue hatte. Oder: Was sieht er in der da?

Die Wut ließ ihn verstummen. Er ließ sie reden. Nach einer Weile gelang es ihm, seine Aufmerksamkeit wieder den Worten, die hin- und herflogen, zuzuwenden. Er verglich: Annas gebildetes, selbstsicheres Interesse. Hannas schlecht verborgener Unwillen. Anna, die sich nichts anmerken ließ, die aber sicher trotzdem alles registrierte.

Er legte seine Serviette mehrfach zusammen. Sie fühlte sich gegen seine klammen Handflächen kühl an.

Was zum Teufel konnte er schon tun?

Und in dem Ganzen, während er die beiden verstohlen betrachtete, durchfuhr es ihn wie ein Schauder. Denn es sollte erlaubt sein. Gewiß sollte es erlaubt sein! Ohne daß er sich wie ein verdammter Verräter fühlen mußte. Sie beide zu haben.

Anders erinnerte Anna daran, daß sie mit der »Svanen« an einem dieser Tage nach Strandstedet segeln wollte. Hanna erklärte, daß sie gern mitkommen könne, um ihr den Ort zu zeigen.

Anna antwortete, das würde sicher recht nett.

Benjamin hatte das Gefühl, im falschen Stück zu sein.

Zeitiges Abendessen mit vieren um den Tisch. Plus Kinder. Etwas ganz anderes, als er sich vorgestellt hatte. Ohne daß er sich daran erinnern konnte, sich etwas Bestimmtes vorgestellt zu haben.

Es waren ja auch nur alberne Träume gewesen. Späte Abendessen mit Anna, nachdem Karna bereits im Bett war. Lange essen und trinken. Über alles reden, was er all diese Jahre niemandem hatte anvertrauen können. Spazierengehen, wie sie es am ersten Abend getan hatten. Und vielleicht Wein in der Laube? Sie hätte alles bewundern können. Ihn dazu bringen, alles mit neuen Augen zu sehen.

Und das Obergeschoß hätten sie auch ganz für sich gehabt!

Er hörte, wie sich Hanna im Bett umdrehte. Das bedeutete, daß sie ihn ebenfalls hörte. Sie wurde sein Wächter. Eine Spinne, die nur darauf wartete, seine blinden Sünden mit ihrem Netz einzufangen. Das war am Anfang und am Ende einer unruhigen Nacht jeweils sein letzter und erster Gedanke.

Und daß auf der anderen Seite des Ganges Anna in seinem Bett schlief.

Hannas Gesichtsausdruck, als ihr klar wurde, daß Anna im Saal wohnte! Sie hatte ihn mit nackter Verzweiflung angestarrt.

Hatte Anna das auch gesehen?

Wir sind wie Geschwister, hatte er zu Anna gesagt. Hanna hatte nicht protestiert. Nicht dieses Mal.

Am Tag darauf kam das Mädchen Bergljot an den Frühstückstisch mit der Nachricht, der Doktor müsse zu einem Jungen weiter drinnen im Sund.

Er sei vom Dach des Bootshauses schwer gestürzt und könne weder reden noch sich bewegen.

Benjamin stand auf und verließ die Tafel mit langen Schritten, wie er es sonst auch immer tat, wenn nach ihm geschickt wurde. Nahm die Arzttasche von ihrem Brett im Gang und war beim Boot, ehe er noch nachgedacht hatte. Erst als die Segel gesetzt waren und er den Wind im Haar spürte, fiel ihm ein, daß Anna es wahrscheinlich seltsam fand, daß er ohne ein Wort das Haus verließ.

Der Junge starb in seinem Beisein. Der einzige Sohn einer Witwe, die für Tomas auf den Klippfischbergen gearbeitet hatte. Benjamin blieb bis zum Abend dort.

Die Frau starrte nur vor sich hin. Ab und zu zitterte ihr ganzer

Körper. Dann wurde sie wieder ruhig und saß einfach nur da. Mit leerem Gesichtsausdruck und trockenen Augen.

»Ich gebe dir was zum Einschlafen.«

Da fiel ihm ein, daß er das zuletzt zu Hanna gesagt hatte.

Diese hier sagte nichts, nicht einmal nein.

»Komm ... versuch zu weinen. Weine ...« sagte er leise und nahm sie in den Arm.

Aber er drang nicht zu ihr durch.

Die Tochter dagegen ging zwischen Erdstall und Kate im Kreis herum und klagte laut. Eine Nachbarsfrau eilte geschäftig hin und her. Sie hatte die Leiche gerade zugedeckt, nachdem sie sie zuerst gewaschen hatte.

Die bloßen Füße und gelocktes Blondhaar schauten an den Enden des Lakens hervor.

Er war in Düppel. Alles war wieder still. Die Kanonen. Die Kommandorufe. Die Rufe nach Mama. Die Flüche. Der Geruch nach getrocknetem Blut war zum Gestank geworden. Karna saß da, den Kopf eines jungen Mannes im Schoß. War einfach nur da. So wie er jetzt.

Auf dem Heimweg gab es nur das Meer, die Sonne und ihn. Der saubere, salzige Geruch. Teer gegen das grüne und weiße Dollbord. Windstille, so daß er zu den Riemen greifen mußte. Das half.

Anna saß auf dem Klavierhocker, die aufgeschlagenen Noten vor sich auf dem zugeklappten Klavier.

Hanna hatte alle Noten von Dina hervorgeholt. Das hätte er selbst tun sollen, und zwar lange vor ihrer Ankunft. Genauso wie er dafür hätte sorgen sollen, daß das Instrument gestimmt wurde.

Die Frauen steckten über den Notenblättern ihre Köpfe zusammen. Ihre Hände berührten sich. Ein unheimliches Gefühl überkam ihn.

Aber das war wohl nur wegen des jungen Mannes unter dem Laken.

»Ich weiß jemanden, der stimmen kann. Durch jemanden, den ich kenne ...«

Hannas mandelförmige Augen lagen im Halbschatten. Trotzdem wußte er, daß sie ihn beobachtete. Sie hatte ihn hereinkommen hören, ohne davon Notiz zu nehmen. Jetzt war sie dazu gezwungen, denn Anna hatte ihn gesehen.

»Aber nein, guten Abend! Konnte der Herr Doktor helfen?« sagte sie in neckischem Ton und kam mit ausgestreckten Händen auf ihn zu.

Warum tat sie das? So benahm sie sich doch sonst nie.

»Nein, das kann man kaum sagen«, murmelte er und ging wie zufällig in einem Halbkreis um sie herum. Warum wich er ihr aus? Er sah, daß sie dasselbe dachte. Warum weicht er mir aus?

»Können wir ein Fenster aufmachen? Es ist heute abend so drückend«, sagte er und setzte sich.

Hanna öffnete ein Fenster.

»Wie geht es ihm? Dem Jungen?« fragte Anna und legte die Noten auf einen Stapel zusammen.

»Tot.«

Eine unbehagliche Stille breitete sich zwischen ihnen aus.

Er räusperte sich, zündete seine Pfeife an und schaute sich nach der Zeitung um.

»Herrgott!« sagte Hanna.

Anna sagte nichts. Aber er spürte ihren Blick.

»Konntest du nichts machen?«

Er wußte, daß ihn Hanna nie mit solchen Fragen gequält hätte, wenn Anna nicht dagewesen wäre. Sie spielte eine idiotische Rolle, die sie als oberflächliche, banale Person erscheinen ließ. Warum tat sie das? Anna mußte ein vollkommen falsches Bild von ihr bekommen. Und von ihm erst!

Er merkte, daß er auch eine Rolle spielte. Den Nachsichtigen. Einen, der mit einem Menschen spricht, den er nicht ernst nimmt.

»Nein, liebe Hanna, ich konnte nichts machen.«

Die Kälte, die etwas höhnische Stimme. Eine Stimme, die er sonst nie gebrauchte, wenn er mit Hanna sprach.

Sie holte etwas auf dem Gang, kam aber schnell wieder herein. Begann, etwas auf dem Tisch zu suchen. Tat so, als wäre es die Zeitung, und reichte sie ihm.

Er schaute nicht auf die Zeitung, nahm sie auch nicht.

»Hanna weiß von jemandem, der Klaviere stimmen kann«, hörte er Anna sagen.

»Und wer ist das?«

»Der Wilfred … also, Olaisen …«

»Ist Olaisen jetzt auch noch musikalisch?« fiel er ihr ins Wort.

Er spürte den Blick beider Frauen auf sich.

»Er hat gerade Besuch aus Trondhjem von einem, der es kann«, sagte Hanna leichthin. Etwas zu leichthin.

»Ach so«, sagte er sachlich.

»Das ist ja so was wie ein glücklicher Zufall«, meinte Anna.

»Aber dann bitte doch die beiden Herren so schnell wie möglich her, Hanna. Wir sollten ohnehin etwas geselliger sein, jetzt, da Anna hier ist.«

Er nahm die Zeitung und setzte sich. Raschelte übertrieben damit, ohne daß er ein Wort hätte entziffern können.

»Wann?« fragte Hanna mit kleiner Stimme.

»Wann auch immer. Sobald wie möglich.«

»Samstag abend?«

Hanna sah fragend von Benjamin auf Anna.

»Samstag abend!« entschied er.

Anna legte den Stapel Noten aufs Klavier.

»Hat deine Mutter das alles gespielt?«

»Ja, und noch mehr. Auch auf dem Cello … Die Cellonoten hat sie, glaube ich, mitgenommen.«

Er stand auf und legte die Zeitung weg.

»Nun, Anna? Hast du dich an diesem gottverlassenen Ort gelangweilt?«

»Überhaupt nicht! Es ist hier wunderschön und aufregend. Ich wünschte mir, ich könnte malen. Das Licht ist so außergewöhnlich.«

Später, als Hanna im Nebenhaus bei Isak war und er endlich ausatmen konnte, sagte Anna: »Ihr kennt euch wirklich so gut, daß sie das hinnimmt?«

»Was?«

»Daß du sie demütigst.«

»Tue ich das?«

»Merkst du das nicht einmal selbst?«

Er antwortete nicht. War es Hanna also doch gelungen, dachte er. Er benahm sich so, daß Anna ihn nicht mehr leiden konnte. Im nächsten Augenblick: Zum Teufel! Das ist ja nicht Hanna, das bin ich!

»Ich weiß nicht, was in mich gefahren ist. Es war wohl der tote Junge«, murmelte er und schämte sich für diese Entschuldigung.

Sie sagte nichts mehr. Stellte sich ans offene Fenster.

Er schaute auf ihren Rücken. Die Linien waren so weich.

Sie segelten mit Anders nach Strandstedet, dort nahm Hanna dann alles in die Hand. Sie wußte über jeden Bescheid. Erzählte Geschichten, kümmerte sich um die Kinder und machte Scherze auf seine und Anders' Kosten. Eine Hexe!

Er erzählte von alten Zeiten in Kopenhagen, nur um zu hören, wie Hanna interessierte Fragen stellte. An Anna.

Die Frauen unterhielten sich in einem Ton, der überhaupt nicht zu seiner eigenen Gemütslage paßte.

Trotzdem unterließ er es, Hanna zu demütigen. Weil Anna es hören konnte.

Ein paarmal dachte er daran, Anna zu bitten, mit ihm nach Tromsø zu fahren. Aber das wäre kompromittierend. Es war schon schlimm genug, daß sie allein gekommen war. Jetzt sollte sie nicht auch noch allein mit ihm wegfahren.

Die Nacht zum Samstag. Die Laute eines nächtlichen Hauses. Die Stille. Die Seevögel. Der Wind in der Allee. Die Gewißheit, daß Hanna ihn bewachte.

Da er nicht schlafen konnte, war er fast erleichtert, als er jemanden an die Tür des Windfangs klopfen hörte. Wenig später hörte er Stimmen und wußte: Da kam jemand, um den Doktor zu holen.

Er zog sich in Windeseile an und lief schon die Treppe hinunter, als das Mädchen kam, um ihn zu wecken.

Die Seeluft war eine Befreiung. Er setzte Segel. Der Wind war günstig. Er war auf dem Weg zur Insel Grytøy, um nach einem Kind zu sehen, das das Essen nicht bei sich behalten wollte. Schon den dritten Tag lief es oben und unten nur so heraus.

Der Vater war selbst gekommen. Jetzt segelte er vorweg.

Er hatte, so gut er konnte, versucht, den Mann zu beruhigen, während sie im Kontor hinter dem Laden Kohlepulver, und was er sonst noch brauchen konnte, geholt hatten.

»Das wird schon wieder! Aber ich segle mit dir mit und sehe mir den Burschen an.«

Der Mann trat ungeduldig von einem Bein aufs andere und nickte, hörte aber vermutlich kein Wort von dem, was er sagte.

Er blieb bis zum Vormittag. Da hatte der Durchfall aufgehört. Also doch nicht Typhus. Der Junge behielt das, was er trank, bei sich und hatte auch eine bessere Farbe bekommen. Er bat die Eltern, andere Kinder erst in ein paar Tagen zu dem kranken Jungen zu lassen. Es sehe aus wie eine Lebensmittelvergiftung, man könne sich da jedoch nicht ganz sicher sein.

Die Frau war überzeugt, es handele sich um Blutgang oder etwas noch Schlimmeres.

Er widersprach. Bat sie, genau nachzuschauen, ob es verdorbenes Essen im Haus gab. Sie war natürlich beleidigt, nahm sich aber zusammen. Es ging schließlich um ihren Jungen.

»Wirf altes Essen weg. Spüle und schrubbe alles, so gut es geht.«

Als der Mann beschämt meinte, er könne nicht bezahlen, schüttelte Benjamin nur den Kopf.

»Hast du Lachsgründe?«

»Ja.«

»Schick mir einen schönen Lachs, wenn der Junge wieder gesund ist und es sich gerade so ergibt!«

Dann tippte er mit drei Fingern an seine Mütze, eine Gewohnheit aus der Studentenzeit, und schlenderte hinunter zu seinem Boot.

Der Wind blies ihm frisch ins Gesicht. Er versuchte zu kreuzen. Aber das ging nur mühsam. Dann kam die Regenwand.

Er zog sein Ölzeug an und versuchte, eine Pfeife anzuzünden. Es gelang ihm nicht. Aber er sah so viel von der Küste, daß er zumindest zeitweilig wußte, wo er sich befand.

Jedenfalls konnte er hier draußen auf dem Meer nachdenken wie ein freier Mann. Das hatte Anders auch all die Jahre getan.

Der Juniregen war kalt. Er peitschte gegen Gesicht und Hände. Rann in Flüssen über Spanten und Dollbord und sammelte sich auf dem Boden des Boots. Klatschte auf die Ruderbänke und die Steine, die er als Ballast dabeihatte.

Jedesmal, wenn der Wind das Segel füllte und das Boot krängte, änderte das Wasser seine Richtung und floß den entgegengesetzten Weg.

Mitten in der Nässe: Das Bild von Hanna, die nach Hause gekommen war, um feine Frau zu spielen. Und Anna am ungestimmten Klavier.

Er stellte sich alles wie eine Schachpartie vor und ließ sie gegeneinander spielen. Nach der Angriffsmethode. Er mußte zugeben, daß er selbst auch so das Leben meisterte.

Er mußte mit Hanna reden. Ehe alles zerstört war.

Dann hatte er genug damit zu tun, das Segel zu reffen und den Sturzseen auszuweichen.

Schließlich erreichte er die Anlegestelle. Es fehlte nicht viel, und sie hätten mit der Suche begonnen. Anders und Tomas standen bereits am Strand. Beide sprangen sie bis über die Stiefel ins Wasser, um sein Boot an Land zu ziehen.

Im Windfang des Ladens stellte Anders fest, es sei für den Doktor ziemlich riskant, in so einem Backtrog zu segeln.

Benjamin grinste ihn müde an und brummte zustimmend, während er sein Ölzeug abstreifte.

Tomas meinte, das sei ja das reine Januarwetter. Er merkte sich den Blick. Der Mann hatte Angst um ihn gehabt. Er empfand das wie eine sonderbare kleine Freude.

Die Allee aus Vogelbeerbäumen war sturmgepeitscht, als er auf das Haupthaus zuging, der Regen hatte jedoch aufgehört.

Hinter den Blumentöpfen in den Fenstern bewegten sich Köpfe. Er war zu müde, um von ihnen Notiz zu nehmen.

Anna kam die Treppe vom Obergeschoß heruntergelaufen. Ihre gelben Röcke stoben wie eine Wolke auseinander.

»Gott sei Dank, da bist du ja!« flüsterte sie und umarmte ihn.

Karna lachte in ihrer Kammer. Aus der Küche hörte er die Kaffeemühle und aus der Anrichte Bergljots Stimme. Jemand ging über den Kiesweg. Und der gesegnete Wind tanzte immer noch Walzer um die Häuser herum.

Ein paar Sekunden lang stand er sprachlos da. Bis ihm aufging, daß jetzt die Gelegenheit da war. Da legte er seine nassen Arme um sie.

»Wir hatten solche Angst.«

Einen Augenblick später standen sie alle um ihn herum. Er hatte seine Arme immer noch um Anna gelegt.

Hanna in der Tür zum Wohnzimmer. Ihre Augen begegneten sich über Annas Schulter hinweg. Dann war sie fort.

Er stand noch genau so da, vom Meer errettet und zum geliebten Patriarchen erhoben, und doch war es Hanna bereits gelungen. Ihm die Freude darüber zu nehmen.

Wenig später frühstückten sie. Hanna stand auf, um etwas aus der Küche zu holen. Sie ging an Anna vorbei und flüsterte ihr etwas ins Ohr. Beide lachten.

Da spürte er seine Müdigkeit. Entschuldigte sich höflich. Er habe die ganze Nacht nicht geschlafen ...

Wenig später dachte er: Ein müder alter Mann geht die Treppe hinauf.

Ein paarmal, während er so dalag und einschlafen wollte, hörte er die beiden Frauen lachen. Im Halbschlaf glitten Szenen aus seiner Jugend vorbei. Else Marie. Hanna und Else Marie. Die beiden lachten ihn aus.

Hanna war zu geschickt, dachte er im Halbschlaf. Das war sie schon immer gewesen. Er versuchte, diese Frage in seinen Gedanken zu erörtern. Nicht zu geschickt, sondern zu verschlagen? Zu heikel? Aber nein, verteidigte er sie, sie versucht doch nur, nett zu Anna zu sein.

Mittendrin begann er, nach Else Marie zu suchen. Nach ihrer milchweißen Haut mit den Sommersprossen. Nach ihrem roten Haar und ihren weißen Wimpern.

Er ging um den Sommerstall herum und pflückte Blaubeeren. Da kam Tomas mit einem Pferd am Zügel und erzählte, sie hätte geheiratet und würde Zwillinge erwarten. Dann stand er mit dem Skalpell bereit. Else Marie. Sie schrie, als er näher kam. Da sah er, daß es gar nicht Else Marie war. Es war Hanna.

»Die Hanna ist Witwe«, sagte Tomas und drängte sich auf dem schmalen Weg an ihm vorbei. Er kam den Pferdehufen bedrohlich nahe. Er mußte einen Schritt zur Seite treten. Aber seine Füße gehorchten ihm nicht.

Da ließ Tomas das Pferd los. Das Pferd war Else Marie. Er warf sich auf ihren weißscheckigen Rücken. Sie wieherte unter ihm und galoppierte los in einen dunklen Abgrund. Der Fall war weich und naß.

10

Sobald der Wind etwas nachgelassen hatte, machten sich Wilfred Olaisen und Julius Lind von Strandstedet aus im Boot auf den Weg, um sich einen Abend auf Reinsnes nicht entgehen zu lassen.

Gut angekommen, nutzte Wilfred Olaisen die Zeit, sich in der Laube bei einem in Trondhjem gebrauten Bier bayrischen Typs, serviert auf einem Tablett, auszuruhen. Hanna bediente ihn.

Nach dem Unwetter war alles taufrisch, still und hell. Mit Ausnahme der Mißtöne aus dem Eßzimmer. Oline jammerte, daß sie mit dem Lärm begonnen hatten, noch während der Doktor schlief. Außerdem dauerte das Stimmen so lange, daß sie schon unruhig wurde, weil Bergljot den Tisch nicht rechtzeitig würde decken können.

Julius Lind bestand darauf, mit seinem Pling und Plong allein hinter geschlossenen Türen zu bleiben.

Es hallte durch die offenen Fenster und die breiten Türritzen. Wie eine Mahnung an eine andere Zeit.

Benjamin wachte halb auf, schlief aber wieder ein.

Er entdeckte, daß Dina das Klavier in die Laube geschafft hatte. Sie hatte eine ganze Wand eingeschlagen, um es dort reinzukriegen. Die Axt hatte sie nachlässig auf den schwarzlackierten Deckel gelegt. Sie trug einen dunkelroten Morgenmantel, in dessen Tasche eine Zigarre steckte, die ausgegangen war. Mit einer Hand goß sie Wein in die Saiten. In der anderen hielt sie eine langhalsige grüne Flasche, aus der sie trank und mit der sie anschließend auf die Tasten drosch. Das klang wie das Rieseln eines Baches, von einer Steinlawine unterbrochen. Auf dem Tisch standen mehrere Dutzend leere Flaschen.

Als er sich ihr zuwandte, war es gar nicht Dina. Es war Anna.

Am Nachmittag kam Karna und weckte ihn.

»Papa! Das Unwetter ist vorbei. Und zwei Männer sind gekommen. Der eine macht das Klavier kaputt.«

»So schlimm kann das nicht sein.«

»Ich will meine eigenen Hühner haben!« sagte sie und kroch zu ihm ins Bett.

»Was?« erwiderte er und versuchte, wach zu werden.

»Der Isak sagt, daß das nicht meine Hühner sind. Er hat alle Eier allein gesammelt und sie der Stine gegeben.«

»Der Isak hat keine Hühner in Strandstedet. Er darf doch wohl die Eier einsammeln, wenn er hier ist?«

»Darum geht es nicht.«

»Worum dann?«

»Er sagt, daß ein Mädchen keine Hühner haben kann!«

»Dann werde ich ihm eben sagen, daß er da Unrecht hat.«

»Nein, Papa. Dann glaubt er, ich habe gepetzt.«

»Aber das hast du doch auch.«

»Ja, aber er weiß es nicht.«

»Könnt ihr nicht jeder zehn Eier sammeln?«

»Jeder zehn Eier ... Wer sammelt dann die, die übrig sind?«

»Der Knecht.«

»Puh! Du begreifst auch gar nichts. Der Knecht sammelt nie die Eier.«

»Ja, ja. Jetzt muß ich aufstehen.«

»Deswegen bin ich auch gekommen.«

»Ich dachte wegen der Eier?«

»Nein, die ... Ich mußte dir doch was erzählen, sonst wachst du nie auf.«

Er trug sie nach unten. Und sie waren sich einig, daß sie dafür eigentlich schon zu groß war.

»Aber wenn du nun mal so bist«, sagte sie nachsichtig.

Anna setzte sich ans Klavier, um, ehe das Abendessen serviert wurde, ein kleines Konzert zu geben. Gäste, Gastgeber und Dienstboten versammelten sich. Türen und Fenster standen offen.

Karna stand direkt neben dem Klavier und machte auf der spiegelnden Oberfläche Fingerabdrücke. Abwechselnd schaute sie auf Annas Gesicht und auf die Finger auf den Tasten.

Beethovens »Sonate pathétique« ergriff alle Zuhörer.

Julius Lind ließ keinen Zweifel daran, daß er ein Kenner war. Der Dampfschiffsexpedient saß in einem Lehnstuhl, die Daumen in die Ärmelöffnungen seiner Weste gehakt, das Kinn hoch erhoben. Sein Brustkorb war eines gestandenen Mannes würdig, und die weißen, makellosen Zähne schimmerten zwischen fleischigen, wohlgeformten Lippen.

Hanna stand unbeweglich und mit abweisender Miene hinter einem freien Stuhl, Isak an der Hand. Sie trug ein rotes Sommerkleid, das ihre zierliche Figur betonte. Das Modell stammte aus einer Zeitschrift aus Kristiania. Sie hatte es spätabends genäht, wenn sie schon längst hätte im Bett sein sollen.

Annas Kleid war weiß und stammte aus einer Schneiderei.

Er sah den Unterschied. Aber Hannas Stolz rührte ihn.

Isak hatte Schwierigkeiten, einen Heuschnupfen zu unterdrükken. Hanna beugte sich zu ihm hinunter, um ihm die Nase zu putzen, und sah ihn gleichzeitig ermahnend an.

Anders sah Anna nicht, denn Dina füllte den ganzen Raum.

Tomas hörte die Musik bis ins Nebenhaus. Er hatte gerade den Feiertag begonnen und stand da und rasierte sich. Er zuckte zusammen und hielt inne.

Aus einem Schnitt in der Oberlippe sickerte Blut.

Er starrte auf sein eigenes Spiegelbild. Von einer Sekunde auf die andere wurde er aschfahl.

Benjamin stand hinter allen anderen, an die Wand gelehnt. Einmal sah Anna von den Noten auf und schaute ihn direkt an.

Karna steckte den Daumen in den Mund, schloß die Augen und schmiegte sich noch enger an das Instrument. Es dröhnte im ganzen Körper. Die Töne waren in ihr. Sie schlugen und zappelten. Wilder und wilder.

Die Finger tanzten über die Tasten. Jetzt streckten sie sich über ihren Kopf. Wuchsen. Kamen so nahe. Wurden zu Riesennadeln. Schlängelten sich und streckten sich nach ihr aus. Jetzt waren sie kräftige Äste, die nach ihr griffen.

Sie lehnte sich gegen sie und ließ sich fallen. Ließ sich von ihnen ins Sonnenauge heben und in all das glänzende Schwarz.

Er sah, daß sie fiel. Geradewegs hintenüber. Ein röchelndes Heulen übertönte die Musik. Dann lag der winzige Körper gespannt wie ein Bogen auf dem Fußboden.

Er war in einer Sekunde bei ihr und steckte ihr zwei Finger in den Mund. Die kleinen, spitzen Zähne bohrten sich in Haut und Knochen. Es knirschte. Aber er gab nicht nach.

Ihre Schultern bebten, und ihre Füße schlugen gegen die Dielenbretter. Das Gesicht war rot und glänzend, und eine Mischung aus Schaum und Blut, von dem er hoffte, daß es sein eigenes war, quoll zwischen seinen Fingern hervor.

Mit weit aufgerissenen Augen und stierem Blick sah sie geradewegs durch ihn hindurch.

Anna war aufgestanden. Ihr Gesicht war weiß, und ihre Hände hingen in der Luft.

Die dröhnenden Schlußakkorde hatten nicht in den Noten gestanden. Sie hallten noch zwischen den fassungslosen Gesichtern.

Aber die Stille war stärker.

Er sah, daß das Kindergesicht blau anlief, befreite mit Gewalt seine Finger aus dem Biß und reinigte die Luftwege. Als hätte er einem Fisch das Genick gebrochen und den Magen durch die Kiemen gezogen. Dann löste er ihr Leibchen, und die Knöpfe ihres Sonntagskleides hüpften nur so über den Fußboden.

Kleine weiße Glasknöpfe mit einem roten Herz. Der eine kullerte bis zu Wilfred Olaisens neuen Sommerschuhen. Dort lag er einen Augenblick und schaukelte.

Einige Konvulsionen ließen Benjamin vermuten, daß sie sich übergeben müsse. Er rollte sie auf die Seite und hörte gleichzeitig in der Leere seine eigene Stimme.

Er sagte ihren Namen. Befehlend und doch ruhig. Immer wieder.

Sie stierte geradeaus in die Luft, während sich ihr Körper langsam unter seinen Händen entkrampfte. Langsam wurde sie ruhig und bleich.

Beide waren sie schweißgebadet, als er sie, ohne jemanden anzusehen, in ihre Kammer trug.

Die Ruhe danach war immer eine Erleichterung. Für dieses Mal war es wieder vorbei.

Aber er hatte eine Warnung erhalten. Karnas Fallsucht konnte schlimmer werden, als es bisher den Anschein gehabt hatte.

Stine hatte bereits den Absud aus Frauenmantel fertig. Sie kam auf leisen Sohlen und stellte ihn wortlos auf den Tisch.

Dagegen protestierte er nicht. Wußte wohl, daß sie das Kind auch härteren Mitteln aussetzte, die sich nicht so ohne weiteres mit seiner Medizin vereinbaren ließen.

Nachdem er ihr den Schweiß abgewaschen und frische Sachen angezogen hatte, blieb er bei ihr sitzen.

Langsam kam sie zu sich.

»Papa, du blutest«, waren ihre ersten Worte.

Er sah an sich herunter. Sie hatte ihm ein Stück des Mittelfingers abgebissen.

»Jetzt soll Karna schlafen, weil sie so schlimm gefallen ist«, sagte er und strich ihr das feuchte Haar aus dem weißen Gesicht.

»Du brauchst vor der Hanna ihren Händen keine Angst zu haben. Die sind nicht gefährlich«, murmelte sie.

Dann glitt sie in einen schweren Schlaf.

Der Tisch war üppig gedeckt, an nichts war gespart worden.

Lind und Olaisen waren schon früher auf Gesellschaften gewesen und demonstrierten den Damen ihre Lebensart.

Sechs an der Tafel, mit Anders und Benjamin an den Tischenden. Ärger stieg in ihm auf, für den er keinen vernünftigen Grund finden konnte. Die Tafel war so klein gehalten, wie es gerade noch vertretbar war. Trotzdem saß er fast wie ausgestoßen allein am Tischende.

Er mußte zugeben, daß Olaisen ganz eindeutig zur Kategorie stattliches Mannsbild gehörte. Diese fiel hier in Nordnorwegen wohl besonders auf. Der Klavierstimmer gehörte zusätzlich noch zu den Leuten, die sich auf Kunst verstanden, soviel hörte er.

Schon beim Eintreten war ihm ihr Staunen über seine Vaterrolle aufgefallen.

Er hatte das Gefühl, sie hören zu können, wenn sie sich später zu zweit darüber unterhielten: Das habe ja wirklich häßlich ausgesehen, und Grønelv sei ja schließlich Doktor. Aber ob er sich deswegen auch als Kindermädchen betätigen müsse?

Aber niemand sagte etwas zu ihm. Er hatte das Gefühl, es sei etwas vorgefallen, über das nicht gesprochen werden konnte. Er hatte es ja schon früher gesehen. Das Entsetzen und die Reserviertheit der Leute, wenn Karna einen Anfall bekam. Das regte ihn auf, ohne daß er imstande gewesen wäre, etwas dagegen zu tun.

Anna hatte den Platz neben Anders bekommen. Sie kam ihm so weit entfernt vor. Vielleicht konnte er deswegen nicht hören, ob sie sich nach Karna erkundigte.

Hanna hatte sich den Platz neben ihm ausgesucht. Neben ihr auf der anderen Seite lagen Olaisens breite Fäuste. Er hatte sie vor den Teller gelegt wie zwei seltene Ausstellungsstücke, als wollte er sagen: Seht her, die Hände eines richtigen Mannes! Die können rudern!

Anders versteckte seine unter dem Tisch. Als hätte er Angst, man könnte ihn verdächtigen, sie alle erwürgen zu wollen.

Dieser Olaisen dagegen hatte nicht nur Fäuste, er war auch schlagfertig. Und Pläne hatte er. Er würde dem Land die Zukunft bringen und den richtigen Zusammenhang herstellen.

Er erinnerte sich, daß er den Burschen für aufgeweckt gehalten hatte, als er ihm das erste Mal begegnet war. Ein wenig naiv, etwas zu offen, ein Großmaul. Jetzt saß er hier auf Reinsnes, weil er einen Klavierstimmer besorgt hatte, damit Anna sauber spielen konnte. Außerdem war er Hannas Freier, der einen Kai bauen wollte.

»Nicht so eine Pier für Nußschalen, nein, groß genug für Dampfschiffe!« sagte er bescheiden.

Auf eine Weise erinnerte er an Aksel. Also hätte er eigentlich mit dem Burschen auskommen sollen. Aber an diesem Abend ging alles schief. Besonders, wenn Wilfred Olaisen redete. Und das tat er. Die Worte flossen nur so aus seinem schönen Mund. Aber Hanna war dieser Wohllaut schließlich zu gönnen, das sah er ein.

»Fräulein Anger ist mit Musikalität begabt«, sagte Julius Lind. »Aber ihr Anschlag war vielleicht ein paarmal etwas hart. Ich werde es Fräulein Anger nach dem Essen zeigen, wenn sie dazu Lust hat«, meinte er gnädig.

An Hanna gewandt, sagte er: »Sie haben ein schönes Kleid! Ich vermute, daß Sie es selbst genäht haben?« Der Mann aus Trondhjem schmatzte leicht und tätschelte Hanna diskret die Hand, während er weitersprach: »In Trondhjem kleiden sich die Damen etwas anders. Aber Sie sind so charmant in diesem Kleid, Fräulein Hanna.«

Benjamin spürte, daß ihm Olaisens Fäuste und Linds herablassende Art den Appetit verdarben. Außerdem mußte er feststellen, daß Anna Olaisen gewissermaßen mit dem ganzen Körper anlächelte.

Wäre Aksel dagewesen, hätte er ihn beiseite nehmen und mit Herrn Linds Stimme zu ihm sagen können: »Schönes Kleid, nicht wahr?«

Und Aksel hätte dann den Kopf in den Nacken gelegt und diese seltsamen Rachenlaute ausgestoßen, die an das Glucksen eines halbvollen Ölfasses erinnerten. Aber Aksel war nicht da. Im Gegenteil, er machte sich unter Dinas Röcken in Berlin zu schaffen.

Er wußte, daß Mangel an Schlaf einsam macht. Aber an diesem Abend war das Dasein ein einziges zusammenhängendes Komplott gegen ihn. Und die Müdigkeit lag wie ein Schleier über allem.

Er leerte erneut sein Weinglas.

Bergljot kam mit der Karaffe herbeigeeilt.

»Wollen der Herr Doktor Kaffee und Cognac im Rauchsalon?«

Und etwas leiser: »Gehen die Damen auch mit?«

Er senkte ebenfalls die Stimme. Bat sie, zwischendurch nach Karna zu sehen. Oft. Dann wandte er sich mit einem Lächeln an die anderen.

»Wenn die Damen den Rauch und unsere Gesellschaft dulden, dann gibt es gleich Kaffee und Cognac im Rauchsalon.«

Anna hatte rosige Wangen. Sie lachte und sagte, er wisse doch sicher noch von der Studienzeit, daß sie sich in den Rauchsalons gern aufhielt.

Er bemerkte, daß sie zu laut sprach.

Hanna nickte gnädig. Die Intimität, die zwischen Benjamin und Anna in Kopenhagens Rauchsalons bestanden haben mußte, setzte sich wie ein scharfer Punkt in ihre Pupillen.

Aber Olaisen lachte mit funkelnden Augen und sagte: »Ach so, man ist bereits aus Kopenhagen den Rauch gewöhnt. Da sieht man, da sieht man ...«

Herr Lind erhob sich und half Anna mit dem Stuhl. Er flüsterte ihr etwas zu, was sie noch schöner erscheinen ließ.

Olaisen sprang auf und half Hanna, als hätte er ein neues Gesellschaftspiel gelernt.

Aber Lind wollte Punsch, keinen Cognac. Falls das möglich sei? Und er wolle auch lieber in die Laube. Falls das möglich sei?

»Dort wird es wohl etwas kalt sein«, meinte Hanna.

Aber Anna wollte auch hinaus. Das gab den Ausschlag.

Also mußte Bergljot Tassen und Gläser, warmen Punsch und temperierten Cognac hinaus in die Laube tragen. Um neun Uhr abends.

Die Damen mußten sich ein Tuch umlegen und ein Kissen unter das Hinterteil bekommen, ehe die Zigarren endlich angezündet werden konnten.

Benjamin bat, sich entschuldigen zu dürfen, und ging zu Karna.

Gesichtsfarbe und Puls waren normal. Die Haut fast trocken.

Als er seine Hand auf die ihre legte, griff sie, wie im Reflex, seinen verletzten Finger, schmatzte und seufzte.

Einen Augenblick hatte er das Gefühl zu schweben. Alles andere verschwand. Er konnte sich nicht einmal erinnern, worum es ging. All das andere.

Im Korridor ging Bergljot mit vollem Tablett und zerzaustem Haar an ihm vorbei. Sie räumte die Anrichte auf.

Er klopfte ihr leicht auf die Schulter.

»Schau bei Karna rein ... oft. Wir sind draußen im Garten, wir kommen schon zurecht. Ich lehne die Tür nur an. Ruf mich, wenn was ist.«

»Sie ist noch nie so übel gefallen«, sagte sie und sah ihn scheu an.

»Nein«, sagte er.

In diesem Augenblick wurde ihm klar, daß sie die einzige war, die etwas darüber gesagt hatte.

»Herr Doktor sind müde?«

Er hatte auf einmal einen Kloß im Hals.

Herrgott noch mal, dachte er, genügt schon so wenig? Nur ein kleines Wort. Daß jemand versteht, was mir dieses Kind bedeutet.

Er nahm ihr das Tablett ab und trug es in die Küche. Während er es vorsichtig auf das übervolle Büfett stellte, kam sie hinter ihm her.

»Der Doktor soll nicht ... Oline wird rasend.«

Eine halbvolle Flasche Madeira stand auf dem Tisch. Er holte zwei Gläser hervor und schenkte ein. Reichte Bergljot ein Glas und stieß mit ihr an, während er in Richtung von Olines Kammer rief: »Skål, Oline! Danke fürs Essen! Du bist ein Engel.«

»Wie geht's dem Kind?« hörte er.

»Gut! Bergljot ist auch ein Engel.«

»Wie sie leiden muß, die arme Kleine.«

»Es ging vorbei«, sagte er und steckte den Kopf durch die Tür.

Oline thronte mit ihrem Glas auf dem Bett, wie sie das immer tat.

»Ich nehme meine Medizin zur Blutverdünnung«, sagte sie verlegen.

»Damit hast du recht«, sagte er lachend und lehnte die Tür an.

Bergljot stand am Büfett, als er wieder durch die Küche ging. Er blieb stehen.

»Du mußt doch auch sehr müde sein?«

Sie schaute hoch und wurde rot.

»O nein.«

»Ich versuche, die Gäste bald zum Heimfahren zu bewegen«,

sagte er, als würde er mit einer Verbündeten sprechen und nicht mit einem Dienstmädchen.

»O nein«, sagte sie erneut.

Aus der Laube hörte er Gelächter, als er die Haustür öffnete.

Einen Augenblick lang wollte er kehrtmachen. Dann entschied er sich dagegen. Ging hinaus in die Juninacht, um herauszufinden, ob ihm vielleicht etwas entgangen war.

Er hatte sich neben die offene Glastür gesetzt und eine Zigarre angezündet, als er die ersten Mücken spürte.

Wenig später begann Olaisen, vom Kai zu reden.

Er habe bereits das Kapital für das Balkengerüst beisammen. Jetzt müsse er nur noch die Leute für den Bau bekommen. Für eine vertretbare Summe. Ob es dem Doktor oder Anders möglich sei – er sprach diesen eindeutig viel zu verfrüht mit dem Vornamen an –, Mittel für so etwas aufzubringen? Denn die Zukunft, die liege in Strandstedet.

Eine lange Rede. Anna schob eine Huldigung an die Landschaft und das Licht ein. An das Grün. Alles sei so fürchterlich grün hier. Die Blätter, die Wiesen …

Olaisen ließ sich von seinem Thema nicht abbringen. Sagte voraus, daß das Dampfschiff die kleineren Orte bald nicht mehr anlaufen würde. Daß Reinsnes einer dieser kleineren Orte war, erwähnte er jedoch nicht. Nicht mit einem Wort. Statt dessen meinte er, daß es für Reinsnes vielleicht sogar gut sei, mehrere Standbeine zu haben. Daß Kauf, Verkauf und Befrachtung Reinsnes über mehrere Generationen groß gemacht hätten. Jetzt müsse man den Augenblick wahrnehmen. Und der Kai sei einfach das Gegebene. Ein Kai in Strandstedet. Diese Entwicklung könne niemand aufhalten. Laden und Löschen. Expedieren. Vom Kai aus.

Anders meinte, er sei zu alt, um noch so spät am Abend über Geschäfte zu reden, ob sie ihn entschuldigen wollten. Dann leerte er sein Glas, wünschte gute Nacht und ging.

Benjamin kam es in den Sinn, daß Olaisen zum Prediger getaugt hätte. Er hatte eine Berufung, und die hieß Kai.

Er goß sich ein weiteres Glas ein und schob sich vorsichtig auf Anders' Platz. Neben Anna. Er dankte ihr mit leiser Stimme dafür, daß ihr sein Land so gut gefiel.

An Olaisen gewandt, sagte er, der Wahrheit entsprechend, daß sein Vermögen nur aus Grundbesitz und in seinem Arztberuf bestehe. Er könne also schlecht Kompagnon werden. Anders verwalte das Kapital und das Geschäft auf Reinsnes.

»Wir wissen es aber zu schätzen, daß Olaisen Reinsnes nicht vergißt«, fügte er hinzu.

Anna sah ihn erstaunt an. Durchschaute die Ironie. Es kam ihm in den Sinn, daß jeder Straßenfeger auf dem Kongens Nytorv in Kopenhagen sie verstanden hätte, nur Olaisen nicht.

Der Mann sprang auf.

»Aber um Gottes willen, nenn mich Wilfred!«

Ohne daß Benjamin es verhindern konnte, sprachen sich jetzt alle mit Vornamen an. Außerdem hatte er bereits mehr Mückenstiche, als er zählen konnte.

Über die anderen Männer fielen die Mücken offensichtlich nicht her. Anna versuchte, sie unablässig mit einem immer größeren Zipfel ihres Umschlagtuchs zu vertreiben, Hanna ließ sich jedoch nicht von ihnen beeindrucken.

Sie betrachtete die Insekten mit einem abwesenden Ausdruck. Später, wenn sie etwas taumelten und mit dem Rumpf voller Blut träge versuchten abzuheben, erledigte sie sie mit einem wohlgezielten Klatsch. An diese unappetitliche Angewohnheit konnte er sich noch aus ihrer gemeinsamen Kinderzeit erinnern. Solche Dinge hatten ihr stets einen Vorsprung garantiert. Und den hatte sie in gewisser Weise immer noch.

»Nein«, sagte er mit Entschiedenheit. »Wir gehen nach drinnen! Mücken, die nicht einmal Zigarrenrauch und Cognac respektieren, vor denen muß man flüchten.«

Anna sah ihn dankbar an. Und er verstand zu seinem eigenen Erstaunen, daß sich alle nach ihm richten mußten, bloß weil er das gesagt hatte.

Er mußte zusehen, daß er seine guten Eigenschaften betonte. Er konnte zwar nicht Klaviere stimmen und kannte sich auch nicht mit Kaianlagen aus, aber er konnte zumindest eingreifen, wenn die Mückenplage allzu schlimm wurde.

Er hatte damit gerechnet, daß dies ein Stichwort für die Herren sein würde, sich für den Abend zu bedanken und sich auf den Heimweg zu machen. Aber das geschah nicht.

Um elf Uhr abends saßen sie immer noch im Rauchsalon. Julius Lind war angeregt damit beschäftigt, Anna das musikalische Leben in Trondhjem darzulegen, und Hanna war gegangen, um nach den Kindern zu sehen.

Als sie zurückkam, nickte sie Benjamin zu und sagte: »Sie schlafen beide wie Engel.«

Errötend bildete er sich ein, daß sie dann noch etwas sagte, so laut, daß alle es hören konnten: »Erinnerst du dich noch daran, als du mich in Bergen gefragt hast, ob du bei mir schlafen kannst?«

Hanna sagte das nicht. Aber sie unterstrich ihre Stellung auf Reinsnes.

Für Wilfred? Für Anna? Für beide?

Sie hatten mehrere Flaschen Wein getrunken. Jetzt kam Bergljot mit einer weiteren, die sie etwas umständlich in eine Karaffe goß. Alle schauten ihr zu.

»Mach das doch in der Anrichte«, sagte Hanna mit Nachdruck.

Anna sah sie erstaunt an. Die beiden Männer sprachen über ihre Angelegenheiten, ohne die Demütigung wahrzunehmen.

Er wünschte sich von ganzem Herzen, daß jemand den Doktor holen lassen würde. Statt dessen stand er auf, nahm dem Mädchen die Flasche ab und sagte: »Geh jetzt schlafen, Bergljot. Mit dem Rest werden wir schon selbst fertig.«

Das Mädchen sah ängstlich erst Hanna, dann ihn an, dann wieder Hanna. Dieses Spiel entging Annas Augen durchaus nicht.

»Gute Nacht, Bergljot! Vielen Dank!« sagte er.

Sie knickste, murmelte gute Nacht und verschwand.

Er schenkte, Zigarre im Mund, Wein nach.

Hanna trank Himbeersaft, den sie aus einer Karaffe mit Dina und Jacob Grønelvs graviertem Monogramm eingoß.

Dina hatte sie oben im Saal für Portwein verwendet.

Daß Hanna diese Karaffe für Saft verwendete, irritierte ihn. Auch, daß Hanna schön war. Die Farben, die Stimme, die Art, wie sie sich bewegte. Als würde sie sich an jeden einzelnen wenden und sagen: »Schau her! Versuch, mich zu kriegen! Das ist nicht leicht.«

Anna unterhielt sich leise mit dem Klavierstimmer. Worüber sie wohl redeten? Saßen sie schon lange so? Sah nicht der Mann aus Trondhjem so aus, als wären Anna und er bereits verlobt?

Er versuchte, sich an ihrer Unterhaltung zu beteiligen. Er bewegte seinen Arm recht ungeschickt und hätte seine Zigarre fast in Annas Schoß fallen lassen.

Er bekam Lust, sie zu demütigen. Nein. Hanna! Beide? Er könnte sagen: »Hanna, es ist spät. Würdest du die Gäste nach draußen begleiten. Anna und ich wollen zu Bett gehen.«

Plötzlich lachte er laut bei dem Gedanken, was eine solche Bemerkung für Folgen haben würde. Alle vier sahen ihn an.

Wilfred, der immer noch über das Wunder dozierte, und zwar über den Kai der Zukunft, unterbrach sich und sagte: »Entschuldige?«

Benjamin betrachtete seine Zigarre und ließ die Asche auf den Teppich fallen. Irgendwas war mit seiner Hand nicht in Ordnung.

»Gibt es hier jemanden, der glaubt, daß sich Liebe über einen Kai verladen läßt?«

Niemand antwortete.

Das war mehr als unheimlich. Niemand hatte zu so einer wichtigen Sache etwas zu sagen.

»Nun gut«, sagte er so friedferig, wie er es nur vermochte. »Da kann man nichts machen. Man wird wohl zu Bett gehen müssen.«

Wilfred sprang auf. Er war fast so weiß wie die Zähne in seinem halboffenen Mund. »Nein, bleib nur sitzen, ich finde den Weg schon selbst«, sagte er und klopfte dem Mann im Vorbeigehen auf die Schulter. Er hatte offensichtlich zwei Köpfe. Beide waren gleich schön, aber etwas undeutlich.

Er lag nackt im Himmelbett im Saal und begriff, daß er das geplant haben mußte. Jedenfalls die letzten Minuten.

Ihr Duft war in der Luft, in der Bettwäsche. Überall. Es roch nach Anna. Das Fenster stand offen und ließ das Meer herein. Das war nicht nur sein Meer. Es duftete nach Annas Meer.

Er erwachte davon, daß sie ihn schüttelte.

»Was hast du hier zu suchen?«

»Komm und tröste mich«, murmelte er.

»Das könnte dir so passen! Steh auf und schlaf in deinem eigenen Bett.«

»Ich bin in meinem eigenen Bett.«

»Du kompromittierst mich vor deiner ganzen Familie!«

»Sind der Dampfschiffkai und der Klavierstimmer gefahren?«

»Ja! Steh schon auf und geh!«

Er faßte nach ihr und wollte sie zu sich herunterziehen, aber sie riß sich los. Vage verstand er, daß sie sich entfernte. Aber es gelang ihm nicht, ihr zu folgen. Er drehte sich auf die Seite und schlief ein.

11

Früh am nächsten Morgen wollte Bergljot Fräulein Anna warmes Wasser zum Waschen bringen. Sie kam in den Saal, blieb stehen und starrte nur.

Mit zitternden Händen stellte sie die Wasserkanne hin, knickste und rief: »Herr Doktor müssen entschuldigen. Ich wußte nicht.«

Im Nu war er wach. Reue explodierte in seinem Kopf wie ein Gewehrschuß. Außerdem wurde ihm klar, daß er nackt auf dem Bett lag, ohne Decke.

Sie war auf dem Weg nach draußen.

»Warte! Warte, zum Teufel, Bergljot. Ich muß mich in der Tür geirrt haben … habe der Anna ihre Bleibe genommen.«

Er sprang auf und suchte nach etwas zum Anziehen.

Das Mädchen verzog sich verschreckt in eine Ecke, wagte aber nicht zu gehen. Starrte nur auf den nackten Mann.

»Wo kann sie sein? Du mußt … ich meine, das muß unter uns bleiben, Mädchen!«

Sie nickte todernst und öffnete den Mund, um etwas zu sagen. Es gelang ihr jedoch nicht.

»Du hast sie nicht gesehen?«

Das Mädchen schüttelte den Kopf.

»Wenn sie … vielleicht … in dem Herrn Doktor seinem Zimmer …«

Er hatte seine Hose an, jetzt griff er nach seinem Hemd.

Als er an dem Mädchen vorbeieilte, erinnerte er sich undeutlich daran, daß sie ja nun Verschworene waren. Er tätschelte ihr die Wange.

»Dieses Geheimnis bleibt unter uns! Was? Das sollst du nicht bereuen! Kein Wort zu niemandem!«

Bergljot war siebzehn. Ein blonder Engel aus gutem Elternhaus.

Sie war das zweite Jahr auf Reinsnes, um Haushaltung und Manieren zu lernen. Sie hatte noch nie einen nackten Mann gesehen.

»Nicht ein Wort!«

Dann schlich sie sich an ihm vorbei und hinaus.

Er drückte die Türklinke herunter. Es war abgeschlossen. Also war sie da drin. Aber er wagte nicht zu rufen.

Die Schwelle war in der Mitte abgetreten und bildete einen kleinen Spalt. Er ging zurück in den Saal, suchte Schreibzeug hervor und schrieb: »Liebe Anna. Die Luft ist rein. Verzeih mir, verzeih mir! Dein Benjamin.«

Er lauschte auf Schritte. Schlich sich auf den Gang, schob den Zettel durch den Spalt und wartete. Sie standen sich gegenüber, die Tür dazwischen, und wußten voneinander. Er lauschte auf ihre Atemzüge.

Dann drehte sie den Schlüssel um und stand vor ihm. In einem ordentlichen blauen Morgenmantel. Ihr Kleid lag im Zimmer auf einem Stuhl.

Im selben Moment kam Hanna auf den Gang.

Die beiden Frauen starrten sich an.

Er versuchte, sich die passenden Worte für einen solchen Anlaß einfallen zu lassen. Aber ein dröhnender Kopfschmerz hinderte ihn an jedem vernünftigen Benehmen.

Hanna holte tief Luft und sagte: »Guten Morgen! Man hat gut geschlafen?«

»Es ist nicht, wie du denkst«, stammelte Anna.

»Meine Güte«, sagte Hanna und ging zum Treppengeländer.

»Es ist meine Schuld«, sagte er dumm.

Da lachte Hanna leise und dunkel.

»Natürlich. Ich weiß doch, wie schwer es dir fällt, allein zu schlafen!«

Er machte ein paar große Schritte auf sie zu. Anschließend wußte er, hätte er sie erreicht, dann hätte er sie geschlagen. Aber sie lief, schnell wie der Wind, die Treppe hinunter.

Anna ging an ihm vorbei, ohne ihn anzusehen. Erst als sich die Tür zum Saal hinter ihr geschlossen hatte, verstand er überhaupt die Tragweite des Ganzen.

Er eilte hinter ihr her, ohne anzuklopfen.

Sie stand mit dem Rücken zu ihm am Fenster und tat so, als merke sie nicht, daß er eingetreten war.

»Anna?«

»Ich weiß, daß ich in deinem Zimmer bin, aber würdest du so nett sein und gehen, damit ich mich etwas frisch machen kann, wenn ich nun schon einmal hier bin.«

Ihre Stimme war eiskalt. Berührte ihn. Reizte ihn. Ein leicht verletzter Unterton?

»Kannst du einem Idioten verzeihen?«

»Ich habe dir bereits vor drei, vier Jahren verziehen. Aber ich kann dir nicht verzeihen, daß du mich als Idiotin dastehen läßt. In den Augen deiner Familie und der Dienstboten. Dafür bin ich mir zu gut.«

Sie wandte sich ihm zu. Ihre Augen. Ein heftiges blaues Licht. Wie von einem Gletscher. Er kannte sie bereits so. Herrgott, wie gut er sie kannte! Das war Anna. Rasend. Intelligent. Eiskalt. Schön. Eine moderne Frau, die ihre Gaben dazu benutzte, Stärke zu zeigen. Einschüchterung! Ihn runtermachen.

Er fuhr sich durchs Haar und sagte: »Anna, ich habe es nicht so gemeint. Was ich gemacht habe, war unverschämt. Willst du, daß ich eine Annonce in die *Tromsø Stiftstidende* setze, über zwei Spalten, und den Vorfall bedauere? Dann tue ich es. Nur verzeih mir, bitte!«

»Wie viele wissen davon?«

»Niemand«, log er.

»Hanna glaubt, etwas zu wissen.«

»Ich werde es ihr erklären …«

»Mit der Bemerkung, die sie zu dieser Sache gemacht hat, glaube ich nicht, daß das etwas nützt.«

»Ich kann das ganze Haus informieren, wenn du willst.«

»Worüber informieren?«

Sie fing an, einige äußerst feminine Kleidungsstücke von einem Stuhl auf den anderen zu räumen. Hektisch.

»Ich bin wütend!« sagte sie verbissen ruhig.

»Dazu hast du auch allen Grund. Das waren diese Männer. Sie haben mich irritiert. Ich hatte kaum geschlafen ... Ich war wohl betrunken. Ich erinnere mich nicht so genau. Das war dumm.«

»Ja. Verdammt dumm!«

»Was kann ich nur für dich tun?«

»Du kannst verschwinden, damit ich mich anziehen kann. Versuche, beim Frühstück nüchtern zu bleiben. Und mach dann einen langen Spaziergang mit mir am Wasser. Immer noch nüchtern! Nur wir zwei.«

In der Nacht hatte es geregnet. Es duftete nach nassem Gras und Birkenlaub, als er über den Hof und zum Häuschen ging.

Er machte den Riegel vor, blieb stehen und holte tief Luft. Endlich war er mit sich allein und mit seiner Sehnsucht. Nach Haut. Haut.

Benommen berührte er sich und schloß die Augen.

Es war schnell erledigt. Anschließend schob er das Bild von Hanna weg und dachte an Anna. Wie eine leichte Hand um sein Glied.

Hanna aß in der Küche. Eine Demonstration.

Er beschloß, mit ihr zu reden. Noch am selben Tag. Oder am nächsten Tag. Bald. Wenn sich eine Gelegenheit bot.

Anna sagte nicht viel. Das Schrappen des Bestecks auf dem Porzellan ging ihm auf die Nerven. Das Geräusch der Kaffeetasse auf der Untertasse beim Abstellen erinnerte an eine Steinlawine.

Das Brot hatte eine wunderliche Farbe, die ihn Abstand halten ließ. Die Butter sah unappetitlich aus, ebenso die Marmelade. Er verstand nicht, woher er vor weniger als einer halben Stunde die Kraft genommen hatte, so geil zu sein.

Jetzt war er leer. Ohne Kopf. Am liebsten hätte er sich hingelegt und wäre ganz still liegengeblieben.

Er hörte Karna in der Küche reden und wurde sich klar darüber, daß er ihre Existenz vergessen hatte. Was wäre gewesen, wenn sie in der Nacht neue Anfälle bekommen hätte? Ebenso schwere? Auch wenn sie normalerweise nicht in so kurzen Abständen kamen.

Als könnte ihn das vor seinen Gewissensbissen bewahren, begann er darüber nachzudenken, daß er sie nach Kristiania oder Kopenhagen mitnehmen könnte. Sie behandeln lassen. Vielleicht würde ja Brom helfen.

»Soll ich dir etwas reichen?« sagte Anna und nickte in Richtung Aufschnitt.

»Anna, ich schäme mich!«

Er schaute auf und bemerkte, daß sie eigentlich ganz fröhlich aussah. So waren sie also. Die Frauen. Man wußte nie, woran man mit ihnen war.

Hatte sie nur so getan, als hätte er eine Katastrophe entfesselt? Saß sie etwa da und lachte ihn aus? Während ihm übel war und er ihr anvertraute, daß er sich schämte? Er kam sich lächerlich vor. Waren sie wirklich so? Wenn sie einen nur in die Knie gezwungen hatten, war alles wieder gut? Nun. Dann sollte sie ihn eben dazu bringen. Auf die Knie zu fallen.

Er schaute sich im Zimmer um. Die Tür zur Anrichte stand halb offen. Er beugte sich vor und flüsterte mit bleicher Miene: »Ich wollte dich. Muß den ganzen Abend daran gedacht haben. War erschöpft, müde und unglücklich. Und trotzdem wollte ich dich.«

Ihr Mund wollte sich schon zu einem Lächeln verziehen, statt dessen biß sie sich leicht auf die Unterlippe. Diese wurde rot und noch voller. Sie wußte es! Saß da und wußte es.

Der Ausschnitt ihres Kleides war nicht tief. Aber der Stoff war dünn. Hob und senkte sich. Die winzige Vertiefung in der Mitte. Eine schmale Spitzenborte am Hals. Mit zwei Fingern berührte sie die Borte.

Genoß sie es, daß er dasaß und sie anschaute? Genoß sie es, daß er bleich, elend und mit einem Kater dasaß? Daß er keinen Bissen herunterbekam, aber trotzdem dasaß und sie mit den Augen verschlang?

»Anna ... ich werde verrückt, wenn ich dich so in der Nähe habe und nicht ... Ich entführe dich. Hinter die Steine auf der Weide. Nein, oben in die Berge. Das Moos ist weich wie Samt. Du wirst es spüren ...«

»Doktor Grønelv!« warnte sie ihn, wie ein leises Rauschen, mit glänzenden Augen und roten Wangen, und biß sich erneut auf die Unterlippe.

Wenig später, als sie auf die Weide und den kleinen See zugingen, war alles wieder wie immer, und er fragte matt: »Hast du dich gestern gelangweilt? Während ich auf Krankenbesuch war?«

»Warum willst du das dauernd wissen?«

»Dieses Unwetter und dieses gottverlassene ...«

»Unsinn! Ich habe in Hannas Nähzeitschriften geblättert und hatte Angst, daß du Schiffbruch erleiden könntest. Überwiegend letzteres. Karna und ich hatten ein ernstes Gespräch über den Ameisenhügel hinter dem Stall. Sie ist klug. Schade, daß sie diese Anfälle hat. Vielleicht kann mein Vater ihr helfen, oder er kennt jemanden, der das kann. Und dann war ich im Stall mit dem süßen Tomas. Ich mag ihn. Er erzählte, daß deine Mutter Reitpferde hielt, als sie hier wohnte. Das waren andere Zeiten, sagte er.«

Sie lachte bei dem Gedanken an das, was Tomas gesagt hatte.

Tomas, ja! hätte er sagen können, Tomas, das ist mein Vater, verstehst du!

Aber er sagte es nicht. Statt dessen sagte er: »Ich glaube, Tomas und Dina kannten sich ihr ganzes Leben.«

»Hörst du von ihr?«

»Das kommt vor.«

»Die kleine Karna erzählte, daß ihre Großmutter auf dem Speicher wohnt.«

»Ja, da ist sie sich ganz sicher. Sie und ich, wir reden von Dina. Anders tut das nie, wenn er nicht muß. Sie sind verheiratet, weißt du.«

»Verheiratet? Ihr habt eigentümliche Familienbande.«

»Es ist noch viel schlimmer, als du ahnst.«

Sie waren zu dem flachen Stein gekommen, auf dem man sitzen konnte. Die Sonne stand bereits hoch am Himmel und flimmerte durch das Birkengestrüpp.

»Erzähl mir davon!«

»Sie hat Anders geheiratet, damit Reinsnes und ich in guten Händen bleiben.«

»Nur deswegen? Er ist doch ein gestandenes Mannsbild.«

»Sie fuhr ihm auf jeden Fall davon. Oder sich selbst.«

»Was glaubst du?«

»Ich weiß nicht recht«, sagte er ausweichend.

»Vielleicht reichte die Liebe nicht aus?«

»Wenn Anders davon redet, dann … Aber er ist wohl bitter.«

»Warum fuhr er ihr nicht hinterher?«

»Anders ist ein Mann des Meeres, in einer Großstadt würde er eingehen.«

Sie saßen eine Weile still da.

Eben war sie noch wütend auf ihn gewesen. Jetzt konnten sie sogar schon wieder zusammen schweigen, ohne daß es peinlich wurde.

Da sagte sie plötzlich: »Wenn wir schon davon reden. Es fiel mir gestern abend auf … Warum hast du sie nicht geheiratet?«

Die Frage kam hinterrücks. Ein Angriff. Er versuchte, sie anzusehen. Tat so, als verstünde er nicht.

»Wen?«

»Hanna. Sie will dich. Das weißt du.«

Weiß ich das? dachte er.

»Meinst du … weil ich sie schon das ganze Leben gekannt habe?« sagte er leichthin.

»Das auch. Sie ist schön, und … tüchtig … mit Karna!«

»Du hast Aksel doch auch nicht geheiratet.«

»Er war weder schön noch tüchtig. Ich hatte ihn nur mein ganzes Leben lang gekannt«, antwortete sie mit einem Lachen.

Er mußte lächeln. Dadurch wurde es etwas leichter. Das mit Hanna.

»Alle lieben Aksel, hast du einmal gesagt. Erinnerst du dich?« fragte er.

»Ja. Ich erinnere mich. Und Hanna? Lieben sie auch alle?«

»Ich glaube.«

»Du auch?«

Es wäre leicht gewesen zu sagen: Nein, ich liebe Hanna nicht. Aber etwas sagte ihm, daß sie ihm das doch nicht glauben würde. Die Lüge wäre auf jeden Fall vergeudet.

»Ich liebe Hanna. Das war immer so. Aber ...«

»Aber?«

»Das ist eine andere Liebe.«

»Als welche?«

Hier hätte er sagen sollen: Als die, die ich für dich empfinde! Aber das tat er nicht. Statt dessen sagte er: »Du verstehst, was ich meine.«

Sie antwortete nicht. Nach einer Weile fragte sie: »Du weißt, daß Aksel mit Dina zusammenlebt, in Berlin?«

Er schluckte.

»Ich weiß, aber ich wußte nicht, daß du ...«

»Sie ... Dina hat mir ein paar Briefe geschrieben.«

»Was sagst du? Dir?« fragte er überrascht.

Aber sie ließ sich nichts anmerken.

»In dem ersten fragte sie mich, ob ich von dir gehört hätte.« Sie hielt einen Augenblick inne, ehe sie weitersprach: »Ob es Aksel sei, den ich wolle, oder ... Falls es Aksel sei, würde sie ihn nach Hause schicken. Aber sie stellte klare Forderungen.«

»Forderungen?«

»Ich müßte ihm verzeihen können.«

»Wirklich erstaunlich!«

»Willst du nicht wissen, was ich geantwortet habe?«

Er starrte sie dumm an.

»Ich antwortete, sie könne ihn behalten. Ich hätte ihn nur mein ganzes Leben lang gekannt. Das sei alles. Nach einer Weile schrieb sie erneut und fragte, wer mein Auserkorener sei.«

Sie hatte sich erhoben und stand, die Hände in die Taille gestützt, da und schaute ihn herausfordernd an. Sie verlangte etwas von ihm.

Er konnte dazu nicht Stellung nehmen. Er konnte ihr nicht erzählen, daß er nicht Distriktsarzt werden konnte. Nicht hier. Nicht jetzt. Der Tag war schon schlimm genug.

Da zog sie ihr Tuch enger um sich. Eine Brise versuchte, es ihr aus den Händen zu reißen. Zerrte an ihren Kleidern und Haaren.

Er war nicht in der Lage, etwas anderes zu sagen als: »Ich glaube, es gibt Sturm.«

Da drehte sie sich um und ging den Weg zu den Äckern hinunter. Das Tuch flatterte hinter ihr. Goldene Fransen in weißem Licht.

»Anna!« rief er.

Sie blieb stehen und drehte sich um. Ihre Stimme war traurig.

»Wir sind vermutlich nur Reisende. Das ist alles.«

Sie ging schnell. Er lief ihr hinterher, holte sie jedoch nicht ein, ehe man sie wieder von den Häusern aus sehen konnte.

Kater, plötzliche Anstrengung, das Bewußtsein, daß man sie sehen konnte. Alles machte ihn schwindlig. Er klammerte sich keuchend an sie, ohne jede Würde. Aber sie lief ihm nicht weg.

»Ich wage es nicht, dich zu bitten. Kann dich hier nicht einsperren, Anna. Du würdest sterben. Ich halte nur mit knapper Not selbst aus.«

»Dann laß uns fahren. Zusammen!« sagte sie und nahm seinen Arm.

»Karna ...«

»Nimm sie mit!«

»Würdest du das wollen?«

»Warum nicht?«

»Sie ist nicht dein Kind.«

»Das bist du auch nicht. Trotzdem halte ich um deine Hand an. Jetzt!«

Er hatte es vergessen. Wie Anna war.

»Hast du darüber nachgedacht?«

Sie warf ihm ihr Tuch über die Schulter.

»Vier Jahre lang habe ich nachgedacht. Dann bin ich hergekommen. Ganz allein. Sophie sollte mitkommen, um Mutter zu beruhigen. Sonst wäre das Ganze überhaupt nicht in Frage gekommen.

Im letzten Moment spielte sie krank, damit ich allein fahren konnte. Begreifst du denn überhaupt nichts, du Idiot!«

Er faltete ihr Tuch ordentlich zusammen. Schaute es an. Faltete es ein weiteres Mal und steckte es in seine Tasche. Das ging nicht. Es hing weit heraus. Die Brise erfaßte es, trieb es zwischen seine Schenkel, die Fransen in seiner Leiste.

»Du hast recht!«

»Immerhin etwas! Daß du das zugibst«, sagte sie.

»Nein! Ich meine, ich nehme an. Ich sage ja! Aber da gibt es noch etwas, was ich dir zuerst erzählen muß.«

Sie sah ihn mißtrauisch an.

Er breitete resigniert die Arme aus. Wußte, wie töricht es aussah. Als sei von einem Unglück die Rede. Trotzdem machte er es noch einmal.

»Die norwegischen Behörden wollen mir keine Approbation erteilen«, platzte er heraus.

Sie starrte immer noch. Jetzt hatte er sie verloren. Nun gut. Dann war es vorbei.

»Was hast du gemacht?«

»Gemacht? Nichts. Sie wollen meine Ausbildung in Kopenhagen nicht anerkennen.«

»Das ist nicht dein Ernst!« sagte sie entsetzt.

»Die hohen Herren in Kristiania sind davon nicht abzubringen! Du verstehst also, daß ich dir nicht viel zu bieten habe.«

Sie starrte weiterhin vor sich hin. Wollte sie damit nicht langsam aufhören? Damit er sich endlich vergraben konnte. Verschwinden. Da hörte er sie.

»Ich will, daß du mich fragst. Approbation hin oder her. Ich kann Klavierstunden geben. Wir können auf dem Acker da hinten Kartoffeln anbauen.«

Er mußte lachen, so verrückt war das.

So war es entschieden. Verdammt noch mal entschieden! Ein für allemal. Anna und er würden ein Paar!

»Willst du mich?«

»Wann?« sagte sie praktisch.

»Wann du willst! Im Herbst. Nein, so schnell wie möglich!«

Er fühlte sich mitgenommen, ihm war übel, und doch wurde seine Brust von einer großen, zarten Freude erfüllt.

Sie stand da und strahlte. Ihre Augen waren so funkelnd blau. So hatte er sie schon früher gesehen. Das schmerzte. Schmerzte verdammt.

Wie sollte er damit zurechtkommen? Ihre Augen für den Rest des Lebens glücklich zu machen?

»Deine Augen ...«

»Was ist damit?« flüsterte sie ganz nah an seinem Ohr.

»Du wirst mir einmal vorwerfen, daß ich ja gesagt habe.«

»Ich liebe dich, Benjamin!«

Er umarmte sie leidenschaftlich. Sie war wirklich zu dünn angezogen. Er merkte, daß sie beide schwankten. Stellte sich breitbeinig hin wie auf einem Boot. Legte die eine Hand fest in ihre Taille. Preßte sie an sich. Sie war so zierlich. Weich und hart.

Die kindlichen Knie der toten Karna mitten in dem grauen Himmel. Zwischen ihnen floß ein roter Fluß über die Schären.

Würde er es überhaupt wagen, mit Anna ein Kind zu zeugen?

An der Art der Frauen war etwas Praktisches, das ihn ermattete.

Anna wollte umgehend abreisen, um in Kopenhagen die Hochzeit vorzubereiten. Er solle nachkommen. Dann mußte sie nach Hause schreiben. Noch heute. Es war keine Zeit zu verlieren. Alles mußte bis ins kleinste Detail geplant werden. »Damit Mutter nicht der Schlag trifft.«

Er erwähnte, daß er Karna nicht wochenlang allein lassen konnte.

»Du nimmst sie einfach mit. Sie müssen sich daran gewöhnen, daß du eine Tochter hast. Sie können ebensogut gleich damit anfangen.«

Ihre trotzige Stimme machte ihn stutzig. Er war aber gleichzeitig erleichtert, daß sie so selbstverständlich damit umging.

Noch am selben Nachmittag rief er das gesamte Haus zusammen, weil er die Neuigkeit erzählen wollte.

Anna und er seien verlobt.

Sie nahmen es mit blanken Augen auf. Es kam nicht unerwartet.

Oline saß auf ihrem Hocker in der offenen Küchentür und meuterte, weil die Hochzeit nicht auf Reinsnes stattfinden würde. Aber das war nur, um das Gesicht zu wahren. Sie fühlte sich gar nicht in der Lage, eine so große Verantwortung zu tragen. Sie kränkelte mehr, als sie es sich selbst eingestehen wollte.

Anders war froh und küßte Anna die Hand.

»Wäre ich noch jünger, dann würde ich auch zur Hochzeit anreisen.«

»Das mußt du trotzdem!« sagte Anna.

Da lächelte er und küßte Anna auf beide Wangen.

Hannas Gesicht war grau und unbeweglich, als sie vortrat, um zu gratulieren. Ihre dunklen Augen waren auf etwas hinter Benjamin gerichtet. Weit, weit hinter ihm.

»Es ist wohl eine Dame nötig, damit Reinsnes wieder wird, was es war«, sagte sie leise.

Der Spott lag im Tonfall wie ein kleiner Funke. Das ärgerte ihn. Er hoffte, daß Anna es nicht verstanden hatte. Er hätte Hanna darauf vorbereiten müssen, dachte er. Aber wie bereitete man jemanden auf so etwas vor?

Am nächsten Tag erklärte Hanna, sie müsse wieder nach Strandstedet. Sie müsse Kleider für die beiden Schwestern von Olaisen nähen. Diese wollten nach Bergen.

Benjamin erbot sich, sie nach Hause zu segeln. Er nannte ihr Zimmer in Strandstedet ihr Zuhause, das hätte er am Vortag noch nicht getan.

Aber Hanna hatte sich schon um eine Mitfahrgelegenheit gekümmert. Wilfred Olaisen habe die Absicht, nach Reinsnes zu kommen, um ein paar Dinge mit Anders zu besprechen. Er würde selbst kommen und sie abholen.

Sie betonte das Wort »selbst« und schaute ihn direkt an. Ihre Augen glänzten wie im Fieber. Die Wimpern zitterten einen Augenblick, dann legten sie sich wie Fächer auf ihre Wangen.

Er nickte. In dem Fall sei sie ja in den besten Händen.

Seit dem Sonntagmorgen im Gang im Obergeschoß hatte er nicht mehr mit ihr gesprochen. Konnte nicht mit Sicherheit sagen, wer eigentlich wem aus dem Weg gegangen war.

»Ich komme dann auch mal nach Strandstedet, um zu sehen, wie es dir geht«, sagte Anna.

»Willkommen! Dort ist es etwas bescheidener als auf Reinsnes«, sagte Hanna leichthin.

Karna kam angerannt, und Hanna beugte sich zu ihr hinunter und umarmte sie. Als Hanna sich wieder aufrichtete, sagte sie zu Anna: »Sie braucht eine Mutter! Viel Glück!«

Annas Gesicht wurde klein und verlegen. Als hätte sie plötzlich verstanden, daß die andere Zweifel hatte, ob sie diese Aufgabe bewältigen würde.

Wilfred Olaisen kam mit einer Dokumentenmappe aus Rindsleder nach Reinsnes. Er zeigte Benjamin die Zeichnungen für den neuen Kai in Strandstedet und sprach überzeugend von einer Befrachtungszusammenarbeit mit Reinsnes.

Er wolle auch ein Haus auf dem Kai bauen. Für das Postamt und mit Räumen für die geplante Telegrafenstation. Posthaus und Telegrafenstation waren für ihn eine Lebensnotwendigkeit. Er wolle mit Anders übers Geschäft reden. Er habe gehört, es gehe nicht so gut mit den Felsen, die Tomas freigelegt habe. Hätten sie nichts daran verdient?

Benjamin nickte zu allem, was der Mann sagte, ohne zuzuhören.

Er war erleichtert, als Anders ihn schließlich ins Kontor hinter dem Laden mitnahm.

Er konnte sich nicht erinnern, jemals einem Menschen begegnet zu sein, den er ohne einen besonderen Grund so wenig leiden konnte wie Wilfred Olaisen.

Mit diesem Mann segelten Hanna und Isak über das bewegte Meer. Und statt erleichtert zu sein, stand er im Fenster und fühlte sich elend. Zum Teufel! Natürlich war es so.

Anders war mit seinem Frachtsegler »Svanen« nach Bergen gefahren. Endlich hatte er Anna ganz für sich. Trunken vor Freude lief er in den Saal, nur um sie in Tränen aufgelöst zu finden.

Sie hatte die Leute auf dem Hof reden hören. Hanna gehe es nicht gut. Sie trauere. Weil Benjamin Anna gewählt habe.

»Wer zum Teufel quält dich mit so was?« platzte er heraus.

»Ich hörte das Mädchen sagen, sie hätte geglaubt, ihr wäret seit Pfingsten verlobt. Es machte ihr nichts aus, daß ich sie hören konnte, obwohl ihr diese andere, Bergljot, befahl zu schweigen.«

Sie putzte sich die Nase und trocknete die Tränen, dann kam es mit harter Stimme: »Sie sagte, es hätte so ausgesehen, als wäret ihr verlobt.«

»Und das glaubst du?«

»Karna hat mir erzählt, daß die ›richtige‹ Hanna geweint hat, ehe sie abfuhr, weil sie bei ihrem Papa sein wollte«, flüsterte Anna.

Das zog ihm den Boden unter den Füßen weg. Karna?

Rasend vor Wut lief er aus dem Zimmer, um das Kind zu finden. Daß Anna ihn zurückrief, merkte er nicht einmal.

Er lief durch das ganze Haus und in den Garten und rief nach Karna. Langsam wurde ihm klar, daß sie sich nie zu erkennen geben würde, solange er so wütend war. Als er in den Saal zurückkehrte, fand er sie in Annas Armen.

Er riß das Kind an sich. Sie bekam Angst und heulte, aber er hielt sie mit beiden Händen fest.

Jetzt verderbe ich alles, weil ich eine solche Angst habe, Anna zu verlieren, dachte er und trug das um sich tretende Kind aus dem Zimmer.

»Ich will rauf zur Großmutter«, schrie Karna.

Ohne ein Wort stellte er sie hin und öffnete die Luke zum Speicher. Dann trug er sie hinauf und über die Kante und setzte sie hart auf den Fußboden.

»Das werde ich der Großmutter sagen, wie gemein du heute bist!«

»Sag, was du willst, du kleines Miststück!«

»Ich komme nie mehr wieder runter!« rief sie.

»Dann hole ich dich eben.«

»Du findest mich nicht.«

»Ich finde dich, egal wo auf der Welt du bist! Es gibt nur uns beide auf der ganzen Welt!« zischte er zu ihr hoch.

»Ist das sicher, Papa?«

Sie beugte sich zu ihm hinunter und hielt sich gleichzeitig mit beiden Händen an der Kante fest, wie er es ihr gezeigt hatte.

Er stand da und schaute in das ängstliche Gesicht, und seine Wut verrauchte. Eine hilflose Scham ersetzte sie.

Er trat erst bei Anna ein, nachdem er angeklopft hatte. Sie war reserviert, aber ruhig. Er schloß die Tür und ging ein paar Schritte auf sie zu.

»Verzeih, daß ich so wütend geworden bin.«

Sie nickte und ging zur Kommode hinüber, um etwas zu suchen.

»Hanna ist unglücklich«, sagte sie mit dem Rücken zu ihm.

»Und was können wir daran ändern? Du und ich?« fragte er mutlos.

»Wir können uns wie anständige Menschen benehmen.«

»Und worin sollte unsere Anständigkeit bestehen? Darin, Hanna an unserer Verlobung zu beteiligen? Damit wir zu dritt von den Einnahmen eines Quacksalbers leben müssen?«

Sie drehte sich um und sah ihn an.

»Sie kann doch auch nichts dafür, daß sie dich will«, flüsterte sie.

»Kann ich etwas daran ändern?«

»Ich weiß nicht, ob du etwas daran ändern kannst, aber ich werde nach Strandstedet fahren, um mit ihr zu reden. Alleine!«

»Wozu sollte das gut sein?« fragte er, schärfer, als er gedacht hatte.

»Ich weiß es nicht«, sagte sie etwas unsicher.

»Das ist töricht, Anna!«

»Nein, überhaupt nicht«, sagte sie stur.

12

Er segelte mit ihr nach Strandstedet und zeigte ihr den Weg zu Hanna. Dann ging er in die einzige Schenke des Ortes. Vier Treppenstufen nach unten in einen Keller. Er suchte sich einen Platz am staubigen Fenster, um auf Anna zu warten.

Nach einer Stunde kam sie den Abhang herunter. Ihre Gestalt war leicht gebeugt.

Als er ins Freie trat, nickte sie nur und berührte seinen Arm, ohne etwas zu sagen. Das machte es unmöglich, irgendwelche Fragen zu stellen.

»Wir essen eine Kleinigkeit im Central Hotel«, sagte er unbeschwert.

»Ich bin nicht hungrig.«

»Aber ich«, sagte er mit Nachdruck.

»Wie du willst.«

Sie gingen den Strandveien entlang, und er versuchte, ihr von seinem Dasein als Arzt an diesem gottverlassenen Ort zu erzählen. Ob sie seine elende Praxis sehen wolle? Dazu hatten sie damals keine Zeit gehabt, als sie mit Anders nach Strandstedet gesegelt waren.

»Ich esse oft eine Kleinigkeit im Central Hotel, aber das ist natürlich bei weitem nicht so gut wie alles, was du gewohnt bist«, schwatzte er.

Er redete drauflos, über dieses und jenes.

Eine Weile schien es, als würde sie ihm auch zuhören. Aber plötzlich faßte sie seinen Arm und sah ihm direkt ins Gesicht.

»Sie wohnt so armselig! Sie arbeitet Tag und Nacht! Sie kommt so nicht durch. Verstehst du denn nicht, daß sie gehofft hatte?«

»Worauf gehofft?«

»Gehofft, daß du nach Hause kommen würdest, um sie zu heiraten.«

»Anna, sie war verheiratet. Sie ist Witwe. Sie hat ihr Leben gelebt, und mir ist nie zu Ohren gekommen, daß sie auf irgendwas gehofft hat.«

»Bist du so kalt? Oder tust du nur so?«

Er blieb stehen.

»Schon gut, sag mir, was ich tun soll.«

»Für sie sorgen.«

»Das habe ich versucht. Sie will das nicht.«

»Wolltet ihr heiraten?«

»Nein, wieso?«

»Weil sie das gedacht haben muß, als du mit ihr geschlafen hast! Kurz bevor ich kam!«

Der Blitz schlug ein. Er verspürte eine plötzliche Blutleere im Gehirn. Stand einfach nur da. Ganz der Schwerkraft preisgegeben.

»Hat sie das gesagt?«

»Nicht so direkt.«

Er begann weiterzugehen. Legte die Hände auf den Rücken und ging, als hinge sein Leben davon ab. Nach einigen Metern fiel ihm auf, daß er allein war, und er blieb stehen. Drehte sich nach ihr um.

Sie stand, wo er sie verlassen hatte. Verlassen? Sie sah wirklich so aus. Er ging zurück und legte den Arm um sie.

Sie beachtete ihn jedoch nicht.

»Ich wußte, daß es nicht leicht werden würde. Aber ich dachte, es hätte dich klüger gemacht, Vater zu werden. Du hast also immer noch dieselben Gewohnheiten wie in deiner Studentenzeit? Oder?«

»Nein. Was hat Hanna gesagt?«

»Das bleibt unter uns.«

»Du hast sie gefragt? Du bist nach Strandstedet gefahren, um sie zu fragen, ob ich mit ihr geschlafen habe?«

»Du wußtest doch, daß ich sie treffen würde ... Warum hast du es mir dann nicht selbst erzählt?« flüsterte sie.

Er nahm vorsichtig ihre Hand.

»Wie soll man so etwas erzählen, Anna?«

Sie gingen weiter den Schotterweg entlang. Es hatte geregnet. Sie entzog ihm ihre Hand und ging um eine Pfütze herum. Er wartete auf sie.

Sie hatten das weiße Haus mit der grünen Tür und dem Schild »Central« zwischen den Fensterreihen fast erreicht. Kurz vor der Treppe drehte sie sich zu ihm um.

»Jede Nacht, seit wir uns einig geworden sind ... habe ich auf dich gewartet.«

Er war so verblüfft, daß er nur noch stammelte.

»Ich ... ich wußte nicht, glaubte nicht ... Ich habe mich so wegen des Abends geschämt, an dem ich so betrunken war.«

Er fuchtelte mit den Händen. Entschuldigte sich stotternd. Sie stand eine Stufe über ihm und war feuerrot.

»Du bist nicht allein ein lebendiger Mensch«, flüsterte sie.

Er schüttelte den Kopf und nahm ihre Hand. Übertrieben galant öffnete er die Tür, und mit geziemenden Mienen betraten die beiden Frischverlobten das Central Hotel, um etwas zu essen.

Der Speisesaal war groß und hell. Allzu hell, dachte er. Lächerliche Lehnstühle mit bestickten Bezügen. Unbequem zum Sitzen. Auf allen Tischen lagen schwere Decken aus blutrotem Samt und darauf Spitzentücher mit Krümeln.

Als sie bestellt hatten und wieder allein waren, flüsterte sie: »Ich möchte noch etwas sagen.«

»Über Hanna?«

»Nein, über den, den ich getroffen habe.«

»Er war wohl so etwas, was deine Mutter eine bessere Partie genannt hätte? In jeder Beziehung?«

Sie antwortete nicht, schob nur das Besteck hin und her.

»Ich werde nie so reich sein wie dieser ... Engländer?«

»Schotte.«

Sie betrachtete ihn nachsichtig, den Kopf zur Seite geneigt. Das machte ihn wütend.

»Hast du übrigens mit ihm geschlafen?«

Im selben Augenblick, als er ihr diese Worte entgegengeschleudert hatte und ihren Gesichtsausdruck sah, verstand er, was er da eigentlich gesagt hatte.

Sie legte ihre Handschuhe vom Tisch auf den freien Stuhl.

»Anna! Das habe ich nicht so gemeint! Das nehme ich zurück!«

Sie sah ihn unverwandt an. Offen. Als hätte sie vergessen, daß sie eigentlich zerstritten waren. Als hätte sie ganz im Gegenteil vor, sich ihm anzuvertrauen.

»Ja. Ich habe mit ihm geschlafen. In einem Turmzimmer von 1357 auf einem Schloß in Wales. Da waren wir beide weit weg von zu Hause. Und ich war fest entschlossen, nie mehr auch nur einen Gedanken an Benjamin Grønelv zu verschwenden.«

Er hätte schwören können, nur zu träumen. Daß er diese verteufelten Worte, die sich zwischen sie legten, nur träumte. Er suchte nach etwas, worauf er die Augen ruhen lassen konnte. Die Wand hinter ihr. Die Ruhe der Tapete brannte auf seiner Netzhaut.

Sie räusperte sich. Ein trockener damenhafter Laut, der ihn nichts anging.

»Er glaubte, daß wir heiraten würden. Es war nicht sein Fehler.«

»Nein, was du nicht sagst?« sagte er endlich, ohne sie anzuschauen.

»Ich reiste am nächsten Tag ab. Flüchtete, oder wie man das nennen soll.«

»Ach so?« sagte er so höhnisch, wie er konnte.

Aber es war, als hätte sie ihn nicht gehört. Als würde sie einer Freundin etwas Unaussprechliches anvertrauen.

»Ich durchschaute mich selbst«, fuhr sie atemlos fort und sah ihm weiterhin in die Augen. »Phantastisch! Ich meine, endlich hatte ich etwas vollkommen Undenkbares getan. Wie verdorben ich doch war! Kannst du das verstehen?«

Das war zu gemein, um wahr zu sein. Anna spielte einfach sehr hoch. So war es.

»Ich fühlte mich seltsam sündig. Weißt du, Benjamin, das war eine unbeschreibliche Freiheit! Aber als ich nach Hause kam und nicht schwanger war oder so und mich auch nicht daran erinnern konnte, wie er aussah, verstehst du ... da schrieb ich an deine Mutter und fragte sie, ob sie für eine solche Verrücktheit einen Rat wüßte.«

»Das schriebst du ... an Dina?«

»Ja, meiner eigenen Mutter konnte ich mich doch schlecht anvertrauen. Und dir am allerwenigsten. Sie schrieb zurück und sagte, daß solche Dinge Frauen aus guten Familien immer schon passiert seien und daß ich die Sünde nur abschütteln und nach Reinsnes fahren solle. Denn du könntest mich am allerwenigsten verurteilen.«

Er sah nur noch undeutlich. Aber sie hatte eine unschöne Falte auf der Stirn. Ihr Kragen saß schief.

»Das half mir. Jetzt bin ich also hier. Und jetzt ist es gesagt.«

Er hatte noch nie etwas für lauwarmen Braten mit fetter Soße übrig gehabt. Was man ihm da hinstellte, war direkt ungenießbar.

Trotzdem konnte er die Augen nicht von seinem Teller abwenden. Es hatte etwas mit der Beschaffenheit der Soße und dem lauwarmen geschmorten Fleisch zu tun. Dieses Tier hatte sein Leben vollkommen unsinnig verloren.

Sie reichte ihm eine Schale über den Tisch. Lächelte sie nicht sogar? Das Teuflische daran, daß sie hier einfach so sitzen und lächeln konnte, während man ihnen miserables Provinzessen vorsetzte, machte ihn rasend.

Er bedeckte alles mit Preiselbeeren. Als er die Gabel ansetzte, spritzte es auf das rote Tischtuch.

Etwas mit dem Besteck war nicht in Ordnung. Er nahm es in die Hände, wog es und fand, daß der Griff zu schwer sei. Es kippte irgendwie immer wieder auf den Teller. Man konnte einfach nicht normal essen.

Er rief nach der Serviererin in Schwarz mit Spitzenschürze und machte sie darauf aufmerksam, daß das Essen ungenießbar sei und das Besteck unglaublich ungeschickt konstruiert. Ob sie anderes hätte?

»Das sind doch das Messer und die Gabel, mit denen der Herr Doktor hier immer ißt. Aber ich kann fragen, ob es anderes Besteck gibt. Und das Essen, ich kann es ja aufwärmen lassen ... ein wenig jedenfalls?«

Mit großer Würde nahm sie seinen Teller und wollte schon Annas nehmen.

Aber Anna schüttelte freundlich den Kopf.

»Nein, meine Liebe, ich esse es, wie es ist. Es ist ausgezeichnet!«

Da schaute die in Schwarz vielsagend auf den Doktor und marschierte durch die Schwingtür.

Er fuhr sich mit der Hand durchs Haar. Eine Gewohnheit, die er haßte, aber gegen die er nichts unternehmen konnte, da er sie jedesmal erst bemerkte, wenn es zu spät war.

Sie aß, ohne aufzuschauen. Kaute langsam mit geschlossenem Mund. Schluckte fast unmerklich. Nahm eine neue, gerade ausreichende Portion auf die Gabel. Fleisch, Gemüse, vorsichtig mit Soße bedeckt, ehe sie den Mund öffnete und alles hineinschob.

In dem Augenblick war sie gezwungen, seinem Blick zu begegnen. Das hatte etwas mit der Haltung des Kopfes zu tun. Ihre Augen ruhten blau und blank auf ihm.

Sie hat Macht über mich, dachte er. Sie bringt mich dazu, mich wie ein Feigling zu benehmen. In diesen Jahren, in denen wir voneinander getrennt waren, ist ihr Wissen um meine Unzulänglichkeit noch größer geworden. Er ballte die Faust und legte sie auf die Tischkante. Die andere Hand steckte er in die Hosentasche und lehnte sich mit solcher Kraft zurück, daß ihn die Stuhllehne drückte.

Er hob das Kinn und betrachtete sie mit der professionellen Teilnahme des Arztes. Nicht zuviel, man wollte schließlich auch kein Selbstmitleid provozieren. Milde, aber mit einer gewissen Distanz. Genau so, wie er anstrengende Patienten anschaute.

»Jaha, kleine Anna?« sagte er endlich. Fragend, als hätte sie vielleicht noch etwas auf dem Herzen, das sie ihm nicht anzuvertrauen wagte.

»Was meinst du?«

»Nein, was meine ich wohl?« sagte er leichthin.

Sie kaute unbeeindruckt und schluckte in aller Ruhe.

»Bist du gekränkt?« fragte sie.

Sie ist eigentlich gar nicht so weiblich, gar nicht so anziehend wie auf den ersten Blick, dachte er.

»Wie zum Teufel konntest du nur? Mit einem Schotten!« zischte er verzweifelt.

Die ordentliche Schwarze kam in diesem Augenblick mit seinem Essen. Eine Ewigkeit verging, bis sie ihr kühles Bitteschön gesagt, einen Knicks gemacht und sich entfernt hatte. Das heißt, sie fing in einer Ecke damit an, Servietten zu falten.

Da drehte er sich drohend nach ihr um.

»Kann man hier nicht zumindest seine Ruhe haben?«

Sie zuckte zusammen und verschwand. Eine halbgefaltete Serviette hatte sie auf den Fußboden fallen lassen. Sie wies die Richtung.

»Du bist wirklich unausstehlich«, stellte Anna fest.

Sie war mit dem Essen fertig.

»Wie hast du das nur tun können, wenn du doch gar nichts damit gemeint hast?«

Sie sah ihn nachdenklich an, fast reumütig.

»Ich weiß nicht ganz. Ich war so allein und so verlassen. Bekam immer zu hören, daß die Jahre vergingen. Meine Freundinnen heirateten alle. Ich wollte von zu Hause fort, frei sein. Ich wollte geliebt werden ... wollte jemanden lieben, der mich liebte. Jedenfalls für einen Augenblick oder auch zwei. Du weißt doch, wie das ist, Benjamin?«

Er faßte sein Besteck nicht an.

»Iß, Lieber ... meinetwegen«, sagte sie.

»Wie war er?«

»Der schönste Mann, der mir je begegnet ist, glaube ich. Überaus galant und mit einem ganz eigenen Humor. Aber seine Ironie galt nie ihm selbst. Sie traf immer nur andere. Sein Dasein bestand weitgehend aus seinem Wappen.«

»Seinem Wappen?«

»Ja, es war überall, sogar auf den Golfschlägern. Das ist natürlich typisch für den Adel dort, aber trotzdem ... Er hat mir zweifellos einige Tricks beigebracht.«

»Was für Tricks?«

»Ironie, die andere trifft.«

Er nahm sich zusammen und begann, im Essen herumzustochern. Gabel und Messer schienen dabei auf der Innenseite seines Schädels zu schrappen.

»Was macht der ... na, der da ... jetzt?«

»Er ist in Kopenhagen, um sich bei meinem Vater unentbehrlich zu machen. Er erforscht Herzkrankheiten. Wußte alles über mein Herz. Über die souveräne Kontrolle des Herzens über das Gehirn – zum Schluß. Und über Chemie! Die uns zu guten oder bösen Menschen macht. Über die Schläge der Pulsadern! Und über die unentbehrlichen Herzkammern. Er hielt mir stundenlang Vorträge über die Stimuli, die mich erröten lassen.«

»Was machst du dann hier?« fragte er bissig.

»Mein unkontrollierbares Herz, Doktor Grønelv, mein gesegnetes, wildes Herz. Ich hätte nicht mein ganzes Leben lang in London sitzen und hinter einem Wappenschild erröten wollen.«

Er sah sie verzweifelt an.

»Damit werde ich nicht fertig, Anna. Was sollen wir tun?«

»Heiraten und dadurch die Sünden kleiner machen.«

Auf dem Heimweg lag das Meer spiegelblank. Die Sonne verschwand halb hinter einem Dunstschleier. Der Abend war rot und weiß im Westen.

Er holte das Segel ein und ließ das Boot in dem schwachen Landwind treiben. Dann entfernte er eine der Bänke und breitete seine Ölhaut und das Reservesegel über den Ballast.

Sie folgte jeder seiner Bewegungen mit großen Augen.

»Anna! Komm! Wir sind allein.«

Etwas schwankend und zögernd hob sie ihre Röcke, um über die Ruderbank zu kommen. Da kniete er sich hin und fing sie auf. Schenkel und Hüften durch den weichen Stoff. Die Taille. Den Mund. Behutsam öffnete er ihre Jacke und ihr Mieder. Dann waren sie beieinander.

An diesem Abend hatte das Meer einen langsamen Atem. Hinter allem spürte er die lange Dünung. Einen mächtigen Willen aus einer großen Tiefe. Wartend. Zwingend, trotzdem ruhig. Mit einer verspielten, feuchten Zärtlichkeit gegen die Bootsplanken.

Währenddessen trieben sie immer weiter hinaus. Fort. Dorthin, wo niemand sie erreichen konnte.

Er brauchte in dieser Nacht drei Stunden, um sie zurück nach Reinsnes zu rudern.

13

Oline erwachte davon, daß sie eine seltsame Spannung im Kopf spürte. Sie stand auf und setzte Kaffee auf. Sie goß sich eine Tasse ein und setzte sich hin, um den Vögelchen zuzusehen, die mit ihren raschen winzigen Schatten in der Allee ihr Unwesen trieben. Mit Wehmut dachte sie über ihr Leben nach.

Sie hatte den Eindruck, sich beim ersten Mal zu sehen, als sie nach Reinsnes gekommen war. Seit dieser Zeit hatte sie nie mehr an die Möglichkeit gedacht, irgendwo anders zu sein. Jacob Grønelv war jetzt schon lange tot. Und wenn er noch gelebt hätte, wäre der einzige Unterschied gewesen, daß sie ihm beim Älterwerden hätte zusehen können.

Die Wunde am Fuß schmerzte heute nicht so sehr.

Ohne es selbst wahrzunehmen, außer einem augenblicklangen Druck im Kopf, blieb sie einfach weiter in der blauen Küche auf Reinsnes sitzen.

Bis Karna kam und sie anfaßte, da durfte sie endlich ihren großen Körper ausbreiten.

Darin lag ein Sich-Aufgeben. Ein Frieden.

Die Sonne streifte schon den unteren Rand der Stallmauer und den Brunnendeckel, als sie eng umschlungen vom Anlegeplatz heraufkamen.

Er hatte sie und das schlaffe Segel heimgerudert. Seine Knochen taten ihm auch ordentlich weh. Aber als sie in die Bucht gekommen waren und sie das Gewimmel kleiner Seelachse ganz nah am Ufer sah, wollte sie angeln.

Er gab nach. Sah alles mit ihren Augen. Das Ufer, das Fjell, das Sonnenauge, das Meer. Die Farben. Ein paar Stunden vergingen, während er sie gemächlich von Ufer zu Ufer über die Bucht ruderte.

Anna angelte mit einer Schleppangel. Sie gluckste vor Übermut. Schließlich hatte sie den Fisch auch selbst ausgenommen, daß das Blut nur so spritzte. Nach Fisch rochen sie beide.

Wieder an Land, holte er im Bootshaus einen Bottich für die Fische. Sie trugen ihn zwischen sich den Weg hinauf. Sie ging mit nackten Beinen, den Saum ihres Rockes hochgesteckt.

Er trug ihre Schuhe an den Schnürsenkeln um den Hals und trank sie mit den Augen. Er sah sie dort in seiner Landschaft, und alles in ihm wurde eine Kirche. Das Deckengewölbe war ewig hoch, und alle Kerzen der Welt brannten gleichzeitig. Er war ein kleiner Junge und ein erwachsener Mann, und das machte keinen Unterschied.

Denn Anna war da.

Alles war jetzt bereinigt. Er hatte nichts mehr vor ihr zu verbergen. Nichts, was ihn betraf zumindest. Von Tomas würde er ihr einmal erzählen, wenn es gerade paßte. Und vom Russen im Heidekraut.

Später.

»Wir schleichen uns durch den Kücheneingang und suchen uns was zu essen«, flüsterte sie munter.

Er nickte. Kein Mensch war zu sehen oder zu hören. Es war noch nicht einmal fünf.

Sie legte einen Finger vor den Mund, um ihn zur Ruhe zu mahnen, und öffnete vorsichtig die Tür zur Küche. Dann machte sie sie ganz weit auf, um ihn vorbeizulassen.

Sie lagen nebeneinander auf dem Fußboden. Ein kleiner und ein großer Körper.

Das Kind lag halb auf der Seite mit einer Hand auf der Brust der Alten. Den Daumen der anderen hatte sie im Mund. Sie starrte auf etwas, was nur sie sah. Lauschend. Nicht auf Schritte gegen den Fußboden oder darauf, daß jemand die Türklinke drücken würde. Etwas anderes. Etwas, das sie zum ersten Mal hörte und das wie nichts anderes war.

Er ging zu ihnen und kniete sich hin. Flüsterte Karnas Namen und versuchte gleichzeitig, sie hochzuheben. Aber es gelang ihm nicht. Sie lag bleischwer auf den Dielen.

Die großen, weit geöffneten Augen waren unerreichbar. Aber er sah, daß es sich nicht um einen gewöhnlichen Anfall handelte.

Noch ehe er nach Olines Handgelenk faßte, wußte er es.

Sie war nicht mehr.

Er ließ ihre rosa Hand wieder sinken, und ein Butterkringel kullerte unter den Hocker und teilte sich in mehrere kleine Stücke, die zierlich in der Form eines Kringels liegenblieben.

»Die Oline wollte ihren Kuchen nicht.«

Er hörte Karnas Stimme und hatte das Gefühl, es sei seine eigene. Von vor vielen Jahren. Oder jetzt?

»Du kannst aufstehen, Karna. Die Oline braucht jetzt keinen Kuchen mehr.«

Sie wollte die Küche nicht verlassen, also ließ Papa sie auf dem Schoß der anderen Hanna beim Herd sitzen.

Bergljot feuerte unterm Kaffeekessel mit Reisig. Das war eigentlich nicht ihre, sondern Olines Aufgabe. Die kleinen, spitzen Flammen züngelten um den Kessel, so daß dieser mit einer pelzigen Rußschicht bedeckt wurde. Das war nicht richtig, da war sich Karna sicher.

Die andere Hanna roch nicht wie sonst. Sie roch nach Fisch. Oder roch es so, weil der Blechbottich in der offenen Tür des Windfangs voller Fisch war?

»Soll die Oline den ganzen Fisch kochen?« fragte sie.

»Nein, das müssen wir von jetzt an selbst machen«, sagte die andere Hanna leise. Zu leise.

Sie kamen alle, einer nach dem anderen. Und alle gingen sie nach einer Weile wieder. Einige weinten. Andere saßen oder standen da und waren nur still und ernst.

Stine sagte, daß Oline schon eine ganze Weile alt gewesen sei. Sie holte Wasser in einer Schüssel und ging in die Kammer, in der Papa und Tomas Oline auf ihr Bett gelegt hatten.

Tomas sollte einen Sarg in Strandstedet holen. Den, den sie immer im Dach der Scheune liegen hatten, hatte einer der Häusler bekommen. Er hatte sich beim Pflügen für einen Moment in den Sonnenschein gelegt und war nicht mehr aufgestanden.

Oline hatte gesagt, das sei ein schöner Tod gewesen. Damals. Jetzt hatte sie deswegen keinen Sarg.

»Was machst du?« wollte Karna von Stine wissen, als sie mit der Waschschüssel dastand.

»Die Oline waschen.«

Sie lächelte ihr ernstes Lächeln und war von ihnen allen die gefaßteste.

»Darf ich dir helfen?«

»Nein, Oline will, daß wir dabei zu zweit sind.«

»Woher weißt du das?«

»So etwas weiß man einfach. Aber du darfst eintreten, wenn ich fertig bin.«

Anschließend durfte Karna also reinkommen. Sie waren nur zu dritt, und Oline war so wie immer. Vielleicht noch mehr als sonst. Einmal abgesehen davon, daß sie auf einem Backbrett lag statt zwischen Federbetten auf einer Matratze. Und fürchterlich ordentlich in jeder Hinsicht. Gefaltete Hände auf der Brust. Dafür hatte Stine gesorgt. Aber die Augen wollte sie nicht aufmachen, um keinen Preis.

»Warum liegt sie auf dem Backbrett?«

»Damit man sie leichter in den Sarg bekommt, ohne daß etwas in Unordnung gerät.«

»Kippt ihr sie dann einfach in den Sarg?« fragte Karna.

»Ja, so ähnlich.«

Es half ein wenig, daß Stine so eine klare Stimme hatte. Sie half gegen die Stille überall.

Aber dann flüsterte Stine und fragte Karna, ob sie etwas tun könne, das unter ihnen bleiben müsse. Niemand dürfe etwas wissen. Ob Karna das verstanden hätte?

»Was denn?«

»Erst mußt du dein Versprechen geben, dann erfährst du es.«

Karna gab ihr Versprechen.

Sie sollte dreimal unter Olines Bett hindurchkriechen, während Stine für sie alle das Vaterunser betete.

Da wußte Karna, daß das wegen der Fallsucht, dem Ton des Meeres und dem braunen und dem blauen Auge war.

Stine würde es sicher bis in alle Ewigkeit nicht aufgeben, sie kurieren zu wollen, auch wenn Papa gesagt hatte, daß sie es lassen sollte.

Der erste Versuch dieser Art, der Karna genau im Gedächtnis geblieben war, bestand darin, daß Stine sie durch eine hohle Kiefer gezogen und dabei das Vaterunser gebetet hatte. Einmal hatte sie ihr auch Hasenblut gegeben. Da wurde Papa böse.

Trotzdem machte sie weiter. Mit Kräutern, Getränken, die nach Blut und Teer, nach schimmligen Kartoffeln oder toten Fliegen schmeckten.

Karna wollte es Stine recht machen, auch dieses Mal.

Es machte ihr nichts aus, weil Großmutter gesagt hatte, daß sie es Papa später ruhig erzählen konnte. Weil er es auf Ehrenwort nicht weitererzählen würde. Auch nicht Stine.

»Man weiß nie, was hilft«, meinte Stine und sah nachdenklich in die Luft. Als würde sie zu Gott sprechen.

»Ich will dir nicht die Gabe nehmen, ich will nur, daß du nicht mehr so böse fällst oder dich auf die Zunge beißt«, sagte Stine.

Karna hockte sich hin und kroch unter dem Bett durch. Einmal, zweimal, dreimal. Sie schaute auf die dunkle Unterseite der Matratze und konnte deutlich Olines ovalen Abdruck erkennen. Der war da, obwohl sie auf dem Backbrett lag. Vielleicht kam das, wenn man so viele Nächte in einem Bett lag wie Oline, dann wurde es so. Oval.

Jedesmal, wenn Karna den Kopf auf der anderen Seite des Bettes hervorstreckte, empfing Stine sie mit einem Vaterunser, das sie zu Ende betete. Dreimal ließ Stine sie unten durchkriechen und dann über Oline hinwegsegeln.

Karna streckte Arme und Beine aus und wurde leicht wie ein Papierdrachen in der Luft. Aber Oline lag mit geschlossenen Augen da und wollte nichts sehen.

Sie blieb fast den ganzen Tag in der Küche und in der Kammer bei Oline. Dann kam Tomas aus Strandstedet zurück. Er hatte sowohl die richtige Hanna als auch den Sarg dabei.

Isak war auch mitgekommen. Aber das war keine große Hilfe. Er wollte nicht in Karnas Kammer schlafen, denn er mochte nicht Wand an Wand mit einer Leiche liegen.

Hanna packte ihn blitzschnell an den Nackenhaaren. Die Tränen schossen ihm aus den Augen. Aber es kam kein Laut. Es kam nur selten vor, daß Hanna so etwas tat. Nur wenn sie mußte. Meist, wenn sich keine Gelegenheit bot, das zu erklären, was nicht in Ordnung war.

Manchmal packte sie auch Karna an den Nackenhaaren. Aber nicht so fest wie Isak.

Papa versuchte, mit fester Stimme zu reden. Aber sie zitterte trotzdem. Er sagte wohl deswegen nicht besonders viel. Auch nicht zu Karna.

Aber am Abend brachte er sie ins Bett. Jetzt, da sie allein waren, konnte sie mit ihm reden.

»Das war doch nicht meine Schuld?«

»So was darfst du nie denken.«

»Ich habe sie angefaßt, und sie kippte einfach um.«

»Oline saß da und war bereits tot.«

»Sie sah so aus wie immer. Nicht kaputt …« Wie die Eiderenten, hätte sie beinahe gesagt, ließ es aber sein.

»Man muß nicht kaputt sein, selbst wenn man tot ist.«

»Wie kann man es dann wissen?«

»Die anderen wissen es.«

»Die Toten antworten nicht, wenn man mit ihnen spricht?«

»Nein.«

»Hören sie was?«

»Das brauchen sie auch nicht mehr.«

»Denken sie nicht an uns?«

»Das brauchen sie nicht mehr.«

»Aber Papa, denkst du dann auch nicht mehr an mich, wenn du tot bist?«

»Dann mußt du eben an mich und an dich denken, und zwar für uns beide!«

»Das schaffe ich nie.«

»Doch, das schaffst du.«

»Stirb nicht, Papa.«

»Ich werde zusehen, daß ich so lange wie möglich am Leben bleibe. Aber Oline war alt und erschöpft.«

»Du bist auch schon ein wenig alt ...«

»Aber nicht so alt wie Oline.«

Sie tat so, als würde sie sich damit zufriedengeben. Aber das tat sie nicht.

In der Nacht wachte sie auf und schrie. Und Papa holte sie zu sich in den Saal hinauf. Dort war die andere Hanna auch. Das war seltsam. Sie wußte nicht, ob ihr das gefiel.

Aber das Bett war auch einfach zu groß für nur einen.

»Ist es möglich, daß ein Mädchen vor seinem Papa stirbt?« fragte sie zum Bettvorhang gewandt.

Die andere Hanna sagte nichts. Aber sie roch auch nicht mehr so stark nach Fisch.

»Das kommt vor. Aber nicht du, Karna.«

»Woher willst du das wissen?«

»Das habe ich im Gefühl.«

»Da mußt du aber wirklich immer genau nachfühlen ... und zwar jeden Tag«, sagte sie und schlief ein.

Es gab ein großes Begräbnis. Ein solches Begräbnis hatte es nicht mehr gegeben, seit Mutter Karen ihre letzte Reise zur Steinkirche gemacht hatte, sagten die Leute.

Manche fanden, daß es schon fast zu viel war. Oline gehörte ja nicht gerade zur Familie. Hatte doch nur auf einem Hocker in der Küche gesessen.

Aber das hätte man nicht gedacht, wenn man die Beerdigungsprozession sah. Es waren wohl nicht nur die Leute aus Reinsnes, die sie in guter Erinnerung hatten.

Hanna war gekommen, um zu helfen. Stine schaffte nicht alles allein.

Langsam verlor Reinsnes seine Macht über Hanna. Je mehr sie knetete und formte, je mehr sie kleinhackte, verteilte und rieb, desto ferner schienen Reinsnes und ihr Leben dort. Das war zu Ende. Vorbei! Sie mußte sich an einen Dampfschiffsexpedienten gewöhnen, der einen Kai bauen wollte.

Sobald sie wieder in Strandstedet war, wollte sie ihm Bescheid geben. Isak würde den gesiegelten Brief bei ihm vorbeibringen.

»Herr Wilfred Olaisen. Ich habe Ihr Angebot jetzt lange genug erwogen. Ich nehme an. Ihre ergebene Hanna Hærvik«, würde sie schreiben.

Weder mehr noch weniger. Sie wollte die Armut hinter sich lassen, den Nebel der Träume, das sinnlose Warten auf etwas, was doch nicht eintreffen würde.

Liebe war nichts für Leute wie sie. Aber ihr war die Gnade widerfahren, von einem Mann mit Amerikaerbe erwählt zu werden, der den Willen hatte, Großes zu vollbringen.

Sie würde ihn dazu bringen, ein Haus zu bauen mit Verzierungen am Dachfirst und farbigem Glas in der Veranda wie auf Reinsnes. Sie wollte eine samtbezogene Chaiselongue mit Troddeln an den Armlehnen. Und Bücherschränke mit Glas in den Türen!

Vielleicht würde sie sich sogar einmal ein Dienstmädchen leisten können!

Solche Gedanken machten aus Olines Begräbnis unter Hannas Leitung ein besonderes Ereignis.

Sie saßen in der Kirche, und Hanna zuckte zusammen, als der Pfarrer über die Gabe des Menschen sprach, seinen Platz auf der Welt zu finden. Wie Oline. Ohne Bosheit und Haß.

Da verstand Hanna, wie Haß entstand. Er kam, wenn die, die nie einen Finger gerührt hatten, alles bekamen, und solche wie sie dazu verurteilt waren, sie zu beneiden.

Anschließend verstand sie auch sich selbst. Sie war wohl nicht eigentlich boshaft. Und es war auch nicht wegen dieses dummen

Wortes. Liebe. Weit gefehlt. Es bedeutete ihr nichts. Es war nur der Neid, wie es der Pfarrer ausdrückte.

Hätte sie das Recht gehabt, sich Grønelv zu nennen, dann hätte sie diesen Neid nicht gekannt. Dann hätte sie es nicht nötig gehabt, sich von einem Fischer oder von einem Dampfschiffsexpedienten auserwählen zu lassen. Sie hätte sich einfach hinsetzen können und ihr Gefühl befragen können, was Liebe sei. Wie ein Fräulein aus der Stadt.

Aber der Haß war schlimmer als der Neid. Haß mußte gezügelt werden. Sonst lähmte er einen. Zum Neid konnte sich ein Unglücklicher bekennen, ohne in der Hölle zu brennen.

In der vorderen Kirchenbank saß Benjamin. Sie sah ihn wie durch Nebel. Oline hatte ihn irgendwie mitgenommen.

Am Abend des Begräbnistages kam er in die Küche, um ihnen allen zu danken. Stine, den Mädchen und ihr.

Sie verschwand durch die Tür des Windfangs, ehe sie an der Reihe war. Er ging ihr nicht hinterher.

Erst als sie wieder in Strandstedet war, konnte sie um all das weinen, was ihr Oline wert gewesen war.

14

Am letzten Donnerstag im August hatte Anna einen Kajütenplatz nach Bergen und von dort weiter nach Kopenhagen.

Aber da war diese Trauer auf Reinsnes. Da war die kleine Karna. Und Benjamin. Er sagte fast gar nichts. Es war, als wäre Oline seine Mutter gewesen.

Anna hatte keine Erfahrung mit Trauer. Kein ihr Nahestehender war bisher gestorben. Jetzt erwachte sie nachts davon, daß er bei ihr eintrat und sich an sie klammerte ohne einen anderen Grund, als ihr nahe sein zu wollen.

Eine Nacht war er anscheinend auf dem Schlachtfeld bei Düppel gewesen. In der nächsten rief er nach einem, der Leo hieß.

Anna hatte noch nie das Gefühl gehabt, daß jemand sie brauchte. Man hatte immer nur von ihr verlangt, daß sie sich korrekt benahm. In ihrem Leben hatte sie wenige, aber wohlüberlegte Entscheidungen getroffen.

Nachdem sie die Liebe so lange hatte entbehren müssen, ging es ihr auf, daß sie dort sein mußte, wo sie rein physisch anzutreffen war. Und das war nicht bei den Hochzeitsvorbereitungen ihrer Mutter in Kopenhagen.

Es war ja auch erst August und noch eine Weile hin bis zu den Herbststürmen. Wer in Nordnorwegen unterwegs ist, meidet die Stürme. Das hatte sie jedenfalls gehört.

Aber Benjamin meinte, sie solle reisen, damit ihre Mutter nicht der Schlag treffe oder, was fast genauso schlimm wäre, damit sie ihn nicht mit ihrem Haß belege, weil er Anna zurückgehalten habe. Er erinnerte sie daran, es sei schon schlimm genug, wenn er ihren Eltern erzählen müsse, daß er bisher nicht einmal die Approbation erhalten habe.

»Aber du hast doch Widerspruch eingelegt. Das geht in Ordnung, du wirst schon sehen.«

»Ich bin nicht so optimistisch. Aber ich hoffe.«

Seine Stimme war eher düster als hoffnungsvoll.

Anna fühlte sich zurückgewiesen, packte aber trotzdem das Notwendigste.

In der Nacht vor ihrer Abreise schliefen sie beide nicht. Sie gingen am Ufer spazieren.

Annas Haar kräuselte sich im Morgentau, und ihr nasser Rocksaum klatschte an ihre Beine.

Als machte sie einen Bußgang, zog sie die Schuhe aus und ging durch den schneidenden Muschelsand und das spitze Riedgras, ohne sich etwas anmerken zu lassen.

Nach der Wanderung schliefen sie im Saal miteinander, als wäre das ihre letzte Nacht. Und als das Morgenlicht sie von einem Himmel erreichte, der ebenso grau war wie die Monate, die sie voneinander getrennt sein würden, weinten sie beide.

Er ruderte sie durch einen sonnendurchfluteten Regenschauer hinaus zum Dampfschiff.

Sie wollte gerade sagen, daß sie so etwas noch nie gesehen hatte, aber ihre Unterlippe begann zu zittern.

Als sie den schwarzen Schiffsrumpf erreicht hatten, sagte er, ohne daß er sie anzusehen wagte: »Ich komme ja nach, wenn es Frühling wird. Dann heiraten wir. Der Winter vergeht schnell, weißt du?«

Der Matrose hatte ihnen zugerufen, daß es an diesem Tag keine Güter gebe, und wollte gerade die Strickleiter herablassen.

Da verwandelten sich ihre Züge in eine Maske der Entschlossenheit. Sie rief in einer Art Norwegisch mit dänischem Tonfall zu ihm hoch: »Ich habe es mir anders überlegt. Ich fahre heute nicht!«

Der Matrose legte die Hand wie einen Trichter ans Ohr und beugte sich über die Reling. Da wiederholte sie die Worte noch einmal sehr laut.

So einfach war das. In aller Öffentlichkeit Bescheid zu geben.

Er sagte nichts dazu. Was hätte das auch genützt? Statt dessen machte er mit dem Boot kehrt, so daß der Bug wieder Richtung Land zeigte.

Immer noch wagte er nicht, sie anzusehen. Ruderte einfach nur langsam, um ihr Zeit zu geben, falls sie es sich wieder anders überlegen sollte.

Aber sie fing an zu lachen. Lachte, daß ihr die Tränen über die Wangen liefen und es von allen Bergen widerhallte. Und als sie damit fertig war, begann sie zu singen. Kirchen- und Bänkellieder abwechselnd.

Er stützte sich auf die Riemen und schaute sie endlich an.

Es war nicht leicht, aus ihr schlau zu werden. Aber eines war auf jeden Fall sicher: Sie war viel, viel mehr, als er in Kopenhagen kennengelernt hatte.

»Ich bin verzaubert. Ich will es bleiben«, sang sie zwischen zwei Strophen zur Ehre Gottes.

Eine große Ruhe überkam ihn. Er konnte sich nicht daran erinnern, sich jemals so geborgen gefühlt zu haben.

Am Abend erklangen muntere Melodien auf Dinas Piano. Anna spielte Karna alle Kinderlieder vor, die sie kannte, und sang dazu. Weihnachts-, Oster- und Pfingstlieder und Lieder, die an Mittsommer gesungen wurden. Ab und zu sang sie gespielt drohend, hob gleichzeitig ihre Hände von den Tasten und piekste das Kind mit dem Zeigefinger. »Aber du fällst nicht um, fidibum, fidibum. Nicht heute und nicht da, falleri, fallera.«

Karna schaute sie mit großen Augen an und schüttelte nur noch den Kopf.

Eines Morgens, sie lagen noch im Himmelbett, sagte er: »Wir können so nicht weiterleben. Du könntest schwanger werden. Der Propst müßte uns doch eigentlich in aller Stille trauen können. Also, einfach so, eine vorläufige Trauung natürlich, damit deine Mutter nicht der Schlag trifft ...«

»Mama hat schon so oft der Schlag getroffen, und sie ist schon so oft auferstanden. Sie weiß, wie wir leben. Ich hatte einfach nicht die Kraft, dir ihren letzten Brief zu zeigen.«

Es hatte nicht den Anschein, als hätte ihr das Seelenqualen bereitet.

Benjamin und Anna suchten den Propst auf und trugen ihm ihren Wunsch vor, so bald wie möglich im stillen getraut zu werden.

Der Propst war mit ihnen der Meinung, das sei, wie die Dinge lägen, eine vernünftige Lösung. All die Zeit, in der die junge Anna, aus welchen Gründen auch immer, nicht mit dem Dampfschiff nach Kopenhagen abgefahren sei. Und für ihre Verwandten sei es ausgeschlossen, den ganzen Weg nach Nordnorwegen zurückzulegen, das verstehe er.

Was das Aufgebot angehe, das müsse im Pfarrbezirk bestellt werden, in dem sich die Frau aufhalte. Aber Fräulein Anna würde doch bleiben? Sie habe doch ihre Urkunden dabei?

Anna nickte.

Dann gehe das. Drei Wochen könnten sie wohl noch warten?

Benjamin und Anna sahen sich schnell an und erröteten unter seinem Blick. Benjamin räusperte sich und merkte, daß man von ihm eine Antwort erwartete.

»Drei Wochen? Nun gut.«

Drei Wochen später kam der Propst nach Reinsnes. Als käme er mit seinem Koffer nur zufällig vorbei. Aber in diesem hatte er Talar, Beffchen und Bibel.

Anders, aus Bergen zurück, war der einzige, der informiert war. Es hieß, daß sie eine Segelpartie auf dem Andfjord machen würden. Weder die Hausangestellten noch die Mannschaft wußten, worum es ging.

Der Propst und Anders einigten sich darauf, daß man den Andfjord als Ort für eine Trauung anerkennen könne, obwohl sie beide Bedenken hatten. Was weder der Propst noch der Schiffer ganz genau wußten, damit mußte Gott ein Nachsehen haben.

Plötzlich, weit draußen im grauen Nebel des Meeres, gab Anders

Order zum Segeleinholen. Ohne weitere Umschweife und auf die Gefahr hin, vom Bischof einen Verweis zu erhalten, traute der Propst sie in der Kajüte.

Anders, der junge Rudergänger und die neue Köchin, die sie eben auf der Insel Andøya abgeholt hatten, waren Trauzeugen.

Auf dem Weg zurück blies ein frischer Wind. Die Braut übergab sich beim Kreuzen über den Andfjord, und der Propst dachte still bei sich, daß es für den jungen Doktor und Fräulein Anna wirklich höchste Zeit gewesen sei. Unser Herrgott möge ihm vergeben, daß er dem Wunsch nach Eile nachgegeben und sie nicht gezwungen hatte, dem ganzen Ritual in kirchlichem Anstand zu folgen.

Aber er achtete darauf, dem Brautpaar dreimal den Segen zu erteilen. Und er hielt eine schöne Rede, die überwiegend vom Bräutigam handelte, weil er den am besten kannte. Als Ausgleich ermahnte er den Mann, einem Stadtmädchen gegenüber, das sich so weit nördlich von der Zivilisation aufhalte, die richtige Geisteshaltung an den Tag zu legen. Es sei durchaus denkbar, daß sie sich schon im ersten Winter nach Hause sehnen würde, warnte er Benjamin und schloß mit einem vierten Segen. Nur für die Braut.

Sie brachten den Propst nach Hause und waren erst wieder gegen Mitternacht in der Bucht von Reinsnes. Da riß sich Anders seine Mütze vom Kopf, setzte das Sprachrohr vor den Mund und erklärte mit gebieterischer Stimme Richtung Land: »Ich habe die Ehre, die Ankunft von Doktor Benjamin Grønelv und Frau Anna Grønelv, geborene Anger, mitzuteilen. Sie steigen jetzt in das Beiboot. Die Flagge wird sofort gehißt! Der Punsch wird im Eßzimmer serviert, damit auch für alle Platz ist.«

Diejenigen, die bereits geschlafen hatten, verstanden die Reichweite dieser Mitteilung erst nicht ganz. Aber als Anders sie ein drittes Mal wiederholt hatte, stieg aus dem Schornstein über der Küche Rauch auf.

Die junge Bergljot, die in kurzer Zeit die gesamte Verantwortung für Küche und Haus übernommen hatte, sprang in ihre Kleider und feuerte den Herd an, um den Punsch warm zu machen.

So kam es, daß alle Frauen auf Reinsnes mit offenem Haar und eilig übergeworfenen Kleidern zur Hochzeitsfeier erschienen, die Männer unrasiert und ungekämmt und mit offenem Hemd.

Obwohl es bereits nach Mitternacht war und ziemlich dämmrig, wurde die Flagge gehißt. In dem böigen Wind schlug sie ungestüm gegen die Fahnenstange.

Die erste Verwirrung hatte sich gelegt, und jetzt kam einer nach dem anderen, um ihnen die Hand zu geben und zu gratulieren. Schüchtern und ohne richtig zu wissen, wie sie sich bei einer solchen Hochzeit benehmen sollten. Nach und nach verbesserte sich die Stimmung, und die Punschschüssel wurde bis zum letzten Tropfen geleert.

Um zwei Uhr nachts erklärte der Bräutigam, er sei so hungrig, daß er in den Stall gehen und einen Ochsen lebend verzehren könne. Die neue Köchin mußte ihre Tüchtigkeit bereits unter Beweis stellen, ehe sie noch eine einzige Nacht in Olines Bett geschlafen hatte.

Um vier Uhr war die Küche wieder aufgeräumt, und alle fanden zu ihren Betten.

Im Nebenhaus war es still, aber Tomas und Stine waren wach. Sie saßen am Küchentisch. In einer solchen Nacht konnte man sich nicht einfach wieder hinlegen.

»Also hat er doch das Mädchen aus der Stadt genommen«, sagte Tomas und gähnte.

»Ja, hoffentlich wird das ein Segen für Reinsnes und Karna ...«

»Hast du Zweifel?«

»Nein, um Gottes willen! Man muß sie schon mögen, auch wenn sie nicht gerade eine gute Hausfrau ist.«

»Dina war auch keine gute Hausfrau«, sagte er trocken.

»Nein, aber sie war alles andere. Und sie holte die richtigen Leute an den richtigen Platz zum Besten für alle.«

Das Tischtuch hatte eine Falte, die unbedingt geglättet werden mußte. Sie hob es an, zog und glättete.

»Ich habe darüber nachgedacht«, sagte sie nach einer Weile.

Er wandte sich ihr ganz zu und dachte schon, daß er noch mehr über Dina hören würde.

»Du weißt, daß ich dieses Geld habe ... das Erbe von Niels. Das Dina auf der Bank eingezahlt hat. Es ist nun so, daß es in all diesen Jahren viel mehr geworden ist.«

»Viel ist es aber nicht, oder?«

»Ich habe der Hanna ab und zu was gegeben. Sie hat es gebraucht.«

»Dem Mädchen steht das Geld ihres Vaters ja zu, auch wenn er kein richtiger Vater war.«

»Ja, aber das, was übrig ist ... Tomas. Ich will, daß wir nach Amerika auswandern!«

»Bist du verrückt?«

»Wir nehmen Hanna und den Jungen mit, denn für die Hanna gibt es hier auf Reinsnes keine Zukunft.«

»Amerika!«

»Du hast es doch selbst oft genug gesagt. Besonders in letzter Zeit, als du versucht hast, mit diesen Klippfischfelsen Gewinn zu machen. ›Wir lassen das alles sein und fahren nach Amerika!‹ hast du gesagt.«

»Ja, es sagen, ist eine Sache, aber es tun ...«

»Wir tun es! Ehe wir zu alt sind. Warum sollen wir hier auf Reinsnes bleiben und mit ansehen, wie alles nur verkommt und zusammenfällt, und das Leben vergeht, während wir uns sinnlos abrackern?«

Ihm blieb der Mund offen stehen. Sie hatte anscheinend gründlich darüber nachgedacht, bevor sie ihr Herz öffnete.

Natürlich hatte er geträumt und fabuliert. Daß Stine Geld auf dem Sparbuch hatte, das hatte er auch gewußt. Aber nicht, daß es so viel war, um mit drei Erwachsenen und einem Kind nach Amerika zu fahren.

Er sagte es ihr. Und sie antwortete wahrheitsgemäß, daß er sie nie gefragt hatte.

»Und die Sara und der Ole?«

Sie zögerte etwas.

»Die können nachkommen, wenn wir Land gekauft haben. Wenn sie wollen.«

»Sara ist doch zu jung, um allein hier zu bleiben.«

»Sie kommen schon zurecht. Sie trauern nicht wie Hanna. Ich habe das gesehen, als sie kam, um die Beerdigung vorzubereiten. Sie muß ganz einfach fort.«

»Glaubst du, daß sie sich in der Prärie niederlassen will, um die Erde umzugraben? Ihr gefällt es in Strandstedet.«

»Wir werden sehen.«

Nach dieser Nacht hatten die beiden ein großes Geheimnis. Steckten die Köpfe zusammen und rechneten und überlegten. Was sie besaßen und was sie verkaufen konnten. Was sie mitnehmen mußten. Wen sie fragen mußten, um einigermaßen preiswert in den Süden des Landes zu kommen. Sie konnten mit Anders nach Bergen fahren. Diese Spannung war etwas Neues zwischen den beiden.

Sie schrieben Briefe und schmiedeten Pläne. Tomas hatte einen entfernten Verwandten, der bereits ausgewandert war. Er ruderte zu seinem Bruder und bekam die Adresse. Alles ging sehr langsam. Trotzdem wurde es entschieden.

Aber Hanna, die von ihrer Trauer erlöst werden sollte, wollte überhaupt nicht mit. Glaubte nicht an solche Abenteuer. Sie habe andere Pläne, über die sie nicht sprechen wolle.

Außerdem hatte sie gehört, daß Leute auf der Überfahrt krank wurden. Daß sie ihre Zähne verloren, Ausschlag bekamen, starben, über Bord geworfen und von Haien und anderen Ungeheuern gefressen wurden.

Um keinen Preis wollte sie mit.

Aber das Geld, das gehörte Stine, nicht ihr, also sollten sie nur fahren, wenn sie wirklich so etwas Verrücktes tun wollten. Doch sie müßten auch Ole und Sara mitnehmen. Denn Sara brauchte sie. Weil sie doch diesen Fuß hatte.

Stine und Tomas sahen alle ihre Reiseträume auf den Kopf gestellt an jenem elenden Nachmittag, als sie in Strandstedet waren, um mit Hanna zu reden. Mit hängenden Köpfen, wie zwei Kinder, die man gescholten hat, ruderten sie nach Hause.

Als sie den Landeplatz fast erreicht hatten, spuckte Tomas in die Fäuste und schaute übers Meer.

»Jetzt hat es ein Ende damit, sich auf dem Boden von anderen abzurackern, auch wenn es Benjamins ist. Die Kinder können sagen, was sie wollen, aber du und ich, Stine, wir fahren!«

Sie löste ein wenig ihr Umschlagtuch, dann sagte sie mit einer frohen Jungmädchenstimme: »Ja, Tomas, wir fahren!«

15

Oline war nie mehr in der Küche. Morgens, wenn Karna erwachte, dachte sie immer, heute sitzt sie wohl da.

Aber das geschah nie.

Also mußte sie selbst auf Olines Hocker sitzen und Oline sein. Das war nicht leicht. Es saß ihr wie ein Kloß im Hals. Schnürte ihr die Brust zusammen.

Niemand sah, daß sie Socken brauchte und einen Butterkringel. Denn sie hatten Oline in einen Sarg gelegt und sie in der Erde begraben, drinnen in Strandstedet.

Die Küche war nichts. Sie schrumpfte um sie herum zusammen und wurde viel zu eng. Oder sie reichte bis auf den Hof, so daß es drinnen ebenso kalt war wie draußen.

Auf den Speicher konnte sie auch nicht, weil Papa noch nicht aufgestanden war. Sie wagte nicht, ihn zu früh zu wecken.

Sie glaubte, das war so, weil er die andere Hanna hatte.

Eine Zeitlang durfte sie ab und zu bei ihm schlafen. Aber eines Abends sagte er: »Nein. Nun ist Schluß. Karna soll in ihrem Zimmer schlafen.«

Die andere Hanna stand in der Ecke beim Wandschirm. Jetzt winkte sie Papa zu sich und tuschelte etwas.

»Nein!« sagte Papa fast wütend.

»Sie ist doch noch so klein und …« sagte die andere Hanna.

»Nein!« sagte Papa noch einmal und führte sie hinunter in ihre Kammer.

Erst überlegte sie, ob sie weinen sollte. Aber statt dessen sagte sie: »Du magst die andere Hanna mehr als mich?«

»Was sagst du? Die andere Hanna?«

»Die da oben. Ich weiß es wohl.«

Dann weinte sie trotzdem.

Er trug sie die letzten Treppenstufen, durch den Gang und die Anrichte und in ihre Kammer. Er pustete ihr in den Nacken und buhte ihr ins Ohr, bis sie lachte.

Aber als er sie zugedeckt hatte, sagte er ernst: »Sie heißt nicht ›die andere Hanna‹, und das weißt du sehr gut. Sie heißt Anna! Verstehst du?«

Ihr blieb nichts anderes übrig, als zu nicken, denn er war so ernst. Trotzdem gab er nicht auf.

»Sag Anna!« sagte er befehlend.

»Anna ...«

»Noch einmal!«

»Anna!« sagte sie zornig.

Dann sagte er das, was sie die ganze Zeit hören wollte:

»Aber du allein bist Papas Karna.«

»Dann kann doch die ... Anna hier in der Kammer schlafen und ich oben«, erdreistete sie sich.

»Nein. Anna ist meine Frau und muß bei mir schlafen.«

»Warum das?«

»Der Propst hat das gesagt.«

»Das glaube ich nicht.«

»Frag ihn, wenn er das nächste Mal kommt!«

Er war so energisch, daß sie verstand, daß es wahr sein mußte.

»Aber wen habe ich dann«, schniefte sie.

»Du findest schon einen Mann, wenn du groß bist.«

»Aber bis dahin ist es noch ewig lang. Und dann muß ich bis dahin ganz allein hier in der Kammer schlafen ...«

»Du kannst die Tür zur Küche auflassen.«

Sie schüttelte den Kopf.

»Das kann sie tun, die andere Hanna!«

»Anna!« sagte er.

»Die Anna!«

»Noch einmal!«

»Anna, Anna, Anna!« rief sie und versteckte sich unter seinem Arm.

Isak kam nach Reinsnes. Das kam daher, weil Hanna so beschäftigt war, da sie einen, der Olaisen hieß, heiraten wollte.

Isak sah nicht aus, als würde er trauern. Er half dem Knecht und Tomas bei der Kartoffelernte.

»Hier gibt es dieses Jahr viele Kartoffeln, Großvater«, sagte er und warf sich ins Kreuz – genau wie Tomas.

Karna erntete ebenfalls Kartoffeln. Aber nicht so schnell wie Isak. Außerdem wurden ihre Hände so kalt, daß sie sie nacheinander im Mund wärmen mußte.

»Warum bist du Isaks Großvater und nicht meiner?« fragte sie und versuchte, die Erde aus dem Mund zu bekommen, weil sie zwischen den Zähnen knirschte.

Sie schaute Tomas an und fand, daß er seltsam aussah. Schief.

»Ich bin wohl ein ebensoguter Großvater für euch beide«, sagte er schließlich.

Danach las er die Kartoffeln ganz schnell auf. Er lag weit vor ihnen.

Abends stellte sie Papa dieselbe Frage. Er stimmte Tomas zu, er könne wirklich gut Großvater für sie beide sein. Aber da war etwas mit seiner Stimme, besonders, als er sagte: »Hat dir jemand erzählt, daß Tomas dein Großvater ist?«

»Nein«, sagte sie. »Ich habe mit ihm darüber geredet. Denn ich kann den Tomas genausogut brauchen wie der Isak!«

Aber sie verstand, daß sie dieses Wort nicht sagen sollte: Großvater.

Statt dessen fing sie damit an, sich an Sara zu halten. Sie hinkte, konnte aber trotzdem lesen. Im Kontor hinter dem Laden schrieb sie in dicke Geschäftsbücher. Manchmal durfte Karna dabeisein, wenn sie für Leute, die vorbeikamen und denen irgend etwas fehlte, noch vorhandene Waren hervorsuchte.

Anders sagte immer: »Sara ist ein kluger kleiner Mensch.«

Sara antwortete immer ganz direkt, wenn sie sie nach etwas fragte. Und wenn Karna unglücklich war, dann merkte sie es und ließ sich etwas einfallen, das alles wieder gut machen konnte.

Sie hatte auf dem Rücken einen dicken Zopf. Wenn sie das Haar offen trug und still auf einem Stuhl saß, dann glich sie dem Bild einer Trollfrau aus dem Märchenbuch. Aber wenn sie aufstand und über den Fußboden hinkte, dann war sie wieder sie selbst.

Sie versuchte auch, sich mehr an Ole zu halten. Er hatte noch röteres Haar als sie und als Tomas.

Aber er war so selten zu Hause. Und wenn er dann einmal da war, redete er nur davon, wieder wegzufahren. Auf die Lofoten oder in die Finnmark. Plötzlich kam dann ein Boot und holte ihn.

Wenn er heimkam, hatte er immer gekaufte Kringel dabei, die zerbröckelt waren. Oder riesige Fische mit Bart unterm Kinn.

Ole und seine Fische rochen genau gleich.

Großmutter war auf dem Speicher. Aber es war nicht immer gleich lustig mit ihr. Einige Male mußte Karna selbst darauf kommen, was sie tun sollten. Oder Großmutter weigerte sich, ihr mit den Kisten und Koffern zu helfen.

Einmal, als sie mit dem Kleid nach oben kam, wollte Großmutter es nicht anziehen. Sie legte ihre Puppe in ihren alten Wagen und fuhr im Dunkeln im Kreis und tat so, als merkte sie nicht, daß Großmutter schlechte Laune hatte.

Als das nicht half, setzte sie sich hin und redete mit ihr.

»Du solltest jetzt wirklich das Kleid anziehen, Großmutter.«

Es blieb still. Einmal abgesehen von allen Geräuschen, die durch die Luke heraufkamen.

Sie hörte, daß Anna unten Klavier spielte. Schnell. Als wäre sie froh.

Im Balken über ihrem Kopf waren viele große Haken. An ihnen hingen mehrere alte Lampen. Das Glas war ganz grau. Sie konnte nicht sehen, ob ein Docht darin war, so grau war das Glas.

Bei bestimmten Tönen, die Anna anschlug, sang das Glas. Das war seltsam. Sie mußte bei diesem Laut fast weinen.

»Du kannst das Kleid ruhig anziehen, damit ich auch jemanden habe«, versuchte sie es noch einmal.

Endlich bewegte sich das Kleid. Beulte sich aus. Stand auf. Es raschelte. Die Armreifen sangen für sie.

»Die Oline ist nicht mehr in der Küche«, sagte sie schnell.

Aber Großmutter antwortete nicht.

»Du sollst antworten, wenn ich mit dir rede«, sagte sie streng.

Das half nicht.

»Ich weiß nicht, wen ich dann haben soll!«

Die Lampengläser machten wieder diesen Laut. Nur ganz leise.

Da stand Großmutter auf und hob die Arme über den Kopf. Ein leichter Windzug war zu spüren. Die Spinnweben über der schiefen Kommode in der Ecke begannen zu schaukeln.

»Komm!« flüsterte Großmutter.

Karna stand auf und hielt sich an Großmutters Rocksaum fest. Da spürte sie es ganz deutlich. Großmutter tanzte mit ihr im Kreis.

»Du willst heute nicht mit mir reden, Großmutter?« flüsterte sie.

»Pst!« sagte Großmutter und schwang sie herum.

Sie mußte einfach nachgeben. Das war auch gut so. Sich drehen und drehen. Bis sie nicht mehr konnte und Großmutter sie auf ihren Schoß nehmen mußte.

Einige Male wußte sie nicht, wohin. Und zwar, wenn sie an Oline dachte.

Die Heckenrosen hatten zu klagen begonnen. Sie schrappten mit ihren Dornen und vertrockneten Zweigen am Kammerfenster. Das war nur ein Mißton. Zu nahe, um wirklich groß sein zu können. Zu spitz. Wie eine Plage.

Trotzdem waren sie von gleicher Art, der Rosenbusch und der Gesang des Meeres. Der große Gesang fegte den Schnee von den Zweigen und trieb sie knisternd gegen die Scheibe. Einige Blätter waren zusammengerollt und starr, hingen aber trotzdem noch zwischen den rotbraunen Rosenbüscheln.

So war es nicht immer gewesen. Ehe der Schnee gekommen war, waren sie im Licht rot und weich gewesen. Wie Haut. Oder im Regen rot und schwer. Das war lange her.

Das war, als Anna ihre Finger auf die schwarzen und weißen Tasten legte und lachte, wenn sie sie zum Klingen brachte.

Papa war fast immer froh. Vermutlich weil Anna nicht mit dem Dampfschiff abreisen würde.

Als Karna sie fragte, was da draußen auf der »Svanen« eigentlich passiert war, als sie geheiratet hatten, sahen sie sich nur an und lachten.

Das gefiel ihr nicht.

Dann nahm Papa sie auf den Schoß und sagte, daß Anna ihre neue Mama sein sollte, weil die tote Karna nicht ihre Mama sein konnte.

Da sagte sie es ihnen gerade heraus.

»Wir haben doch die richtige Hanna.«

Papa wurde wütend.

Sie verstand, daß da zwei Worte waren, die man nicht sagen sollte. Großvater und Hanna. Jedesmal, wenn sie an diese Worte dachte, sah sie das Bild der erfrorenen Heckenrosen vor ihrem Fenster.

Der Frost war wie Dunkelheit und Nacht. Plötzlich war er da. Wo er wohl herkam?

16

Benjamin und Anna wurden auf den Pfarrhof eingeladen und bewirtet. Nach der Mahlzeit begann der Propst davon zu sprechen, wie unmöglich die Stellung der Schulkommission in der Gemeinde sei. Der Schulinspektor sei unfähig und nie da, wenn es um etwas Wichtiges gehe. Er habe gerade schriftlich darum gebeten, im Herbst von seinem Amt entbunden zu werden, da er Kartoffeln ernten müsse und auch noch einiges andere zu tun habe.

Mit einem solchen Inspektor sei es unvermeidlich, daß Kinder die Schule versäumten. Und das Bußgeld, das den Eltern dafür auferlegt würde, lasse sich kaum eintreiben.

»Was die Armen angeht, da hat der Kaiser sein Recht verloren«, sagte der Propst mutlos.

Jetzt wollte er wissen, ob Benjamin sich vorstellen könne, Lars Larsen in diesem Amt abzulösen. Junge Leute seien gefragt, die wüßten, was Buchgelehrsamkeit wert sei, aber gleichzeitig auch verstünden, unter welch miserablen Bedingungen die Armen lebten. Er als Doktor sei genau der Richtige.

Benjamin war überrascht und geschmeichelt. Trotzdem schüttelte er den Kopf und bat den Propst, ihm zu verzeihen, aber er glaube nicht, daß er zu so etwas tauge. Wäre es hingegen darum gegangen, ob er Mitglied der Gesundheitskommission werden wolle, dann hätte er sich kompetenter gefühlt.

»In der Gesundheitskommission haben wir unseren guten Distriktsarzt, aber als Inspektor fehlt uns jemand wie Sie.«

Der Propst versuchte vergeblich, ihn zu überreden, sprach dann aber trotzdem weiter über sein Herzensanliegen, die Bildung der heranwachsenden Generation. Es sei nicht das Bußgeld, was ihn bekümmere, sondern daß die Kinder nicht den Unterricht erhielten, der ihnen laut Gesetz zustehe.

Anna fragte, warum die Eltern ihre Kinder nicht in die Schule schickten.

»Es gibt zwei triftige Gründe. Der eine ist Krankheit, besonders Krankheiten ansteckender Art, wie der Doktor weiß, der andere ist das Wetter. Aber die Leute wollen ihre Kinder zu Hause behalten, damit sie arbeiten können, in der Landwirtschaft, beim Fischfang oder auch sonst, wenn Bedarf ist. Einige sind so arm, daß sie nicht einmal Essen und Kleider haben, um ihre Kinder überhaupt zur Schule schicken zu können. Sie sind aber zu stolz, um den Armenausschuß um Hilfe zu bitten. Da ist es leichter, einfach zu sagen, daß die Kinder krank sind. Und dann gibt es natürlich auch Pflegeeltern, die die armen Kinder nur zur Arbeit ausnutzen und daher alle möglichen Lügen erfinden, um die billigen Arbeitskräfte zu behalten. Gleichzeitig bleibt es ihnen erspart, sie für die Schule einzukleiden.«

»Aber können Sie denn überhaupt nichts tun?« fragte Anna.

»Wir haben fünf Kinder zur Zwangsschule in Strandstedet einberufen, weil sie dieses Jahr noch keinen einzigen Tag erschienen sind. Das Problem ist nur, daß wir trotz zweier Stellenanzeigen keinen Lehrer haben. Eine Ursache ist wohl der Lohn. Das will die Gemeindeversammlung nicht einsehen, leider. Aber hier in der Gemeinde gibt es auch nicht so viele, die eine solche Stelle übernehmen könnten. Die Kinder, die in die Zwangsschule kommen, sind oft schwierig.«

Anna fragte, was gefordert sei.

»Glücklicherweise nicht die Lappensprache, aber gute Kenntnisse in Religion, Lesen, Schreiben und Rechnen. Und Autorität. Daran mangelt es oft. Die Lehrer sind schneller mit der Rute bei der Hand als mit angeborener Autorität.«

»Schade, daß ich nicht richtig Norwegisch kann«, sagte Anna.

Die Frau des Propstes machte nur wenige Worte und mischte sich selten in die Unterhaltungen ihres Mannes ein. Jetzt wurde sie munter.

»Fühlt Frau Grønelv die Berufung zum Unterrichten?«

»Ich weiß nicht, ob ich so große Worte gebrauchen würde. Aber es wäre vielleicht ganz lustig, es einmal zu versuchen. Mein Vater hat dafür gesorgt, daß ich eine gute Ausbildung habe, wenn ich einmal so unbescheiden sein darf. Aber die ist natürlich aus Kopenhagen und taugt hier oben vermutlich nichts?« sagte sie und warf Benjamin einen verstohlenen Blick zu.

Er sah sie warnend an. Ein Blick, der sagen sollte: Nein, der Propst weiß nicht, daß ich keine Approbation habe.

»Aber Frau Grønelv hat doch wohl mehr als genug damit zu tun, ihr großes Haus zu bestellen?« meinte die Frau des Propstes.

Anna errötete und fühlte sich etwas unbehaglich.

»Dort geht alles seinen Gang, wir haben gute Leute«, sagte Benjamin schnell.

Er hatte bisher nicht gewußt, daß sich Anna vorstellen konnte, zu unterrichten. Er hatte sie im Verdacht, daß sie es auch selbst nicht gewußt hatte. Aber es gefiel ihm nicht, sie verlegen zu sehen.

Der Propst wurde eifrig, nachdem er begriff, daß er sich geirrt hatte: Er hatte wohl doch keine schwangere Braut getraut.

»Wenn Sie sich vorstellen könnten, etwas so Edles zu tun, dann kann das mit dem Dänischen doch nicht so schlimm sein? Der letzte war finnischer Herkunft und konnte im Grunde Norwegisch weder schreiben noch lesen. Sie sprechen doch ein so schönes Dänisch, Frau Grønelv. Und es geht auch nur um ein paar Wochen vor Weihnachten. Wenn Sie glauben, daß Sie ihnen das Allernotwendigste aus dem norwegischen Katechismus eintrichtern können? Das Rechenbrett ist ja in allen Sprachen der Welt zu verstehen«, meinte er noch mit einem Lächeln.

Zu Benjamins Verwunderung sagte Anna, sie sei überzeugt, daß sie das könne, falls der Propst es wage, sie zu empfehlen.

»Aber du meine Güte«, sagte die Frau des Propstes mild.

Der Propst wollte mit der Schulkommission sprechen. Diese habe keine Wahl. Wie sähe die Alternative für diese Waisen schon aus, die bei Leuten in Pflege seien, die sie nicht aus Christenpflicht aufnähmen, sondern nur, weil sie kostenlose Arbeitskräfte benötigten?

»Aber das wird nicht leicht für Sie!« fügte er noch hinzu.

»Ich freue mich darauf!« sagte Anna.

»Wann darf ich diese verlorene Herde zu Ihnen ins Gemeindehaus treiben?«

»Wenn es paßt.«

»Jetzt machen Sie mich froh. Und Sie, Doktor? Irgendwelche Einwände?«

Benjamin hatte noch keine Zeit gehabt, über irgendwelche Einwände nachzudenken. Er schüttelte lächelnd den Kopf.

»Gut. Ich gebe der Schulkommission Bescheid. Alles soll vorbereitet werden. Was wollte ich noch fragen? Ah ja, haben Sie schon einmal vor Schülern gestanden?«

»Nur Klavierschülern.«

»Klavierschüler! Ja, das ist wahr. Sie sind ja musikalisch. Aber dann müssen Sie auch ein Monochord zur Verfügung haben.«

»Wie viele Kinder sind es?« fragte Anna.

»Fünf. Von zehn bis fünfzehn. Vier Jungen und ein Mädchen.«

»Wäre es nicht besser, den Unterricht auf Reinsnes abzuhalten? Da ist viel Platz. Und ein Klavier. Die Jungen könnten bei den Knechten schlafen und das Mädchen bei den zwei Dienstmädchen im Haupthaus.«

»Meine Liebe, das ist wirklich gastfreundlich von Ihnen. Aber darüber sollten Sie unter vier Augen sprechen. Denn ich weiß nicht einmal, ob die Kinder Krätze oder irgendein anderes Ungeziefer haben.«

»Das werden wir dann schon los«, sagte Benjamin matt. Es war ihm alles etwas zuviel auf einmal.

Aber Anna war offensichtlich fest entschlossen, die Unwissenden in Nordnorwegen zu erlösen. Dann mußte er wohl auch ran. Und ehe sie gingen, hatten der Propst und seine Frau Anna das Du angeboten. Benjamin bemerkte, daß der Propst mit der größten Selbstverständlichkeit »Leb wohl, liebe Anna« sagte.

Kurze Zeit später erhielten sie Bescheid, daß in den ersten beiden Novemberwochen auf Reinsnes Zwangsschule stattfinden sollte. Sie würden Kost und Logis für die fünf Schüler über das hinaus erstattet bekommen, was diese selbst dabeihätten. Es sollte nur einfache Kost serviert werden.

Frau Anna Grønelv, die in ihrer Güte diese Verantwortung auf sich genommen hatte, sollte zwei Speziestaler pro Woche erhalten.

Der Propst würde selbst die Inspektion durchführen und dafür sorgen, daß der Unterricht ordnungsgemäß nach norwegischem Gesetz ablaufe. Er habe sich bereits davon überzeugen können, daß ihre Sprache angenehm verständlich sei und ihre Kenntnisse in den fraglichen Fächern solide und proper seien.

Anna kam, den Brief in der Luft schwenkend, angelaufen und knallte ihn Anders und Benjamin dann auf den Tisch.

Benjamin las vor.

»Das ist wirklich nicht schlecht. Aber ihr wißt doch nicht, was das für Gesindel ist?« sagte Anders.

»Zwei von ihnen habe ich bereits zur gründlichen Entlausung geschickt«, meinte Benjamin mit einem leisen Lachen und sah Anna neckend an.

»Es geht nur darum, daß sie uns nicht die Haare vom Kopf essen«, war Anders' nächste Sorge.

»Sie haben doch Essen von zu Hause mit«, wandte Anna ein.

»Wenn ich Bergljot richtig kenne, so kommt es nicht dazu, daß sie nur verschimmeltes Brot aus einem mitgebrachten Korb essen«, sagte Anders.

»Aber ich bekomme vier Speziestaler als Lohn und außerdem Geld für Essen. Und dann dauert es auch nur zwei Wochen!«

»Eben, eben!« murmelte Anders und wußte nicht, was er noch hätte sagen sollen. Für ihn war Anna die einzige Person auf Reinsnes, an der nichts auszusetzen war. Und es machte ihm Spaß, dem meisten, was sie sagte, zuzustimmen.

Sara half Anna dabei, für die fremden Jungen, die in dem Knechtehaus schliefen, Unterricht zu halten. Und für das Mädchen, das nie jemanden ansah, nie etwas sagte und nur knickste. Sie hatte so viele Löcher in ihren Strümpfen, daß Stine ihr ein neues Paar strickte.

Sie seien in der Zwangsschule, sagten sie. Karna durfte auch in die Zwangsschule gehen, wenn sie stillsitzen konnte. Sie saßen im größten Zimmer im Gesindehaus, und der Ofen brummte, während Anna den Fremden die Aufgaben abhörte, erzählte, sang oder vorlas.

Sie sprach so langsam und deutlich, daß man hätte einschlafen können. Aber plötzlich passierte etwas in der Erzählung, man durfte sich also nichts entgehen lassen.

Karna hörte zu, als Sara und Anna den nächsten Schultag besprachen. Anna mußte sich an die norwegischen Worte in den Büchern gewöhnen.

»Du lernst mühelos!« sagte Sara.

Da lächelten Papa und Anders, und Sara fing an, von Mathilde zu reden, die nie etwas sagte.

»Ich glaube nicht, daß sie lesen kann«, sagte Anna traurig.

»Doch, sie liest jeden Tag. Ich habe sie gesehen und gehört, wenn ich im Gesindehaus war. Niemand liest so viel und ist so fleißig wie sie.«

»Aber warum sagt sie dann nichts, wenn ich frage?«

»Du sagst: Sag mir, wie viele Menschen Gott zu Anbeginn erschaffen hat! Aber ich glaube, du mußt sagen: Lies es vor, wie es im Buch steht.«

»Warum das? Sie soll doch nicht vorlesen, sie soll es auswendig können.«

Sara seufzte und schaute hilfesuchend auf Papa und Anders. Aber diese kümmerten sich offensichtlich nicht darum. Machten einfach mit ihren Sachen weiter.

»Sie bekommt Angst, wenn sie etwas erzählen soll. Denn sie findet, daß sie nichts zu sagen hat. Aber wenn du sagst, sie soll einfach das vorlesen, was im Buch steht, dann weiß sie, was sie machen muß.«

Am nächsten Tag sagte Anna zu dem Mädchen: »Steh auf, Mathilde, und lies die Hausaufgabe vor, die du für heute noch einmal aufhattest, die heilige Schöpfungsgeschichte!«

Das Mädchen stand auf, faltete die Hände unterm Kinn und schaute auf die Lampe, die hoch oben an der Decke hing. Dann begann sie zu reden. Es strömte nur so aus ihr heraus, ununterbrochen. Über Gott, Adam und Eva. Karna glaubte nicht, daß der Propst es hätte besser machen können.

Die Stimme des Mädchens war ganz anders, als wenn sie normal redete. Und es dauerte so lang, daß Karna Angst hatte, zwischendurch aufs Klo zu müssen. Es war unheimlich, wie lang eine Hausaufgabe sein konnte.

Das Mädchen schaffte es nicht einmal, Atem zu holen. Sie redete die ganze Zeit und schnappte nach Luft, wenn sie nicht anders konnte. Jetzt fällt sie bald, dachte Karna. Aber sie fiel nicht.

Dann war plötzlich Schluß. Sie sagte Amen, machte einen Knicks und setzte sich wieder.

»Danke, Mathilde, ich habe noch nie eine so gut gelernte Hausaufgabe gehört!« sagte Anna. Sie sah gleichzeitig glücklich und erschrocken aus. Mehr erschrocken, glaubte Karna.

Sara und die Jungen hingegen waren so glücklich, daß alle Zähne zu sehen waren. Von einem der größeren Jungen konnte Karna sogar die rote Zunge sehen.

Anschließend sagte Anna immer: »Steh auf und lies deine Hausaufgabe vor.«

An einem Tag fiel Karna mitten in der Zwangsschule, ohne sich vorsehen zu können.

Danach verstand sie, daß sie sie dort nicht mehr haben wollten. Nicht daß sie das gesagt hätten, aber sie sahen sie so seltsam an.

Sie fragte Papa, warum das so sei, und er meinte, daß sie Angst bekämen, weil es so unheimlich aussehe, wenn sie einfach falle, ohne daß die anderen wüßten, warum. Sie solle sich keine Gedanken darüber machen.

Ehe sie wußten, daß sie fiel, hatten sie mit ihr geredet und sie ans Ufer zum Spielen mitgenommen. Aber jetzt glotzten sie sie nur noch an.

Fremde hatten immer etwas seltsam geschaut, wenn sie ihr blaues und ihr braunes Auge bemerkt hatten. Das ließ sich ertragen. Außerdem war sie fast nie ohne Papa unterwegs.

Aber als diese Kinder nach Reinsnes kamen und sie so seltsam anschauten, da wünschte sie sich nur, daß sie wieder fahren würden.

Papa half ihr, fünf Striche auf einen Bogen Papier zu machen. Jeden Tag sollte sie einen durchstreichen, daß sich ein Kreuz ergab. So wußte sie, wie viele Tage übrig waren. Das half ein wenig, aber nicht viel.

Wenn Papa und sie zusammen waren, dann machte es nichts, daß Anna sich so viel um die Fremden kümmerte.

Sie wollte, daß er ihr sagte, er könne nicht ohne sie sein. Jedesmal wünschte sie sich das. Aber er sagte es nie.

Statt dessen sagte er gelegentlich: »Karna! Mein geliebtes Kind!«

Immer in dieser seltsamen Sprache.

Wenn sie ihn fragte, warum er so redete, sagte er: »Hier bei uns gebrauchen die Leute die Worte, um Dinge zu benennen oder um zu erzählen, was sie machen. Wenn ich Dänisch spreche, dann kann ich sagen, was ich fühle und wie es mir geht.«

17

Der Winter war hart gewesen, und der Frühling wollte nicht kommen. Der Schnee blieb einfach liegen. Aber im April hörte das Unwetter auf, und die ersten Frühlingsboten zeigten sich. Es war Annas erster Frühling in Nordnorwegen.

Sie sprach nicht viel darüber, aber ihre Augen waren eine Zeit voller Verzweiflung. Sie wußte, daß zu Hause in Dänemark bereits Frühling war, während sie sich noch in Pelz kleiden mußte.

Eines Tages fand er sie im Garten, die Arme um eine knospende Birke gelegt. Beide, sie und die Birke, standen in meterhohem Schnee. Der Anblick rührte ihn. Aneinandergepreßt standen sie da, während er sie wiegte, so wie er Karna zum Trost wiegte.

»Anna! Anna! Du hast es schwer?«

Sie antwortete nicht.

»Du kannst doch eine Reise nach Kopenhagen machen«, flüsterte er.

Aber sie schüttelte den Kopf, legte ihre Arme um seinen Hals und wandte das Gesicht ab.

Anschließend paßte er mehr auf sie auf. Versuchte, ihr die Tage leichter zu machen. Nahm sie auf die südlichen Inseln mit, an die Mündung des Fjordes, wo kein Schnee lag. Das half, glaubte er. Sie fing wieder an, davon zu reden, daß sie eigentlich Malerin hätte werden müssen, um das Licht zu verewigen.

»Das Licht ist grün in deinem Land. Wie Säulen kommt es aus den Wolken. Schau nur!« sagte sie mit einem Staunen, das ihn rührte.

Eines Nachts Mitte Juni kam die Sommerwärme und schmolz den letzten Schneehaufen hinter der Laube.

Am Morgen entdeckte Anna, daß das Gras unter dem Schnee schon grün gewesen war. Sie kam hereingestürzt, ehe er noch aufgestanden war, und wollte, daß er mit hinauslief, um sich das anzusehen.

Sie stand barfuß auf dem eiskalten, grünen Gras und schluchzte gegen seine Schulter. Er empfand Dankbarkeit. Für Annas Augen, die etwas sahen und sich über etwas freuten, das er nur flüchtig wahrnahm.

Er sah ihn sofort. Den Brief aus Kristiania. Er brannte auf seiner Handfläche.

Anna stand am Tisch und wartete. Er hörte, wie sie Luft holte. Aber sie atmete nicht aus.

Jemand ging draußen über den Kies. Der Eimer fiel in den Brunnen. Wenig später hörte er das Kreischen der Winde und die Kette, die gegen den Eisenbeschlag klirrte. Es dauerte eine Ewigkeit, bis der Eimer an die Brunnenkante knallte.

Er ging durch das Zimmer, um den Brieföffner zu holen, fand ihn aber nicht.

»Anna, wo ist der Brieföffner?« sagte er leise.

»Herrgott, brauchst du wirklich einen Brieföffner?«

Er hörte, daß sie ausgeatmet hatte, ohne daß ihm das aufgefallen war.

»Das ist das beste«, sagte er nur.

Sie eilte an ihm vorbei und in die Anrichte und kam mit einem Tafelmesser zurück.

Er nahm es und begriff, daß er den Brief jetzt öffnen mußte.

Sie stand da und trippelte mit ausgestreckten Händen von einem Bein aufs andere, als wollte sie am liebsten alles selbst machen.

Da öffnete er das Kuvert und zog den steifen Bogen heraus. Wog ihn einen Augenblick in der Hand, während er den Umschlag auf den Eßtisch legte. Dann entfaltete er den Bogen.

»… unter Bezugnahme auf das Gesetz vom 29. April 1871 wird dem norwegischen Staatsbürger Benjamin Grønelv, Reinsnes, Kandidat der Medizin der Universität Kopenhagen, Universitas Hafniensis, die Licentia practicandi verliehen, um den Arztberuf in Norwegen auszuüben mit denselben Verpflichtungen, die den im

Reiche examinierten Ärzten auferlegt sind, wie der Abgabe eines jährlichen Medizinalberichts, eines Berichts über die Ausbreitung von epidemischen und ansteckenden Krankheiten, der Meldung des Wohnungswechsels an den zuständigen Amtsarzt u. ä.«

Er gab Anna den Brief und stieß einen Kehllaut aus, der keinem Wort glich.

Mehrere Wochen lang war er unschlagbar.

Seit Hanna Frau Olaisen war, hatten sie sich nur gesehen, wenn es sich nicht vermeiden ließ. Ein gelegentlicher Besuch, bei dessen Planung er absichtlich nie beteiligt war und für dessen Zustandekommen er nichts tat.

Er hatte sich mit den weißen Zähnen und der Selbstgefälligkeit des Dampfschiffsexpedienten abgefunden. Der Mann war Hannas Wahl. Mehr war dazu nicht zu sagen.

Olaisen baute den Dampfschiffkai und das Haus für den Telegrafen. Er kaufte Land vom Ufer bis zum Hügelkamm und übernahm alles, was an guten Klippfischfelsen vorhanden war. Daß alles, was er anfaßte, sich in Geld verwandelte, war gut für Hanna.

Nach ihrer Hochzeit hatte er, ehe die Erde noch ganz getaut war, damit angefangen, ein Haus zu bauen. Es ragte zweigeschossig auf dem Hügel empor. Weiß gestrichen, mit verziertem Gartenzaun und einem Taubenschlag, der dem auf Reinsnes zum Verwechseln ähnlich sah.

Benjamin fand das amüsant. Ebenso die protzige Glasveranda mit bunten Fenstern und einem Wetterhahn auf dem Dachfirst.

Hanna nähte nicht mehr für die Leute, sie machte Besuche. Nur selten kam sie auch nach Reinsnes. Mit Markttasche und einem Koffer voller Geschenke für Stine und Tomas.

Aber nie gab sie Benjamin und Anna Bescheid. Sie konnten sich dann nur mit eigenen Augen davon überzeugen, daß sie da war.

An einem Junitag saß sie als letzte Patientin in dem winzigen Wartezimmer in Strandstedet.

Er bat sie höflich ins Sprechzimmer.

Als sie aufstand und auf ihn zukam, empfand er das wie einen Druck auf der Brust. Die Tür schloß sich hinter ihr, und er warf einen Blick auf den Wandschirm im Fenster, um zu sehen, ob vielleicht jemand da draußen stünde. Warum tat er das? Er wußte doch, daß es unmöglich war, in das Zimmer hineinzuschauen. Trotzdem legte sich eine Unruhe in seinem Kopf quer, als täte er etwas Unerlaubtes, indem er Hanna an diesem Donnerstag als Patientin empfing.

Er zwang sich, an die Routinefragen zu denken, und ging zum Waschtisch, um sich die Hände zu waschen, wie er es immer tat. Dann trocknete er sie sorgfältig ab und überlegte sich gleichzeitig, was er Alltägliches sagen könnte.

»Womit kann ich der Hanna heute helfen?«

Sie schob etwas unruhig ihre Handtasche hin und her.

»Nein, mir fehlt eigentlich nichts, nicht eigentlich ...«

Sie stockte.

Er versuchte zu raten, was Hanna fehlen konnte und was sich so schwer in Worte fassen ließ. Betrachtete sie aus den Augenwinkeln. Ob es wohl das Übliche war, was frischverheirateten Frauen fehlte. Aber in diesem Fall glaubte er nicht, daß sie zu ihm gekommen wäre, denn das war ja keine Krankheit.

»Ich würde gerne mit nach Reinsnes segeln, falls du heute noch nach Hause fährst.«

Was er sich auch alles vorgestellt haben mochte, an diese Möglichkeit hatte er nicht gedacht. Da war aber noch etwas anderes. Etwas, was sie nicht zu sagen wagte.

Er hatte sie seit Ostern nicht mehr gesehen. Sie war gesünder und munterer, als er sich erinnern konnte. So war es sicher das, was er anfänglich gedacht hatte. Er fühlte sich nicht wohl dabei.

Sie glühte gleichsam golden vor seinen Augen. Die Kostümjacke saß stramm über der Brust.

Mitsegeln? Doch, das dürfe sie gerne. Aber er müsse erst noch nach Vika, um sich eine Naht anzusehen, die vereitert sei.

»Man hat nicht immer Glück mit dem heilenden Gewebe, wie ordentlich man auch näht«, sagte er leichthin.

Nein, das mache nichts, sie habe ihre Nähsachen dabei. Sie könne aufpassen, daß sein Boot nicht von der Flut abgetrieben wurde, während sie wartete.

Er sah die Andeutung eines Lächelns, als sie fragte, wann sie sich bereithalten solle.

»Wenn es nur Heimweh ist, was dich krank macht, dann fahren wir sofort«, sagte er.

Sie errötete, antwortete aber nicht.

Er wollte ihr mit dem Korb helfen, als sie zum Ufer gingen. Das sei doch nur eine Kleinigkeit, meinte sie und nahm ihn in die andere Hand.

Er nahm ihn ihr trotzdem ab und fragte nach Isak.

»Sowohl mein Mann als auch Isak sind gesund.«

Ihre Stimme war leise. Als hätte sie Angst, jemand liege im Straßengraben und könne hören, was sie sagte.

Als sie die Häuser hinter sich hatten, nahm er sich zusammen und fragte: »Und du selbst? Wie geht es Hanna selbst?«

»Doch, danke.« Sie zögerte mit der Antwort.

»Du siehst strahlend aus!«

Sie sah ihn verstohlen an und sagte schnell: »Wir erwarten ein Kind.«

Nicht etwa, daß sie ein Kind erwarte. Nein, wir! In diesen Worten lag ein Triumph. Vielleicht sogar Hohn. Was wußte er schon.

Natürlich war sie schwanger. Sie leuchtete förmlich. Er räusperte sich und lächelte versuchsweise, während er sie anschaute.

Sie war so klein. In ihrer Gegenwart war er sich immer größer vorgekommen, als er eigentlich war. Sie hatten die Anlegestellen erreicht. Niemand war auf dem Schotterweg mit seinen Pfützen zu sehen, also fand er, daß er sie durchaus berühren könnte. Ihr Glück wünschen oder so.

Aber er wartete dann doch, bis sie ganz ans Ufer gekommen waren und er den Korb abgestellt hatte.

»Jetzt ist er wohl froh, der Expedient?« sagte er und legte seine Hand auf ihren Arm.

»Froh? O ja.«

Er zog seine Hand zurück und streifte seine Arbeitshandschuhe über, um seine Doktorhände zu schonen, wenn er das Boot ins Wasser zog.

»Ende des zweiten Monats?«

»Des vierten.«

Er nickte und packte an. Das Boot glitt mit einem Ruck über die glatten Rundhölzer. Er hatte Mühe, Schritt zu halten, und kam sich unbeholfen und dumm vor.

Dann lag das Boot da und schaukelte. Sie wollte schon ins Wasser waten, um an Bord zu gehen, da hielt er sie mit einem Warnruf zurück. Er nahm sie in die Arme und hob sie hoch.

Der Stein, auf dem er stand, war glatt, aber er verlor nicht den Halt. Ein schwindelndes Gefühl der Lust ließ ihn fester zupacken, als er gewollt hatte. Er sah alles verschwommen. Spürte nur noch ihren Atem im Gesicht.

Sie hatte ihre Arme um seinen Hals gelegt wie früher. Wie lange war das her? Wer konnte schon etwas Sicheres über die Zeit sagen?

Er blieb stehen, ohne sich zu bewegen. Das Boot glitt ein Stück davon und schlug dann gegen seinen Oberschenkel. Immer wieder. Das Boot war die Zeit, die immer wieder wie mit Hörnern gegen ihn stieß. Sie war so leicht. Hanna. Ein goldener Alltagsvogel. Der fremd geworden war und verloren.

Jetzt stand er mit ihr in den Armen da. In den Armen von früher. Im Heu. In der Einöde. Auf dem Speicher. Im Stall. In einer der vielen Kammern des großen Hauses. Zuletzt in ihrer Kammer.

»Du mußt mich runterlassen«, flüsterte sie und hielt sich fest.

Er tat, worum sie ihn gebeten hatte, und ließ sie los.

Aber sie waren sich nicht mehr fremd.

Es wehte ein starker Wind von Westen. Als er die Segel gesetzt hatte, ging es schnell.

Er reichte ihr seine Jacke aus Robbenfell, und sie kauerte sich darin zusammen und blieb reglos im Vordersteven sitzen.

Sie mußten kreuzen, um Vika zu erreichen. Die Wellen kamen von der Seite. Er machte das Ruder fest und holte das Reservesegel hervor, damit sie es umlegen konnte, um nicht allzu naß zu werden.

Sie packte sich, so gut es ging, ein, aber er sah, daß sie bereits durchnäßt war.

»Du hast doch keine Angst?« rief er von seinem Platz am Ruder.

Sie schüttelte den Kopf.

Vor der Anlegestelle wurde die See ruhiger, und er sagte: »Das war dumm von mir, so schnell zu segeln, du bist ganz naß.«

»Es ging doch nicht anders«, meinte sie.

Sie saß auf einer Kiste und starrte aufs Meer, als er von dem Patienten zurückkam. Der Knoten unter ihrer Haube hatte sich gelöst, und ihr Haar stand waagerecht im Wind, schwarze Striche gegen den unruhigen Himmel.

Ihre Strümpfe hatte sie ausgewrungen und zum Trocknen in den Sturm gehängt. Auf dem Stein unter ihnen waren nasse Streifen. Als er näher kam, versteckte sie schnell ihre rosa Zehen unter ihrem Rock.

Das rührte ihn. Er hatte ein solches Bedürfnis, sich vor sie hinzuknien und ihre Füße in seine Hände zu nehmen. Sie in sein Hemd zu stecken und sie dort zu lassen, bis sie warm waren.

Sie zog ihre Strümpfe und Schuhe wieder an und sprang von einem geeigneten Stein aus ins Boot.

Als sie die Landzunge umrundet hatten, kam der Wind von Steuerbord. Es wurde ihm klar, daß es eine schwere Fahrt werden könnte. Die See war rauher geworden, sowohl die Wogen als auch die Farben.

Er rief zu ihr nach vorne, daß er am Land entlang und zwischen den Inseln kreuzen wolle, auch wenn das länger dauern würde.

Ihre Antwort konnte er nicht hören.

Er drehte vor einem Brecher bei, jedoch zu spät. Das Wasser stürzte über sie. Ein eiskalter Schock. Er spürte, daß er bis auf die Haut naß war.

Er sah flüchtig, wie sie sich zusammenkauerte und an der Bank festklammerte, hatte aber alle Hände voll zu tun, um das Boot wieder auf Kurs zu bringen.

Dann kam der Regen. Er krachte auf sie herab. Einmal senkrecht, dann wieder waagerecht schlug er auf sie ein. Und in all das mischten sich die Wogen. Eiskalt und unerbittlich.

Das Boot wurde rasch schneller, schoß in ein Wellental, bebte und kam wie ein unberechenbarer Kübel wieder nach oben.

Wir müssen an Land, dachte er. Aber es gelang ihm nicht kehrtzumachen. Eine Weile versuchte er nur, das Boot zwischen den Brechern nicht absaufen zu lassen. Dann legte er das Ruder um, so weit er es wagte, und steuerte auf die nächste Insel zu. Das ging so einigermaßen. Der Bug donnerte mit gewaltiger Kraft auf den steinigen Strand.

Er warf sich über Bord und zog beim nächsten Brecher das Boot an Land. Sie sprang ebenfalls an Land und half ihm. Zum Schluß hingen sie beide vollkommen durchnäßt über dem Boot und schnappten nach Luft.

Gleichzeitig schauten sie auf. Ihre Zähne klapperten, und ihre Hände zitterten.

»Herrgott, Hanna, in deinem Zustand«, stöhnte er.

Sie antwortete nicht.

Er machte das Boot zwischen zwei Steinen fest, nahm dann Kiste, Arzttasche, Ballast und allen Kram heraus und versuchte, den Kiel nach oben zu wenden.

Sie packte auf der anderen Seite beim Dollbord mit an. Wußte, was zu tun war. Die Vorder- und Hinterbänke schlugen auf die Erde, und Wasser strömte zwischen den Rudernägeln heraus.

Sie zogen die eine Seite auf einen Stein, so daß eine Öffnung entstand, durch die man unter das Boot kriechen konnte. Er bedeckte den Sand, so gut es ging, mit dem Reservesegel und gab ihr dann ein Zeichen, daß sie ebenfalls unter das Boot kriechen sollte.

»Du mußt dir die nassen Kleider ausziehen«, sagte er.

Sie kauerte sich mit den Armen um die Knie zusammen.

»Du hast doch sicher was Trockenes im Korb?«

Es fiel ihm ein, daß sie sich vielleicht nicht umziehen wollte, wenn er dabei war.

»Hanna, ich drehe mich um«, versuchte er.

Sie antwortete nicht.

»Sei jetzt vernünftig«, sagte er und begann, mit seinen gefühllosen Fingern an den Knöpfen ihrer Jacke zu reißen.

Sie rührte sich nicht, zitterte nur.

Da zog er seinen nassen Pullover und sein nasses Hemd aus und streckte den nackten Oberkörper aus der Öffnung. Er ließ den Regen auf sich niederprasseln, während er wie in einer Art Raserei die Haare hin und her warf.

Er zögerte noch, halbnackt ganz nach draußen in den Regen und Sturm zu gehen, damit sie allein sein konnte, da spürte er einen Klaps ihrer Hand auf dem Rücken. Eiskalt und feucht.

»Dummerchen«, hörte er ihre Stimme.

Es verging eine Zeit, eine Ewigkeit, eine Sekunde. Wer weiß das schon in solchen Momenten. Dann kroch er wieder ganz unter das Gewölbe des Bootes.

»Nun?« sagte er mit klappernden Zähnen.

Da erst schien sie zu erwachen. Sie wühlte in ihrem Korb, bis sie einen Unterrock, eine Bluse und ein Kleidungsstück mit einem unaussprechlichen Namen fand.

Halb liegend und halb kniend wickelte sie sich unter dem niedrigen Dach nacheinander aus ihren Kleidern.

Er versuchte, wegzuschauen.

Ihr Haar! Sie wrang es aus, als wäre es ein verhaßtes Kleidungsstück. Dann waren bald hier und bald dort im Halbdunkel ihre glühenden Augen zu sehen. Meeresleuchten in einer schwarzen See!

Sie baten und sie forderten ihn heraus.

Warum zog sie sich ganz aus? Wieso zog sie nicht für jedes Kleidungsstück, das sie ablegte, ein neues an? Wieso?

Als sie das erste trockene Kleidungsstück nahm, verlor er den Verstand.

Sie lagen so weit, wie sie nur konnten, voneinander entfernt auf dem harten, feuchten Lager. Aber als die Nacht rauh wurde, schmiegte er sich an sie, und sie deckten sich mit allem zu, was sie hatten.

»Nur damit du nicht erfrierst«, flüsterte er.

Erst als die Morgensonne ihn im Gesicht kitzelte, wurde es ihm bewußt, daß sie das mehr kosten konnte, als sie auf Dauer zu zahlen imstande waren.

»Du mußt mich heim nach Strandstedet bringen«, sagte sie, als sie wieder ins Boot stiegen.

Er sagte nichts dazu, fragte auch nicht.

»Du kannst mich in der Bucht westlich der Kirche absetzen«, sagte sie.

»Warum? Von dort ist es doch noch weit.«

»Er könnte uns sehen«, sagte sie kaum hörbar.

Sie wollte diskret abgesetzt werden, damit ihr Mann sie beide nicht zusammen sah.

»Hanna, man hat uns an Bord gehen sehen. Wir können nichts dafür, daß ein Unwetter war«, sagte er und zwang sich zu einem Lächeln.

Sie waren an allen Fenstern vorbei durch den Ort gegangen. Und er hatte ihr den Korb getragen.

»Das spielt keine Rolle. Ich will nicht, daß uns jetzt jemand sieht.«

»Bereust du, daß du mitgefahren bist?«

Es verging eine Weile. Wer kann schon etwas über die verdammte Zeit sagen? Es dauert, bis man begreift, was eigentlich vorgeht.

»Nie im Leben, auch wenn ich im Kindbett dafür sterben müßte!«

Sie schleuderte ihm die Worte entgegen und spuckte danach aus wie nach einer Beschwörung. Ihre Augen waren unergründlich. Sie hatte das dunkle Haar unter der Haube straff nach hinten gekämmt. Die hohen Wangenknochen waren gerötet.

Die Möwen flogen wie trunken, sie fischten und schlugen sich um die Beute. Die Sonne brach immer wieder durch den aufgewühlten Himmel. Der Wind war wie bestellt, um mit ihm in die Bucht hinter der Kirche zu segeln.

Mitten auf dem Sund sagte sie: »Wenn ich wieder schwanger werde, wagst du es dann auch, mich zu treffen? Wie dieses Mal?«

Es dauerte eine Weile, bis er verstanden hatte, was sie da eigentlich sagte. Sie war hochrot im Gesicht, schaute ihn aber weiterhin trotzig an.

»Wenn du wieder schwanger wirst? Warum sagst du so was?«

»Meine Kinder sollen nicht außerhalb der Ehe zur Welt kommen. Meine Sünde soll allein meine eigene sein.«

Er versuchte, sich über seine Gefühle klarzuwerden. Versuchte herauszufinden, was er antworten konnte, ohne zu lügen.

»Nein, Hanna. Aber ich bereue nichts.«

In guter Entfernung vom Land band er das Ruder fest und kroch zu ihr nach vorne.

»Ich will nicht, daß du mir fremd wirst, Hanna. Schau mich an!«

Sie klammerten sich aneinander, ohne etwas zu sagen.

Als er auf dem Heimweg war, kam die Angst.

Hatte sie es geplant? Hatte sie das über sie beide gebracht? Oder er? Nur auf eine Gelegenheit gewartet? Oder noch schlimmer, hätte er doch Hanna nehmen sollen?

Anna war außer sich vor Sorge über das, was hätte geschehen können. Eine Sorge, die sich in dem Moment in ungestüme Freude verwandelte, als sie das Boot um den Hügel mit der Fahnenstange kommen und auf die Anlegestelle zugleiten sah.

Sie legte sich hastig ihr Tuch um, rannte ihm entgegen und lachte und weinte gleichzeitig.

Als er sie umarmte, war es nicht er, der das tat. Sondern ein anderer. Einer, der sie von außen sah und bemerkte, wie dünn sie geworden war.

Dieser andere beruhigte ihn damit, daß das sicher nicht über Nacht passiert sein konnte.

Empfand er es so, weil er noch eine andere in den Armen hielt? Er wollte nicht daran denken, fühlte sich nur hilflos, weil sie so dünn geworden war, ohne daß er es gesehen hatte.

»Du bist ganz naß!« rief sie entsetzt. »Ich hatte schon geglaubt, das Meer hätte dich verschlungen!«

»Nein, das ist ihm auch dieses Mal nicht gelungen. Aber jetzt repariere ich verdammt noch mal den Weg über das Fjell«, murmelte er.

Abends lagen sie dann im Himmelbett, und er erzählte ihr vom Unwetter, von einer Nacht unter dem kieloben liegenden Boot, und es war, als wäre alles, was er sagte, klar und bereinigt.

Hanna war niemals dort gewesen. Deswegen erwähnte er sie auch mit keinem Wort.

»Aber daß es dir gelungen ist, das Boot alleine umzudrehen!« rief sie.

Dieser andere Mann sah Anna tief in die Augen, küßte sie auf die Nase und strich ihr übers Haar. Und dieser andere empfand nicht einmal Schuldgefühle, weil das so leicht ging.

18

Berlin erlebte einen eiskalten Winter, obwohl es eigentlich schon frühlingshaft hätte sein sollen. Das Dienstmädchen hatte den ganzen Tag eingeheizt. Endlich war die Wärme auch in den Wänden.

Dina saß mit zwei Briefen in ihren gepflegten Händen da. Der eine war aus Reinsnes und der andere von einem namhaften Rechtsanwalt.

Der Brief aus Norwegen war ziemlich schnell gekommen, und der andere hatte ungewöhnlich lange gebraucht, um sie zu erreichen. Beide waren sie am 22. Februar 1878 datiert.

An diesem Tag war im Bauernkalender ein Stein abgebildet. Zur Erinnerung daran, daß der heilige Petrus an diesem Tag einen glühenden Stein auf die Erde geworfen hatte, damit diese wärmer und die Macht des Eises gebrochen wurde.

Sie saß direkt vor einem großen Spiegel. Silberstreifen durchzogen ihr Haar, aber ihre Falten waren eher Schatten als Wirklichkeit. Als wüßte die Haut, wie man sich gegen das Alter stählt. Als läge eine dünne Schicht der Selbstkontrolle über dem Gesicht.

Bei Anstrengungen oder wenn sie von Gefühlen überrascht wurde, wie jetzt gerade, bekam diese Schicht Risse und wurde sichtbar.

Das Zimmer war groß und ließ einen teuren Geschmack erkennen, gleichzeitig war es fast kahl in seiner Einfachheit. An den Wänden hing Kunst. In einer Ecke stand ein Cello und in der Mitte ein Flügel. Über ihm hing ein enormer geschliffener Kristallüster, der diskret klirrte, wenn jemand drei Treppen tiefer durch die Haustür kam oder wenn Wagen vorbeirollten.

Ein weißer Kachelofen füllte eine Ecke aus und reichte bis unter die Decke. Heute waren die Ofentüren aus Messing offen, und das Feuer warf seinen Schein über das strenge Muster des Parketts.

Den Brief des Rechtsanwalts faltete sie zusammen und legte ihn unter Schreibpapier und Umschläge in die Schublade.

Den anderen Brief nahm sie mit zu einem der drei Fenster, die auf eine geschäftige Straße mit einer Lindenallee gingen. Sie öffnete es und lehnte sich hinaus.

Es war bereits spät, und Schnee lag in der Luft. Der Lärm von Pferdehufen, eiligen Füßen, rollenden Fässern und Wagenrädern schlug ihr entgegen. Unter den Baumkronen schauten noch einige Sonnenstreifen hervor.

Sie entfaltete den Brief, hielt ihn zwischen Daumen und Zeigefinger und ließ ihn im weichen Wind flattern. Es begann zu schneien.

In diesem Augenblick kam ein großer Mann und wollte in die Toreinfahrt treten.

Sie winkte mit dem Brief.

Er schaute nicht hoch, also steckte sie zwei Finger in den Mund und pfiff. Da wandte er sein Gesicht nach oben, nahm den Hut ab und winkte.

Sie hob die Hand mit dem Brief und ließ ihn fallen. Ernst, und ohne etwas zu rufen oder zu sagen, ließ sie ihn durch die Luft segeln. Beide folgten ihm mit den Augen.

Der Mann stellte seine Arzttasche ab und versuchte, den Papierbogen zu fangen.

Reckte seine langen Glieder und bemühte sich, ihn zu erhaschen, ohne daß ihm das gelungen wäre. Machte vergebens einige idiotische kleine Luftsprünge.

Ein schwacher Wind spielte mit dem Brief und hielt ihn in der Luft, während Schneeflocken langsam das Papier durchdrangen. Die Tinte zerfloß, ehe der Brief so schwer wurde, daß er die Erde erreichte.

Schließlich bekam er ihn zu fassen und blieb eine Weile mit ihm stehen, den Kopf darübergebeugt. Dann wandte er seinen Blick wieder dem Fenster zu.

Aber da hatte sie es schon geschlossen.

Er hielt ihr den Brief hin und küßte sie. Aber sie nahm ihn nicht. Einen Augenblick lang hing er zwischen ihnen. Mit geschlossenen Augen ließ er ihn dort fallen, wo er die Spiegelkonsole vermutete.

»Du Hexe! Wieso ärgerst du mich dadurch, daß du mir einen Brief zuwirfst, der dann doch unleserlich ist, wenn ich ihn endlich in Händen halte? Von wem ist er?« murmelte er, seinen Mund immer noch an ihrem.

»Anna«, sagte sie und half ihm aus dem Mantel.

Er ging sofort zum Ofen und rieb sich die Hände in der Wärme. Hauchte auf die Fingerspitzen und rieb wieder die Hände.

»Aha, Anna«, sagte er abwesend. »Was sagt sie?«

»Sie hat sich auf Reinsnes niedergelassen. Aber es ist jetzt dunkler dort als im Sommer.«

»Wie das?« fragte er schnell.

»Der Winter.«

»Ach so ... Und Benjamin?«

»Er hat nun endlich seine Approbation erhalten.«

»Diese Norweger sind wirklich vollständige Idioten«, sagte er aufbrausend.

»Jetzt hat er sie auf jeden Fall.«

»Sollen wir feiern?«

Er wandte sich ihr wieder zu und nickte in Richtung der halboffenen Tür zum Schlafzimmer.

»Jetzt nicht.«

»Warum bist du so lieblos?«

»Ich denke nach.«

»Worüber?«

»Über die zu Hause.«

Er lachte und faßte nach ihr.

»Was denkst du über sie?«

»Ich bin mit dem Nachdenken noch nicht fertig.«

»Ach so. Was stand sonst noch in dem Brief von Anna?«

»Sie bittet mich zu kommen.«

»Aber das machen sie doch schon die ganze Zeit. Wir könnten endlich einmal fahren!«

»Wir?«

»Ja. Ich fahre mit.«

»Nein.«

»Und warum nicht?«

»Im Norden der Welt warten ein Ehemann und eine Familie, die ich im Stich gelassen habe.«

»Aber das war doch vor einem halben Leben. Dein Mann weiß doch, daß du, daß wir ...«

»Und deswegen sollte ich ihn dadurch kränken, daß ich meinen Liebhaber mitschleife? Nein!«

Sie ging ruhig ins Schlafzimmer und setzte ihren Hut auf.

Er folgte ihr und betrachtete sie über die Schulter, während er sich die Hände wusch.

»Wo wollen wir essen?« fragte sie.

Er fuhr herum, so daß das Seifenwasser spritzte.

»Laß dich scheiden«, sagte er zornig.

Sie steckte die Hutnadeln fest und nahm einen Handspiegel, um zu sehen, wie sie von hinten aussah.

»Nein!«

»Es wird wirklich langsam Zeit! Nicht wahr?«

»Ich kann mich von Anders nicht scheiden lassen.«

Er nahm ein Handtuch und ging langsam auf sie zu, während er sich gleichzeitig die Hände abtrocknete.

»Und warum nicht, wenn ich fragen darf?«

»Ich bringe einen Bruder nicht in Verruf, der mir sein ganzes Leben lang nur Gutes getan hat.«

»Gott bewahre, da bist du ja mit deinem Bruder verheiratet! Eine Blutschande, die du seit Jahren nicht gepflegt hast. Außerdem hast du ihn schon dadurch in Verruf gebracht, daß du ihn verlassen hast.«

»Ruhe!«

Sie legte ihm ihren Zeigefinger auf den Mund und schüttelte den Kopf.

»Zum Teufel«, sagte er entschieden. »Jetzt mußt du dich entscheiden. Du fährst nach Hause und versöhnst dich mit diesem

Anders. Dieser alte Mann wird alles verstehen. Danach können wir hier in Berlin heiraten.«

»Wonach?«

»Nachdem du gesehen hast, daß es das richtige war, zu reisen, zurückzukehren und dich von einem Mann scheiden zu lassen, der dir nichts bedeutet.«

»Aksel, du vergißt die ganze Zeit etwas.«

»Was?«

»Es steht nicht in deiner Macht, mein Leben zu ändern oder meine Gedanken. Außerdem bedeutet mir Anders viel.«

»Nun. Das war deutlich! Fahr alleine. Und wähle! Zwischen mir und ... dem da. Gut!«

»Es kommt mir so vor, als hätten wir dieses Gespräch, oder was das ist, schon früher geführt. Es ist das gleiche wie nach dem vorigen Brief.«

»Zum Teufel!«

»Es gibt jedoch einen kleinen Unterschied.«

»Welchen?«

»Dieses Mal fahre ich. Ich nehme diesen Sommer dafür. Allein.«

Das hatte er nicht erwartet. Er knüllte das Handtuch zu einem Ball zusammen und warf es an die Wand. Ging durchs Zimmer und nahm Mantel und Hut. Nahm sich nicht die Zeit, sich anzuziehen. Lief einfach zur Tür.

Sie legte den Spiegel auf die Kommode, warf einen letzten Blick hinein und zog sich gleichzeitig die Handschuhe über. Aber hinter ihren hellen Augen lag bereits die Leere.

Er stand da und rauchte, als sie aus der Toreinfahrt trat. Als ginge es um sein Leben. Bereute die Szene bereits. Aber es war zu spät. Das wußte er, als er ihr in die Augen schaute. Sie hatte ihren Zug gemacht.

Zweites Buch

1

Wie sich im Wasser das Angesicht
spiegelt, so ein Mensch im
Herzen des andern.

Die Sprüche Salomos, Kapitel 27, Vers 19

An einem kühlen Mainachmittag 1878 saßen sie alle im Wohnzimmer. Anna stand am Fenster und hielt nach Benjamins Boot Ausschau.

Sara war herübergekommen, um Anders aus der Zeitung vorzulesen, denn seine Sehkraft war noch schlechter geworden. Wie immer hörten Anna und Karna auch zu. Gelegentlich unterhielt Sara sie mit den Namen der Passagierlisten der Dampfschiffe. Sie verstellte die Stimme und sprach fein wie eine Dame oder mit einem dröhnenden Baß, wenn Prominente mit schönen Titeln von sonstwo erwartet wurden.

Sie hatte sich bereits auf Kosten eines Amtmanns und eines englischen Lords lustig gemacht, da wurde es still.

Die Stille dauerte so lange, daß Anders seine Pfeife aus dem Mund nahm und etwas ungeduldig sagte: »Und?«

Da las sie ihm leise, aber deutlich vor: »Auf dem Hamburger Schiff ›Harald Haarfager‹ in nördlicher Richtung, das Bergen am 3. Mai anlief, ist Frau Dina Bernhoft.«

Sara hatte beide Füße auf dem Querholz des Schaukelstuhls, schaukelte sich dieses Mal aber nicht durch die Worte, wie sie das immer tat. Saß nur ganz still mit aufgerichtetem Rücken. Als sie fertig war, legte sie, ohne Anders anzusehen, die Zeitung in den Schoß.

Niemand bewegte sich oder sagte etwas.

Nach einer Weile wandte sich Anna vom Fenster ab und sah Anders an.

Der Mann war plötzlich aschfahl geworden. Er faßte sich mit der rechten Hand an die Brust. Das Kinn fiel ihm herunter, und er schloß die Augen, als verspürte er einen großen Schmerz. Dann richtete er sich in seinem Stuhl auf und sagte: »Lies das noch mal.«

»Ich will lesen!« sagte Karna und streckte sich nach der Zeitung, die ihr Sara zögernd gab.

Es dauerte eine Weile, bis sie sich durch alle Wörter buchstabiert und herausgefunden hatte, welche zusammengehörten, damit alles einen Sinn ergab. Das »Hamburger Schiff« machte ihr Schwierigkeiten, also sagte ihr Sara es flüsternd vor.

Karna schaute sie gekränkt an und las weiter.

Anders holte schwer Luft und atmete keuchend aus. Es klang wie eine leise Warnung.

»Sooo ...!« war das nächste und einzige, was er hinzufügte.

Anna ging in die Anrichte und goß aus der Wasserkaraffe ein Glas ein. Sie reichte es Anders. Aber es war, als sähe er es nicht. Wie bei einem Kranken stellte sie sich neben ihm und hielt ihm das Glas, während er trank.

Er blieb eine Weile im Ohrensessel sitzen, die kalte Pfeife in der Hand. Dann stand er langsam auf und ging ins Obergeschoß.

Anna war ihm auf den Fersen. Folgte ihm hinaus auf den Gang, blieb aber an der Treppe stehen, als wüßte sie, daß sie den alten Seemann kränken würde, wenn sie ihm nach oben folgte.

Endlich schloß sich die Tür.

Sie blieb stehen und schaute hilflos auf die leere Treppe. Dann ging sie wieder ins Wohnzimmer und nahm Karna die Zeitung aus der Hand, um selbst zu lesen, was dort stand.

»Ich habe das doch vorgelesen ...« begann Karna, stockte aber.

»Ja, Karna, deine Großmutter kommt endlich!« sagte Anna. Ihre Stimme war ohne die Freude, die eine solche Neuigkeit eigentlich gebot.

Benjamins Boot war gekommen. Und sie hatten es nicht gemerkt, ehe sie ihn im Gang hörten.

Karna sprang auf und lief ihm entgegen, während sie die Neuigkeit verkündete.

Sara grüßte und verschwand bescheiden. So wurde Dinas Ankunft auch im Nebenhaus bekannt.

Benjamin blieb eine Weile in der Tür stehen. Dann stellte er seine Arzttasche auf die Ablage in der Garderobe und fing an, sich mit umständlichen Bewegungen seine Weste aufzuknöpfen.

»Das ist ja ... Wo ist Anders?«

»Er ist hinaufgegangen«, flüsterte Anna und ging wieder ins Wohnzimmer.

Karna stand immer noch da und wollte hochgehoben und umarmt werden. Aber er hatte gewiß vergessen, wie alles sein sollte. Nahm sie einfach nur bei der Hand und ging hinter Anna her.

»Wie hat er es aufgenommen?«

»Er ist ganz in sich zusammengefallen. Etwas mit dem Herzen, glaube ich.«

Benjamin lief, ohne etwas zu sagen, die Treppe hoch.

Anna ging die ganze Zeit hin und her.

»Warum seid ihr so? Wollt ihr nicht, daß Großmutter kommt?« fragte Karna.

»Doch, mein Kind! Wir sind nur so überrascht«, sagte Anna ruhig.

»Ist es nur der Anders, der sie nicht hier haben will? Ist er deswegen nach oben gegangen?«

»Anders will auch, daß sie kommt, aber er hat nie geglaubt, daß das jemals passieren würde.«

Benjamin kam nach unten.

»Er sagt, das war der Schock. Sonst nichts. Ihm tut auch das Herz nicht weh oder sonst etwas.«

»Aber ich habe gesehen, daß es ihm nicht gutging«, sagte Anna störrisch und reichte ihm die Zeitung.

Er setzte sich auf die Kante eines Stuhls. Sein Blick fiel sofort auf die Schiffsmeldungen.

»Ja! Das ist wirklich eine Neuigkeit!« sagte er.

»Freust du dich etwa auch nicht?« fragte Karna und kletterte auf seinen Schoß.

»Ich bin froh!« sagte er fest.

»Warum seid ihr dann alle so komisch?«

»Es kommt so unerwartet, das verstehst du doch«, sagte er betreten.

»Und daß sie nicht einmal geschrieben und Bescheid gesagt hat, damit wir Vorbereitungen treffen können!« sagte Anna.

Karna sah von einem zum anderen.

Anna öffnete die Tür zum Eßzimmer, trat dort ein und setzte sich ans Klavier. Spielte einige Töne, überlegte es sich dann anders und ließ die Hände sinken. Sie lachte.

»Endlich kommt jemand aus der großen Welt, hört ihr! Endlich eine, mit der man reden und musizieren kann! Eine Frau, die etwas von Musik versteht! Benjamin, das ist großartig!«

Mehr war nicht nötig.

Ein Ausbruch der Freude von Anna. Karna sah es und schlang die Arme um den Hals ihres Vaters.

»Geh in die Küche und erzähle, daß Großmutter kommt und daß ich Hunger habe und etwas zu essen haben will. Meinetwegen die lauwarmen Reste vom Abendessen«, sagte er gleichmütig.

Als Karna das Zimmer verlassen hatte, stand Anna auf und sagte: »In drei Tagen ist sie hier, wenn das Dampfschiff den Fahrplan einhält.«

Karna kam wieder angerannt und rief: »Die Bergljot will wissen, ob Großmutter weiß, daß das Dampfschiff nicht mehr hierherkommt und sie in Strandstedet an Land gehen muß?«

Das wisse sie vermutlich, meinte Anna.

Benjamin sagte nichts. Er hatte ihnen den Rücken zugekehrt und schaute über den Sund.

»So, so, dann hat uns also diese Emporkömmlingszeitung mit Olaisen als Hauptaktionär diese Neuigkeit gebracht. Und dann wird sie auch auf Olaisens Kai an Land gehen! Da sieht man mal«, murmelte er, mehr zu sich selbst.

»Spielt das eine Rolle, Benjamin?« fragte Anna und trat neben ihn.

»Nein, natürlich nicht«, sagte er und lachte.

Über Bergljots Problem aus Anlaß dieser Heimkehr konnte man nicht ohne weiteres laut reden. Sie versuchte es zuerst bei Stine. Aber diese wußte keine Antwort.

Deswegen ging Bergljot flüsternd zu Anna, der es nicht ganz gelang, die Worte des Mädchens zu deuten.

»Aber was willst du denn wissen?«

»Es geht darum, wo Frau Dina wohnen soll ... also, wo sie schlafen soll? In der Kammer von Anders, oder?«

»Frag ihn doch.«

»Nein, um Gottes willen ... Dann geht es ihm nur wieder so schlecht. Genauso wie damals, als er erfahren hat, daß sie kommt.«

»Ach so ... ich werde es in Erfahrung bringen.«

Und Anna fragte Benjamin unter vier Augen, und er meinte, daß Dina in dem großen Giebelzimmer schlafen solle. Anders sollte mit so etwas nicht belästigt werden.

»Heißt das nicht, ihn zu entmündigen?« sagte Anna unsicher.

»Nein. Fragen wir, dann wird er nur verlegen. Das ist noch schlimmer.«

Als sie Anders allein zu den Bootshäusern hinuntergehen sah, ging sie ihm schnell hinterher, um ihn für sich zu haben.

Sie kam sofort zur Sache und versuchte gleichzeitig, mit seinen langen Beinen Schritt zu halten.

Er machte kein großes Aufhebens darum. Verzog nur etwas den Mund, so daß die Schnurrbartspitzen nach oben zeigten.

»Dina und ich sind nur auf dem Papier verheiratet. Wir haben das Zimmer nicht mehr miteinander geteilt, seit Benjamin ein kleiner Junge war, bei dessen Erziehung sie Hilfe brauchte. Ich finde nicht, daß wir sie mit solchen Kleinigkeiten behelligen sollten. Und ich finde es eigentlich auch nur nett, daß sie eine Weile nach Hause kommt.«

Anna ging weiter mit großen Schritten neben ihm her, ohne noch etwas zu sagen. Da blieb er stehen und nahm freundschaftlich ihren Arm.

»Feine Leute, die Platz genug haben, haben alle ihr eigenes Zimmer, verstehst du. Nur Anna und Benjamin sind so verdammt voneinander abhängig.«

Sie betrachtete ihn. Auf eine gewisse Art war er ihr Freund geworden.

Obwohl sie so unterschiedlich waren, führten sie gedämpfte Gespräche über viele Dinge. Sie hatte gelernt, darauf zu hören, was hinter seinen schlichten Worten lag. Er seinerseits pflegte mit geschlossenen Augen zu lauschen, wenn sie spielte. Oft saßen sie beide allein.

Sein Haar war weiß und voll. Der Kinnbart struppig und kurzgeschnitten, die Wangen glattrasiert. Die Augen kniff er immer zusammen, als versuche er den Kern von Dingen zu erraten, die außer ihm niemand sah. Seine ganze Erscheinung war aufrecht und sehnig.

»Wann hast du sie zuletzt gesehen, Anders?«

»Das ist schon ein Menschenleben her. Ich habe schon lange aufgehört, die Jahre zu zählen. Das würde mich nur zu einem Draug machen.«

»Einem Draug?«

»Ja, einem dieser Seegespenster, die in einem halben Ruderboot die Meere unsicher machen.«

Sie nickte nachdenklich. Dann nahm sie seinen Arm und lehnte sich an ihn.

»Bist du nervös?«

»Na ja ... das ist kaum zu leugnen.«

»Liebst du sie immer noch?«

»Ich glaube, da draußen sieht es nach Regen aus«, sagte er und beschattete die zusammengekniffenen Augen mit der Hand.

Sie betrachtete ihn verstohlen.

Da stieß er sie etwas verlegen in die Seite und sagte: »Das Wichtigste ist doch, daß du hierher zu Benjamin gekommen bist. Das ist die Zukunft! Die Vergangenheit, verstehst du, die hat das Ihre gehabt. Wir haben nur nicht mehr daraus gemacht. Laß du dir darüber mal keine grauen Haare wachsen, Anna.«

Karna fand, daß alle ihr so fremd wurden. Alle wußten etwas, was sie nicht aussprachen. Etwas, das lange vor ihrer Geburt geschehen war. Es hatte mit Großmutter zu tun. Und jetzt hatten sie alle Angst, weil sie nach Hause kam. Sie hatte das eklige Gefühl, daß die anderen immer über diese Angst sprachen, wenn sie nicht im Zimmer war.

Anders war fast nicht mehr im Haus. Er trieb sich allein an den Anlegestellen und im Kontor herum. Bei den Mahlzeiten sah er Karna nicht wie sonst immer. Er saß da, ohne etwas zu sagen, und starrte auf einen Punkt hinter ihren Köpfen.

Ansonsten wirbelte jeder nur herum, um alles für die große Heimkehr bereitzumachen. Und gleichzeitig hielten alle den Atem an. Anna und Sara waren am wenigsten fremd, aber auch sie machten eine Miene, die sagte: Sprich mich nicht an! Ich denke nach!

Sie ging auf den Speicher, um Großmutter zu erzählen, was sie zu erwarten hätte. Nahm das rote Kleid mit und legte es auf dem Fußboden aus, wie sie das immer tat.

Aber Großmutter wollte heute das Kleid nicht anziehen.

»Du mußt das Kleid anziehen, Großmutter!« flüsterte sie so laut, wie sie es nur wagte. Die Luke zu den anderen stand ja offen.

Aber nichts geschah.

Sie verstand, daß Großmutter die Küste entlang auf dem Weg war, vielleicht auch noch seekrank. Aber das hätte sie doch auch sagen können. Sie sollte nur nicht so tun, als kümmerte Karna sie nicht mehr.

»Soll ich wieder niemanden haben? Willst du das?« sagte sie böse.

Das Kleid lag immer noch ganz still, so wie sie es hingelegt hatte.

»Wenn du das Kleid jetzt nicht anziehst, knülle ich es zusammen und schmeiße es auf den Misthaufen!« drohte sie und wartete etwas.

Aber nein, Großmutter war heute unerreichbar.

»Wenn du das Kleid jetzt nicht anziehst, dann werde ich genauso böse darüber, daß du kommst, wie die anderen.«

Das half auch nicht.

Da kam ihr der Gedanke, daß Großmutter irgendwo draußen im Gesang des Meeres sein müsse. Daß sie deswegen nicht in dem Kleid auf dem Speicher sein könne. Wenn sie jetzt aber fallen würde, dann würde Großmutter sie schon bemerken.

Sie stand auf und starrte auf das Tageslicht, das durch die Luke heraufkam. Starrte und starrte. Ein Lichtstreifen spielte mit zwei toten Fliegen auf dem Treppenabsatz. Ein winziger Lufthauch setzte die steifen Flügel in Bewegung.

Aber sie sah trotzdem, daß sie tot waren.

Vielleicht war Großmutter auch gestorben? Kurz bevor sie kommen wollte! Vielleicht wollte sie deswegen das Kleid nicht anziehen.

Sie versuchte mit aller Macht zu fallen, um das herauszufinden. Es gelang ihr aber nicht. Schließlich setzte sie sich hin, legte den Kopf in die Hände und weinte.

Sie konnte Anna hören. Bergljot und das Mädchen räumten da unten auf. Das machte sie ganz einsam. Sie hatte Großmutter wohl wegen dieser Fremden verloren, die mit dem Dampfschiff kommen würde.

2

Bei westlichem Wind und unter einem unruhigen Himmel fuhren sie mit zwei Booten nach Strandstedet, um Dina zu empfangen.

»An Tagen wie diesem denkt man, daß die ›Svanen‹ nach Strandstedet hätte segeln sollen«, sagte Anders.

Benjamin antwortete nicht. Daß Olaisen den Frachtsegler gekauft und mit einer Dampfmaschine ausgerüstet hatte, war eine Sache. Daß der Mann ihn dafür benutzte, Köder auf die Lofoten und in die Finnmark zu schaffen, und damit ein Riesengeschäft machte, war eine andere.

Heute drehte sich alles um Dina.

Strandstedet wurde jede Woche in jeder Richtung dreimal angelaufen. Post kam zweimal die Woche und das Hamburger Schiff nur donnerstags, jedenfalls wenn es nach Fahrplan verkehrte.

Sie hatten Platz für die Boote zwischen den Pfählen von Olaisens Kai gefunden. Dort gab es eine feste Stufenleiter, und alles war in schönster Ordnung. Es roch neu nach mit Teer imprägniertem Holz.

Als die Dampfpfeife schrillte, hatten sie bereits lange an Land gewartet. Tonnen rollten über die Kaibretter, Ordern wurden durch die Türen des Lagerhauses gebrüllt, und Kräne kreischten.

Die Wartenden führten sprunghafte Gespräche über Belanglosigkeiten, über die sie sonst nie geredet hätten.

Die Sonne ließ sich nicht blicken. Es regnete, aber der Wind ließ nach, da die Flut fast ganz aufgelaufen war.

Karna hing an Benjamins Arm. Sie trug einen neuen, grünen Mantel mit Samtkragen. Aber wie alles, was man ihr anzog, sah er aus, als wollte er sofort wieder ausgezogen werden. Als wollten ihre unruhigen Glieder hübschen Mädchenkleidern nicht gönnen, so zu sitzen, wie sie sollten.

Selbst machte ihr das nicht viel aus, aber es kam vor, daß sie die Erwachsenen ermahnten: »Knöpf die Jacke zu! Deine Schnürsenkel sind auf! Die Mütze sitzt falsch rum!« Oder ähnliches.

Gelegentlich machte sie einen Versuch, ihnen den Gefallen zu tun. Aber nicht immer aus ganzem Herzen. Es war deutlich, daß diese Art von Zurechtweisungen sie nichts angingen.

Heute hörte sie nichts von dem, was gesagt wurde, und durfte unbehelligt mit offenem Mantel im Wind stehen. Besonders auch, weil auf dem Weg nach Strandstedet zweimal erste Anzeichen eines Anfalls aufgetreten waren.

Benjamin hielt Karna an der Hand und grüßte nach rechts und links. Versuchte, die Unterhaltungen so kurz wie möglich zu halten, ohne jemanden zu beleidigen.

Anna hielt ihre Schute fest und sah mit weit geöffneten blauen Augen über das graue Meer. Ab und zu schaute sie Benjamin an und lächelte.

Anders stand weiter hinten, den Rücken gegen einen mannshohen Kistenstapel gelehnt. Sein Gesicht verriet nicht mehr als sonst. Was er dachte oder empfand, war nicht zur Betrachtung freigegeben. Aber es war undenkbar, daß er sich davor drücken würde, Dina, die aus der großen Welt kam, zu empfangen.

Mehrere Male, das Schiff donnerte gerade gegen den Kai, zog er abwechselnd seine Brille und seine Pfeife aus der Tasche, ohne sich entscheiden zu können, was am angebrachtesten gewesen wäre.

Schließlich gab er auf und steckte beides ein. Die rechte Hand in seiner geöffneten Jacke zur Faust geballt, die andere herabhängend, stand er da.

Es hatte sich herumgesprochen, daß Dina von Reinsnes nach vielen Auslandsjahren zurückerwartet wurde. Einige waren nur deswegen zum Hamburger Schiff gekommen, um zu sehen, wie sie sich über die Jahre verändert hatte. Besonders Leute, die sie von früher kannten.

Sie stand nicht an der Reling, als das Schiff am Kai festmachte.

Sie war auch nicht zu entdecken, als der Landgang angelegt wurde. Alle hielten Ausschau. Die Kleinwüchsigen standen auf den Zehenspitzen, um, wenn möglich, über den Mann mit dem Zylinder hinwegzusehen oder über die Matrone mit dem Kartoffelsack auf dem Rücken, den Telegrafisten mit der Schirmmütze oder den Expedienten mit seiner Ledermappe.

Es hieß, Olaisen sei zu beschäftigt, um selbst die Schiffe abzufertigen. Er hatte einen jungen Mann von den Inseln dafür angestellt.

Als Dina von Reinsnes sich nicht sofort zeigte, begannen die Leute sich bald für anderes zu interessieren.

Nachdem sich der Landgang geleert hatte, tat sich die Tür zum Salon erneut auf. Eine große, aufrechte Gestalt in einem dunkelgrünen Reisekostüm trat auf Deck. Ihren Gesichtsausdruck konnten sie nicht sehen. Den verbarg sie unter einem breitkrempigen Hut mit Schleier, der lose unter dem Kinn zusammengebunden war.

Anders kannte sie und kannte sie auch wieder nicht. Er sah sie, als ginge sie durch weißen Sumpfnebel. Seine Brille lag in der Hosentasche.

Er fragte sich, wie sie jetzt wohl war. Nicht daß er glaubte, sie sei häßlich oder alt, ganz und gar nicht, nur daß sie sich vielleicht in Farben und Fasson einer milden Verwandlung unterzogen hätte.

Sie war nicht so kräftig wie früher, das konnte er sehen. Ihre Schmalheit kleidete sie, machte sie jedoch zu einer anderen. Fremd. Vielleicht etwas zerbrechlicher in starkem Wind? Heller mit dunklen Streifen an den Nähten. Wie ein bewährtes Segel.

Es fiel ihm ein, daß er sie in den unterschiedlichsten Verfassungen gesehen hatte. Nicht immer wohlgenährt und mit so festem Blick. Er war dazu auserwählt worden. Wie er sie jetzt zu sehen meinte, erinnerte sie ihn an den Sommer, als sie auf dem Foldmeer fast verblutet wäre.

Aber dieses Geschöpf, das da auf ihn zukam, war nicht unglücklich. Sie hatte offenbar ihre Bestimmung gefunden. Oder?

Vor dem Landgang blieb sie stehen. Dann packte sie das Geländer mit der rechten Hand und kam langsam, Schritt für Schritt, herunter. Sie wußte, daß etwa fünfzig prüfende Augenpaare auf ihr ruhten.

Er merkte sich, daß sie beim Gehen den Kopf gebeugt hielt. Natürlich, sie schaute auf den Landgang. Wie hätte das ausgesehen, wenn sie nach all diesen Jahren gleich gestolpert wäre.

Er zog die Hand aus der offenen Jacke und machte große Schritte, als er ihr entgegenging. Er hatte das bereits im Traum erlebt. So unendlich viele Male war er auf sie zugegangen und hatte ihre beiden Hände ergriffen.

Als sie noch Dampfschiffe auf Reinsnes abgefertigt hatten, war er selbst zum Schiff gerudert, um sie zu begrüßen. Sie hatte sich zu ihm fieren lassen und war immer so nah und deutlich gewesen. Das lag nicht nur daran, daß er damals viel besser gesehen hatte. Er hatte einfach noch ihr Bild in sich getragen. Nicht nur im Kopf. Nein, im ganzen Körper.

Die letzten Tage hatte er sie in Strandstedet empfangen, genau wie jetzt. Immer wieder. Nur mit kleinen Unterschieden im Detail, die den Empfang immer vollkommener gemacht hatten.

Aber er hatte sich nie vorgestellt, daß sie Handschuhe tragen würde. Sie hatte gewissermaßen keine Haut mehr.

Aber das spielte jetzt keine Rolle. Er nahm ihre behandschuhten Hände und räusperte sich. Dann sagte er laut und deutlich, so daß es alle Umstehenden hören konnten: »Segne dich, Dina! Willkommen daheim!«

Diese Worte verbreiteten sich die nächsten Stunden wie ein Lauffeuer in Strandstedet. Wie Essensgeruch zu hungrigen Erntearbeitern. Daß er das gesagt hatte, nach all diesen Jahren! Segne dich, Dina! Willkommen daheim. Daß Anders von Reinsnes, ohne Weib und allein mit der Schande, die Entflohene mit solchen Worten empfing! Das war nicht zu begreifen.

Warum kam sie eigentlich? Was wollte sie hier?

Stattlich war sie immer noch, aber nicht so, wie sie sie in Erinnerung hatten. Ihr Städterhut war ihr gegönnt, solche hatte sie auch schon früher getragen. Trotzdem sahen sie, daß sie grau geworden war. Und mager, oder etwa nicht? Es war deutlich, daß Berlin nicht nur ein Zuckerschlecken gewesen war.

Aber wer in ihrer Nähe ihrem Blick begegnet war, bemerkte, daß sie durchaus gesund und rüstig war. Dem einen oder anderen, der ihr von früher noch Geld schuldete, wurde es mulmig. Ihr Glasblick wich keinen Daumenbreit aus. Sie wirkte nicht so, als hätte sie auch nur einen Schilling vergessen, auch wenn sie jetzt nach links und rechts freundlich grüßte.

Mit Pompadour am Handgelenk und einer Reihe schwitzender Männer hinter sich, die ihr das Gepäck trugen, stieg sie an Land. So war es immer gewesen.

Es war offensichtlich, daß sie eine Weile bleiben wollte. Die drei Koffer waren groß und schwer wie Blei. Die Träger schwankten unter ihrem Gewicht. Außerdem trugen die Matrosen drei Reisetaschen an Land, drei Hutschachteln und einen Cellokasten. Sie würde wirklich einige Zeit bleiben!

Aber daß er das einfach so konnte, ohne ihr eine Abreibung zu verpassen? Anders? Daß er sie segnete und sie daheim willkommen hieß? Man konnte auch wirklich zu gutmütig sein.

Nicht, daß sie alle auf den Kai gekommen wären, um zu sehen, wie er sie verhöhnte, verfluchte oder sie einem Spießrutenlauf unterzog. Weit gefehlt! Aber ihr auch noch seinen Segen zu erteilen, das war zuviel.

Einige der Frauen bekamen feuchte Augen und fanden, das sei eine schöne Geste. Anders sei ein richtiger Mann nach ihrem Herzen. Ein Ehrenmann. Andere pflichteten den Männern bei. Es sei zu schwach, daß er ihr so wenig grollte.

Es fiel niemandem ein, daß Anders sich in vielen schlaflosen Nächten überlegt haben könnte, was zu sagen und zu tun sei, wenn oder falls es überhaupt geschah: daß sie zurückkam.

Diese Worte. Dieser Handschlag vor aller Augen. Er hatte eigentlich nicht so genau gewußt, was zu tun war. Wenn der Wind von der Seite kam, mußte auch ein Mann wie Anders kentern. Aber als der Traum Wirklichkeit wurde, tat er dann alles, ohne nachzudenken.

Wenn er hätte erzählen sollen, was er in diesem Augenblick empfand, hätte er die Leute nur groß angesehen und den Kopf geschüttelt.

»Empfunden? Was meint ihr?«

Wenn sie sich überhaupt überlegt hatte, wie Großmutter sein würde, dann auf jeden Fall nicht so. Sie war deutlicher und furchterregender als auf dem Speicher.

Und sie war anders, als Papa und Anna sie beschrieben hatten.

Sie glich ein wenig einer vergilbten Photographie, die Papa besaß. Dort saß sie unter einem Sonnenschirm und streckte jemandem die Hand entgegen, der nicht mehr im Bild war.

Seltsam war auch, daß sie so grün war. Karna hatte sie immer nur rot gesehen. Auf dem Bild lachte sie. Für sie untypisch, meinte Papa.

Eigentlich hatte Karna sich diese Begegnung nicht vorstellen können. Auch nicht, wie Großmutter aussah. Sie hatte wohl geglaubt, sie käme in dem roten Kleid und daß zumindest die Armreifen singen würden, wenn sie sich bewegte.

Jetzt verstand sie, wie dumm das von ihr gewesen war.

Immer waren alle, mit Ausnahme von Papa, ernst und seltsam geworden, wenn sie nach Großmutter gefragt hatte. Deswegen wußte sie nur, was Papa ihr erzählt hatte. Und der redete über Großmutter, als wäre sie eine der Kranken, die nicht mehr zu ihm kamen, weil sie gesund geworden waren: Groß. Dunkelhaarig. Wortkarg. Tüchtige Seglerin, Rechnerin und Reiterin. Tüchtige Cellospielerin. Papa erinnerte sich sonst kaum an etwas. Doch, daß sie so wütend werden konnte, daß allen kalt wurde.

Genau das konnte man sich nur schwer vorstellen. Denn die Großmutter auf dem Speicher war nicht so. Aber sie sah ein, daß Dina nicht so eine Großmutter war wie Stine für Isak.

Da kam dann die fremde Dame an Land, reichte ihr ihre in Seide gehüllten Hände und sagte mit einer Stimme, die keiner glich, die sie jemals gehört hatte: »Du bist also Karna! Tatsächlich! Als ich dich zuletzt gesehen habe, warst du noch ganz klein. Ein Wunder. Und jetzt! Wo hast du denn das schöne Haar gekauft?«

Sie wollte gerade sagen, daß es ganz von selbst wuchs, aber daraus wurde nichts.

Großmutter ging in die Hocke, und als sie sich eine Weile angesehen hatten, wußte Karna, daß das Beste an dieser Großmutter, die mit dem Dampfschiff kam, die Augen waren. Sie glichen diesen Glasdingern, die von dem Kronleuchter im Eßzimmer herabhingen. Sie waren wie der Ton des Meeres, wechselvoll, aber doch die ganze Zeit gleich.

Großmutter zog die Handschuhe aus. Sie sah vier Ringe blitzen. Dann faßte Großmutter sie um die Taille, hob sie hoch und wirbelte sie im Kreis. Die Röcke standen wie ein Fächer um sie beide.

Die Menschen auf dem Kai starrten und drehten sich ebenfalls. Jetzt zog es alle in einen Trichter. Immer schneller! Und dabei Papas besorgte Augen! Er hatte jetzt wohl Angst? Daß sie fallen würde? Aber sie konnte nicht fallen, wenn Großmutter sie hielt, das mußte er doch verstehen.

Und dann machte es auch nichts, daß diese Großmutter vom Dampfschiff keine Armreifen hatte und daß ihre Hutkrempe Karna am Kinn kratzte, denn es knisterte so seltsam in den feinen Damenkleidern. Als hätte sie jemand angezündet. Und ein fremder Wohlgeruch legte sich um sie beide. Alles war so sonderbar, denn sie hatte den Eindruck, als würde ihr jemand laut aus einem Buch vorlesen, mit Gerüchen und allem.

Als Großmutter sie wieder hinstellte, kamen der Schwindel und die Übelkeit. Es gelang ihr jedoch, auf den Beinen zu bleiben, und sie sagte schließich: »Ein Mann aus Trondhjem hat das Klavier gestimmt.«

»Gut!«

»Wir haben auch so eins!« sagte sie und zeigte auf den Cellokasten.

»Ich weiß.«

»Wieso?«

»Ich bekam es von dem Mann, der mir die Buchstaben beigebracht hat.«

»Von wem?«

»Das ist eine lange Geschichte. Da können wir später drüber reden.«

Also hatte sie Großmutter vielleicht doch nicht verloren. Sie war nur einfach vom Speicher heruntergekommen.

Karna dachte nicht daran, daß diese Begegnung es den anderen leichter machte, Dina zu begrüßen. Aber möglicherweise Dina?

Benjamin versuchte, sich nichts anmerken zu lassen, tat so, als würden sie sich dauernd sehen. Aber er las in Dinas Zügen, daß es für sie auch nicht so einfach war.

Sechs Jahre waren vergangen, seit er sie zuletzt in Kopenhagen gesehen hatte, achtzehn Jahre, seit sie Reinsnes verlassen hatte.

Ihre Augen! Er hatte vergessen, wie weit offen und hell sie waren. Hatte die Schatten in all dem Hellen vergessen. Das rührte ihn. Es tat ihm leid um sie beide, weil er vergessen hatte, wie sie aussah.

Und es ersparte ihm die Tränen. Er hatte wirklich keine Lust, daß ihm ganz Strandstedet dabei zusah, wie er flennte, weil es sich seine Mutter endlich einmal vorgenommen hatte, sich blicken zu lassen. Er merkte, wie er nur bei dem Gedanken die Lippen zusammenpreßte.

»Guten Tag, Benjamin«, sagte sie einfach.

Er hätte sie fragen können, wie die Reise gewesen sei. Aber da war etwas mit dem Schließmechanismus seines Unterkiefers. Es mußte ihr doch auffallen. Wie alt die Wut eines Jungen werden kann, und trotzdem bleibt sie am Leben. Wie frisch die Kindheit noch blutete, obwohl er sich Doktor Grønelv nannte.

Er fühlte Wellen des Widerwillens gemischt mit einer Sehnsucht, die er schon aufgegeben zu haben glaubte, während er ihre beiden Hände nahm und sie einen Augenblick lang drückte. Als sich ihre Augen mit Tränen füllten, dachte er: Nein, ich habe nicht aufgegeben. Aber schließlich sind Sehnsucht und Hoffnung auch das letzte, was den Menschen verläßt.

Anna hatte sich auf diese Begegnung vorbereitet, trotzdem fühlte sie sich unsicher. Zuletzt hatte sie Dina am Mittsommerabend vor sechs Jahren in Dyrehavsbakken gesehen. Damals war sie sehr unglücklich gewesen und hatte nur Augen für Benjamin gehabt. Aber die wenigen Briefe von Dina hatten sie deutlicher werden lassen.

»Willkommen! Ich freue mich so, daß Dina kommt!« sagte sie.

Die andere hielt sie etwas von sich weg, um sie anschauen zu können.

»Anna! Du hast es geschafft! Du bist so, wie ich dich in Erinnerung habe. Benjamin, du hast Glück gehabt!«

Die Leute streckten die Hälse und lauschten. Sie sprach so deutlich, daß jeder hören konnte, wie zufrieden sie über ihre Schwiegertochter war. Das war vielleicht etwas überstürzt. Schwiegertöchter waren nie so, wie man sie zuerst sah. Aber das waren Schwiegermütter vermutlich auch nicht. Und ganz sicher nicht Dina von Reinsnes, wenn sie sich richtig an sie erinnerten.

Über die Doktorfrau konnte man nichts Böses sagen. Aber sie gab sich nicht viel mit den gewöhnlichen Leuten ab, auch wenn sie schon mal Stunden für den Lehrer übernahm, wenn dieser beschäftigt war. Die Kinder mochten sie. Sie verzichtete auf die Rute. Die Leute hatten sie in der Kirche singen hören. So schön, daß selbst den Engeln die Tränen kamen.

Sie war ganz gewiß zu verweichlicht und zerbrechlich. Niemand hatte sie bei der Heuernte gesehen. Aber etwas mußte die Doktorfrau an sich haben, denn sie kam sowohl mit dem Propst als auch mit den Rotzbengeln aus. Sie war jedoch zu zart und zu schmal um die Taille. Deswegen hatte es wohl auch noch keine Geburt auf Reinsnes gegeben.

Aber die Leute sagten davon nichts, solange sie auf dem Kai standen. Keineswegs! Dort lauschten und schauten sie nur. Unschuldig sabbernd wie neugeborene Kälber.

Aber anschließend! Da teilten sie sich in kleine Gruppen auf, am liebsten zwei und zwei, und besprachen über einer Tasse Kaffee das

Thema. Das gab den Kuchenstücken jenen ersehnten Geschmack. Das Ereignis des Tages gemischt mit alten Weisheiten. Wie eine Prise kostbaren Safrans, wo man normalerweise nur Gelbwurzel beimischte.

»Ich habe Zwiebeln und Samen für dich dabei, Stine. Ein paar habe ich von einem Freund in Holland bekommen!«

Stines Freude machte ihr goldenes Gesicht froh und leuchtend. Als hätte die Hand der Veränderung es berührt. Eine Schönheit, die nur die Auserwählten sehen und für sich behalten und auf diese Weise ewig machen.

Tomas sah sie. Es wurde ihm klar, daß seit Dinas Weggang kaum noch jemand auf Stine gezählt hatte, außer ihm.

Und als Dina fragte, was sie denn in Strandstedet angestellt hätten, daß es so habe werden können, mit all diesen zusammengedrängten Häusern und einem Dampfschiffkai, und es sei ja überhaupt nicht nötig gewesen, daß sie alle kämen, da wurde auf einmal alles so alltäglich, daß er ihr antwortete, als wären sie einfach nur alte Bekannte.

Er fing an, darüber zu reden, daß Reinsnes nicht mehr angelaufen wurde. Das sei eine traurige Geschichte, Fortschritt eben. Anders nickte mehrere Male bei diesen wahren Worten. Das sei diesem Wilfred Olaisen zu verdanken, denn dieser Mann bekomme, was er wolle.

Dina hatte vor, zurückzukommen und sich den ganzen Zirkus hier anzusehen. Aber jetzt wollte sie nach Reinsnes und in der blauen Küche sitzen und sich daran erinnern, wie Olines Fischsuppe schmeckte.

Sie nahm Karna bei der Hand, sah sie alle nacheinander an und sagte, es sei unglaublich, daß sie soviel Fleisch auf den Knochen hätten ohne Oline in der Küche.

Da spürte Karna zum vierten Mal an diesem Tag den Ton des Meeres.

Aber Papa sah es und nahm sie auf seinen Arm, obwohl sie schon so groß war. Sie saß da, die Nase gegen seine grobgewebte Jacke, und fühlte, wie es gewesen war, als sich Oline ausgebreitet hatte, auf dem Küchenfußboden liegengeblieben war und nicht mehr mit ihr reden wollte. Und eine Weile lang war der Tag nicht derselbe wie vorher, als Großmutter noch nicht von Oline gesprochen hatte.

Aber die Erwachsenen redeten bereits von etwas anderem, und Großmutter hatte sich bei Anders fest eingehakt.

»Anders, du hast dich nicht verändert! Das ist unnatürlich!« Und dann sagte sie mit milder Stimme etwas in einer fremden Sprache.

Karna verstand die Worte nicht, und das tat Anders gewiß auch nicht. Und jetzt stieß ihn Großmutter so an, wie er Karna immer anstieß.

Sie lehnte sich an Papa und spürte seine Wärme und verstand, warum Anders sie immer genau so anstieß. Weil es ihm auch so sehr gefehlt hatte, mit Großmutter spielen zu können.

Sie verstand noch etwas anderes: Das hier war einer der Tage des Wunders, von denen Stine häufig sprach. Sie waren so selten, weil man aufpassen und den Unterschied zwischen ihnen und den anderen Tagen erkennen mußte.

Daß eine fremde Großmutter einfach so mit dem Dampfschiff kommen und alle so anders werden konnten! Sie sah sie an, und die Freude stand in ihren Gesichtern geschrieben. Sie hatten ganz gewiß vergessen, daß sie so unwillig gewesen waren, als sie es in der Zeitung gelesen hatten!

Als sie zur Anlegestelle in Reinsnes kamen, hatte Großmutter Hut und Schleier, Schuhe und Strümpfe ausgezogen. Mit offener Jacke und hochgezogenem Rock sprang sie bis zu den Knien in das eiskalte Meer. Dann zog sie sie alle an Land!

Karna hatte so etwas noch nie gesehen.

»Ja, so ist das! So ist das auf Reinsnes!« sagte Großmutter, als wäre sie immer hier gewesen und die anderen in Berlin. Dann ging sie barfuß mit großen Schritten den Kiesweg entlang vorweg. Die Bäume beugten sich sacht und rauschten im Wind.

Die anderen latschten hinter ihr her. Sie trugen alle ihre Sachen. Sie blieben stehen, wenn sie stehenblieb. Ein letztes Mal vor der Treppe.

Dort stand sie einen Augenblick und ordnete ihre Röcke. Dann drehte sie sich um, breitete die Arme aus und rief ihnen zu: »Aber jetzt kommt doch alle her! Kommt! Kommt!«

Und alle kamen. Die Leute vom Hof. Die, die auf den Feldern arbeiteten, und die aus dem Haus. Das Mädchen, Bergljot und Sara. Erst schüchtern, dann kam die Verwandlung. Die Freude. Genau wie bei all den andern auch.

Karna glaubte, daß nach dem Ton des Meeres die Freude das Größte auf der Welt sei. Sie steckte an. Legte sich wie ein starker Arm um sie alle.

Da war etwas mit Anna. Sie leuchtete.

Vielleicht war es ja nicht einmal Großmutter selbst, die es so machte. Sondern nur ihre Freude. Daß sie ihnen zeigte, daß sie froh war, bei ihnen auf Reinsnes zu sein. Und daß sie das nicht erwartet hatten.

Sie hatten vielleicht alle auf eine andere gewartet, genau wie sie?

Dann ging alles so schnell, und es wurde allzu bald Nacht. Großmutter, die kopfschüttelnd ihr Cello stimmte. Lauschte. Anna und Großmutter über den Noten. Anna, die sagte, daß Karna spielen sollte.

Aber sie schaffte es nicht. Ihre Hände waren naß, und das Herz erfüllte sie mit seinem Pochen. So war es den ganzen Tag gewesen.

Sie schüttelte den Kopf, und Anna ließ sie gewähren.

Dann spielten die anderen beiden, und Anna sang. Papa bekam ein so nacktes Gesicht. Und alle standen da und blinzelten. Anders nahm seine Uhr aus der Tasche, ohne sie anzuschauen. Die Brille auch. Ohne sie aufzusetzen.

Wie war es auf Reinsnes gewesen, ehe die Freude kam?

Wie konnte eine fremde Großmutter mit dem Dampfschiff kommen und alles verändern? Wenn sie selbst nicht einmal wagte, die Noten zu spielen, die sie doch in- und auswendig kannte?

Am nächsten Morgen kam Großmutter in einem Morgenrock aus gelber Seide aus dem Obergeschoß, der mit mehreren Lagen dünner Spitze besetzt war.

Karna hatte noch nie so etwas Schönes gesehen. Sie blieb mit gefalteten Händen stehen, um sich alles richtig anzuschauen.

»Jetzt fehlt mir nur eins«, sagte Großmutter.

»Was ist das?« fragte Karna und ging hinter ihr her zur Außentreppe.

Großmutters Haar war grau und schwarz. Es veränderte sein Muster, wenn der Wind hindurchfuhr.

»Die Kirchenglocken von Berlin.«

»Gibt es in Berlin viele Kirchen?«

»Viele, viele! Und alle haben sie ihren eigenen Gesang.«

»Kannst du sie unterscheiden?«

»Die in der Nähe. Aber oft läuten sie gleichzeitig, dann hört es sich an wie ein Chor. Einige haben die Stimme weit weg, fast wie ein Echo. Ein paar sind ganz nah. Einige sind schrill, andere weicher im Ton.«

Da tat sie es! Genau wie auf dem Speicher. Hob die Arme über den Kopf und wirbelte herum, als wollte sie über den Hof zu dem Klohäuschen tanzen. Sie verlor ihre Pantoffeln und ließ sie einfach liegen!

Es war kalt. Im Schatten lagen immer noch Schneehaufen. Aber das kümmerte Großmutter offenbar nicht. Sonst rannte immer nur Karna in Unterwäsche zum Klohäuschen. Jetzt waren sie zu zweit.

Karna stand im Nachthemd da und schaute ihr nach.

»Wir haben den Gesang der Meereswogen! Fast immer!« rief sie ihr keck hinterher.

»Ja, der hat mir in Berlin sehr gefehlt!« rief Großmutter zurück, ohne sich umzuschauen.

Karna mußte lachen. Sie ging in ihre Kammer, fand den Atlas und ließ den Zeigefinger Berlin einkreisen, wie Papa es ihr gezeigt hatte. Das hatte sie doch gewußt! Großmutter mußte es doch auch wissen. Dort gab es kein Meer! Wie kam man nur von einem Ort zum anderen, wenn man kein Meer hatte?

Großmutter trat in ihre Kammer und schaute sich um.

Sie sah das rote Kleid, das immer über Mutter Karens Stuhl hing, wenn es nicht auf dem Speicher dabei war, ging hin und legte eine Hand darauf. Dann hob sie es hoch und hielt es vor sich, während sie eine Melodie summte, die Karna noch nie gehört hatte.

Es war so hell um sie herum. Schneewehen des Lichts kamen von überall. Karna stand am Bett und suchte nach Halt. Hielt sich am Bettgestell fest. Aber das war nicht genug. Dort konnte sie ihre Finger nirgends hindurchstecken.

Da legte Großmutter den spitzenbesetzten Morgenmantel ab und warf ihn auf das Bett. Anschließend zog sie das rote Kleid über den Kopf. Als der Saum den Boden berührte, sah Karna, wie ein Pfahl aus Licht Großmutters Kopf zweiteilte.

»Nein, Großmutter«, sagte sie laut.

Sie brannte! Es tat so schrecklich weh. Es war nicht zum Aushalten. Sie hörte ihr eigenes Geheul. Dann verschwand alles.

Ehe sie die Augen öffnete, fühlte sie den Samt von Großmutters Kleid an ihrem Kinn. Wie beim ersten Mal auf dem Speicher. Da wußte sie, wo sie war, obwohl sie Papas Stimme über sich hörte.

Sie lag auf Großmutters Schoß. Und Anna stand da mit einem Wasserkrug in den Händen. Sie war so bleich. Hatte fast keinen Mund. Das war die Trauer. Sie war so deutlich, wenn sie gefallen war. Nicht daß sie es sah. Aber sie wußte es.

Einige Male glaubte sie, daß sie ihre Gedanken sah. Besonders Annas. Als hätte sich jemand fürchterlich an Anna versündigt und nicht um Vergebung gebeten. Eine Sünde, über die der Pfarrer von der Kanzel sprach.

Heute hörte sie jemanden das seltsame Wort sagen, das das bezeichnete, was Papa ihr nicht mehr gab, weil sie dann nur dasaß und mit dem Kopf wackelte wie eine alte Frau. Brom!

Sie öffneten ihre Münder. Standen da und traten auf der Stelle fast wie die Fische vor der Steilklippe. Sie öffneten und schlossen die Münder und gaben Brom von sich. Nur wenig. Trotzdem hatte sie einen ekligen Geschmack im Mund und wurde sich selbst fremd.

Großmutters Gesicht glitt davon. Aber vorher schaute sie noch auf Karna, als sähe sie jemanden, den sie nicht kannte.

Vielleicht war sie nicht Karna? Daß sie das nur glaubten? Vielleicht war sie jemand, vor dem alle Angst hatten, aber niemand traute sich, das zu sagen? Jemand, der alles das sah, worüber sie nicht sprachen?

Sie wurde davon so müde. So fürchterlich müde. Ihr Kleid war vorne ganz naß.

Großmutter hob ihr den Kopf ein wenig hoch, damit sie trinken konnte. Und sie trank. Schloß die Augen und glitt davon.

Zweimal wachte sie davon auf, daß etwas Ungewohntes im Zimmer war. Großmutter saß an ihrem Bett und sah sie an. Beide Male lächelte sie.

»Hier ist nur die Großmutter …«

Viel später, als sie wieder sprechen konnte, sagte sie: »Du darfst nicht wieder auf den Speicher gehen, Großmutter.«

»War ich auf dem Speicher?«

»Ja, aber du darfst nie mehr dorthin gehen.«

»Warum nicht, meine Kleine?«

»Das ist gefährlich für dich. Du verbrennst.«

3

Dina hatte immer wieder in Strandstedet zu tun. Sie telegrafierte, schickte Briefe und machte Besuche. Anders ging zu den Anlegestellen und wieder zurück. Er war da, wenn Gäste kamen, und entzog sich auch sonst nicht, wenn nach ihm gefragt wurde. Aber er ging seine eigenen Wege. Offenbar war ihm das ein Bedürfnis.

Ehe sie kam, hatte er drei Tage gehabt, um seine Erwartungen aufzubauen. Das war keine lange Zeit. Trotzdem genügte es, um etwas in ihm zerbrechen zu lassen, als sie einfach herkam und alles wegfegte.

Er hatte vermutlich gehofft, daß sie ihn wahrnehmen würde. Aber sie gab keine solchen Signale. Freundlich und höflich, das war alles. Er hatte bereits damit begonnen, sich wieder auf ihre Abreise vorzubereiten. Und es war ihm ein Rätsel, warum sie überhaupt gekommen war.

Dann kam sie nach zwei Wochen hinunter zu ihm ins Kontor hinter dem Laden. Zum ersten Mal waren sie allein. Er bot ihr einen Stuhl und ein Gläschen Schnaps an, wie es Sitte war, wenn man einen Geschäftspartner traf.

Sitzen wollte sie, aber das Glas schlug sie aus. Sie wollte über Reinsnes reden. Über Finanzen und Buchhaltung.

Er setzte seine Brille auf und überreichte ihr das Geschäftsbuch und die Bilanzen, damit sie sie selbst lesen konnte. Das war schnell getan, ganz anders als in alten Tagen.

Sie klagte kaum. Um die Wahrheit zu sagen, kein Wort wurde gesprochen, während sie, den Stift hinterm Ohr, die kalten Zahlen las. Er konnte sehen, wie sie im stillen nachrechnete, um seine Schlußsummen zu kontrollieren. Als sie fertig war, meinte sie fast munter: »Das sieht übel aus!«

Anders sah auf die Tischplatte, nahm die Brille ab und schloß einen Moment lang die Augen.

»Du hättest dir einen besseren Pächter suchen sollen als diesen Anders Bernhoft«, sagte er bitter.

»Darüber denke ich anders als du.«

»Und zwar wie?«

»Du hast es so gut wie möglich gemacht. Mit der neuen Zeit ist nicht zu spaßen. Strandstedet hätte Reinsnes ohnehin früher oder später überrollt. Daß sie Schiffsabfertigung und Post übernommen haben, war nur der letzte Tropfen.«

»Du sprichst wie dieser Olaisen. Aber es lag allein an meiner Geldnot, daß er meinen Frachtsegler bekommen hat.«

»Deine Geldnot ist doch die Geldnot von Reinsnes«, meinte sie.

»Glaubst du, daß Höfe wie der unsrige zum Untergang verurteilt sind?«

»Es sieht ganz danach aus. Solange es hier keinen vernünftigen Hafen gibt und die Fahrt über Land auf einem steilen und von Geröll bedrohten Weg über das Fjell erfolgen muß.«

»Der Teufel soll diesen Olaisen holen und noch das ganze Strandstedet dazu mit Schmiede und allem Spektakel. Und Telegraf und Post! Möge der Blitz einschlagen und alles verbrennen!«

Sie stützte die Ellbogen auf, und ihre Augen waren fröhlich auf ihn gerichtet.

»Mehr!«

Sein Zorn verflog, und er mußte ein bißchen lachen.

»Ich nehme mir jetzt einen Tropfen, um das ganze Elend zu vergessen. Und du?«

Sie nickte und knallte die Geschäftsbücher zu.

Als er einschenkte und ohne Brille das winzige Glas verfehlte, schaute sie weg, ohne etwas zu sagen.

Es fiel ihm aber auf, und er wurde verlegen.

»Das Schwierigste ist, die Dinge in der Nähe zu erkennen«, sagte er und wischte die Schnapslache auf den Fußboden.

»So ergeht es nicht nur dir.«

»Die meisten sind Manns genug, das Schnapsglas zu sehen, ehe sie es geleert haben.«

Sie hoben die Gläser und nickten einander zu.

»Ich bin nicht nur gekommen, um mir das Elend hier anzusehen«, ließ sie mit einem direkten Blick verlauten.

»Nein, sondern?«

»Ich will versuchen, das zu retten, was noch zu retten ist.«

»Wie meinst du das?«

»Verstehst du, im Frühling ist mir etwas passiert. Ich bekam Geld, mit dem ich nicht gerechnet hatte.«

Er sah sie aufmerksam an, ohne etwas zu sagen.

»Ich habe mich entschlossen, alle Schulden zu begleichen und die Häuser auf Reinsnes instand zu setzen.«

Nach einer Weile kam es leise mit einer Stimme, als hätte er eine Neuigkeit gehört, die nicht ihn betraf: »Das ist beachtlich.«

»Du bist nicht gerade überrascht?«

Da neigte er den Kopf, als wollte er sich unbedingt an etwas erinnern, das ihm entfallen war, und könnte deswegen nicht gleich antworten.

»Erstens kommt das etwas zu plötzlich ... Und dann bist du ja jetzt zwei Wochen zu Hause und hast kein Wort gesagt. Und drittens ist Reinsnes dein Besitz, auch wenn er jetzt schon allzu lange nur mir Sorgen bereitet.«

Die Rede war nicht länger. Dann fing er an, in seinen Taschen nach etwas zu suchen, was er nicht finden konnte.

»Du machst mir wohl Vorwürfe, Anders?«

»Wozu sollte das gut sein? Ich weiß doch, warum du gefahren bist ... Aber um die Wahrheit zu sagen, habe ich nicht verstanden, warum du zurückgekommen bist ... nach achtzehn Jahren. Jetzt verstehe ich den Grund. Um Schulden zu begleichen und die Bootshäuser anmalen zu lassen.«

»Das Geld hätte ich auch schicken können.«

»Das ist wahr«, sagte er müde.

Sie sah ihn an. Nackt.

»Meinetwegen mußt du die Schulden nicht begleichen, denn der

Frachtsegler gehört ohnehin schon Olaisen. Und der war eigentlich mein einziger Besitz.«

»Ich tue das für mich. Und für Karna.«

Er nickte.

»Aber ist es klug, dieses Geld für Reinsnes zu verwenden, wenn du mir doch gerade erklärt hast, daß Reinsnes nicht mehr konkurrieren kann? Du hättest dir damit doch in Berlin ein schönes Leben machen können.«

»Schulden zu begleichen ist Ehrensache.«

»Das ist wahr! Gute Worte!« sagte er und schaute ihr endlich in die Augen. Hart.

»Da sind noch ein paar Dinge, die ich dir erzählen muß«, sagte sie ruhig.

»Dieser Gedanke hat mich auch schon gestreift ...«

Er blieb sitzen und nickte mit dem Kopf, als würde er Musik hören. Seine Hände, von harter Arbeit gezeichnet, lagen auf den Armlehnen. Die Daumen wie Haken auf der Innenseite. Auf der Außenseite bildeten die anderen Finger einen kräftigen Bogen. Es war deutlich, daß diese Hände zupacken konnten.

»Ich besitze ein Bauunternehmen und eine Maklerfirma. In Berlin und Hamburg. Da habe ich Leute, auf die ich mich verlassen kann. Das gibt eine solide Rendite.«

Was er dachte, war schwer zu sagen, er bewegte jedoch schnell und angespannt den Unterkiefer.

»Einzigartig, was du alles geschafft hast, Dina!«

»Nein!« erwiderte sie fast böse und tastete geistesabwesend nach dem Stift hinter ihrem Ohr. Sie griff daneben und riß sich am Haar, bis er mit einem kratzenden Geräusch auf den Tisch fiel.

»Ich habe einen Mann beerbt. Ich hatte ihm jahrelang bei der Buchhaltung und im Geschäft geholfen. Ich kaufte auch ein paar Aktien seiner Firma, nur so aus Spaß.«

»Das hat wohl seine Richtigkeit ... daß du ihm bei den Sachen geholfen hast, die du kannst.«

Er schob den Unterkiefer vor. Das Kinn wirkte wie ein Fels.

»Eine Zeitlang habe ich mit ihm auch zusammengelebt.«

Da beugte er sich tief über den Tisch und stand gleichzeitig von seinem Stuhl auf. Die Hände auf den Armlehnen kamen als letzte nach.

»Bring uns nicht um unsere Ehre, Dina. Laß Vergangenes ruhen. Ich bestehe nicht darauf, etwas darüber zu erfahren, ich bin zu alt, um mich noch darüber zu entsetzen, was die Menschen anstellen. Wenn du gestattest, ziehe ich es vor, daß du all das für dich behältst.«

Er baute sich vor ihr auf und schaute sie scharf an, bis sie seinem Blick auswich.

»Ich möchte nicht, daß etwas zwischen uns ungesagt bleibt«, sagte sie.

»Mit diesen Sachen gehst du besser zum Pfarrer, nicht zu mir. Ich habe mir noch nie angemaßt, Leuten ihre Sünden vergeben zu können.«

»Aber du stehst mir am nächsten.«

»Lange ist es her, daß ich dir am nächsten war, Dina.«

Er legte die Hände auf den Rücken, als hätte er plötzlich entdeckt, daß sie ihm zu schwer würden. Dann ging er zum Fenster und blieb, den Rücken ihr zugekehrt, dort stehen.

»Erzähle mir, was du denkst, Anders!« sagte sie nach einer Weile.

»Was ich denke? Doch, das sollst du hören. Ich überlege mir, wann du wohl wieder nach Berlin fährst. Oder sonstwohin.«

»Willst du am liebsten, daß ich wieder fahre?«

Am Fenster war es still. So still, daß sie hören konnten, wie Anna oben im Haus Klavier spielte. Der Schall kam durch die offenen Fenster wie eine Erinnerung an etwas.

»Nein, zum Teufel! Aber einer von uns beiden muß das Feld räumen. Ich kann nicht mit dir zusammen hier herumlaufen, immer noch als der alte, frauenlose Dummkopf! Soviel mußt du verstehen, auch wenn du in der großen Welt warst und mit einem Sack voll Geld heimgekommen bist!«

Er war wie ein rasender Ochse, der auf die Peitsche wartet, weil er mit dem Kopf gestoßen hat.

»Spazier mit mir um den Hügel mit der Fahnenstange, hier bekomme ich so schlecht Luft«, sagte sie leise.

»Nein, ausnahmsweise brauche ich Wände um mich herum!«

Sie blieb noch etwas sitzen, dann stand sie auf. Öffnete die Tür und ging.

Als er ihre Schritte auf dem Kies hörte, wandte er sich vom Fenster ab und faßte sich plötzlich an die Brust. Tastete sich zu seinem Stuhl, während die Farbe des Winters sein wettergebräuntes Gesicht streifte.

Boote kamen und legten an der Anlegestelle an. Oder wurden an den Pfosten der alten Landungsbrücken festgebunden. Gäste ließen sich munter mit der Winde an Land hieven und standen dann auf unsicheren Beinen auf den alten Planken.

Sie kamen in Gruppen oder einzeln, genau wie zu der Zeit, als im Laden noch nicht alles Staub ansammelte, sondern gekauft und verkauft wurde. Es begann mit dem Schullehrer und seiner Frau, die sich nach den Neuigkeiten aus der großen Welt erkundigten und Dina daran erinnerten, daß sie zur Verwandtschaft gehörten. Weit entfernt allerdings.

Dann kam der Propst, um Anders und Dina zu sagen, daß sie beide in der Kirche willkommen seien. Er wollte auch, daß Anna beim Mittsommergottesdienst sang. Er erwartete viele und hoffte auf gutes Wetter.

Karna mischte sich, ungezogen genug, in die Rede des Prälaten ein und informierte ihn zutraulich, daß Großmutter die Berliner Kirchenglocken fehlten und daß sie schon allein deswegen alle zur Kirche kommen würden.

»Da sieht man mal«, sagte der Propst milde, »die Jugend weiß Bescheid.«

Dann kamen Leute aus Strandstedet. Der Häusler Hartvigsen, der seinerzeit bei Lensmann Holm auf Fagernes gearbeitet hatte, nahm einfach seine ganze Familie mit, um Dina zu Hause willkommen zu heißen.

Er hatte das Landleben aufgegeben und als Fuhrmann bei der

einzigen Posthalterei der Gemeinde angefangen. Wenn also Dina von Reinsnes und Anders auch, natürlich, sich irgendwohin befördern lassen wollten, wo sie mit ihren Booten nicht hinkämen, dann sei es ihm ein Vergnügen.

Der Telegrafist kam. Ein magerer Mann in schwarzweißgestreiften Hosen und Spitzbart. Er habe sich erzählen lassen, daß Dina Bernhoft oder Dina Meer, wie sie manche aus irgendeinem Grund auch nannten, Geschäfte in Berlin mache. In dem Zusammenhang wolle er gerne ihre gesamte Telegrafenkorrespondenz übernehmen.

Dina sagte, das zu wissen sei beruhigend, aber ihre Geschäfte glichen eher der Feder, die zu Hause zu fünf Hühnern würde. Meer sei ihr Firmenname im Ausland, räumte sie ein.

»Aber woher weiß Telegrafist Vaage, daß ich mich um Geschäfte kümmern muß?«

»Nein, woher soll ein Telegrafist so etwas wissen?« sagte der Mann stolz und schaute sich im Wohnzimmer um, als würde es ihm gehören.

»Und was ein Telegrafist weiß, wissen alle?« fragte Dina säuerlich.

»Nein, das dürfen Sie nicht glauben. Ich rede ja auch nur mit ordentlichen Leuten«, sagte der Mann und ließ sich willig mit Portwein traktieren.

Je mehr er traktiert wurde, desto mehr war er der Telegrafist, der mit ordentlichen Leuten sprach. Dina erfuhr viel über die Geschäfte und Transaktionen in Strandstedet, über die Klienten des Anwalts und über Olaisens erstaunlichen Geschäftssinn.

Und Wilfred Olaisen kam mit seiner ganzen Familie, mit Hanna, dem Kleinen und Isak, der in letzter Zeit sehr ernst geworden war.

Olaisen lächelte breit und stolz und kam sofort zur Sache: Er wolle, daß Dina in die Werft, die er in Strandstedet bauen würde, Kapital stecken solle.

Dina sagte noch einmal zurückhaltend, daß ihrem Kapital hier daheim mehr Beachtung geschenkt worden sei als angemessen.

Wilfred Olaisen war diskret allwissend und nannte das Bescheidenheit auf Seiten von Frau Dina.

Er lehnte sich über den Tisch, übersah die Männer im Raum und schenkte ihr all seinen Respekt und all seine Aufmerksamkeit.

»Transport ist ein Zeichen der Zeit! Zeitung. Dampfschiff. Betriebe! Das schafft Arbeit und Rendite. Die Räder, Frau Dina, die dürfen nie stillstehen! Sie müssen sich drehen. Ich selbst muß alle die kleinen Zahnräder in Bewegung setzen. Dann greifen sie ineinander und bauen die Gesellschaft auf. Ich hatte selbst nur ein kleines Erbe von einem Onkel – und meine beiden Hände zum Zupacken! Hätte ich nur wie Frau Dina einen soliden Betrieb im Ausland gehabt ... Aber es ging trotzdem! Nach wenigen Jahren blühen meine Geschäfte jetzt. In aller Bescheidenheit, natürlich. Tüchtige Leute bei mir in Arbeit. Laden und Löschen. Ja, tatsächlich! Alle haben doch von Frau Dinas Geschäftssinn in alten Tagen gehört. Und man wird doch nicht dümmer mit den Jahren! Frau Dina möge verzeihen, daß ich den Gang der Jahre erwähne. Das ist für uns alle gleich.«

»Gott sei dafür gedankt!« unterbrach sie ihn, stand auf und erklärte, daß sie ihren Abendspaziergang um den Hügel mit der Fahnenstange machen müsse.

Ob sie sich vorstellen könne, Begleitung zu haben? Denn dann könne er sie mit den Routinen und den Finanzen vertraut machen. Mit der geplanten Werft.

»Nein, danke. Ich spaziere um diese Zeit immer allein, verstehen Sie, Olaisen.«

Als sie den Schal umlegte und schon in der Tür stand, sagte sie milde: »Olaisen hat wohl bereits seine größte Investition von Reinsnes bekommen, wie ich die Sache sehe?«

»Oh?« sagte der Mann verdutzt.

»Die Hanna! Nicht wahr?«

Wilfred hatte sich schnell wieder gefangen. Bei Geschäften den Beleidigten zu spielen lohnte sich nicht. Er pflichtete bei, so gut er konnte.

»Sie ist hübsch und fleißig und klug«, sagte er und betrachtete sie mit Kennermiene.

Hanna fand einen Punkt hinter Dina an der Wand. In diesen Punkt legte sie ihre Scham. Sie hatte das Gefühl, daß sich Dina über ihren Mann lustig machte. Daß sie ihn dazu brachte, sie zu demütigen, ohne daß er das selbst verstand.

Und Benjamin? Sie hatten seit ihrer Ankunft kaum einen Blick gewechselt. Ein Fremder für sie hier in seinem Reich. Eilte er zu ihrer Verteidigung? Nein! Er saß nur da und sah aus, als würde er sich ebenfalls amüsieren.

Eine Falte grub sich in Hannas Mundwinkel und setzte sich dort für den ganzen Tag fest.

Aber Dina unterschätzte diesen jungen Gründer keineswegs. Bereits am selben Abend, nachdem die Gäste gefahren waren, saßen Anna, Benjamin, Anders und Dina im Wohnzimmer und ließen den Abend ausklingen. Da verriet sie ihre Gedanken.

»Wilfred Olaisen ... Wie lange hat er jetzt schon in Strandstedet die Fäden in der Hand?«

Anders und Benjamin sahen sich fragend an.

»Ich glaube, es fing an, als Benjamin nach Hause kam, 72. Er wollte nur Dampfschiffsexpedient werden«, sagte Anders.

»Der Lehrer in Strandstedet erwähnte, daß er als Bürgermeister vorgesehen ist«, sagte Anna plötzlich.

Da hatte Benjamin von Wilfred Olaisen schon lange genug. Er gähnte und nickte nachsichtig.

»Nein danke, so ein Bürgermeister hat uns gerade noch gefehlt.«

Anna sah ihn erstaunt an, wie sie das immer tat, wenn er sich mit seinen Kommentaren im Ton vergriff. Aber sie sagte nichts.

»Wie alt ist er?« fragte Dina weiter.

»Fünfunddreißig«, antwortete Anna.

»Man weiß Bescheid«, sagte Benjamin säuerlich.

Anna schwieg, aber Dina ließ sich nichts anmerken.

»Fünfunddreißig ist ein gutes Alter für eine Maschine von seinem Kaliber.«

Die Männer schauten sie aufmerksam an. Als wüßten sie nicht ganz, was sie damit sagen wollte.

Anna dagegen wartete nicht ab, sondern fragte: »Was meinst du damit?«

»Habt ihr das nicht gesehen? Ihr kennt ihn doch alle! Dieser Mann erreicht alles, was er will.«

»Ist das ein Fehler?« wollte Anna wissen.

»Nein, das ist ein Geschenk für alle. Wir müssen uns nur mit seiner Art abfinden, um auch davon zu profitieren.«

Jetzt hatte auch Anders langsam genug von Dinas Interesse an Olaisen. Er wünschte allen eine gute Nacht.

Die anderen beiden erhoben sich bald nach ihm.

Dina blieb noch ein wenig sitzen, dann nahm sie ihr Glas mit nach draußen in die Laube wie in alten Tagen. Aber es gab doch einen Unterschied. Als das Glas leer war, holte sie nicht etwa die Flasche, sie ging noch eine Extrarunde um den Hügel mit der Fahnenstange.

»Warum magst du Wilfred Olaisen nicht?« fragte Anna.

Benjamin zog sich gerade seine Weste aus.

»Wer sagt, daß ich ihn nicht mag?«

»Ich sage es. Aber das ist auch für alle anderen mehr als deutlich. Hanna kränkt es.«

»Ich weiß nicht«, sagte er und gähnte mürrisch.

»Ist es wegen Hanna?«

Er sah sie rasch an.

»Wieso Hanna?«

»Daß sie einen anderen verdient hätte?«

»Vielleicht.«

»Aber dafür kann doch Wilfred nichts.«

»Nein, dafür kann Olaisen nichts.«

»Warum bist du so herablassend?«

»Olaisen gegenüber?«

»Nein, mir gegenüber.«

Er zog sich schnell ganz aus und stand im Junilicht nackt vor dem Fenster.

»Das wollte ich nicht«, sagte er und umarmte sie.

»Ab und zu bist du unausstehlich!«

»Aber doch nicht dir gegenüber?«

»Das kommt vor! Wie heute abend, als wir über Olaisen geredet haben. Und ich finde mich damit nicht ab!«

»Ich werde versuchen, mich zu bessern«, murmelte er in ihr Haar.

»Bereust du es?«

»Ja! Und ich gelobe Besserung!« murmelte er.

»Na gut.«

Sie war so angenehm kühl. Fast ohne Makel. Ganz ohne Launen oder Sinn für Bosheit. Sein bester Kamerad. Aber er konnte mit ihr nicht reden, wie er mit Aksel geredet hatte. Denn sie wehrte sich nicht, war nur verletzt. Sie taugte nicht als Gegner, nur bei Diskussionen über Kunst und Musik.

Wenn sie ihr braunes Haar bürstete wie eben und es über ihre Schultern wallte, machte ihn das froh. Weil sie bei ihm war. Wenn sie ihre großen blauen Augen auf ihn heftete und ihn wegen irgend etwas zur Rechenschaft zog, dann empfand er einen intensiven Unwillen. Fast Wut. Besonders weil sie so oft recht hatte und er trotzdem immer anfing, sich zu verteidigen.

Aber nicht heute abend. Er wollte ihr recht geben, egal was sie sagte. Er stand da und folgte den Linien ihres Körpers mit den Händen. Ihr Mund verriet besser als alles andere, wie es ihr ging. Er konnte schmal und blutleer sein wie ein schneebedecktes Rosenblatt. Oder rot und voll wie ein ersehntes Glas Wein. Heute abend war er ziemlich schmal und bestimmt.

»Dich hat ein wirklicher Künstler geschaffen. Er hat mathematische Formeln gebraucht, um dich im Verhältnis zur Harmonie der Planeten im Universum auszurechnen. Nicht zuviel oder zuwenig Anna. Ein Stern und trotzdem lebendig«, flüsterte er und folgte den Linien ihres Kopfes mit den Händen.

»Dein Gedanke, Anna, ist wie eine Sternschnuppe. Ein Komet! Schön, aber gefährlich. Und deine Worte treffen einen mondsüchtigen Wolf mitten ins Herz. So zähmst du ihn.«

Sie lehnte den Kopf zurück, schloß die Augen und lachte.

»Oder wie heute abend. Als der Wolf sie kränkte, weil er genug hatte von Dina und ihrer Verherrlichung von Wilfred Olaisen. Da durchschaute Anna ihn und hätte sich über ihn lustig machen können. Aber dieser gefährliche Komet kann sich in eine Göttin verwandeln, die nicht etwa demütigt, sondern beschützt! Sie sagt lieber, daß sie selbst gekränkt ist, ehe sie einen einfältigen Wolf der Lächerlichkeit preisgibt. Denn sie weiß, hätte sie sich über ihn lustig gemacht, dann hätte er ihr in die Kehle gebissen. So!«

Sie stand in ihrem dünnen Nachthemd gegen seinen nackten Körper gelehnt und ließ sich behutsam beißen. Mit Freude spürte er, wie sie nachgab.

Viel später, als er schon glaubte, sie wäre eingeschlafen, hörte er: »Glaubst du, daß wir kinderlos bleiben?«

Er drehte sich zu ihr um und nahm sie fest in die Arme.

»Für solche Überlegungen ist es noch zu früh.«

»Zwei Jahre sind eine lange Zeit ... zum Nachdenken.«

»Nun, wenn du das meinst. Was denkst du?«

»Daß du eine hättest haben sollen, die fruchtbarer ist.«

»Und was hätte ich mit ihr getan, was wir beide nicht können?« fragte er lachend.

»Jetzt bist du dumm.«

Er ließ sie los und legte die Hände hinter den Kopf.

»Ich versuche nur, davon abzulenken, daß es vielleicht mein Fehler ist«, sagte er.

»Dein Fehler? Daran habe ich nie gedacht.«

»Dann denk in Zukunft einmal daran.«

Sie lagen eine Weile da.

»Du hast immerhin Karna.«

»Nach Karna wurde ich ein anderer. Also warum nicht auch so.«

»Du willst mich nur trösten ... die Schuld aufteilen.«

Er wußte nicht, daß er es gesagt hatte, ehe es zu spät war: »Du hast auf jeden Fall keine Angst davor, schwanger zu werden wie ...«

Dieses winzige »wie«. Hatte sie es gehört? Brachte sie es in Verbindung mit Karnas Mutter? Oder mit einer anderen? Tat sie das?

Wieso kam sie gerade heute abend auf das mit der Kinderlosigkeit? Weil Hanna bei ihnen gewesen war?

Wenn sie seine Betonung dieses »wie« heute abend gehört hatte, dann würde sie es auf jeden Fall nicht mit Hanna in Verbindung bringen.

Oder? Kannte er Anna überhaupt? Hatte er mit dem Tag, an dem er sie im Haus hatte, aufgehört, sie kennenzulernen?

Sie lag ihm nie damit in den Ohren, die Hilfe ihres Vaters anzunehmen und weiterzustudieren. Zu forschen. Wenn sie darüber sprachen, hatte er die Rede darauf gebracht.

Hörte sie besser als er selbst, daß er das nie richtig ernst meinte? Ließ sie ihn deswegen damit in Ruhe? War er nur deswegen in Nordnorwegen, damit Karna einen geschützten Platz hatte, an dem sie fallen konnte, ohne daß die Leute auf Abstand gingen oder sich darüber aufregten und ohne daß sie jemandem leid tat? Oder fuhr er nur einfach deswegen nicht wieder fort, weil er Angst hatte, mit dem Unbekannten nicht fertig zu werden?

Er zog sie an sich und flüsterte: »Danke, daß du sagst, was du denkst! Das war auf Reinsnes nicht üblich, ehe du kamst.«

»Nein ...«

»Ich will dich eines fragen ... Glaubst du, daß die Liebe nur etwas ist, worüber man in Briefen schreibt, aber daß sie welkt und schwindet, wenn man mit ihr lebt?« fragte er.

»Empfindest du das so?«

Er hörte, daß es ihm wieder einmal gelungen war. Sie zu verletzen.

»Nein. Aber ich habe Angst, daß du das tust. Daß du findest, daß ich nicht der bin, für den du mich gehalten hast. Daß du das zu spät bemerkt hast.«

Sie dachte nach. Zum Teufel, sie zögerte! Als hätte er einen äußerst empfindlichen Punkt getroffen. Ihm wurde mulmig.

»Ich habe nicht gewählt. Das ist nicht so einfach. Ich konnte ohne dich nicht leben. Ich habe dir doch erzählt, daß ich alles versucht habe, aber daß ich es nicht geschafft habe.«

Er atmete auf. Vielleicht tröstete sie ihn nur. Log. Was wußte er schon? Aber er brauchte das. Es fiel ihm auf, daß er nie gewagt hatte, sie zu fragen, wie es ihr eigentlich hier mit ihm zusammen ging. Nicht mehr seit dem ersten Frühling, als es so deutlich gewesen war, daß sie sich fortgesehnt hatte.

»Du hast etwas dagegen unternommen. Du bist gekommen. Ich habe immer nur hier gesessen und habe Briefe geschrieben und von der Liebe geträumt«, sagte er.

»Es waren die Briefe, die alles am Leben hielten«, erwiderte sie lächelnd.

»Aber Briefe sind nicht die Wirklichkeit. Sie erzählen nie die ganze Wahrheit.«

»Die Wahrheit? Sie liegt im Augenblick, Benjamin! Nur im Augenblick. Man darf sich nicht von dem verleiten lassen, was war, oder von dem träumen, was sein könnte. Jetzt ist jetzt! Daß ich hier bei dir liege und wir über das sprechen, was uns wichtig ist. Und daß du der einzige Mensch bist, den ich liebe, ohne daß mir jemand gesagt hat, daß ich das tun muß. Das ist Wahrheit, genau jetzt.«

4

Eines Morgens erklärte Dina, daß sie allein nach Strandstedet segeln wolle. Sie wollte herausfinden, ob sie das nach all den Jahren noch konnte. Karna wollte sie augenblicklich begleiten.

»Ich muß doch erst einmal feststellen, ob ich mich selbst in einem Boot befördern kann, ehe ich Passagiere mitnehme«, sagte Dina mit Nachdruck.

»Wenn du nicht weißt, ob du das Boot nicht zum Kentern bringst, kannst du nicht fahren, denn sonst ertrinkst du noch«, meinte Karna.

»Ich komme schon klar. Und es würde mir auch Spaß machen, das erste Mal allein zu fahren. Benjamin darf auch nicht mit. Du kannst ja das nächste Mal mitkommen.«

Für Karna, die von Anfang an immer hinter Dina hergetrottet war, ohne abgewiesen zu werden, war dies ein schlechter Tag. Aber sie verstand, auch wenn das niemand zu ihr sagte, daß es nichts half, Großmutter eine Szene zu machen, um seinen Willen durchzusetzen.

Zwischen der Landzunge und der tiefen Bucht war der Ort vom steinigen Ufer aus gewachsen. Wie eine Springflut, die plötzlich einen Streifen Baumstämme, Treibholz, Seetang und verblichene Bootsplanken zurückläßt.

Die Steinkirche lag dort, wo sie immer gelegen hatte, für sich alleine auf der Innenseite der Landzunge, in gehörigem Abstand von den weltlichen Wucherungen beim Hafen und beim Ufer der Kaufleute.

Das Ackerland lag überwiegend auf der Westseite der Landzunge, zum Sund hin, und auf der Moräne, mit der die Kaufleute nichts anfangen konnten.

Strandstedet lag im Windschatten an einem Hang hinter größeren und kleineren Inseln. Gut geschützt vor der Zugluft aus drei Sunden und vom Eismeer.

Eine Handvoll Lagerhäuser unterschiedlicher Größe und unterschiedlichen Zustands umgaben den Dampfschiffkai. Wohnhäuser, Brennholzschuppen, Pferde- und Kuhställe lagen überall an den Wegen verstreut. Um das Kai- und Lagerhausgebiet herum hatten sich eine Handvoll Kaufleute angesiedelt. Hier fand man Postamt, Posthalterei und Telegrafenamt.

Auf einer kleinen Anhöhe, gerade so, daß man es beim Einlaufen sehen konnte, lag das weißgestrichene Central Hotel mit seinen Verzierungen und den dunkelgrünen Fensterumrahmungen.

Auf dem Dach ragten vier solide Schornsteine empor. Es mußte zumindest aus zweien rauchen, damit die Leute den Eindruck hatten, das Geschäft gehe gut. Das Giebelzimmer in der zweiten Etage hatte eine Veranda, die auf drei durchgehenden Balken mit schrägen Stützen ruhte. Die Holzverzierungen zwischen den Balken gaben dem Ganzen das Aussehen einer Krone.

Dina legte den Kopf schräg zurück und betrachtete, ehe sie weiterging, lächelnd das Hotel.

Die Wege schlängelten sich zwischen den Häuserreihen auf einen Hügel hinauf, auf dem ein größeres Haus mit gestrichenem Lattenzaun, gepflegten Johannisbeersträuchern und grünen Vogelbeerbäumen lag.

Sie kam näher und bemerkte eine junge Lärche und Rosenbüsche in der nach Süden liegenden Ecke zwischen Glasveranda und Hauswand. Man hatte das Gefühl, jemand habe versucht, seine eigene Herkunft weit hinter sich zu lassen oder den Traum Wirklichkeit werden zu lassen, in südlicheren Breiten zu leben.

Manche fanden das sicher exotisch und bewundernswert, andere wieder verachteten ganz offen dieses Bestreben, sich zu mehr zu machen, als man war.

Daß Hanna, Tochter eines Lappenmädchens und eines Handelsgehilfen, der sich an einem Strick aufgehängt hatte, den Traum verwirklichte, einen Garten wie auf Reinsnes anzulegen, war für manche bestimmt reine Vermessenheit.

Aber je näher Dina kam, desto deutlicher wurde es, daß Frau Olaisen einfach machte, was sie wollte. Weißer Muschelsand auf den Wegen, runde Steine um die Beete herum, die Lärche und die Primeln – das veranlaßte die Leute sicher dazu, den Abhang hinaufzupromenieren, um über den Zaun zu schauen.

Anschließend würden sie dann gewiß zu dem Redakteur der Zeitung sagen, man könne kaum glauben, daß Frau Olaisens Mutter in einer Erdhütte geboren sei.

Daß Hanna einen Mann ausschließlich damit beschäftigte, umzugraben und zu pflanzen, hatte sich bereits bis nach Reinsnes herumgesprochen. Als hätte es keine Gärten in Strandstedet gegeben, ehe die Olaisens ein Haus auf dem Hügel bauten. Und dann war da das Vorratshaus, einfach zu groß! Als müßten sie etliches Schlachtvieh hängend aufbewahren.

Vielleicht wurden ja die Leute durch den Umstand etwas milder gestimmt, daß ganz gewöhnliche Rhabarberstiele ihre giftiggrünen Blätter über Isaks Komposthaufen für seine Angelwürmer hängen ließen.

Hanna tischte das Beste auf, was sie im Haus hatte. Rhabarbertorte war eine Selbstverständlichkeit. Dina sagte mehrmals, sie sei besser als Olines oder zumindest ebensogut.

Hanna lächelte und nötigte Dina zum Essen, wie es Sitte war. Dina war nicht so, wie Hanna sie in Erinnerung hatte. Sie war freundlich und nicht so scharfkantig. Hanna vergaß, daß sie einmal ein wenig Angst vor ihr gehabt hatte.

Fast verzückt ließ sie sich darüber aus, wie sie sich über den Rhabarber freue. Seit ihrer Kindheit immer zu Beginn des Sommers. Sie könne sich erinnern, daß Benjamin und sie … Hier hörte sie kurz auf zu sprechen, und ihr Blick streifte einen Augenblick ihren Mann, ehe sie fortfuhr. Sie habe ihn immer frisch gepflückt gegessen. Sie habe dann immer die Nase gerümpft, während sich alles durch die Säure zusammengezogen habe und ihr die Muskeln hinter den Ohren weh getan hätten, und das alles nur wegen der herrlichen Säure. Gelegentlich hätten sie auch von Oline Zucker bekommen.

Sie sprach weiter, jetzt etwas hektischer. Erzählte, sie koche immer Fruchtsuppe oder Grütze, mit einer schönen roten Farbe, weil Wilfred das gern esse. Dafür brauche man zwar viel Kartoffelmehl, das müsse sie zugeben. Aber das zahle sich aus, für alle, die es sich leisten könnten, wie man zu sagen pflege. Eine Zimtstange oder zwei und reichlich Zucker machten das Ganze zu einer Mahlzeit, zu der man einen Amtmann einladen könne.

Dina nahm noch ein Stück und sagte, daß Hannas Rhabarbertorte wirklich nicht zu verachten sei. Das hätte sich bis nach Reinsnes herumgesprochen.

Wilfred Olaisen war ein gastfreundlicher Mensch. Die Tatsache, daß er ein Mann war, hielt ihn nicht davon ab, allen dreien Kaffee einzugießen. Portwein war selbstverständlich.

Er zeigte Dina das geräumige Haus. Vom Keller bis zum Speicher war alles sehr ordentlich. Dank seiner Gattin, wie er das so schön ausdrückte.

Dina ließ sich bereitwillig beeindrucken. Sie kannte sich mit Porzellan und Besteck gut aus und hatte auch nichts dagegen, daß Schubladen und Schränke geöffnet wurden, damit sie die ganze Herrlichkeit sah. Sie lobte Möbel und Stoffe. Die frischgepflanzte Allee, die noch nicht richtig Wurzeln geschlagen hatte. Und die Glasveranda mit den bunten Fenstern zum Weg.

»Sollte die nicht besser zum Meer hinausgehen?« war ihr einziger kritischer Kommentar.

Aber Olaisen wußte alles über das Meer. Hatte es satt. Durch die Luftblasen aus rotem, gelbem und grünem Glas wollte er Leute betrachten. Die Leute seien ihm wichtig, sagte er und schenkte Dina sein schönstes Lächeln. Er wolle sehen können, wer vorbeikomme, wer zu Fuß und wer zu Pferde. Auf den Wegen liege die Zukunft, das dürfe Dina nicht vergessen.

Nein, gewiß, das würde sie nicht vergessen. Aber das Dampfschiff? Er habe doch gerade erst gesagt, das Dampfschiff sei die Zukunft?

Olaisen war an diesem Nachmittag in Stimmung und erinnerte sie daran, daß das Dampfschiff nur das Zwischenglied sei. Habe er nicht gutes Geld damit verdient, den Frachtsegler »Svanen« mit einer Dampfmaschine auszurüsten, um Heringsköder auf die Lofoten und in die Finnmark zu transportieren? Habe er nicht schon vor mehreren Jahren zu Anders gesagt, daß sie auf Dampf setzen sollten? Er habe ihm angeboten, sein Teilhaber beim Bau des Kais zu werden. Aber Anders habe sich nicht getraut.

Das sei seine Sache. Olaisen habe mit eigenen Mitteln gebaut. Und geliehenen, natürlich. Gewiß könne man Geld leihen, wenn man die richtigen Verbindungen habe. Aber nicht zuviel. Überhaupt nicht zuviel auf Kredit. Nicht mehr, als daß man nachts noch ruhig schlafen könne.

Er habe auch Anders' Heringsnetze übernommen. Und die Klippfischfelsen. Zugegeben, diese hätten bisher noch keine ordentliche Rendite ergeben. Aber wenn er nicht auf etwas spekulieren könne, an etwas glauben, dann fühle er sich nicht wohl.

Das schlimmste, was er sich denken könne, sei, daß ihm etwas entging, woran er glaubte. Und was den Hering betreffe, so sei der wie die Jahreszeiten. Er komme immer wieder, aber nicht unbedingt jedes Jahr. Man dürfe den Glauben nicht verlieren. Müsse Geduld haben. Warten.

Eines Tages würde das Märchen dann wahr! Dann taugten nur richtige Heringsnetze. Man könne sich dann nicht mit Angeln und solchem Kleinkram abgeben. Müsse das Silber heraufholen, so wie es einem von unserem Herrgott gegeben wurde. In ganzen Schwärmen!

Dina ließ ein paar Worte darüber fallen, daß er die Netze vermutlich so billig bekommen habe, weil er gleich alle drei auf einmal genommen und weil Anders erst sehr viel später in Bergen den Betrag gezahlt habe, den er für sie schuldig gewesen sei.

Aber darüber wußte Olaisen nichts. Das tue ihm leid. Es könne doch auch eine andere Schuld gewesen sein, die Anders beglichen habe. Zugegeben, er habe die Netze zu einem vernünftigen Preis bekommen. Wieviel genau, das habe er vergessen. So sei es nun einmal. Aber kein schamlos niedriger Preis. Nein, wahrlich nicht.

Dina bemerkte, daß er kein sonderlich sparsamer Geschäftsmann sein könne, wenn er sich nicht einmal den Preis von drei Heringsnetzen merken könne. Sie könne gut verstehen, daß er einen so guten Nachtschlaf habe. Da schlafe er wohl auch gut, obwohl die Heringspreise in den letzten Jahren nicht sonderlich hoch gewesen seien?

Er sah sie verwundert an, meinte, sie sei gut orientiert, und gab zu, daß die Preise niedrig seien und das Vorkommen der Heringe unregelmäßig. Aber er habe trotzdem gute Einnahmen, da er den Köder liefere. Frischen Köder!

Die letzten Jahre sei ganz Strandstedet gewachsen. Frau Dina solle sich nur daran erinnern, wie es gewesen sei, ehe sie nach Berlin reiste. Alles nicht der Rede wert, oder? Nein, wahrhaftig. Aber er habe das Seine getan, um zu Wachstum und Entwicklung beizutragen! Wenn er sich diese Bemerkung erlauben dürfe? Die Leute arbeiteten sich aus der Armut heraus. Im Ort gebe es vier neue Kaufleute. Der Sjøvegen sei komplett bebaut, ebenso Skjæret und das Hafengebiet.

Aber kaum einer wage zu investieren. Alle seien mißtrauisch. Und rückschrittlich. Sie hätten Angst, jemand könne ein paar Kronen verdienen.

Das Central Hotel zum Beispiel. Der Eigentümer sei aus Trondhjem gekommen, um mit einem Hotel in der Provinz sein Geld zu verdienen. Das allein sei genug, um die Leute mißtrauisch zu stimmen. Sein Hausdrachen von einer Frau habe das Ganze nicht besser gemacht. Der Ärmste sei dann auch schnell gestorben. Und der Schwager, dieser Bäcker, habe die ganze Herrlichkeit übernommen und im Keller seine Bäckerei eingerichtet.

Aber er habe nie vorgehabt, ein Hotel zu betreiben. Er habe mit seinem Brot auch genug zu tun. Gewiß verbreite er gute Laune und Lebenslust in allen Gassen und bis hinaus auf die Landstraßen. Aber das mache aus dem Ganzen noch lange kein Hotel.

Außerdem habe er diese Witwe am Hals, die zu allem Überfluß

auch noch seine eigene Schwester sei. Diese wolle bei allem mitreden, ohne sich auf etwas anderes zu verstehen als den neuesten Klatsch. Deshalb würde das Ganze auch in die Binsen gehen. Aber wenn Frau Dina deswegen glaube, daß der Bäcker verkaufen würde? O nein, weit gefehlt!

Olaisen habe Pläne, ein neues Hotel zu errichten. Vielleicht auch das Central zu kaufen ... Wenn es vielleicht unter den Hammer käme. Der Preis sei häufig bei einer Zwangsauktion günstiger, wenn das Interesse gering sei.

Ein Hotel, das sich tragen solle, dürfe nicht nur Brot und Kaffee servieren. Man müsse sich auch mit warmen Gerichten und feineren Desserts auskennen! Aber sicher!

Man dürfe sich nicht vor der Bewirtschaftung fürchten. Müsse nur seinen eigenen Stil finden. Und Kapital. Natürlich vor allem Kapital! Deswegen wolle er auch Frau Dina dabeihaben. Führte sie übrigens den Namen ihres ersten oder ihres zweiten Mannes? Er habe gesehen, daß sie beide benutze, oder irre er sich da?

»Olaisen ist gut im Bilde, aber da irrt er«, sagte sie kurz, ohne zu sagen, worin er eigentlich irre. Dagegen bat sie ihn, ihr von den Fortschritten zu berichten, was den Wegebau nach Süden anging. Ob mit der Zeit auch Hotelgäste mit Pferd und Wagen von weiter her kommen würden? Eine Posthalterei gebe es ja bereits.

Olaisen wurde ganz eifrig und meinte, da habe sie ins Schwarze getroffen. Sie kenne doch den Mann, der die Posthalterei betreibe? Wenn der Ort erst ein Gerichtsgebäude und einen jährlichen Markt bekäme, dann solle sie einmal sehen! Der wirkliche Fortschritt sei der Weg. Die Fahrzeuge. Sie würde sich noch an seine Worte erinnern. Man müsse vorausschauen. Sich nicht in dem verlieren, was einmal gewesen sei. Es gehe alles so schnell, so schnell. Wenn sie erst einmal anfangen würden ...

»Und wenn der Bäcker verkauft, um nicht Konkurs zu machen?«

»Der Ärmste kriegt einen Verkauf nicht hin. Er sieht nicht über seinen eigenen Backofen hinaus.«

»Olaisen ist mehr daran interessiert, neu zu bauen? Zu konkurrieren?«

Er lachte aufgeräumt.

»Der Bäcker ist für niemanden eine Konkurrenz.«

»Aber ein anderer? Falls der Bäcker verkauft?«

»Das wäre mir ein Vergnügen. Aber was wollte ich noch sagen? Doch, da wir schon einmal hier sitzen und über so vieles reden: Was mir im Augenblick am meisten am Herzen liegt, ist der Bau einer Werft.«

Hier machte er eine Pause und goß ihr höflich nach, ehe er weitersprach.

»Falls Frau Dina disponibles Kapital hätte ...«

Sie zog die Brauen hoch und musterte ihn mit einem leichten Lächeln.

»Lieber Olaisen, ich bin es gewöhnt, unter vier Augen und dann verbindlich über Geschäfte zu sprechen. Und hierher bin ich rein privat gekommen, um die Hanna zu besuchen.«

Olaisen wechselte rasch das Thema. Aber nach einer Zeit, die er für ausreichend hielt, warf er seiner Frau einen Blick zu. Diese stand auf und sagte, sie müsse den Kleinsten ins Bett bringen.

Olaisen bekam die Unterredung, die er sich gewünscht hatte. Unter vier Augen.

Als Dina gegangen war, trabte er von Wand zu Wand und breitete die Hände im Triumph aus. Hanna bekam den Bescheid, daß sein Glück gemacht sei.

Niemand würde Wilfred Olaisen als Geschäftsmann in Strandstedet übertreffen! Denn Frau Dina Grønelv und er würden eine Werft bauen. Zusammen, in bindender Teilhaberschaft. Am Ufer, beim Dampfschiffkai.

Sie müßten nur noch mit den Formalitäten beginnen und auf die Genehmigung der Obrigkeit warten sowie auf seinen Kredit und Frau Dinas Kapital aus dem Ausland.

Aber sie habe verlangt, daß er das für sich behalten müsse, bis sie ihre Familie benachrichtigt hätte.

Nach ihrem Treffen mit Olaisen ging Dina direkt zum Central Hotel und bat um ein Zimmer für eine Nacht.

Sie machte sich mit den Einrichtungen des Hauses gründlich vertraut und zog drei der Zimmer in Betracht, ehe sie das eine fand, in dem sich schlafen ließ. Sie sei äußerst geräuschempfindlich, erklärte sie.

Der Salon und der Speisesaal hatten zuviel verstaubten Plüsch, wacklige Möbel und alten Essensgeruch. Das ließ sich beheben. Die Fenster waren in Ordnung, soweit sie das beurteilen konnte. Einige innere und äußere Verbesserungen waren aber nötig.

Sie setzte sich in ihrem Dachzimmer ans Fenster und erinnerte sich an Olaisens stolze Kalkulation der Kosten für einen Neubau, an Preise für Holz und Glas. Er hatte gemeint, Dach und Schornsteine seien dicht.

Sie saß da mit ihrer eigenen Rechnung, die sie bedeutend großzügiger machte als Olaisen, und begann leise vor sich hin zu pfeifen. Ein Flöten zwischen den Zähnen wie die Zeitungsjungen in Berlin, wenn sie besonders viel verkauften.

Sie fragte das Mädchen im Speisesaal, ob Bäcker Nikolaisen wohl anzutreffen sei und ob er Zeit habe, mit Dina aus Reinsnes zu sprechen.

Sie wurde in die privaten Räume gebeten. Der backende Hotelbesitzer war freundlich, aber desorientiert. Vieles deutete darauf hin, daß Olaisen in seiner Analyse recht gehabt hatte. Obwohl Nikolaisen gekämmt war und sich die Bäckerkleidung ausgezogen hatte.

Aber der Mann war nicht dumm, und die Schuhe waren sicher neu. Sie knarrten. Trotzdem ließ sie einen Teil der üblichen Höflichkeitsfloskeln aus, die sie in Berlin gebraucht hätte, und fragte ziemlich rasch, ob an den Gerüchten etwas dran sei, daß er verkaufen wolle.

Er schämte sich und kam mit Entschuldigungen. War aber so geistesgegenwärtig, daß er fragte, wo sie das herhabe.

Sie habe das aus unterschiedlichen Quellen gehört, gab sie zu. Aber niemand könne etwas Sicheres sagen. Und da es nicht ihre Art sei, über Gerüchte zu spekulieren, sei sie gekommen, um ihn direkt zu fragen.

Der Mann nickte etwas entmutigt. Schob es auf den Verkehr. Auf den Unwillen der Leute, das zu zahlen, was Bett und Brot tatsächlich kosteten. Er müsse schließlich auch einen Bäckerjungen und ein Mädchen im Hotel entlohnen. Für die Arbeiten, die seine Schwester nicht schaffte.

Sie hörte ihn voller Verständnis an, dann fragte sie, was er sich denn als Preis vorgestellt habe. Nach einer weiteren Runde vollsten Verständnisses gelang es ihr, ihm einen Betrag zu entlocken.

Da erklärte sie flink, sie würde das Hotel bar auf die Hand kaufen, wenn sie es für die Hälfte bekäme.

»Bar auf die Hand?« sagte der Mann schnell und etwas zu eifrig.

»Bar auf die Hand! Aber dann gehören auch das Kellergeschoß und die Bäckerei mit allem Inventar dazu. Du kannst es dann wieder mit Fünfjahresverträgen mieten.«

Er fiel etwas in sich zusammen. Dann schüttelte er energisch den Kopf. Die Bäckerei war das einzige, was er hatte.

Sie stimmte ihm zu, wiederholte jedoch noch einmal, daß sie nicht ein Haus kaufen könne, wenn Keller und Grund einem anderen gehörten. Das müsse er verstehen.

»Und wenn ich das Nutzungsrecht auf Lebenszeit bekomme?«

Nein, meinte sie, er könne alt und verwirrt werden und nicht mehr in der Verfassung sein, den Betrieb zu leiten. Dann müsse sie sich vielleicht mit irgendeinem unmöglichen Bäckergesellen im Keller herumärgern. Zu solchen Konditionen könne sie unmöglich kaufen.

Der Mann ließ einen Augenblick lang den Kopf hängen, dann nickte er widerwillig.

»Die Sache bleibt unter uns, bis alles geklärt ist?« fragte sie.

Er nickte erneut und reichte ihr seine Hand. Sie war weiß wie Schnee und fast ohne Nägel.

5

Eines Abends saß Anders auf der Bank bei der Fahnenstange, da kam Dina.

Sie blieb zwischen ihm und der Sonne stehen. Eine schwarze Silhouette, von einem glühenden Streifen umgeben.

Er hielt eine Hand gegen die Sonne und schaute auf.

»Du sitzt hier, Anders?«

»Das ist so eine von meinen Gewohnheiten, im Sommer.«

»Ich habe dich hier noch nie getroffen.«

»Nein, ich habe gehört, wie du gesagt hast, du wolltest abends allein um den Hügel mit der Fahnenstange spazieren.«

»Und deswegen kamst du nicht mehr her? Meinetwegen?«

»So kann man es sagen.«

»Aber heute nicht?«

»Nein, heute nicht.«

Er machte ihr auf der Bank Platz.

Ohne etwas zu sagen, setzte sie sich in einigem Abstand von ihm hin. Sie saßen da und schauten auf etwas weit weg auf dem funkelnden Meer. Zusammen.

»Ein schöner Abend«, sagte er, ohne sich zu bewegen.

»Ja.«

Ein Boot kam langsam näher. Ein Ruderboot. Ab und zu verschwand es hinter den Wogenkämmen. Das Meer war ein großer, beweglicher Spiegel.

»Du fährst recht oft nach Strandstedet.«

Sie starrte direkt in das Sonnenauge.

»Ich habe das letztens, wie wir geredet haben, so verstanden, daß du es schwierig findest … mich hier zu haben. Daß die Leute reden.«

Anders hatte sich vor langer Zeit in die Handfläche geschnitten.

Die Narbe an dieser Stelle war ziemlich groß. Jetzt versicherte er sich mit seiner rechten Hand, daß sie immer noch dort war. Der Daumen glitt langsam über die winzige Erhöhung.

»Wenn du nur etwas nachgedacht hättest, dann hättest du sicher verstanden, was ich eigentlich meinte«, sagte er ruhig.

»Ich habe dich beim Wort genommen und mir einen anderen Aufenthaltsort gesucht.«

Sie sahen sich gleichzeitig an.

Sie drehte sich ihm mit ihrem ganzen Körper zu. Ihre Bewegung hatte etwas Bedrohliches. Aber als sie wieder zu sprechen begann, war ihre Stimme beinahe fröhlich.

»Ich habe das Central Hotel gekauft und werde es instand setzen.«

Er wußte nicht, ob er richtig gehört hatte oder was er sagen sollte.

»Ist das ernst oder nur dummes Geschwätz?«

»Ernst.«

»Der Teufel soll mich ...« begann er verdutzt.

»Das paßt vermutlich besser für mich«, parierte sie.

»Was willst du damit?«

»Es betreiben! Dort wohnen. Auf jeden Fall vorläufig.«

Er schlug sich mit den Händen auf die Schenkel.

»Habe ich dich in meiner Dummheit zu diesem verdammten Unsinn getrieben?«

Sie antwortete nicht darauf, sondern sagte statt dessen: »Ich habe mich auch in die Werft von diesem Olaisen eingekauft. Ich glaube daran.«

»Weiß der Benjamin davon?« fragte er entsetzt.

»Nein, du bist der erste.«

»Benjamin wird außer sich sein!«

»Dieser Olaisen ist nicht aussätzig, er hat ein seltenes Talent als Gründer. Er braucht einen Kompagnon. Es wird sich lohnen! Für Reinsnes.«

»Das wird keinen Segen bringen. Aber mach, was du willst.«

»Ja«, sagte sie unbeschwert.

»Dann werden wir dich nicht oft auf Reinsnes sehen.«

»Du kannst nach mir schicken lassen, dann komme ich. Aber ich kann die Leute nicht daran hindern, über mich zu reden. Das haben sie immer getan. Sie werden auch in den Jahren, die ich fort war, viel geredet haben.«

»Woher willst du das wissen?«

»Leute, die nicht einmal geboren waren, als ich fuhr, erkennen mich auf der Straße.«

»Das ist schon seltsam ... Was hast du damit gemeint ... nach dir schicken lassen?«

Sie legte ihre Hand auf die seine. Hastig. Wie ein Windhauch, dachte er.

»Ich weiß, daß ich nicht darauf rechnen kann, daß zwischen uns alles wieder so wird wie früher. Das habe ich verdorben. Aber wenn du willst, dann bin ich nach Hause gekommen. Zu dir!«

Einige Möwen kreischten träge über ihnen. Und das Boot, nur noch ein Punkt, verschwand immer wieder hinter den Wogen, draußen über den Seelachsgründen.

»Die fangen wohl einiges da draußen«, sagte er.

Sie saßen eine Weile da, ohne etwas zu sagen.

»Hast du um ihn getrauert, als er starb, Dina?« fragte er plötzlich.

»Ja! Das habe ich wohl. Er hat mich allerdings jahrelang verflucht, weil ich ihn verlassen habe, als er wirklich jemanden gebraucht hätte. Es war also eine seltsame Trauer.«

»Er brauchte ebenfalls jemanden?«

»Ja.«

»Und trotzdem gab er dir alles, was er besaß? Und du kommst nach Hause und baust und kaufst und setzt instand. Teilst mit uns auf Reinsnes und in Strandstedet.«

Sie blinzelte ihn an. Mehrmals. Als wäre sie sich nicht sicher, ob er sich über sie lustig machte.

»Schließlich und endlich tue ich es meinetwegen. Jetzt habe ich eine Gelegenheit. Da muß ich sehen, daß ich etwas daraus mache. Endlich! Ich habe so viel zu verantworten. Irgendwo muß ich anfangen.«

Er streckte seine Hand nach der ihren aus. Sah zu, daß sie nur wie ein Windhauch war, genauso wie ihre. Dann entschied er sich anders. Legte seine Handfläche auf ihre Hand und ließ sie dort liegen.

»Ich habe nicht viel Kapital, das ich zu dem neuen Betrieb beisteuern könnte, aber ich bin auch noch nicht tot. Nur meine Augen lassen mich im Stich. Wenn ich das sagen darf.« Er sah sie, so gut er konnte, an und fuhr fort: »Ich weiß nicht, wie alles wird. Aber wenn du Strandstedet irgendwann satthaben solltest und nach Hause kommen willst ... dann möchte ich, daß du bei mir schläfst, Dina. Wenn du das willst?«

Sie saß ganz still. Er sah sie nur undeutlich, weil sie ihm so nahe war. Aber ihre Hand unter der seinen wollte etwas. Heute steckte sie auch nicht in einem Handschuh.

Zögernd begann sie zu erzählen. Erst begriff er nichts. Es ging um ein Zimmer. Dann verstand er, daß es um ihre Bleibe in Berlin ging. Sie beschrieb die Aussicht aus dem Fenster. Die großen Bäume.

Sie wollte ihm etwas geben, dachte er, denn er konnte sich nicht daran erinnern, daß sie überhaupt jemals erzählt hatte. Jedenfalls nicht mit so vielen Worten.

Er war Makler auf der anderen Straßenseite gewesen und hatte immer ein etwas drolliges Gesicht gemacht, als wüßte er nicht ganz, wo er sich gerade befand. Als würde er nicht dazugehören. Genau wie sie. Er sprach ursprünglich Polnisch. Es sei wohl deswegen gewesen, meinte sie. Aber er hatte ein ausgezeichnetes Benehmen. Von seiner vermeintlichen Geldgier hatte sie nie etwas gemerkt. Das war nur etwas, was die Leute sagten.

Während sie sprach, verstand Anders einiges, nicht was den Mann in Berlin betraf, sondern sie. Wie sie sich als Fremde gefühlt hatte.

Sie erzählte von dem Fluß so, daß er begriff, daß es sich nicht um einen gewöhnlichen Fluß handelte. Er wollte fragen, wie er hieß, wollte sie aber in ihrer Erzählung von dem unendlichen Strom zwischen den beiden Ufern nicht unterbrechen. Immer zwischen zwei

Ufern. Nicht wie hier zu Hause mit einem Horizont auf der anderen Seite. Nein, so unbegreiflich anders. Fließendes Wasser, zu zwei Ufern verurteilt.

Sie erzählte von den Bäumen. Mächtig und rauschend, so daß man hätte glauben können, das Rauschen des Meeres zu hören, hätte man es nicht besser gewußt.

Mehrere Male tauchten Dinge auf, nach denen er sie gerne gefragt hätte, weil sie ihn interessierten. Aber daran war nicht zu denken. Nicht einen Augenblick. Und dann waren sie weg, und die Erzählung nahm ihren Fortgang.

Und in dieser Geschichte über die Bäume ließ sie vorsichtig den Mann auftauchen. Den Makler, den sie ihm schon im Kontor hinter dem Laden unterjubeln wollte. Zusammengelebt? Was war das eigentlich?

Während sie so erzählte, brachte Anders auf einmal großes Verständnis dafür auf, daß jemand, der reist und einen Baum sieht, sich unversehens unter seinen Ästen wiederfindet. Nicht weil man unbedingt so große Leidenschaft empfindet, sondern einfach nur weil dieser schattenspendende Baum genau dann zur Stelle ist, wenn man ihn braucht.

Eine Art Rührung erfüllte ihn, als er sie so anschaute. Sie war in diesem Weiß. Dem Licht vom Meer? Oder war das der Sumpfnebel in seinem eigenen Kopf?

Das spielte keine Rolle. Er wußte ja, wie sie war. Der Mund, der jedes Wort wichtig nahm. Die Nasenlöcher, die sich weiteten, wenn sie beim Ausatmen die Worte artikulierte. Die flatternden Wimpern. Der Herr erbarme sich seiner, diesen alten Mannes! Ihr Hals. Sicher glatt und stark, auch wenn das Alter seine Spuren hinterlassen hatte.

Immer noch lag ihre Hand unter der seinen, und immer noch beschrieb sie ihm Bilder. Von sich. Von den grünen Ufern. Jetzt nannte sie den Namen: Spree. Und Dächer, so weit das Auge reichte. Viele, viel mehr als in Bergen. Und Schornsteine. Sie ließen sich nicht zählen.

Und ohne daß er wußte, wie es zugegangen war, waren alle diese

Jahre verschwunden. Diese verzweifelt einsamen, verhaßten Jahre, die er wie ein Draug auf Reinsnes verbracht hatte.

Als wäre sie nie fortgewesen. Ja, noch besser. Denn es war auch nicht immer so schön gewesen, ehe sie gereist war. Aber was bedeutete das schon, jetzt war sie hier. Wozu brauchte man schon Fragen und Antworten, wenn man einmal eingesehen hatte, daß das Leben sich von Minute zu Minute veränderte.

Sein Augenblick war genau jetzt gekommen. Sie saßen zusammen auf der Bank auf dem Hügel mit der Fahnenstange und reisten gemeinsam übers Meer, die mächtige Flußmündung hinauf zu der großen Stadt mit der fremden Sprache.

Deswegen saß er ganz still und kümmerte sich genausowenig um das, was die Leute sagen würden, wie um die Mücken. Ließ sie einfach summen. Ein richtiger Mann kümmerte sich um so was nicht. Beachtete sie nicht.

Denn was wußten schon die Leute, die sich mit Mücken und Mist aufhielten, über das Wichtigste? Wenn sie nur die Jahre rechneten, die sie fortgewesen war, dann hatten sie nichts begriffen. Über die Erzählung, die sie ihm zum Geschenk gemacht hatte und sonst niemandem. Über das merkwürdige Wort, das er einmal besessen und dann verloren hatte. Das er aber jetzt wiederfand, ohne etwas unternommen zu haben. Liebe.

Die Hingabe, die er nicht verbergen konnte, bewirkte anscheinend auch etwas bei ihr. Sie rückte, während sie sprach, immer näher an ihn heran. Sie unterließ es nicht einmal, seinen Arm zu berühren, als sie ihm erstaunliche Dinge über die Musik in Berlin erzählte. Über die Orchester. Die Oper.

Obwohl sie wissen mußte, daß er nicht mehr Musik kannte, als die, die sie ihm vor langen Jahren vorgespielt hatte, sprach sie davon, ihm noch am selben Abend ein ganz besonderes Stück vorzutragen. Weil sie glaube, daß es ihm gefallen würde. Und er würde seiner Lebtag nie vergessen, wie sie es nannte: Wiegenlied, von einem gewissen Johannes Brahms. Er erwog, sie zu fragen, was das bedeute. Wiegenlied? Tat das dann aber doch nicht, weil er sie sonst in ihrer Erzählung hätte unterbrechen müssen.

Und während er ihrer Stimme lauschte, fühlte er das Blut in seinen Gliedern. Nicht so wie sonst, wenn es ihn nur auf den Beinen hielt. Nein, wie den Fluß Spree zwischen seinen beiden Ufern. Eine gewaltige Kraft, die wußte, was sie wollte. Zwischen den beiden Ufern gab es nur ein Ziel.

Er mußte sich nur von dem Draug verabschieden.

Seit Dinas Rückkehr hatten sie immer spät zu Abend gegessen, wie in alten Tagen am Wochenende oder wenn Gäste kamen. An diesem Tag ging Anders zuerst in die Anrichte und nahm Bergljot beiseite.

»Würdest du so nett sein, mein Bett auszuziehen! Und sorge dafür, daß es zwei Decken und zwei Kopfkissen gibt, ehe ich zu Bett gehe!«

Bergljot verzog keine Miene. Nickte und machte einen Knicks, klappte gewissermaßen mit allen ihren Gliedern zusammen, und das so schnell wie eine große Schere, wenn Schafschur war. Aber Anna gegenüber konnte sie doch nicht schweigen.

»Frau Anna«, flüsterte sie, als sich die erste Gelegenheit bot, »Frau Anna! Der Anders sagt, ich soll mit zwei Decken sein Bett machen und auch noch das Bett ausziehen.«

Anna nickte feierlich, als hätte Bergljot eine Arbeit verrichtet, die jeden Respekt verdiene.

»Gut, liebe Bergljot! Gut!«

6

Stine und Tomas kamen nach Strandstedet, um zu erzählen, daß das Datum bestimmt und der Transport organisiert sei. Aber Hanna wollte davon nichts hören. Amerika! Sie könnten umkommen! Sie könnten beraubt und totgeschlagen werden! Oder was noch Schlimmeres!

Gewiß, sie habe eine gute Partie gemacht und habe alles, was sie brauche. Aber Ole und Sara? Was würde aus ihnen?

Die würden mitkommen, erzählte Stine.

Tomas ging, um sich den Bauplatz für die Werft anzuschauen, und Hanna und Stine blieben im Wohnzimmer allein.

»Und jetzt verlaßt ihr mich einfach!« sagte Hanna.

»Erinnerst du dich, daß ich dich gefragt habe, als wir uns entschieden haben? Als du noch Witwe warst? Wir wollten Isak mitnehmen und ...«

»Ja. Aber damals war ich nicht darauf eingestellt, so weit zu fahren.«

»Wenn nicht dieser Olaisen gewesen wäre, Hanna, wärst du dann mitgekommen?«

Da geschah es, daß Hanna zu weinen anfing.

»Dann hättest du da drüben dein Glück machen können. Wärst frei gewesen!«

»Frei wovon?«

Die Stille währte so lange, daß Hanna ihr »Frei wovon« noch einmal wiederholte.

»Von diesem Olaisen!« kam leise die Antwort.

Stine stand auf und legte ein paar Leinenhandtücher zusammen, die sie für Hanna mitgebracht hatte. Sie hatte sie selbst gewebt.

»Er hat mich vor der Armut bewahrt. Er ist doch der einzige, der jemals versucht hat, mich zu befreien, Mama.«

»Ich habe eine Zeitlang geglaubt, daß du auf Reinsnes bleiben würdest, im Haupthaus ...«

»Wie kamst du auf diese Idee?« sagte Hanna hart und schneuzte sich.

»Ich dachte, daß ich ihm das angesehen hätte.«

»Wem?«

»Das weißt du, ohne daß ich einen Namen nennen muß.«

»Du träumst die Träume armer Leute, Mama.«

Stine sah zu Boden und entgegnete erst einmal nichts. Aber plötzlich knüllte sie das Handtuch zu einem Ball zusammen und setzte sich auf den nächstbesten Stuhl.

»Ihr hättet zusammengehört, du und Benjamin!« sagte sie so laut, daß sie sich anschließend wachsam nach Zuhörern umsah.

»Was du nur redest ...«

»Ich sehe es schon! Ihr hättet ein Paar werden sollen. Und ich sehe noch mehr: Keinem von euch geht es gut. Du bist schon wieder schwanger, und er bekommt keine Kinder. Die da ... die kann nur Klavier spielen und nachdenken.«

»Mama!« kam es gequält.

»Oline hat mir erzählt, daß ... du und er ... Pfingsten damals ... Du hättest diesen Olaisen nicht nehmen sollen! Er bedeutet dir nichts. Ich sehe es.«

»Mama, hör jetzt auf!« jammerte Hanna und lehnte sich in die Ecke beim Ofen.

»Das führt nur zu einem Unglück, wenn es einem nicht gelingt, jemanden zu lieben.«

Hanna drehte sich zu ihr um. Ihre schwarzen Augen funkelten.

»Lieben? Das ist nur was für feine Leute. Für die, die ihr ganzes Leben lang tun können, was ihnen paßt. Konntest du das? Bin ich die Tochter einer Frau, die sich das Lieben leisten konnte?«

»Ja, das bist du, Hanna! Und dein Vater war der erste. Hätte er mich darum gebeten, mit ihm nach Amerika zu fahren, dann wäre ich mitgefahren. Jetzt fahren statt dessen Tomas und ich mit diesem Geld. Das ist die Erfüllung. Denn den Tomas liebe ich auch, nur daß du es weißt!«

»Fahr nur nach Amerika! Ja, gut! Fahr!«

Stine strich sich mit beiden Händen über die Haare, als erwarte sie Besuch. Ohne Spiegel, ohne darüber nachzudenken. Nur diese weiche, geistesabwesende Bewegung.

»Er schaut dir immer noch hinterher, Hanna. Du weißt ...«

»Schweig!«

»Und du siehst ihm auch immer noch hinterher, Hanna.«

»Laß mich in Ruhe.«

»Als du schwanger warst, kam ein altes Weib aus Strandstedet zu mir. Sie war so überrascht darüber, daß ihr immer noch nicht da wart, denn sie hatte euch zusammen an Bord gehen sehen ... und war sich sicher, daß der Doktor heim nach Reinsnes wollte.«

»Was für ein altes Weib? Wann?«

Stine betrachtete sie mit glänzenden Augen.

»Das habe ich doch gesagt. Als du mit dem kleinen Rikard schwanger warst.«

»Was hast du ihr gesagt?« flüsterte Hanna.

»Daß der Benjamin zuerst zu einem Kranken draußen auf den Inseln müßte, aber daß wir euch erwarten würden.«

Hanna hatte aufgehört zu weinen, sah auf den Fußboden und wußte nicht recht, was sie mit ihren Händen anfangen sollte.

»Benjamin kam dann erst am nächsten Morgen. Allein«, fuhr Stine fort. »Aber da war sie schon weg.«

Hanna hatte einen Faden auf dem Fußboden entdeckt und starrte darauf. Dann lief sie zur Tür, durch den Gang und die Treppe hinauf in das Zimmer mit dem großen Eichenbett.

Stine kam ihr nicht hinterher. Sie hatte gesagt, was sie sagen mußte. Jetzt, allein, trocknete sie sich ein paarmal die Augen.

Sie hätte gerne eine Trommel gehabt. Eine Zaubertrommel. Dann wäre sie hinauf auf die Geröllfelder gegangen und hätte die Kraft der Liebe dorthin getrommelt, wo sie hingehörte. Und die Leute aus Kopenhagen wieder dorthin, wo sie herkamen, ohne daß sie einen Schaden litten. Sie hätte die Sorgen aus ihnen allen herausgetrommelt und die Freude in sie hinein. Und die Fruchtbarkeit? Vom Anfang bis zum Ende die Fruchtbarkeit.

Benjamin war an dem Tag nicht daheim, an dem Tomas ins Haupthaus kam und erzählte, daß alles entschieden sei. Im kommenden Frühling würden sie nach Amerika aufbrechen. Er würde behilflich sein, einen Pächter für den Hof zu finden.

»Aber daß du rein gar nichts gesagt hast?« meinte Anders.

»Darüber gab es nichts zu erzählen, bis alles klar war.«

Dina enthielt sich aller Warnungen.

»Man kann auch wieder nach Hause kommen, das habe ich ja bewiesen«, sagte sie und erbot sich, bei der Abreise behilflich zu sein. Wenn das nötig sei? In dem Blick, den sie Tomas zuwarf, war eindeutig Anerkennung.

»Es ist traurig für uns, die wir hier zurückbleiben müssen. Aber ich wünsche euch alles Gute«, sagte Anna und gab ihm feierlich die Hand.

Als Benjamin die Neuigkeit hörte, ging er über den Hof zum Nebenhaus. Es war deutlich, daß er mit Stine reden wollte, denn Tomas war auf dem Acker.

Er fing damit an, daß er das als eine mutige Entscheidung bezeichnete. Dann warnte er vor den Gefahren, die eine solche Amerikareise mit sich brachte.

Sie antwortete nicht, gönnte sich nur ein Lächeln und reichte ihm eine Tasse Kaffee mit einem Kringel auf der Untertasse.

»Ich mache mir keine Sorgen um uns, wir reisen ja«, sagte sie mild, »sondern um Hanna ...«

»Um Hanna?«

Jetzt war die Stunde gekommen. Sie schaute, während sie erzählte, auf die Tischplatte, damit er nicht ihretwegen in Verlegenheit geriet. Erzählte von der Frau aus Strandstedet. Warnte ihn. Falls die Leute noch mehr hätten, worüber sie sich Gedanken machten? Das sei es nicht wert, glaubte sie.

Denn ein Gerücht, das sei wie Fäulnis in einem Balken. Der Schaden würde immer größer. Sie hätte das schon früher sagen sollen. Denn er sei ihr wie ein Sohn gewesen, seit er neugeboren gewesen sei und aus ihrer Brust getrunken habe. Die Milch, die eigentlich das tote Kind hätte trinken sollen. Das Kind, das nicht sein durfte.

Er hörte ihr zu, ohne sie zu unterbrechen. Versuchte, das mit dem Kind zu begreifen. Aber alles, woran er dachte, waren Hanna und die Frau aus Strandstedet.

»Wir gerieten in ein Unwetter. Mußten auf einer Insel an Land gehen«, erklärte er und achtete darauf, Stine in die Augen zu schauen.

»Hanna kam nie hierher?«

»Sie war naß und unpäßlich, und …«

»Schon seltsam, daß ein reines Gewissen versucht, sich zu verstecken. Die Hanna hat nie ein Wort gesagt. Ich habe das nur von dem alten Weib gehört, das euch gesehen hat.«

Er hörte ihr hochrot zu.

»Nun gut, dann hatten wir eben Angst, daß jemand etwas aus dieser Geschichte machen könnte.«

Er wurde klein vor dieser winzigen Frau, die er sein ganzes Leben für eine Selbstverständlichkeit genommen hatte. Dann ging ihm auf, daß er nie sonderlich darüber nachgedacht hatte, was sie sah oder erlebte. Oder wie es ihr ging.

»Wie dem auch sei, Benjamin, ich will dich um eine Sache bitten. Im Austausch für die Milch, die du einmal von mir bekommen hast.«

Er nickte.

»Kannst du dich um Hanna kümmern, wenn ich fort bin? Denn ich werde sie wohl in diesem Leben nicht mehr sehen. Sie hat diesen fürchterlichen Willen, diesen Stolz … der dazu führt, daß man sich einen Strick nimmt. Ihr Vater hat das getan. Sie kommen an einen Punkt, an dem alles nur noch Nebel ist. Dann können sie nicht weiter. Wir Mütter tragen die Schuld daran. Solange Gott schuldlos ist, müssen wir diese Schuld auf uns nehmen. Willst du dich um sie kümmern?«

Er wußte nicht, was er tun sollte. Strich sich durchs Haar und wartete darauf, daß er eine Art Ausweg finden würde.

Sie fuhr fort: »Auf Reinsnes hat niemand über die Dinge gesprochen, die am wichtigsten waren. Ich auch nicht! Aber jetzt vor meiner Abreise … Und so wie wir uns sehen, das ist auch nicht immer das Richtige. Wenn wir versuchen, uns in den Augen der anderen zu verändern, dann nützt das nichts. Die Leute sehen, was sie glauben wollen. Deswegen will ich auch nach Amerika. Da weiß niemand, daß ich nur eine Lappin bin. Kannst du dich für mich um Hanna kümmern?«

»Ich werde mich für dich um Hanna kümmern«, sagte er mit so fester Stimme wie möglich.

»Dann ist alles nicht so schlimm«, sagte sie und schaute ihn milde an.

Am 14. September zeigte der Bauernkalender ein Kreuz. Tomas' Ehrgeiz war immer gewesen, an diesem Tag die ganze Ernte eingefahren zu haben. In seinem letzten Jahr auf Reinsnes sah es wieder ganz danach aus.

Dina sagte Tomas nicht Bescheid, als sie am Vormittag erklärte, daß sie alle im Kontor hinter dem Laden sehen wollte. Anders, Benjamin und Anna. Sie wolle über wichtige Dinge sprechen.

»Sie hat sich wohl wieder was einfallen lassen«, flüsterte Benjamin gutgelaunt Anna zu, als sie hinter den anderen die Allee hinuntergingen.

Dina setzte sich nicht in den Stuhl hinter dem Schreibtisch. Auch nicht in Benjamins Doktorstuhl. Sie streckte sich auf der alten Chaiselongue aus und wartete ab, bis die anderen einen Platz gefunden hatten. Dann löste sie ihre Schnürsenkel, schleuderte die Schuhe in eine Ecke und zündete sich, nachdem sie erst die Zigarrenkiste herumgereicht hatte, eine Prince of Wales an. Benjamin und Anna lehnten ab. Anders blieb bei seiner Pfeife.

Sie inhalierte die ersten gierigen Züge, und die anderen schauten sie an. Anders war der einzige, der einigermaßen vorbereitet war. Er hatte sie auch überredet, so lange zu warten.

Sie begann, wie er es ihr geraten hatte.

»Ich habe eine große Erbschaft gemacht. Jetzt habe ich die gesamten Schulden von Reinsnes beglichen, und im Frühling werden wir damit anfangen, die Häuser instand zu setzen. Das Dach des Haupthauses lassen wir bereits diesen Herbst richten.«

Im Kontor wurde es still. Als wäre jede Bewegung mühsam.

Benjamin runzelte die Stirn. Dann streckte er die Beine aus, legte die Hände in den Nacken und sagte lächelnd: »Das ist ja eine gute Neuigkeit, unfaßbar! Das wird doch wohl einiges kosten, soviel verstehe ich auch davon. Wer ist der edle Stifter?«

»Ein Geschäftsmann aus Berlin, den ich lange Jahre gekannt habe. Eine lange Geschichte. Die muß warten.«

»Das ist phantastisch!« sagte Anna, ging auf Dina zu und umarmte sie.

»Du hast erst jetzt darüber Bescheid bekommen? Ein Telegramm?« fragte Benjamin.

»Nein. Schon im Frühling.«

»Du hast dir das also seit Mai überlegt?«

»Das kann man so sagen«, erwiderte sie entgegenkommend.

Ein schneller Blick auf Anna veranlaßte ihn, das Thema nicht weiter zu verfolgen.

»Wir fangen wohl damit an, den Laden vor dem Einsturz zu bewahren? Nicht wahr, Anders?« sagte er.

»Oder die Wohnräume«, sagte Anna und schaute von einem zum anderen.

Anders sagte nichts. Er war von dichtem Pfeifenrauch umgeben.

»Um die Details können wir uns später kümmern«, sagte Dina geschäftsmäßig, »ich habe noch mehr auf dem Herzen.«

Sie ließ eine kleine Pause entstehen, ehe sie weitersprach.

»Olaisen und ich bauen als Teilhaber eine Werft!«

Von einem Augenblick auf den anderen entgleisten Benjamins Gesichtszüge. Seine Muskeln schienen sich zu prügeln. Seine Mienen ließen sich nicht unterscheiden, weil alles so schnell ging: Fassungslosigkeit, Wut, verletzte Eitelkeit, Hohn. Letzterem verlieh er seine Stimme.

»Hast du so viel Geld, daß du es zum Fenster rauswerfen kannst?«

Sie legte kurz dar, was sie eigentlich im Ausland verwalte, ohne

Zahlen zu nennen. Und ohne auf die Beleidigung einzugehen. Aber sie schloß damit, daß man bei Geschäften nicht an eventuelle Antipathien denken dürfe. Man müsse handeln, wenn man an die Ware glaube.

»Ich hätte gedacht, du bist klüger, als dich finanziell mit diesem Emporkömmling zu liieren!« sagte Benjamin.

Aber Dina nahm ebenfalls kein Blatt vor den Mund. Es sei gut möglich, daß Olaisen ein Emporkömmling sei, aber er erreiche immerhin, was er wolle. Ein Mann mit Geschäftssinn. Das sei hier im Norden Mangelware, meinte sie. Alle säßen nur da und warteten darauf, alles gemacht zu bekommen, und außerdem auf schöne Worte. Niemand wolle etwas riskieren. In den vergangenen Monaten habe sie das beobachtet. Reinsnes könne nur überleben, wenn es sich mit dem Handel in Strandstedet verbünde und die neue Zeit mitgestalte. Sie wolle nicht nur in Olaisens Werft investieren, sie habe auch das Central Hotel von Bäcker Nikolaisen gekauft.

»Das Central Hotel! Das nur gerade so am Konkurs vorbeischrammt?« rief Benjamin. »Wo hast du deinen Verstand?«

»Der Bäcker versteht nichts von Hotels. Er hat nie im Hotel gewohnt, außer bei sich selbst natürlich. Ich weiß, was nötig ist, damit sich das Ganze rentiert«, stellte Dina munter fest.

»Tomas und Stine fahren nach Amerika, und du kaufst dich in Strandstedet ein!«

»Genau! Wenn die beiden, die das Land bestellt haben, fort sind, dann ist auch der Rest der alten Zeit verloren. Wir müssen uns etwas Neues einfallen lassen. Ohne Frachtsegler, ohne Handel mit Bergen, ohne Laden und ohne Abfertigung von Dampfschiffen ist hier nichts. Keiner von uns kann die Äcker bestellen! Auch du nicht, Benjamin!« sagte sie scharf.

Er schlug mit der Faust so fest auf den Tisch, daß Anders' Schiffsaschenbecher einen Satz machte. Die Asche flog durch die Luft und blieb dann auf seinem Arm liegen.

»Und du! Du kommst mit Geld nach Hause, das du dann bei Wilfred Olaisen investierst! Und weil es so nett ist, in einem Hotel. Bist du deswegen zurückgekommen?«

Bei jedem seiner Ausbrüche zuckte es in Annas Mundwinkeln. Sie sah ihn wütend an, sagte aber nichts.

Dinas Miene verriet nur wenig, aber als er fertig war, sagte sie fast freundlich: »Du hast das Temperament des alten Lensmanns. Da hast du wirklich eine Aufgabe.«

Dann fuhr sie fort, daß er sich irre, sie sei nicht zurückgekommen, um das Central Hotel zu kaufen. Sie habe, ehrlich gesagt, nicht gewußt, daß es hier oben so viel gebe, habe geglaubt, alles stehe kurz vor der Zwangsversteigerung. Ohne Zukunft. Aber das sei gar nicht so. Hier ließe sich viel erreichen, wenn man nur gesund und verständig sei. Aber erst einmal müßten sie sich darum kümmern, an der Entwicklung von Strandstedet teilzuhaben.

»Du, Benjamin, brauchst eine richtige Praxis, nicht nur ein elendes Hinterzimmer, zu dem du ab und zu mal hinsegelst, wenn das Wetter danach ist. Wenn Anna und du hier im Norden bleiben wollt, müßt ihr wohl nach Strandstedet umziehen. Außerdem gefällt es Anna zu unterrichten, wenn der Lehrer anderweitig beschäftigt ist. Und dann taucht sicher irgendwann die Frage auf, ob du nicht den alten Doktor als Distriktsarzt ablösen willst.«

Wie auf Kommando schauten die Männer hoch. Woher sie das wisse?

»Vom Redakteur der neuen Zeitung.«

Benjamin konnte seine Verachtung nicht verbergen: »Der Redakteur ist das Klatschweib von Olaisen!«

Dina betrachtete ihn ungerührt. Dann zog sie ihre Jacke aus und erklärte, sie habe ein anderes Interesse an der Frage erwartet, was sie zusammen für die Zukunft von Reinsnes tun könnten. Sie erwarte beispielsweise, daß sie nach dem Kostenplan und nach dem investierten Kapital fragen würden.

Sie zog eine Dokumentenmappe hervor und breitete Papiere auf der durchgelegenen Chaiselongue aus. Zeichnungen und Dokumente. Sie machte keinen weiteren Versuch, ihre Vorhaben zu verteidigen.

»Ich fange mit der Werft an.«

Sie erklärte, zeigte, nannte Zahlen und las den Vertrag über die

Finanzierung vor, den die beiden Vertragspartner geschlossen hatten. Ohne auf Zustimmung oder Einwände zu warten, machte sie sich an die Erklärung der Zeichnungen. Der Rohbau müsse fertig sein, ehe der Schnee käme. Im Frühling würden sie dann bereits die ersten Aufträge annehmen können. Im Sommer, Juni 1879, solle die Werft fertig dastehen!

Anders ließ sich mitreißen.

»Aber ein Fünftel der Finanzierung ist doch nicht gesichert?« meinte er.

Sie zeigte auf einen Satz im Vertrag. Dort stand, daß Olaisen und sie jeder zwei Fünftel bar bezahlen sollten. Für das letzte Fünftel würde Olaisen sein Haus beleihen. Das sei bereits geklärt. Sie hätten beide Vorkaufsrecht, falls einer von ihnen ausfallen, eventuell zahlungsunfähig werden würde. Außerdem hätten sie eine schriftliche Abmachung: Falls ernsthafte Streitigkeiten zwischen den Vertragspartnern auftauchen würden, könnte jeder seine Mittel ohne Kündigungsfrist aus dem Unternehmen ziehen.

»Aber wenn ihr euch überwerft und er sein Geld herausnimmt?« fragte Anders.

»Das kann ich verkraften«, sagte sie und lächelte.

»Und wenn du es machst?« wollte Anna wissen.

Dina zuckte mit den Achseln.

»Darüber soll sich Olaisen den Kopf zerbrechen. Er hat Haus und Heim verpfändet und wird versuchen, das zu vermeiden.«

»Auf jeden Fall besitzt Olaisen ein Fünftel mehr und hat damit die Mehrheit«, sagte Anders.

»Das ist nur recht und billig. Seine Idee. Seine Vorarbeit. Sein Kreditrisiko. Ich investiere ja nur Geld, um in Zukunft Zinsen zu kassieren.«

Sie sah sie der Reihe nach an. Als niemand etwas sagte, legte sie die letzten Papiere wieder auf den Stapel.

»Und wenn alles Konkurs geht?« fragte Benjamin düster.

»Nichts von dem, was Olaisen oder ich bisher getan haben, ist Konkurs gegangen. Warum sollten wir dieses Mal einen schlechteren Geschäftssinn haben? Die Reedereien müssen die Werften im Süden anlaufen. Olaisen mußte bis nach Trondhjem, um den Frachtsegler auf Dampfantrieb umrüsten zu lassen. Vielleicht wird das auch hier einmal möglich sein? Aber wir wollen klein anfangen, mit Booten aus Holz. Dann sehen wir weiter. Eine Werft für Schiffe aus Stahl? Was meint ihr?«

»Du bist verrückt«, murmelte Benjamin, »was weißt du schon von einer Werft für Schiffe aus Stahl?«

»Nichts, aber das tun andere. Zumindest in Deutschland.«

»Du hättest das Geld dazu benutzen können, um Reinsnes wieder auf die Füße zu helfen.«

Da wurde deutlich, daß sie jetzt lange genug gutmütig gewesen war. Eine tiefe Falte zwischen den Brauen, drückte sie ihre Zigarre aus und lehnte sich vor.

»Was für ein Betrieb soll das hier auf Reinsnes denn sein? Und wovon hätten Reinsnes und wir leben sollen, wenn alles Geld einmal aufgebraucht ist? Von deinen Einnahmen als Doktor?«

Benjamin verfärbte sich und stand auf.

»Mach, was du willst!« sagte er kurz und wollte zur Tür hinaus. Von der Schwelle aus fragte er noch, ob sie im Lande bleiben würde, bis die Werft fertig sei.

»Ja! Hier und in Strandstedet.«

Er stierte sie an, voll verzweifeltem Hohn.

»Und Anders? Soll er mit nach Strandstedet? Oder brauchst du ihn nur hier?«

Da ging Anna auf ihn los. Hämmerte mit ihren Fäusten auf seine Brust. Sie stieß einen seltsamen Laut aus. Weinen war das nicht.

Dina fing an, lautstark zu atmen. Ein Zischen.

»Benjamin!« sagte sie bedrohlich ruhig.

Er verließ das Kontor. Setzte sich auf einen Stuhl hinter dem Tresen im Laden. Starrte nacheinander sämtliche Schubladen an. Einige standen zur Hälfte auf und verströmten den Geruch ihres hundertjährigen Inhalts. Hundert Jahre? Oder war es noch viel mehr? Plötzlich empfand er eine dringende Notwendigkeit, herauszufinden, wie lange es einen Laden auf Reinsnes gegeben hatte. Die

Geschichte, die langsam verschwand, ohne daß jemand auch nur einen Finger rührte. Auch er nicht.

Er spürte, wie ihn ein Gefühl der Ohnmacht überkam. Ein kleiner Junge, der dasitzt und darauf wartet, daß seine mächtige Mutter drinnen im Kontor damit fertig wird, über Geschäfte zu verhandeln.

Erinnerungen glitten ihm wie Schlangen durch den Sinn. Sie versetzten ihn in eine Wut, die er nicht unter Kontrolle hatte. Schließlich befand er sich in einem roten Nebel, in dem nichts mehr eine Bedeutung hatte.

Ohne daß er wußte, wie es zugegangen war, stand er plötzlich wieder mitten im Kontor. Er merkte kaum, daß sich die drei anderen erneut um Dinas Papiere geschart hatten, die jetzt auf dem Kontortisch lagen. Aber darauf wollte er keine Rücksicht nehmen. Er hatte ihr ein paar Worte zu sagen.

Alle drei schauten auf, als er hereingestürmt kam.

»Du kannst abreisen und heimkommen, sooft du willst, Dina, aber eines sage ich dir: Halte uns hier nicht das Geld unter die Nase, das Reinsnes retten könnte, um dann damit Olaisens Träume zu verwirklichen!«

Dina hatte sich als erste wieder von ihrer Verblüffung erholt.

»Das waren klare Worte. Aber ich habe Reinsnes nicht verpfändet. Ganz im Gegenteil. Ich setze Reinsnes instand. Und ich nehme dafür kein Darlehen auf.«

Ihr Tonfall regte ihn nur noch mehr auf.

»Du kannst ruhig mich, Anders und Reinsnes im Stich lassen, aber die Toten wirst du nicht los!«

Sie legte beide Handflächen auf den Tisch und setzte sich auf den Drehstuhl. Dieser knarrte mäßig.

»Das könntest du vielleicht deutlicher ausdrücken«, flüsterte sie und sah ihn herausfordernd an.

»Der Russe! Hast du in all den Jahren den Russen getroffen? Der Schuß fiel im Spätherbst 56.«

»Benjamin!«

Irgendwo im Zimmer erscholl Anders' Schiffsführerstimme.

Aber er wollte nicht gehorchen.

»Weißt du noch, wie er dalag? Und das viele Blut?«

Anders' Befehlston ging in ein Betteln über.

»Nimm uns nicht unsere Würde ... in Gottes Namen, Benjamin ...«

Aber er kam mit einem Schlag nach dem anderen. Direkt in ihr Gesicht. Bis es so schmutzig war, daß es schwer wurde, klar zu sehen. Das Ganze handelte von einem kleinen Jungen auf Reinsnes, der erst erfuhr, wer sein Vater war, als er bereits fertiger Doktor in Kopenhagen war! Einem jungen Burschen, der zum ersten Mal mit auf Fischfang geht und der sich ständig unter Deck übergeben mußte. Und das jedes Jahr. Jetzt kam alles hoch. Alle die Male, die sie Dina Grønelv und keine Mutter gewesen war. Daß sie ihn ein ganzes Leben lang mit einer Leiche hatte leben lassen. Und dann hatte sie sie verlassen. War einfach abgehauen! Er war nicht mehr für sie als eine Hutschachtel, die man einfach irgendwo stehenläßt. Anders auch nicht. Jetzt war also Reinsnes an der Reihe. Sie wollte sie einfach weg haben! Wie Dreck!

Die Worte waren wie ein Rausch oder wie Waffen. Funken sprühten um ihn herum. Endlich!

Sie habe ihn einmal gefragt, was Liebe sei, ob sie sich daran erinnere? Liebe? Wer zum Teufel habe jemals die Liebe gesehen? Sie würde erschlagen, sobald sie sich nur auf Reinsnes zeigte. Und das sei ihr zu verdanken. Ihr dort!

Er drohte ihr mit einem Zeigefinger, um den ihn jeder Bußprediger beneidet hätte. Eine unsichtbare Windmühle stieß die Worte aus ihm hervor. Ohnmacht und Eifersucht eines ganzen Lebens wollten jetzt endlich zu ihrem Recht kommen.

Bis er sich leer fühlte. Er schrumpfte ein wie ein ungegerbter Hermelinpelz. Das verminderte sein Tempo, brachte ihn aber nicht zum Schweigen. Er bat sie noch einmal, den Russen zu beschreiben, wie er im Heidekraut dagelegen hatte.

»Ermordet!« rief er schließlich, als hätte er dieses Wort gerade erst erfunden. Dann stand er da und schluchzte. Und eine sonderbare Ruhe kehrte ein.

Anna starrte. Auf diesen Mann, den sie nie zuvor gesehen hatte. Dann verschränkte sie ihre Arme wie zum Schutz.

Dina hatte ihn die ganze Zeit nicht aus den Augen gelassen. Sie hatte alle Farbe verloren. Als er endlich schwieg, holte sie zitternd tief Atem. Als sei das Ganze eine Befreiung gewesen.

»War das alles, Benjamin?« flüsterte sie.

Da drang ein unbedeutender kleiner Laut zu ihnen durch. Sie bemerkten, daß Anders so merkwürdig dasaß. Zusammengesunken. Er schob die Hand unter die Weste. Dann fiel er. Sein Körper versuchte, sich vom Stuhl zu befreien. Das gelang ihm jedoch nicht ganz. Auch weil die linke Hand die Armlehne gepackt hatte und diese wie ein Schraubstock umklammert hielt.

Daß es gleich darauf ein fürchterliches Gepolter gab, war nicht auf Anders' Glieder zurückzuführen, sondern auf den Stuhl. Er war eckig und hatte allzu viele sperrige Vorsprünge. Anders selbst glitt still zu Boden und blieb halb auf dem umgestürzten Stuhl liegen.

Er hatte jedoch dem Zimmer seine Würde zurückgegeben.

Einen Moment später, oder war es ein ganzes Leben, stand Doktor Grønelv auf zitternden Knien neben ihm und stellte fest, daß er tot war.

Sein Herz war stehengeblieben.

Karna hörte schon von ferne, daß Papa fürchterlich wütend war. Aber sie mußte trotzdem eintreten und ihm den Bescheid bringen. Es eilte!

Sie blieb auf der Schwelle stehen und wußte nicht recht, was sie eigentlich sah. Papa hatte jedoch aufgehört zu schimpfen.

»Ein Mann aus Plassen ist übers Watt hergekommen, weil dort jemand so fürchterlich blutet!« sagte sie und hielt sich am Türrahmen fest.

Großmutter hob die Hand, als wolle sie für Ruhe sorgen. Aber sie sagte nichts. Vorher war die Hand in ihrem Haar vergraben gewesen.

Anders lag, lang wie er war, bei ihr. Und Karna dachte, daß er viel längere Beine hatte, wenn er so dalag, als beim Gehen.

Sie waren alle vier im Halbdunkel auf dem Fußboden. Vor allem Anders. Und dann war das auch wieder nicht Anders, sondern Oline, und dann doch wieder Anders.

Das machte sie ganz kraftlos. Die Lippen wollten in ihrem Gesicht nicht zur Ruhe kommen. Sie zitterten. Sie versuchte, den Mund zu schließen. Aber er öffnete sich wieder.

Papa war ein Stein. Er sah sie nicht an und sagte nichts.

»Komm her, Karna! Verstehst du ... Anders ist gerade gestorben«, sagte Großmutter und legte Anders ihre Hand aufs Gesicht.

Als sie die Hand wieder hob, hatte er keine Augen mehr. Lag einfach nur da. Als würde er schlafen und als müsse man ihn aus seinem Nickerchen wecken, weil Sara gekommen war, um ihm laut aus der Zeitung vorzulesen.

Es gelang ihr nicht, über den Fußboden zu gehen. Ihre Knie waren so steif.

Papa stand schwankend auf, als würde er gleich wieder fallen.

»Dina! Anna! Vergebt mir! Guter Gott, Anders! Vergib mir!«

Die Worte kamen von tief unten. Sie konnte hören, daß sie weinten, weil sie heraufwollten.

»Armes Kind mit einem solchen Vater!« flüsterte er und strich ihr beim Hinausgehen übers Haar. Seine Schritte hallten im Laden wider. Dann hörte sie, daß er zum Haus hochrannte.

Anna stand auf und lief hinter Papa her. Karna wußte nicht, ob sie ihn noch einholen würde. Er rannte immer so schnell, wenn er den Bescheid bekam, daß jemand blutete. Aber das war Anna offensichtlich wichtig. Ihn noch einzuholen.

Sie fing an zu zittern. Konnte nicht aufhören. Ihre Zähne klapperten.

»Komm her und setz dich«, hörte sie von weit unten, wo Großmutter und Anders waren.

Da versuchte sie es. Tastete sich vor und ließ sich neben den Großmutterkörper herabsinken. Die Zähne knirschten so fürchterlich, daß sie sich schämte. Sie wußte nicht, wie sie das abstellen sollte. Schließlich biß sie in ihren Schal. Der gewebte Stoff gab nach, und sie bekam den Mund voller Wollfäden.

War das wirklich so? Daß sie einfach umfielen? Alle, die einem etwas bedeuteten? Nicht wie sie. Nein. Sie fielen nur ein einziges Mal.

»Mit wem soll die Anna jetzt reden?« hörte sie sich sagen. Ein Gedanke, von dem sie nicht wußte, daß sie ihn gedacht hatte.

Großmutter antwortete nicht, aber sie legte einen Arm um sie, während sie mit der anderen Hand Anders die Haare glattstrich.

»Er hat gesagt, daß Stine ihm die Haare schneiden muß«, sagte Karna.

Sie saßen immer noch so, als sie jemanden den Weg entlang und durch den Sand zur Anlegestelle laufen hörten. Es war Ebbe, und Stiefel platschten auf Tang.

Es waren sicher Papa und der Fremde, die das Boot über die Rundhölzer zogen und über Steine stießen. Keine Stimmen. Nur diese Geräusche, die sie schon so oft gehört hatte. Jetzt fing sie fast an zu weinen, nur weil sie diese dummen Geräusche hörte.

Dann konnte sie nicht länger schweigen. Sie mußte fragen: »Warum hat Papa das gesagt? Armes Kind, das einen solchen Vater hat?«

»Er war unglücklich, weil er wütend auf mich gewesen ist, genau bevor Anders starb«, sagte Großmutter.

»War es denn seine Schuld?«

»Nein! Das darfst du nie denken«, sagte Großmutter.

»Warum war er so wütend?«

»Wegen einer Sache, die ich einmal getan habe, die für ihn sehr schwer war. Und weil ich einfach von ihm weg und nach Berlin gefahren bin.«

»Seid ihr jetzt keine Freunde mehr?«

»Doch!« sagte Großmutter und wiegte Anders.

Auf diese Weise wiegte sie auch Karna.

Schritte von vielen waren zu hören. Erst draußen. Dann auf den Dielen. Anna, Tomas, Stine, Sara und Ole. Stine hatte Kerzen dabei. Ohne ein Wort zu sagen, zündete sie sie auf beiden Seiten von ihnen an, aber Karna wußte trotzdem, daß sie für Anders waren. Ein goldener Augenblick legte sich über sie alle drei.

Das weiße, dichte Haar und das kräftige Kinn wurden gelb. Und der lustige weiße Schnurrbart. Die merkwürdige Kugel vorne am Hals, die immer auf- und niedergesprungen war, wenn er gegessen oder gelacht hatte.

Großmutters Hände lagen auf ihm.

Dann wurden die Flammen größer und weiß.

7

Anna lag in ihren Kleidern auf dem Bett, als sie in der Ferne das Geräusch eines Bootes hörte, das an Land gezogen wurde. Einen Augenblick später war sie unten im Gang, nahm schnell irgendein Kleidungsstück vom Haken und war auf dem Weg zum Strand.

Am Anfang der Allee kam er auf sie zu.

Er blieb stehen, stellte seine Tasche hin und schaute auf ihre Schuhe. Sein Gesicht war grau und unrasiert, seine Augen waren groß und leer. Er trug keine Jacke, obwohl es eine kalte Nacht war. Auch keinen Schal und keine Mütze. Der eine Ärmel seines Pullovers war naß. Seine ganze Gestalt wirkte zusammengesunken. Er war kein langbeiniger Mann, und in wenigen Stunden war der stämmige, elastische Körper noch weiter geschrumpft. Der Kopf saß zwischen den Schultern wie in einem Graben. Als gelte es, sich zu verstecken. Das dunkle, gewellte Haar hing wirr in sein Gesicht, in dem nicht einmal die Augen Leben hatten.

Wie er so in all seiner Erniedrigung vor ihr stand, dachte sie: Ja! Ich liebe ihn. Er ist mein Auserwählter. Und trotzdem kenne ich ihn nicht. Wie kann so etwas sein?

Was sie jedoch sagte, war folgendes: »Ich weiß, daß du müde bist, aber können wir hier unten nicht irgendwo reingehen?«

Er entgegnete nichts, ließ die Arzttasche einfach stehen und ging vor ihr her, nicht zum Kontor hinter dem Laden, sondern zum Andreasschuppen. Die Scharniere der großen Tür kreischten. Es war dämmrig und eiskalt. Als würde die Kälte aller herbeigesehnten Lenze hier wohnen.

Er öffnete die Tür zur Seeseite, damit sie etwas Licht hatten. Ihre Schritte dröhnten unter dem Flaschenzug mit Eisenhaken. Er hing durch Öffnungen in zwei Fußböden herab, die einen Schacht bildeten.

Anna war erst zweimal dort gewesen. Und das im Sommer. Alte Netze und Taue hingen von den Balken herab. Hier und da funkelten die Schwimmer aus grünem Glas wie Augen. Kleine Wellen schlugen unter den rissigen Dielen gegen Steine und Pfähle. An ein paar Stellen war sogar das Wasser zu sehen.

Er blieb stehen und stützte sich auf eine Holzschranke, die in soliden Eisenbeschlägen die Öffnung versperrte. Immer noch hatte er kein Wort gesagt.

Sie setzte sich auf eine Kiste. Und obwohl sie sich vorbereitet hatte, wußte sie jetzt nicht, was sie sagen sollte.

»Ich glaube, du mußt mir das Notwendigste erzählen«, begann sie.

Es verging eine Weile. Er schaute sie nicht an. Eine Art Verlassenheit ergriff von ihr Besitz. Sie wußte nicht, ob das ihre eigene oder seine war.

»Ich glaube, ich habe genug gesagt. Mehr als genug!« Seine Stimme klang ganz jung und merkwürdig ungebraucht.

»Ich kann damit nicht umgehen, hier zu leben und die einzige zu sein, die nicht Bescheid weiß. Solange ich nichts verstehe, kann ich auch nichts entschuldigen.«

»Entschuldigen?«

»Ja. Denn ich kann dich nicht hassen, Benjamin.«

»Das wäre vielleicht das beste«, flüsterte er.

Die Wände schnappten das auf und warfen es wieder auf sie zurück. Sie senkte den Kopf und legte die Hände vors Gesicht.

»Ich kenne dich nicht mehr.«

»Ich kenne mich selbst auch nicht mehr. Für das, was ich heute getan habe, gibt es keine Entschuldigung.«

»Warum? Wie konntest du diese fürchterlichen Dinge nur sagen? Mord?«

»Es ist zu spät für alles. Was ich gesagt habe, wie ich das gesagt habe, das hat Anders umgebracht!«

Sie widersprach ihm nicht. Saß nur ganz still da und versuchte, seinen Blick aufzufangen. Die Verzweiflung.

»Wo haben sie ihn hingelegt?« fragte er nach einer Weile.

»Ins Gesindehaus.«

Sie fühlte sich erleichtert, daß er sie danach fragte.

»Wurde der Schuß versehentlich abgefeuert?« fragte sie.

»Nein. Ein Streit im Suff wegen einer Flasche Schnaps. Mit einer scharfen Waffe. Die Wunden hatten das Muster einer Harke, etwa einen Zentimeter breite winkelförmige Einschnitte. Wie von einer Fuchsfalle«, sagte er, ohne Luft zu holen. Als hätte er die Bootsfahrt dazu genutzt, diese Worte auswendig zu lernen.

Sie starrte ihn an.

»Meinst du, daß sie betrunken einen Mann wegen einer Flasche Schnaps niedergeschossen hat?«

Da fing er an zu lachen. Das Lachen ging in Geheul über. Als sie verstand, daß er weinte, sprang sie auf ihn zu und legte ihre Arme um ihn.

»Benjamin«, murmelte sie und streichelte ihm unbeholfen über den Rücken. Er roch nach verschwitztem, salzwassergetränktem Mann. Salzig und herb. Und dann roch er noch nach etwas anderem, nach Medizin oder Desinfektionsmittel, ein Geruch, der ihn immer begleitete, wenn er bei Patienten gewesen war. Der geborgene Geruch der Kindheit. Vor Benjamin hatte sie ihn immer nur mit ihrem Vater in Verbindung gebracht.

Er lehnte seinen Kopf an ihre Brust und wurde still.

»Das war nur die Verletzung von heute. Er wird durchkommen. Das andere ... das war eine Finnenbüchse ... Da war nichts zu machen.«

»Hat sie einen Mann erschossen?«

»Frag nicht!« sagte er.

Geistesabwesend ließ sie sich wieder auf die Kiste sinken. Er sprang auf sie zu und faßte sie um die Schultern, damit sie sich nicht auf den Fußboden setzte.

»Dina hat einen Mann erschossen!« wiederholte sie und klammerte sich abwechselnd an die Kiste und an ihn.

Er antwortete nicht.

»Und das hast du nie jemandem anvertrauen können? Bis heute? Niemandem?«

»Ich habe es Aksel erzählt, als er ihr hinterherfahren wollte.«

»Aksel? Aber mir nicht?«

»Ich mußte ihn warnen. Was passieren könnte ...«

»Was meinst du?«

»Ich glaube, der Russe wollte sie verlassen. Ich glaube, es war deswegen ...«

»Sie schoß ... weil er sie im Stich ließ?«

»Ich glaube.«

Sie zog ihn zu sich herunter auf die Kiste. Klammerte sich an ihn. Wollte ihn überall gleichzeitig umarmen.

»Wo warst du?«

»Ich war da oben, auf der Moräne.«

Er deutete mit dem Kopf in Richtung Fjell.

»Du hast es also gesehen?«

Er schmiegte sich an sie. Wollte nie mehr ans Licht.

»Wie alt warst du da?« fragte sie atemlos.

»Elf, glaube ich.«

Sie hielt ihn in ihren Armen. Hart. Flüsterte etwas. Unzusammenhängend und unverständlich, auch für sie selbst. Aber es wirkte. Es beruhigte ihn.

»Konntest du ihr vergeben?« fragte sie nach einer Weile.

Er nahm sich Zeit. Atmete schwer.

»Ja. Hatte ich eine Wahl? Aber das bedeutet so wenig. Sie hat meine Vergebung nicht nötig. Egal aus welchem Holz sie geschnitzt ist, es kann ihr nicht sonderlich gutgehen.«

Sie hatte eine Hand in seinem Nacken liegen und stellte fest, daß sein Haar von Salzwasser steif war. Um den Mund hatte er tiefe Falten. Sie bemerkte sie erst jetzt.

»Dein Vater, von dem du nichts gewußt hast, wer ist das?« fragte sie.

»Sie sagt, daß es Tomas ist.«

»Und er? Was sagt er?«

»Nichts.«

»Willst du sagen, daß du ihn dein ganzes Leben lang gekannt hast, ohne daß sie ... ohne daß er ...?«

»Ja.«

Er sagte dieses winzige Ja und fing an zu lachen. Konnte nicht aufhören. Sie fing auch an zu lachen. Erst etwas unwillig. Ängstlich. Als wisse sie nicht, ob sein Lachen dieses Mal auch wieder in einem Weinen enden würde. Da das nicht der Fall war, lachte sie mit. Sie saßen da und klammerten sich aneinander und an das Lachen.

»Wenn du das gewußt hättest, das wäre doch kein Unglück gewesen?« sagte sie, nach Luft schnappend.

»Unglück? Nein. Jacob war ja bereits tot.«

»Warum hielt sie es dann geheim? Weil sie sich schämte?«

»Ich glaube, hauptsächlich weil sie wollte, daß ich Reinsnes bekomme. Ich habe dir doch von Johan erzählt, Jacobs Sohn aus erster Ehe. Sie wollte wohl nicht, daß er Anspruch auf Reinsnes erhebt.«

»Aber er war doch in jedem Fall der ältere?«

»Ja. Aber sie zahlte ihn aus, als er studierte, um Pfarrer zu werden. Solange ich Jacobs Sohn war, war es einfacher für sie, auf mein Recht zu pochen. Johan wird sich, so wie ich ihn kenne, auch kaum gewehrt haben. Er hat mich jedoch einmal geschlagen.«

»Warum?«

»Ich war wohl schon damals schwierig, als ich klein war.«

»Du bist Tomas nicht sonderlich ähnlich?«

»Nein. Du hast doch gehört, was sie heute gesagt hat. Ich bin dem alten Lensmann ähnlich, ihrem Vater.«

»War der so schrecklich?«

»Ich glaube.«

Sie begannen wieder zu lachen. Konnten nicht aufhören.

»Laß uns ins Bett gehen«, sagte sie lachend.

Da zuckte er zusammen, und sein Lachen verstummte.

»Geh vor! Ich muß erst noch zu Anders ins Gesindehaus.«

»Ich gehe mit!« sagte sie auf norwegisch, was keinem der beiden auffiel.

Sie standen auf, und er sagte undeutlich: »Einmal, als ich klein war, habe ich Anders gefragt, ob er nicht mein Vater sein wolle.«

»Was hat er darauf geantwortet?«

Er atmete schwer und hatte Schwierigkeiten, die Worte auszusprechen: »Wir saßen hier unten im Lagerschuppen, genau hier, und flickten Netze ... Er sagte: ›Wenn du meinst, daß dich das glücklich macht, dann will ich gern dein Vater sein.‹ Dann gab er mir die Hand darauf.«

Karna erwachte im Nachtdunkel von ihrer eigenen Stimme. Sie öffnete die Augen und war trotzdem nicht wach. Sie war allein in einer großen Leere. Sie schwebte nicht, fiel aber auch nicht. Sie mußte nirgendwohin und wußte nicht, wo sie war. Dann stand gegen die Dämmerung im Fenster Papa da. Er war so bleich, und die Augen fehlten. Während sie ihn noch ansah, geschah es. Er fiel! Fiel!

Der Schrei war ihrer, aber dann doch wieder nicht ihrer. Er war so lang. Sollte ewig währen. Sie holte Luft, während sie unablässig schrie. Schrie und schrie.

Während sie das tat, wußte sie, daß nichts und niemand etwas daran ändern konnte, daß Papa auf dem Boden lag. Er fiel nur einmal.

Das nächste, was sie wußte, war, daß Großmutter da war. Und daß sie redete. Aber sie konnte nicht hören, was sie sagte, also zeigte sie nur dorthin, wo Papa lag.

Großmutter hatte die Lampe angezündet, also würde sie ihn sicher sehen. Aber das tat sie nicht. Karna mußte es ihr sagen. Daß Papa jetzt gefallen war. Es gelang ihr jedoch nicht. Für etwas anderes als den Schrei war kein Platz.

Sie fuchtelte und wollte dorthin, aber Großmutter hielt sie fest. Fürchterlich fest. Das tat weh, so fest packte sie zu. Als sie spürte, wie weh das tat, hörte der Schrei auf. Als hätte ihr jemand einen Keil in den Mund geschoben.

»Der Papa ist gefallen, jetzt liegt er da!« Sie deutete in Richtung Fenster.

Da nahm Großmutter sie mit dorthin. Sie wollte ihn anfassen und ergründen, ob er wirklich zerstört war. Aber als sie die Hand hob, sah sie es. Er war nicht dort. Er war weg!

Jetzt stand Bergljot in der Tür der Kammer und sah so aus, als hätte sie Papa fallen sehen, sie auch. Da fing Karna an zu weinen.

Dann lag sie in Großmutters Bett und erfuhr, daß das, was sie gesehen hatte, nicht wirklich war.

»Du hast geträumt, daß Papa gefallen ist, weil du Angst hast, daß er dir einfach wegstirbt, genau wie Anders.«

»Aber er ist doch nicht im Saal. Das hast du doch selbst gesagt?«

»Anna war auch nicht dort. Sie gehen wohl am Ufer spazieren oder um den Hügel mit der Fahnenstange.«

»Vielleicht ist die Anna ja auch gefallen?«

»Nein. Sie kommen sicher bald. Ich habe gesehen, daß das Boot an der Anlegestelle liegt. Wir bleiben einfach wach, dann kommen sie bald.«

»Aber ich habe es doch gesehen. Papa ist gefallen.«

»Man kann Dinge sehen, und sie müssen deswegen doch nicht so sein ... Vielleicht hast du auch geträumt.«

»Nein. Ich hatte die Augen auf! Du sagst das nur, weil du nicht willst, daß ich schreie.«

»Das ist mir wirklich egal, ob du schreist oder nicht. Schrei nur. Meinetwegen kannst du auch sehen, was du willst. Aber jetzt mache ich die Tür zum Gang auf. Und dann verspreche ich dir, daß du bald sehen wirst, wie der Benjamin kommt und fragt, warum wir die Tür aufgelassen haben. Und die Anna auch.«

Sie verstand, daß sie nichts anderes tun konnte, als zu warten.

Die Tür zu Dinas Zimmer stand halb offen. Sie blieben einen Augenblick am Treppengeländer stehen. Dann faßte sich Benjamin ein Herz und schaute hinein.

»Warum steht die Tür auf? Soll ich ...«

»Die Karna hat so schlecht geträumt. Sie wollte dich so gerne anfassen, um zu sehen, daß du noch lebst«, sagte Dina aus dem Dunkel.

»Anfall?« fragte er.

»Nein, dieses Mal nur ein Traum«, sagte sie leise.

Ihre Stimme klang so, als wäre nichts vorgefallen. Wie gelang ihr das nur? dachte er.

»Du mußt um mich keine Angst haben, Papa. Ich liege hier nur, weil ich gesehen habe, wie du gefallen bist.«

»Gefallen?«

»Genau wie der Anders.«

Er ging ins Zimmer und tastete nach Karna. Aber in der Dunkelheit fand er sie beide. Dina gab ihm einen festen Händedruck.

Auf leisen Sohlen ging er wieder hinaus und schloß die Tür vorsichtig hinter sich.

Anna las laut aus dem Bericht an den Lensmann vor. Sie war eben damit fertig geworden, ihn ins reine zu schreiben.

»Am 14. September wurde ich am Vormittag zu Gunnar Olsen in Plassen gerufen, der mich darüber in Kenntnis setzte, daß ihm Petter Pedersen einen Schlag auf den Kopf versetzt hat. Das Haar war auf dem ganzen Kopf blutverklebt. Blut auch auf den Wangen und in den äußeren Gehörgängen. Drei Löcher in der Kopfhaut. Eines gerade über der linken Schläfe, eines mitten auf dem Scheitel und eines auf der rechten Stirnseite. Alle waren winkelförmig und nach links ausgerichtet. Die Wunden gingen durch die Kopfhaut bis auf den Knochen, schräg von rechts nach links, so daß sich ein Hautlappen vom Knochen gelöst hatte. Knochen und Knochenhaut hatten Schaden genommen, und der Wundrand war zermalmt, nicht glatt geschnitten. Es wurde ein scharfes Instrument benutzt, und zwar mit beträchtlicher Kraft. Trotz schneller Behandlung durch den Arzt gab es eine Geschwulst und Schwellung mit Wundfieber. Diese nahm durch Gebrauch von Salbenumschlägen ab.«

Benjamin unterschrieb mit einem Seufzer.

»Danke! Gut, daß ich das nicht selbst schreiben mußte! Mir wird übel, wenn ich das nur auf dem Papier sehe«, sagte er.

»Das habe ich bisher nie verstanden, daß dir beim Anblick von Verletzungen übel wird.«

Wäre Anders nicht gerade gestorben, dann hätte sie ihn vermutlich ausgelacht, dachte er.

Dann tat sie es. Sie lachte!

»Nicht von Verletzungen. Von Blut«, sagte er und lachte ebenfalls.

»Aber wie wirst du nur damit fertig?«

»Ich weiß nicht. Das ist wohl eine Art Sühne für irgend etwas. Vielleicht für den Russen.«

Gleichzeitig ging es ihm auf, was für eine Erleichterung es war. Das zuzugeben. Darüber zu reden. Zu einem Menschen, der Bescheid wußte, die einfachen Worte sagen zu können: der Russe.

Sie standen sich gegenüber am Sekretär, jeder auf seiner Seite. Er mit dem Bericht in der Hand.

»Da ist noch etwas, was ich dich fragen muß«, sagte sie.

»Ja?«

»Die Schlagwaffe. Warum schreibst du nicht, womit er deines Erachtens geschlagen hat?«

»Weil ich mich irren könnte. Ich soll schließlich keine Nachforschungen betreiben und nur die Verletzung beschreiben.«

Sie nickte.

»Dann ist da noch etwas. Ich weiß, daß so viele schreckliche Dinge passiert sind … aber ich würde mir wünschen, daß du dich heute rasierst! Meinetwegen«, sagte sie und umfaßte seinen Kopf mit ihren Händen.

Er legte den Bericht weg und zog sie an sich.

Da spürte er ihre weiche, lebendige Haut an seiner und begriff, daß sie eine Weile daran gedacht haben mußte, ohne sich zu erkennen zu geben, und es wurde ihm glühend heiß.

Ein frischer Duft von Lavendel umwehte sie beide, als er ihr Kleid löste.

Er fühlte ihre Hände in seinem Haar. Um seinen Nacken. Sie preßte sich an ihn. Ihr Mund war groß und feucht. Eine wilde Freude erfaßte ihn, als er Annas Willen spürte. Er wollte sich in diesem Willen verstecken, in dem nichts anderes eine Bedeutung hatte. Wollte in ihm verschwinden.

Sie halfen sich gegenseitig, sich des Notwendigsten an Kleidung zu entledigen. Dazu gehörte nicht viel. Ihr Atem ging schwer, und ihr Gesicht war ein Spiegel der Wonne.

Er ließ sich sinken und spürte die Hingabe. Sie füllte Mund und Hals und breitete sich hinunter in den Magen und in die Leiste aus. Wie eine Woge. Selbstaufgabe. Dann wie eine Wand die Müdigkeit. Seine Glieder gehorchten ihm nicht. Schwammen einfach weg.

Erst weigerte er sich, sich damit abzufinden. Versuchte, sich zu bezwingen. Dann sah er ein, daß es nutzlos war, blieb ruhig liegen und verbarg seine Niederlage in Anna.

Da umfing sie ihn mit ihren Armen und Schenkeln und wiegte ihn leise. Er welkte dahin und wiegte in ihr. Und die Scham, die er anfänglich gefühlt hatte, verschwand in ihren gemeinsamen Atemzügen.

Er hatte es vermutlich schon immer geahnt, aber jetzt verstand er es. Bei Anna und ihm gab es keine Niederlagen.

Die Trauerfeierlichkeiten dauerten von Freitag bis Sonntag. Niemand konnte sich daran erinnern, daß jemals so viele Boote in Reinsnes vertäut gewesen oder an Land gezogen waren. Dina gab Anweisungen, als hätten alle diese Jahre im Ausland nur einem Zweck gedient: das Begräbnis ihres zweiten Mannes vorzubereiten.

Über der Pforte zum Garten ließ sie ein Portal bauen. Fast zwei Dutzend Nadelbäume wurden für den Schmuck geopfert. Denn dieses Tor sollte ewiggrün wie das Paradies selbst sein. Ein junger Mann aus Strandstedet verfertigte mit der Laubsäge die Inschrift auf dem Schild: »In deinem Lebenswerk wird deine Erinnerung leben.« Umrahmt von zwei schwarzen Kreuzen. Unter der Flagge ließ Sara ein A und ein B aus Wacholderzweigen flechten. Kunstfertig ineinander verschlungen wie eine Krone und umrahmt von einem Herzen.

Falls noch jemand Zweifel gehabt hatte, so konnte er sich jetzt selbst davon überzeugen, daß Anders Bernhoft ein geliebter und verehrter und darüber hinaus bedeutender Mensch gewesen war.

Alle, die nicht das Gefühl hatten, zum näheren Kreis zu gehören und deswegen persönlich ihre Aufwartung machen zu können, ruderten oder segelten trotzdem an Reinsnes vorbei, um einen Blick auf das Zeremonienportal zu werfen. Denn es hatte sich schnell herumgesprochen, daß Dina von Reinsnes ein prächtiges Denkmal für Anders hatte errichten lassen und daß dieses unbedingt besichtigt werden müsse. Es wurde sogar photographiert.

Wer dabeigewesen war, wußte zu berichten, daß sie mit fester Stimme eine Rede am Sarg gehalten hatte, ehe sie zur Kirche gefahren waren. Und dann hatte sie für ihren Mann auch weltliche Töne auf dem Cello gespielt, als er noch zwischen allen Kerzen auf dem Totenbett im Gesindehaus lag. Sie nannte es das Wiegenlied von Johannes Brahms. Schon seltsam, ein Wiegenlied für einen erwachsenen Mann zu spielen. Aber wirklich schön! Keine Frage.

Die, die nicht recht wußten, was sie darüber denken sollten, warteten ab, was der Telegrafist und der Redakteur meinten. Falls diese beiden der Ansicht waren, das Ganze sei außerordentlich und einzigartig, konnte man beruhigt annehmen, daß die Liebe nach den Jahren in der Fremde wieder kräftig aufgeflammt war.

Alle alten Geschichten über Dina, die sie aus Zeitmangel vor ihrer Rückkehr nicht erzählt hatten, Geschichten aus ihrer Jugend, als sie Jacob Grønelv geheiratet hatte, machten die Runde. Ihr Talent im Kopfrechnen und ihre nachtwandernde Trunksucht spielten fast keine Rolle mehr, denn die Geschichten waren schon so unglaublich genug. Sie wurden auf Wegen und Äckern erzählt und nur ein seltenes Mal in der Küche, aus Angst, daß die Herrschaft etwas hören könnte.

Man spekulierte über die gemeinsamen Pläne von Dina von Reinsnes und Wilfred Olaisen und erhöhte ihn zu einem der wenigen Auserwählten. An einem Mann, bei dem Frau Dina Visiten machte und mit dem sie Rücksprache hielt, mußte etwas Besonderes sein.

Einige meinten zu wissen, daß sie eine größere Summe in Olaisens Werft investiert hätte. Und die Gerüchte über Dinas Vermögen wurden mit jedem Weitererzählen abenteuerlicher.

Nur wenige waren nüchtern genug, nicht vollkommen den Maßstab zu verlieren. Einer von ihnen war Olaisen. Aber er sonnte sich in dem Respekt, der ihm entgegengebracht wurde, weil er Dinas Vertrauter war, wie er es selbst bescheiden ausdrückte.

Das Grabportal für Anders flößte auch Hanna neuen Respekt ein. Denn obwohl sie die Tochter einer Lappin war, war sie doch fast wie eine Tochter auf Reinsnes erzogen worden. Von Dina selbst! Hatte sie nicht denselben Unterricht in Rechnen und Schreiben und in allen Arten von Vornehmheiten und Katechismen erhalten wie Doktor Grønelv? Hatte sie nicht eine geschickte Hand mit den unterschiedlichsten feinen Stoffen, Borten und Rüschen, und konnte sie nicht die schönsten Gewänder zusammenzaubern, die genausogut aus Modejournalen oder Geschäften in Bergen oder Bremen hätten stammen können?

Die Frauen, besonders die Privilegierten, stöhnten, weil sie jetzt Frau Olaisen war und keine Näharbeiten mehr annahm, sondern sich nur noch selbst wie eine Königin herausputzte.

Hanna Olaisen trug einen kaffeebraunen Samtmantel, wenn sie in die Kirche ging. Er war mit Schneehasenfell abgesetzt und hatte dicke Seidenschlaufen für die Knöpfe. Um diesen Mantel hätte sie sogar die Frau des Amtmanns beneiden können.

Man ging der Frage nach, was Dina wohl ins Ausland getrieben und später wieder heimgeführt haben mochte. Unterschiedliche Gründe wurden in Erwägung gezogen und mit deutlicher Flüsterstimme verbreitet. Vielleicht hatte sie ja an einer heimlichen Krankheit gelitten und Hilfe suchen müssen.

Die Frau des Lehrers meinte, sie sei so größenwahnsinnig gewesen, daß sie eine berühmte Pianistin habe werden wollen. Oder sei es um diese große Fiedel gegangen, wie die nun wieder heiße? Aber daß Dina dann von dem guten Leben in der großen Stadt vereinnahmt worden sei. Sie sei dann den Gesellschaften bei Fürsten und Generälen verfallen, statt Klavier zu üben. So habe sie ihr ganzes Leben vergeudet.

Die Frau des Schmieds war davon überzeugt, daß sie aus Langeweile abgereist sei, weil sie nicht verstanden habe, daß Anders der

Rechte für sie gewesen sei. Aber dann sei sie heimgekommen und habe entdeckt, daß sie sich geirrt hatte. Das würden alle verstehen, die das Portal gesehen hätten, das ebenso grün sei wie das des Paradieses.

Der Telegrafist wußte, daß sie die Musik an den Nagel gehängt habe, um sich mit einem Finanzmann zusammenzutun, der gewiß auch noch Jude gewesen sei! Sie sei schließlich seine Teilhaberin geworden, weil ihr Geschäftssinn sie unbesiegbar mache.

Im Fjord drinnen und auf den Inseln, ja sogar in Strandstedet lebten die Menschen eintönig und ohne Gefahren. Wenn man einmal Olaisen ausnahm, gab es kaum eine nennenswerte Zerstreuung. Gelegentlich kamen die Männer von den Lofoten oder vom Fischen in der in Finnmark oder auch die Robbenfänger aus dem Eis. Ausnahmen waren auch solche Kleinigkeiten, die dann in der Zeitung standen, wie Trunksucht, Sünde und Schlägereien.

Darüber hinaus geschah nichts Größeres, als daß man es in ein Tuch wickeln und in die Tasche stecken konnte. So dermaßen ereignislos konnte so ein armseliges Leben verlaufen, daß man sich nicht einmal mehr daran erinnerte, in welchem Jahr man selbst konfirmiert wurde.

Aber in dem Moment, in dem es sich herumsprach, daß Dina von Reinsnes für Anders ein Ehrenportal über der Gartenpforte hatte errichten lassen, war gleich von der Beerdigung eines Königs die Rede. Es verbreitete sich wie ein Lauffeuer, und dieses Feuer führte zu einer Reihe von unzusammenhängenden und widersprüchlichen Geschichten. Über Dina. Über die Leute von Reinsnes und über alle, die dort in Brot und Arbeit gestanden hatten.

Man erinnerte sich an Dinas Hochzeit. Die junge Braut war zum Entsetzen aller auf einen Baum geklettert, weil sich der Bräutigam ihr genähert hatte, ehe sie dazu bereit war. Dann das Unglück mit dem seligen Jacob. Und schließlich dieser russische Spion, der sich ihretwegen erschossen hatte. Daß jemand so geliebt werden konnte!

Daß Dina in einem über und über mit schwarzer Spitze besetzten Kleid und mit einem perlenbestickten Schleier, der das ganze

Gesicht verdeckte, zur Steinkirche kam, gab den alten Geschichten nur neue Nahrung.

In der hintersten Bank saßen zwei, die sich die Zeit vertrieben, bis die Angehörigen hinter dem Sarg die Kirche betraten. Sie wußten zu erzählen, daß Dina einmal ihr eigenes Pferd geschlachtet habe. Allein!

Die Orgel brauste über den in Schwarz gekleideten Menschen hinweg, und nur die Witwe war wichtig. Niemand hatte jemals eine solche Witwe gesehen.

Aber anschließend erinnerten sie sich auch an die Frau des Doktors, die auf der Orgelempore gestanden und zu Anders' Ehre Petter Dass gesungen hatte. Ohne ein Zittern in der Stimme. Sie hatte da oben gestanden wie in die Luft gezeichnet.

Diejenigen, die gegen den guten Ton verstoßen und sich verstohlen umgeschaut hatten, hatten sie gesehen. Nicht von dieser Welt war sie gewesen.

8

Sie durfte Großmutter nach Strandstedet begleiten. Auf etwas, das sie Werft nannten. Da gingen sechs Männer herum und waren über und über mit Schmutz bedeckt. Einer von ihnen war noch ein Junge. Er war ebenfalls ganz schwarz im Gesicht. Ähnelte einer Puppe, die Anna hatte. Ein ernster Neger in Uniform, der ein Tablett hielt. Anna hatte ihre Noten auf dem Tablett liegen.

Dieser hier hatte keine Uniform. Falls er eine gehabt hätte, hätte sie auch nicht gewußt, wie sie aussah. Denn er war so schwarz. Als er den Mund öffnete, um Großmutter zu begrüßen, waren seine Zähne wie die des Totenschädels in Papas Doktorbuch.

Aber in dem Augenblick, als der Junge seine Mütze abnahm, konnte sie sehen, daß seine Haare aus Gold waren und über der Stirn in die Luft standen. Da begriff sie, daß er kein Neger war. Denn seine Haut war weiß, wo sie an der Stirn von der Mütze bedeckt gewesen war.

Sie fühlte sich betrogen, denn sie hätte gerne einen richtigen Neger gesehen.

»Wie geht's, Peder?« sagte Großmutter und klopfte dem schmutzigen Jungen auf die Schulter.

»Danke, ich kann nicht klagen«, sagte er.

Da sah sie, daß er richtige Augen hatte mit Weiß um ein starkes Blau herum, in dessen Mitte ein Licht schimmerte. Das Licht erinnerte an die Sonne, die ab und zu weit vor den Inseln über dem Meer durch die Wolken brach.

»Ich habe heute die Karna dabei«, sagte Großmutter.

Der Junge streckte die schwarze Hand aus und schaute sie an. Dann verbeugte er sich vor Karna, als würde er eine Erwachsene begrüßen.

»Guten Tag, Karna Grønelv«, sagte er und verbeugte sich erneut.

Wenn er redete, kam zwischen seinen schwarzen Lippen ein rosa Ring zum Vorschein. Dieser veränderte sich nach und nach mit den Worten.

Sie konnte ihren Blick nicht von diesem rosa Ring abwenden.

Am Ende einer schmalen Treppe lag ein Raum, den Großmutter das »Baukontor« nannte. Dort saß Wilfred Olaisen und sagte zu ihr: »Komm her, junge Dame.«

Sie ging auf ihn zu und knickste. Er war ganz sauber. Seine Hand glich der von Papa. Aber Papas Fingernägel waren sauberer.

Großmutter gab ihm sogar die Hand. Sie sah so aus, als gefiele es ihr im Baukontor, denn ihre tiefe Falte zwischen den Brauen war fast nicht zu sehen, und die Mundwinkel zeigten nach oben.

Olaisen sagte sehr viel, was sie nicht einordnen konnte, aber zwischendurch schaute er immer wieder auf Karna und sagte »sie«, als wäre sie eine große Dame.

»Wir haben deinen Bruder unten in der Schmiede getroffen«, sagte Großmutter.

»Der Peder ist schon ein Gewinn, auch wenn es ihm an Alter und Weisheit mangelt. Er ist stark!« sagte Olaisen stolz.

»Er sieht nicht gerade wie ein Goliath aus. Wie alt ist er jetzt?«

»Er wird im Dezember fünfzehn. Er hat Köpfchen! Ich denke, ich muß ihm die Schule bezahlen. Aber erst soll er einmal lernen, seine Hände zu gebrauchen, und trocken hinter den Ohren werden«, meinte Olaisen.

Karna glaubte nicht, schon einmal einen Mann gesehen zu haben, der so schön lächelte wie Olaisen, als er von seinem Bruder sprach, der fast ein Neger war.

»Was will er lernen?« fragte Großmutter und setzte sich auf einen alten Küchenstuhl, den ihr Olaisen hingeschoben hatte.

»Wenn ich bezahlen soll, dann muß er lernen, wie man Boote repariert. Ich schmeiße mein Geld nicht zum Fenster raus.«

Großmutter sagte nichts dazu. Es gab keine weiteren Stühle, also nahm sie Karna auf den Schoß.

Da sprang Olaisen auf und kam mit einem Hocker mit getrockneten Farbspritzern zurück.

»Bitte, setz dich!« sagte er.

Sie setzte sich und versuchte, sich größer zu machen, als sie war.

Olaisen zog seine Jacke aus und hängte sie an einen Nagel an der Wand. Dann stellte er sich auf die Zehenspitzen und rollte auf die Fersen ab. Da verstand sie, warum Ole ihn Hannas Hampelmann nannte. Er ähnelte dem Bären aus Blech, den ihr Anders unlängst aus Bergen mitgebracht hatte. Der hatte einen Schlüssel im Rükken. Wenn sie ihn aufzog und auf den Fußboden stellte, dann marschierte er los, zehn ungelenke Schritte.

Olaisen ließ sich dreimal auf die Fersen abrollen. Dann war Schluß.

Er setzte sich, und Großmutter fragte, wie es dem kleinen Rikard ginge, ob er schon angefangen hätte zu laufen.

»Nein, er wird ja auch erst im November ein Jahr alt«, sagte Olaisen.

»Und die Hanna?« fragte Großmutter.

»Blüht und gedeiht«, antwortete er hastig und begann dann, davon zu reden, daß die Werft bald fertig sei und daß sie das in der Zeitung anzeigen müßten.

Da zog Großmutter ein Papier aus ihrer Handtasche und las laut vor. Olaisen lehnte sich zurück und preßte die Fingerspitzen sehr genau aufeinander.

»Firmenanmeldung. An den Magistrat in Tromsø. Bezugnehmend auf das Gesetz betreffend Firmenregistrierung vom 3. Juni 1874 wird hiermit angemeldet, daß die unterzeichnenden Wilfred Olaisen und Dina Bernhoft auf gemeinsame Rechnung Schmiede und Bootswerft eingerichtet haben unter: Firma Olaisen & Co. Beide haften, aber nur ich, Olaisen, bin zeichnungsberechtigt. Das Unternehmen liegt am Dampfschiffkai in Strandstedet.

Strandstedet, 30. Oktober 1878.

Wilfred Olaisen
Dina Bernhoft.«

Olaisen hielt, während sie vorlas, die Augen geschlossen. Jetzt öffnete er sie, sprang auf und gab Großmutter erneut die Hand.

»Wie kommt sie nur darauf, daß nur ich, Olaisen, zeichnungsberechtigt bin? Einzigartig großzügig! Darauf wäre ich selbst nie gekommen.«

»Das gehört zu dieser Art Anmeldung dazu«, sagte Großmutter.

Dann unterschrieben sie beide. Olaisen steckte das Papier in einen Umschlag und versiegelte mit seinem Lackstempel.

Der feierliche Lackgeruch war genauso wie zu Hause.

Großmutter legte den Brief in ihre Handtasche, um ihn abzuschicken.

Dann schenkte Olaisen Schnaps ein. Karna bekam auch einen Tropfen in ihr Glas. Aber sie trank ihn nicht.

Großmutter glaubte, daß sie weitere Männer anstellen mußten, um alles bis zum Winteranfang fertigzubekommen.

»Das war gut, daß du ohne mein Kapital schon einmal mit den Bodenarbeiten angefangen hast. Sonst wäre uns vermutlich die Frühlingssaison entgangen.« Dann steckte sie sich Olaisens Stift hinters Ohr und schaute auf die Papiere, die er ihr reichte. Sie legte sie jedoch bald auf einen Stapel.

»Ich nehme sie mit ins Central Hotel. Du bekommst sie morgen zurück«, sagte Großmutter.

Olaisen suchte Packpapier und Bindfaden hervor und machte ein Paket, weil sie die Papiere nicht in ihre Handtasche bekam. Diese war bereits ausgebeult.

»Wollt ihr nicht bei Hanna und mir wohnen?« fragte er und stand auf, um Großmutter nachzugießen.

»Nein, wir haben uns bereits im Central ein Zimmer genommen. Und da du es schon erwähnst, Olaisen, kannst du mir gratulieren: Ich bin Hotelbesitzerin.«

»Hotelbesitzerin?« Olaisens Stimme war scharf. Er landete abrupt auf beiden Hacken. Haare und Wangen bebten.

»Ich habe das Central Hotel gekauft. Es dauerte eine Weile, weil ich so mit unserer Werft beschäftigt war. Aber jetzt ist es meins.«

Der Mann machte so ein seltsames Gesicht. Eine andere Farbe. Zum Schluß war er fast rosa. Das paßte nicht. Karna hatte das Gefühl, als würde sie mit Großmutter auf einer Eisscholle treiben. Das war nicht so angenehm. Aber sie hätte es auch nicht missen wollen.

Olaisen veränderte sich, als wäre er verhext. Jetzt. Vor ihren Augen.

Er kniff die Augen zusammen und schaute Großmutter an, als hätte sie eben einen Schneeball auf ihn geworfen.

Karna nahm er gar nicht wahr. Nachdem er sich mehrmals geräuspert hatte, kam es fast fauchend: »Das hat sie recht leise eingefädelt!«

»Ja. Ich spreche nie über ungeklärte Geschäfte.«

Und etwas später stellte sie fest, daß sie darin vielleicht verschieden seien, sie und er.

Olaisen hatte sich wieder hinter seinen Tisch gesetzt. Er zog seinen Hemdkragen glatt und antwortete nicht. Karna sah, daß er den Mund bewegte. Als wäre ihm ein Fleischfetzen zwischen die Zähne geraten.

»Ich erinnere mich, daß ich dir erzählt habe, daß ich das Hotel kaufen will«, sagte er mit derselben fauchenden Stimme.

»Ich erinnere mich daran, daß du gesagt hast, daß du neu bauen willst«, berichtigte Großmutter. »Und alles, was nach frischgehobelten Brettern riecht, ist natürlich besser.«

Karnas Handflächen wurden feucht.

Er haute das Paket mit den Bilanzen auf den Tisch und schob den braunen Drehstuhl wütend nach hinten.

»Ich habe geglaubt, wir seien Kompagnons?!«

»Was die Werft angeht, aber nicht, was das Hotel betrifft.«

Karna sah, daß Olaisen sich bemühte, seine Wut zu unterdrükken. Er war richtig wütend! Aber er wollte es nicht zeigen. Er sah plötzlich gefährlich aus.

»Nicht, was das Hotel betrifft, nein, da sieht man mal. Da sieht man mal.«

»Olaisen! Nicht diese Dummheiten einer erwachsenen Dame gegenüber. Du kannst es dir sparen, beleidigt zu spielen. Ich habe in der Geschäftswelt schon Schlimmeres gesehen. Du hättest lieber ein Pokerface gemacht, dann würde es auch mehr Spaß machen, mit dir zu konkurrieren. So wie du dich benimmst, fange ich an, mich zu fragen, ob du der richtige Kompagnon für mich bist!«

Großmutter war vollkommen fremd. Jetzt stand sie auf.

Olaisen war nicht mehr rosa. Er war violett.

Großmutter zog ihre Handschuhe an und nahm das Paket mit den Bilanzen. Als sie an ihr vorbeiging, drückte sich Karna eilig in ihre Rockfalten. Trotzdem drehte sie sich noch einmal halb um und knickste dem Mann hinter dem Schreibtisch zum Abschied zu.

Sie waren schon bei der Tür, da drehte sich Großmutter noch einmal um und sagte fast munter: »Du kannst dich bis morgen an den Gedanken gewöhnen, dann komme ich mit den Papieren! Ich taufe es um in Grand Hotel!«

Draußen zog der schwarze Peder seine Mütze, obwohl er gerade etwas mit einer Zange in eine große Flamme hielt. Es war inzwischen Nachmittag und ziemlich dunkel geworden. Trotzdem bemerkte sie, daß seine Augen leuchteten. Aber er sagte nichts.

In Großmutters Hotel aß Karna Frikadellen und anschließend Rhabarbergrütze zum Dessert. Alles kam ihr riesengroß vor.

»Großmutter, gehören der Tisch und die Stühle auch dir?«

»Ja. Und danke für deine Hilfe bei Olaisen!«

»Wie?«

»Wärst du nicht dagewesen, dann wäre er sicher noch wütender geworden, weil ich das Hotel gekauft habe.«

»Warum denn?«

»Ganz sicher! Er begriff, daß wir zu zweit waren!« sagte Großmutter ernst.

Sie hob das hohe Weinglas, und Karna trank ihr mit ihrem Himbeersaft zu. Es war genauso feierlich wie in der Kirche, nur lustiger.

Als sie an Kirche dachte, kam es wie aus dem Nichts: »Fehlt dir der Anders, Großmutter?«

»Ja, daß er herumgeht und sich abends in sein Bett legt ... Aber sonst finde ich, daß ich ihn hier habe. Du nicht auch?«

»Sprichst du mit ihm?« flüsterte sie.

»Das kommt vor. Aber nicht laut, nicht so wie mit dir. Na ja, es ist vielleicht gelegentlich vorgekommen, daß ich auch laut geredet habe«, sagte sie lächelnd.

Karna nickte. Sie sah auf den Teller, und Tränen traten ihr in die Augen.

»Die Leute sollten nicht sterben.«

Erst saß Großmutter ganz still da, dann streckte sie ihre Hand nach ihr aus.

»Ich bin froh, daß ich noch zurückgekommen bin, ehe er gestorben ist.«

»Das bin ich auch«, sagte Karna. Sie konnte sich nicht erinnern, daß ihr dieser Gedanke schon früher gekommen war.

Sie saßen eine Weile da, ohne etwas zu sagen.

»Hast du es gewußt? Bist du deswegen gekommen, Großmutter?«

»Ich hatte wohl daran gedacht, daß es vielleicht eines Tages zu spät sein würde. Nicht nur, daß jemand sterben könnte ... Und dann kamen Briefe ... mit Zeichnungen von toten Eiderenten, erinnerst du dich? Dann war das mit Benjamin und Anna. Und der Anders ... Es gab wohl auch sonst einige Gründe, glaube ich.«

»Weißt du, Großmutter, ich bin auf diese Eier getreten. Das war deswegen.«

»Ich habe mir so etwas gedacht.«

»Hast du auch schon mal so etwas Gemeines gemacht?«

»Noch viel, viel Schlimmeres.«

»Was denn?«

»Das erzähle ich dir, wenn du größer bist.«

Großmutter schloß eine Weile die Augen, als würde sie an das denken, was schlimmer gewesen war. Dann öffnete sie sie wieder und schaute Karna lächelnd an.

»Heute feiern wir!«

Anfang November bestellte der Distriktsarzt Benjamin zu sich und erzählte ihm, er habe darum gebeten, von seinem Amt entbunden zu werden. Er wolle in den Süden und alt werden. In die Stadt seiner Kindheit, wo man das R anders sprach und ab April im Hemd draußen sitzen konnte, ohne im mindesten zu frieren. Jetzt wolle er, daß Benjamin sich um das Amt des Distriktsarztes bewerbe.

»Du kaufst mir einfach mein Haus ab und die Instrumente und alles Drum und Dran! Dann sind wir beide zufrieden. Zumindest ich!«

Der Distriktsarzt war im Augenblick so schlecht beieinander, wenn ihm Benjamin also im Winter ein paar Krankenbesuche in den Kirchorten abnehmen könne? Er wolle zusehen, daß er ein paar feste Fährleute bekam. Diese Krankenbesuche, wenn die Leute zur Kirche kämen, seien eine Strapaze. Entweder kämen sie nur wegen irgendwelcher Kleinigkeiten, oder sie seien von allerlei Krankheiten schon dermaßen angegriffen, daß es keine Heilung mehr gab. Er könne samstags so zeitig fahren, daß er bereits vor zwei Uhr dort sei, dann könne er noch am Nachmittag Sprechstunde halten. Nun ja, es könne auch bis in den Abend dauern, jedenfalls solange seine Wirtsleute Öl in der Lampe hätten. Aber Benjamin sei schließlich noch jung, in seinen besten Jahren.

»Sieh bloß zu, daß du sonntags weiterkommst, ehe die Kirche anfängt. Sonst bemerken noch alle, die im Ort wohnen, daß sie sterbenskrank sind und suchen dich nach dem Gottesdienst auf. Dann kommst du an diesem Tag nicht mehr nach Hause.«

Und dann sei da noch eine Sache, die ihm am Herzen liege. Ob Benjamin sich darum sofort kümmern könne und so klug wie möglich? Ob er einen Brief an den Armenausschuß schreiben könne wegen der armen, kranken Kristine Olsen? Sie leide an einer venerischen Krankheit, Syphilis dritten Grades in einem Ausmaß, daß die Behandlung im Krankenhaus notwendig sei.

»Ich habe bei dieser armen Frau einen Krankenbesuch gemacht und ihr einen Platz in Tromsø verschafft. Aber wir brauchen Geld vom Armenausschuß, und das sofort. Der Teufel mag wissen, wo sie das herhat! Ich habe kein Wort aus ihr herausbekommen, als ich dort war. Meine Frau meint, gehört zu haben, es sei eine Finnin gewesen, die ihren Mann in der Finnmark angesteckt habe. Aber der hat sie ja schon vor langer Zeit verlassen.«

»Dann müssen wir wohl versuchen, ihn zu finden«, sagte Benjamin.

»Ja, das meine ich auch«, sagte der Alte eifrig. »Du hast dazu ja mehr Kraft.«

»Dann ist da noch das letzte für heute: Secilie Andreasdatter, vierundzwanzig Jahre alt und schwer geplagt von der Epilepsie. Du weißt, ich habe schon früher darüber gesprochen. Damit hast du doch Erfahrung. Deswegen dachte ich, du könntest dafür sorgen, sie unters Gesetz stellen zu lassen ... Sie hat jeden Tag einen Anfall, meist nachts, und ist auch im übrigen ziemlich passiv. Im allgemeinen freundlich, aber auch schon mal gefährlich und gewalttätig, wenn die Kinder sie reizen. Sie ist Bettnässerin. Das Brom, das du ihr verschrieben hast, hilft nicht. Die Eltern sind arm und haben nicht einmal genug Bettwäsche, also müssen wir einen Brief an den Armenausschuß schreiben, um sie versorgen zu lassen. Sie muß unters Gesetz gestellt werden.«

»Was meinst du genau?«

»Das Geisteskrankengesetz, Paragraph neunzehn.«

Benjamin wurde bleich.

»Ja, ich weiß, daß du da anderer Meinung bist, weil deine Karna ja wirklich nicht geisteskrank ist. Das ist diese Secilie auch nicht. Aber sie hat niemanden. Nur dieses elende Zuhause ...«

»Ich kann doch versuchen, sie dort, wo sie ist, versorgen zu lassen.«

»Du meinst es gut. Aber sie wird auch von ihren eigenen Leuten gepiesackt. Sie muß fort. Es wird teuer, geeignete Pflegeeltern zu finden. Deswegen muß sie unter diesen Paragraphen, damit der Armenausschuß zahlt.«

»Ich kann sie nicht für geisteskrank erklären, nur damit Geld fließt.«

»Das kannst du sehr wohl, wenn es keine andere Möglichkeit gibt. Willst du, daß sie in ihrem eigenen Dreck erstickt?« sagte der Alte wütend.

Das war nicht das erste Mal, daß der Distriktsarzt eine Schlacht gewann. Die Punschschüssel wurde auch an diesem Abend hervorgeholt.

Aber die ganze Zeit sah Benjamin Karnas verdrehte Augen vor sich, den Schaum vor ihrem Mund und ihre kämpfenden Glieder. Er spürte seinen eigenen Herzschlag, solange der Anfall dauerte.

Als er gehen wollte, sagte der Alte: »Gerechtigkeit hat noch nie jemanden satt gemacht. Wir müssen das Gesetz, so gut wir können, verwalten, wir, die wir Einfluß haben.«

Die vielen Aufgaben, die er für den Distriktsarzt erledigen mußte, führten dazu, daß sich Benjamin zumeist in Strandstedet aufhielt. Er schonte sich nicht. Es kam vor, daß er ein kleines Nickerchen machte, wenn er zu seinen Patienten segelte. Glücklicherweise war das Wetter erträglich.

Der Alte hielt Wort. Benjamin bekam feste Fährleute, wenn er an den Wochenenden zu den Kirchorten unterwegs war. Es war eine Erleichterung, in Dunkelheit und schwerer See nicht allein segeln zu müssen, aber gleichzeitig auch eine Belastung, diese fremden Kerle so nah auf der Pelle zu haben. Oft lag er zwischen zwei Fellen und tat so, als schliefe er.

Anna hatte auch diesen Herbst wieder die Zwangsschule übernommen. Außerdem hielt sie Unterricht in Strandstedet und draußen in den Distrikten, weil der Lehrer sich für den Fang auf den Lofoten vorbereiten wollte.

Letzteres war wohl eine Ausrede. Er war beschuldigt worden, einem Jungen dermaßen auf die Hände geschlagen zu haben, daß dieser zu Hause bleiben mußte.

Benjamin hatte den Eltern bei ihrer Klage an die Schulkommission geholfen, weil er mehrere Brüche und Muskelschäden des Jungen hatte behandeln müssen.

In seiner Antwort auf die Klage stellte der Schulinspektor fest, daß der Lehrer eine milde Züchtigung angewandt habe: drei Schläge auf jede Hand mit der flachen Seite eines Lineals. Nur um der

Unwissenheit des Jungen abzuhelfen. Der Lehrer behauptete, daß er von Pontoppidan nicht einmal soviel wie ein Komma wiedererkennen würde, wenn er dem Jungen die Aufgaben abhöre. Er war der Ansicht, die Eltern hätten dem Jungen die Verletzungen zu Hause beigebracht, um zu entschuldigen, daß ihr Sprößling faul sei und sich nicht mit Fleiß der Buchgelehrsamkeit widme.

Das führte dazu, daß den Eltern ein Zwangsgeld auferlegt wurde, weil sie ihren Sohn von der Schule ferngehalten hatten.

Benjamin half ihnen bei einer weiteren Klage. Daraufhin dauerte es nicht lange, bis der Inspektor einiges an Annas Unterricht auszusetzen fand. Er behauptete beispielsweise, sie habe weltliche Lieder gespielt und gesungen, als sie auf Reinsnes Zwangsschule abgehalten habe. Und das in den Stunden, die für christliche Erbauung hätten verwendet werden sollen.

Anna antwortete der Schulkommission schriftlich. Sie pochte auf ihr Recht, auch weltliche Lieder zu singen und zu spielen, solange sie allen anderen Pflichten nachkam. Aber der Inspektor war es nicht gewohnt, daß »Frauenzimmer in ihrer unpassenden Selbstverherrlichung unablässig Briefe schrieben«, wie er das ausdrückte. Anna ihrerseits war es nicht gewohnt, Frauenzimmer genannt zu werden, und begann in scharfem Ton einen Briefwechsel mit der Schulkommission. Und das zum großen Kummer des Propstes, der sie gerne halten wollte.

Benjamin folgte der Korrespondenz mit einem Lächeln. Er fing an, die Anna der Briefe wiederzuerkennen, die sie ihm vor Jahren geschrieben hatte.

An einigen Tagen war ihr Mund nur ein roter Punkt in ihrem Gesicht, und die blauen Augen leuchteten im schwarzen Winter.

An einem Wochenende war nirgends Kirche. Er brauchte deswegen keine Patienten zu behandeln und kam Samstag früh nach Hause. Anna war wütend. Sie hatte einen weiteren Brief erhalten. Nicht von der Schulkommission, sondern vom Inspektor.

»Damit finde ich mich nicht ab! Ich fahre nach Strandstedet und spreche mit dem Propst.«

Der Inspektor schrieb, er habe eine Klage von Ole Tobiassen entgegengenommen, der den zwölfjährigen Lars in Pflege hatte. Dieser habe erzählt, Anna habe ihre Stieftochter Karna bei sich im Klassenzimmer gehabt. Karna habe Krämpfe bekommen und sei gefallen. Dies zum Entsetzen und zur Verwirrung der Schüler. Beide Male habe sie Schaum vor dem Mund gehabt, und andere Häßlichkeiten seien auf den Boden geflossen. Der Inspektor halte es deshalb für richtig, Anna Grønelv schriftlich dazu aufzufordern, es zu unterlassen, das Kind mit ins Klassenzimmer zu nehmen.

Er habe von verschiedenen Seiten gehört, es sei das beste, der Lehrer sei ein Mann, der in der Sprache der Schüler unterrichten könne. Anna Grønelv habe außerdem bei mehreren Gelegenheiten den Tag mit weltlichen Liedern begonnen. Sie achte ebenfalls nicht darauf, daß die Kinder ihren Pontoppidan auswendig konnten. Das sei als äußerst beklagenswert anzusehen.

Benjamin fing an zu lachen.

»Findest du das lustig?«

»Nein, aber ich kann das auch nicht ernst nehmen. Der Mann hat Angst vor dir. Und außerdem hat er immer noch nicht eingesehen, daß die Erde rund ist.«

»Es geht um Karna«, sagte sie.

»Was hast du geantwortet?«

Sie ging zum Sekretär und holte den Antwortbrief.

»Geehrte Schulkommission, vertreten durch den Vorsitzenden!

Ich habe einen Brief des Schulinspektors erhalten, der der Schulkommission vermutlich in Kopie vorliegt. Er verbietet mir, meine Stieftochter Karna im Klassenzimmer zu haben. Ich möchte hiermit kundtun, daß sie ruhig dasitzt, lesen und Zahlen behandeln kann, eine ausgezeichnete Vorsängerin ist und außerdem im Frühling sieben Jahre alt wird. Der Grund des Inspektors, ihr den Besuch des Unterrichts zu verweigern, ist, daß sie ab und zu einen epileptischen Anfall hat.

Ich will mich kurz fassen: Ich werde mich nicht nach der Aufforderung des Inspektors richten!

Dagegen wünsche ich, daß die Schulkommission darauf achtet, daß der Inspektor seinen eigentlichen Pflichten nachkommt.

Auch nach unzähligen Aufforderungen von mir hat er immer noch nicht dafür gesorgt, daß die Pflegeeltern von Oskar Pedersen ihren Pflegesohn mit intakten Kleidern und genügend Essen in die Schule schicken. Die drei Wochen vor Weihnachten trug er immer dieselben ungewaschenen Kleider. Er hatte außerdem nicht einmal das Notwendigste, um seinen Hunger zu stillen, was ihn den anderen Kindern gegenüber in Verlegenheit brachte. Sie nannten ihn Armenhäusler, weil sie mitbekamen, daß ich mein Brot mit ihm teilte.

Er hat sehr oft gefehlt und konnte das nur dadurch entschuldigen, daß er keine Schuhe besaß, kein Essen mitbekam oder nicht gebracht wurde. Für all diese Leistungen werden seine Pflegeeltern vom Armenausschuß bezahlt.

In dieser Sache hat der Inspektor ein großes Unvermögen an den Tag gelegt, sich um die Bedürfnisse eines Kindes zu kümmern, worauf ich ihn mehrfach aufmerksam gemacht habe. Ich bin übrigens selbst zu dem Schluß gekommen, daß die Unruhe des Inspektors darüber, was Kinder verkraften können, mit Hinblick auf die epileptischen Anfälle meiner Stieftochter, unglaubwürdig ist.

Was die Beschwerde angeht, daß ich nicht in der Muttersprache der Kinder unterrichte und daß ich kein Mann bin, möchte ich die verehrte Schulkommission daran erinnern, daß der Lehrer, der die Lehrerstelle innehat, zwar ein Mann ist, aber nie das Lehrerseminar besucht hat. Er hat keine höhere Ausbildung als jeder beliebige Mann, der konfirmiert ist. Außerdem stammt er aus Finnland, was dazu führt, daß seine Sprache kaum mehr verständlich sein dürfte als mein Dänisch.

Ich möchte die Herren bitten, sich meine eingereichten Zeugnisse noch einmal anzusehen und auch mein Norwegisch noch einmal gründlich zu prüfen. Sie sind ebenfalls willkommen, meinem Unterricht beizuwohnen.

Was den Katechismus angeht, Pontoppidans Erklärung und Herslebs Biblische Geschichten, so muß ich sagen, daß ich Verständnis dafür aufbringe, daß es einigen meiner Schüler nicht gelingt, das auswendig zu lernen. Teils sind sie viel zu selten in der Schule, teils arbeiten sie zu Hause zu hart, und teils haben sie auch zu schlechte Kost und zu schlechte Kleidung.

Außerdem wage ich zu behaupten, daß es für Kinder unmöglich ist, überhaupt etwas zu lernen, wenn man nicht ein wenig einfühlendes Verständnis dafür aufbringt, daß sie Ruhe und Ruhepausen zu Hause nötig haben.

Dafür kann man einen Lehrer nicht verantwortlich machen, auch wenn dieser Lehrer zufällig eine Frau sein sollte.

Daß einige Schüler vor ihrem männlichen Lehrer oder seinem Lineal eine solche Angst haben, daß sie kein einziges Wort herausbringen, das sie nicht vorher in einem Buch gelesen haben, führt nicht etwa zu Kenntnissen, sondern zu Angst. Und das ist viel schlimmer als vielleicht einmal der unverschuldeten Epilepsie eines kleinen Kindes beiwohnen zu müssen.

Zum Schluß möchte ich mir noch die Freiheit nehmen, die Schulkommission daran zu erinnern, daß ich bereits zweimal gegen nämlichen Inspektor Klage geführt habe, weil er nicht für ein Boot gesorgt hatte, als ich in die Distrikte mußte. Einmal war ich drei Stunden durch Tiefschnee unterwegs, um zu dem Hof zu kommen, auf dem ich Unterricht halten sollte. Bei meinem Eintreffen war die Schultruhe nicht dorthin gebracht worden, und ich hatte nicht einmal ein Gesangbuch oder einen Griffel, um mir zu helfen.

Als ich besagten Inspektor deswegen noch einmal benachrichtigte, behauptete er, es sei schlechtes Wetter gewesen. Ich erlaubte mir, ihn daran zu erinnern, daß er sich in Nordnorwegen befinde und daß Sonnenschein und leichter Wellengang nicht einmal in Dänemark als schlechtes Wetter bezeichnet würden. Das würde ich ihm gegenüber jederzeit im Beisein der Schulkommission wiederholen.

Folgerung: 1) Ich werde der Direktive des Inspektors nicht nachkommen. 2) Ich benutze die Gelegenheit, nämlichen Inspektor anzuklagen, daß er seinen Dienstvorschriften nicht nachkommt. 3) Falls mich die Schulkommission aufgrund dieses Briefes von meinem Auftrag entbinden will, wird das nicht zu einer Verbesserung der Verhältnisse für die Kinder führen, aber zweifellos den Inspektor ungemein erleichtern.

Hochachtungsvoll!
Anna Grønelv.«

»Na, was sagst du?« fragte sie.

»Ich bin stolz auf dich! Schick das ab!«

Anders war nicht ausgezogen, obwohl er tot war. Anna sprach täglich von ihm. Als hätte sie es auf sich genommen, diejenige zu sein, die alles redend vor dem Vergessen bewahrte.

Benjamin merkte, wie das alle Dinge leichter machte.

Aber Anna wurde von einem Brief heimgesucht. Zu Weihnachten schrieb ihre Mutter und kündigte an, daß Vater und sie auf Besuch kommen wollten, wenn es Frühling wurde.

Er hatte geglaubt, daß das ihre Laune heben würde, aber sie war mehrere Tage lang rastlos und wortkarg.

Auch nachdem er mehrere Tage in Strandstedet gewesen war, war es nicht vorbei, und er fragte, ob sie sich Sorgen mache, daß die Handwerker nicht mit den Reparaturen fertig werden könnten, bis ihre Eltern kämen. Oder ob sie finde, daß sie ihnen nichts zu bieten hätten.

»Du darfst nie glauben, daß ich so denke!« sagte sie und sah ihn entsetzt an.

»Was ist es dann?«

»Sie sind mir so fremd geworden ... Das Leben in Kopenhagen ist mir so fern. Ich habe Angst, daß uns das beunruhigen könnte. Daß wir anfangen könnten, zu denken, daß es noch andere Orte gibt.«

»Wir müssen mit dem Gedanken leben können, daß es noch etwas anderes gibt. Und wenn das nicht geht, müssen wir wegziehen.«

»Aber du hast dich doch um die Stelle des Distriktsarztes beworben.«

»Es ist nicht mal sicher, daß ich sie bekomme.«

»Das tust du. Dina sagt ...«

»Dina soll aufhören, sich in mein Leben einzumischen!« sagte er zornig.

»Benjamin«, sagte sie warnend. »Jetzt fängst du wieder an!«

»Nun gut.«

Er lachte und streckte beide Hände in die Luft, als hätte sie ihn mit einer Waffe bedroht.

»Da du Dina gegenüber so freundlich eingestellt bist, wirst du erleben, daß ich es fertigbringe, deine Eltern auf bestmögliche Weise zu empfangen.«

Sie waren alleine im Saal, und sie schrieb seine Briefe an den Armenausschuß ins reine. Nach einer Weile schaute sie auf.

»Hast du mit Dina darüber geredet, was eigentlich passiert ist, als Anders starb?«

»Ansatzweise«, sagte er ausweichend.

»Darf ich dich fragen, wie das verlief?«

»Ich habe um Entschuldigung für mein grobes Betragen gebeten.«

»Und was hat sie dazu gesagt?«

»Sie behauptete, es gebe nichts, wofür ich mich bei ihr entschuldigen müsse. In diesen Worten lag sicher, daß ich dich und Anders um Entschuldigung bitten solle ...«

»Hast du nicht gesagt, daß du das schon getan hast?«

»Nein, Anna. Verstehst du denn nicht? Man kann mit Dina nicht reden!«

»Dann wundert es mich, daß ich das kann.«

Er seufzte.

»Du hast vielleicht recht.«

Und wenig später, als er den Bericht noch einmal durchlas: »Ich wäre froh, wenn ich mich genauso gut ausdrücken könnte wie du!«

»Wir müssen doch nicht beide dieselben Dinge können«, sagte sie fröhlich. »Sorge du nur dafür, daß alles andere getan wird, dann bin ich zufrieden!«

Er gab ihr einen Stoß, so daß sie hintenüber aufs Bett fiel.

»Nicht sofort!« drohte sie ihm mit einem tintenfleckigen Zeigefinger. Aber ihre Augen leuchteten.

9

Benjamin hatte an den Abenden, an denen er in Strandstedet war, gelegentlich einen Ausflug zum Olaisenhaus auf dem Hügel gemacht. Dina ging dort ein und aus, da sie meist im Grand wohnte, um den Umbau zu überwachen.

Aber ihm fielen nie Gründe ein, die für einen Besuch wichtig genug waren. Ein paarmal war er Olaisen begegnet. Es gab etwas in dessen Blick. Anschließend hatte er sich gesagt, er bilde sich vermutlich nur ein, daß ihn der Mann wütend anschaute.

An einem Vormittag im Januar, als er sich auf den Heimweg machen wollte, saß Hanna auf einem Stein neben seinem Boot. Er hätte sie in ihren dicken Kleidern fast nicht erkannt.

Sie erhob sich und stand da, ohne etwas zu sagen.

»Willst du mitfahren?« fragte er unsicher, ohne sie erst zu begrüßen.

Sie nickte.

»Falls es paßt. Ich wollte nach Mama sehen. Sie hat mich gebeten, ihr bei den Vorbereitungen für die Amerikareise zu helfen ...«

Er bekam einen trockenen Mund.

Trotzdem hob er sie ins Boot, genau wie beim letzten Mal. Setzte sie auf die Bank und stieß ab.

Sie redeten nicht. Er achtete im Halbdunkel auf den Kurs und fühlte, wie der feuchte Nebel in die Kleider kroch. Als sie zu der Insel kamen, auf der sie damals Zuflucht gesucht hatten, setzte er mehr Segel.

»Die Zeit vergeht und ändert so viel«, sagte sie.

Er antwortete nicht.

»Ich muß dir was sagen.«

»So?«

»Er glaubt, daß das neue Kind, das ich erwarte, von dir ist!«

Er war aufgestanden, um das Segel festzumachen. Jetzt zuckte er zusammen und setzte sich schwankend.

»Das ist nicht dein Ernst«, sagte er heiser.

»Er glaubt das«, sagte sie hart.

»Wie kommt er nur darauf?« fragte er, ohne sie anzusehen.

»Jemand hat mich neben deinem Boot sitzen sehen.«

»Aber Hanna! Das ist doch schon Jahre her!«

»Nein. Ich habe auch jetzt versucht, dich zu treffen ... Aber ich bin gegangen, als Leute kamen.«

Das war zu unwirklich. Diese Gedanken, wo zum Teufel blieb die Vernunft.

»Und trotzdem bist du wiedergekommen?« fragte er.

»Ja.«

»Aber war das nicht unnötig, wenn er ohnehin schon glaubt ...?«

Sie wandte sich von ihm ab, als wollte sie sich versichern, daß sie noch den richtigen Kurs hielten.

»Ich mußte einfach mit jemandem reden ... Achtung, Schäre!« rief sie.

Er riß blitzschnell das Ruder herum und sah gerade noch den grauen Felsrücken. Dann waren sie schon vorbei.

»Wie kommt er nur darauf?« fragte er laut und dachte gleichzeitig: So ist das auf dem Meer. Man kann schreien, was man sonst nur zu flüstern wagt.

»Damals sah uns ein altes Weib aus Strandstedet ins Boot steigen. Und sie weiß, daß ich nie in Reinsnes angekommen bin. Das ist kürzlich auch dem Wilfred zu Ohren gekommen.«

»Hast du ihm gesagt, wie das kam?«

»Nein. Ich habe nur gesagt, daß ich umkehren mußte, weil ich so naß geworden war. Aber er glaubte mir nicht. Seither hat er viele Gelegenheiten entdeckt, an denen wir ...«

Sie saß merkwürdig aufrecht vorne im Boot. Als würde sie etwas erzählen, was sie nichts anginge.

»Was für Gelegenheiten?« fragte er.

»Letztens, im November, als er mit dem Frachtsegler nach Trondhjem mußte und du so viel in Strandstedet warst, um dem alten Doktor zu helfen.«

»Hanna! Das ist Irrsinn! Ich werde mit ihm reden.«

»Ich glaube nicht, daß das etwas nützt.«

»Was hat er gesagt?«

Sie kauerte sich zusammen. Die Mundwinkel verzogen sich nach unten. Dann schluckte sie das herunter, was die Ruhe zu zerstören drohte.

»Du bist Frauendoktor und hast es da hineinbekommen, jetzt sollst du es wieder herausreißen. Er will es nicht in seinem Haus sehen.«

»Das kann er nicht gesagt haben!«

Sie antwortete nicht.

»Das hat er nicht so gemeint, Hanna. Er ist nur ...«

Er stockte, als sie damit anfing, ihren Mantel aufzuknöpfen und sich aus ihren Schals zu wickeln.

Das ist Hanna wohl alles zuviel geworden, dachte er, und es ist meine Schuld.

»Laß das. Es ist kalt. Hanna!« rief er.

Aber mit wilder Miene und zugekniffenen Augen machte sie weiter.

»Hanna! Hör auf!«

Er warf sich im Boot nach vorne, um sie daran zu hindern, den ganzen Oberkörper zu entblößen. Er ließ das Ruder los, und der Kurs änderte sich. Das Boot krängte. Er mußte sich umdrehen, um das Boot wieder auf Kurs zu bringen. Als er erneut aufschaute, saß sie mit nackter Brust und nacktem Hals da. Er schnappte nach Luft, konnte kaum glauben, was er da sah.

Quer über die eine Brust und bis hinauf zum Hals hatte sie eine verschorfte Wunde, deren Ränder blaugelb verfärbt waren.

Eine blinde Wut ergriff ihn, und er hätte sich beinahe übergeben. Er spürte kaum noch die Ruderpinne in seiner Hand.

»Wo hast du das her?« fragte er heiser.

Sie antwortete nicht. Begann einfach damit, sich wieder anzuziehen.

Er saß ratlos da, ohne noch etwas zu sagen. Dann änderte er den Kurs, so daß sie vor dem Wind auf das offene Meer segelten, zurrte das Ruder fest und streckte die Arme nach ihr aus.

Sie kam langsam auf ihn zu und setzte sich auf die Bank ihm gegenüber. Er legte seine Arme um sie und lehnte seine Stirn gegen ihre. Ihre eiskalten Finger brannten ihm im Nacken.

»Wann ist das passiert?« fragte er, so ruhig er konnte.

»Vorige Woche.«

»Ist es auch vorher schon mal passiert ... vor der Sache mit dem Kind?«

Sie hob den Kopf und nickte.

»Wie oft?«

»Ein paarmal ...«

»Warum?«

»Weil der Isak soviel von dir spricht ... und von Reinsnes.«

Er wollte Wilfred Olaisen schon zum Teufel wünschen und sie bitten, die Kinder zu holen und zu ihm nach Reinsnes zu kommen. Aber im Nebel segelte Anna vorbei. Schnell. Sie hob den Kopf und betrachtete ihn auf ihre ernste Art. Dann sagte sie: »Aber Benjamin, welches Recht hast du?«

Er wollte die Kleider zur Seite schieben und sich die Verletzung ansehen. Sie hielt seine Hand jedoch fest.

»Ich werde mir das anschauen, wenn wir nach Hause kommen«, sagte er tonlos.

Sie schüttelte den Kopf.

»Vielleicht solltest du ihn ja verlassen«, sagte er versuchsweise.

Da öffnete sie die Augen und sah ihn an.

»Wo soll ich hin, Benjamin?« flüsterte sie.

Als er nicht antwortete, rief sie übers Meer: »Wohin? Mit zwei Kindern an der Hand und einem im Bauch? Wohin? Kannst du mir das sagen?«

»Ich rede mit ihm«, sagte er mit fester Stimme. »Er beruhigt sich schon wieder, wenn er einsieht, daß er sich geirrt hat, und alles etwas auf Abstand bekommt. Vielleicht um so mehr, wenn er weiß, daß ich Bescheid weiß.«

»Du kennst ihn nicht«, sagte sie nur.

»Nein, aber er kann dich nicht zum Krüppel schlagen, auch wenn ich ihn nicht kenne. Ist er zu Hause?«

»Nein, auf den Lofoten.«

»Wann wird er zurück erwartet?«

»In zwei Tagen.«

»Gut! Dann fahre ich mit dir nach Strandstedet und rede mit dem Kerl.«

»Dann schlägt er mich tot.«

»Das kann er nicht, wenn ich dabei bin.«

»Du kannst nicht immer dasein ...«

»Vielleicht sollten wir ja mit jemand anderem reden. Dem Distriktsarzt ... Um ihn wieder zur Vernunft zu bringen.«

»Wir fahren aufs Meer«, sagte sie plötzlich mit dieser überraschenden Art, das Praktische zu sehen.

Sie hatten die äußeren Inseln schon weit hinter sich gelassen.

Er machte das Ruder wieder los und wendete. Das dauerte. Der Wind war keine Hilfe, und das Segel war naß.

»Hast du Angst?« fragte er.

»Vor dem Meer? Nein!« sagte sie mit harter Stimme.

Und nach einer Weile: »Und du? Hast du Angst? Vor ihm?«

Er blickte sie schnell an.

»Nein, Angst? Aber es ist wirklich schlimm, daß er dich schlägt ...«

»Für dich kann es noch viel schlimmer werden.«

»Wie das?«

»Er will mit Anna sprechen.«

»Nein!«

»Das hat er gesagt.«

»Ich wußte, daß er ein niederträchtiger Teufel ist, aber nicht so ...«

»Er ist vermutlich auch nicht schlimmer als andere. Gebraucht nur andere Mittel.«

Er starrte sie an, dann fing er an zu lachen. Sie schaute wütend zurück.

»Verteidigst du ihn etwa?«

»Nein! Ich verteidige keinen von euch beiden!«

Es kam ihm vor, als hätten sie immer so dagesessen, seit sie klein waren. Aber wenn sie jetzt immer noch klein gewesen wären, wäre er auf sie losgegangen. Hätte sie ausgeschimpft. Weil sie ihn mit diesem Mann gleichsetzte. Statt dessen spürte er, wie sein Blick flackerte, und er merkte, daß die Ruderpinne sein Feind wurde.

Trotzdem mußte er an die Vergangenheit denken. Nahm sie mit. Sie hatte immer schon Schürfwunden gehabt, dieses Mal auch. Mußte getröstet werden. Sie waren in das duftende Heu gesprungen, obwohl das nicht erlaubt war. Es könnte anfangen zu brennen, sagten die Erwachsenen, die ihnen auch verboten hatten, in einem Bett zu schlafen. Weil sie zu groß dafür geworden waren. Aber es gab immer Möglichkeiten. Vielleicht war es immer noch so? Daß Hanna und er zusammenkommen mußten?

Aufs neue erschien ihm Anna. Sie sah ihn an. Nicht vorwurfsvoll. Mehr verwundert. Als wolle sie sagen: »Niemand hat dich gezwungen, Benjamin.«

»Das ist gut, Hanna! Du verteidigst keinen von uns. Ich werde dich trotzdem nach Strandstedet bringen, wenn er zurück erwartet wird.«

»Nein, jetzt«, sagte sie.

»Wir sind doch fast in Reinsnes! Und ich muß mir die Wunde ansehen.«

»Die hast du gesehen. Und ich habe gesagt, was ich zu sagen hatte.«

»Hast du die ganze Zeit gewußt, daß du zurückwillst?« rief er.

Sie antwortete nicht, kletterte einfach wieder nach vorne.

»Warum?« fragte er etwas ruhiger.

»Weil ich mit dir reden wollte, ohne daß uns jemand hört! Begreifst du nicht mal das? Ich habe mit dir nicht allein gesprochen, seit ...«

Er wollte sie fragen, warum sie neben seinem Boot gesessen und ihrem Mann so einen Grund gegeben hatte, sie zu verdächtigen. Jetzt, soviel später. Aber er überlegte es sich anders.

»Was soll ich deiner Meinung nach tun?« fragte er statt dessen.

»Bring mich heim nach Strandstedet. Setz mich in der Bucht hinter der Kirche ab, damit uns niemand sieht. So kannst du vielleicht noch deine eigene Haut retten.«

Er preßte die Lippen aufeinander, ohne noch etwas zu sagen. Sie hatte ihm das Umkehren leichtgemacht.

Er stand aus dem Gestrüpp auf, als Benjamin sie am Ufer absetzte. Es war bereits ziemlich dunkel. Aber sie erkannten ihn beide. Auf einem Stein an der Hochwasserlinie lagen sein Mantel und seine Weste ordentlich zusammengelegt. Groß und breitschultrig und mit aufgekrempelten Ärmeln stand er da in der vereisten Landschaft. Eine leuchtende Reihe weißer Zähne. Die Augen waren klar und entschlossen. Sie wußten bereits eine Weile, worauf sie warteten. Breitbeinig und sicher und mit leicht angewinkelten Unterarmen empfing er sie.

Es kam Benjamin in den Sinn, daß es bei diesem Mann kaum etwas nützen würde, schnell wegzurudern. Eine kalte Spannung breitete sich in seiner Magengrube aus, und er sagte: »Guten Abend, Olaisen!«

Der Mann antwortete nicht. Kam einfach mit ausgestreckten Armen auf sie zu, als wolle er sie beide umarmen. Und so konnte man das vielleicht auch nennen.

Bereits beim ersten Schlag fiel Benjamin auf die Felsen am Wasser. Er kam jedoch wieder auf die Beine und bat den Mann, sich zu besinnen.

Der zweite Schlag war schon schlimmer. Er fiel mit dem Kopf gegen einen spitzen Stein.

Er hörte, wie der Knorpel knirschte. Das war wohl das Ohr. Aber er spürte nichts. Der Schock hatte ihn sicher betäubt.

»Ich werde dem Doktor schon zeigen, was passiert, wenn er den Frauen von anderen Kinder macht. So!«

Der Mann holte aus, und ein gezielter Tritt traf Benjamin zwischen den Beinen. Schmerz. Übelkeit. Sein Mageninhalt wollte nach oben. Nur ruhig liegenbleiben. Sich totstellen. So …

Olaisen hob den Fuß, um noch einmal zuzutreten. Da besann sich Benjamin, griff mit beiden Händen ums Fußgelenk. Der Gründer von Strandstedet fiel hin, er auch. Gesicht voraus in eine vereiste Pfütze.

Benjamin warf sich über ihn und hielt ihm die Arme auf dem Rücken fest. Als er wieder zu Atem gekommen war, sagte er mit Betonung auf jeder Silbe: »Die Hanna sagt, daß du ihr das Kind aus dem Leib zerren willst, weil du glaubst, daß ich der Vater bin. Aber ich bin nicht der Vater! Das ist rein physisch unmöglich! Verstehst du! Treib die Hanna nicht so zur Verzweiflung, daß sie ins Wasser geht. Und wenn du sie noch einmal schlägst, gehe ich zum Lensmann!«

Der Mann sagte da unten etwas mit dem Gesicht im Sand. Es war unmöglich zu verstehen. Benjamin ließ ihn los, um ihn besser hören zu können.

Olaisen richtete sich mit Mühe auf. Er blieb im Sand sitzen. Die beiden starrten sich an.

»Du verdammter Hurenbock!« fauchte ihn Olaisen an. »Ich hätte dich plattmachen können wie einen Lederfetzen im Sturm!«

»Ja!« keuchte Benjamin. »Du bist stark wie ein Vieh. Aber schlag die Hanna nicht!«

»Wo wart ihr?«

Benjamin atmete allmählich ruhiger.

»Sie saß auf einem Stein, als ich zum Boot kam. Außer sich. Sie mußte mit jemandem reden, weil du sie geschlagen und sie des Schlimmsten beschuldigt hattest! Und da war ich der einzige, verstehst du das denn nicht, Mann?«

»Sie mußte also mit dir auf die Inseln segeln, um sich zu trösten?«

»Wir haben keinen Fuß auf eine Insel gesetzt!«

»Wieso ist sie dann ins Boot? Sie hat dem Mädchen gesagt, sie wäre heute abend wieder zu Hause.«

»Sie wollte doch nur reden ...«

Olaisen drehte sich zu Hanna um und rief: »Du wolltest mit dem da reden? Hast du die Kinder vergessen?«

Hanna stand neben dem Boot. Benjamin konnte sie nicht sehen. Er hörte auch nicht, ob sie etwas antwortete oder sich bewegte.

»Ja! So verzweifelt kann eine schwangere Frau werden, wenn ihr Mann so unvernünftig ist! Du bist doch verrückt, Mann, verstehst du das nicht selber?« sagte er leise und eindringlich.

»Du verdammter ...«

Der Mann erhob sich drohend. Benjamin richtete sich auf, um einem Tritt auszuweichen, der auf seinen Kopf gerichtet war. Eine Sekunde später spürte er Olaisens Fäuste. Versuchte, sich zu bükken. Aber dieser Mann prügelte sich nicht im Suff. Er traf.

Benjamin unternahm den Versuch, nicht in die Knie zu gehen. War fest entschlossen. Fiel er, war es mit ihm vorbei.

Dreimal ging er zu Boden. Aber es gelang ihm immer wieder, auf die Beine zu kommen. Zwischen den Schlägen holte er Luft. Erklärte. Beruhigte. Wie man mit einem scheuenden Pferd spricht. Vergaß, daß er nicht unschuldig an dem Ganzen war.

Nach und nach wurde ihm klar, daß der Mann ihm eigentlich glauben wollte. Nichts, was er lieber wollte. Plötzlich schien er zu bereuen. Als Benjamin wiederum zu stürzen drohte, packte ihn der Mann bei den Armen und setzte ihn auf einen tangbedeckten Stein. Das gelang einigermaßen.

Benjamin wischte das Blut unter der Nase weg und strich sich erstaunt durchs Haar, benommen und ohne jede Orientierung. Anna glitt vorbei. Sie sah zufrieden aus, sagte aber nichts. Draußen in der Mündung des Fjordes meinte er, es aufhellen zu sehen. Immerhin etwas. Die Nase hatte einiges abbekommen, aber alle Zähne saßen noch, wie sie sollten.

Wie in einem roten Nebel sah er, daß Hanna sich mit beiden Händen am Boot festhielt und sich übergab. Also war doch alles wirklich. Er dachte, daß er sich jetzt endlich sammeln und alles in eine Ordnung bringen müsse. Aufschluchzend sagte er: »Nimm sie jetzt mit nach Hause und schlag sie nicht mehr. Siehst du nicht, daß sie schon ganz zerstört ist?«

Er blieb sitzen und schaute ihnen nach. Sie waren wohl alle drei gleich erbärmlich, kam es ihm in den Sinn.

Der Mann ging schnell vorweg, und sie schleppte sich hinter ihm her. Als er ihre Schatten nicht mehr sehen konnte, begann er zu zittern.

Er wußte nicht, wieviel Zeit vergangen war, ehe es ihm endlich gelang, das Boot an Land zu ziehen. Erst überlegte er noch, ob er sich eine Pfeife anzünden sollte, sah dann aber ein, daß er das nicht schaffen würde. Statt dessen wischte er sich etwas unbeholfen das Blut und den Sand ab, da er nun schon einmal dort saß.

Der Tag hatte jetzt schon lange genug gedauert. Für die Nacht würde er sich mit der Kammer hinter seiner Praxis in Strandstedet begnügen müssen.

Er erwachte davon, daß jemand gegen die Wand schlug. Oder war es die Tür? Er stieg aus dem Bett und taumelte in die Praxis und ans Fenster. Eine kleine Gestalt stand draußen im Dunkel.

Der Anblick machte ihn augenblicklich hellwach. Er stolperte in den winzigen Gang, der gleichzeitig als Wartezimmer diente, und öffnete die Tür. Aber niemand kam.

Er mußte ganz nach draußen, um sie hereinzuholen.

Das Gesicht war nicht zu erkennen. Haare und Blut, in dem ihm Hannas Augen entgegenbrannten.

Er fing sie in seinen Armen auf und trug sie in die Praxis. Setzte sie auf den Stuhl vor dem Schreibtisch und zündete die Lampe an.

Sie war dermaßen von Blut bedeckt, daß er nur schwer sehen konnte, was zuerst behandelt werden mußte. Vorsichtig hob er ihr Gesicht zum Licht. Strich das Haar beiseite und betrachtete die Verletzungen.

Der Mann war gründlich ans Werk gegangen. Die Lippe war gespalten, und über einem Auge klaffte ein tiefer Schnitt, alle anderen Kopfverletzungen nicht mitgerechnet.

Er brachte den Wasserkessel zum Kochen und holte, ohne ein Wort zu sagen, hervor, was er brauchte. Ihre starren Augen folgten seinen Bewegungen. Immer wieder versuchte sie aufzustehen, sank aber zurück. Schließlich hob sie den Arm und zeigte an sich herunter.

Er ließ den Blick von dem zerstörten Gesicht sinken. Um die Füße herum hatte sich eine dunkle Pfütze gebildet.

Er half ihr auf die Bank und zog ihr die Kleider aus. Irgendwie kam er zu dem Schluß, daß nicht viel zu machen war, außer abzuwarten.

Mit zusammengekniffenen Augen lag sie da, während er sie untersuchte. Er dachte darüber nach, wie er sie dazu bringen könnte, sich weniger erniedrigt zu fühlen. Es fiel ihm jedoch nichts ein. Er ahnte, daß sie ohne die Gesichtsverletzungen vermutlich zu Hause liegengeblieben und verblutet wäre.

Er legte Kissen unter ihr Becken und zwei Kompressen zwischen ihre Beine und deckte sie dann zu. Sie wurde von einem heftigen Zittern geschüttelt. Deshalb holte er das Federbett.

Er flößte ihr soviel Rum wie möglich ein, wusch sie und vernähte die Stirnwunde mit sechs Stichen. Er schwor sich, daß die Narbe später nicht zu sehen sein würde. Er zwang sich damit zu einer Ruhe, die er nicht hatte. Das dauerte.

Sie gab keinen Laut von sich. Immer wieder mußte er aufhören, weil sie so zitterte, daß es unmöglich war zu arbeiten. Oder war er es selbst?

Gegen drei trug er sie ins Bett.

Obwohl er mehr als müde war, fiel ihm auf einmal ein, daß er kontrollieren sollte, ob Fenster und Tür auch sicher verschlossen waren.

Dann heizte er die Kammer und setzte sich auf einen Stuhl neben das Bett. Das winzige Fenster zum Schuppen war zugeschneit, ohne daß er es gemerkt hatte.

Sie blutete immer noch, und als der Hahn des Nachbarn den neuen Tag begrüßt hatte, kam der Fetus. Und ihr Weinen!

Während er arbeitete, dachte er: Hilf mir! Lieber Herrgott, hilf mir! Daß Hanna jetzt nicht aufgibt.

Aber er konnte ihr nicht einmal über das Haar streichen, denn er hatte beide Hände voll von ihr. Irgendwo in seinem Kopf spürte er eine Wunde.

Da fiel ihm ein, daß sie es vielleicht leichter hätte, wenn es ihm gelänge zu reden. Versuchte es ohne Erfolg. Und versuchte es erneut. Es gelang ihm schließlich, ein paar verständliche Worte zu sagen. Daß er warme Milch mit Honig machen wolle. Genau wie Oline. Daß die Wunden verheilen würden, wenn sie sich nur ruhig halten würde. Daß bald der Morgen käme und dann alles ganz anders aussehen würde. Daß sie stark sei und schön. Fürchterlich stark! Das wisse er doch. Sie würde damit schon fertig werden! Er würde ihr helfen, eine Lösung zu finden. Eine Lösung für alles.

Er füllte den Ofen in der Praxis mit Spänen und Kohle. Lauschte einen Augenblick auf das laute Bullern. Ging zum Ofen in der Kammer. Der brannte ausreichend. Trotzdem lag Frost über allem.

Dann war er drüben beim Bett. Spürte sie die Wärme?

Er massierte ihr Hände und Füße, bis sie aufhörte zu zittern. Hob Füße und Becken vorsichtig hoch, während er das Bett frisch bezog.

Die Milch kochte über, und er setzte neue auf. Es roch durchdringend nach angebrannter Milch und Blut. Er flößte ihr zusammen mit der Milch ein Schlafmittel ein. Durch den einen Mundwinkel. Die Hälfte ging daneben.

Sie versuchte, nicht zu reden. Er ahnte, daß es schlimmer sein mußte, als es aussah. In Gedanken erwog er, was er tun konnte. Hin und her. Wen konnte er als Bundesgenossen gewinnen? Sie brauchte eine Frau, soviel war sicher.

Stine? Er deutete das an, aber sie machte mit beiden Händen abwehrende Bewegungen.

Als sie eingedöst war, überwachte er ihre Gesichtsfarbe und überlegte sich, wieviel Blut sie wohl verloren hatte, ehe sie zu ihm gekommen war.

Er versuchte, alles zu reinigen und wegzustellen, wie er das nach aufwühlenden Behandlungen immer tat. Routine war ganz gewiß gut für zerschundene Glieder. Zwischendurch tröstete er sich. Daß Hannas Blut auch nicht schlimmer war als das irgendeines Patienten. Aber er durchschaute sich selbst. Die Übelkeit.

Er hatte in diesen Jahren sechs tote Kinder zur Welt gebracht und vier Frauen die Augen geschlossen, denen er das Leben nicht hatte erhalten können. Jedesmal hatte er auch etwas von sich selbst ausgelöscht. Die Routine wurde stärker als die Angst zu versagen. Sich zur Routine zu zwingen war bereits eine Sühne. Dafür, daß er Karnas Leben nicht hatte retten können. Je besser die Routine des Doktor Grønelv wurde, desto kleiner wurde die Sünde, für die er sich verantworten mußte. Glaubte er das wirklich?

Er hatte Angst gehabt, daß er einmal in der Zukunft Anna würde helfen müssen. Anna! Jetzt begriff er, wie erleichtert er darüber war, daß sie nicht schwanger wurde.

In eine Wolldecke gehüllt und mit den nackten Füßen unter ihrer Decke, war er neben dem Bett eingenickt. Hatte ihre Hand auf einen Fuß gelegt, damit sie ihn ohne Anstrengung erreichen konnte.

Im Halbschlaf fühlte er ihre feuchte Wärme. Die Finger, die sich im Schlaf ausstreckten, nur um sich plötzlich zusammenzukrümmen, so daß er die Nägel zu spüren bekam, als glaubte sie, er sei ihr Feind.

Dann segelte er mit ihr weit vor den letzten Inseln durch ruhige See. Ihre Augen waren strahlend auf ihn gerichtet. Er sagte etwas darüber, und sie nahm lächelnd beide Augen heraus und reichte sie ihm. Er merkte, daß das verrückt war, aber er nahm sie trotzdem. Und indem er das tat, veränderte sie sich und löste sich im Meer auf.

Ohne daß er es hätte verhindern können, saß Anna dort an ihrer Stelle. Ohne Augen. Eiter floß aus den beiden schwarzen Höhlen. Je mehr er darauf schaute, desto mehr floß es.

Er dachte daran, ihr Hannas Augen zu geben, aber erst einmal mußte er sie reinigen. Er saß mit einem funkelnden Auge in jeder Hand da und merkte, daß es unmöglich war, mit zwei vollen Händen etwas zu reinigen.

Sie griff um seinen Fuß, und er fuhr mit einem Ruck hoch. Die Geräusche von draußen bedeuteten ihm, daß die Nachbarn den neuen Tag begonnen hatten.

Er konnte sie vor dem Dunkel der Wand gerade noch sehen. Hauptsächlich den weißen Verband.

»Wie geht es dir?« flüsterte er und nahm ihr Handgelenk. Der Puls war schwach. Sie hatte leichtes Fieber, aber nicht mehr, als zu erwarten war. Sie versuchte offensichtlich, etwas zu sagen, aber es kamen keine Laute. Die Stiche taten vermutlich weh.

Der Januar ist schon verdammt dunkel, dachte er und stand auf, um die Lampe zu füllen, die aus Mangel an Petroleum angefangen hatte zu rußen. Olaisen würde wohl bald hereinpoltern, um ihnen noch eine Runde zu verpassen.

Er schluckte seine Wut herunter. Für später. Alles war so hoffnunglos, daß er gar nicht wagte, die Wut zuzulassen. Denn dann würde er unterliegen. Der Mann war gefährlich. Und er selbst war weich, feige und leer.

Und mitten in allem fragte er sich, ob auch er das hätte tun können, ein Leben in einem anderen Körper zerstören? Wenn er getrunken hätte? Wenn er erfahren hätte, daß Anna ...?

Nein! Die Antwort war ganz entschieden nein. Aber er hatte die Worte. Worte konnten auch töten, fiel ihm ein.

Als er hörte, daß sie aufschluchzte und etwas zu sagen versuchte, eilte er wieder zum Bett.

»Er hat alles gesehen!« preßte sie hervor.

»Wer?«

»Isak ...«

»War Isak im Zimmer?« hörte er seine eigene ungläubige Stimme.

»Ja. Er sollte erfahren, was er für eine Mutter hat ...«

Er wollte sie in die Arme nehmen, sah aber keine Stelle an ihrem Körper, die er hätte berühren können. Also nahm er ihre Hände.

»Ruhig, ruhig, Hanna! Ich werde den Jungen holen! Er wird doch dem Jungen nichts getan haben?«

»Nein ...« kam es leise, aber so, als wollte sie noch mehr sagen.

Er wartete.

»Er sah ihn nicht ... Isak ... stand hinter ihm. Mit dem Fleischklopfer. Er rief: ›Lauf weg, Mama! Lauf weg!‹«

»Hast du gesehen, was dann passiert ist?«

»Nein«, schluchzte sie. »Wilfred lag auf dem Boden, und Isak schlug ... und ... schlug.«

»Warum hast du davon heute nacht nichts gesagt?«

»Weil ich mich erst jetzt wieder daran erinnere!« heulte sie und wollte aus dem Bett aufstehen.

»Ruhig, ruhig, Hanna!« sagte er bestimmt und drückte sie zurück in die Kissen. »Ich lasse Dina holen.«

Sie machte eine Bewegung. Statt eines Nickens. Ihre Hand krümmte sich in seiner zusammen.

Er rief durchs Fenster, als er den Bäckerjungen mit seinem Karren vorbeigehen sah. Bat ihn, den Karren stehenzulassen, zum Hotel zurückzurennen und Dina zu holen. Es sei eilig.

»Ja, Herr Doktor sehen krank aus!« sagte der Junge erschreckt und lief davon.

Da fiel ihm ein, daß er erst einmal in den Spiegel hätte schauen sollen, ehe er mit Leuten redete. Sein Anblick war wirklich zum Lachen. Aber dazu war er nicht in der Lage. Sein Aussehen war wirklich zu erbärmlich. Die Verfärbungen umgaben nicht nur die Augen, sondern waren im ganzen Gesicht. Die Verletzungen waren jedoch nicht so schlimm.

Einem Jungen, der zufällig vorbeikam, rief er zu, ob er zum Olaisenhaus laufen und Isak holen könne.

Als sie Isaks Namen hörte, machte Hanna eine abwehrende Bewegung mit den Armen. Er schloß das Fenster und ging zu ihr.

»Ich werde ihm sagen, daß du hier bist und nichts zu befürchten hast und daß er, ohne jemandem ein Wort zu sagen, zum Central Hotel gehen soll. Dort soll er warten, bis Dina zurückkommt. Das wird schon gutgehen.«

Er stand auf dem Abhang und schaute auf den Russen im roten Heidekraut. Der stechende Geruch des Pulvers stieg ihm in die Nase. Er sah, wie sie die Flinte sinken ließ. Der Lauf qualmte noch. Ein fast friedliches Bild. Wie eine erloschene Feuerstelle. Ihr Gesichtsausdruck, als sie vorsprang und den Kopf des Russen umklammerte. Sie saß mit dem blutigen Kopf da. Die Augen. Er hatte solche Augen, die alles aushielten und die Trauer denen aufbürdeten, die zufällig da waren und zuschauten.

Der Junge kam unverrichteter Dinge zurück. Er starrte den Doktor an. »Der Isak ist mit dem Boot hinausgerudert, um Kochfisch zu angeln.«

»Hast du mit Olaisen geredet?«

»Nein, mit dem Mädchen. Er selbst wollte nicht gestört werden.«

»Gut! Komm bei Gelegenheit noch mal, dann bekommst du eine Münze.«

»Haben Herr Doktor eine Tür vor den Kopf bekommen?«

»Nein, ich habe mit einem Bären gerauft«, grinste er und grüßte mit zwei Fingern.

»Teufel noch mal«, sagte der Junge und wollte sich auf den Weg machen.

»Kannst du mir noch einen Gefallen tun?« fragte Benjamin.

»Kommt darauf an?«

»Kannst du mir ein Brot von der Bäckerkarre geben?«

»Nein, stehlen tue ich nicht!«

»Ich zahle, wenn er kommt.«

Der Junge sah ihn zweifelnd an, reichte ihm aber das Brot.

»Wie wollen Herr Doktor essen ... so wie er aussieht?«

»Ich konnte die Zähne retten!« sagte er und schloß das Fenster.

Sie kam direkt danach. Er stand bereit, ihr zu öffnen.

Sie musterte ihn rasch und ohne eine Miene zu verziehen.

»Na?« war ihr einziger Gruß.

»Hanna ist hier! Olaisen hat sie fast totgeschlagen. Sie hat das Kind verloren. Isak ist raus aufs Meer, weil er versucht hat, seine Mutter mit dem Fleischklopfer zu verteidigen. Es geht um Leben und Tod.«

Er hörte selbst, daß er denselben knappen, geschäftsmäßigen Ton anschlug wie sie.

»Du hast offensichtlich ebenfalls einiges abgekriegt«, sagte sie und ging ins Wartezimmer. Schaute sich schnell in der Praxis um. Zog Mantel und Jacke aus und warf sie auf einen Stuhl.

In der Kammer blieb sie einen Moment lang stehen, ehe sie zum Bett ging.

»Geh raus! Mach die Tür zu!« sagte sie, ohne sich umzudrehen.

Er hatte eine Ewigkeit am Fenster gestanden und einer Möwe zugesehen, die sich an einer Kiste Fischabfall verlustierte, die irgend jemand am Strand genau dafür stehengelassen hatte, da ging die Tür auf, und Dina sagte: »Hole Olaisen!«

Er starrte sie wie gelähmt an.

»Bist du verrückt?«

»Nein. Geh jetzt!«

»Nein.«

»Und warum nicht?«

Er breitete die Arme aus und fuhr sie an: »Ich will den Kerl nicht mehr sehen!«

»Das müssen wir alle, wie ich die Sache sehe. Wir können genausogut gleich damit anfangen.«

»Worüber habt ihr geredet?«

»Das geht dich nichts an!«

Sie standen da und starrten sich an, und er hörte, daß Hanna weinte. Es klang wie das leise Gluckern in einer Rinne.

»Du hörst doch, was los ist?« sagte Dina und schloß die Tür.

»Ich kann diese Kreatur nicht holen«, sagte er bestimmt.

»Gelegentlich tut man, was man nicht kann.«

»Wozu sollte das gut sein? Er ist verrückt!«

»Was ein Mann im Dunkel der Nacht tut, soll er sich gefälligst auch im Licht des Tages anschauen!«

Sie stemmte die Hände in die Seiten und nickte bei jedem Wort.

Dann sagte sie leise: »Wo hast du den Fetus?«

»Dina!« sagte er voller Abscheu.

»Wo ist er?«

»In der Zinkkiste ... im Schuppen.«

Die Übelkeit. Er spürte Olaisens gut gezielten Tritt zwischen die Beine wie eine Eisenkralle. Sie pochte. Pochte in jeder Pulsader.

»Ich gehe ihn nicht holen«, sagte er mit fester Stimme.

Sie wartete nicht, sondern zog sich Jacke und Mantel an und verschwand in Windeseile durch die Tür.

Eine Stunde verging. Er hatte also reichlich Zeit, sich wie ein Feigling zu fühlen. Hörte den Blechschmied zuschließen, um zum Mittagessen zu gehen, und den Bäckerjungen mit dem leeren Karren vorbeischeppern. Er wärmte wieder Milch für Hanna und flößte sie ihr ein. Aber er fragte nicht, worüber Dina mit ihr gesprochen hatte.

Sie lag meist mit geschlossenen Augen da. Er stellte fest, daß das Fieber zurückging und daß sie eine etwas bessere Farbe hatte.

Schuldgefühle machten sich erneut bemerkbar. Und Dina? Was hatte sie verstanden? Was hatte Hanna gesagt? Aber er fragte nicht.

Statt dessen brachte er sie dazu, ein paar Stücke von dem duftenden Brot zu essen. Ihr Atem ging angestrengt. Es fiel ihm ein, daß sie auch eine Brustverletzung haben könnte. Hatte er sie womöglich gegen die Brust geschlagen oder getreten? Er fragte sie, ehe er sie mit einer Untersuchung quälte. Aber sie schüttelte den Kopf und bedeutete ihm, daß sie sich die Nase putzen wolle. Er beugte sich über sie und half ihr.

»Hanna«, sagte er, »erinnerst du dich, warum er dich erneut geschlagen hat?«

Sie schneuzte sich ein weiteres Mal in das Taschentuch, das er ihr hinhielt. Er wischte ihr Gesicht behutsam ab und blieb auf der Bettkante sitzen und wartete.

»Ja!« war ihre feste Stimme aus dem übel zugerichteten Mund zu vernehmen.

»Was war es?«

»Er solle mich ruhig totschlagen, denn nur dich habe ich lieb ...«

Dann kamen sie. Dina führte ihn ins Zimmer. Zog die Gardine beiseite, daß das graue Januarlicht auf die Gestalt im Bett fiel.

Olaisen blieb stehen, wo sie ihn stehengelassen hatte. In der Mitte des Zimmers. Mit hängenden Armen und geschlossenem Mund. Sein Gesicht war grau, aber frisch rasiert.

»Isak?« kam es vom Bett.

»Der Isak ist auf dem Meer«, kam es heiser von dem Mann.

»Ist er in Ordnung?«

»Ja, warum sollte er nicht in Ordnung sein? Hanna, ich ...« versuchte er, aber es gelang ihm nicht, weiterzusprechen. Hilflos schaute er von einem zum anderen.

»Und?« sagte Dina fragend.

Sie erwartete keine Antwort, sondern stand da und sah sich suchend im Zimmer um. Dann riß sie die Tischdecke vom Tisch, drehte sich auf dem Absatz um und ging hinaus. Einen Augenblick später war sie mit derselben Tischdecke in den Händen wieder im Zimmer.

»Komm her, Olaisen«, sagte sie fast freundlich. Er nahm eifrig die Gelegenheit wahr, die Kammer zu verlassen. Als er in der Praxis war, schloß sie die Tür mit dem Fuß und blieb mit ausdrucksloser Miene vor ihm stehen. Dann hob sie die Tischdecke in Höhe seines Gesichts und öffnete sie.

Ein merkwürdiger Laut erfüllte den Raum. Als würde er gewürgt. Wilfred Olaisen starrte die Decke einen Augenblick lang wild an. Dann gingen seine muskulösen Waden unter ihm über Kreuz und warfen ihn krachend zu Boden.

»So, das war es«, sagte Dina, ließ ihn jedoch liegen.

Doktor Grønelv hörte das Krachen, unternahm aber ebenfalls nichts. Er stand neben dem Bett und gab Hanna mit einem Löffel Wasser. Irgendwo meldete sich der Gedanke: Das schafft sie doch gar nicht, diesen Schläger zu Boden zu werfen?

Er öffnete die Tür und sah den Mann allein auf dem Boden liegen.

»Benjamin, du mußt ihm helfen ...« flüsterte Hanna.

Er ging auf den Mann zu und unterdrückte die Übelkeit, die ihn, einfach weil er in seiner Nähe war, überkam. Er öffnete sein Hemd am Hals und kontrollierte Atmung und Puls.

»Er ist einfach ohnmächtig geworden«, sagte er zum Bett gewandt und öffnete das Hemd noch weiter. In diesem Augenblick sah er im Nacken bis zum Haaransatz die Abdrücke des Fleischklopfers wie Brandwunden. Das hatte er ganz vergessen.

Er tastete die Haare ab. An zwei Stellen Schwellungen. Keine Wunden. Bei Olaisens war der Fleischklopfer offensichtlich aus Holz, schloß er bitter.

Dina trat ein, warf einen Blick auf Olaisen und sagte leichthin: »Ich bin dir ein neues Tischtuch schuldig, Benjamin.«

Dann ging sie in die Kammer zu Hanna und sagte: »Ich brauche einen Kaffee, wie ist es mit dir?«

Wie durch einen Nebel hörte Benjamin sie am Herd hantieren, um Kaffee zu kochen. Dann öffnete sie das Fenster und sog die frische Luft in tiefen Zügen ein. Breitbeinig, etwas zurückgelehnt und mit den Händen in den Seiten stand sie da.

»Herrgott, wie es trotz allem frisch nach Meer duftet!« sagte sie seufzend. Dann drehte sie sich um und ging zu dem Mann auf dem Fußboden.

Benjamin war aufgestanden und hinter den Kontortisch getreten. Von dort aus überwachte er alles und hatte gleichzeitig das Gefühl, nicht anwesend zu sein. Er gestattete sich den Gedanken, daß auf die Wirklichkeit nicht immer Verlaß war.

Sie beugte sich vor und schaute auf den Mann herab. Nicht voller Wut oder Hohn, wie man es hätte erwarten können. Eher mit mildem Interesse.

»Wir müssen eine Dame finden, die sich um alles bei den Olaisens kümmern kann, mit diesem einen Mädchen ist es nicht getan. Die Kinder brauchen jemanden, solange Hanna krank ist«, sagte Dina zu Olaisen hinunter, als würde sie zu einem Tauben sprechen.

Der Mann war inzwischen zu sich gekommen und versuchte, seine Würde zurückzuerlangen.

»Nicht wahr, Wilfred?«

»Hilf ihm!« sagte Hanna mit unerwarteter Stärke.

Wie ein Schlafwandler holte Benjamin ein Kissen und legte es unter seinen Kopf.

Dann war Olaisen wieder auf den Beinen. Er kam in die Kammer und setzte sich auf einen Stuhl am Tisch. Nach einer Weile trank er sogar Kaffee. Benjamin ging draußen etwas erledigen, um nicht dabeisitzen zu müssen.

Aber er mußte wieder zurück. Etwas zog ihn. Hanna? Neugier auf Dinas nächsten Zug?

Der Mann folgte ihr mit den Augen wie ein Hund. Als hätte er ein für allemal gefressen, was er selbst einmal gesagt hatte: Bei Geschäften den Beleidigten zu spielen, das lohne sich nicht.

»Eifersucht ist eine betrübliche Sache. Sie setzt das Hirn unter Druck und bringt das Schlimmste hervor«, sagte sie und schenkte allen vieren Kaffee ein.

Benjamin hatte nicht die Kraft, den Rest ihres Monologs anzuhören oder ihr zu erklären, daß Hanna zu schwach sei, um aus einer Tasse zu trinken. Aber er sah, daß Olaisen mehrere Male nickte. Schließlich stand der Mann auf und ging zum Bett. Dort ließ er sich auf die Knie sinken und legte seinen Kopf neben Hannas Brust.

Benjamin dachte. Jetzt schlage ich ihn tot! Was nehme ich? Da spürte er Dinas Hand auf seinem Arm. Einen Augenblick später standen sie in der Praxis, und die Tür zu den beiden war geschlossen.

Sie hatte ihre Kaffeetasse mitgenommen. Stand da und trank mit spitzen Lippen aus der Untertasse. Sie hielt ihn jedoch die ganze Zeit mit den Augen unter Aufsicht.

»Wir können sie da drin nicht mit dem da allein lassen!« fuhr er sie an und wollte hinein.

Sie stellte die Untertasse ab und versperrte ihm den Weg.

»Ich glaube, du hast in dieser Sache schon getan, was du solltest, und auch, was du nicht solltest.«

»Begreifst du nicht, daß er gefährlich ist?«

»Ich habe dem Gründer in Strandstedet klargemacht, daß ich alles Kapital zurücknehme und ihn in den Konkurs treibe, wenn er sie noch einmal anfaßt.«

»Und du meinst, daß er das respektiert?«

»Wir werden sehen.«

»Und Hanna? Darf er sie inzwischen totschlagen?«

»Hanna muß auch über Gewinn und Verlust nachdenken. Sie hat bereits viel verloren. Unschuldig ist keiner von euch, oder?«

Er sah sie finster an, wollte sie schon zurechtweisen, aber dazu kam es nicht. Er hatte nicht die Kraft, diese Auseinandersetzung jetzt zu beginnen. Nicht mit Olaisen hinter der Wand.

Mit einem verklärten Gesichtsausdruck kam der Mann aus der Kammer. Man konnte nicht glauben, daß er Hanna in der Nacht zuvor halb totgeschlagen hatte. Ehrliche, bekümmerte Augen, die sie, ohne zu blinzeln, direkt anschauten. Das helle Haar fiel weich auf eine hohe gewölbte Stirn. Die Nase war gerade und kräftig. Der gefühlvolle Mund zog sich unter dem gestutzten Schnurrbart traurig nach unten.

Er ging auf Dina zu und umarmte sie. Dankte ihr. Als er Benjamin ebenfalls die Hand hinstreckte, um ihm zu danken, machte dieser einen Schritt zur Tür.

Aber Olaisen kam ihm hinterher, bittend. Das müsse sich doch wiedergutmachen lassen, sonst sei sein ganzes Leben ruiniert. Er wolle ihm danken, daß er Hanna geholfen habe, als sie gekommen sei. Wolle ihm auf den Knien danken. Das habe er nie gewollt ... Er wisse selbst nicht, was in ihn gefahren sei ... Wie er es habe tun können ... Aber wenn Doktor Grønelv irgendwann einmal verzweifelt gewesen sei, dann könne er ihm jetzt die Hand reichen ...

Dina stand mitten im Zimmer. Er spürte ihre Augen auf sich. Sie wartete ab, was er tun würde. Und Hanna da drüben im Bett? Was dachte sie? Was wäre für Hanna das Beste? Und er selbst ... Anna! Anna erschien ihm mit einer Miene, die er nicht deuten konnte. Aber jetzt erinnerte er sich, daß er ihr hätte Bescheid geben müssen, warum er am Abend zuvor nicht nach Hause gekommen war. Und in dem unwirklichen Augenblick, in dem er die ausgestreckte Hand ergriff, dachte er: Anna hat Angst um mich.

Und mit Anna kamen eine Reihe klarer Gedanken, die ihn sagen ließen: »Olaisen, wir müssen darüber sprechen, was ich in dem

Bericht an den Lensmann und an die Gesundheitskommission schreiben soll.«

Olaisens Augen füllten sich mit Tränen. Er setzte sich auf den Patientenstuhl neben dem Schreibtisch und starrte leer vor sich hin.

»Ich hatte gedacht, das sei nicht notwendig.«

»Ich habe heute nacht einen Fetus entgegennehmen müssen. Wenn ich das nicht anmelde, dann mache ich mich eines Gesetzesbruchs schuldig.«

»Was wirst du schreiben?«

»Daß Hanna Olaisen Schlägen und Tritten ausgesetzt gewesen ist. Ich muß die Verletzungen detailliert beschreiben, wo genau, Umfang und die medizinische Behandlung. Ich muß auch den Fetus beschreiben und die Frühgeburt. Und den Schluß ziehen, daß diese auf direkte Gewalt oder auf Schock aufgrund von Gewalt zurückzuführen ist. Und ich muß den Distriktsarzt bitten, den Fetus zu obduzieren, um herauszufinden, ob er im Mutterleib verletzt worden ist.«

»Kannst du nicht ...?« bat der Mann mit schwacher Stimme.

Er wagte kaum zu glauben, was er da hörte.

»Nein«, sagte Benjamin nur.

»Warum nicht? Weil es deines ist?«

Benjamin ballte die Hände zur Faust.

Dina glitt unmerklich wie ein großer Schatten zwischen sie.

»Ich werde dabei sein. Hannas wegen. Wenn dich das davon überzeugt, daß ich nicht der Vater bin«, preßte er hervor.

Wilfred Olaisen weinte still.

»Schreibst du, wer das getan hat?«

Er wußte nicht, wie das möglich war, aber er stand da und empfand ein seltsames Mitleid mit dem Mann. Ein Mitleid, das er vor wenigen Minuten noch nicht für möglich gehalten hätte.

»Nein, das gehört glücklicherweise nicht zu meinen Pflichten. Aber der Lensmann wird Hanna danach fragen. Sie muß entscheiden, ob sie Anzeige erstattet ...«

Dina stand immer noch zwischen ihnen. Jetzt berührte sie Olaisen an der Schulter.

»Dann wird alles so werden, wie wir uns geeinigt haben?« sagte sie.

Er schaute auf, verwirrt und erleichtert. Ein langes und bereitwilliges Ja entfuhr ihm.

Benjamin fühlte sich krank. Wie zum Teufel schaffte sie das bloß?

»Und worauf haben wir uns geeinigt?«

»Daß Hanna bei dir bleibt, bis sie wieder gesund ist ...«

»Und?«

»Daß ich niemanden mehr schlage!« rief er und hielt die Hände vor das Gesicht.

Benjamin wandte sich ab und ging nach draußen ins Wartezimmer. Setzte sich dort auf einen der drei Stühle. Sah deutlich, daß immer noch Blut auf dem Fußboden war.

Als Olaisen gegangen war, um den Pferdeschlitten zum Transport von Hanna zu holen, kam Isak aus dem Schuppen hervor. Es war unmöglich, etwas anderes aus ihm herauszubekommen, als daß er in die Kammer zu Hanna wollte. Anschließend wollte er mit Benjamin nach Reinsnes fahren.

Er saß nur einige Augenblicke drinnen bei Hanna, dann kam er wieder in die Praxis und erklärte: »Ich schlage ihn tot, sobald ich erwachsen bin.«

»Ich glaube, du solltest darüber noch ein wenig nachdenken«, sagte Dina ernst.

»Das hat er doch verdient?« schluchzte der Junge.

»Doch, natürlich hat er das verdient! Aber du bist für diese Drecksarbeit zu gut. Es ist besser, wenn du jetzt eine Weile nach Reinsnes fährst und beim Schlachten hilfst. Du weißt doch, daß Stine und Tomas bald nach Amerika fahren und daß sie deswegen einen Teil der Tiere jetzt schon schlachten müssen. Sie haben nicht für alle Schafe genug Futter bis zum Frühling.«

»Ich würde mir wünschen, auch nach Amerika fahren zu können.«

»Ist das dein Ernst?« fragte sie.

»Ja! Ich halte es mit dieser Bestie nicht aus! Aber dagegen spricht, daß ich auf Mama aufpassen muß.«

»Darum kümmern wir anderen uns. Jetzt haben wir ja gesehen, wie schlimm es werden kann.«

Er setzte sich und putzte sich mit den Fingern die Nase.

»Ich kann mir das nur nicht leisten ohne Olaisens Geld.«

»Du hast doch auch deine Familie auf Reinsnes«, meinte Benjamin.

»Aber die haben nicht soviel Geld. Deswegen wohnen wir doch bei diesem Olaisen, verstehst du. Das ist doch nur deswegen!« sagte er leise und warf gleichzeitig einen Blick auf die Tür zur Kammer.

Dina schickte ihn zum Hotel. Sie sollten das größte Zimmer in der ersten Etage heizen, damit seine Mutter nicht zu frieren brauchte. Und dann sollte er sich in der Küche Essen geben lassen und in irgendeinem Bett schlafen.

»Jetzt? Mitten am Tag?«

»Jungen, die nachts nicht schlafen, müssen am Tag schlafen!« sagte sie bestimmt. Ob er sich das auch alles merken könne?

Er nickte und war verschwunden.

Benjamin hatte mit der Trage geholfen, und Hanna lag jetzt eingepackt auf dem Schlitten. Nichts von ihrem zerstörten Gesicht war zu sehen. Er beugte sich über sie und sagte laut: »Ich bitte den alten Doktor, nach dir zu schauen. Dann komme ich in ein paar Tagen.«

Und zu Olaisen: »Isak fährt mit mir nach Reinsnes. Kannst du das Mädchen bitten, ihm Kleider für ein paar Tage mitzugeben?«

Olaisen grüßte den Fuhrmann freundlich und nickte in alle Richtungen. Er würde alles so gut wie möglich erledigen. Sicher. Dann beugte er sich über Hanna.

»Du willst doch jetzt am liebsten wieder nach Hause, Hanna?«

Sie lag mit geschlossenen Augen da. Nur ihre Wimpern bewegten sich schwach.

»Nicht wahr, liebe Hanna, du willst doch jetzt nur noch heim?« wiederholte der Mann.

»Olaisen!« sagte Dina drohend.

Da geschah es. Hanna nickte unter ihren Pelzen. Und nickte erneut. Olaisens Gesicht erlebte eine Verwandlung. Das Bekümmerte, Tragische verschwand. Er strahlte!

»Sie will nach Hause!« sagte er und sah sie nacheinander an. Schließlich nahm er den Fuhrmann beim Arm und gebot ihm freundlich: »Fahr sie jetzt schön nach Hause!«

Olaisen kam schon wieder mit seiner Hand. Aber Benjamin tat so, als würde er sie nicht sehen. Der Fuhrmann sah ratlos aus, konnte aber nicht ergründen, was Frau Olaisen fehlte und warum es so unsicher war, ob sie nach Hause sollte. Fragen, die er nicht zu stellen wagte, machten ihn unruhig, und das ließ wiederum das Pferd unruhig werden. Die Trage schwankte.

Benjamin sah, wie Hanna die Augen vor Schmerzen schloß.

»Paß zum Teufel auf, was dein Pferd macht!« rief er dem Fuhrmann zu, der zusammenzuckte und sich Mühe gab.

Aus einem Gefühl der Hilflosigkeit heraus ging er wieder zum Schlitten. Sie tauschten einen Blick. Ihrer war leer. Als wäre er ein Teil des weißen Winterhimmels. Er konnte sie dort nicht hinaufschicken! Nicht jetzt! Egal, was sie selbst geäußert hatte. Er beugte sich über sie und sagte laut: »Dina nimmt dich trotzdem ein paar Tage ins Hotel mit. Du brauchst absolute Ruhe. Wenn der Doktor das meint, dann muß das auch so sein!«

Olaisens Gesichtszüge entgleisten. Er wollte etwas sagen, schwieg dann aber.

Dina sagte nichts. Ein kleines schiefes Lächeln verzog ihren Mund, als sie Benjamin anschaute.

Olaisen ging hinterher und half mit der Trage. Das war eine Kleinigkeit. Er trug allein das Kopfende und der Doktor mit dem Fuhrmann das Fußende.

Aber als sie Hanna in eines der fertigen Zimmer im ersten Stock gebracht hatten, sagte Dina danke und schob sie nach draußen.

Benjamin wollte schon hinter den anderen beiden hergehen, da sagte sie, sie wolle ihm etwas nach Reinsnes mitgeben und er solle ins Private gehen und warten.

10

»Wir beide haben uns nicht oft unterhalten, seit Anders gestorben ist«, fing Dina an.

»Nein«, sagte Benjamin und spürte plötzlich, daß er nichts mehr verkraften konnte, von niemandem. Er ließ sich schwer ins Sofa sinken. Wollte nur etwas sitzen und schlafen. Nicht viel. Nur so viel, daß er heimfahren konnte.

»An dem Tag, an dem Anders gestorben ist, hast du mir eine Rede gehalten, Benjamin. Du hast mit nichts gespart.«

»Findest du, das ist der richtige Augenblick, mich daran zu erinnern?« flüsterte er.

»Ich muß die Gelegenheit nutzen, da wir jetzt unter vier Augen sprechen können. Bis zum nächsten Mal kann es lange dauern.«

Er schloß die Augen und lehnte sich zurück.

»Du darfst dir keine Vorwürfe machen, daß Anders gestorben ist«, hörte er.

Ihm fiel keine Antwort ein, die sinnvoll gewesen wäre, also sagte er nichts.

»Ich glaube, es ist besser für dich, deine Kräfte auf die Lebenden zu konzentrieren. Und was die Standpauke angeht, die du mir gehalten hast. Damit hattest du recht! In allem! Ich muß verkraften können, das zu hören. Darüber brauchst du dir also keine Gedanken zu machen. Wenn du das überhaupt tust.«

»Ich sage danke! Aber der Anders, der hat das nicht verkraftet.«

»Du als Arzt solltest wissen, daß Anders ohnehin früher oder später tot umgefallen wäre.«

»Aber ausgerechnet ich habe es soweit gebracht! Darf ich mich kurz hinlegen? Ich glaube, ich muß ein wenig schlafen ...«

Er fing an, sich die Stiefel auszuziehen.

»Solange wir allein sind. Ich habe daran gedacht, daß es seltsam ist, daß du dem Tomas am allerwenigsten ähnlich bist, aber alle schlechten Gewohnheiten von Jacob geerbt hast, ohne ihm jemals begegnet zu sein.«

Er hatte sich seiner Stiefel entledigt und warf sich, so lang er war, aufs Sofa. Was wollte sie jetzt?

»Der Tomas war treu, verstehst du, aber der Jacob brachte es nicht fertig, sich nur an eine zu halten.«

Er fuhr auf. Wollte schon höhnisch sagen, daß er in dieser Beziehung auch einiges von seiner Mutter geerbt hätte.

Da erschien ihm Anna mit dem irritierten Gesichtsausdruck, den sie oft hatte, wenn sie es nicht über sich brachte, auf seine Bemerkungen zu antworten.

Er verkniff sich das also und blieb sitzen.

»Zu Hause hast du Anna, die glaubt, daß alles in Ordnung ist. Und da drinnen liegt Hanna, deinetwegen halb totgeschlagen. Das ist nichts, was einen Mann groß macht, falls du dir das eingebildet haben solltest.«

Da entschloß er sich, einzuschlafen, alles hinter sich zu lassen.

Aber Dina setzte sich bequem auf einen Stuhl neben ihn und fuhr fort: »Ich war achtzehn, und Jacob war älter als mein Vater. Trotzdem war ich ihm nicht genug. Seltsam. Das Leben ist voll von Toten … Volltrunken stürzte er und brach sich den Fuß. Ich holte ihn in der Kammer einer Witwe, die in genau denselben Zimmern wohnte, die du jetzt hast. Hanna und Jacob in derselben Kammer. Ja, ja.«

Dann tat sie, was er am allerwenigsten erwartet hätte. Sie stand auf, streckte die Hände über dem Kopf und gähnte.

»Du machst es dir nicht leicht im Leben, wenn du zwei gleichzeitig haben willst. Ich glaube, du hast zuwenig Rückgrat für so etwas. Olaisen dagegen, der schwimmt immer oben.«

»Hör endlich auf!« sagte er matt und legte sich wieder hin.

Sie mußte doch verstehen, daß sie endlich gehen sollte.

»Warum hast du nicht die Hanna gewählt, wenn du nicht ohne sie auskommen kannst?«

»Was weißt du schon?«

»Genug! Ich will auch nichts glauben oder wissen, ich rede nur mit dir.«

»Es war nicht mein Kind!«

»Nein, das habe ich schon verstanden«, sagte sie trocken.

»Du hast kein Recht dazu, so mit mir zu reden!«

»Nein, aber ich tue es trotzdem.«

»Warum hast du den Anders gewählt, wenn du so gut ohne ihn auskommen konntest?« knallte er ihr hin und zwang sich, mit geschlossenen Augen dazuliegen.

Sie antwortete nicht, redete einfach weiter, als hätte sie das nicht gehört.

»Fahre nach Kopenhagen oder sonstwohin. Nimm die Anna mit!«

»Ich habe mich um die Stelle als Distriktsarzt beworben.«

»Dann zieht ihr also nach Strandstedet?«

»Nein. Ich fahre hin und her.«

»Die Anna ist auch so schon zuviel allein.«

»Hat sie das gesagt?« fragte er verärgert.

»Sie muß nicht über eine Sache sprechen, die du als ihr Mann schon lange hättest verstehen müssen. Und dann ist da noch etwas.«

»Was denn?«

»Hier in Strandstedet ist Hanna.«

Er antwortete nicht.

»Benjamin?«

»Ja.«

»Es gibt Dinge, die sich nicht ungeschehen machen lassen«, sagte sie leise irgendwo im Zimmer.

Er verstand, daß sie über sich selbst sprach. Das machte es ihm trotz allem leichter zu atmen.

»Ich weiß«, sagte er.

»Dann würde ich an deiner Stelle vorwärts blicken, Benjamin!«

»Wie weiß man, was richtig ist, Dina?«

»Richtig?«

»In der Liebe?« murmelte er.

Sie wurde ganz still. Dann würde sie vielleicht doch noch klein beigeben.

»Manche wissen das nicht, bis alles zu spät ist. Ich hatte gehofft, daß du nicht einer von diesen sein würdest.«

»Ich schaffe es nicht, darüber zu reden«, sagte er.

Sie sagte nichts mehr, aber er hörte, daß sie noch da war.

Er glaubte, schon beinahe eingeschlafen zu sein, da hörte er seine eigene Stimme: »Die Karna braucht einen Ort, an dem sie geborgen ist. Ich kann sie nicht beliebig überallhin mitschleifen, wo alle nur glotzen und sich wundern, wenn sie einen Anfall hat.«

»Oft wird man erst durch schwere Zeiten zu jemandem.«

»Wird man zu jemandem?«

Er öffnete die Augen. Sie stand im Schatten zwischen den beiden Fenstern. Im Zimmer war es dunkel geworden. Er mußte nach Hause, solange es noch etwas hell war!

»Karna hat viele Fähigkeiten, für die sie keine Verwendung hat, falls sie sich in ein Nest am Fjord einheiratet, wo sie allen nur leid tut und wo sich niemand traut, mit ihr zu reden, bloß weil sie ab und zu umfällt. Du bist nicht immer da, sie zu beschützen, Benjamin!«

Er hörte, daß sie eine Tür öffnete und wieder schloß. Glaubte, sie sei gegangen. Aber da kam sie aus dem Schlafzimmer und legte eine Decke über ihn. Im nächsten Augenblick spürte er ihre Hand auf Stirn und Haar.

»Du bist nicht gerade ein schöner Anblick. Ich glaube, du könntest selbst einen Doktor brauchen«, hörte er ihre Stimme.

Die Hand war kühl, die Stimme fast warm.

»Kannst du für mich bei Hanna reinschauen? Aber lasse sie mit Reden in Ruhe! Das sage ich als Arzt.«

Durch die Wimpern erkannte er verschwommen ihr Lächeln.

Sie weiß alles! dachte er, als er versuchte, ihrem Blick zu begegnen. Anna stand in der Tür zum Gang und empfing ihn. Ihr Gesicht hatte eine seltsame durchsichtige Ruhe. Als würde es von ihrem Willen zusammengehalten und nicht von Haut.

Sie ließ sich aber wie immer von ihm umarmen, ehe er seinen Pelz ausgezogen hatte.

»Wie du aussiehst, Benjamin!« rief sie und umfaßte sein Gesicht.

Anschließend ließ sie ihn los und blieb, die Arme über der Brust verschränkt, stehen.

Karna kam angelaufen und wollte ebenfalls umarmt werden. Sie roch nach frischgewaschenem Haar und Wacholderlauge. Er schnupperte an ihr und sagte, sie dufte nach Sonntag.

»Aber du bist schwer wie ein Stein. Ich muß mir einen Kran kaufen, um dich zu heben!« scherzte er und versuchte, Anna zuzublinzeln.

Aber diese starrte ihn nur an. Dann wußte sie wohl doch alles?

»Papa! Was hast du mit deinem Gesicht gemacht?« rief Karna.

»Das ist nichts Schlimmes. Da war ein wütender Mann, der nicht wollte, daß ich seiner Frau helfe.«

»Hat er dich geschlagen?«

»Ja, aber das geht vorbei.«

»Nimmt der Lensmann ihn fest?«

»Ja, wenn ich ihn anzeige.«

»Tust du das nicht?«

»Mal sehen«, sagte er leichthin.

»Wir haben zwei Tage lang gewartet! Hast du Kringel gekauft?«

»Das habe ich vergessen. Es gab so viel zu tun, verstehst du.«

Der Schnee wirbelte durch die offene Tür. Karna schauderte und lief ins Wohnzimmer.

Auf der Schwelle war Eis. Die Tür wollte nicht ordentlich schließen. Er zog sein Taschenmesser hervor, bückte sich und kratzte.

»Anna, ich hätte dir Bescheid geben müssen, daß ich vorgestern nicht mehr kommen konnte, aber da war so viel ...«

»Wer hat das gemacht?« fragte sie.

Er besann sich eilig. Sie wußte ja doch alles.

»Olaisen«, sagte er kurz.

Dann stand er auf und schloß die Tür. Streifte den Pelz ab und hängte ihn auf. Als er sich umdrehte, stand sie vor ihm, nahm sein Gesicht in die Hände und betrachtete ihn genau.

»Warum?« fragte sie scharf.

Was hatte sie vor? Wollte sie hier mit ihm abrechnen, so daß die Mädchen in der Küche alles hörten?

»Ich gehe hoch«, sagte er leise.

Dann steckte er seinen Kopf in die Küchentür und rief, daß er gerne das Übliche oben im Saal zu sich nehmen würde. Er könnte alles essen. Nur keinen Brei. Und Wasser zum Waschen! Zwei Kannen.

»Das muß ich wissen, Benjamin!«

»Natürlich. Laß mich nur ... Ich bin ziemlich müde.«

Sie blieb stehen, während er sich die Stiefel auszog und dann langsam die Treppe hinaufging.

»Ich habe einen Brief, den ich dir zeigen muß. Der Knecht hat die Post geholt, als du weg warst.«

Genau! Olaisen hat einen Brief an Anna geschrieben! dachte er.

»Kann ich den später anschauen?«

»Der ist wichtig!«

»Nun gut«, sagte er mit tonloser Stimme und ging weiter die Treppe hinauf.

Die Treppe konnte einen Anstrich vertragen. Außerdem war die vorletzte Stufe ziemlich lose.

Sie kam erst herauf, als er mit dem Waschen und Essen fertig war. Bergljot klopfte und kam mit dem Toddy.

Er saß im Hausmantel und hatte das Glas zur Hälfte geleert, als Anna mit dem Brief hereinkam.

Er versuchte, sich nichts anmerken zu lassen.

Sie setzte sich auf seinen Schoß. Warum tat sie das? Um auch mit dem Körper zu fühlen, wie er es aufnahm? Daß endlich alles ans Tageslicht kam?

Wieder faßte sie ihn ums Gesicht und sah ihn eingehend an.

»Warum hat er dich geschlagen?«

»Steht das nicht in dem Brief?«

Ihr Körper wurde steif. Sie ließ ihn los.

»In dem Brief?« fragte sie mit einer seltsam kleinen Stimme.

»Ja, hat nicht Olaisen dir alles erklärt?«

Sie starrte ihn einen Augenblick an.

»Der Brief ist vom Propst ...«

Sie hielt inne und holte Luft, dann fuhr sie mit noch leiserer Stimme fort.

»Was hätte Olaisen denn schreiben sollen?«

Er beugte sich zum Tisch vor und nahm das Toddyglas. Leerte es und lehnte sich zurück.

»Er hat Hanna beschuldigt ... Er hat sie fast totgeschlagen. Sie kam zu mir ... sie hat heute nacht ihr Kind verloren.«

»Großer Gott! Wo ist sie jetzt?«

»Bei Dina.«

»Hat er dich geschlagen, weil sie sich von dir helfen lassen wollte?«

Er dachte rasch nach und antwortete nicht.

Sie saß wie verlassen auf seinem Schoß. Er konnte sie da nicht so allein sitzen lassen. Versuchsweise legte er seine Arme um sie, aber sie merkte das offenbar gar nicht.

»Isak? Und der Kleine?«

»Isak habe ich zu Stine mitgenommen. Was mit dem Kleinen ist, weiß ich nicht ... Sie haben doch ein Kindermädchen.«

»Du hättest ihn mitnehmen müssen!«

»Nein, das konnte ich nicht.«

»Und er?« fragte sie. »Ist er beim Lensmann?«

»Nein, zu Hause.«

»Du mußt ihn anzeigen!«

»Das muß Hanna entscheiden.«

»Aber Benjamin! Du mußt! Sie kann nicht zu diesem Mann zurückkehren!«

Was hatte er erwartet? Ein Verhör, das ihn zu dem Geständnis zwang, daß Olaisen glaubte, er wäre der Vater des Kindes gewesen? Wahrscheinlich. Und jetzt machte sie ihm Vorwürfe, daß er den Mann nicht angezeigt hatte.

»Dina hat ihm eine Vereinbarung abverlangt.«

»Eine Vereinbarung? Glaubt ihr, Dina und du, daß man einem Mann irgend etwas abverlangen kann, der seine Frau so dermaßen prügelt und tritt, daß sie ihr Kind verliert? Seid ihr nicht bei Trost? Seid ihr vollkommen übergeschnappt?«

Sie schaute sich mit wilden Augen um. Bei der Tür blieb ihr Blick hängen, und sie ging mit festen Schritten hinaus. Im Gang nahm sie die erstbesten Stiefel. Aus irgendeinem Grund erwischte sie nur linke.

Benjamin ging ihr hinterher und versuchte, sie dadurch zu beruhigen, daß er ihren Namen sagte.

»Wir müssen zum Lensmann«, sagte sie und mühte sich damit ab, einen linken Stiefel über den rechten Fuß zu ziehen.

»Ich habe noch keinen ärztlichen Bericht geschrieben. Ich muß die Obduktion zusammen mit dem Distriktsarzt durchführen ...« sagte er leise und wollte sie wieder in den Saal ziehen.

»Obduktion? Großer Gott! Niemand sollte einem anderen Gewalt antun können, ohne daß ...«

Sie hinkte mit einem Stiefel und einem bestrumpften Fuß zurück in den Saal. Dort setzte sie sich auf einen Stuhl und starrte vor sich hin, ohne noch etwas zu sagen.

Da entschloß er sich.

»Anna, da ist noch etwas ...«

Er schloß die Tür zum Gang und ging zu ihr. Erst blieb er stehen, dann zog er einen Stuhl heran und setzte sich neben sie.

»Er hat geglaubt, ich sei der Vater des Kindes«, sagte er leise.

Sie drehte sich ihm langsam zu. Betrachtete die blauen Flecken und Schwellungen in seinem Gesicht. Musterte ihn mit leicht geöffnetem Mund. Dann blinzelte sie ein paarmal und hob die Hand, als hätte sie ein Staubkorn im Auge.

Er sah, daß sie wie immer Tintenflecken auf der Innenseite des rechten Zeigefingers hatte. Direkt beim Nagel.

»Du?« sagte sie deutlich.

»Ja.«

Sie faßte den Kragen ihres Kleides an und wandte sich ab. Zupfte in einem fort mit ihren Fingern hart an der winzigen Spitze.

»Hat er recht?« fragte sie nach einer Weile. Immer noch, ohne ihn anzuschauen. Ihre Stimme hatte etwas Vertrauliches.

»Nein«, sagte er fest und drehte sie zu sich um.

»Wie konnte er nur so etwas glauben?«

»Ein Mißverständnis, Klatsch, was weiß ich?«

Sie machte sich von seinen Händen los und ging zum Fenster.

Er kam hinterher.

»Anna ...« flüsterte er und versuchte, sie zu berühren.

Da drehte sie sich plötzlich zu ihm um und sagte mit blitzenden Augen: »Wenn du das sagst, muß ich dir glauben. Sonst kann ich nicht weiterleben.«

Sie atmete angestrengt, als sie weitersprach: »Aber auch wenn das so gewesen wäre, dann hätte er trotzdem nicht das Recht gehabt, Hanna so zu schlagen, daß sie das Kind ... Niemand darf den Körper eines anderen in dem Ausmaß besitzen!«

In der folgenden Stille sah er auf ihre Hände. Sie hielt sie ineinander. Dann begann sie wieder zu atmen. Kontrollierte, langsame Atemzüge. Im Takt mit dem Wind, der den Schnee gegen die Sprossen der Fenster trieb. Ein ruhiger, notwendiger Rhythmus. Hinausgestoßen, um sich dann wieder in sich zurückzuziehen. Immer wieder.

Es war seltsam, daß Isak mit Papa gekommen war, um bei Stine und Tomas zu wohnen. Denn sie hatte nichts darüber gehört, bis er da war.

Sie fuhren den Weg zum Laden hinunter Schlitten und fanden sich in einer Schneewehe wieder. Da fragte sie ihn, wie lange er bleiben würde.

»Die ganze Zeit, bis ich nach Amerika fahre!« sagte er erwachsen und zog den Fausthandschuh an, den er verloren hatte.

»Du fährst doch nicht nach Amerika?« meinte sie.

»Das muß ich doch, weil Olaisen so ein Idiot ist.«

»Wieso Idiot?«

Er sträubte sich und legte sich, so lang er war, in die Schneewehe.

»Er schlägt die Mama«, sagte er schließlich und schien gar nicht mehr so erwachsen.

»Warum tut er das?«

»Das kann ich dir nicht sagen, weil du noch so klein bist«, sagte er.

Da sah sie, daß Isak den Tränen nahe war.

»Du traust dich ja nur nicht, das zu sagen«, erwiderte sie.

Das wirkte.

»Er sagt, der Doktor ist der Vater des Kindes. Des Kindes, das sie hätte bekommen sollen …«

»Welcher Doktor?«

»Dein Vater!«

Sie wußte ja, daß das nicht sein konnte. Trotzdem hatte sie so ein Gefühl, als hätte sie vergessen, die Tür zum Klo zu verriegeln, und jemand wäre einfach reingekommen.

»Er ist mein Papa, das kann also gar nicht sein«, sagte sie schnell.

Isak runzelte die Stirn und formte einen harten Schneeball. Zog beide Fäustlinge aus und wärmte ihn. Er schmolz etwas. Vereiste, wurde hart und gut. Aber das brauchte seine Zeit.

»Ich wußte es doch! Du bist einfach noch zu klein. Du weißt einfach noch nicht, wie das geht mit den Kindern.«

Er sah seltsam aus. Sie kam gar nicht auf die Idee zu sagen, sie wisse das durchaus, habe aber keine Lust, darüber zu sprechen. Weil er so traurig aussah. Als wäre das für ihn am schlimmsten, daß sie noch so klein war.

»Wann kommt denn dieses Kind zur Welt?« fragte sie, um ihn ein wenig aufzumuntern.

»Es wurde zu früh geboren, um leben zu können. Aber dein Vater hat die Mama wieder zusammengenäht. Am Kopf auch.«

»Woher weißt du das?«

»Ich war dabei. Ich habe versucht, den Olaisen totzuschlagen. Aber das habe ich nicht geschafft …« sagte er und warf dann den Schneeball gegen die Wand des Ladens, daß es nur so dröhnte.

An den Nachmittagen war niemand im Eßzimmer. Sara kam nicht mehr, um Anders vorzulesen, und Großmutter wohnte in Strandstedet. Nur noch Anna und sie waren da und heute auch Papa. Die schlimmste Stille war die, die raschelte.

Papa hatte gerade die Zeitung aufgeschlagen und wollte eigentlich nicht gestört werden.

Anna hatte sich ans Klavier gesetzt. Die Mozart-Sonate hatte zwei Tage auf der Notenablage gelegen. Das waren Noten, die Karna zwar lesen, aber nicht spielen konnte.

Da raschelte er erneut!

»Wie kann das sein, daß der Olaisen die Hanna fast totschlägt, weil du der Vater vom Kind der Hanna bist?«

Sie begriff sofort. Sie wußten es! Anna auch. Sie fing gar nicht erst an zu spielen. Jetzt legte sie die Hände in den Schoß. Schien sie am Rock abzutrocknen.

»Wer sagt solche Dummheiten?« kam es hinter der Zeitung hervor.

»Der Isak.«

Papa faltete die Zeitung viel zu ordentlich zusammen. Als wollte er sie aufheben. Aber das tat er nie. Das tat immer nur Anna.

»Isak fährt nach Amerika mit Stine und Tomas. Er sagt, daß er mit so einem wie dem Olaisen nicht zusammenwohnen kann.«

Anna klappte fast geräuschlos das Klavier zu. Anschließend legte sie die Hände viel zu ordentlich in den Schoß.

»Ich habe ihm gesagt, daß das nicht sein kann«, sagte sie versuchsweise und wollte, daß sie sie anschauten.

Da stand Papa plötzlich auf und legte die Zeitung auf den Tisch.

»Das war schön, daß du das gesagt hast«, sagte Papa mit merkwürdiger Stimme.

Aber sie konnte sich doch nicht ganz sicher sein, was er damit meinte. War es schön, daß sie zu Isak gesagt hatte, daß das nicht sein konnte, oder war es schön, daß sie ihnen davon erzählt hatte?

Sie wollte gerade fragen, da sagte Papa: »Wo ist der Isak jetzt?«

Er war viel zu ernst. Sie hatte das Gefühl, aufs Klo zu müssen.

»Soweit ich weiß im Nebenhaus«, bekam sie mit Mühe heraus.

Da ging Papa nach draußen und machte die Tür zum Gang zu.

Endlich begriff sie, was sie jetzt tun mußte. In Pantoffeln rannte sie hinter ihm her und hinaus ins Schneetreiben.

»Du darfst dem Isak nicht böse sein, Papa!«

Da drehte er sich um, kam zurück und ging vor ihr in die Hocke. Schneeflocken fielen auf sein zerstörtes Gesicht. Das sah schön aus, aber es war keine Zeit, daran zu denken.

Er nahm sie ein wenig in die Arme.

»Ich bin nicht böse auf den Isak. Ich will nur ein wenig mit ihm reden. Daß er nicht glauben soll, was Olaisen sagt, und daß er nicht darüber sprechen darf, was Olaisen sagt, weil die anderen es dann auch glauben könnten.«

»Ist das gefährlich?«

»Das ist eine Schande! Nur Olaisen soll der Vater von Hannas Kindern sein.«

»Aber Papa, warum prügelt er dann so gemein?«

»Das weiß ich nicht, Karna. Denk nicht mehr daran!«

Papas Stimme war nicht ganz fest.

Da hörten sie, daß Anna im Wohnzimmer spielte. Ein polternder Lärm. Jedenfalls nicht die Mozart-Sonate.

»Geh jetzt rein zu Anna«, flüsterte Papa und stand auf.

Anna schaute nicht auf, als Karna eintrat. Den Kopf aufgerichtet, hatte sie die Schultern bis unter die Ohren hochgezogen. Erst dröhnte die Musik nur ohne jede Bedeutung, dann wurde sie ruhiger, blieb aber genauso kräftig. Anna bewegte die Hände hin und her und nebeneinander. Als wären diese verfeindet und die eine liefe der anderen hinterher. Oder als wollte sie etwas vertreiben, ohne daß ihr das ganz gelang. Einmal auf der einen Seite, dann auf der anderen. Beim Spielen trat sie so fest auf das Pedal, daß es seufzte.

Anna schaute auf etwas, Karna wußte nicht, was. Angestrengt. Beugte sich vor, drosch auf die Tasten und schaute. Sie hatte eine tiefe Falte zwischen den Brauen. Aber trotzdem spielte sie.

Karna dachte, daß sie an eine Magd erinnerte, die in einem Mückenschwarm neben dem Sommerstall sitzt und die letzte Kuh melkt. Als würde sie denken: Komm schon! Werd schon fertig! Zum Teufel!

Und als sie an den Sommerstall dachte, erinnerte sie sich an das Flimmern von all dem Grün neben den Wegen. Die Farben blieben gewissermaßen in Annas Tönen. Standen wie Blitze um Annas Kopf. Jetzt sprangen sie auf sie zu, auf Karna. Und sie waren nicht nur freundlich. Sondern wild und grün. Scharf und weich. Auf einmal! Flogen zwischen ihr und Anna. Jetzt kamen sie auch aus dem Fußboden. Grün und weiß wie ein starkes Nordlicht.

Sie legten sich um Karna herum mit einem grellen Geräusch. Und nicht nur Annas Töne. Nein, es kam ihr vor, als würde jemand mit einem nassen Laken ausschlagen, bevor es auf die Leine gehängt wurde.

Das war wohl, damit sie an etwas anderes denken sollte, um nicht zu fallen.

11

Einmal schaute Benjamin und nicht der Distriktsarzt nach Hanna. Da saß Wilfred Olaisen im Zimmer.

Erst glaubte er an einen Zufall. Doch dann kam heraus, daß Dina den Mann hatte holen lassen.

Dem alten Doktor gefiel die Sache überhaupt nicht. Die Verletzungen waren nur zu wirklich. Wer der Täter war, war auch klar. Aber Hanna wollte vom Lensmann nichts wissen und erklärte, daß sie bestreiten würde, es wäre Olaisen gewesen, wenn man ihn anzeigte.

Deswegen gab es nur einen Bericht an die Gesundheitskommission unter »Visum et repertum« mit der Schlußfolgerung: Knabenfetus, circa fünf Monate, normal entwickelt, gerade gestorben und zu früh geboren. Mögliche Ursache: Mutter mit schweren Verletzungen und Schock aufgrund Schlag oder Fall.

»Diese Sache geht mir wirklich gegen den Strich«, sagte der Distriktsarzt und sah Benjamin nachdenklich an.

Der Bericht war von ihnen beiden unterschrieben.

Benjamin nickte, ohne etwas zu sagen.

»Du kennst sie doch … Ist es wahrscheinlich, daß sich das wiederholt?«

Er mußte dem Alten in die Augen schauen. Das war wichtig.

»Ich kenne Olaisen nicht so gut. Ich habe geglaubt, daß ich Hanna kenne. Aber …«

Er versuchte, Zeit zu gewinnen. Wog seine Worte.

»Der Mann beschuldigt mich, Vater des Kindes zu sein.«

Seine Stimme versagte.

»So, das tut er also!« sagte der Alte und sah ihn aufmerksam an.

Benjamin erwiderte den Blick und hatte nicht das Gefühl, eine gute Figur zu machen.

»Das ist wirklich zu ... Kann da aus der Perspektive der Leute was dran sein?«

»Wie dem auch sei, das ist nicht der Fall«, sagte Benjamin bestimmt.

Der Alte hatte buschige Brauen, wie gebleichtes, zerschnittenes Leinengarn. Wenn er sich aufregte, wie jetzt, waren sie in heftiger Bewegung.

»Ein Distriktsarzt darf nie, unter keinen Umständen, einen solchen Ruf bekommen!« sagte er drohend und schaute Benjamin von oben bis unten an.

»Nein.«

»Deswegen können wir froh sein, daß Hanna Olaisen klug genug ist, den Skandal herunterzuspielen. Dann kommen alle mit heiler Haut davon.«

»Mit Ausnahme von ihr.«

»Das kommt darauf an, wie man es sieht«, sagte der Alte. Und nach einer Weile: »Ich habe dich als meinen Nachfolger empfohlen, und es gibt Grund zu glauben, daß das in Ordnung geht. Deswegen weiß ich von dieser Sache nichts.«

In Reinsnes wurde der Aufbruch immer deutlicher. Die Nervosität erfaßte alle. Das Personal wußte nicht, worüber man sprechen durfte und welche Themen man lieber meiden sollte. Der kleinste Versprecher konnte schreckliche Folgen haben. Beispielsweise wenn man Sara fragte, ob sie das Kätzchen nach Amerika mitnehmen wolle. Oder ob Stines Webstuhl auch mit solle. Oder wo sie wohnen würden, wenn sie zu der großen Stadt auf der anderen Seite des Meeres kämen.

Stine und Tomas bereiteten ihre lange und strapaziöse Reise selbst vor. Die Liste der Dinge, die mit sollten, bestand fast nur noch aus Streichungen, und sie betrachteten sie seufzend.

Isak würde ebenfalls fahren. Er war nicht zu den Olaisens zurückgekehrt und unterdrückte sein Weinen mit geballten Fäusten in den Hosentaschen. Im Gegensatz zu Sara war er fest entschlossen.

Eines Tages war es unabwendbar. Über die Auktion war gedruckt in der Zeitung zu lesen: »Auf Grund einer bevorstehenden Auswanderung nach Amerika wird am 12. April eine freiwillige Auktion auf Hof Reinsnes abgehalten von diversem Hausrat, Gefäßen, einem neuen Backofen, Möbeln, Bettzeug, Werkzeug, Daunenveredelungsgeräten, landwirtschaftlichen Gerätschaften, Kräutern in Tüten und Dosen und anderem.«

Sara las mit zitternder Stimme laut vor und hinkte gleichzeitig über den Fußboden.

»Womit sollen wir uns bis zur Abreise helfen, wenn wir jetzt alles verkaufen?«

»Dafür findet sich schon eine Lösung. Das Wichtigste ist, daß wir wissen, wieviel Kronen wir zur Verfügung haben«, sagte Stine.

Sara hatte Karna anvertraut, daß sie nicht recht wußte, ob sie wollte oder nicht. Sie hatte solche Angst.

Und dann war da noch die Seekrankheit. Wochenlang übers Meer segeln. Leute seien daran gestorben, habe sie gehört. Daß zum Schluß auch die Gedärme hochkämen. Und Därme, die einmal aus dem Körper gekommen seien, fänden dort schwer wieder Platz.

Benjamin tröstete sie und meinte, daß in der Medizin keine Fälle dieser Art bekannt seien und daß diese Geschichte vermutlich von Leuten stammte, die zuviel Phantasie hätten. Aber Sara ließ sich nicht überzeugen. Sie aß kaum noch etwas und weinte viel. Anna bat sie, noch einmal zu überdenken, ob sie wirklich reisen wolle, und versuchte, ihr begreiflich zu machen, daß sie auch nicht allein sei, wenn sie zu Hause bliebe.

Aber das machte die Sache nicht besser. Als würde die Entscheidung, die sie nicht zu fällen wagte, sie von innen her auffressen.

Dina kam aus Strandstedet, um im voraus das aufzukaufen, was ihrer Meinung nach auf Reinsnes bleiben sollte. Sie hörte von Saras Betrüblichkeiten und ging unter einem Vorwand ins Nebenhaus, um mit ihr zu sprechen.

Sie erklärte, daß Sara Glück habe, solche Eltern zu besitzen, die Energie genug aufbrachten, sich eine neue Zukunft zu schaffen. Es würde nicht leicht sein, aber es würde bestimmt alles gutgehen.

An Seekrankheit sei noch niemand gestorben. Das Land da drüben habe so viele Möglichkeiten für junge Mädchen. So viel mehr sei dort zu tun. Der Himmel sei höher.

Und Sara, die so klug und belesen sei, könne sicher auch eine Schule besuchen, wenn sie wolle, da sei Dina ganz sicher. Die neue Sprache würde sie leicht wie nichts lernen. Wenn man jung sei, dann gelinge einem noch alles mögliche. Im Gegensatz zu Sara sei sie selbst uralt gewesen, als sie fortgegangen sei. Trotzdem habe sie Deutsch gelernt.

Und die Menschen, die sie kennenlernen würde! Junge Männer ... Nein, sie habe allen Grund zur Freude.

Sara bekam zu hören, wie es Dina ergangen war, als sie nur mit Cello und leichtem Damengepäck, wie Dina es nannte, nach Berlin gekommen war. Und Sara ließ sich wirklich überzeugen.

Stine war so dankbar dafür, daß Dina Sara beruhigt hatte, daß sie den neuen Backofen, den sie selbst gekauft hatten, einfach im Nebenhaus stehen lassen wollte. Die Küche würde so verlassen aussehen ohne Backofen. Dina bestand darauf, zu zahlen.

»Du darfst mich nicht klein und zur Bittstellerin machen. Ich weiß durchaus, daß du für Isak zahlst, damit er von diesem anderen nichts zu nehmen braucht ... Das ist schon mehr als genug!«

Dina gab klein bei und sagte nichts mehr darüber. Auch nicht über »diesen anderen«. Sie sprachen über alles mögliche. Über das, was gewesen war. Dinge, die nie gesagt worden waren. Jetzt war die Zeit gekommen, sie endlich einmal auszusprechen. Der Weg über den Ozean war weiter als der nach Berlin, und hier auf der Welt gab es keine Garantien.

So geschah es, daß Dina Stine schließlich fragte, ob sie auch mit Tomas sprechen dürfe. Über das, was einmal passiert sei. In ihrer Jugend. Das, worüber nie gesprochen worden war.

Und Stine räumte das Nebenhaus, keine Ohren und Augen sollten anwesend sein, band sich ihr Kopftuch um und ging ein paar Stunden am Ufer spazieren, damit die beiden das Haus für sich hatten.

Dina saß in der Küche, als Tomas nach Feierabend dort eintrat.

Er machte große Augen und fragte nach Stine. Sie gab kurz Bescheid.

»Ich komme, um mit dir über verschiedene Dinge zu sprechen.«

Er verstand wohl, daß die Zeit endlich gekommen war. Vielleicht hatte er es schon geahnt, als er auf dem Kai gestanden und der unglaublichen Heimkehr beigewohnt hatte. Anschließend hatte er es wohl absichtlich wieder vergessen. Daß sie beide etwas verband, worüber nie geredet worden war.

»Benjamin weiß, daß du sein Vater bist«, sagte sie.

Er mußte lächeln. Es war nie ihre Art gewesen, um Dinge herumzureden.

»Da weiß er mehr, als man mir erzählt hat. Wer hat ihm das gesagt?«

»Ich.«

»Heute?«

»Nein, als er in Kopenhagen studierte.«

»Und jetzt soll ich das nach all den Jahren auch erfahren?«

»So kann man es auch sehen.«

»Und was soll ich damit anfangen?«

»Das weiß ich nicht, Tomas.«

Er hörte, daß sie ihn gewinnen lassen wollte. Sie wollte ihn sagen lassen, was er wollte, ohne ihn zurechtzuweisen. Etwas nagte in seiner Brust. Er hatte keine Worte mehr. Für alles, was vorbei war, alles Ungetane und Ungesagte. Es fraß ihn auf.

»Wie hat er es aufgenommen«, sagte er mit Mühe.

»Wie zu erwarten war.«

»Und was war zu erwarten?«

»Ungläubigkeit. Wut. All das.«

Er hatte vergessen, daß er Hände besaß. Wußte nicht, was er mit ihnen anfangen sollte. Sie waren nicht sauber. Er legte sie auf den Tisch und lehnte sich zu ihr vor.

»Du hast mich damals bedroht, in der Jugend, geschworen, er sei nicht mein Kind. Danach habe ich mich bis zum heutigen Tag gerichtet. Ich habe Benjamin nicht damit gequält, daß sein Vater nur der Sohn eines Häuslers ist. Aber ich habe seinen Hof gehütet, als wäre er meiner.«

Der Küchentisch schwankte, als er ihn losließ und zum Waschtisch ging. Dort wusch er sich die Hände in der Blechschüssel und trocknete sie sorgfältig ab. Nur deswegen war er schließlich in die Küche gekommen.

Daß er sonst auch immer das Hemd auszog und Hals und Oberkörper wusch, daran dachte er nicht.

Deswegen glaubte er es auch zunächst nicht, als er die Worte hörte: »Willst du dir nicht auch das Hemd ausziehen?«

Er sah in den fleckigen Spiegel. Sie saß am Tischende, die Augen auf ihn gerichtet.

Er konnte nichts daran ändern. Die Jahre verschwanden. Dort im Spiegelbild war alles zerbrechlich wie Glas. Aber nahe. Die Jugend.

Hier hatte er jahrelang Baumstämme getragen und gepflügt und geglaubt, es sei alles vergebens und vergänglich. Und dann kam sie einfach und gab ihm seine Jugend zurück, indem sie ihn ansah.

»Das Hemd? Was meinst du?« fragte er heiser.

»Ich kann mich erinnern, daß du es immer ausgezogen hast ... um dich zu waschen ... wenn du aus dem Stall kamst.«

»Ja?«

»Ich würde gerne noch einmal deinen Rücken sehen ... ehe du fährst.«

Er starrte ihr Spiegelbild an. Die Augen! Wußte nicht, daß die Entscheidung gefallen war, bis er merkte, daß seine Hände zitterten, als er langsam das Hemd aufknöpfte. Ein Knopf nach dem anderen.

Er suchte nach der Wut. Darüber, daß er sich darauf einließ. Aber die war schon vor über dreißig Jahren aufgebraucht worden.

Dort vor ihren Augen stand er kerzengerade und zog sich das Hemd aus. Als er fertig war, wußte er nicht, was er damit machen sollte, also knüllte er es mit der Hand zu einem steinharten, kleinen Ball zusammen.

»Dreh dich nicht um«, hörte er.

Nein, er drehte sich nicht um. Warum hätte er sich auch umdrehen sollen? Er sah sie ja. Er atmete tief ein und hob das Kinn.

Sie saß ganz still, und sie sahen sich in dem fleckigen Spiegel an. Mehrere Male atmete er ein und hielt die Luft an. Nur so merkte er, daß die Zeit verging.

Sie konnte sein Gesicht nicht sehen, aber er ihres. Als er die Wonne in ihren Zügen bemerkte, hatte er das seltsame Gefühl von etwas Unersetzbarem.

»Dein Rücken, Tomas, dieser ... dein Rücken ...« flüsterte sie.

Er sah, wie sich ihr Mund öffnete. Wieder schloß. Ihre Stimme. Die Worte. Sie hingen immer noch im Raum. Bohrten sich in seinen Körper. Setzten sich in ihm fest. Er wollte sie mit über das Meer nehmen. Mit in das fremde Land. Unter die gleiche Sonne.

Aber die Wirklichkeit mußte er ebenfalls aushalten. Was sollte er zu solchen Reden sagen. Niemand auf der Welt brauchte auf so etwas zu antworten. Warum dann er?

»Was willst du, Dina?«

»Dich fragen, ob du mir das verzeihen kannst, was ich dir einmal aus Unverstand angetan habe?«

Er drehte sich trotzdem nicht um. Die Worte? Hatte sie das wirklich gesagt?

»Was sagst du?«

Sie wiederholte es. Er stand da. Spürte seinen Rücken wie eine Wunde. Ausgeliefert. Ohne Antwort. Hatte er jemals daran gedacht, daß er einmal auf so etwas antworten müßte?

»Es sieht so aus«, flüsterte er, seine Stimme die eines Jungen.

Erst saß sie reglos drüben auf dem Hocker. Dann zeigte ihr Gesicht eine Regung.

»Danke, Tomas!«

Er wollte sich das Hemd wieder anziehen, aber da stand sie schnell auf.

»Nein ... nicht ... ich muß gehen. Ich bin nur deswegen gekommen. Es war für mich ein weiter Weg. Von Berlin.«

Er kam erst wieder zu sich, als sie die Tür schon hinter sich zugemacht hatte.

12

Kurz vor Ankunft der Professorenfamilie wurden Dach und Schornstein repariert, das Haupthaus gestrichen und der Laden von außen instand gesetzt. Innen sollte alles bleiben, wie es war, bis alle wieder abgereist waren.

In diesem Jahr mußten sie sich ja nicht um die Heuernte kümmern. Die Wiesen waren an einen Landwirt weiter drinnen in Vika verpachtet. Die Tiere waren, bis auf Hühner, Tauben und Saras Kätzchen, fort.

Benjamin hatte Annas Eltern den Saal überlassen wollen, aber Anna widersetzte sich.

Er sah sie neckend an.

»Hast du Angst, daß es ihnen hier zu gut gefallen könnte?«

»Ich bin im Saal einquartiert worden! Und hier bin ich immer noch!« sagte sie und lachte.

»Bedauerst du das?«

»Findest du, es sieht danach aus, wenn ich nicht ausziehen will?«

Er wußte nicht recht, ob es einen Grund gab zu fragen, aber ihm fiel auf, daß sie die letzte Zeit vor Ankunft der Eltern fast nicht mehr Klavier spielte oder sang. Und das, obwohl ihr Bergljot den größten Teil der Vorbereitungen abnahm.

»Warum spielst du nicht mehr? Nicht einmal mit Karna? Singen tust du auch nicht.«

»Ich übe, es sein zu lassen.«

»Warum?«

»Mama bekam immer Kopfschmerzen, wenn ich spielte. Vielleicht auch davon, daß ich nicht gut genug spielte ...«

»Wie hast du das in Kopenhagen gelöst?«

»Ich habe das Instrument meines Lehrers benutzt.«

»Aber … hast du nie zu Hause gespielt?«

»Nur wenn wir Gäste hatten, die gekommen waren, um ein bestimmtes Repertoire zu hören, das ich nach allen Regeln der Kunst einstudiert hatte.«

»Meine Güte! Das hast du mir nie erzählt!«

»Nein. Die Zeit mit dir hat mich das glücklicherweise vergessen lassen.«

»Dann sollte ich ihr lieber etwas gegen die Kopfschmerzen geben. Denn du sollst spielen!«

»Wir werden sehen«, sagte sie und seufzte.

»Soviel hatte ich ja verstanden, daß du anders bist als deine Mutter, aber …«

»Ich verabscheue meine Mutter!« sagte sie ohne besondere Gefühlsregung. Dann setzte sie sich auf den Klavierhocker, ohne zu spielen.

Er lehnte sich gegen das Instrument und sah sie überrascht an.

»Warum?«

»Sie hat versucht, mich zu einem Schoßhündchen zu machen, das alle nur tätscheln und bewundern sollten. Ich durfte nur mit dem Schwanz wedeln, aber nicht bellen.«

Sie sah, daß er lächelte, und fuhr heftig fort: »Ich verabscheue sie, weil sie Sophie zu einem Pudel gemacht hat und ich meine Schwester deswegen auch nicht leiden kann.«

»Warum hast du mir das nie erzählt?«

»Denk erst einmal an dich und daran, was du mir alles nicht erzählt hast!«

Er sah sie blitzschnell an. Was meinte sie damit? Erst dachte er noch, daß er sie fragen sollte. Tat es aber nicht.

»Spiel was für mich! Was du lange nicht mehr gespielt hast! Was du überhaupt nicht kannst! Basta!« sagte er statt dessen.

Sie blätterte wütend in den Noten, klappte das Klavier auf und begann zu spielen.

Als die Eltern da waren, hatte es den Anschein, als würde Annas Unruhe verschwinden. Sie übernahm die Rolle der Gastgeberin so vollkommen, daß nicht nur Benjamin sein Erstaunen verbergen mußte.

Sie gab mit leiser Stimme Bergljot und dem Mädchen Anweisungen, was zu tun sei. Einige Male ermahnte sie Karna wegen Kleinigkeiten, die sie sonst übersehen hätte. Alles mit einer seltsamen Ruhe. Er ertappte sich bei dem Gedanken, daß das nicht Anna war.

Es war Anfang Juni. Und wie bestellt hatte sich der Schnee weit in die Berge zurückgezogen. An den Bäumen hing schon Laub, und die Wiesen waren grün.

Am ersten Abend nach der Ankunft von Annas Eltern durfte Karna beim Abendessen dabeisein.

Papa schlug gegen sein Glas und hieß sie im Norden willkommen. Dann dankte er ihnen, weil er Anna bekommen hatte, und redete eine Menge darüber, wie geschickt und lieb sie war, und zwar in jeder Hinsicht. Zum Schluß erhob er sein Glas und wandte sich an jeden einzelnen. An Karna auch.

Annas Vater hielt ebenfalls eine lange Rede. Er wolle vor dem Essen sprechen, sagte er, sonst würde es ihm noch den Appetit verderben.

»Geht es Ihnen nicht auch so, Frau Dina?« fragte er Großmutter.

Großmutter antwortete nicht, sondern lächelte nur.

Dann begann er über etwas zu reden, was er »Annas gelobtes Land, in dem die Sonne nie untergeht« nannte. Er sagte, Reinsnes sei wie im Märchen, und dankte Papa dafür, daß sie hatten kommen dürfen. Er redete über eine wilde, naturbelassene Welt, wo diese auch immer sein sollte.

»Du kannst zwar gut schreiben, meine Tochter, aber diesen Ort muß man selbst erleben!« sagte der Professor und sah so aus, als wolle er anfangen zu weinen. Das war merkwürdig. Auch daß er »meine Tochter« sagte!

Karna versuchte, sich Anna als kleine Tochter vorzustellen, es gelang ihr aber nicht.

Während er sprach, saß Annas Mutter da und nickte oder sagte ja und nickte dann noch mehr. Es war seltsam, daß diese Dame nicht still sein konnte, denn dazwischenreden war doch unhöflich. Das hatte zumindest Anna immer gesagt. Im großen und ganzen sah es so aus, als wisse Anna besser, wie alles sein sollte, als ihre Mama.

Annas Mutter hatte eine lustige Art, die Nase zu rümpfen. Vor dem Abendessen hatte Karna gesehen, daß sie einen Finger ausgestreckt hatte, als sie an dem Tisch unter dem Spiegel vorbeigegangen war. Zog ihn über die Tischplatte, genau wie Bergljot, wenn sie herausfinden wollte, ob sie Staub wischen mußte.

Also war Karna zu ihr hingegangen und hatte gesagt: »Sie haben schon Staub gewischt!«

Da war Annas Mutter zusammengezuckt und hatte den Finger an sich gezogen. Und dann hatte sie die Nase gerümpft.

Nachdem der Professor mit seiner Rede fertig war, wurden sowohl er als auch Annas Mutter fast wieder wie normale Leute.

Karna hörte deutlich, daß Annas Papa seine Suppe schlürfte. Sie wußte nicht recht, warum, aber sie hatte sich nicht vorgestellt, daß das überhaupt möglich wäre. Das war vermutlich deswegen, weil Bergljot mehrere Wochen lang gesagt hatte: »... wenn der Professor kommt, dann müssen wir ...« Oder: »... das ist, damit die Professorenfamilie nicht glaubt ...«

Ein Professor war gewiß viel mehr als ein Propst oder Amtmann, glaubte sie. Deswegen war es so seltsam, daß er schlürfte.

Annas Mama redete mehrere Male mit vollem Mund. Das war ebenfalls seltsam. Denn Anna sah sie immer an, wenn sie das machte. Anna sagte nichts. Schaute nur.

Als Bergljot das Glas des Professors ein drittes Mal gefüllt hatte und die der anderen ein- oder zweimal, lehnte er sich zu Karna hinüber und sagte: »Schade, daß deine Tante Sophie nicht mitkommen konnte. Sie hat gerade ein kleines Kind bekommen, verstehst du. Aber das ist klar, daß du nach Kopenhagen kommen und deine Tante treffen mußt!«

Karna konnte sich nicht erinnern, daß sie ihr jemals gefehlt hätte, sagte aber nichts.

»Sie ist doch nicht Karnas Tante«, sagte Annas Mutter und rümpfte die Nase erneut.

Da wurde es ganz still. Und Anna begann, mit ihrem Vater leise über Kopenhagen zu sprechen.

»Ich bin in Kopenhagen geboren!« sagte Karna und schaute herum.

Erst sahen sie sie einen Augenblick an, dann fingen sie an, miteinander zu reden. Aber nicht mit ihr.

Nach dem Kaffee ging Benjamin hinter Anna her in die Anrichte und bat sie zu spielen.

Sie sah ihn ausweichend an.

»Mama ist müde. Sie ist nach dem Abendessen immer so reizbar.«

»Das ist in Kopenhagen so. Hier spielst du immer, wenn wir Gäste haben! Daran muß sie sich gewöhnen.«

Ihre Miene veränderte sich. Das passierte so schnell. Sie lachte.

»Du hast recht! Hier in meinem Zuhause spiele ich, wenn wir Gäste haben.«

Wenig später war aus dem Eßzimmer die Musik Griegs zu hören. Der »Brautmarsch« erscholl bis in den Rauchsalon, durch die Fenster hinaus, über den Hof, in das Nebenhaus, in den leeren und aufgeräumten Kuhstall und die Allee entlang zu den Lagerschuppen an der Anlegestelle.

Annas Mutter saß im Rauchsalon, weil Dina das tat. Jetzt legte sie sich nervös ein paar Finger an den Hals. Einen Augenblick lang zog sie die Mundwinkel nach unten. Aber nicht so weit, daß sie das häßlich gemacht hätte. Sie öffnete den Mund, um etwas zu sagen.

Der Professor sah das und wollte schon einen warnenden Blick durch die Tür zum Eßzimmer werfen. Statt dessen fiel sein Blick jedoch auf Dina, die mitten in ihrem Zigarrenrauch saß. Ihr Gesicht der Ausdruck intensiven Genusses.

Dina fuhr wieder nach Strandstedet. Annas Vater ging mit Rucksack, Pfeife und Wegzehrung zusammen mit Ole oder Tomas in die

Berge, oder er hatte ein zweites Paar Strümpfe dabei und segelte mit Benjamin auf Krankenbesuch.

Anna klagte nicht, aber Benjamin verstand, daß ihr die Mutter gelegentlich zuviel wurde. Am Abend, im Saal, erzählte sie mit kontrollierter Wut und äußerst sarkastisch von den Episoden des Tages mit ihrer Mutter. Genauso, wie sie über den Schulinspektor redete.

»Heute belehrte sie mich, daß wir endlich eine Familie gründen sollten. Das sei so viel gemütlicher, meinte sie!«

»Und was hast du geantwortet?«

»Ich habe nicht geantwortet.«

»Warum nicht?«

»Weil sie mich damit verletzt hat. Und weil ich mich immer noch verletzen lasse.«

»Also nur traurig?«

»Nein. Karna ist eine große Hilfe. Du wirst nie erraten, was sie heute zu Mama gesagt hat.«

»Nein, aber ich hoffe, daß es nicht zu schlimm war?«

»Mama hatte mich gerade belehrt, was meine Interpretation von Grieg angeht, daß ich ihn zu langsam spiele. Man könne auch nicht mit vollem Magen spielen. Da sagte Karna: ›Niemand hier darf so etwas zu Anna sagen!‹«

»Wie hat sie reagiert?«

»Sie war vollkommen aus dem Konzept gebracht und fing von etwas anderem an.«

Anna lachte leise und aus ganzem Herzen.

»Ich glaube, ich nehme Karna die ganze Zeit, die Mama hier ist, an der Hand.«

Nach einem guten Abendessen mit Lachs und etlichen Glas Wein hatte Annas Vater offenbar den Eindruck, das sei sein Abend. An Benjamin gewandt, erklärte er, es sei an der Zeit, über die Zukunft zu sprechen.

Er lobte Reinsnes und Nordnorwegen, gab aber trotzdem dem festen Wunsch Ausdruck, daß Benjamin und Anna nach Kopenhagen ziehen sollten.

»Du kannst nicht dein ganzes Leben hier verbringen und dich für Kleinigkeiten aufopfern. Du hast eine so umfassende Begabung, lieber Schwiegersohn«, sagte er.

Benjamin sagte, der Wahrheit entsprechend, daß er sich geschmeichelt fühle, weil sein Schwiegervater an ihn glaube. Er sei jedoch noch nicht bereit für den großen Umzug.

»Die Jahre vergehen so schnell«, meinte der Professor, »solange man jung ist, muß man ...«

Und dann ließ er sich darüber aus, daß die Sekretion des Magensafts nicht allein vom Nervus vagus abhänge, sondern auch von lokalen Faktoren chemischer oder mechanischer Art beeinflußt werden könne.

»Aufklärung ist wichtig für die Leute! Aufklärung für uns alle! Über Fett und das Vermögen der Kohlenhydrate, herabsetzend auf die Umwandlung von Protein einzuwirken und damit auf unseren Bedarf davon in der Kost«, beteuerte er.

Der Professor erzählte von einem jungen Forscher, zu dem er großes Zutrauen habe. Dieser sei zu dem Ergebnis gekommen, daß es eine Übereinstimmung gebe zwischen der »Fettkonzentration von Milchproben und der Anzahl und dem Durchmesser von Fettkügelchen«. Wohl zu beachten nur dann, wenn die gemessenen Durchmesser im Verhältnis zu den Diffraktionskreisen korrigiert würden.

Zu diesem Zeitpunkt kratzte sich Annas Mutter am Kinn. Anna stand auf und sagte, daß der Kaffee im Salon serviert würde.

Auf dem Weg ins andere Zimmer äußerte der Professor seine Überzeugung, daß Benjamin Talent für die Chirurgie habe. Das habe er gesehen, als er ihn bei einem Krankenbesuch begleitete. Allerdings habe es sich nur um einen eingewachsenen Nagel gehandelt. Aber er verfüge über die Fingerfertigkeit.

Er blieb plötzlich mitten im Zimmer stehen und sagte einiges darüber, daß die wichtigste Forschung zur Zeit auf dem Gebiet der Hauttransplantation stattfinde. Das sei eine große Sache! Er kenne einen H. Philipsen, der fabelhafte Versuche gemacht habe. Auch an Menschen.

Vor der Tür des Rauchsalons gelang es Benjamin, den Monolog mit einem vorsichtigen Hinweis zu unterbrechen.

»Gynäkologische Studien liegen meinem Herzen am nächsten. Es ist so sinnlos, daß so viele Frauen und Säuglinge sterben.«

Der Professor lobte seinen Idealismus. Aber diese Art der Forschung habe innerhalb der Medizin kaum eine Zukunft, meinte er.

»Du solltest bei Holmer anfangen. Er ist der Richtige! Er stellt Studenten und Ärzte aus allen nordischen Ländern ein.«

»Holmer ist unverheiratet und wohnt bei seiner Mutter – oder bei seiner Schwester? Und er haßt Frauen!« warf Anna ein.

Annas Mutter sah Anna scharf an, ohne daß das etwas nützte. Anna lachte, nahm den Arm ihres Vaters und führte ihn durch die Tür.

»Muß das Kind nicht ins Bett?« fragte Annas Mutter.

»Nein, süße Mama!« sagte Anna und lehnte sich wieder an ihren Vater.

Karna hatte sich auf den Schemel vor Benjamins Füße gesetzt.

Der Professor bemerkte das Kind und wechselte das Thema: »Ich habe meiner Unterhaltung mit Tomas heute in den Bergen entnommen, daß ihr verwandt seid?«

Benjamin hatte das Gefühl, jemand würde ihm eine Kapuze über die Augen ziehen.

»Ein kompliziertes Muster, lieber Schwiegervater«, sagte er.

»Weit entfernt?«

»Nicht besonders weit.«

»Der kleinen Karna ist es ja auch anzusehen. Sehr interessant! Ganz offensichtlich. Ein blaues und ein braunes Auge! Mein Kollege hat eine revolutionäre Arbeit über Eugenik geschrieben und interessante Forschungsarbeit betrieben, die die Eigenschaften des Menschen betrifft. In seinem Buch *Inquiries Into Human Faculty* wird der Begriff ›Eugenik‹ als das Studium der Faktoren biologischer oder sozialer Art definiert, die die körperlichen oder seelischen Qualitäten der kommenden Generationen verbessern oder verschlechtern. Positive Eugenik läuft darauf hinaus, daß man die wünschenswerten Eigenschaften fördert, während die negative Eugenik den unerwünschten Eigenschaften entgegenwirken soll. Beispielsweise genetischen Krankheiten und Defekten.«

Als er das Wort »Defekte« aussprach, faßte er Karna unterm Kinn und starrte ihr in die Pupillen.

Anna nahm die Kaffeekanne und wollte ihrem Vater einschenken. Aber der merkte es nicht.

Karna nahm die Hand des Professors von ihrem Kinn und fragte: »Was sind Defekte?«

»Das sind ernste Fehler und Schwächen, beispielsweise bei kranken Menschen«, sagte der Professor milde und wollte jetzt doch seinen Kaffee.

Sie fühlte sich sonderbar. Wollte wegrennen. Jedenfalls auf die Treppe gehen. Aber das gelang ihr nicht. Die Decke wurde zum Fußboden, und die Wände stürzten auf sie ein. Dann hörte sie den Ton des Meeres. Stark. Er zog alles mit sich. Schnell, schnell. Die Möbel, die Fenster, die Gesichter, die Topfpflanzen, das Muster der Tapeten, die Zigarren, den Rauch.

Als sie erwachte, standen Papa und Annas Vater über sie gebeugt. Dieser andere sollte nicht da sein. Nur Papa! Aber es gelang ihr nicht, das auszusprechen. Sie spuckte den Holzkeil aus und schloß die Augen.

Sie hörte, daß sie über sie sprachen. Dieser andere fragte Papa alles mögliche. Wie oft sie falle. Wie schwer es jedesmal sei. Wann es anfange.

»Immer so? Ohne Vorankündigung? Mit Schaum, Krämpfen und offenen Augen?« fragte der andere.

Sie hatte nicht die Kraft, zuzuhören, was Papa sagte. Sie trank aus dem Glas, das ihr Anna vor den Mund hielt, und hörte, wie Annas Mama sagte: »Ich habe gesehen, daß das Kind müde war. Sie hätte schon längst im Bett sein sollen!«

Da wünschte sie sich, diese anderen wären nicht da. Wünschte es so stark, daß sie spürte, wie ein neuer Anfall kam.

Um sich davor zu retten, dachte sie an das Vaterunser, wie ihr

Stine geraten hatte. Niemand sagte etwas, aber sie spürte, daß sie in die Hose gemacht hatte.

Jemand legte eine Decke über sie. Sicher Anna.

»Ihr solltet sie nach Kopenhagen bringen«, hörte sie.

»Vielleicht. Ich hatte gehofft, daß es mit den Jahren verschwinden würde.«

Dieser andere beugte seinen Kopf zu ihr herab und schüttelte ihn. Er hatte so große Nasenlöcher. Aus ihnen wuchsen Haare. Sie wurden so lang. Sie konnte es nicht verhindern, daß sie sich über ihr Gesicht legten. Es fiel ihr so schwer zu atmen.

»Epileptische Anfälle. Ein Schaden im Kopf. Vielleicht bei der Geburt«, hörte sie, während sie in den borstigen, schwarzen Haaren nach Luft schnappte.

Da nahm Papa sie endlich in die Arme und trug sie in ihre Kammer. Als er sie aufs Bett gelegt und ihr eine frische Unterhose angezogen hatte, sagte er: »Mach dir deswegen keine Gedanken. Er ist Professor, weißt du. Es kommt vor, daß sie so reden, ohne damit etwas Böses zu meinen.«

Danach versuchte sie, nicht im selben Zimmer zu sein wie dieser andere, damit sie nicht daran denken mußte, wie zerstört sie war. Oder daran, daß Papa sich keinen Rat wußte, wenn sie fiel. Aber das war schwer, weil Anna sie die ganze Zeit an der Hand hielt. Als bräuchte sie sie neben sich.

Glücklicherweise bekam sie keine weiteren Anfälle, während diese anderen da waren. Aber sie verstand durchaus, daß sie einen zerstörten Kopf hatte und daß ihr das bis jetzt noch niemand erzählt hatte. Sie war dieses seltsame Wort – defekt –, weil sie fiel.

Papa hätte sie eigentlich nach Kopenhagen bringen sollen, um sie loszuwerden. Aber sie wußte, daß er das niemals tun würde.

Sie ging auch ein paarmal in die Laube und dachte daran, was dieser andere über Tomas und ihre Augen gesagt hatte. Daß sie verwandt seien. Das war nicht so schlimm, denn Tomas war nett.

Das beste war trotzdem, Papa ähnlich zu sein. Obwohl er böse werden konnte. Eigentlich wollte sie niemand anderem als nur ihm ähnlich sein.

Papas Augen waren ganz gleich. Allerdings waren sie auf See grün und am Abend, wenn er an Land kam, grau. Aber sie wechselten gleichzeitig die Farbe.

Nachdem der Professor und seine Frau abgereist waren und Anna damit aufgehört hatte, sie an der Hand zu halten, ging sie Tomas hinterher und schaute sich seine Augen an. Sie hatte nie daran gedacht, daß sie häßlich wären, weil sie sie kannte. Jetzt wurden sie es. Weil dieser andere gesagt hatte, sie seien defekt.

Wenn sie in den Spiegel sah, starrte sie direkt in Tomas' Augen. Sie kniff sie lange zusammen, um sie dazu zu bringen, die Farbe zu wechseln. Etwas mehr wie die von Papa auszusehen. Aber das half nie.

Eines Tages ging sie in den Andreasschuppen. Hier packte Tomas Truhen und Kisten. Sie wartete, bis er ruhig stehenblieb und auf einen Wetzstein spuckte, um ein Messer zu schärfen. Da fragte sie ihn einfach.

»Wieso sind wir beiden die einzigen, die solche Augen haben, du weißt schon?«

Tomas hörte auf zu schleifen. Das Messer blieb in der Luft hängen. Als würde es vom Licht gehalten und nicht von Tomas.

»Der Professor meinte, wir sind verwandt. Sind wir das?«

»Frag deinen Vater, mein Kind.«

»Aber er ist jetzt nicht da.«

Da legte er Klinge und Wetzstein weg und wischte sich den Schweiß aus dem Gesicht.

»Komm, wir setzen uns einen Moment«, sagte er und setzte sich mit angewinkelten Knien auf eine Schiffstruhe. Sein Bart und sein rotes Haar standen in alle Richtungen.

Sie setzte sich neben ihn und wartete.

»Wie ich das sehe, ist es nur richtig, daß Benjamin dir erzählt, wer auf Reinsnes mit wem verwandt ist.«

Doch, soviel verstehe sie.

»Soll ich das zu ihm sagen?«

Tomas streckte die Hand aus und legte sie auf ihren Kopf. Leicht.

»Du kannst zu deinem Vater sagen, daß ich gegen diese Verwandtschaft nichts einzuwenden habe.«

Sie nickte und stand auf, denn hier würde sie nichts Weiteres erfahren.

Sie dachte den ganzen Tag daran, während sie mit Isak auf den Klippen war, um Rotaugen zu fischen. Sie erzählte ihm aber nichts davon. Am selben Abend, als Benjamin zu ihr hereinkam, um ihr gute Nacht zu sagen, meinte sie: »Der Tomas sagt, daß er nichts dagegen hat, daß wir verwandt sind.«

Erst sah Papa seltsam aus. Dann lachte er und breitete die Arme aus, als wollte er kapitulieren.

Aber es dauerte nicht lange, da wurde er wieder ernst und strich sich durchs Haar.

»Es ist so, daß Tomas dein Großvater ist, obwohl das fast niemand weiß und es auch nicht in den Kirchenbüchern steht.«

»Wieso wissen sie nichts davon?«

»Weil es eine Schande war. Dina und Tomas waren nicht verheiratet«, sagte Pappa.

»Wenn etwas eine Schande ist, dann darf das niemand wissen?« fragte sie.

»Ja, es sieht so aus.«

»Darf ich das denn niemandem sagen?«

»Wie du willst, aber ich würde es niemandem erzählen, wenn ich du wäre.«

»Auch nicht der Anna?«

»Mit Anna kannst du über alles reden.«

»Weiß die Großmutter von dieser Schande?«

Papa lächelte und sagte, sie sei es gewesen, die es ihm erzählt hätte.

»Nein, Papa, du erinnerst dich falsch! Es war der Professor, der das gesagt hat.«

Da lachte Papa laut, und sie verstand, daß das alles nicht so schrecklich sein konnte, wie sie zuerst gedacht hatte.

»Aber Anna und du, ihr seid doch verheiratet, und trotzdem ist sie nicht meine Mutter. Ist das auch eine Schande?«

»Nein!« sagte Pappa.

»Warum?«

»Alle haben es immer gewußt. Deswegen ist das in Ordnung.«

»Aber dann müssen alle doch nur das mit dem Tomas erfahren, damit es nicht länger eine Schande ist.«

Da legte er seine Arme um sie und gluckste ihr ins Ohr.

»Ich befürchte, das ist alles nicht so einfach. Aber jetzt weißt du jedenfalls Bescheid.«

Dann mußte er da durch. Das Gespräch mit Tomas. Er ging mit ihm auf die Hochebene, um Holzstangen von den Bergwiesen zu holen.

Als er später daran dachte, gelang es ihm nicht, die Unterhaltung zu rekonstruieren. Nur Bruchstücke. Die Kindheit kam zu nahe. Er sah sich selbst allein oben auf den Wiesen. Fühlte die Leere, nachdem Dina gefahren war. Sah Tomas sich um die Tiere kümmern. Erinnerte sich an ihn wie an einen etwas fernen Menschen, der nur seine eigenen Dinge im Sinn hatte.

Als er das scheue Gesicht des Mannes sah, bereute er fast, daß er etwas gesagt hatte. Aber jetzt war es zu spät.

Woran er sich von diesem Gespräch am besten erinnerte, war, daß sie sich die Hand gaben, nachdem sie die Stangen unter dem überhängenden Dach des Stalls aufgestapelt hatten. Eine Geste, die nicht zum normalen Alltag in der Landwirtschaft gehörte, das verstand selbst er.

13

An einem der letzten Tage vor der Abreise nahm Stine Karna in der Küche des Nebenhauses beiseite.

Nichts war so, wie es sein sollte, alles war ein einziges Durcheinander. Karna versuchte, es nicht zu sehen.

Der Küchentisch und die Hocker standen noch da. Also setzten sie sich dort, und Stine gab ihr Kaffee mit Milch in einer Untertasse.

»Wenn ich nicht mehr hier bin, dann darfst du trotzdem nicht vergessen, was ich dir über deine Gabe gesagt habe, Karna. Du bist auserwählt, Großes zu vollbringen«, sagte Stine.

Karna nickte, ohne ganz zu verstehen.

»Du sollst, sooft du kannst, in der Bibel lesen und das Vaterunser beten. Dann fällst du nicht so schwer. Das weißt du doch?«

»Die Bibel von der Großmutter hat so widerspenstige Buchstaben. Altmodisch und verschnörkelt. Die ist schon so alt, daß ich sogar schon mit ihr getauft worden bin«, erwiderte sie.

»Du kannst ja bereits Buchstaben lesen, das habe ich gehört.«

»Aber das ist lästig, das kann ich dir sagen. Papa sagt, daß ich mehr dabei lerne, wenn ich andere Bücher lese.«

»Aber nicht über die Fallsucht und über die große Wahrheit. Das findet man nur in der Bibel.«

Karna nickte noch einmal.

»Versprichst du mir, daß du ein Vaterunser sagst, wenn du das Gefühl hast, daß du fallen wirst? Wenn du Zeit hast?«

»Ja.«

»Und daß du die Bibel mitnimmst, wo auf der Welt du auch immer hingehst?«

»Ja«, sagte Karna erneut und trank sehr schnell von der Untertasse. Es lief etwas daneben. Aber das machte nichts, denn auf dem Tisch lag kein Tischtuch.

»Der Papa hat gesagt, daß das meine Bibel ist. Weil er sie von der Großmutter bekommen hat. Und die hat sie auch schon von ihrer Mutter bekommen, von Hjertrud. Aber sie ist jetzt schon alt und schwarz ... Warum sind Bibeln eigentlich immer schwarz?«

Stine wußte das nicht, aber sie behauptete, daß schwarz für das Buch des Herrn schön sei.

»Nimmst du deine Bibel mit nach Amerika?«

»Ja, da kannst du dir sicher sein!«

»Aber du fällst doch nie?«

»Das Wort des Herrn hilft bei allen Heimsuchungen und Sorgen, verstehst du.«

»Aber ich höre doch trotzdem nicht auf zu fallen.«

»Wenn wir beide nicht gebetet und in der Bibel gelesen hätten, dann wäre es noch viel schlimmer gekommen.«

»Ich habe immer noch die Fäden ums Handgelenk«, sagte Karna und schaute auf das verschlissene Strumpfgarn, das sie ums Handgelenk trug.

»Paß gut darauf auf! Und falls du es verlierst, mußt du mir schreiben, damit ich mir etwas anderes einfallen lassen kann.«

»Ja. Hast du schon alle Kekse weggepackt?«

Das hatte Stine nicht.

Dann saßen sie eine Weile da, aßen jede einen Keks, tranken Kaffee aus ihren Untertassen und sprachen darüber, wo die Eiderenten jetzt wohl waren.

Stine hatte längst die Küken der Eiderenten zum Ufer getragen, damit sie nicht bei ihrem ersten Ausflug in die Welt von Möwen und Krähen totgehackt würden. Sie zitterten, bebten und piepsten in ihrer Schürze aus Sackleinen, als sie mit ihnen zum Meer ging.

Karna und Anna waren in großem Abstand hinterhergegangen, wie die Kinder in der Sage vom Rattenfänger. Sie wurden angezogen, konnten es nicht bleibenlassen.

Vorneweg ging Stine mit den Küken in der Schürze, dann kamen die Eiderenten, watschelnd und schimpfend. Ganz hinten kamen Anna und sie. Aber sie hielten an dem großen Felsen unten am Hügel an. Dort blieben sie stehen und sahen zu, wie Stine ein Küken nach dem anderen in die Hand nahm und an der Gezeitenlinie ins Wasser setzte.

Wenn Stine so mit einer vollen Sackleinenschürze herumging, die beulte und lebte, dann kam es einem vor, als wäre sie nicht ganz wirklich. Sie konnte sich nicht vorstellen, daß ihr etwas Schlimmes zustoßen könnte.

Aber als sie mit der leeren Schürze zurückkam, war ihr Gesicht grau gewesen, und ihre Augen hatten sie nicht ansehen wollen.

Vielleicht kam das, weil sie daran gedacht hatte, daß sie selbst über das Meer fahren würde.

Karna glaubte nicht, daß Papa es richtig verstanden hatte, bis der Tag gekommen war. Er sagte fast nichts, als sie die Amerikafahrer nach Strandstedet begleiteten.

Stine klammerte sich an die Reisetasche, die ihr Anna geschenkt hatte, und sah sich dauernd um. Das war nicht ihre Art.

Tomas sah aus, als wäre er noch nicht richtig aufgestanden. Die ganze Zeit schaute er auf seine Stiefel, als hätte er Angst, sie würden ohne ihn fahren. Während er schleppte und schleppte, zählte er, was er Kolli nannte. Spankörbe, Säcke und Kisten.

Ole half beim Tragen, machte aber Späße und war überhaupt richtig erwachsen. Er trug eine zweireihige Jacke mit blanken Knöpfen und eine neue Schirmmütze.

Als sie dabei waren, alles an Bord des Dampfschiffs zu schaffen, sagte Isak, er wolle nur eben bei Tomas mit anfassen, dann würde er wieder an Land kommen und sich verabschieden. Aber er kam nie.

Sara sah fast alt aus und trug einen geflochtenen Zopf um den Kopf. Sie hielt einen Korb ganz fest, machte die Runde und gab allen die Hand. Aber am meisten hielt sie ihren Korb.

Als Karna an der Reihe war, wurde Saras Gesicht flach und klein. Sie gab Karna feierlich die Hand und sagte Lebewohl. Karna zuckte zusammen, weil sie Sara noch nie zu irgend jemandem Lebewohl hatte sagen hören.

Ihr fiel keine Antwort ein, und sie machte nur einen tiefen Knicks.

Im selben Augenblick ging ihr auf, daß sie vor Sara noch nie einen Knicks gemacht hatte.

Hanna und Olaisen kamen im Wagen. Er blieb bei dem hohen Kistenstapel in einiger Entfernung vom Landgang stehen.

Hanna wollte gerade mit dem Kleinen aussteigen, da hob Olaisen sie beide zugleich heraus. Sie blieben ein wenig stehen, eng beieinander. Als sie den Kai entlangkamen, konnte Karna sehen, daß Hanna so betrübt war, daß sie nicht einmal die Leute begrüßte.

Das war wohl wegen Isak, dachte Karna. Sie beschloß, daß sie nie von Papa wegfahren würde.

Daß er sich mit Olaisen geschlagen hatte, hatte sie nie jemandem erzählt. So wußte sie, daß sie jetzt für alles groß genug war.

Olaisen trug den Kleinen auf dem einen Arm und stützte Hanna mit dem anderen. Alle konnten sehen, daß sie zusammengehörten.

Als Stine auf sie zukam, um sich zu verabschieden, kam ein großer Laut aus Hanna. Karna verstand, daß Hanna weinte. Dann brach sie gewissermaßen entzwei und blieb in Olaisens Arm hängen. Die ganze Zeit kam dieser Laut aus ihr.

»So, so«, sagte Olaisen leise. Es war deutlich, daß er nicht wußte, was er mit dem Kleinen anfangen sollte, denn er hatte schon mit Hanna genug zu tun. Großmutter hatte das wohl begriffen, denn sie kam schnell auf ihn zu und nahm den Jungen in die Arme.

Da hob Olaisen die ganze Hanna so leicht wie nichts hoch. Ihr Schal flatterte um ihn herum, während er dastand und beruhigende Geräusche machte, als wäre sie sein Kind.

Karna fand, sein Haar sah im Wind aus wie Engelshaar. Hannas Röcke waren ein großes, rotes Segel um die beiden herum, während er sie zum Wagen zurücktrug.

Das war so seltsam. Und schön. Kein anderer tat so etwas auf dem Kai, wenn alle zusahen, glaubte sie. Und was Isak erzählt hatte darüber, wie gemein Olaisen war, das wurde kleiner, als sie sah, wie vorsichtig er Hanna in den Wagen setzte und selbst hinterherkletterte. Dort blieb er sitzen und hielt sie im Arm, bis das Dampfschiff wegfuhr.

Aber als der Lärm begann und der Landgang eingezogen werden sollte, geschah es! Die steile Planke herab kam Sara angestürzt. Der Zopf hatte sich gelöst und flatterte wie ein dickes Tau hinter ihr her. Sie hatte nicht einmal ihren Korb dabei, aber sie rief mit lauter, fester Stimme: »Hanna! Ich komme zurück! Ich fahre nicht! Hörst du? Da sind genug Leute, die fahren. Ich will bei dir bleiben, Hanna!«

Alle Menschen schauten auf sie. Papa auch. Sie starrten auf Sara, als wäre sie schon tot gewesen, aber wieder zum Leben erweckt worden. Karna dachte an die Geschichte, in der Jesus den Toten auferweckt.

Auf dem Schiff stand Tomas und rief, daß Sara zurückkommen solle. Die Fahrkarte sei ja bezahlt. Aber sie konnte hören, daß er nicht böse war. Nur müde.

Und Sara machte ein paar große Schritte auf Olaisens Wagen zu und kletterte hinein. Anschließend konnte Karna nicht mehr sehen, was Hanna war und was Sara. Denn sie waren gewissermaßen derselbe Kleiderhaufen.

Das Dampfschiff glitt vom Kai. Hannas Laut hatte aufgehört.

Großmutter stand mit dem Kind in den Armen da. Sie hielt ihn ein wenig von sich weg. Als wüßte sie nicht recht, was sie mit ihm anfangen sollte.

Nach einer Weile kam Olaisen. Er nickte, ohne Papa und Anna ordentlich anzuschauen. Dann dankte er Großmutter für die Hilfe und nahm den Jungen, blieb aber stehen und winkte, bis das Dampfschiff hinter den Inseln verschwand.

Anschließend, als Sara und die Olaisens gefahren waren und Karna sich ein Stück von den anderen entfernt hatte, hörte sie, wie eine Dame zu einer anderen sagte: »Denk dir, daß sie ihrer Mutter nicht einmal gewunken hat, diese Frau Olaisen!«

Und die andere sah über das Meer, als wartete sie auf etwas, und antwortete: »Aber der Olaisen ist wirklich ein Mordskerl! Hast du gesehen, wie er sie einfach hochhob ...«

»Ja, du liebe Güte!« sagte die, die zuerst gesprochen hatte.

Als sie Karna bemerkten, gingen sie schnell auf dem Kai weiter.

Als sie auf die Anlegestelle zuhielten, hörte sie, wie still alles geworden war. Die Geräusche, die nach Amerika gefahren waren, lagen da und gurgelten im Blasentang. Sie knarrten nur ein ganz klein wenig, als Papa das letzte Stück ruderte und sie auf Grund stießen.

Nur der Hund, der im Sommer nie im Haus war, kam auf sie zugetrottet. Oben war niemand außer Bergljot und dem Mädchen. Die Knechte waren gefahren.

Der eine hatte bei Großmutter auf der Werft angefangen, der andere hatte beim Pfarrer Arbeit gefunden, erzählte Papa.

Hier war ja für Männer nichts mehr zu tun. Außer die Treppen zu fegen und im Winter Schnee zu schaufeln.

Als sie auf den Hof kamen, stehenblieben und all die geschlossenen Türen und Fenster sahen, sagte Papa: »Oh!«

Anna sah so aus, als würde sie verstehen, was er damit meinte, denn sie hakte sich bei ihm unter.

Die Brunnenwinde knarrte im Wind, und die Gartenpforte stand offen. Das tat sie vorher nie, denn da waren immer Tiere gewesen, die von den Blumenrabatten ferngehalten werden mußten.

Der Taubenschlag war leer.

An einem späten Abend, als sie geglaubt hatten, sie schliefe, hatte sie gehört, wie Tomas sie eingesammelt hatte. Nicht mit dem gewöhnlichen, leisen Abendgurren. Nein, verängstigt, wie eine Warnung vor etwas Schlimmem.

Am Morgen war es dann so fürchterlich still gewesen.

Isak erzählte, Tomas habe einen Sack vor den Taubenschlag gebunden. Da mußten sie hinein.

Sie hatte das halberstickte Gurren durch das Kissen hindurch gehört, als er sie weggetragen hatte.

Unter dem Taubenschlag lagen schimmernde Federn. Sie sammelte sie in eine Tabakschachtel. Anschließend ging sie los und suchte nach den Tauben im Dungkeller und in den Gräben hinter dem Kuhstall. Aber sie fand sie nicht. Als sie Ole fragte, sagte er, Tomas habe gründliche Arbeit geleistet. Sie wußte nicht, was das bedeuten sollte, brachte es aber auch nicht fertig zu fragen.

Sie konnte den Geruch von frischgeschrubbten Melkeimern nicht mehr wahrnehmen. Die hingen sonst immer umgedreht auf den Pfosten beim Gesindehaus.

Tomas hatte den Kuhstall und die Wirtschaftsgebäude gefegt und alles entfernt. Im Nebenhaus hingen die Gardinen wie Gespenster vor den geschlossenen Fenstern. Keine Gesichter waren zu sehen.

Drinnen war es wohl fast leer. Fremde Menschen waren auf den Hof gekommen und hatten Stines und Tomas' Sachen weggetragen.

Als die beiden anderen ins Haus gegangen waren, lief sie dorthin. Aber es kam doch nicht dazu, daß sie ganz hineinging. Sie blieb nur im Windfang stehen, in dem es immer noch nach Tomas roch. Und nach etwas anderem. Pech?

Und als sie sich auf die Treppe zum Obergeschoß setzte, kamen Stines Kräuter herabgesegelt. Das war seltsam, denn die Ecken im Treppenaufgang waren leer.

Sie legte die Arme um die Knie und sah sich um. Sie versuchte, an überhaupt nichts zu denken. Da fühlte sie deutlich, daß sie einen großen Raum im Körper hatte, in dem nichts war.

Drittes Buch

1

WIR SEHEN JETZT DURCH EINEN SPIEGEL EIN DUNKLES BILD; DANN ABER VON ANGESICHT ZU ANGESICHT. JETZT ERKENNE ICH STÜCKWEISE; DANN ABER WERDE ICH ERKENNEN, WIE ICH ERKANNT BIN.
NUN ABER BLEIBEN GLAUBE, HOFFNUNG, LIEBE, DIESE DREI; ABER DIE LIEBE IST DIE GRÖSSTE UNTER IHNEN.

Der erste Brief des Paulus an die Korinther,
Kapitel 13, Vers 12 und 13

Am 10. August 1884 war im Bauernkalender zum Gedächtnis der Verbrennung des Märtyrers Laurentius ein Rost abgebildet.

An diesem Tag warteten viele Leute auf dem Dampfschiffkai, denn es hatte sich herumgesprochen, daß eine unheimlich große Kiste an Land gehievt werden sollte, deren Empfänger das Grand Hotel am Strandveien war.

Einige glaubten zu wissen, daß es sich um ein neues Klavier handle. Andere sagten, es sei ein Flügel, ja eine richtige Kostbarkeit, den ganzen Weg aus Hamburg verschifft. Nur wenige hatten so etwas schon einmal gesehen.

Die Kiste kam, und einer der Hafenarbeiter begutachtete sie. Er hatte seine Zweifel, ob der Kran mit einer solchen Last überhaupt fertig werden würde. Einer seiner Kollegen schlug vor, sie hochkant zu stellen, damit sie besser in den Gurten hing.

Da lief Frau Dina eilig den Landgang hinauf und rief etwas auf deutsch, was niemand verstand. Vermutlich ein Fluch, glaubten die, die sprachkundig waren.

Wilfred Olaisen folgte ihr. Er wolle den Packzettel inspizieren, sagte er. Das durfte er, und die Hafenarbeiter hingen über seiner Schulter.

Aber sicher! Dieser Kasten war auch nicht schwerer als ein großer Teil des Eisens, das er noch vor wenigen Tagen hatte löschen lassen. Er nickte Dina aufmunternd zu. Dann ging er mit federnden Schritten auf die Brücke, um persönlich dafür zu sorgen, daß alles richtig gemacht wurde. Denn handelte es sich nicht um seinen Kai und seinen Kran? Seine große Verantwortung?

Dina verfolgte das Herabhieven mit den Augen. Einige Male öffnete sie den Mund, um etwas zu sagen, schloß ihn dann aber wieder. Einmal wäre sie auch fast von dem Kistenstapel heruntergefallen, auf dem sie stand, weil sie den schwankenden Bewegungen des Flügels mit dem ganzen Körper folgte. Aber in letzter Sekunde fand sie ihre Würde wieder, hielt sich an der Reling fest und ersparte sich somit diese Schmach.

Als die Kostbarkeit endlich hilflos zwischen Himmel und Kai hing, tauchte ein weiteres Problem auf. Die Kiste ließ sich nicht auf den Wagen bugsieren, der sie weitertransportieren sollte. Die Präzision reichte nicht aus, obwohl ein Steuerdrahtseil am Haken befestigt war.

Die Last mußte gesenkt werden, damit man ein weiteres Drahtseil befestigen konnte. Bei diesem Manöver geriet die Kiste gefährlich ins Schwanken. Alle hielten den Atem an.

Es nieselte, und ein feuchter Nebel kam vom Meer, was die Sache nicht gerade besser machte. Das Befestigen des Drahtseils und der erneute Versuch dauerten sehr lange. Ein paarmal stieß Olaisen nervöse Rufe aus. Die Zuschauer wurden ungeduldig.

Der Bäckerjunge verkürzte die Zeit damit, daß er einem der Schmiedearbeiter erklärte, die Kiste, die über dem Kai hing, könne unmöglich durch die Türen des Grand Hotel passen.

Ein übermütiger Bengel, der in der Olaisenschmiede immer den Boden fegte, rief, sie sollten den Kasten endlich auf den Wagen fallen lassen, damit sie hören könnten, ob er klinge.

Seine Liebste stieß ihn in die Seite und schaute ängstlich auf Frau Dina. Sie hatte gerade im Grand Arbeit gefunden – sie machte dort die Betten – und hatte Angst, ihr Freund würde es an gebührendem Respekt fehlen lassen. Sie strich ihre Haube glatt und zog sich beleidigt zurück, so daß ihr Liebster allein stehenblieb.

Karna hatte Mühe, überhaupt etwas zu erkennen, denn der Wind hatte ihre Zöpfe gelöst. Ihr rotbraunes Haar bedeckte zeitweise ihr ganzes Gesicht. Außerdem beschäftigte sie der Stich einer Bremse auf ihrer Wade. Um sich zu kratzen, mußte sie sich bücken. Gleichzeitig mußte sie die Haare aus dem Gesicht streichen und durfte die Augen nicht von der baumelnden Kiste nehmen.

Sie dachte darüber nach, wie der Flügel wohl aussah. Großmutter hatte ein Bild von ihm. Er würde, wenn er solide gearbeitet war, aus erstklassigem, lackiertem Palisander mit kräftiger, dunkler Maserung sein. Der Notenständer würde einem Schmuckstück gleichen und sich hochklappen lassen.

Sein Klang würde ganz Strandstedet erfüllen, wie die Schiffssirenen, und bis hinauf zum Doktorhof würde zu hören sein, daß Großmutter unten im Grand Hotel spielte.

Messingrollen und geschwungene Linien würde er haben. Daß er außerdem schwer und sperrig war, damit mußte man sich einfach abfinden. Allein um ihn auf seinen Rollen über den Fußboden zu schieben, sei die Stärke von zwei Männern nötig, hatte Großmutter gesagt. Ihn hochzuheben, daran war nicht zu denken. Trotzdem war das ja nötig, wenn er transportiert werden sollte. Die Winde kreischte und kreischte.

Mehrere Wochen lang war Karna böse auf Großmutter gewesen, weil diese entschieden hatte, daß sie nicht auf dem Einweihungskonzert spielen durfte. Anna sollte den Flügel einweihen. Großmutter würde Cello spielen, und Karna sollte nur singen.

Karna wußte mehrere Melodien auswendig, auch wenn sie keinen Brahms konnte. Aber Großmutter meinte, daß nicht jedermann auf dem neuen Instrument spielen durfte. Als sie dieses »jedermann« sagte, wurde Karna böse, aber sie sagte nichts.

Sie beklagte sich bei Anna, aber diese war der Meinung, das sei Großmutters Konzert und Großmutters Flügel.

»Wir versuchen unser Bestes. Du singst sehr, sehr schön«, sagte Anna und wollte das Problem so aus der Welt schaffen.

Karna beschwerte sich auch bei Papa, aber dieser meinte nur, sie tue gut daran, ihrer Großmutter damit nicht in den Ohren zu liegen. Denn so wie er sie kenne, könne das sie sogar dazu veranlassen, Karna nicht einmal singen zu lassen. »Du bist zwölf und alt genug, um zu verstehen, daß ein Flügel für Großmutter fast heilig ist.«

»Man soll keine toten Dinge zu Göttern machen«, sagte Karna.

»Predige mir nicht die Bibel«, sagte Papa.

Aber da sie allein im Wohnzimmer waren und niemand es sah, pustete er ihr in den Nacken, wie er es immer getan hatte, als sie klein gewesen war. Er machte dabei ein dummes Geräusch, und es kitzelte. Sie mußte lachen.

Da sie jeden Tag das Programm einstudierten, war es schwer, Großmutter aus dem Weg zu gehen. Aber sie vermied es, wenn möglich, mit ihr zu sprechen.

Vergangene Nacht hatte sie geträumt, daß sie auf dem Dachboden in Reinsnes zusammen mit Großmutter Brahms' Sonate für Cello und Klavier spielte. Es war dort nicht so dunkel wie sonst immer. Das Licht kam von überall her und machte einen großen Lärm.

Im Traum konnte sie alle Noten auswendig. Sie setzte sich einfach zum Spielen hin, ohne daß Großmutter etwas sagte. Da verstand sie, daß die Töne nicht aus Großmutters neuem Flügel kamen, sondern aus ihren Fingern. Die Musik kam aus ihr heraus. Sie gehörte ihr.

Sie wußte nicht, ob Großmutter das auch verstand, denn sie fuhr einfach fort, Cello zu spielen. Da hörte Karna plötzlich, daß kein Laut mehr kam. Großmutter spielte und spielte, aber es kam kein Ton!

Und während das Licht noch um sie herum dröhnte, war Großmutter auf einmal weg. Nur das Cello stand noch da. Der Bogen bearbeitete die Saiten, ohne daß ein Laut hervorkam.

Als sie aufwachte, konnte sie Großmutter nicht mehr böse sein.

Neben dem Wagen stand ein Mann in Arbeitskleidung und erinnerte sich daran, wie er vor einigen Jahren Tischler im Grand Hotel gewesen war. Anschließend hatten ihm sowohl der Bankdirektor als auch Olaisen Aufträge erteilt. Zuletzt der Bürgermeister.

Vor einigen Minuten war ihm klargeworden, worüber er schon lange nachgedacht hatte. Ja, es war ihm lange wie ein unaufgeklärtes Mysterium erschienen.

Frau Dina hatte seinen höflichen Protesten getrotzt, als sie darauf bestand, daß er auf der Rückseite des Hauses bis hin zum Speisesaal Flügeltüren einsetzte. Das sei doch zu nichts gut, hatte er damals gemeint. Niemand komme hinten herum, und vom Weg aus seien die protzigen Türen nicht zu sehen. Außerdem gebe es im Winter Durchzug.

»Dann müssen wir eben besser heizen«, hatte sie gesagt und nicht klein beigegeben. Ihm war es vermessen erschienen, wie sie über die Prüfungen des Winters sprach. Sie hatte wohl vergessen, daß sie nicht mehr im großen Ausland lebte, wo es keinen Winter und keine Kälte gab und das ganze Jahr die Blumen blühten.

»Ja, ja, aber denkt an meine Worte, kalt wird es!« hatte er gesagt.

Aber wie der Flügel so zwischen dem grauen Himmel und dem ramponierten Schmiedewagen von Olaisen hin- und herbaumelte, begriff der Tischler, was für ein außerordentlich wichtiges Möbelstück das war. Fast vergessene Doppeltüren hatten mehrere Jahre lang auf der Rückseite des Hotels gewartet. Und das nur wegen einer einzigen Lieferung! Ja, denn er sollte doch wohl kaum wieder abgeholt werden?

Er freute sich bereits darauf, den anderen von dieser Merkwürdigkeit zu erzählen, daß Frau Dina ihn hatte Türen tischlern lassen, die nicht zu sehen waren, und das nur für ein Musikinstrument!

Ein anderes Frauenzimmer hätte nicht genug Verstand gehabt, daran zu denken, bis die Fuhrleute mit dem Monstrum von Kasten dastanden und man damit beginnen mußte, die Wände einzureißen. Und sie hatte schon vor mehreren Jahren daran gedacht. Das war außerordentlich!

Noch mehr Respekt gebührte ihrer Geldbörse. Denn wie kam es bloß, daß sie sich das alles leisten konnte? Reinsnes hatte seine Macht eingebüßt, stand leer. Der junge Doktor und seine Frau waren als letzte von dort weggezogen. Handelte sie, eine Frau, etwa wirklich, wie manche sagten, im Ausland mit Häusern, Bauholz und Ziegeln? Ohne überhaupt dort zu sein? Oder stimmte, was andere behaupteten, daß sie ihre Häuser verkauft und Papiere erworben habe? Es war dem Tischler ein Rätsel, wie Leute mit Papieren vermögend bleiben konnten, also bezweifelte er letzteres.

Oder kaufte sie alles etwa nur auf Kredit und versuchte, ihnen vorzuspiegeln, sie sei reich? Aber nein, das konnte nicht stimmen. Alle, die ihr zur Hand gingen, wurden bezahlt. Man konnte auch nicht sagen, daß sie geizig war.

Aber sie hatte etwas, was sie Verhandlungen nannte. Der Tischler seinerseits bezeichnete es als Feilschen. Das Ganze lief darauf hinaus, daß er, wenn er etwas für einen bestimmten Preis erledigte, auch etwas anderes für einen höheren Preis machen dürfe.

Als er für sie gearbeitet hatte, hatten alle ihre Pläne und die vielen Lohnvorschläge ihm anfänglich üble Kopfschmerzen bereitet. Bis er darauf kam, daß er vorgeben müsse, mehr von der Rechnung zu verstehen, als wirklich der Fall war.

Erst einmal hatte er das Ganze natürlich auf einem Stück Packpapier nachgerechnet, ohne daß er sich aber darüber klargeworden wäre, ob sie ihn nun betrog. Sein Mißtrauen war jedoch so groß, daß er ihr schließlich verschiedene Fragen stellen mußte.

Sie bat ihn in ihr Kontor, das hinter dem Hoteltresen lag. Dann legte sie ein leeres Blatt Papier vor ihn hin und rechnete und erklärte. Mit Zahlen und Klammern, Plus und Minus. Dazwischen sah sie ihn immer wieder an und sagte: »Du verstehst doch?«

O ja, gewiß verstand er sie! Aber wenn er nun nicht alle Werkstücke herstellte, die sie in Auftrag gab. Wenn das über seine Kräfte ging ...

Dann sei der Lohn auch geringer, denn dann müßte sie noch einen Tischler kommen lassen. Vielleicht aus Tjeldsund oder sogar aus Tromsø. Möglicherweise würde dieser Tischler die gesamte Arbeit ausführen und ihn überflüssig machen, so daß er überhaupt keine Arbeit bekäme.

Er gab klein bei, wollte aber wissen, warum er für die abschließende Arbeit einen höheren Lohn bekommen sollte als für die Arbeit am Anfang.

»Alle wissen, daß der Schluß schwieriger ist als der Anfang. Wir haben ein Datum für die Fertigstellung verabredet«, sagte sie und machte mit einem roten Kopierstift einen Kreis um das Datum, das auf dem Blatt stand.

»Verstanden?«

Es endete damit, daß er sich auf ihre Bedingungen einließ. Aber er hatte so große Angst davor, jemand könne herausfinden, er sei möglicherweise von einer Frau übers Ohr gehauen worden, daß er seine Zweifel mit keinem Wort erwähnte. Im Gegenteil, jetzt stand er hier auf dem Kai und lobte Frau Dinas Umsicht. Wie sie auf so unvergleichliche Weise hatte voraussehen können, wie eine so große Kiste in ein Zimmer kommen könne, in dem nie zuvor ein so großes Möbelstück gewesen sei. Und das viele Jahre, ehe es überhaupt vom Dampfschiff an Land gehievt wurde!

Er erzählte auch, die Arbeit im Grand Hotel sei eine gesegnete Zeit gewesen. Jeder Tag sei anders gewesen. Und daß sie selbst immer gekommen sei, um zu sehen, wie es weiterging, daß sie auch immer gefragt, nicht locker gelassen habe, und wie sie sich an allem freuen konnte. Das habe ihm das Gefühl gegeben, der Tischler der Königin von Saba zu sein!

Daß sie eine Bäckerei beherberge, deren Düfte bis ins Giebelzimmer stiegen, und daß immer ein Mädchen mit einer glänzenden Seidenschürze gekommen sei, um ihm aus einer blaugeblümten Kanne Kaffee einzuschenken und frischgebackenen Butterkuchen von einer kleinen Etagere zu geben – das noch einmal zu erleben, damit könne er wohl nicht mehr rechnen.

Denn was kostete nicht so ein Butterkuchen beim Bäcker? Und hatte sie ihm das vom Lohn abgezogen? Weit gefehlt! Im Gegenteil, er hatte zufällig eine Papiertüte dabei, in die er ein paar der Butterkuchen hineinlegte. Nur um die Augen seiner Kinder leuchten zu sehen, wenn er abends beim Nachhausekommen seine Tasche vor ihren Augen öffnete.

Damals hatte er nachts gut geschlafen. Um die Wahrheit zu sagen, er hatte nie in seinem Leben besser geschlafen. Er hatte vor sich hin gepfiffen, obwohl er ein stiller Mensch war. So vollkommen auf seine eigenen Fähigkeiten als Tischler verlassen hatte er sich nur, als er im Grand Hotel gearbeitet hatte. Hatten nicht der Propst und der Bürgermeister gesagt, daß er auf Empfehlung von Frau Dina beim Bau der neuen Schule angestellt worden sei?

Hatte sie das nicht auch selbst gesagt? Daß er ungewöhnlich geschickt und genau sei? Daß ihm die Profile der Leisten so gut gelängen, daß sie aussähen wie aus einem Stück gearbeitet? Wenn er ehrlich war, dann hatte sie recht.

Im Augenblick der Verklärung beschloß er, daß er einen ordentlichen Kragen anziehen und zum großen Einweihungskonzert gehen würde. Das auf Plakaten überall von ihr angekündigt worden war.

Falls es so voll werden würde, daß er den Eindruck hatte, sich aufzudrängen, dann konnte er auch neben der Tür stehen. Dieses Vergnügen wollte er sich gönnen, Frau Dina und die Doktorfrau musizieren zu hören.

Nicht weil er sich etwa einbildete, sich darauf zu verstehen, sondern weil er die Türen eingesetzt hatte und weil sie so funktionierten, wie sie sollten. Weil man durch sie einen Flügel aus Hamburg hineintragen konnte.

Jetzt war es jedoch nicht so, daß man das Instrument einfach auspacken und darauf spielen konnte. Weit gefehlt. Es mußte gestimmt werden. Das Konzert mußte deshalb aufgeschoben werden, bis ein Klavierstimmer aus Trondhjem kam.

Daß Frau Dina das Stimmen nicht selbst besorgen könne, sei eine Ausrede, reine Faulheit, meinte die Witwe des Mannes, der das Hotel vor dem Bäcker besessen hatte. Sie wolle ihnen nur zeigen, daß sie es sich leisten könne, einen Mann für mehrere Tage anreisen zu lassen, um eine kniffelige Arbeit auszuführen, die man genausogut mit der Häkelnadel machen könne. Einzigartig anmaßend!

Die Frau des Postmeisters wußte zu erzählen, daß schon einmal ein Klavierstimmer aus Trondhjem für die Klaviatur auf Reinsnes geholt worden sei. Aber die Zweifler schüttelten nur den Kopf. Was über die große Zeit auf Reinsnes erzählt wurde, mutete in diesen Tagen beinahe lächerlich an. Wie Märchen und Aufschneiderei. Auf jeden Fall war Reinsnes damit nicht geholfen, jetzt, da Anders tot war und Tomas und Stine nach Amerika gefahren waren. War das 79 gewesen? Im selben Jahr, in dem die Werft fertig wurde?

Benjamin Grønelv konnte seine Frau und dieses merkwürdige Mädchen da draußen ja nicht verschmachten lassen auf diesem menschenleeren Reinsnes und selbst in Strandstedet Distriktsarzt sein. Das verstanden alle.

Olaisen sagte, daß jetzt alle nach Strandstedet kämen. Sogar zwei Russen und ein Mann aus Finnland. Außerdem alle Junggesellen aus Westnorwegen und aus Helgeland. Die Mädchen aus Steigen und von den Lofoten zählten auch dazu. Auch aus dem Hinterland kamen die Leute. Alle Kammern und Zimmer in sämtlichen Häusern waren voll mit Leuten.

Die neue Zeit schaffe neue Wege und neue Möglichkeiten, sagte Olaisen. Aus den Tälern kamen sie mit Sack und Pack und rodeten das Land auf der Nordseite der Landenge. Auch sie zählten. Sie kauften Mehl und Schuhe in Strandstedet wie alle anderen. Reinsnes war nur noch für die Toten. Dort gab es bald nichts anderes als Mäuse und Ameisen.

Aber das Grand Hotel gehe gut, meinte der Bankdirektor. Frau Dina habe neulich eine größere Geldsumme bei der Bank in Strandstedet eingezahlt. Wieviel? Nein, er sei darauf bedacht, solche Dinge vertraulich zu behandeln!

Aber der Anwalt wußte zu erzählen, daß Doktor Grønelv sich bei der Finanzierung des Hauses des alten Doktors wohl von seiner Mutter hatte helfen lassen. Der Anwalt wollte das eigentlich nur dem Redakteur der Zeitung erzählen, aber es sprach sich trotzdem herum.

Jetzt waren sie da. Reich und arm, jung und alt. Die feinen Leute und alle anderen. An Pfosten und Wänden hatten Plakate gehangen. Herzlich willkommen sei jeder! Gratis!

In Strandstedet lud man nicht Krethi und Plethi in sein Wohnzimmer ein. Dieser Ort war entstanden, weil einige etwas zu verkaufen hatten. Das war geschehen, und jetzt glaubten alle, das sei die Hauptsache. Kauf und Verkauf. Was die Armen sonst trieben, um am Leben zu bleiben, war im großen und ganzen unwesentlich. Sie konnten sich auch so glücklich schätzen.

Die Leute saßen auf Stühlen, oder sie standen an den Wänden entlang. Alle Schiebefenster waren geöffnet, denn so viele Menschen wärmten wie mehrere Kachelöfen. Leichte, weiße Gardinen flatterten wie Segel über den Fensterbänken.

Auf einem reservierten Platz ganz vorne neben Olaisen saß Sara. Sie hatte gehört, wie er zu Anna und Dina gesagt hatte, daß Hanna leider krank geworden sei. Und das war gewissermaßen auch wahr. Sie wollte jetzt nicht daran denken.

Ihre Augen waren auf das Riesige, Braungemaserte, Glänzende da hinten im Zimmer gerichtet. Sie hatten es geöffnet. Jetzt stand es da und breitete sein geheimes Innenleben aus.

Eine schlanke Stütze hielt den Deckel. Sie sah aus, als würde sie jeden Moment brechen und der Deckel über Hände und Hals von denen fallen, die in der Nähe waren. Auf einem Stuhl beinahe versteckt hinter einer Palme saß Anna in einem himmelblauen Samtkleid. Sie würde den Flügel einweihen.

Sara dachte an die Zeit, als sie selbst etwas auf dem Klavier in Reinsnes gespielt hatte. Aber sie hatte nie Muße genug zum Üben gehabt. Immer war etwas dazwischengekommen. Als Anna ins Haus gezogen war, hatte sie verstanden, daß sie nie so würde spielen können, und hatte aufgehört.

Jetzt war keine Zeit mehr für etwas anderes, als sich um Hanna und die beiden Jungen zu kümmern. Sie klagte nicht, denn sie litt keine Not. Und sie war froh, nicht in Hannas Haut zu stecken. Mehrere Male hatte sie daran gedacht, daß sie nach Amerika schreiben müßte und erzählen, wie es eigentlich war. Aber sie wollte ihnen keinen Kummer machen. Denn jetzt hatten sie gerade Land gekauft und gute Nachbarn gefunden.

Die Familie des Propstes setzte sich in die erste Reihe. Alle nickten Anna lächelnd zu. Sie nickte ebenfalls, ohne eine Miene zu verziehen. Die Noten hielt sie eng an den Körper gepreßt.

Der Propst mochte diese milde Doktorfrau, die plötzlich alle in ihre Schranken zu weisen wußte. Und es war nicht leicht, ihre Beschwerden zu vergessen, wenn sie Briefe schrieb, die beantwortet werden mußten.

Der Propst hatte Probleme gehabt, die Schulkommission zu der Einsicht zu bringen, daß sie in der neuen Schule unterrichten sollte und nicht der Finne, der mehr prügelte als lehrte.

Das Beste an Anna Grønelv war jedoch, daß sie in der Kirche sang, wenn er sie bat. Wenn er im Chor stand und sie dort oben auf der Orgelempore sah, dann war sie ein kostbares Instrument, nein, ein lebendes Kirchengemälde.

Seine Schäfchen mußten, um den Schein zu wahren, mit dem Rücken zu ihr sitzen, deswegen war er der einzige, der sie sah.

Gelegentlich, besonders wenn sie Petter Dass sang, hob sie die Hände auf eine Art, die ihn an den heiligen Ambrosius erinnerte. Voll milder Autorität und Ehrlichkeit.

Er merkte, daß an den Sonntagen, an denen Anna sang, die Leute seiner Predigt anders lauschten. Als würde sie mit ihrer Stimme der Herde verirrter Schafe Ruhe und einen empfänglicheren Sinn schenken, auch für das Wort Gottes. Der Propst lauschte ihrem Klavierspiel im Grand Hotel gern, aber ihre eigentliche Bestimmung war die Vermittlung des Heiligen. Wenn sie in der Steinkirche sang, geschah das zur Ehre Gottes – und der des Propstes.

Ganz hinten an der Wand saß eine Frau, die Doktor Grønelv aus ihrer frühen Jugend kannte. Sie war nicht gekommen, um der Musik zu lauschen, sondern um den Doktor zu sehen. Aber das behielt sie für sich. Nicht daß sie ihren Mann nicht liebte, der Herr bewahre! Aber es konnte doch nicht so schlimm sein, einen Menschen anzusehen, der mit halbgeschlossenen Augen der Musik lauschte.

Sie kam immer, wenn Frau Dina oder die Doktorfrau spielten, denn dann war er auch oft dort. Und wenn sie etwas verweilte, nachdem die Musik vorbei war, dann begrüßte er sie und fragte nach den Zwillingen, denen er auf die Welt geholfen hatte.

Es waren diese dunklen Wimpern, die sie ab und zu mit so großer Freude betrachtete. Gewölbt und lang, bis auf die Wangen reichend. Sie schaute auf den dunklen Nacken und die Schultern. Das Profil mit der gebogenen Nase und dem hochmütigen Kinn. Die Mundwinkel, die sich immer nach oben zogen. Die vorgeschobene Unterlippe. Die Vertiefung in der Wange. Als hätte unser Herrgott dort erst ein Grübchen geplant, es dann aber vergessen.

Sie verspürte eine merkwürdige Freude. Oder war es Trauer? Jetzt strich er sich mit der Hand durchs Haar. Eine hilflose Bewegung, als wüßte er Bescheid.

Der Anwalt, der mit seiner Frau in der zweiten Reihe saß, dachte mehr an die Gutmütigkeit des Doktors. In lustiger Runde hatte er gelegentlich grinsend behauptet, der Doktor müsse für das Recht, Leute zu kurieren, womöglich noch bezahlen.

Er könne es sich vermutlich erlauben, den Samariter zu spielen, mit einer so wohlhabenden Mutter.

Seiner Frau gefielen solche Reden nicht, also sagte er das nicht, wenn Damen zugegen waren.

Der Anwalt bemerkte, daß der Doktor einen neuen Anzug hatte, den er mit nachlässiger Selbstverständlichkeit trug. Das ärgerte ihn ein wenig.

Einige Männer standen vor den geöffneten Türen und rauchten. Der Küster unterrichtete den Redakteur darüber, daß der Doktor den Armenausschuß vor der Gemeindeversammlung vertreten und dabei erläutert habe, man würde weitere Mittel benötigen.

Der Redakteur flüsterte, daß sich der Doktor zweifellos für die Politik eigne. Vielleicht habe er noch dazu die richtigen Leute hinter sich? Frau Dina zum Beispiel? Er selbst brauche ja nicht gerade Ellbogen. Aber nicht immer seien die Selbsternannten die Rechten an der Spitze. Der Küster stimmte ihm zu. Aber er befürchtete, daß Olaisen es für eine Selbstverständlichkeit halte, der Nachfolger des alten Bürgermeisters zu werden.

Darüber war sich der Redakteur auch im klaren, sagte aber, die Meinungen seien da wohl geteilt. Der Küster ereiferte sich und behauptete, daß einige Olaisen gar nicht ausstehen könnten. Er sei zu unbeherrscht und dulde kaum Widerspruch. Außerdem habe er auch so schon zu große Macht. Man riskiere, daß er es immer nur auf den eigenen Profit abgesehen habe.

Dazu wollte der Redakteur sich plötzlich doch nicht äußern. Der Küster solle sich daran erinnern, wer ihn angestellt habe.

»Das ist es ja eben!« flüsterte der Küster ziemlich laut.

Er wurde eifrig und meinte, daß die Professorentochter aus Kopenhagen eine bessere Bürgermeisterfrau abgeben würde als die gartenbegeisterte und ständig schwangere Hanna Olaisen.

Aber auf so etwas antwortete der Redakteur nicht. Es gebe Grenzen. Trotzdem wurde von denen, die in nächster Nähe standen, alles gedeutet und verstanden. Und bereits am selben Abend hieß es, daß Doktor Grønelv wohl eines Tages Bürgermeister werden würde.

Der Bankdirektor saß ziemlich diskret an der einen Wand. Er war allein gekommen, da seine Frau kränklich war. Ein Herr um die sechzig, der Interesse an mehr als nur an den Bankeinlagen hatte.

Heute abend bemerkte er, daß Frau Dina ein schwarzes Kleid aus matter Seide trug. Es ergaben sich interessante Schatten und Muster, wenn sie sich bewegte. Der Ausschnitt war so tief, daß man kaum woanders hinschauen konnte. Auch die nicht, die sich darüber echauffierten, dachte er. Das Oberteil saß noch dazu ziemlich eng. Er sah, daß sie kein Korsett trug. Das wirkte frivol, aber warum nicht? Sie hatte im übrigen auf Spitzen und Schmuck verzichtet.

Dagegen hätte sie sich die Ärmelhalter sparen können. Sie hatte sie wahrscheinlich vom Doktor geliehen, um sich mit ihren weiten Ärmeln nicht in den Saiten des Cellos zu verfangen.

Das lange, dunkle Haar mit dem deutlichen Grau war mit einer Spange, die ihn an einen Schildkrötenpanzer erinnerte, lose hochgesteckt. Die Seidenstrümpfe leuchteten matt unter dem Rocksaum.

Der Bankdirektor betrachtete ruhig die Formen unter dem tiefen

Ausschnitt. Als er das eine Bein über das andere schlug, zog er diskret an den Hosenbeinen, um die Bügelfalten zu schonen, und dachte an das vorige Hauskonzert. Er freute sich schon darauf, daß sich Frau Dina mit ihrem Cello zurechtsetzen, sich vorbeugen und sich hingeben würde.

Wilfred Olaisens junger Bruder Peder stand neben der Tür und wußte nicht recht, ob er nach drinnen oder nach draußen gehörte. Aber dann kam das Mädchen, das bediente, um die Tür zu schließen, und er entschied sich, hineinzugehen.

Er hatte niemanden, mit dem er reden oder mit dem er zusammensitzen konnte, aber daran hatte er sich gewöhnt. Da er nicht der Ansicht war, daß er sich auf das Wetter verstand, wußte er nie, was er sagen sollte. So war das immer gewesen, seit er im Frühsommer aus Trondhjem zurückgekommen war. Dort hatte er auf Kosten seines Bruders das Mittelschulexamen gemacht.

Er entdeckte das Mädchen des Doktors mit ihrem kupferbraunen, gelockten Haar. Sie saß zusammen mit der Doktorfrau hinter der Palme. Heute hatte sie ihr Haar aus dem Gesicht gekämmt und mit einer Spange hochgesteckt.

Alle sagten, sie sei etwas seltsam und würde einfach so einen Krampf bekommen und umfallen. Sie habe auch immer eine schwarze Bibel in ihrer Tasche dabei, um sich selbst zu kurieren. Heute trug sie ein langes Kleid aus weißem Musselin und sah wütend aus. Oder vielleicht war sie ja immer so.

Nun trat Frau Dina vor und hieß alle zur Feier des neuen Flügels des Hauses willkommen. Sie erzählte von der Seereise, die er überstanden habe. Dieselbe Reise habe sie selbst gemacht. Dann sprach sie von den Söhnen von Henry F. Steinway, die aus Amerika nach Hamburg gekommen seien, um Flügel zu bauen.

Hamburg wäre gerade recht! dachte Peder Olaisen. Da bauten sie gewiß auch Schiffe.

Wer noch nie im Grand Hotel gewesen war oder Frau Dina reden gehört hatte, war erstaunt, daß Frau Dina so viele Worte ununterbrochen hintereinander sagen konnte. Sie hatte sonst eine Art, die nicht gerade zu Vertraulichkeiten einlud.

Eine Frau, die einmal alles hinter sich gelassen hatte und in der Welt verschwunden war, hatte etwas Furchterregendes. Dann kam sie völlig unerschrocken zurück und kaufte sich ein Hotel und die Hälfte einer Werft.

Daß der Redakteur, der Bankdirektor und der Propst auf vertrauterem Fuße mit ihr zu stehen schienen als ihre Ehefrauen, machte die Sache nicht besser.

Der Anwalt vermutete, daß das Ganze aufregend und merkwürdig für die Unterprivilegierten war, außerdem für die meisten fast etwas unmoralisch und für die feineren Leute geradezu suspekt. Das amüsierte ihn. Er war erst seit einem Jahr in Strandstedet, aber jetzt mußte er wirklich zusehen, daß er in die bessere Gesellschaft aufgenommen wurde.

Jetzt ging Anna Grønelv zum Flügel, setzte sich und glättete ihr Kleid mit beiden Händen. Dann schlug sie die Noten auf und sagte, daß sie Robert Schumann, Novelette, Opus 21, Nr. 1, spielen würde. Anschließlich lehnte sie mit einem seltsam abwesenden Gesichtsausdruck den Kopf in den Nacken.

Der Tischler hatte ganz unerwartet einen Kloß im Hals. Als würde die zierliche Doktorfrau böse Geister austreiben, um sie anschließend mit winzigen, leisen Tönen zu trösten. Wie ein Flüstern, eine Ahnung. Wie man sich einen Engel weit da droben im Himmelsgewölbe vorstellen konnte, der Harfe spielt. Nur für die Eingeweihten.

Dann, im nächsten Augenblick, diese Raserei. Wo hatte sie nur diese Kraft her? Als würde sie sonst Dachbalken heben oder im Steinbruch arbeiten. Diese plötzlichen Abbrüche. Auf einmal war sie wie versteinert, und die Töne lebten ihr eigenes Leben zwischen den Wänden. Wie eine kleine Glocke oder ein Echo aus dem Jenseits.

Aber plötzlich, als er sich schon gerettet glaubte, drosch sie auf alle schwarzen und weißen Tasten gleichzeitig, als gelte es ihr Leben.

Die Finger bewegten sich rasend schnell, der Körper zitterte, und das Haar fiel ihr in die Stirn. Ihre himmelblaue Gestalt krümmte und streckte sich! Ihr Rücken war gebeugt, als würde sie auf Stockschläge warten, nur um sich im nächsten Augenblick wieder bis zu den Haarspitzen aufzurichten. Wie eine triumphierende Woge.

Wo kam diese Kraft her? Sie konnte unmöglich in dieser zerbrechlichen Dame aus Kopenhagen stecken. Und daß sie sie alle mit dieser Kraft zwang, mittendrin zu sein! Nur um sie wieder fortzustoßen, so daß sie wie Planken auf dem wilden Meer umhertrieben.

Der Tischler erstickte sein Räuspern in der Mütze, die er sich eilig vor den Mund drückte. Er konnte nichts dafür, daß er etwas im Hals hatte. Er kämpfte so sehr dagegen an, daß ihm die Tränen in den Augen standen.

Als die letzten Töne verklungen waren, wurde es unerträglich still. Niemand wagte es, sich zu rühren. Auf die Idee zu applaudieren kam niemand. Erst als Dina damit begann. Ruhig, aber mit Autorität.

Das wurde verstanden. Die Zuhörer ließen alles fallen, was sie bisher festgehalten hatten, und klatschten verzückt in die Hände. Der Applaus brachte das Porzellan in den Schränken und die Karaffen auf der Anrichte zum Klirren.

Anna stand auf und verbeugte sich tief mit hängenden Armen. Immer wieder. Der Applaus wollte kein Ende nehmen. Niemand wollte zuerst aufgehört haben, obwohl Frau Dina schon lange die Hände in den Schoß gelegt hatte.

Schließlich erhob sie sich lächelnd und sagte, daß das Konzert durchaus noch nicht zu Ende sei, denn jetzt würde Karna, von Anna begleitet, singen.

Peder Olaisen betrachtete das Mädchen, das sich, die Hände vor dem Bauch gefaltet, neben den Flügel stellte. Sie baute sich breitbeinig auf wie auf Deck, und die Doktorfrau sagte, sie würde zu ihrer Begleitung Schuberts »Der blinde Knabe« und »Die Forelle«

singen. Sie sagte auch, wer den Text geschrieben hatte, aber das bekam er nicht mit. Denn er hatte nur Augen für die Gestalt vor dem Flügel. Er steckte die Hände in die Hosentaschen und lehnte sich gegen die Wand. So stand er sicher.

Sie war nur ein kleines Mädchen. Er konnte ihre Brüste wie zwei Knospen unter ihrem Kleid erahnen. Trotzdem wirkte sie fast alt.

Er hatte nie darüber nachgedacht, ob ihm Gesang überhaupt gefiel. Von den Worten verstand er nicht viel, obwohl er deutsche Vokabeln gebüffelt hatte. Aber das bleiche, zornige Gesicht in einem Gewirr aus kupferfarbenen Locken war das Seltsamste, was er jemals gesehen hatte.

Die Stimme floß so weich, fast wie ein Lachen, und war ganz anders als dieses ernste Gesicht.

Peder fühlte einen zarten Druck auf der Brust. Dieser Druck wurde immer stärker, während er starrte und schluckte. Starrte und schluckte.

Er kam erst wieder zu sich, als der wilde Applaus erneut begann.

Frau Dina setzte sich, das Cello zwischen den Knien, und erklärte, daß Anna und sie mit Brahms' Sonate für Cello und Klavier, erster und dritter Satz, weitermachen würden. Und daß zwischen den Sätzen nicht geklatscht werden sollte.

Als sie das sagte, verstanden auch die, die es vorher nicht begriffen hatten, daß der Musik eines Flügels und eines Cellos zu lauschen nicht dasselbe war wie der eines Leierkastens oder fahrenden Spielmanns.

Man mußte sich gewissen Gesetzmäßigkeiten unterordnen. Es gab Regeln, die befolgt werden mußten. Man konnte einfach nicht, wann man wollte, seiner Begeisterung Ausdruck verleihen. Oder anbeten, wie die Bekehrten es durften, wenn der wandernde Laienprediger Amen gesagt hatte. Man mußte warten, bis ein genau bemessenes Stück zu Ende war.

Die Länge war ein Geheimnis. Man konnte nur die Luft anhalten und abwarten, bis jemand, der sich in solchen Dingen auskannte, klatschte, um dann, sehr erleichtert, den Applaus zu bereichern.

Obwohl sie aber sehr viel Energie aufbringen mußten, das Richtige zum richtigen Zeitpunkt zu tun, spürten sie die zarte Stimmung, die mit dem ersten Ton angeschlagen wurde.

Frau Dina beugte sich über das Cello und zog die Mundwinkel etwas herunter, als wäre sie ein Stier, der mit gesenktem Kopf zum Angriff ansetzte.

Dann setzte der Flügel ein, und die Instrumente folgten einander in einer Art ebenbürtiger Ruhe. Wie Läuterung nach einer großen Trauer. Vom ersten Bogenstrich an wurden sie von Dinas in sich gekehrter Konzentration mitgerissen. Ihr Körper folgte dem Rhythmus. Der Bogen war eine Verlängerung ihres Armes. Wie ein Ast. Vielleicht war sie auch dessen Sklavin. Verurteilt zu den gefährlichen, dunklen Tönen aus den Tiefen des Cellokörpers.

Und wieder dieser Rhythmus, als würde sie ihn aus ihrem Bauch hervorbringen. Ein spielender Kraftakt. Dessen Kraft unsichtbar, unaussprechlich war.

Die Frau des Propstes empfand echte Bewunderung. Dafür, daß Anna Grønelv, die hinter dem großen Instrument saß, das Cello begleiten konnte, offensichtlich ohne ein einziges Mal Augenkontakt mit Frau Dina aufzunehmen. Daß sie ihnen half, den Mut nicht zu verlieren, indem sie all dem Melancholischen und Dunklen hellere Töne entgegensetzte.

Sie kam auf den Gedanken, daß das etwas mit dem Leben und den Menschen zu tun haben könnte. Alle Stimmungen und Begebenheiten des Daseins waren hier ineinander verwoben.

So wie ihr Mann, der fast nie ein böses Wort sagte, plötzlich aber einen Wutanfall bekommen konnte, wenn man es am allerwenigsten erwartete, wie heute morgen, so grollte das Cello. Grollte und grollte. Ehe der Flügel mit seinem Protest anhob, als er von der düsteren Tyrannei des Cellos genug hatte. Die Raserei verlor sich in einer melodischen Befreiung, einem wechselseitigen Dialog.

Sie lauschte und verstand, daß alles nicht so böse gemeint war, wenn er über etwas wütend war, für das sie strenggenommen nichts konnte. Und sie verstand noch mehr. Daß sie, wie schon am Morgen, das Recht hatte, in Selbstverteidigung zurückzuschlagen.

Gott hatte auch ihr eine Stimme gegeben. Sie brauchte kein schlechtes Gewissen zu haben, falls sie, wenn ihr Mann ungerecht war, die Geduld verlor.

Im Gegenteil. Sie war das Instrument, das Gott an seine Seite gestellt hatte, um zu kommentieren und den rechten Weg zu weisen. Deswegen hatte auch sie das Recht, gehört zu werden. Genau wie die Klavierstimme.

Als sie mit Brahms' »Minnelied« schlossen, hatte die Frau des Propstes das Gefühl, die Unstimmigkeiten des Tages seien widerrufen und verschwunden. Sie wanderten mit dem Blut direkt ins Herz. So kam die Reinigung und die Vergebung. Wonach sie sich gesehnt hatte, ohne daß sie auf die Idee gekommen wäre, darum zu bitten.

2

Das Doktorhaus war weiß, und die Fensterrahmen waren grün. Es lag zwischen vier kleinen Vogelbeerbäumen etwas zurückgezogen am Hang. Drei Türen führten ins Freie, eine mehr als auf Reinsnes. Das kam daher, daß Papas Praxis im Erdgeschoß einen eigenen Eingang hatte. Sonst war an dem Haus nichts Besonderes, fand Karna, denn es ähnelte Reinsnes nicht.

Von ihrem Zimmer im ersten Stock konnte sie das Meer sehen. Aber dann mußte sie erst die Augen über eine Wiese voller Schnee oder Schneematsch, drei baufällige Kuhställe, zwei niedrige graue Häuser mit zerstörter Holzverkleidung und mehrere häßliche Bootshäuser wandern lassen.

Die Strände waren hier so trist. Voller Steine und braun von stinkendem Tang. Muschelsand war kaum zu entdecken. Anfänglich machte sie das wütend. Dann hörte sie auf, ans Ufer zu gehen. Jetzt wohnte sie bereits vier Jahre hier und hatte beinahe vergessen, daß es weiße Strände gab.

Wenn sie einen Ausflug nach Reinsnes machten, erinnerte sie sich daran. Sie weinte immer noch, wenn sie sich Reinsnes näherten und wenn sie abfuhren. Papa und Anna trösteten sie nicht mehr. Sie warteten nur, bis sie fertig war, ehe sie mit ihr redeten.

Das erste Mal, als sie Reinsnes nach ihrem Umzug wiedergesehen hatte, hatte sie einen so schweren Anfall erlitten, daß sie sich nicht einmal daran erinnern konnte, an Land und hinauf ins Haus getragen worden zu sein. Beim Erwachen hatte sie die beiden nicht erkannt.

Erst spät am Abend nahm sie Anna wahr. Sie saß neben dem Bett und sagte, daß das alles ihre Schuld sei. Sie würde zusammen mit Karna wieder nach Reinsnes ziehen. Aber sie wußten beide, daß das nicht ging.

Am nächsten Tag nahm Papa sie beiseite und sagte, sie müsse mit diesen schweren Anfällen aufhören.

»Brauche deine Kräfte lieber dazu, dich daran zu gewöhnen, in Strandstedet zu wohnen. Denn das ist so entschieden!«

»Nur mit mir redest du so gemein. Nie mit anderen Kranken!« antwortete sie.

»Du bist nicht krank! Du brauchst nur deine Kräfte für etwas, an dem sich nichts ändern läßt!«

»Darf ich jetzt nicht einmal mehr fallen?« rief sie.

»Du kannst zumindest versuchen, es sein zu lassen!« sagte Papa.

»Daß du so dumm bist, hätte ich nie geglaubt!« sagte sie weinend und drohte damit, sich beim nächsten Anfall so zu verstekken, daß sie sie nie mehr finden würden.

Da ergriff Anna Papas Arm. Sie packte so fest zu, daß ihre Finger ganz weiß wurden.

»Für mich sind dumme Männer schlimmer als Mädchen, die fallen!« sagte sie.

Als sie glaubten, sie schliefe, hörte sie durch die Tür zum Wohnzimmer, daß sie darüber sprachen. Anna war immer noch wütend auf Papa und nannte ihn unklug.

»Ich muß alles versuchen! Stell dir vor, ich könnte sie dazu bringen, alle ihre Kräfte zu mobilisieren. Gegen die Anfälle.«

»Das geht doch nicht«, sagte Anna.

»Es ist ganz klar, daß sich das alles im Gehirn abspielt. Warum dann nicht?«

»Aber du kannst ihr das nicht aufbürden.«

»Wie soll ich es dann machen?«

Da hörte sie Annas Lachen. Dann Papas. Also hatten sie sich doch nicht ihretwegen zerstritten.

Später dachte sie darüber nach. Daß Papa glaubte, es habe etwas mit den Kräften zu tun. Mit Karnas Kräften. Hätte er dasselbe geglaubt wie der Professor, daß sie einen defekten Kopf habe, dann hätte er das nicht so sagen können.

Stine sagte, sie solle die Bibel bei sich haben, Papa sprach von

Kräften. Sie wurde ganz müde von dem allen. Warum war sie nicht wie die anderen, die herumliefen und nie fielen?

Obwohl sie damals noch klein gewesen war, konnte sie sich gut daran erinnern, wie sie mit dem Umzug angefangen hatten. Sie hatte jedesmal, wenn jemand Strandstedet gesagt hatte, Bauchweh bekommen.

Dorthin fuhr Papa immer, wenn er sie allein ließ. Und wenn er fuhr, dann wurde Anna grau. Dort hatte Großmutter so viel zu tun, daß sie nur noch selten zu Besuch kam. Dorthin nahm Anna sie mit, wenn sie Schule hielt.

Bevor sie umzogen, lernte sie die anderen Kinder nicht kennen, denn sie warteten nur darauf, daß sie fallen würde, um zuschauen zu können.

Wenn Anna dabei war, dann sprachen sie mit ihr. Aber wenn sie mit ihnen allein war, glotzten sie nur. Vielleicht konnte man ihr ja ansehen, daß sie einen defekten Kopf hatte.

Sie tröstete sich damit, häßliche Dinge über Strandstedet zu denken. Daß die Leute, denen sie begegnete, scheußlich aussahen. Daß kaum ein Haus angestrichen war. Daß die Kinder Rotzbengel waren. Daß die Wege so matschig waren, daß man, wenn es regnete, von einem Stein zum anderen springen mußte. Daß keiner, den sie kannte, mit Ausnahme des Propstes, Bücherschränke mit Glas in den Türen hatte. Und viele andere Dinge, auf die sie nur kam, wenn sie sie brauchte, und die sie dann wieder vergaß.

Der Umzug hatte eigentlich das eine Mal nach Weihnachten begonnen, als Papa unerwartet einen Sprechstundentag abhalten mußte. Anna wurde fürchterlich böse. Nicht grau und unglücklich, sondern rot und wortreich. Schließlich schrie sie laut und ging vor dem Klavier auf und ab.

»Sie kommen schon ohne dich zurecht! Hörst du?«

»Nein, das tun sie nicht!« sagte Papa leise und gab Bergljot durch ein Nicken zu verstehen, daß sie das Wohnzimmer verlassen sollte.

»Karna, sei so nett und hole die Zeitschrift für praktische Medizin. Ich nehme sie mit. Sie liegt auf meinem Nachttisch.«

Anna war auf einmal wieder so klein.

Karna entschloß sich, für Anna Partei zu ergreifen, obwohl sie wußte, daß Papa recht hatte.

»Nein, das mache ich nicht!« sagte sie.

Papa starrte sie einen Augenblick lang an. Dann fuhr er sich durchs Haar und drehte sich zu Anna um.

»Du hetzt das Kind auf!«

Seine Stimme war kalt. Als wäre Anna das Schlimmste, was er kannte.

»Du darfst nicht so mit Anna reden!« rief sie und spürte, wie sie sich wehrte.

Papa kam schnell auf sie zu und packte sie im Nacken wie einen Welpen.

»Sitz!« sagte er, als würde er zu einem Hund sprechen.

Dann setzte er sich ebenfalls.

»Anna! Karna! Um Himmels willen! Laßt uns Freunde sein! Sonst halte ich dieses Leben nicht länger aus.«

Da begann Anna zu weinen.

»Verzeih mir!« sagte sie und rannte aus dem Zimmer.

Wenig später kam sie mit Papas Zeitschrift und legte sie in seine Tasche. Sie weinte nicht mehr.

Papa hatte Karna kein einziges Mal angesehen, während Anna draußen war.

Wenig später ging er, ohne daß sie ihn zur Anlegestelle begleitete.

Aber nach diesem Tag war es beschlossene Sache, daß sie nach Strandstedet umziehen würden.

Vor dem Umzug dachte sie oft, es sei Großmutters Schuld, daß sie umziehen mußten. Aber sie wußte, daß es deswegen war, weil Papa Distriktsarzt geworden war und die ganze Zeit in Strandstedet sein mußte.

Und dann war da Anna. Sie war fast ganz durchsichtig. Besonders nachdem sie Weihnachten gefeiert hatten und alle Gäste abgereist waren. Papa auch.

Sie ging, in zwei Umschlagtücher gehüllt, herum und sagte die ganze Zeit: »Bergljot! Ist es hier drinnen nicht kalt?«

Und Bergljot brachte Kohlen und Brennholz und legte die ganze Zeit nach.

Um das Nebenhaus herum lagen so hohe Schneewehen, daß sie die Küchenfenster nicht sehen konnten. Die Katze wollte das Haus nicht verlassen und machte in die Ecken.

Eines Tages packte Bergljot ebenfalls ihre Sachen. Sie würde Großmutter im Hotel helfen. Das lag daran, daß sie zu 200 Kronen im Jahr und freier Kost und Logis nicht nein sagen konnte.

Nachdem Großmutter gekommen war, verließen alle Reinsnes. Karna entschied, daß das Großmutters Schuld war.

Wenn sie im Grand war, dann fiel ihr auf, daß Großmutter die Freude dorthin mitgenommen hatte. Anna lachte, wenn sie dort war. Und dann sangen und musizierten sie alle drei.

An dem Tag, an dem Papa nach Hause kam und erklärte, jetzt müsse man packen und wegziehen, vergaß sie das mit der Freude. Sie ging in ihre Kammer und knüllte das rote Kleid zu einem Knäuel zusammen. Sie spürte durchaus, wie weich es war, aber darum kümmerte sie sich nicht. Stieß es nur hart unter das Bett.

Aber in der Nacht erwachte sie davon, daß das Kleid sie durch die Matratze verbrannte. Die roten Arme nach ihr ausstreckte. Sie wußte sich keinen anderen Rat, als aufzustehen und es wieder hervorzuziehen.

Sie nahm es mit unter die Decke. Ganz nah. Es roch nach der Großmutter, die einmal auf dem Dachboden gewesen war.

Während sie so dalag, lauschte sie auf die Heckenrosen, die mit ihren Dornen gegen die Scheibe schrappten, und erinnerte sich an alles, was sie vergessen hatte. Daß Großmutter mit der Freude nach Reinsnes gekommen war. Anschließend hatte sie sie mit nach Strandstedet genommen. Kein Wunder also, daß Anna so traurig geworden war.

Aber wenn die Freude bei Großmutter in Strandstedet war, dann konnte man dort sicher auch wohnen?

Das wußte wohl Anna auch. Denn am folgenden Tag, nachdem sie ihr erzählt hatten, daß sie umziehen würden, schaufelte Anna Schnee. Den ganzen Weg vom Haus hinunter zur See.

Als sie wieder hereinkam, war sie nicht mehr grau. Sie ähnelte dem handbemalten Porzellanengel, der am Weihnachtsbaum hing.

Als das Mädchen sie daran erinnerte, daß Dreikönig schon lange vorbei war, sagte Anna: »Wir lassen den Baum bis nach Ostern stehen, denn dann ziehen wir ohnehin um!«

Da ging das Mädchen erschrocken in die Küche und schloß die Tür hinter sich. Aber Anna setzte sich ans Klavier und spielte und sang den ganzen Vormittag Osterlieder.

Als nur noch ein einziges Durcheinander herrschte und alles in Kartons und Kisten verpackt werden mußte, erwachte sie mitten in der Nacht und war so wütend auf Großmutter, daß sie Bauchweh bekam. Das kam von einem Traum, an den sie sich nicht erinnern konnte.

Sie versuchte, wach zu werden, und spürte, wie sich ein Anfall näherte. Sie war wohl aufgestanden, denn sie kam auf dem Fußboden zu sich, und der Kopf tat so weh, als wäre sie gegen etwas gefallen. Es gelang ihr nicht, nach Anna oder Papa zu rufen, weil sie ihre Zunge noch nicht spürte.

Da kam Stine durch das geschlossene Fenster herein. Sie setzte sich auf den Tisch, baumelte mit den Beinen und sah Karna an.

»Hast du vergessen, was ich gesagt habe? Du sollst in der Bibel lesen!«

Es war so kalt. Das Feuer war schon lange erloschen. Sie wollte antworten, aber es gelang ihr nicht.

Da sprang Stine vom Tisch und half ihr zum Bücherschrank. Sie hatte gute Hände, obwohl sie in Amerika war.

Erst gelang es ihr nicht, auf die Beine zu kommen, aber Stine schubste sie. Ihre Stimme war so deutlich.

»›Sie sinken und fallen, aber wir stehen und halten uns aufrecht.‹ Denk daran!« sagte sie wie auch sonst immer.

Schließlich gelang es ihr, den Bücherschrank zu öffnen. Sie sah sie im Halbdunkel kaum. Die Bibel. Sie nahm sie in die Hand und spürte es. Die Bibel lebte.

Der große Bücherschrank hatte vermutlich dort gestanden, seit Papa ein Junge gewesen war und Mutter Karen in dieser Kammer gewohnt hatte. Karna hatte viele der Bücher gelesen. Anna hatte sie ihr auch vorgelesen. Einige wurden immer wieder hervorgenommen.

Als sie noch ganz klein war, durfte sie die Bücher nur durch das Glas anschauen. Sie konnte sich erinnern, daß sie in der Hocke gesessen und mit den Fingern Abdrücke auf der kalten Scheibe gemacht hatte.

Einige der Bücher hatten eine Haut und atmeten. Das waren die mit den ordentlichen Lederrücken und -ecken. Wie die Bibel. Sie dachte oft daran. Daß jemand sterben mußte, damit die Geschichten eine Haut bekamen.

Wenn sie einer Kuh oder einem Pferd in die Augen schaute, sah sie es. In diesen Augen begannen alle Geschichten.

Als sie in das Doktorhaus umzogen, nahmen sie den Bücherschrank mit, und er wurde ins Wohnzimmer gestellt. So war das in Strandstedet. Man durfte nicht einmal einen Bücherschrank für sich alleine haben.

3

Oft fing Dina mit dem jungen Peder Olaisen ein Gespräch unter vier Augen an. Dieser Junge war zu allem zu gebrauchen. Mauern aus Felsblöcken bauen, Schmiedearbeiten, ja sogar Schreibarbeiten erledigen und Fischernetze einholen. Außerdem war er ein guter Schlichter, wenn die Arbeiter unzufrieden waren.

Normalerweise sagte er nicht viel. Die älteren Männer waren immer ganz sprachlos, wenn er kurz und klar das sagte, was sie glaubten und immer gedacht hatten.

Olaisen hatte nach und nach so viele Eisen im Feuer, daß er sich bei Dina beklagte, weil er für alles immer mehr Leute brauchte.

Peder hatte fast so weiße Zähne wie sein Bruder, aber ansonsten war die Ähnlichkeit gering.

Dina war wahrscheinlich mehr an den Dingen interessiert, die sie unterschieden, als an ihren Ähnlichkeiten. Je besser man Peder kennenlernte, um so mehr fiel es auf, daß er seinen Kopf anders gebrauchte als sein Bruder.

Wo sich Wilfred ausließ und auf dem Absatz wippte, daß seine blonde Mähne bebte, lauschte Peder ernst unter seinem hellen, struppigen Schopf. Alles andere wäre, in Anbetracht seiner Jugend, unpassend gewesen.

Obwohl auch Peder auf einer Schäre geboren war, auf der eigentlich nur Kormorane und Möwen brüten sollten, hatte er doch Examina aus Trondhjem. Und in den Jahren, die er fort gewesen war, hatte Wilfred herausgefunden, daß er völlig unentbehrlich war.

Peder wollte Ingenieur werden. Um das Geld für die Ausbildung zu beschaffen, arbeitete er, wo es nur ging, bei seinem mächtigen Bruder.

Anfänglich wohnte er gratis im Olaisenhaus. Aber nur bis Wilfred Hannas Art zu entgegenkommend fand. Da wurde Peder in ein so kleines Zimmer hinter der Schmiede verwiesen, daß er sein Bett absägen und fast im Sitzen schlafen mußte.

Niemand hörte ihn klagen. Vermutlich nahm er es auch nicht so tragisch, der Aufsicht und Zucht seines Bruders entronnen zu sein. Schlimmer war es vielleicht für ihn, an die Ohrfeigen zu denken, die Hanna immer wieder bekam.

Wilfred hatte gewisse Seiten, die er von ihrem Vater geerbt hatte. Peder hatte es draußen auf der Schäre also von zwei Seiten abbekommen. Um seinen Kopf zu schützen, hatte er einen einfachen Trick gelernt: auszuweichen und nie zurückzuschlagen.

Die Schlägerhand seines Vaters lag jetzt glücklicherweise auf dem Friedhof. Und Wilfreds Hand war wie das Wetter. Man konnte nie sicher sein, wann die Schläge kamen. Aber sie hörten wieder auf. Bis zum nächsten Mal.

Peder hatte sich zu sehr geschämt, als daß er gewagt hätte, Hanna anzuschauen, ehe die ersten Schläge kamen. Anschließend saßen sie gewissermaßen im selben Boot. Er sah, daß sie schön war, obwohl sie gelegentlich so viele blaue Flecken hatte, daß sie das Haus nicht verließ.

Mit Sara dagegen konnte er zur Not ein paar Worte wechseln, ohne daß er anfing zu stottern. Sie hinkte. Das gab ihm die Sicherheit, daß sie ihn nicht auslachen würde.

Am Umzugstag bekam nur Peder Prügel. Er hatte Hanna dabei geholfen, eine Kommode ins Schlafzimmer zu tragen, als niemand im Haus gewesen war. Genau in diesem Augenblick war Wilfred heimgekommen.

Peder nahm die Raserei seines Bruders wie eine Naturkatastrophe hin. Jede Bitterkeit war Verschwendung. Ein Mann, der Geld sparte, um Ingenieur zu werden, hatte dafür wahrlich keine Zeit. Es galt wegzukommen, bevor es richtig knallte.

Aber er begann, sich darüber Gedanken zu machen, wie es Hanna eigentlich erging.

Eines Tages ging Dina unter einem Vorwand hinunter ins Kontor, nachdem Olaisen und seine Leute bereits heimgegangen waren.

Als erstes sah sie einen Hocker mit einem Stück Brot und einer Kaffeetasse darauf. In der Ecke stand Peder und versuchte sich in einer Holztonne voll Wasser zu waschen. Sie eilte vorbei und ging hinauf ins Kontor.

Nach einer Weile kam sie wieder herunter und begann, mit ihm zu reden, ohne erkennen zu lassen, daß sie ihn vorher gesehen hatte.

Sie habe die Monatsabrechnung geholt, die ihr Olaisen hingelegt habe, erklärte sie. Sie kümmere sich um die Papierarbeit, obwohl nur er Prokura habe, wie man zu sagen pflege.

Peder nickte und betrachtete einen Eisenbolzen, den er geschmiedet hatte. Schloß das eine Auge und peilte. Er hatte ein fast ganz sauberes Hemd angezogen.

Sie ging zu ihm hinüber.

»Hat man dir wegen des Bolzens lästige Überstunden aufgebürdet?« fragte sie.

»Nein, die waren nicht lästig. Ich bin außerdem fertig. Morgen kann ich also etwas anderes machen.«

Sie betrachtete den Bolzen.

»Hast du Schmieden gelernt?«

»Man sieht doch, wie sie es machen«, sagte er schüchtern.

Sie wartete etwas, dann sagte sie: »Wie kommt es, daß du nicht mehr bei den Olaisens wohnst?«

Er sah sie rasch an.

»Mir genügt das hier.«

»Aber alles ganz anders als oben im Haus?«

»Ja, das stimmt schon.«

»Seid ihr zerstritten?«

Er drehte sich um und legte den Bolzen weg.

»Es ist das beste, daß ich hier wohne.«

»Hat es damit zu tun, daß Hanna nicht im Konzert war und das Haus vierzehn Tage lang nicht verlassen hat?«

Er sah sie mit seinen hellblauen Augen verwirrt an. Dann nickte er, ohne ein Wort zu sagen.

Als Dina das Hotel kaufte, stellte es sich heraus, daß die Witwe des vorigen Eigentümers mit dazugehörte.

Olaisen hatte ihr gesagt, daß diese Dame vermutlich nicht von Nutzen sein, sondern eher Schwierigkeiten bereiten würde. Aber Dina behielt sie vorläufig in der Küche. Anfänglich war diese Ruth kooperationsbereit, fast untertänig.

Aber nach einer Weile wurde offenbar, daß sie überhaupt nicht mitbekommen hatte, wie sehr sich die Eigentumsverhältnisse geändert hatten.

»Wir haben das immer so gemacht!« erklärte Ruth und meinte, daß die Sache damit geklärt sei.

Sie fühlte sich bei dem Geschäft übervorteilt, nicht nur was ihre Person, sondern auch, was den Bäcker betraf, und das machte alles nicht besser. Es war ein Unterschied, ein Hotel zu besitzen oder seine Brötchen in einem gemieteten Keller zu backen. Wenn sie sich bei ihrem Bruder beklagte, dann antwortete er immer mit einem Satz, der ihm eine gewisse Überlegenheit garantierte: »Eine Unterschrift in der Stunde der Not hat schon das Leben manch eines Armen verändert.«

Der Bäcker schluckte seinen Stolz und die Unzufriedenheit seiner Schwester herunter.

Dina hingegen war nicht so geduldig wie er.

Eines Tages kam sie in den Speisesaal und hörte, daß Ruth in einen ernsthaften Streit mit einem Fischkontrolleur aus Bergen geraten war, der Spiegeleier mit Speck zum Frühstück verlangte.

»Das haben wir hier nicht, das ist zu teuer!« sagte Ruth bestimmt.

Dina bat sie mit kalter Wut, in die Küche zu gehen, Eier zu braten und das Serviermädchen zu schicken.

Da stellte sich heraus, daß Ruth ihr frei gegeben hatte. Dina nahm sie mit in die Anrichte und fragte: »Ach so, Sie wollen nicht nur in der Küche arbeiten, Sie wollen auch noch die Kaltmamsell spielen?«

Niemand hatte bisher Witwe Olesen eine Kaltmamsell genannt! Sie rannte in die Küche und heulte gekränkt.

Aber wer glaubt, gewonnen zu haben, wenn er eine Frau weinen sieht, kennt die Frauen schlecht. Dina wußte wahrscheinlich mehr.

Der Gast bekam zwar augenblicklich Spiegeleier mit Speck, aber in der Zwischenzeit wurde eine Strategie entwickelt, die Frau Dina nachdrücklich in die Schranken weisen sollte.

Sie ließ sich eine Woche lang überall über Frau Dinas private Verhältnisse und weniger guten Eigenschaften wie Verschwendungssucht und Größenwahn aus, bis das schließlich Dina selbst zu Ohren kam.

Erst nur vage Andeutungen, die Sara aufgeschnappt hatte. Denn diese stand schon lange mit allen auf gutem Fuß, mit denen man auf gutem Fuß stehen mußte.

Ruth Olesen wurde noch am selben Tag entlassen.

»Ist das meinem Mann ein ehrendes Andenken?« schrie die Frau.

»Ich habe Ihren Mann nicht gekannt. Ich habe das Hotel gekauft. Das ist ein Geschäft. Und ich habe vor, mir Personal heranzuziehen, das für das Hotel und die Gäste nur das Beste im Sinn hat«, entgegnete Dina.

»Aber wo soll ich dann hin?«

»Das müssen Sie mit Ihrem Bruder besprechen. Sie sollten vor allen Dingen lernen, mit Ihren Äußerungen etwas vorsichtiger zu sein! Ich kann keine Leute gebrauchen, die Tratsch und Lügen verbreiten. Man muß sich an gutes Geschäftsgebaren halten.«

Niemals hatte eine Frau, Dame oder Dienstmagd, nicht einmal irgendein Flittchen so fürchterliche Dinge zu einer anderen Frau gesagt. Die Witwe schmückte das Ganze noch etwas aus und erzählte allen, die es hören wollten, daß Dina von Reinsnes jetzt so unverschämt größenwahnsinnig geworden sei, daß sie keine Leute mehr in ihren Diensten dulden würde, die sich nicht ans Geschäftsgebaren hielten!

Das wurde später sprichwörtlich und bei vielen Gelegenheiten wiederholt. Daß das seinen Ursprung in der Buchhaltung hatte, war schon in Ordnung. Aber im übrigen schwankte die Bedeutung. Angefangen mit der Aufrechterhaltung von Zucht und Ordnung zu Hause bis dahin, eine Zuckerstange in zwei genau gleiche Stücke aufzuteilen, während ein dritter gar nicht wußte, daß es überhaupt etwas zu teilen gab.

Die Männer gebrauchten den Ausdruck auch untereinander, wenn offenbar wurde, daß egal, was sie beschlossen hatten, es doch anders kommen würde, weil die Frauen ihnen Fallen gestellt hatten, um ihren Willen durchzusetzen.

Aber Dina hatte sich eine Feindin in Strandstedet geschaffen. Diese Feindin hatte einen backenden Bruder im Keller des Grand Hotel.

Wahrscheinlich wußte Dina, daß es praktisch ist, sich für jeden Widersacher mindestens zehn Verbündete zu suchen. Sie schickte also Einladungen an die feinen Leute von Strandstedet. Erst einmal bezog sie auch die Ehefrauen mit ein.

Der junge Telegrafist hatte eine zu kleine Mütze und zu große Ohren. Aber er war auf seine Art vernünftig, denn er erzählte nur Auserwählten von den Telegrammen, die er entgegennahm oder abschickte.

Dem Redakteur gegenüber konnte eine gewisse durchdachte Offenheit ebenfalls nützlich sein. Er war ein alter Junggeselle und fand daher die Ruhe, an mehrere Dinge gleichzeitig zu denken.

Diese Offenheit lief nicht so sehr auf einen direkten Umgang hinaus, sondern auf einen persönlichen Kontakt über das Schachbrett hinweg. Dina und er spielten eine Art Toddyschach. Und an diesen Abenden roch es im ganzen Grand Hotel nach Zigarren.

Das Schachbrett war nicht das Wichtigste und der Toddy erst recht nicht. Sie spielten auch nicht schweigend, was disziplinierte Schachspieler vorgezogen hätten. Aber die Unterhaltungen waren gedämpft und für beide bereichernd.

Daß der Redakteur hinter geschlossenen Türen in Dina Grønelvs privatem Salon saß, gelegentlich bis nach Mitternacht, wäre eine unanständige Affäre gewesen, wenn nur überhaupt jemand auf diesen Gedanken gekommen wäre.

Zum einen war es kein Geheimnis, zum anderen war der Redakteur niemand, den die Leute unmittelbar mit der Schwäche des Fleisches und dem Unaussprechlichen in Verbindung brachten. Und drittens hatten die feineren Leute außerdem das Recht, unangreifbar zu sein.

Macht und Position des Redakteurs waren offenbar. Es lohnte sich nicht, Klatsch über ihn zu verbreiten. Er wußte sogar, was der Telegrafist nicht wußte. Das hatte sich bei mehreren Gelegenheiten erwiesen. Ein Satz von ihm in einer kleinen Meldung, und irgendeine arme Seele war in Verruf gekommen, ihr Leben zerstört.

Dinas Position war eher diffus. Aber vor einem Menschen, der alle durchschaute, mußte man sich in acht nehmen. Wenn man nicht wie Ruth Olesen ernsthaft gekränkt war. Sie stellte ihre Betrachtungen auf dem Postamt und bei Wohltätigkeitsveranstaltungen an. Einige Male auch auf dem Dampfschiffkai, wo der Wind die Worte davontrug und alle sie sich zu eigen gemacht hatten, ehe noch jemand mit der Wimper gezuckt hatte.

Aber einer beunruhigte sich über Dinas Schachpartie mit dem Redakteur, und das war der Wohltäter und Vater der Zeitung, Wilfred Olaisen.

Das erste Mal, als er davon hörte, sagte er nach einer Redaktionssitzung: »Ich habe gehört, daß du mit meiner Teilhaberin gestern abend Schach gespielt hast.«

»Wer hat dir das erzählt?« fragte Oluf Lyng, nahm seinen Hut und verließ die Sitzung, ohne die Antwort abzuwarten.

Daß ein Redakteur, den er selbst eingestellt hatte, so schlechte Manieren an den Tag legte und nicht einmal eine Antwort abwartete, ägerte Wilfred Olaisen schon. Er ging zur Werft und verbrachte eine Stunde damit, zwischen Fenster und Kontorpult auf- und abzugehen.

Aber er war nicht nachtragend. Als die Stunde um war, hatte er den Entschluß gefaßt, Schachspielen zu lernen.

Hanna erläuterte er das, als er nach Hause kam. Sie riet ihm weder zu noch ab, bemerkte aber, daß Schach ein Spiel für zwei sei. Also wußte sogar Hanna, daß der Redakteur seiner eigenen Zeitung mit Dina Schach unter vier Augen spielte?

Aber Olaisen begriff schnell die Bedeutung des Kapitals. Von diesem vollkommen unentbehrlichen Kapital hatte sie noch mehr, das anzunehmen hatte er allen Grund.

Er resignierte und konzentrierte sich lieber auf diejenigen, welche die Macht hatten, ihn zum Bürgermeister zu machen. Der Bankdirektor, der ihm Geld für die Werft geliehen hatte. Der Telegrafist, der angedeutet hatte, daß Dina mehr besäße, als sie herumerzählte. Und möglicherweise der alte Bürgermeister?

Mehr als einmal sagte er das zu Hanna. Daß erst alles in der rechten Perspektive gesehen werden könne, wenn er Bürgermeister sei. Ja, Strandstedet brauche ihn. Diejenigen, die jetzt schalteten und walteten, das seien nur die Alten ohne Initiative.

Hatte Frau Dina das nicht unumwunden gesagt?

»Du wirst noch Bürgermeister, Olaisen!«

Vergaßen nicht alle, daß Dina eine Frau war, wenn sie etwas sagte? So war es doch mittlerweile in Strandstedet. Und waren sie nicht Teilhaber?

Was Wilfred Olaisen betraf, hielt Dina das Geschäftliche und das Private streng auseinander. Verhandlungen gehörten ins Kontor und nur dorthin. Wenn Hanna oder andere anwesend waren, oder auch bei Gesellschaften, provozierte sie nie. Trotzdem bekam sie einen gewissen Überblick über die Maschinerie Wilfred Olaisen.

In dieser Sache verpflichtete sie sich auch Sara. Weder privat noch im Geschäftlichen hatte sie einen Grund gehabt, den Mann an den Vorfall mit Hanna in Benjamins alter Praxis zu erinnern. Und als es sich zeigte, daß Hanna wieder schwanger war, war Dina die einzige, die ihm nicht gratulierte.

Dinas Verbündete waren nicht immer so exponiert wie Redakteur Lyng, ihre Feinde dafür auch nicht. Was eine gekränkte Kaltmamsell ausrichten konnte, war schlimm genug. Aber was ein gekränkter Speichellecker in dunklen Ecken für Ränke schmieden konnte, war ebenfalls nicht ohne Interesse.

Um sich darüber zu unterrichten, konnte es nützlich sein, dem

Bäckerjungen eine Tasse Kaffee zu spendieren, wenn er seine Runde mit dem Brotkarren gegangen war und es sich gerade so ergab.

Dieser Malvin begann seinen Tag, wenn für die anderen noch Nacht war. Er kannte die meisten schlauen Füchse, die zu der Zeit unterwegs waren. Denn Brot brauchten sie alle, wie es auch sonst mit ihnen aussehen mochte.

4

Einmal hörte Karna, daß sie über sie sprachen. Die Tür zwischen Diele und Wohnzimmer stand offen. Sie war auf der Treppe stehengeblieben, weil sie einen Gedanken zu Ende führen mußte. Da hörte sie Anna.

»Karna lernt so schnell. Aber sie vergißt dann alles wieder. Ich glaube nicht, daß wir sie nach Tromsø auf die Mädchenschule schicken können.«

»Abwarten. Bis dahin sind es noch ein paar Jahre«, sagte Papa.

Karna verstand, daß sie über ihren defekten Kopf sprachen.

So leise wie möglich ging sie wieder die Treppe hinauf, denn sie wußte, daß Weinen nichts half. Sie wußte auch, daß Anna das nicht böse meinte.

Trotzdem mußte sie daran denken, daß sie sich bei der Einweihung des Flügels zweimal verspielt hatte.

Großmutter hatte gesagt, sie hätte Anna noch nie so gut spielen hören. Und das war durchaus möglich. Aber mitten in einer schnellen Passage in Brahms' drittem Satz hatte Anna einen falschen Ton gespielt! Das hätte Großmutter doch auch hören müssen? Und trotzdem hatte sie verfügt, daß Anna und nicht Karna bei dem Konzert spielen sollte.

War der Grund dafür, daß sich Großmutter schämte, wenn sie fiel?

»Nächstes Mal«, hatte Großmutter versprochen. »Du kannst ein Repertoire einstudieren, das du dann spielst. Nur du!«

Aber das war nicht dasselbe.

Anna hatte falsch gespielt! Und weil solche Dinge Anna so sehr quälten, daß sie anschließend ganz außer sich war, konnte sie sie damit nicht einmal aufziehen. Aber Anna wußte durchaus, daß sie es gemerkt hatte.

An einigen Tagen redete Anna mit ihr über alles mögliche. Sie spielten Klavier und sangen. Vielleicht weil Anna nur Großmutter und sie hatte?

Auf Papa konnte man nicht zählen, weil er auch für alle anderen da war.

Oft sprach Anna über Dinge, von denen Karna nichts verstand. Manchmal glaubte sie, daß Anna auch gerne ein Kind gehabt hätte. Aber sie traute sich nicht zu fragen.

Im Sommer lud Großmutter sie alle zusammen mit den Olaisens zum Kaffee ins Grand ein. Papa und Anna waren sichtlich überrascht. Aber sie sagten nichts.

Karna bemerkte, daß Anna einen so seltsamen Gesichtsausdruck bekam, als Papa den kleinsten der Olaisenjungen auf die Knie nahm. Er war hingefallen und hatte sich weh getan. Mittlerweile waren es drei. Die beiden jüngsten waren fast gleich groß.

Anna war aufgestanden und reichte belegte Brote herum. Das war seltsam. Denn Großmutter hatte doch Mädchen dafür.

Als die Olaisens gegangen waren, sagte Großmutter, daß Hanna sicher alle Hände voll zu tun habe mit so vielen Kleinen. Anna wirkte auf einmal ganz verloren und sagte kein Wort.

Papa meinte etwas zu fröhlich: »Das wird ihr sicher oft zuviel, ständig soviel Leben um sich zu haben.«

Großmutter sah von einem zum anderen, dann fragte sie Karna, wie es sei, mit all den anderen bei dem neuen Seminaristen in die Schule zu gehen.

»Er kann nicht so gut erzählen wie Anna. Er hört immer nur Hausaufgaben ab.«

Anna meinte, der Seminarist sei tüchtig, nur etwas jung.

»Er ist doch freundlich, nicht wahr, Karna?«

Anna verteidigte immer alle, die ihr nichts getan hatten. In letzter Zeit hatte Karna dauernd solche Lust, ihr zu widersprechen, ohne daß sie selbst wußte, warum. Es war einfach so.

»Er kann nur zwei Lieder und zwei Kirchenlieder. Und die singt er falsch. Und dann redet er Emma immer mit Edna an und Brita mit Berit und wird böse, wenn sie nicht antworten.«

»Was macht er, wenn du fällst?« fragte Großmutter.

»Dann rennt er in das Klassenzimmer für die Kleinen und holt Anna. Einmal, als Anna nicht da war, sagte einer der Jungen, ich sei nicht gefährlich.«

»Und du? Wie geht es dir dabei?« fragte Großmutter.

»Ich? Ich gebe mir immer Mühe, nicht so gefährlich auszusehen.«

Da lachte Großmutter. Papa und Anna lachten ebenfalls. Das war in gewisser Weise gut. Daß sie lachten.

Später, nachdem Karna eine Runde in den Garten gegangen war und gerade wieder in den Speisesaal wollte, hörte sie, daß sie über die Olaisens sprachen.

»Nun gut, aber war das nötig, sie ausgerechnet dann einzuladen, wenn wir kommen?« sagte Papa irritiert.

»Ja, ab und zu ist das nötig«, sagte Großmutter.

»Dieser Bursche macht mich … mich …«

»Aber du wirst ihm doch auch bei den Zusammenkünften der Gesundheitskommission und des Armenausschusses begegnen.«

»Wie das?«

»Er wird Bürgermeister.«

»Ist das beschlossen?«

»Ja.«

»Wer hat das eingefädelt?«

»Ich brauche einen Kompagnon, der Bürgermeister ist.«

»Dina!«

»Du bist in vielerlei Hinsicht klug, Benjamin. Die Leute brauchen Männer wie dich. Aber gerade jetzt brauche ich den Olaisen. Deswegen wird er es.«

Karna trat ein, aber sie kümmerten sich nicht um sie. Sie sah, daß Papa böse war, aber er beherrschte sich und zuckte mit den Achseln.

»Wie kriegst du das nur immer hin, Dina?« fragte Anna mit einem kleinen Lachen.

»Indem ich den richtigen Leuten das Gefühl gebe, es wäre ihre Idee gewesen.«

»Und indem du Geld auf der Bank einzahlst und mit dem Redakteur Schach spielst?« fragte Papa und lachte mit.

»Man kann sein Geld schließlich nicht in einer Blechbüchse aufbewahren. Der Redakteur ist ein guter Schachspieler. Außerdem habe ich mit diesem Ort noch viel vor, müßt ihr wissen.«

»Strandstedet? Der Ort, der Reinsnes in die Knie gezwungen hat?« sagte Papa und lachte nicht mehr.

»Eben deswegen«, sagte Großmutter.

Und direkt danach: »Anna! Karna! Das Weltliche hat jetzt schon den ganzen Tag beansprucht. Ich habe Noten aus Kristiania bekommen. Der Abend soll der Seele vorbehalten bleiben!«

Papa saß da und hörte zu. Aber er schloß weder die Augen halb noch lehnte er sich zurück wie sonst immer. Er saß auf der Stuhlkante und sah so aus, als wäre er schon auf dem Weg anderswohin.

Und während die anderen spielten und sie selbst sang »Ich fuhr über das Meer«, verstand sie, daß Papa ganz allein war.

Karna stand noch einmal auf, nachdem sie sich hingelegt hatte. Sie dachte an Papa, noch ehe sie hinüber zum Fenster ging. Sie hatte wohl deswegen nicht schlafen können.

Es hatte mit Hannas Jungen zu tun. Sie hatte begonnen, darüber nachzudenken, was ihr Isak einmal erzählt hatte. Warum Olaisen Hanna geschlagen hatte. Und daran, was Papa gesagt hatte, als sie ihn gefragt hatte: Nur Olaisen darf der Vater von Hannas Kindern sein.

Und etwas über Schande. Schande? Das war wohl schlimmer, als arm zu sein. Heute abend hatte Papa Hannas Kind auf den Schoß genommen. Und Olaisen hatte einen Augenblick lang aufgehört, vom Ingenieur und der Landstraße nach Süden zu reden, während Anna den Teller herumgereicht hatte, obwohl das überhaupt nicht notwendig gewesen war.

Landschaft und Häuser lagen undeutlich und unwirklich da draußen im Dunst. Sie sah vor sich, wie es war, durch das Fenster ihrer Kammer auf Reinsnes zu schauen. Genau jetzt. Und während sie so dastand, kam es ihr vor, als würde sich die Landschaft vor dem Fenster auflösen und verschwinden. Sie dachte an Anna, die auch beinahe verschwunden war, als Papa den kleinen Jungen auf die Knie genommen hatte. Hatte Papa Anna ebenfalls gesehen?

Und dann dachte sie daran, daß Papa eigentlich immer mit Großmutter uneinig war, sich aber beherrschte, wie heute abend. Sowohl Anna als auch er hatten ihre eigenen Gedanken, über die sie nie etwas sagten. Auch nicht zueinander?

Tränen liefen ihr die Wangen herab. Ohne daß sie hätte sagen können, ob das wegen der anderen war oder ihretwegen.

Und dann war da dieses andere. Diese Verwandlung. Der Körper, der sich die ganze Zeit veränderte. In letzter Zeit hatte sie das Gefühl gehabt, als wäre sie nicht mehr sie selbst.

Es war unheimlich, einen erwachsenen Körper zu bekommen. Sie wußte nicht, ob sie das überhaupt wollte. Die Erwachsenen taten die ganze Zeit so, als wäre nichts. Vielleicht taten sie ja auch nur so, als würden sie sie lieben?

Anna sprach gelegentlich darüber, wie sie sich fühlte und wie es ihr ging. Aber Papa hatte wohl damit aufgehört. Das hatte mit Strandstedet zu tun, glaubte sie.

Vielleicht hatte Papa aufgehört, Anna und sie zu sehen? Waren sie so geworden wie Reinsnes? Die ganze Zeit da, und niemanden kümmerte es.

Als Karna in diesem Herbst in der neuen Schule auf dem Anwesen des Küsters anfing, traf sie ein Mädchen, das Birgit hieß. Wie es der Zufall so wollte, stürzte Birgit und verletzte sich. Karna nahm sie mit nach Hause, damit Papa kleine Steine aus ihrem Knie entfernen konnte.

Birgit wohnte ganz unten bei der Werft. Sie hatte so ängstliche Augen, daß man vor lauter Augen ihr Gesicht fast übersah. Es war schmal und bleich, und ihr Haar erinnerte an die Fransen von Großmutters gelbem Sommerschal und war sehr ordentlich geflochten.

Ihre Mutter wusch bei anderen Leuten und war ständig wegen etwas böse. Ihre Worte waren nicht das Schlimmste, sondern die

Art, wie sie sie sagte. Sie erinnerte an schreiende Katzen im Frühling.

Birgit kauerte sich zusammen und wäre wohl am liebsten weggerannt, wenn ihre Mutter sprach. Aber das ging nicht immer.

Einmal aß Karna zu Hause bei Birgit, weil Birgit sagte, sie hätte schon so oft im Doktorhaus gegessen.

Auf so viele argwöhnische Augen um den Eßtisch herum war sie nicht gefaßt gewesen. Birgits zwei ältere Brüder und die Eltern. Alle hatten sie ganz gewöhnliche blaue Augen. Ganz gleich.

Erst sagten sie nichts. Ließen die Kartoffeln herumgehen, pellten sie und legten die Pelle direkt auf das Wachstuch. Birgits Mutter verteilte den Fisch direkt aus dem Topf. Dieser stand auf einem flachen Stein auf dem Tisch.

Sie glotzten vermutlich so, weil sie fanden, sie hatte so seltsame Augen, oder weil sie darauf warteten, daß sie fallen würde. Eigentlich hätte sie ihnen gleich sagen können, daß sie heute nicht fallen würde. Aber das tat sie nicht. Denn sie konnte ja nie ganz sicher sein.

Sie pellte ihre Kartoffel und legte die Pelle auf den Tellerrand. Da geschah etwas.

Eine alte Frau ging am Küchenfenster vorbei, und Birgits Mutter begann, mit jammernder Stimme zu reden. Sie nannte die Alte Branntwein-Stella.

»Sie ist spät dran heute!« sagte sie mit gellender Stimme und zog eine Grimasse, als spräche sie über etwas Ekliges.

Birgit kauerte sich zusammen und sah niemanden an. Karna glaubte, es würde ihr besser gehen, wenn jemand etwas sagte.

»Wieso das?« fragte sie.

Aber da starrten sie sie wiederum alle an. Und Birgits Mutter sagte: »Sie schleppt sich hier jeden Tag vorbei. Sie geht zur Olaisenwerft und erbettelt Kohlen. Sie bekommt kaum die Füße hoch.«

»Sie ist sternhagelvoll, das sieht man doch«, sagte der älteste Bruder grinsend.

Dann sprang er vom Tisch auf, pochte ans Fenster und drohte der Alten mit der Faust.

»Setz dich und iß!« donnerte Birgits Vater.

Aber der Bruder kümmerte sich nicht darum. Er machte nach, wie sie sich mit einem Zinkbottich in der einen und einem Stock in der anderen Hand vorbeigeschleppt hatte.

»Sie hat den Henkel verloren! Sie hat da nur ein Tau! He, he, he! Hast du gesehen, was für eine dreckige, zerrissene Schürze sie anhatte? Hä? Das ist im Sommer und im Winter dieselbe«, sagte der Bruder grinsend und sah Karna fröhlich an.

»Die hat sie wohl, damit sie beim Kohlentragen nicht schmutzig wird«, sagte sie.

Da sahen die Brüder sich an.

Karna bekam keine Kartoffeln und keinen Fisch mehr hinunter. Sie war satt.

Birgits Mutter fing an, von Branntwein-Stella zu reden, als wäre es eine Sünde, über dem Umschlagtuch und der Strickjacke eine Schürze zu tragen.

»Warum fährt ihr nicht jemand genug Kohlen nach Hause, so daß sie durch den Winter kommt?« fragte Karna leise.

Da hörten alle auf zu kauen.

Birgits Vater öffnete den Mund. Er hatte Fisch zwischen den Zähnen. Jetzt schloß er den Mund wieder und leckte sich über die Zähne. Es hatte den Anschein, als würde er nachdenken, sich es dann aber anders überlegen. Dann türmte er eine Mundvoll auf sein Messer und schob alles zwischen die Lippen.

Immer noch hatte niemand geantwortet. Karna verstand, daß sie nach etwas Unmöglichem gefragt hatte.

Anna hätte gesagt, es wäre allgemeine Höflichkeit zu antworten, wenn jemand etwas fragte. Man konnte beispielsweise sagen: Das weiß ich leider nicht. Oder: Danach mußt du wohl jemand anderen fragen. Aber zumindest antwortete man.

»Sie ist immer so voll, daß sie in ihrem eigenen Dreck herumläuft«, sagte Birgits Mutter schießlich und begann, ehe noch alle fertig waren, den Tisch abzudecken.

»Man hätte sie schon längst einsperren sollen«, fuhr sie vom Arbeitstisch aus fort.

»Ist sie gefährlich?« fragte Karna und hörte selbst, daß ihre Stimme etwas unsicher klang.

»Hä? Nein, gefährlich? Aber verrückt, das ist sie!« sagte Birgits Vater.

Er rülpste nachdrücklich und erhob sich schwerfällig.

Nach diesem Tag war sie netter zu Birgit, als sie vorgehabt hatte. Sie gab ihr in der Pause Poesiealbumbilder und Plätzchen. Sie wußte nicht sicher, ob sie das machte, weil ihr Birgit leid tat oder weil sie sie mochte.

Birgit revanchierte sich damit, daß sie den Lehrer fragte, ob sie neben Karna sitzen dürfe, da dort niemand sitze. Das durfte sie. Aber der Lehrer sagte, sie müsse daran denken, daß Karna gelegentlich falle.

»Das ist mir scheißegal«, flüsterte Birgit fast unhörbar.

Ab dann waren es nur Birgit und sie.

Karna begegnete den unterschiedlichsten Leuten, wenn sie mit Birgit zusammen war. Ihre Mutter war im Abstinenzlerverein. Also ging sie mit dorthin. Dort erfuhr sie alles über den Fluch des widerwärtigen Branntweins. Deswegen mochte Birgits Mutter Branntwein-Stella vermutlich auch nicht.

Karna verstand, daß ein fürchterlich großer Fluch über Reinsnes und dem Doktorhaus liegen mußte. Von dem Grand Hotel bei Großmutter gar nicht zu reden.

Dort trank man Wein, Schnaps und Cognac und wie das alles noch hieß. Der Unterschied war nur, daß die Leute nicht arm waren und Kohlen erbettelten. Anna trank jeden Abend ein Glas Portwein, um besser schlafen zu können. Aber das erwähnte sie vor Birgit nie.

Birgits Mutter hörte sich auch den herumreisenden Laienprediger an. Als sie Papa davon erzählte, sagte er, sie solle lieber in die Kirche gehen. Aber das konnte man nicht an Wochentagen. Also ging sie mit Birgit zum Laienprediger.

Er hielt die Zusammenkünfte im Wohnzimmer des Fuhrmanns ab. Dort war es dunkel und eng und roch nach gebratenem Fisch. Aber Karna gefiel es dort. Plüsch und Troddeln und Topfpflanzen. Und daß dort Leute lachten, weinten und fielen. Und sangen!

Beim ersten Mal sang sie laut mit und merkte nicht, daß alle um sie herum zum Schluß aufhörten. Dann versuchte sie, es sein zu lassen. Aber das war nicht leicht.

Der Laienprediger tätschelte ihr den Kopf und sagte, sie würde schön singen für Gott. Da schämte sie sich, weil sie wußte, daß sie für sich selbst sang.

»Sie hat immer die Bibel in ihrer Tasche, die Karna«, flüsterte Birgit.

Der Laienprediger geriet ganz aus dem Häuschen und wollte die Bibel sehen. Als sie zur Tür lief, hörte sie, daß er fragte, wer sie sei.

»Daß ist die Karna vom Doktor. Sie hat die Fallsucht«, sagten sie hinter ihr.

Und der Laienprediger rief sie mit einem »Der Herr sei gelobt« zurück. Aber sie wagte nicht einmal, sich umzudrehen.

Zwei Tage lang war sie mit Birgit zerstritten, weil diese das mit der Bibel gesagt hatte. Dann geriet das gewissermaßen in Vergessenheit. Wahrscheinlich, weil Birgit so unglücklich aussah.

Nach einer Weile wagte sie sich wieder dorthin. Versuchte, das Singen bleibenzulassen. Aber das ging nicht. Sie wagte es nicht, die Bibel dorthin mitzunehmen, obwohl sie dann vermutlich jederzeit fallen konnte. Aber sie glaubte nicht, daß es schlimm wäre. Denn hier fielen die Leute ständig auf die Knie und zuckten. Das war natürlich nicht mit dem zu vergleichen, was Papa schwere Krämpfe genannt hätte. Einige weinten und redeten unablässig über sündige Menschen und den Fluch der Trunksucht.

Es gelang ihr nicht, einem einzigen Menschen zu begegnen, ohne sich zu überlegen, wie es wohl um seine Sünden bestellt war. Oder ob es nur so war wie bei Birgits Mutter, die nur den Sünden der anderen hinterherjagte. Sie hatte den Eindruck, daß es am mühsamsten sein mußte, die Sünden der anderen aufzuspüren. Denn über die konnte man ja nichts Genaues wissen. Die eigenen Sünden dagegen waren immer da.

Sie schlug Hjertruds Bibel auf und fand heraus, daß alles, was sündige und versoffene Menschen jetzt taten, um ihre Seele zu verderben, damals auch schon an der Tagesordnung gewesen war. Bei diesem Gedanken bekam sie etwas bessere Laune. Also waren Anna, Papa und Großmutter auch nicht schlimmer als die meisten Leute in der Bibel.

Sie las über eine Sünde, die fraglos schlimmer war, als jemanden umzubringen: Hurerei zu treiben. Dann wurde man zu Tode gesteinigt. Das geschah heute nicht mehr. Aber Olaisen sollte der Vater von Hannas Kindern sein.

Er hatte Papa einer Sache beschuldigt, die nie ausgesprochen werden durfte. Deswegen mochte sie Olaisen nicht, obwohl er nett war und immer schöne Dinge zu Großmutter und ihr sagte, wenn sie auf der Werft waren.

Karna verstand schnell, daß nicht immer die, die Sünden bei anderen zu finden suchten, die wohlerzogensten waren. Auf jeden Fall nicht unter vier Augen. Bei den Versammlungen dagegen murmelten und riefen sie alle gleichzeitig. Das war unheimlich, aber auch lustig.

Die Orte, die sie zusammen mit Birgit aufsuchte, waren meist ärmlich und trotzdem fürchterlich reinlich. In vier Häusern hatten sie Bilder von Jesus, der den Sturm beruhigt. Das war schön. Jesus glich Olaisen wie ein Ei dem andern. Das gefiel ihr nicht.

Nirgends hatte sie, abgesehen von Katechismus, Gesangbuch und Bibel, ein Buch gesehen. Auch kein Klavier.

Wenn die Leute etwas erzählten, dann war das oft etwas, was auf dem Kai oder vor dem Fenster passiert war.

Karna glaubte, es sei eine recht kümmerliche Beschäftigung, nach Sünden suchen zu müssen, fast so schlimm, wie richtig arm zu sein, wie Branntwein-Stella. Kein Wunder, daß diese Leute ab und zu zusammenkommen mußten, um zu singen und zu fallen.

Draußen auf den Inseln und drinnen an den Fjorden waren die

Leute anders, glaubte sie. Es kam vor, daß sie Papa begleiten durfte, und sie hatte gehört, daß sie gebetet und Kirchenlieder gesungen hatten, wenn jemand richtig krank war.

Aber sie redeten nicht von der Sünde. Sie wollten lieber wissen, was in der Zeitung gestanden hatte und was in der Gemeindeversammlung beschlossen worden war. Wer nach Strandstedet gekommen war und wo es gebrannt hatte. Und dann dieses ewige Gerede über Fisch.

Als ob die Leute, die in kleinen Orten mit nur einem Haus oder mit zwei Häusern lebten, die Sünde noch nicht gefunden hätten. Sie wirkten ganz ruhig, was Gott anging. Redeten von ihm, als wäre er ein Verwandter. Wie Stine das getan hatte.

Karna glaubte, daß diese ganze Aufregung wegen der Sünde einzig und allein etwas mit Strandstedet zu tun hatte.

Etwas anderes, was ihr aufgefallen war, was Strandstedet anging, war dieses Gerede über Geld. Alles, worüber sie redeten, hatte mit großen oder kleinen Geldsummen zu tun, gehörte irgendwie dazu, so selbstverständlich wie der Schwanz einer Maus, die gerade vorbeihuscht.

Gelegentlich sprach Großmutter auch über Geld. Aber sie nannte nie Zahlen. Sie gebrauchte die Worte Kapital und Profit. Und sie erwähnte sie nie bei Tisch.

Karna glaubte, daß alles in Strandstedet davon kam, daß die Häuser so dicht standen. Eigentlich war ja viel Platz. Alle hätten sich ein paar schöne Wiesen zu ihren Nachbarn hin erlauben können. In jedem Fall einen kleinen Flecken Erde. Aber die Häuser lehnten sich fast aneinander.

Wenn man so dicht wohnte, dann sah man alles und brauchte vielleicht nicht so viel zu erklären. Mit Ausnahme dieser beiden Dinge. Sünde und Geld.

Die erste Zeit in Strandstedet hatte sie sich nur nach Reinsnes gesehnt. Sie verschliß im ersten Sommer zwei Paar Schuhe, weil sie gegen so viele Steine trat. Schließlich hatte Papa gesagt, sie müsse barfuß gehen.

Da hatte sie Schuhe und Strümpfe ausgezogen und war mehrere Stunden lang am steinigen Strand herumgelaufen. Als sie nach Hause kam, mußte Papa sie verbinden. Er schimpfte und verband. Überwiegend letzteres.

»Ich gehe heim nach Reinsnes!« sagte sie.

»Das kannst du nicht. Das ist zu weit«, antwortete er.

»Ich bin böse auf dich, weil wir hier wohnen müssen!«

»Du bist nicht böse, du trauerst nur«, sagte Papa.

»Was heißt das?«

Er dachte eine Weile nach, dann fuhr er sich über die Stirn, als wäre er gegen eine Spinnwebe gestoßen und wollte sie wegwischen.

»Als ich so alt war wie du, war das genauso für mich. Da habe ich auch getrauert, das konnte ich nicht erzählen.«

Da nickte sie. Denn so war es wohl.

Papa nahm sie auf den Schoß, wiegte sie hin und her und blies ihr in den Nacken.

»Es sieht so aus, als würden die wichtigsten Dinge hier im Leben mit Trauer beginnen oder enden. Du kannst froh sein, daß bei dir die Trauer am Anfang steht, dann hast du sie hinter dir«, sagte er und blies ihr auch noch auf den großen Zeh.

Später mußte sie immer daran denken, wie er ausgesehen hatte, als er seinen Mund an ihrem Fuß hatte und ernst zu ihr hochschaute.

Und sie dachte: Wie ich Papa gerade jetzt sehe, ist er das wirklich?

5

Sara kam und holte ihn. Der kleine Konrad hatte schon den dritten Tag hohes Fieber und erkannte weder Hanna noch sie.

Sie hatten im Doktorhaus gerade zu Abend gegessen. Benjamin ging in seine Praxis, um alles Nötige zu holen. Dann zog er sich seinen Mantel an und war draußen.

Das dichte Schneetreiben hüllte sie augenblicklich ein. Die Schneewehen türmten sich. Wären die Häuser nicht gewesen, hätten sie den Weg kaum gefunden.

Sara lief schnell, obwohl sie hinkte, aber an der Steigung blieb sie zurück. Nach einer Weile holte sie ihn jedoch wieder ein.

»Warum habt ihr mich nicht schon früher geholt?« sagte er ganz außer Atem.

»Die Hanna wollte nicht.«

»Warum?«

»Wegen Olaisen.«

»Will er keinen Doktor, wenn das Kind krank ist?«

»Ich weiß nicht«, sagte sie keuchend.

Sie stapften durch die Schneewehen den Weg hinauf, den Wind im Rücken.

»Erzähl mir, wie es um den Jungen steht.«

»Er röchelt fürchterlich. Zittert die ganze Zeit. Hustet wie ein alter Mann.«

»Wann hat das angefangen?«

»Vor drei Tagen, es ist dann immer schlimmer geworden.«

Er ging schneller, aber sie hielt Schritt.

»Wie ist es so zu Hause beim neuen Bürgermeister?« sagte er plötzlich.

Sie erwiderte erst nichts, dann kam es: »Rauf und runter.«

»Was ist runter?« sagte er schwer atmend.

»Wie beim Teufel«, zischte sie.

»Weißt du, warum?«

»Das letzte Mal war der Grund, daß Dina dem Peder die Schule in Trondhjem bezahlt. Er soll dort lernen, Maschinen zu reparieren, und Olaisen wurde nicht gefragt.«

»Er hat doch seinen Bruder vor die Tür gesetzt.«

»Man sagt aber was anderes.«

»Was sagt man denn?«

»Daß der Peder erst einmal trocken hinter den Ohren werden sollte.«

Dina hätte es sein lassen können, sich in die Angelegenheiten der Olaisens einzumischen, dachte er. Jetzt mußten also Hanna und das Kind deswegen leiden.

»Ist er zu Hause?«

»Nein, mit dem Frachtsegler auf den Lofoten.«

»Wann ist er gefahren?«

»Heute morgen.«

»Warum seid ihr nicht sofort gekommen?«

»Die Hanna glaubt immer, daß er gleich wieder heimkommt.«

Er blieb plötzlich stehen und drehte sich zu ihr um.

»Ist das schon passiert?«

»Ja!« schrie sie in den Wind und stapfte weiter.

Hanna ging mit dem keuchenden Konrad im Wohnzimmer auf und ab. Er war erst zwei Jahre alt.

Sie schaute nicht hoch, als er zusammen mit Sara eintrat.

»Guten Abend«, sagte Benjamin.

Ihre Lippen bewegten sich, es war aber nichts zu hören.

»Wo bekomme ich warmes Wasser, damit ich mir die Hände wärmen kann?«

»Hier!« sagte Sara und führte ihn in die Küche.

Als er allein zurückkam, wich Hanna mit dem Kind in eine Ecke zurück.

Er tat so, als würde er es nicht bemerken, nahm ihr den Jungen ab und legte ihn auf den Eßtisch, um ihn zu untersuchen. Der winzige Brustkorb arbeitete schwer. Die Anzahl Atemzüge pro Minute war sehr hoch. Die Nasenlöcher waren geweitet, und die Haut war warm und feucht. Die Temperatur zu messen war nicht nötig. Der ganze Körper zitterte. Er horchte und klopfte auf die Brust. Das Geräusch war eindeutig.

»Er hat eine Lungenentzündung«, sagte er schließlich und versuchte, ihren Blick aufzufangen. Aber sie schaute weg.

»Wo steht sein Bett? Wir müssen seinen Kopf mit Kissen stützen, damit er besser Luft bekommt.«

Sie nickte und ging die Treppe voraus in den ersten Stock. In dem Zimmer standen nur ein Bett und ein Kinderbett. Im Ofen bullerte es.

»Er muß in lauwarmem Wasser gebadet werden. Wir müssen ihn ein bißchen abkühlen. Und Saft und Wasser. Kannst du dafür sorgen?«

Sie ging nach draußen, und er kümmerte sich um einen Hustenanfall. Er stand mit dem zitternden kleinen Körper da und spürte seine alte Schwäche. Die Ohnmacht. Und wenn er es nun nicht schaffen würde?

Sie kam mit einer kleinen Wanne und zog dem Jungen die Kleider aus. Ihre Hände zitterten so, daß er ihr helfen mußte. Er hielt den winzigen bebenden Körper ins Wasser, ohne daß es zu helfen schien. Dann wickelte er ihn in ein Handtuch, das sie ihm reichte.

Sie redeten nicht. Erst als er mit ihr zusammen neben dem Bett saß, sagte sie: »Du hättest ihn nicht auf den Schoß nehmen dürfen, als wir bei Dina waren.«

Er verstand sofort, was sie meinte. Trotzdem entgegnete er leichthin: »Das ist doch schon ein halbes Jahr her. Der Junge wird doch nicht krank davon, daß er bei mir auf dem Schoß sitzt.«

»Nein. Aber Wilfred.«

Der Junge begann zu husten. Sie zerrte ihn aus dem Bett und drückte ihn an sich.

Benjamin nahm die Kinderdecke und wollte sie um sie beide legen. Sie zuckte zusammen, und er blieb mit der Decke in den Händen stehen.

Der Junge hustete fürchterlich und klammerte sich oben an ihrem Kleid fest. Als sie ihn besser zurechtlegte, weitete sich der Ausschnitt. Kratzwunden und dunkel verfärbte Partien kamen am Hals und Richtung Brust zum Vorschein.

»Hanna!«

Sie schaute an sich herunter und deckte alles mit dem Kind zu.

»Leg ihn ins Bett, damit er keine Wärme verliert«, sagte er mit belegter Stimme. Der keuchende Atem aus dem Kinderbett war das einzige Geräusch im Zimmer.

Er hatte die absurde Idee, daß das Bett sie bewachen würde. Bettüberwurf, Waschtisch, Kommode, Nachttisch. Wilfreds Augen waren überall.

Sie hatte den Doktor zu ihrem Kind geholt und dachte doch nur an die Vorwürfe und Schläge eines Mannes, der so weit fort war, daß er einen Tag brauchen würde, um nach Hause zurückzukommen. Und er? Er empfand das Unbehagen bei der Erinnerung an die Ereignisse in seiner alten Praxis wie eine Übelkeit.

Er mußte darüber sprechen. Sie trösten. Aber wie? Er war wegen des Kindes gekommen. Alles andere mußte warten.

»Du mußt jetzt gehen!« sagte sie plötzlich.

»Nein, Hanna!«

Er hörte, wie Sara mit den beiden älteren Jungen auf dem Gang redete. Sie sollten ins Bett.

Hanna ging zu ihnen hinaus und schloß die Tür. Er hörte, daß sie etwas sagte, aber nicht, was. Dann trat sie wieder ein und ging unruhig zwischen Kinderbett und Fenster hin und her.

»Der Junge ist krank. Es ist ernst. Ich bleibe eine Weile hier. Verstehst du?«

Sie antwortete nicht.

»Du kannst in ein anderes Zimmer gehen, während ich bei ihm wache.«

Sie schüttelte den Kopf und trat ans Kinderbett. Setzte sich und nahm die kleine Hand.

Nach einer halben Stunde hatte sie sich immer noch nicht auf dem Stuhl aufgerichtet. Er hörte nicht einmal, daß sie atmete.

Er schickte Sara mit dem Bescheid zu Anna, daß er bleiben würde, bis die Krise vorbei wäre.

Er sah, daß der Junge Durst hatte, und versuchte, ihm etwas zu trinken einzuflößen. Aber er hustete alles wieder heraus. Er hob ihn aus dem Bett, hielt ihn an sich gedrückt und steckte ihm einen mit Saft getränkten Lappen in den Mund.

Begierig saugte der Junge mit keuchendem Atem und geschlossenen Augen.

Benjamin merkte, daß Hanna ihn mit großen Augen anschaute. Er lächelte aufmunternd. Sie beantwortete sein Lächeln nicht, sondern schaute auf den Jungen hinunter. Dann holte sie ein Handtuch und trocknete ihm den Kopf, während Benjamin ihn festhielt.

Plötzlich erkannte er etwas wieder. Den nervösen Geruch eines verschwitzten Frauenkörpers. Den runden Arm. Die Bewegung eines Tuches auf einer bleichen Stirn. Karna in Düppel.

Es war spät geworden. Sara kam zurück. Sie wünschte von Anna alles Gute. Schlich hin und her und brachte duftenden Kaffee.

Er trank dankbar. Aber Hanna beachtete die Tasse nicht.

»Trink ein wenig Kaffee, Hanna. Sonst bleibst du nicht wach«, sagte Sara und hinkte wieder zur Tür. »Ich lege mich jetzt hin, aber klopft ruhig, wenn ihr mich braucht.«

Als sie gegangen war und das Kind etwas ruhiger schlummerte, mußte er mit ihr sprechen.

»Ich weiß, daß dies nicht der richtige Zeitpunkt ist. Aber so kann das nicht jahrelang weitergehen.«

Sie schaute ihn fast erstaunt an. Als wäre sie ein kleines Mädchen und sähe etwas in der Natur, das sie verblüffte. Einen Blitz. Eine Springflut.

Gegen drei in der Nacht deutete alles darauf hin, daß es dem Ende zuging.

Sie konnten nur zuschauen, wie der Kleine um Luft rang. Sie wollte das Kind aus dem Bett heben, aber er kam ihr zuvor, ohne daß sie ihn daran hinderte. Er empfand die Erstickungsgeräusche wie einen körperlichen Schmerz. In dem sparsamen Lampenlicht weiteten sich Hannas Pupillen. Einen Augenblick glaubte er, sein Gesicht in ihnen zu sehen.

Ohne nachzudenken, steckte er dem Jungen einen Finger in den Hals. Hart, bis er sich über ihn erbrach. Schleim und Mageninhalt. Der Kleine kämpfte so, daß seine Schweißperlen auf sie alle drei fielen.

Dazwischen hing er immer wieder ganz schlapp in seinen Armen. Als wären nur noch seine Lungen am Leben. Dann kam ein neues Erbrechen.

Er streckte die Arme aus. Als er ihr das Kind gab, streifte er ihre Hand, ihren Arm, ihr Haar. Aber das merkte er erst später.

Das Kind hing in ihren Armen.

Das ist das Ende, dachte er. Verschwommen bemerkte er, daß er sie beide in den Armen hielt.

Erst konnte er es nicht glauben, als er erneut die schnellen Atemzüge hörte. Aber nach einer kurzen Weile atmete der Junge. Immer noch schwer und keuchend. Aber er atmete!

Er wagte nicht, sie anzuschauen. Versuchte es mit einer Art Lächeln ins Zimmer hinein, nahm ihr den Jungen ab und legte ihn aufs Bett. Horchte an seiner Brust und klopfte vorsichtig. Zählte die Atemzüge. Legte ihn zurück ins Kinderbett.

»Ich glaube, das ist eine Wende zum Guten«, sagte er und brachte es endlich fertig, sie anzusehen.

Als sie nicht reagierte, nahm er ihre Hand. Sie war kalt und kraftlos.

Eine Weile saß er mit ihrer Hand zwischen seinen beiden und überwachte die Atmung des Jungen.

»Versuche, ihm zu trinken zu geben«, flüsterte er.

Sie zog ihre Hand an sich, beugte sich über das Bett und gab dem Jungen Saft. Der Kleine trank begierig, ohne zu husten.

Als sie die Tasse wegstellte, sah sie zu ihm hoch. Öffnete den Mund zu einem Grinsen, das weder Weinen noch Lachen war.

»Danke! Du kannst jetzt gehen!«

Nach einer Weile stand er auf und ging zum Ofen. Legte ein paar Scheite nach und schloß die Ofentür vorsichtig. Dann drehte er sich wieder langsam zu ihr um.

»Ja, jetzt kann ich gehen. Aber du mußt mich holen lassen, wenn du mich brauchst. Egal wie oder was! Hörst du?«

Er wartete, aber es kam keine Antwort. Er schloß seine Arzttasche. Wartete noch ein wenig. Dann ging er schnell zur Tür und legte die Hand auf die Klinke.

Da war sie bei ihm. Er spürte ihre Arme um seinen Hals und ihren suchenden Mund in seinem Nacken.

Er hob die Arme. Stand mit ihnen in der Luft da. Dann legte er sie um sie und wiegte sie. Wiegte sie hin und her. Wie er es mit Karna machte, wenn sie nach einem Anfall erwachte.

»So, so«, flüsterte er in ihr Haar. »So, so, kleine Hanna. Jetzt kann Sara wachen, dann kannst du schlafen. Schlafen, erst mal schlafen, später finden wir einen Ausweg.«

Er wußte nicht, wie lange sie so dagestanden hatten. Aber als er sich von ihr frei machen wollte, sagte sie wild: »Geh nicht! Verlaß mich nicht!«

6

Der April verging ohne andere Frühlingszeichen als Möwengekreisch und Fischgeruch. Der bleiche Ring oben im Schneegestöber ließ erahnen, daß es noch eine Sonne gab.

Das Auftragsbuch von Dinas und Wilfred Olaisens Werft war trotzdem ständig voll, und im Grand wurde zeitweilig in allen Zimmern geheizt.

Leute kamen, die niemand je zuvor gesehen hatte und die offenbar nichts in Strandstedet zu tun hatten.

Außerdem der eine oder andere Fischkontrolleur, Handlungsreisende und Kapitän. Und die Männer, die die Schiffahrtsroute markieren sollten. Die Gemeindeversammlung hielt ihre Zusammenkünfte im Speisesaal ab. Die Familie des Amtmanns wohnte gelegentlich im Grand. Der Bischof übernachtete gerne dort, wenn er auf Visitationsreise war oder Unterredungen mit dem Propst hatte. Einige Laienprediger, die wußten, wie man zu einer ordentlichen Kollekte kommt, wohnten auch dort.

Aber die meisten Gäste waren Herren mit Taschenuhren und Beschlägen auf ihren Koffern, die auf ein Schiff nach Norden oder Süden warteten. Aus irgendeinem Grund wurden es immer mehr. Als wäre Frau Dinas Hotel in Strandstedet eine Notwendigkeit, ehe sie nach Tromsø oder mit der Kutsche Richtung Süden die Landstraße entlangfuhren.

Eine Zeitlang wohnte eine Wahrsagerin im Giebelzimmer. Aber als sich herausstellte, daß sie, trotz der vielen Männer, denen sie geweissagt hatte, außerstande war, die Rechnung zu begleichen, erzählte das Küchenmädchen kichernd, daß Frau Dina sie Kartoffeln schälen lassen und ihre Glaskugel als Pfand in Verwahrung genommen hätte. Die Wahrsagerin verschwand mit einem Fischer aus Gratangen durch den Küchenausgang – ohne Glaskugel.

Es kam vor, daß Leute vertrauensvoll und natürlich ganz unschuldig versuchten, Bergljot darüber auszuhorchen, ob von den Reisenden jemand in den privaten Räumen zu sehen wäre. Sie bekamen alle folgenden Bescheid.

»Sie spielt mit dem Redakteur Schach im privaten Salon und empfängt dort die Familie des Doktors. Dort gibt es weder große Essen noch Fremde!«

Jemand wollte gehört haben, daß Wilfred Olaisen zu Frau Dina bestellt worden sei. Er sei, hieß es, so eifrig gewesen, die Werft in Schwung zu bringen, daß er auch Reparaturen übernommen habe, die nicht ausreichend kalkuliert worden seien. Aber das entkräftete Bergljot auf ihre Weise.

»Privat redet sie nie über Geschäfte. Wie würde das aussehen? Worüber sie im Kontor spricht, das höre ich nun einmal nicht. Was glaubt ihr? Zwischen Olaisen und Dina ist noch nie ein böses Wort gefallen.«

Trotzdem kreiste die Neugier immer um das Private im Grand Hotel. Eine Tür, die alle zu allen Zeiten des Tages und in allem Anstand passieren durften, bereitete nicht nur Ruth Olesen Kopfschmerzen.

Gerüchteweise hieß es, Olaisen und Dina würden einen neuen Schiffsbauplatz planen, eine neue Helling bauen, wie sie es auch ausdrückten, um den Betrieb zu erweitern. Deswegen sei auch Peder Olaisen nach Trondhjem geschickt worden.

Der Telegrafist wußte sicher, daß Dina ein ewig langes Stück Land den Strand entlang vom Küster gekauft habe. Was sie damit wollte, war nicht bekannt. Aber ein so schmaler Streifen taugte zu nichts anderem als einer Seilerbahn. Damit würde sie auf jeden Fall Olaisen zuvorkommen. Denn von so etwas hatte er schon lange gesprochen.

Der Küster, der nach Olaisen der einzige war, den man als Großgrundbesitzer bezeichnen konnte, sagte, ja, das sei schon wahr, er habe diesen dreckigen Tang und den steinigen Strand an Frau Dina verkauft. Aber er verstehe nicht, was sie damit wolle, denn das Areal eigne sich nicht einmal als Klippfischfelsen.

Sara hatte nur ein paar Worte hinter der geschlossenen Tür des privaten Salons gesagt. Sie hatte sich nicht einmal die Zeit genommen, sich zu setzen. Und sie verließ das Haus durch die Hintertür. Denn sie war ja überhaupt nicht dort gewesen!

Dina zog sich feste Schuhe und einen dicken Mantel an und machte sich auf den Weg zum Olaisenhaus. Ohne Einladung. Hanna war bettlägerig und Wilfred Olaisen mit dem Frachtsegler nach Süden unterwegs. Wohin genau oder wie lange, das wußte Sara nicht.

Es war mehr als deutlich, daß Strandstedets bedeutendster Mann hier wohnte. Respektabel mit drei Söhnen, seiner Frau und ihrer Schwester. Das Haus stand Bekannten und Geschäftsfreunden offen. Der Bürgermeister hielt zwei Dienstmädchen und ein Kindermädchen, außerdem einen Mann, der im Garten und bei schwerer Arbeit half.

Hanna war im Leben gut vorangekommen. Anders konnte man es nicht ausdrücken, und das tat auch niemand. Dina hatte aber die Leute sagen hören, daß Wilfred Olaisen ein heftiges Temperament habe.

Doch im selben Satz schwang Bewunderung für alle seine Erfolge mit. Alles, was er anfaßte, schaffte Arbeitsplätze. Alle bekamen rechtzeitig ihren Lohn. Bei der Suche nach einem Dach über dem Kopf war er behilflich, und er kümmerte sich auch sonst um alles.

Ihn zusammen mit seinen Jungen zu sehen war ein Fest. Es gab keinen liebevolleren Vater als Wilfred Olaisen. Keiner war geselliger und besser gelaunt. Abgesehen einmal von diesem aufbrausenden Temperament natürlich. Aber jeder habe ja so seine Schwächen. Jeder kehre vor seiner eigenen Tür!

Die Tür der Olaisens hatte einen Klopfer. Das Mädchen, das öffnete, trug eine gestärkte Schürze. Das Entsetzen, Frau Dina auf der Treppe zu sehen, konnte man dem bleichen Gesicht ablesen.

»Nein, Frau Olaisen geht es heute nicht gut, sie empfängt keinen Besuch und ...«

»Nein. Das verstehe ich. Deswegen komme ich auch«, sagte Dina, schob das Mädchen beiseite und trat ein.

Dieses blieb neben der geschlossenen Haustür stehen und rang die Hände. Dina ging die Treppe hinauf.

»Wo liegt sie?«

Die Antwort kam zögernd, war aber ausreichend für jemanden wie Dina. Mit großen Häusern und vielen Zimmern war sie vertraut.

Die Gardinen waren vorgezogen. Es roch schwach nach Rosenwasser und Jod. Alles blitzte und war bestens aufgeräumt. Über dem breiten Bett hingen von der Decke duftige Vorhänge herab. Eine Art Märchenstimmung, die einen in das Land von Tausendundeiner Nacht versetzen konnte.

Hanna lag mit geschlossenen Augen in dem großen Bett. Sie öffnete sie nicht, als Dina eintrat. Über der Stirn und dem einen Auge lag eine Art Umschlag. Die Oberlippe war geschwollen und die Wange blau. So viel war jedenfalls über der Decke zu sehen.

Dina schloß die Tür hinter sich, nahm einen Stuhl und setzte sich, ohne etwas zu sagen, neben das Bett.

Hanna öffnete die Augen. Schob das Handtuch beiseite, um mit beiden sehen zu können. Der Blick war matt. Als wäre sie nicht ganz bei Bewußtsein.

»Du?« sagte sie. Es war mehr ein Geräusch.

»Ich sehe, daß du nicht nur über den Teppich gestolpert bist«, sagte Dina.

Hanna antwortete nicht. Versuchte, sich im Bett etwas aufzurichten, gab es aber auf. Streckte dann doch die Hand nach dem Wasserglas aus, das sie auf dem Nachttisch stehen hatte.

»Er macht das immer noch?« fragte Dina und half ihr.

Hanna sank in die Kissen zurück.

»Sei so nett und öffne das Fenster«, bat sie, kaum hörbar.

Dina öffnete es. Blieb eine Weile dort stehen und schaute auf den gepflegten Garten hinunter. Dort spielte ein junges Mädchen mit den Kindern.

»Wie oft schlägt er dich?« fragte sie, nachdem sie sich wieder gesetzt hatte.

Hanna machte eine abwehrende Bewegung mit der Hand.

»Aber jetzt ist es auf jeden Fall wieder passiert? Da kannst du genausogut mit mir darüber reden.«

Ein erstickter, pfeifender Laut kam aus der Richtung des Bettes. Aber Worte gab es wohl keine. Hannas Hand lag auf der Decke. Blau, mit einer großen, offenen Wunde.

»Wie ist das mit der Hand passiert?«

»Er hat gute Reiseschuhe, eisenbeschlagen.«

Dina atmete schwer durch den einen Mundwinkel aus. Ihre Nasenlöcher weiteten sich.

»Ich lasse Benjamin holen. Du hast dir vielleicht etwas gebrochen.«

»Nein!« wehrte Hanna ab. »Das verheilt schon wieder!«

Helle Knabenstimmen drangen durch das offene Fenster zu ihnen herauf. Der älteste versuchte, den anderen beiden etwas zu erklären.

»Triffst du den Benjamin noch?« fragte Dina plötzlich.

Hanna starrte sie aus einem blutleeren Gesicht an und antwortete nicht.

»Ich bin nicht hier, um dir Vorhaltungen zu machen. Nur um zu sehen, was getan werden muß«, sagte Dina.

Erst kam es unzusammenhängend und fast unverständlich. Als wäre Hanna das Lügen aus Selbstschutz so gewohnt, daß sie schon ganz den Überblick verloren hatte, wann es nicht nötig war.

Benjamin sei an einem Abend im Winter gekommen. Konrad habe Lungenentzündung gehabt, und Wilfred sei nicht zu Hause gewesen.

»Die Sara ging den Benj … den Doktor holen …«

»Ganz Strandstedet weiß, daß der Kleine im Winter krank war. Warum dann jetzt das?«

»Ich hatte dem Wilfred nicht erzählt, daß wir den Doktor hier hatten. Und als wir beim Essen saßen … da sagte Rikard ganz ohne Arg, daß der Doktor hier war …«

»Haben die Jungen gesehen, wie er dich schlug?«

»Nein, er hat gewartet. Bis es im Haus still wurde.«

Dinas Gesicht enthüllte eine Sekunde ihre Gefühle. Ungläubigkeit. Abscheu. Raserei.

»Aber die Dienstmädchen? Die müssen doch was gehört haben?«

»Er hat ihnen frei gegeben. Sie gingen tanzen ... Alles, was er macht ... gelingt ...«

Ihre Stimme war leer, ohne den leisesten Vorwurf.

»Das muß ein Ende haben!« sagte Dina.

»Nächstes Mal ... schlägt er vielleicht fest genug zu.«

»Das gönne ich keinem von euch. Ist er nicht vernünftiger geworden, nachdem du die Fehlgeburt hattest?«

»Das ist so ewig lange her.«

»Und der Peder? Was war damit?«

»Ich hatte wohl nicht verstanden, wie hoffnungslos alles ist, ehe er seinen Bruder verdächtigt hat ... nur ein Junge ...«

Dina saß eine Weile da. Sah sich im Zimmer um. Betrachtete die Vorhänge. Die Nachttischlampe. Schließlich schaute sie Hanna direkt an.

»Aber davor hast du es also verstanden? Daß er geglaubt hat, er hätte einen Grund?«

Hannas Gesicht verzerrte sich.

»Ich bleibe hier, bis er nach Hause kommt«, sagte Dina nach einer Weile.

»Das macht es nur noch schlimmer.«

»Dann gilt jedenfalls: er oder ich!« sagte Dina mit schmalen Augen.

Am Abend geruhte Wilfred Olaisen, nach Hause zu kehren. Das Wetter war nicht das beste gewesen. Auf halber Strecke hatte er den Befehl zum Umkehren gegeben. Der Steuermann hatte bereits darauf gewartet. Nicht aufgrund des Wetters, sondern aufgrund von Olaisens Miene, als er plötzlich unverzüglich und ohne Ladung zu den Lofoten hatte aufbrechen wollen.

Olaisen rechnete damit, daß man ihn erwarten würde. Machte also noch einen Umweg über die Werft. Redete lange und eingehend mit dem Vorarbeiter und mit den Arbeitern. Ging dann zur Zeitung zum Redakteur, ehe er gegen neun Uhr abends einen Wagen nach Hause nahm.

Das Mädchen kam angelaufen, um ihn an der Tür zu empfangen, wie sie das immer tat, wenn Frau Olaisen unpäßlich war. Die Engel, wie Olaisen sie nannte, lagen bereits im Bett. Er wußte das durchaus, fragte aber trotzdem nach ihnen. Das war so beruhigend.

Er zuckte zusammen, als er den Mantel im Gang sah.

»Besuch?«

»Frau Dina ist hier. Sie ist einfach gekommen ... Der Frau geht es nicht gut«, sagte sie noch, ohne den Mann anzusehen, und mit einer Stimme, als könnte man ihr persönlich einen Vorwurf machen.

»Sooo«, sagte Olaisen bedächtig. Aber seine Züge wurden hart. Und diese Veränderung wußte sogar das Dienstmädchen zu deuten. Sie half ihm aus seinem Mantel und hängte ihn auf. Trat unter einem Vorwand ein paar Schritte beiseite, machte einen Knicks und fragte, ob er etwas essen wolle. Das wollte er nicht.

Als Olaisen allein im Flur war, ließ er sich vor dem Spiegel Zeit. Normalerweise waren seine Handlungen zügig und zielgerichtet, aber an diesem Abend ging er erst einmal langsam ins Wohnzimmer und goß sich einen Schnaps ein.

Trotz seiner langsamen Bewegungen arbeitete sein Kopf unter Hochdruck. Ehe er noch das Glas ganz geleert hatte, war er auf das Zusammentreffen mit Frau Dina vorbereitet. Er ging die Treppe hinauf und klopfte an die Tür seines eigenen Schlafzimmers. Niemand sagte »Herein«, also wartete er ab, auch wenn das etwas ungewohnt war. Man hätte es notwendige Rücksichtnahme nennen können.

Dina füllte den Türrahmen ganz aus, aber er konnte trotzdem die Gestalt im Bett erkennen.

»Aber Hanna, was ist los?« rief er ganz außer sich.

Er bekam keine Antwort, also fuhr er fort: »Das kommt wie ein Schock. Hätte ich gewußt, daß es dir nicht gutgeht, wäre ich nicht gefahren! Glücklicherweise mußten wir umkehren. Ein Unwetter kam auf.« Als würde er selbst daran glauben, fuhr er fort: »Hätte ich nur gewußt, daß du krank bist, dann …«

»Wo können wir uns unter vier Augen sprechen?« fragte Dina, ohne ihn erst zu begrüßen.

Er wollte eintreten, aber sie legte ihm ihre Hand auf die Brust, schob ihn auf den Gang und kam selbst hinterher. Dann schloß sie die Tür.

»Ich wollte den Doktor holen lassen. Aber sie hat sich nicht getraut.«

»Ist es so ernst?« fragte er bekümmert.

»Auf solche Unschuldsbeteuerungen lasse ich mich gar nicht erst ein. Können wir runter in den Salon gehen?«

Sicher, das könnten sie. Er war voller Mitgefühl, ließ sie zuerst die Treppe hinuntergehen und dankte ihr dafür, daß sie gekommen sei. Das sei einzigartig.

»Halt schon den Mund!« sagte Dina und ging langsam die Treppe hinunter.

Im Salon angekommen, schloß er selbst die Türen zu den anderen Zimmern, damit sie alleine wären. Die ganze Zeit sah er sie aufmerksam an. Einer von ihnen mußte schließlich die Ruhe bewahren.

»Setz dich!« befahl sie und deutete auf einen Stuhl neben dem Kachelofen, als wäre er zu Gast und nicht sie.

Er setzte sich bequem hin. Dann machte er eine Handbewegung, um ihr ebenfalls einen Stuhl anzubieten. Ihrem Blick standzuhalten, damit hatte er keine Schwierigkeiten.

Aber Dina blieb, die Hände in die Seiten gestemmt, stehen. Es kam ihm vor, als wäre es schon einmal so gewesen.

»Ich habe dich gewarnt! Und trotzdem hast du es getan!«

Er sah sie mit einem ehrlichen und fragenden Blick an.

»Tu nicht so! Du hast sie wieder halb totgeschlagen!«

»Meine Liebe … Wenn Frau Dina es etwas mit der Ruhe nehmen wollte, so kann man vielleicht …«

»Daß du glaubst, daß Hanna sowohl mit deinem Bruder als auch mit Benjamin etwas hat, das ist nicht meine Sache. Aber daß du sie schlägst, immer wieder! Das habe ich zu meiner Sache erklärt! Ich habe eine geschäftliche Vereinbarung mit dir, Wilfred Olaisen. Du hast deinen Teil der Vereinbarung nicht eingehalten. Das ist ernster, als du vielleicht gedacht hast.«

Sie kam näher. Noch ein Schritt, und sie war in seiner Reichweite. Er war bleich geworden, sein Mund verzog sich und verunstaltete das schöne Gesicht.

»Ich verstehe nicht.«

»Hast du vergessen, was ich zu dir gesagt habe, als ich dir den Fetus gezeigt habe, den du der Hanna aus dem Leib geprügelt hattest?« flüsterte sie.

Er hob die Hand, legte sie dann aber wieder in den Schoß.

»Erinnerst du dich, was ich gesagt habe?«

Er änderte wieder die Farbe. Seine Wut verschwand. Sein fein geschwungener Mund ein unruhiges, aber maskulines Kunstwerk. Der Amorbogen zog sich nervös unter dem ordentlich gestutzten Schnurrbart zusammen.

»Verbreitet die Hanna Lügen, nur damit ...«

»Sie braucht nicht zu lügen. Ich sehe das schon selbst.«

»Das sind Lügen! Lügen!«

Während er sich verteidigte, geschah etwas mit seiner Stimme. Sie wurde flehend wie bei einem kleinen Jungen, den man auf frischer Tat beim Mogeln erwischt hat.

Da ging sie auch noch den letzten Schritt auf ihn zu und packte seine Hemdbrust so fest, daß sich ein Teil seiner Brustbehaarung löste.

»Das ist auch keine größere Lüge, als daß ich hier stehe und dich herausfordere. Schlag mich! Schlag hart! Denn ich sehne mich danach zurückzuschlagen. Dich zum Krüppel zu schlagen für alles, was du getan hast!«

Er versuchte, sich loszumachen, aber sie hielt ihn fest. Er versuchte aufzustehen. Aber sie lehnte mit ihrem ganzen Gewicht auf ihm.

»Ich sehne mich danach, dich so zu züchtigen, daß du es bereust, jemals hinter dem Mädchen der Stine hergewesen zu sein.«

Ihr stand der Schaum vor dem Mund, aber gleichzeitig lächelte sie, als würde sie die Szene genießen.

Wilfred Olaisen war so etwas nicht gewohnt. Er hätte sie mit einem einzigen Schlag zu Boden strecken können. Aber seinen weiblichen Teilhaber schlug man doch nicht nieder. Das lohnte sich nicht.

Wilfred Olaisen sagte nichts. Statt dessen hielt er sich die Hände schützend vor den Kopf. Nicht drohend. So, als würde er ihnen nur einen anderen Platz zuweisen. Es war ihm endlich aufgegangen, daß er hier eine ernstzunehmende Gegnerin hatte.

Er traute kaum seinen Ohren, als sie ihn losließ und er hörte: »Steh auf, Junge! Schlag zu!«

Er sah etwas zur Seite. Als wollte er entkommen. Lauschte in Richtung der Türen und Fenster. Hatte jemand diesen Irrsinn gehört?

»Ich verstehe nicht ... Ich habe doch keinen Grund, um ...«

»Nein, aber den wirst du bekommen!«

Er stand wie gelähmt da.

»Wagst du es nicht? Wenn du ein richtiger Mann bist, der zuschlagen kann, dann schlag! Jetzt! Hart! Tu, was du wirklich kannst! Frauen schlagen! Was? Schlag schon zu!«

Ihr Flüstern war wie ein Donnern über ihm. Aber man schlug sich doch nicht mit seinen Teilhabern. Das ging wirklich zu weit.

»Steh schon auf!« flüsterte sie von oben.

»Gut, daß uns niemand sieht. Dies ist Irrsinn«, sagte er endlich.

»Wagst du es nicht? Soll ich zuerst schlagen?«

Er schüttelte ratlos den Kopf und hob dann die Hand, um sie zu beruhigen.

Da hob sie die Faust und schlug ihn auf die Nasenwurzel. Es knirschte leicht. Blut spritzte auf seine Hemdbrust.

Mit ungläubiger Miene hob er die Hände vors Gesicht. Dann kam er endlich auf die Füße.

Blitzschnell wich sie zwei Schritte zurück und packte den Schürhaken.

»So!« keuchte sie mit leuchtenden Augen.

»Du bist verrückt!« sagte er ungläubig.

»Mit Vergnügen.«

Er sah sie, beide Hände um den Schürhaken, dastehen. Wachsam. Da war etwas mit ihrem Blick. Eine glasklare Entschlossenheit. Sie hatte sich das überlegt. Es geplant. Sie war wirklich dazu in der Lage.

Er machte mit ausgestreckten Armen einen Schritt auf sie zu. Wie ein Tier, das sich unterwirft. Sie aber hob blitzschnell das Schüreisen.

Während Wilfred Olaisen sich noch überlegte, wie stark sie sein mochte oder wie er ihren Unterarm zu fassen bekäme, verschwand für ihn die Wirklichkeit. Er spürte es und spürte es dann auch wieder nicht. Am meisten hörte er es. Und trotzdem glaubte er es nicht. Daß sie zuschlug.

Er war wohl umgefallen, denn als er wieder zu sich kam, lag er quer über dem umgestürzten Tisch. Das Schüreisen hing wieder ordentlich an seinem Platz.

Das Mädchen hatte den Lärm gehört und stand in der Tür.

»Herr Olaisen ist unglücklich gegen den Ofen gestürzt. Hole einen Lappen und wisch ihm die Wunde ab«, hörte er.

»Großer Gott!« rief das Mädchen.

»Falls es nicht besser wird, müssen wir den Doktor holen«, sagte Dina enschieden.

Sie halfen ihm zum Sofa, und das Mädchen holte Wasser.

»Gib mir lieber einen Schnaps«, stöhnte Olaisen matt.

Das Mädchen kam mit Glas und Karaffe.

»Du kannst gehen. Er braucht Ruhe«, sagte Dina, nahm das Glas und hielt es an seinen Mund.

Er sah sie mit einem merkwürdigen Gesichtsausdruck an.

»Versuch nur nicht, jetzt zuzuschlagen«, sagte sie grinsend, »jetzt ist es zu spät.«

»Du hättest mich umbringen können«, sagte er und faßte sich an den Kopf.

»Das nächste Mal treffe ich vielleicht verkehrt ... Aber ich glaube, daß es mir mehr Spaß machen wird, dich zu ruinieren. Du entscheidest selbst darüber. Das nächste Mal, wenn du sie schlägst ...«

Sie maßen sich gegenseitig, um, wenn möglich, zu ergründen, was sich hinter der Maske des anderen verbarg. Etwas wuchs zwischen ihnen. Ein neuer Haß? Eine Art rachsüchtige Allianz? Neugier? Oder einfach ein Verstehen von Verrücktheit.

Ob das der Grund war oder der Umstand, daß er sich immer noch nicht von dem Schlag erholt hatte, war schwer zu sagen. Aber Olaisen war von einem Augenblick auf den nächsten ein anderer.

»Ich habe es nicht so gemeint. Weiß nicht, was in mich gefahren ist. Aber die haben was miteinander. Immer noch. Ich weiß es!« sagte er, als würde er sich ihr anvertrauen. Seine Stimme war nicht die für einen Geschäftspartner, sondern die für eine Mutter. Er wühlte in seiner Hosentasche und zog ein Taschentuch hervor. Das war ganz natürlich. Er hatte ja diese Wunde am Kopf. Dann sagte er ein paar Worte über das Schlimmste, was man sich vorstellen könne. Der Betrogene zu sein.

»Das hat eine Schleuse in mir geöffnet. Direkt in die Hölle. Dann werde ich ... dann bin ich nicht mehr ich selbst.«

Dina setzte sich.

»Aber du mußt aufpassen. Du schlägst hart. Nächstes Mal ist sie tot. Willst du das?«

»Nein, Gott vergebe, das will ich nicht. Und die Jungen, die Engel auf Erden. Ich will doch ihrer Mutter nichts tun. Das darfst du nicht glauben.«

Er preßte das Taschentuch gegen die Stirn, denn sein Kopf schmerzte verteufelt.

»Ich glaube nicht, daß du soviel Rückgrat hast, damit zu leben, sie totgeschlagen zu haben. Denke Tag und Nacht darüber nach, bis du es verstanden hast. Du bekommst sie auch nicht mehr zurück, wenn sie einmal fort ist.«

Sie stellte das fest, als würden sie darüber sprechen, wie viele Arbeiter sie mit einer Order beschäftigen konnten, ohne Verlust zu machen.

Er hörte ihr mit einer Art höflichem Entsetzen zu.

»Wirst du das in den anderen Häusern herumerzählen?« fragte er nach einer Weile.

Sie sah ihn mitleidig an.

»Ich? Nein, das tun schon die anderen. Ich habe es schon gehört. Der Olaisen schlägt seine Frau.«

»Wer sagt das?«

»Oh, deine Männer auf der Werft. Dein Dienstmädchen vertraut sich sicher auch den anderen an.«

Er strich sich vorsichtig mit zwei Fingern über den Hinterkopf.

»Verdammt! Wie das weh tut!«

»Ja, das glaube ich. Aber es ist ja noch mal gutgegangen.«

Er goß sich noch ein Glas ein, ohne daran zu denken, ihr ebenfalls etwas anzubieten.

»Sagen sie auch das andere? Daß Hanna und er ...«

»Nein, das gibt es nur in deinem Kopf. Aber schlägst du sie regelmäßig, dann werden sie wohl bald glauben, daß du einen Grund hast. Du hast ja auch deinen Bruder rausgeworfen. Einen Jungen! Die Leute werden also einiges zu lachen haben, wenn ihnen aufgeht, daß der Bürgermeister ein Dummkopf ist.«

Er riß sich zusammen.

»Willst du einen Schnaps?« fragte er.

»Nein, ich habe damit aufgehört, bei Sorgen zur Flasche zu greifen. Es ist auf lange Sicht besser so.«

Sie lächelte leicht, es gelang ihm jedoch nicht, ebenfalls zu lächeln.

»An der Sache ist was dran. Mit den beiden!«

»Es ist nicht schwer, das Schlimmste von zweien zu glauben, die schon, als sie noch nicht gehen konnten, miteinander gespielt und außerdem das Bett geteilt haben, bis sie groß waren, und die zusammen geweint und gelacht haben. Um den Weihnachtsbaum getanzt sind. Einander getröstet haben ...«

»Hättest du davon gewußt, wenn da etwas gewesen wäre? Hätte er dir davon erzählt?«

»Nein, aber er ist ein schlechter Lügner.«

»Aber alle diese Treffen ... überall ... ohne daß ich etwas davon erfahren habe.«

»Sie durfte doch wohl den Doktor für den kleinen Konrad holen?«

»Aber vorher? Im Boot? Ich kann das nicht vergessen ...«

»Dann setz sie vor die Tür! Aber schlag sie nicht tot. Diesen Kampf wirst du langfristig verlieren.«

Es wurde still.

»Nicht wahr?« sagte sie, lehnte sich vor und legte ihm eine Hand aufs Knie.

Er zuckte zusammen.

»Das wäre eine Schande, wenn die Leute etwas erfahren würden«, murmelte er.

»Wann hast du sie das erste Mal geschlagen?«

Er legte den Kopf in die Hände.

»Wann?« wiederholte sie.

»Das erste Mal, als wir nach unserer Hochzeit auf Reinsnes waren. Ich fand, daß es so aussah, als hätten sie was miteinander.«

»Und Anna? Hat sie das auch geglaubt?«

»Ich weiß nicht, ob sie das kümmert.«

»Schau mich an! Wer, glaubst du, ist so veranlagt, daß er sich um so etwas nicht kümmert?«

»Du!« sagte er und sah sie fast vertrauensvoll an.

Da öffnete sie den Mund, als müßte sie lachen. Aber daraus wurde nichts.

»Du wirst jetzt zu Hanna hochgehen und sie fragen, ob sie dich immer noch haben will. Und wenn sie dich nicht mehr will, dann tust du gut daran, sie nicht anzufassen. Komm dann lieber ins Grand und nimm dort ein Zimmer. Ich zahle dafür.«

»Du bist ein Teufel von einem Weib!«

»Na! Du hast dich ja schnell erholt!«

Als sie in der Tür stand, um zu gehen, sagte sie, als hätte sie das bis jetzt vergessen: »Ich halte normalerweise meine Versprechen. Du wirst noch vom Anwalt hören. Und versuch es ja nicht mehr!«

Sie schlug die Tür hinter sich zu, ehe er noch etwas sagen konnte.

Ob das jetzt ein Anfall von Weichherzigkeit war, war schwer zu sagen, aber Dina zog nur die Hälfte ihres Kapitals zurück, das sie in der Werft hatte. Als Ersatz dafür heuerte sie Leute zum Bau einer Seilerbahn an. Das passierte alles so schnell, daß Olaisen begriff, daß sie das alles schon lange vorbereitet hatte.

Olaisen hatte gute Beziehungen zur Bank. Er lieh den Betrag und stopfte das Loch. Die Bank hatte als Sicherheit sein herrschaftliches Haus. Das geschah in aller Stille.

Dina spielte eine Partie Schach, also stand auch nichts in der Zeitung.

Aber sie kümmerte sich nicht mehr um die Buchhaltung, und Olaisen mußte einen Buchhalter einstellen.

Nach einer Saison sanken trotz Hochkonjunktur die Gewinne der Werft.

Die Leute munkelten, daß Olaisen überall mitmische und dazu eigentlich nicht das Geld habe. Er war zu sehr straßenbauender Bürgermeister und Dampfschiffreeder und zu wenig Betriebsleiter. Und dann hatte er nicht einmal seinen Bruder in der Nähe. Der studierte immer noch in Trondhjem, um etwas Großes zu werden.

Dagegen wurde Frau Dinas Seilerbahn im Frühling 1886 fertig. Mit geteerten Brettern verkleidet, bedeckte sie ewiglang die Ebene hinter der Werft. Dina beschäftigte bereitwillig die Arbeiter, die Olaisen entlassen mußte.

7

Großmutter lud sie zu einem Hotelessen mit Musik ein, wie sie das nannte. Es war ein frösteliger Sonntag Anfang Mai.

Die Hagelschauer standen dicht über dem Fjord, und der schmutzige Schnee, der schon längst hätte fort sein müssen, wurde von einer dünnen Schicht perlender Körner bedeckt.

Großmutters Essen war immer gut. Sie waren in dem behaglichen Speisesaal nur zu viert. Draußen hing ein Schild an der Tür: »Geschlossen aufgrund privater Veranstaltung.«

Karna mochte den großen Raum mit den ordentlichen leeren Tischen und dem Flügel an einem Ende. Sie beherrschte ihn inzwischen. Aber nicht so gut wie Anna. Großmutter hatte soviel Platz. Fast wie auf Reinsnes. Und wenn sie das Schild an die Tür hängte, dann hatten sie das alles für sich.

Beim Dessert erzählte Anna von der Schule. Als sie fertig war, sagte Großmutter gutgelaunt: »Wenn ich gerade daran denke … der Aksel wird mit dem nächsten Dampfschiff erwartet.«

Anna hatte gerade drei Multebeeren aus dem Kompott zum Mund geführt. Jetzt legte sie sie ruhig wieder auf ihren Teller. Zu ruhig.

»Das ist eine große Neuigkeit!« sagte sie.

Papa legte mit einem Klirren den Löffel weg, ohne Großmutter anzuschauen.

»Aksel? Hierher?« sagte er.

Karna wußte sofort, daß dieser Aksel nicht das Beste war, was passieren konnte. Ihre Hände wurden feucht.

»Was für ein Aksel?« fragte sie und sah sie nacheinander an.

»Jemand, den wir aus Kopenhagen kennen«, antwortete Anna.

»Wessen Gast ist er?« fragte Papa in einem Ton, als würde er von Olaisen reden.

»Er wird im Grand Hotel wohnen«, sagte Großmutter fröhlich.

»Geht das an?«

In dem Augenblick, in dem er das sagte, wurde Karna klar, daß sie sich nicht daran erinnern konnte, jemals gehört zu haben, wie Papa fragte, ob etwas angehe.

Großmutters Gesicht verzog sich in gutgelaunte Falten, als hätte Papa etwas Lustiges gesagt.

»Ich glaube, du vergißt, daß du mit Aksel einmal das Studentenleben erprobt hast. Ich habe in diesem Zusammenhang einiges über Verstöße gegen die Manieren der Bürgerschaft gehört. Außerdem ist das Grand Hotel für Reisende bestimmt.«

Karna bemerkte, daß Papa sie schnell ansah. Es gefiel ihm wohl nicht, daß sie hörte, worüber geredet wurde.

»Wir gehören jetzt wohl auch zur Bürgerschaft«, sagte Anna lächelnd und lehnte sich zu Papa hinüber, als müßte er getröstet werden.

»Wer ist er, dieser Aksel?« fragte Karna.

Anna und Papa wechselten einen Blick.

»Ein gemeinsamer Freund. Erst Annas. Dann Benjamins. Und in den letzten Jahren meist meiner. Noch Dessert?« sagte Großmutter und reichte ihr die Multebeeren.

Karna nahm noch einmal, aber die anderen schüttelten den Kopf.

»Was will er hier?« fragte Papa leise. Seine Stimme hatte etwas Drohendes.

»Noch einmal eine Reise als Junggeselle machen, ehe er eine Dame aus Hamburg heiratet«, sagte Großmutter und klingelte mit der Messingglocke, um das Mädchen zu rufen.

»Wir trinken den Kaffee im Privatsalon!« sagte sie und bedeutete dem Mädchen, wieder zu gehen.

»Ich dachte, das wäre eine gute Neuigkeit«, sagte Großmutter lächelnd, als sie wieder allein waren.

»Du hast die ganze Zeit mit ihm in Verbindung gestanden?« fragte Papa.

»Nicht so oft, aber regelmäßig. Seine Praxis geht wohl jetzt richtig gut. Er heiratet in eine Werftbesitzerfamilie ein. Ich kenne die Leute gut.«

Papa sah so aus, als wüßte er nicht, was er mit seinen Händen anfangen sollte. Anna sah das gewiß auch.

Als niemand mehr etwas sagte, fragte Karna: »Repariert er Boote?«

»Nein, er ist Arzt. Benjamin und Aksel haben in Kopenhagen zusammen studiert. Ich kenne ihn schon mein ganzes Leben«, erklärte Anna.

»Warum habt ihr dann nie von ihm erzählt?«

»Nein, das haben wir vielleicht nicht«, sagte Anna und sah die anderen an.

»Warum ist er nach Berlin gegangen, wenn er aus Kopenhagen ist?«

Es wurde still.

»Meinetwegen«, sagte Großmutter endlich.

»Dina!« Papas Stimme war eine Warnung.

»Benjamin, du hast einen Hang zur Scheinheiligkeit«, sagte Großmutter, ebenfalls warnend.

Karna fühlte sich unbehaglich, aber sie mußte weiterfragen. Mußte wissen, worum es ging.

»Wie, deinetwegen?« sagte sie und zwang sich, Großmutter anzuschauen.

»Jetzt, glaube ich, gehen wir hinauf in den Privatsalon und trinken Kaffee«, sagte Großmutter und stand auf.

»Spielen wir heute abend nicht?« fragte Karna.

»Wir gehen dann anschließend noch einmal nach unten«, sagte Großmutter und nahm Papas Arm, als sie die Treppe hinaufgingen.

Großmutter goß den Kaffee selbst ein. Karna bekam auch welchen.

»Du hast nach etwas gefragt, Karna. Und darauf will ich dir eine Antwort geben. Aksel und ich waren sehr gute Freunde. Liebende.«

Papa sah wütend aus. Er stand auf und stellte sich mit den Händen auf dem Rücken ans Fenster.

Karna dachte schnell nach und sah von einem zum anderen.

»Aber der Anders?« flüsterte sie.

»Der Anders war hier. Und der Aksel in Berlin. So war das.«

Etwas barst vor ihren Augen. Sie sah nichts mehr. Es tat so weh, daß sie wütend wurde. Sie schluckte und fuchtelte mit der Hand. Mußte etwas sagen. Weinen. Aber sie tat es nicht. Sie stand so abrupt auf, daß ihre Kaffeetasse umfiel. Der Kaffee floß erst in die Untertasse und dann aufs Tischtuch. Niemand tat etwas. Die Tasse lag einfach da und schaukelte.

Das wollte sie nicht wissen. Das war zu gräßlich. Anders auf dem Fußboden mit dem Kopf in Großmutters Schoß. Anders, der immer allein auf dem Hügel mit der Fahnenstange gesessen hatte, bis Großmutter aus Berlin gekommen war.

Karna wurde auf einmal ganz klein.

»So gemein! Gemein!« flüsterte sie.

»Ja«, gab Großmutter ihr recht und kam um den Tisch herum auf sie zu. Glücklicherweise faßte sie Karna nicht an. Sie stand nur da und sagte: »Ich glaubte, es wäre das beste, wenn du es von mir erfahren würdest.«

Anna saß da, schaute auf den Fußboden und war gewissermaßen nicht anwesend. Dann schaute sie Großmutter an, als hätte sie sie noch nie gesehen.

Papa kam zurück zum Tisch, setzte sich hin und schaute sich wild um. Nahm seine Serviette, knallte sie auf den braunen Kaffeefleck auf dem Tischtuch und sagte: »War das nötig?«

»Ja, ich glaube schon. Aksel kommt doch«, erwiderte Großmutter ernst.

»Und fährt auch wieder! Ich habe geglaubt, daß du es nicht erträgst, verlassen zu werden«, sagte Papa leise. Fauchte das mehr aus dem Mundwinkel.

Warum waren sie nur so?

»Aksel hat mich nie verlassen, Benjamin. Ich bin damals gefahren. Jetzt will er heiraten.«

»Und was will er dann hier?« sagte Papa.

»Das kannst du ihn selbst fragen, wenn er kommt. Ich werde ihn empfangen. Das ist alles.«

»Und du wirst ihn auch wieder fahren lassen, ohne ihm ein Haar zu krümmen?« sagte Papa. Sie konnte kaum verstehen, was er sagte.

»Ja«, sagte Großmutter.

»Was sagt denn die Braut zu dieser ... dieser Safari?«

Papa bellte.

Anna sah müde aus.

»Ich gehe davon aus, daß er in der Lage ist, ohne Einmischung meinerseits mit seiner Braut zu sprechen«, sagte Großmutter.

Und nach einer Weile: »Ich hoffe, ihr lehnt nicht ab, wenn ich euch einlade, um Aksel zu begrüßen?«

»Natürlich nicht, Dina«, sagte Anna.

Papa sagte nichts.

»Ich werde Hanna und Wilfred Olaisen auch einladen.«

»Perfekt!« sagte Papa höhnisch.

»Ja. Der Bürgermeister muß sich daran gewöhnen, daß auch andere außer ihm Hanna anschauen. Ich glaube, Aksel ist da der rechte Lehrmeister.«

»Oh?« sagte Papa mit einem harten Lachen.

»Er ist stark«, sagte Großmutter.

Papa veränderte sich augenblicklich. Er wurde rot. Karna verspürte eine Unruhe, die sie nicht erklären konnte.

»Können wir jetzt nach unten gehen und spielen?« fragte sie.

»Jetzt ist es an der Zeit zu spielen«, sagte Großmutter, sah dabei aber nur Papa an.

Anna saß auf dem Platz des Doktors am Schreibtisch. Ein paarmal in der Woche brachte sie seine Krankenberichte auf den neuesten Stand und schrieb seine Briefe ins reine.

Benjamin ging auf und ab, bereitete Instrumente vor und räumte auf. Sie hatten sich an diese Arbeitsgemeinschaft gewöhnt. Beide schätzten diese häusliche Konzentration. Oft hatten sie dabei Gelegenheit, über Dinge zu sprechen, die sie im Beisein des Dienstmädchens oder Karnas nicht erörtern konnten.

Anna war Systematikerin. Sie kümmerte sich sowohl um die privaten Rechnungen als auch um die Papiere des Doktors. Überprüfte die Listen, die zur Apotheke sollten, und kümmerte sich darum, daß nichts liegenblieb.

Sie hatten damit angefangen, als sie nach Strandstedet umgezogen waren. Auf Reinsnes war das unmöglich gewesen. Die kalte und heruntergekommene Praxis hinter dem Laden lud zu so etwas nicht ein.

Hier dagegen war die Praxis einer der gemütlichsten Räume des Hauses. Anna gefiel es hier. Der Geruch. Die Atmosphäre. Die blanken Instrumente. Die Glasgefäße. Die großen Fenster zur See.

Am besten gefiel ihr, daß sie zu zweit waren. Wenn sie dort hineingingen und die Tür schlossen, dann war es eine Selbstverständlichkeit, daß niemand sie störte. Nicht einmal Karna.

Anna fand, daß sie sich hier in vielerlei Hinsicht näher waren als im Schlafzimmer. Da waren natürlich ihre Körper. Die Haut. Und die ganze Nähe, für die keine Worte nötig waren. Aber hier gab es ungestörte Gespräche. Blicke.

Der Raum war mit Doppeltüren vom Gang und vom Rest des Hauses abgeschirmt. Hier konnte man es sich erlauben, zutiefst uneinig zu sein, ohne daß es jemand mitbekam. Das war im Schlafzimmer mit seinen dünnen Wänden nicht möglich.

War Benjamin verreist, dann ging sie oft hierher unter dem Vorwand, arbeiten zu müssen. Es kam vor, daß sie dann nur las oder einen Brief schrieb. Auf seinem Platz am Tisch.

Jetzt saß er im Patientenstuhl und blätterte in einer Ärztezeitschrift, die ihr Vater geschickt hatte. Sie sah, daß ihn das noch sehr beschäftigte. Das mit Aksel. Mehrere Male hatte sie seine Augen auf sich gespürt. Als wollte er sie etwas fragen, könnte sich aber nicht überwinden.

Sie legte den Stift weg und sagte versuchsweise: »Karna hat wirklich heftig auf Dinas Äußerung über sich und Aksel reagiert. Sie wird langsam erwachsen.«

»Ich habe doch auch reagiert, während du …«

»Ich fand, das war ehrlich, ja mutig, daß sie das gesagt hat. Karna hätte das ohnehin begriffen, sobald er einmal hier ist. Früher oder später kommt sowieso alles ans Licht.«

Benjamin blickte von der Zeitschrift auf.

»Sie hatte heute keine Lust, zum Spielen dorthin zu gehen«, sagte er.

»Nein, aber ich habe gesagt, sie müßte. Sie wurde böse auf mich. Sogar ziemlich unverschämt«, sagte Anna.

»Hast du sie deswegen zurechtgewiesen?«

»Ja und nein.«

»Wie das?«

»Ich habe gesagt, wenn ihr etwas Sorgen mache, dann solle sie das sagen, statt vorlaut zu sein.«

»Du bist zu rücksichtsvoll. Sie kann nicht ...«

»Sie hat ja auch dich. Du bist ja nicht immer gleich rücksichtsvoll.«

Er wußte, daß sie recht hatte, und mußte lächeln.

»Sie ging also?«

»Ja. Erst las sie mir laut aus der Bibel vor. Über Hurerei. Sie wollte Großmutter das ebenfalls vorlesen.«

»Was hast du dazu gesagt?«

»Ich habe gesagt, daß ich mir nicht so sicher sei, ob Großmutter eine solche Lesung zu schätzen wisse, auch wenn sie die Bibel von ihr bekommen hat.«

Er legte die Zeitschrift zur Seite.

»Sie werden das schon unter sich ausmachen«, sagte er leichthin.

Anna trocknete die Feder, rollte die Löschpapierrolle über das Geschriebene und klappte den Krankenbericht zu.

»Vielleicht«, sagte sie nachdenklich. »Sie schien wütender auf uns als auf Großmutter zu sein. Es ist nicht leicht, die, die man liebt, so zu sehen, wie sie sind ...«

Er verspürte eine Art Unruhe. Bemerkte sie das?

»Dann ist da noch Aksel. Was sollen wir mit ihm nach all diesen Jahren anfangen?« fragte er und schaute schnell hoch.

Sie betrachtete ihn mit einem kleinen Lächeln.

»Versuchst du zu fragen, ob er hierherkommt, um um meine oder um die Hand deiner Mutter anzuhalten?«

Er lachte, legte die Füße auf den Tisch und lehnte sich im Stuhl zurück.

»Er will doch jemand dritten heiraten. Und du bist doch auch noch nicht Witwe, liebe Anna.«

»Dann muß er doch Dina heiraten«, meinte sie.

»Hast du nicht gehört, daß er heiraten will?«

»Ich glaube, das sind leere Drohungen, damit sie ihn wieder beachtet«, sagte sie.

»Spielst du Detektiv?«

»Nein. Ich frage mich nur, wie es dir gefallen würde, Aksel als Stiefvater zu bekommen.«

»Nein, das wäre wirklich zuviel!« sagte er.

Als ihm klar wurde, daß sie das ernst meinte, platzte es aus ihm heraus: »Was soll er hier in Nordnorwegen schon anfangen?«

»Er kann doch als Assistenzarzt seines Stiefsohnes arbeiten«, sagte sie neckend.

»Du läßt dich offensichtlich nie von dem beeindrucken, was Dina tut?« sagte er verärgert.

»Nicht nach dem, was du mir im Andreasschuppen erzählt hast.«

»Hast du ihr gesagt, daß du das weißt?«

»Nein, aber das weißt du ja. Aber ich glaube, daß sie das bald selbst erzählen wird.«

»Warum?«

»Sie beginnt im kleinen ... mit Aksel.«

»Verabscheust du sie für das, was sie getan hat?«

»Verabscheuen? Nein. Ich hatte eine Zeitlang etwas Angst vor ihr. Bildete mir ein, daß sie es wieder tun könnte. Aber wenn du damit gelebt hast, dann werde ich das auch können.«

Er saß da und schaute sie an, und ihm fiel ein, daß ihre Schüler sie mochten, obwohl sie von ihnen absolute Ruhe verlangte.

»Außerdem akzeptiert sie mich so, wie ich bin. Und das ist untypisch für Schwiegermütter«, fügte sie hinzu.

»Woher willst du wissen, was sie akzeptiert?«

»Hast du noch nicht gemerkt, daß sie nie einen Zweifel daran läßt, was ihr nicht gefällt?«

»Ich meinte: Was weißt du über Schwiegermütter?« sagte er lachend. Er fühlte sich wieder wohl in seiner Haut.

»Ich korrespondiere mit meiner Schwester.«

»Und? Ihr tauscht Erfahrungen mit Schwiegermüttern aus?«

»Nein. Sie beklagt sich über Schwiegermutter und Mann. Ich tue das nicht«, sagte sie ernst.

»Warum nicht?«

»Ich habe dich selbst gewählt.«

Er lehnte sich über den Tisch, nahm ihre Hände und küßte ihre Fingerspitzen.

»Glaubst du wirklich, daß man wählt?«

»Ja. Und wenn ich das tue, dann tut das so weh, daß ich es merke.«

»Und das tat weh? Mit mir?«

»Ich wählte, mit meinem ganzen bisherigen Leben zu brechen.«

Er sah auf ihre kurz geschnittenen Fingernägel.

»Meinetwegen?«

»Nein, für mich selbst. Ich mußte dich haben.«

Sie bewegte ihre Finger in seiner Hand. Er fühlte die leichte, kaum spürbare Berührung.

»Manchmal habe ich das Gefühl, als wären wir Spreu im Wind. Du und ich, Anna. Und das ist mein Fehler.«

»Weil du dich nicht losreißen kannst?«

»Ja. Bist du enttäuscht, daß ich es nicht zu etwas gebracht habe? Damit ihr, du und dein Vater, stolz auf mich sein könntet?«

»Jetzt bist du dumm. Was du hier tust, ist tausendmal mehr wert, als über einem Mikroskop in Kopenhagen zu hängen. Verstehst du das nicht selbst?«

»Gelegentlich bin ich enttäuscht von mir selbst.«

»Warum bleibst du dann hier?«

»Ich weiß nicht ... vielleicht habe ich nicht die Energie?«

»Du hast Energie, aber etwas hält dich hier«, sagte sie und schaute ihm in die Augen.

Während sie sprach, überkam ihn plötzlich ein Schamgefühl. Er versuchte, sich selbst von außen zu sehen. Wer zum Teufel war er eigentlich?

Jetzt saß er im Patientenstuhl und küßte Annas Finger. Eine beginnende Lust meldete sich, und es erregte ihn, als er merkte, daß sie das sah.

Irgendwo in seinem Körper spürte er jedoch Hannas wilde Augen. Er wollte das nicht. Und wollte es doch! Trotzdem hörte er seine eigene flirtende Stimme über den Tisch.

»Frau Doktor, können Sie mir ein Rezept geben gegen Nachgiebigkeit und Feigheit?«

»Nein, aber mein lieber Herr Grønelv, diese Medizin gibt es nicht in der Apotheke. Die müssen Sie schon in Ihrem eigenen Innern finden.«

»Glauben Frau Doktor, daß ich irgendein Inneres habe?«

»Zweifellos. Aber in letzter Zeit haben Sie einen Hang gehabt, viel Gewicht auf das Äußere zu legen und die Tage vergehen zu lassen. Dann werden Sie so unentbehrlich für Ihre Patienten, daß Sie gar nicht merken, daß die Nächte ebenfalls vergehen.«

»Was soll ich nur tun, Frau Doktor?«

»Sie sollen dafür sorgen, mit Ihrer Frau zeitig zu Bett zu gehen, damit Sie ihr wenigstens ein bißchen Freude bereiten, wenn Sie schon nicht die Kraft haben, sie mit nach Kopenhagen zu schleppen, um sich die Augen über einem Mikroskop zu verderben.«

»Ist das eine Einladung?«

»Nein, eine ernsthafte Aufforderung.«

Sie sahen sich mit glänzenden Augen an. Er hatte ihre Finger in seinem begierigen Mund.

8

Karna verstand, daß dieser Mann wirklich fürchterlich elegant gekleidet war. Er trug einen Stock mit einem glänzenden Griff. Der Bart war buschig und wirr wie der eines Trolles. Er kam den Landgang herunter, eine riesige brennende Zigarre zwischen den Zähnen.

In dem Moment, als er seinen Fuß auf den Kai setzte, war alles verändert. Er kümmerte sich nicht darum, Leuten die Hand zu geben, guten Tag zu sagen und sie normal zu begrüßen.

Mit großen Schritten lief er auf Großmutter zu, hob sie mit beiden Armen hoch und hielt sie eine Weile. Dann stellte er sie wieder hin, nahm seine Zigarre zwischen Daumen und Zeigefinger und rief mit polternder Stimme etwas in ihren Ausschnitt herunter.

Karna schaute sich um. Es war, wie sie gedacht hatte. Alle hatten es gesehen. Kein erwachsener Mann tat so etwas auf einem Dampfschiffkai.

Aber Großmutter lachte und ließ ihn gewähren, so lange es eben dauerte. Ganz lange hatte er nur Augen für sie. Karna beschloß, ihn nicht zu mögen.

Jetzt steckte er glücklicherweise die Zigarre wieder zwischen die Zähne und begann, fürchterlich schnell zu sprechen. Aber dann mußte er sich doch Großmutter erneut nähern und begriff, daß ihm die Zigarre im Weg war. Da spuckte er sie einfach aus und ließ sie auf den geteerten Kaibrettern liegen und qualmen, während er seine Nase wiederum in Großmutters Gesicht steckte.

Zwei Matrosen trugen seine Sachen an Land. Zwei Kisten mit Zetteln, die preisgaben, daß der Inhalt Wein und Branntwein war. Zuletzt einen Koffer und eine Arzttasche.

»Keine Noten! Kein einziges verdammtes Buch habe ich dabei!« rief er und schwenkte heftig die Arme.

Als die Augen des großen Dänen auf Papa fielen, ließ er Großmutter los, und ohne Papa erst begrüßt zu haben, brüllte er mit tiefer Stimme: »Meine Fresse, wie du alt geworden bist, Benjamin!«

Er packte Papa und drehte ihn hin und her. Dann umarmte er ihn und lehnte die Stirn gegen seine, als müsse er weinen.

»Aber nicht so fett wie du!« rief Papa so laut, daß alle zusammenzuckten. Dann stieß Papa ihm eine Faust in den Magen, daß er nach Luft schnappen mußte.

Karna fand, daß der Däne an ein Bild im Treppenhaus des Propstes erinnerte. Eine Darstellung von Goliath. Grob und unordentlich. Muskeln, scharfe Augen und ein grausamer Mund.

Niemand auf der Welt hatte Papa bislang alt gefunden!

Als der Mann Anna begrüßte, verbeugte er sich tief und küßte ihr beide Hände, ohne ein Wort zu sagen. Aber während er sich noch nach vorne beugte, verdrehte er die Augen nach oben und schielte zu ihr hoch. Als würde er sie besitzen.

Karna drehte ihm den Rücken zu und wollte gehen, aber Papa rief sie zurück. Sie war gezwungen, ihn zu begrüßen.

»Das ist also das Menschenkind aus der Store Strandstræde?« Die Worte kamen gewissermaßen aus seinem Bauch, und der Mund war fröhlich, obwohl er grausam war. Er ging vor ihr in die Hocke, als wäre sie ein kleines Kind. Sie schaute ihm direkt ins Gesicht.

»Steh schon auf! Dein Mantel hängt im Dreck!« sagte sie und gab ihm die Hand. Nur damit er wußte, woran er war.

Er sprang geschwind auf und küßte ihr die Hand. Sie wurde ganz naß auf dem Handrücken und fühlte die Haut erglühen.

Das war also der Mann, der wegen Hurerei gesteinigt werden sollte.

»Meine Fresse, Benjamin! Wie kann ein Mann mit deinem Aussehen eine Tochter zeugen, die eine solche Schönheit ist? Wo zum Teufel hat sie dieses Haar her? Kannst du mir erzählen, was hier im Norden in der Luft liegt, das die Frauen so aussehen läßt? Sieh dir nur Anna an! Oder Dina. Gott im Himmel, das muß dieser eklige Fisch sein, den ihr hier aus dem Meer holt!« rief er.

Im Speisesaal im Grand brannten Wachskerzen in beiden Kronleuchtern. Ein Nicht-Stören-Schild hing außen an der Türklinke.

Einmal beugte sich Aksel zu Großmutter vor und sagte leise etwas zu ihr auf deutsch.

»Man versteht hier auch ein wenig Deutsch«, sagte Karna.

»Ach ja, was habe ich denn gesagt?« fragte der Mann neckend.

Alle lachten. Papa auch. Karna errötete und antwortete nicht.

Sie fand, daß Anna sich aufspielte. Sie hatte rosa Wangen und glänzende Augen, wenn sie sich an Aksel wandte. Als wäre er ein Prinz.

Olaisen lächelte die ganze Zeit. Er saß auf der anderen Seite von Anna und redete diese mit gnädige Frau an. Hanna und Karna saßen neben Papa. Aber Hanna sagte fast kein Wort.

Großmutter saß am Ende des Tisches. Sie hatte das Haar hochgesteckt und sah deswegen fremd aus, fand Karna.

Papa redete mit Aksel über den Tisch hinweg, als wären sie kleine Jungen. Das ließ ihn albern erscheinen. Außerdem sprach er die ganze Zeit fürchterlich schnell Dänisch.

Wilfred Olaisen schaute Großmutter an und ließ sich darüber aus, daß sie eine Dampfschiffgesellschaft gründen sollten.

Großmutter antwortete, das sei eine gute Idee. Da bekam Olaisen gute Laune und erzählte weitschweifig, wie er die Gemeindeverwaltung dazu bringen wolle, sich dafür einzusetzen, daß die Landstraße weiter nach Süden verlängert würde.

»Das wird Frau Dina dann am Umsatz merken«, sagte er.

»Zweifellos«, entgegnete Großmutter. Dann fragte sie Hanna, wie es den Jungen gehe.

»Danke, gut!« sagte Hanna leise.

Über ihr lag so etwas wie eine Haut. War sie immer so gewesen, ohne daß Karna es gesehen hatte? Als würde sie unter dieser Haut ein heimliches Leben führen und unruhig werden, wenn jemand dort eindringen wollte.

Karna hatte es fast schon aufgegeben zuzuhören, worüber sie redeten. Es war besser, sie nur anzuschauen. Auf gewisse Art verstand man sie dann viel besser.

Das Essen war vorbei, der Kaffee serviert, da sagte Großmutter, wenn sie versprächen, nicht mit Tassen und Gläsern zu klirren, dann würde Anna jetzt spielen.

»Du nicht auch, Dina?« fragte Aksel.

»Nein, nicht heute abend.«

»Dann mußt du aber für mich ein Solo spielen, wenn die Gäste weg sind«, polterte Aksel.

»Ein andermal«, sagte Großmutter und legte ihre Hand auf seinen Arm.

»Nein, heute abend! Sonst fahre ich mit dem erstbesten Kahn wieder nach Hause!«

Großmutter lachte resigniert und ging nach oben, um das Cello zu holen. Das war merkwürdig. Großmutter tat sonst nie etwas, wovon sie einmal gesagt hatte, daß sie es nicht tun würde.

Als sie wieder eintrat, klatschten alle. Anna und sie sprachen leise über die Noten, nickten und setzten sich dann zurecht. Als wären die anderen nicht wichtig.

Aksel drehte sich zu Hanna um.

»Darf ich Frau Olaisen zum Tanz auffordern, wenn hier schon gespielt wird? Darf ich?« sagte er dann noch an Olaisen gewandt, der seinen Pfeifenrauch verschluckte und husten mußte.

»Darf ich?« sagte Aksel noch einmal.

Olaisen nickte.

Da sah Hanna Aksel mit großen Augen an. Sie kam gewissermaßen aus ihrer Haut heraus. Anfänglich etwas ängstlich, als meinte sie, er sei zu groß, um mit ihm zu tanzen.

Dann bekamen ihre Augen Leben. Sie trug ein goldfarbenes Kleid, mit kaffeebraunen Bändern geschmückt. Das schwarze Haar war im Nacken zu einem schweren Knoten hochgesteckt, der Blitze aussandte, wenn sie den Kopf bewegte. Hanna war fürchterlich schön, wenn sie einmal aus sich herauskam, dachte Karna.

Anna setzte sich lächelnd am Flügel zurecht, und Großmutter beugte sich über das Cello.

Dann waren sie schon mitten in einer gleichzeitig traurigen und fröhlichen Zigeunermelodie.

Und Aksel verbeugte sich vor Hanna und führte sie auf die freie Fläche zwischen Tisch und Flügel. Er hielt sie in den Armen, als wäre sie eine zerbrechliche, kleine Puppe. Er beugte sie hintenüber und schwang sie herum und hatte nur Augen für sie. Rücken, Nacken und sein großer Kopf waren die ganze Zeit auf dem Weg zu Hanna herunter, so sah es zumindest aus.

Karna dachte plötzlich, daß diejenigen, die eigentlich gesteinigt werden sollten, vielleicht doch nicht die schlimmsten waren. Das hatte etwas mit der Art zu tun, wie Aksel Hanna hielt. Etwas von sich weg, als hätte er Angst, sie könne sich an ihm stechen. Aber trotzdem so fest, daß sie fast nicht den Boden zu berühren brauchte.

Olaisen sah das gewiß auch. Er lockerte seinen Schlips und zog an seinen Manschetten. Mehrere Male schaute er mit zusammengekniffenem Auge in sein Cognacglas, als wollte er es mit seinem Blick durchlöchern.

Anschließend wollte Aksel auch mit Karna tanzen. Aber das wagte sie ums Leben nicht. Da tanzte er einfach weiter mit Hanna, ohne erst Olaisen um Erlaubnis gefragt zu haben.

Sie spielten etwas Schnelles, sie wußte nicht, was, und Aksel hob Hanna hoch in die Luft und schwang sie herum. Als sie fertig waren, klatschte Papa, und Hanna war nicht mehr blaß.

»Olaisen, ich muß Ihnen danken, daß Sie so großzügig waren! Sie haben eine erlesene Frau!« sagte Aksel, küßte Hanna die Hand und führte sie zu Olaisen.

»Karna! Sing für uns! ›Du bist die Ruh‹«, sagte Großmutter.

Karna hatte schon geglaubt, sie hätten sie vergessen. Daß Großmutter sie nicht mehr bitten würde. Da tat sie es doch. Und Anna hatte bereits die Noten hervorgesucht, ehe sie an den Flügel getreten war.

Karna freute sich. Sie sammelte ihr Gewicht in die Füße, um sicher zu stehen, und verlor dabei trotzdem den Kontakt mit dem Fußboden. Machte sich frei von allem. Als könnte sie fliegen. Sie selbst und die ganze Welt wurden so leicht. Wie ein Windhauch.

Anna spielte die ersten Töne. Da war sie schon in ihnen. Die

Freude, die so groß war, als wäre sie Trauer. Weil die anderen sie endlich anhören wollten. Daß sie das wirklich wollten!

Sie öffnete den Mund und zog die Worte mit den Tönen hervor. Behutsam. Behutsam. Und die anderen verschwanden, obwohl sie genau wußte, daß sie da waren. Still. Still. Nur für sie.

Nachdem sie Goethes »Der König in Thule« gesungen hatte, kam Aksel auf sie zu und klatschte gewaltig. Karna entdeckte etwas Merkwürdiges. Der große Däne hatte Tränen in den Augen. War das denn wirklich so traurig?

Später, als sie eigentlich schon im Bett hätte sein sollen, wurde Aksel wieder so wie auf dem Kai.

Er begann, von etwas zu sprechen, was er die »Misere der Ärztewissenschaft« nannte.

»Man schnippelt ständig an den Frauen herum. Als wären sie Vieh.«

»Au weh!« sagte Großmutter.

»Das ist doch ein Segen, daß man in der Lage ist, Leute durch eine Operation wieder gesund zu machen«, meinte Anna.

»Gesund! Isaac Baker Brown hatte jahrelang eine solche Angst vor der sogenannten weiblichen Hysterie, Epilepsie und Geisteskrankheit, daß er Hunderte von Frauen verstümmelt hat, ehe ihm endlich Einhalt geboten wurde.«

»Er ist sicher Engländer? Die Geschichte hat gezeigt, daß einige von ihnen die Gewohnheit haben, Leute in Stücke zu schnippeln, um zu sehen, was sie davon im Pudding verwenden können!« sagte Anna.

Da sah Papa sie einen Augenblick lang erstaunt an.

»Benjamin! Wir hätten die Frauenkrankheiten erforschen sollen. Zusammen! Wir hätten sie retten sollen.«

»Warum tut ihr es dann nicht?« fragte Anna.

»Ja, warum redet ihr nur von den Heldentaten? Warum tut ihr nichts?« spottete Großmutter.

»Meinst du damit, es sei eine Art Manie geworden, Frauen aufzuschneiden?« fragte Papa ungläubig.

»Herrgott! Hast du diesen Wahnsinn nicht mitbekommen? Das sind die reinsten Dunkelmänner und Fanatiker. Sie operieren, um etwas für ihre Reputation zu tun und um in Übung zu bleiben. Das Resultat sind verstümmelte und unglückliche Frauen, die nicht einmal wissen, daß sie vitaler Organe und Gefühle beraubt worden sind.«

»Das ist doch ein Verbrechen!« rief Anna. »Passiert das ständig?«

»Ja, aber nicht in einem so großen Ausmaß wie in den sechziger Jahren. Die Reaktionen bei den Zerstörten zeigen sich jetzt. Und die lassen sich nicht heilen. Oft werden die Operationen ohne Zustimmung des Ehemanns durchgeführt.«

»Zustimmung des Ehemanns? Ist das etwa seine Haut?« fragte Großmutter ruhig.

»Was operieren sie denn weg?«

Karna mußte fragen. Sie sah ihnen an, daß sie sie bis zu diesem Augenblick vergessen hatten.

»Bei einer Salpingotomie werden vitale Teile des Unterleibs der Frau entfernt, auch wenn das aus medizinischen Gründen nicht notwendig ist. Das ist ein Verbrechen! Einige der Chirurgen sollten sich lieber eine Stelle in einer Schlachterei suchen«, sagte Aksel.

Sie wollte fragen, was denn Salpingotomie sei, war aber plötzlich ganz müde. Papa sah sie aufmunternd an, als wollte er sagen: Er ist einfach so. Kümmer dich nicht darum.

»Aber wozu soll das gut sein?« fragte Anna.

»Das Nervensystem. Die Hysterie und epileptischen Anfälle von Frauen, mögliche Geisteskrankheiten ...«

»Epilepsie hat mit weiblicher Hysterie oder Geisteskrankheit nichts zu tun!« sagte Papa mit eiskalter Stimme, die Augen auf Aksel gerichtet.

»Ich weiß, ich weiß. Aber überzeuge einmal diese Schlächter davon! Bei den jüngeren, aufstrebenden Ärzten ist es bekannt, daß das der reine Operationswahn ist. Oder Operationshysterie, wenn man so will. Aber sogar Darwin hat ja den Beweis geführt ...«

»Aksel, mein Freund, es wäre besser, wenn du keine langen Vorträge halten würdest!«

Großmutters Stimme war streng, als würde sie mit jemandem reden, der seine Arbeit nicht gut genug gemacht hatte. Und Aksel nickte mit dem ganzen Körper.

Olaisen saß mit offenem Mund da, er hatte sehr lange nichts mehr gesagt.

Hanna war Aksel die ganze Zeit mit den Augen gefolgt, als könnte sie nicht glauben, daß er wirklich wäre. Anna hingegen sah wütend aus.

»Ist Epilepsie auch im Unterleib?« hörte sich Karna flüstern.

»Nein«, sagte Papa und sah Aksel böse an.

Da hatte es den Anschein, als würde Aksel etwas einfallen. Er bekam einen fürchterlich roten Kopf, kam auf sie zu und gab ihr die Hand.

»Verzeih einem dummen, unhöflichen alten Mann!«

Als sie seine Haut spürte, kam die Übelkeit. Sie fuchtelte ihn weg und wollte aufstehen. Aber die Dinge und die Gesichter begannen, sich im Kreis zu drehen. Erst langsam, dann immer schneller und schneller. Dann trieb sie in einem Geruch von Körpern davon. Spürte nur noch, daß sie über etwas fiel. Irgendwo tat es weh.

Eine Kuchengabel hinterließ einen roten Abdruck auf Karnas Wange. Die Augen verdrehten sich über Königlich Dänischem Porzellan. Der kupferbraune Mädchenkopf prallte so hart auf, daß der Teller entzwei ging.

Aksel fing sie in seinen Armen auf, weil er neben ihr stand. Aber Benjamin eilte herbei und trug sie aus dem Zimmer.

»Ich müßte hingerichtet werden!« sagte Aksel und sah sich hilflos um.

Niemand antwortete.

Sie nahm Papas Hände wahr. Den schwachen Geruch von Zigarren, als er sich über sie beugte und ihren Namen sagte, wie er das immer tat. Auf der ganzen Welt gab es nur sie beide.

Viel später, nachdem Anna ihr saubere Kleider gebracht und bei ihr gesessen hatte und Papa sie gefragt hatte, ob sie sie nach Hause fahren sollten, da konnte sie es endlich sagen.

»Ich will nie nach Kopenhagen, um untersucht zu werden! Denn die werden mich operieren, wenn sie sehen, wie ich bin.«

»Nein, du sollst nicht operiert werden! Nichts, was du nicht willst. Du sollst in Ruhe fallen dürfen. Du schlägst dir nur den Kopf ... und zerschlägst Porzellan«, sagte Papa lächelnd. Aber es war kein ordentliches Lächeln.

»Niemand sonst macht das. Warum dann ich?«

»Ich glaube, du bist etwas ganz Besonderes, einzigartig. Viele große Persönlichkeiten litten an Fallsucht.«

»Große?«

»Leute, die im Leben etwas ausgerichtet haben.«

»Ich bin doch die meiste Zeit nur wütend«, sagte sie mutlos.

»Das geht vorbei.«

»Papa, lies mir Matthäus 17 vor. Ab dem 15. Vers. Nur damit ich den Heimweg schaffe«, flüsterte sie.

Papa ging die Tasche mit der Bibel holen. Sie öffnete sich von selbst an der richtigen Stelle. Dann las er mit leiser und deutlicher Stimme.

»›Herr, erbarme dich über meinen Sohn! denn er ist mondsüchtig und hat schwer zu leiden; er fällt oft ins Feuer und oft ins Wasser; und ich habe ihn zu deinen Jüngern gebracht, und sie konnten ihm nicht helfen. Jesus aber antwortete und sprach: O du ungläubiges und verkehrtes Geschlecht, wie lange soll ich bei euch sein? Wie lange soll ich euch erdulden? Bringt ihn mir her! Und Jesus bedrohte ihn; und der böse Geist fuhr aus von ihm, und der Knabe wurde gesund zu derselben Stunde.‹«

Karna seufzte und schloß die Augen.

»Mir fehlt doch nichts an meinem Kopf oder meinem Unterleib? Mir fehlt der Glaube! Nicht wahr, Papa?«

9

Birgit erzählte Karna, die Leute würden sagen, daß der große Däne kein gewöhnlicher Reisender sei. Denn er habe sich im Giebelzimmer im Grand einquartiert, ohne etwas zu tun zu haben. Bereits auf dem Kai hätten sie gesehen, daß er mit Frau Dina sehr gut bekannt sei.

»Aksel hat zusammen mit Papa in Kopenhagen studiert.«

»Aber warum wohnt er dann nicht im Doktorhaus?«

»Weil er lieber Flügel als Klavier hört. Er liebt den Flügel so fürchterlich.«

Birgit sah sie seltsam an, fragte aber nicht weiter.

Aksel wanderte auf der Werft und dort, wo die Fische verarbeitet wurden, herum und redete mit allen. Karna konnte gut verstehen, daß die Leute es merkwürdig fanden, wenn ein erwachsener Mann am hellichten Vormittag einfach so herumlief. Sie verstanden wohl auch nicht alles, was er sagte, obwohl sie gesehen hatte, daß sie nickten und lächelten.

Eines Tages, als Karna zum Grand kam, stand Aksel vor dem Fenster des privaten Salons und rief.

»Dina. Wenn es nicht deinetwegen gewesen wäre, dann wäre ich nie auf die Idee gekommen, mich hier so weit weg von der Zivilisation im Nebel zu begraben!«

Großmutter streckte ihren Kopf heraus.

»Dann hör endlich auf zu klagen und mach, daß du weiterkommst!«

»Ich bleibe, bis ich rausgeworfen werde!« rief Aksel zurück.

Als Karna gehen wollte, stand Aksel im Gang und klopfte dem Bäckerjungen auf die Brust.

»Gehst du nie zum Distriktsarzt, junger Mann?« sagte Aksel.

»Doch, aber nicht wegen des Hustens.«

»Du hustest wegen des Mehls?«

»Daran ist nichts zu ändern.«

»Du mußt dir beim Kneten etwas vor den Mund binden. Sonst erstickst du noch eines schönen Tages«, sagte Aksel und schlug den Jungen mit der Hand auf die Brust, daß es nur so knallte.

Und das Merkwürdige geschah. Nachdem der Bäckerjunge begonnen hatte, sich beim Kneten ein Tuch vor Mund und Nase zu binden, verschwand der Husten. Danach war er Aksel immer auf den Fersen, um ihm von dem Husten zu erzählen, den er nicht mehr hatte.

Aksel ruderte zum Fischen hinaus. Karna hörte, daß er sich bei Großmutter beklagte, er könne nur schlecht rudern. Also bot sie ihm an, beim nächsten Mal mitzufahren, nur damit er nicht umkam.

Eigentlich war es nett, mit ihm zusammenzusein. Er fischte alles mögliche. Alle Größen und Formen. Er schrieb in einem Notizbuch auf, wie groß die Fische waren und wie sie sie nannte. Beim Ausnehmen schnitt er den halben Fisch weg.

»Ich bin furchtbar ungeschickt, was das Ausnehmen von Fischen angeht«, sagte er.

Es war mühsam, einen so großen Mann herumzurudern. Gelegentlich saß er einfach hinten im Boot und sah so aus, als würde er schlafen. Aber plötzlich fing er dann an, Melodien zu summen, die sich nicht anständig anhörten.

Einmal sagte er: »Das ist wirklich nett von dir, mich herumzurudern. Denn du bist doch eigentlich böse auf mich.«

»Wer sagt das?«

»Ich habe doch Augen im Kopf.«

Sie hörte auf zu rudern und dachte darüber nach. Dann faßte sie einen Entschluß.

»Ich hatte geplant, dich wegen Hurerei zu steinigen!«

Da zuckte er zusammen und setzte sich kerzengerade auf.

»Das ist doch wirklich ...! Warum das?«

»Weil du der Liebste von Großmutter warst, obwohl sie nach Gottes Gebot noch Anders angehörte.«

»Warum dann nur mich steinigen, liebes Kind? Wir waren dabei immerhin zwei.«

»Hast du schon einmal gehört, daß jemand seine Großmutter gesteinigt hat?«

Er saß da und schaute sie eine Weile an. Dann sagte er fast traurig: »Nein, im Grunde nicht.«

Sie fing wieder an zu rudern, ganz gemächlich.

»Wann genau sollte ich gesteinigt werden?«

»An einem Abend, wenn du beim Küster unter der Auffahrt zur Scheune vorbeigehst. Ich wollte oben mit den Steinen auf dich warten. Aber ich habe es mir anders überlegt.«

»Oh? Warum das?«

»Ich weiß nicht«, sagte sie, und das war die Wahrheit.

Als sie fast wieder an der Anlegestelle der Werft waren, wo das Boot lag, sagte er: »Du bist ein merkwürdiges Mädchen!«

»Dagegen ist nun einmal nichts zu machen«, sagte sie.

»Aber du kannst wirklich gut rudern.«

»Irgendwas muß ein Mensch auch allein können«, sagte sie und hoffte, er würde verstehen, wen sie damit meinte.

Als sie wieder an Land waren, ging er mit dem Bottich in die Küche des Grand Hotel und verlangte Bratfisch. Den Mädchen war der Fisch lästig. Aber Aksel brachte sie alle zum Lachen. Kannte Geschichten, die so haarsträubend waren, daß sie sich für Frauenohren nicht eigneten. Aber er erzählte sie trotzdem. Und Bratfisch gab es, an Sonntagen und auch an anderen Tagen.

Er behauptete, er esse den Fisch nur, um sein Aussehen zu verbessern, damit er dann heiraten könne.

Das Zimmermädchen erzählte flüsternd, daß er halbnackt in den Korridoren herumlaufe und noch spät am Vormittag Frühstück verlange. Wenn sie dann mit dem Frühstück nach oben komme, sitze er oft lesend am Fenster, häufig nur in Unterwäsche. Man wisse nie, wo man mit seinen Augen hin solle.

Da wurde Bergljot böse und bat sie, mit diesem Unsinn aufzuhören.

»Nächstes Mal stellst du das Tablett auf den Fußboden vor die Tür und klopfst. Dann kann er es selbst hereinholen.«

»So habe ich das doch nicht gemeint«, sagte das Mädchen beleidigt.

Einmal, als Karna unangemeldet gekommen war, hatte Aksel mit nacktem Oberkörper im Privatsalon gesessen. Karna hatte nie zuvor einen so behaarten Mann gesehen.

Als Großmutter sie hereinließ, hatte er die Stimme verstellt und gerufen, als wäre er in Not: »Laß diesen Racheengel nicht rein. Sie wird mich zu Tode steinigen.«

»Sei nicht dumm!« hatte Großmutter geantwortet, ohne sonderlich böse zu sein.

Die Lehrervereinigung der Propstei hatte Jahresversammlung. Einige Lehrer hatten es sich geleistet, im Grand zu wohnen, weil sie einen zu weiten Heimweg hatten.

Karna war ebenfalls dort, weil sie für sie singen sollte.

Die Lehrer warfen sich vielsagende Blicke zu, als sie Aksel auf der Treppe sitzen und Bier trinken sahen.

Karna ging hinein zu Großmutter und erzählte es ihr.

»Du mußt dem Aksel die Ohren langziehen. Er sitzt auf der Treppe, trinkt Bier und blamiert uns! Er blamiert auch die Anna, die mit den Lehrern bei der Versammlung ist!«

»Aksel kann uns nicht blamieren. Er ist nur für sich selbst verantwortlich. Er sitzt einfach gern auf der Treppe und trinkt Bier.«

»Aber ihr wollt doch heiraten?«

Großmutter war an ihrem Sekretär beschäftigt, ordnete vermutlich ihre Papiere.

»Ich weiß nicht, wo du das herhast, aber Aksel und ich werden nicht heiraten.«

»Wieso sitzt er dann ohne Hemd im Privatsalon?«

»Weil er es hier ausgezogen hat«, sagte Großmutter ernst.

Karna verlor den Faden. Fand keine Worte, um weiterzufragen. Sie schluckte und schaute auf den Fußboden. Großmutter widmete sich wieder ihren Papieren.

»Ich habe geglaubt, er kam hierher, um dich zu fragen?« versuchte es Karna noch einmal.

»Das tat er auch.«

»Er bedeutet dir also nichts?«

Großmutter lächelte, als würde sie an etwas Lustiges denken.

»Er bedeutet mir sehr viel.«

»Aber du willst ihn trotzdem nicht?«

Großmutter saß da, als hätte sie nicht gehört, was Karna gesagt hatte. Aber dann drehte sie sich um.

»Man kann nicht einfach jemanden heiraten, weil man ihn braucht. Das gibt nur ein Unglück.«

Abends hörte Karna zwei Teilnehmer der Lehrerversammlung miteinander flüstern. Der eine hatte gesehen, wie der biertrinkende Däne Frau Dina bis zum Kronleuchter hochgehoben hatte.

»Die beiden haben etwas miteinander!«

»Und er ist viel jünger als sie. Daran ändert auch sein großer Bart nichts.«

Dieses »etwas miteinander haben« wurde so eklig gesagt.

Aber nach dem Abendessen gaben Anna, Großmutter und sie ein Konzert. Da hatten sie offenbar alles wieder vergessen. Mehrere gaben ihr die Hand und sagten, das Konzert sei das Beste an der ganzen Jahresversammlung gewesen.

Als einer der Seminaristen fragte, was ein solches Konzert kosten würde nur für sie, antwortete Großmutter, es sei ein reines Vergnügen, etwas für die Gäste des Hotels zu tun.

Aksel trank kein Bier, sondern saß ehrbar auf einem Stuhl und lauschte der Musik.

Anschließend hörte sie, wie einer beim Hinausgehen sagte: »Das ist ja nicht im Sinne der Abstinenzlerbewegung, daß Kinder biertrinkende Männer am hellichten Vormittag sehen. Aber daraus kann man Frau Dina schließlich keinen Vorwurf machen.«

Ein anderer pflichtete ihm bei und flüsterte: »Es wurde ja auch nach dem Konzert nichts aus Flaschen serviert. Nur Kaffee und Kakao. Und wunderbare Butterkringel. Und alles gratis!«

Sie wußte nicht, wann sie eigentlich verstanden hatte, daß Anna eine Trauer mit sich herumtrug. Jedenfalls lange vor dem Sommer, als Großmutter Dina gekommen war.

Es mußte auch vor dem Nachmittag gewesen sein, an dem Anna vom Klavier aufgestanden war und ihr die Tränen nur so die Wangen heruntergelaufen waren.

Karna konnte sich nicht daran erinnern, was sie gespielt hatte, nur daß ihre Hände gezittert hatten. Sie hatte wütend immer wieder angefangen und immer wieder falsch gespielt.

Schließlich war sie aufgestanden und hatte das Klavier zugeklappt. Eine Weile hatte sie über das glänzende Instrument gebeugt dagestanden. Dann hatte sie sich aufgerichtet und sich mit einer Miene, als wäre sie eingesperrt, im Zimmer umgeschaut.

Karna hatte es auch noch später miterlebt. Aber nicht so deutlich. Sie bekam den Verdacht, daß Anna sich Papa so nicht zeigte. Aber sie war sich da nicht sicher.

Gelegentlich, wenn Karna überraschend bei Anna eintrat, sah sie Spuren davon. Als würde etwas um sie herum in der Luft liegen. Nie so, daß sie genau hätte sagen können, was es eigentlich war, nur eine Ahnung von etwas.

Die Art, wie sie sich vorbeugte und die Hände aneinander wärmte, ehe sie anfing zu spielen, wie sie die Augen halb schloß, während die ersten Töne den Raum füllten. Dann war sie ganz eins mit ihrer Musik.

Vielleicht hatte das mit Papa zu tun. Mit etwas, was er getan oder gesagt hatte. So war auch Karna gewissermaßen schuld daran.

Eines Tages kam Anna in ihr Zimmer. Sie wollte sich gerne mit ihr unterhalten, sagte sie. Karna glaubte, es habe mit den Hausaufgaben zu tun. Sie war nicht so fleißig gewesen, wie es nötig gewesen wäre. Sie nickte und wartete.

Aber Anna setzte sich zu ihr aufs Bett und sah richtig freundlich aus.

»Ich muß mit dir reden, ehe es zu spät ist«, sagte sie.

Karna wurde es klamm.

»Über das Frauwerden. Das Erwachsenwerden.«

Dann kam die merkwürdigste Rede, die Karna je gehört hatte. Am Anfang wagte sie kaum aufzuschauen, zum Schluß weinten sie beide ein wenig.

Anna weihte sie in ihre Trauer ein, daß Papa und sie keine Kinder bekamen. Gleichzeitig erfuhr sie, was sie selbst erwartete. Über das Blut, das nicht gefährlich war. Über das Bedürfnis von Frauen und Männern, zusammenzukommen, und über die Notwendigkeit, auf den Richtigen zu warten. Über Schmerzen. Und Freude. Am meisten über die Freude.

»Ich gehöre ja auch dir, obwohl ich Papa gehöre«, sagte sie und wußte nicht recht, ob sie damit Anna oder sich selbst trösten wollte.

»Ja. Wir haben nur dich«, sagte Anna.

So wurde sie ein Teil von Annas Trauer.

Aber eigentlich gehörte Karna nur Papa. Sie beide hatten das Recht, wütend aufeinander zu sein und sich anzuschreien. Wenn Papa genug von ihr hatte, dann gebrauchte er Worte, die der Propst keinesfalls zugelassen hätte.

Es war vorgekommen, daß Karna Papa so laut angeschrien hatte, daß die Pferde des Fuhrmanns gescheut hatten und der schwerhörige Hofhund unter die Johannisbeersträucher gekrochen war. Anlaß war gewesen, daß er ihr erst versprochen hatte, sie dürfe mitfahren. Dann hatte er es sich anders überlegt, als er gehört hatte, daß der Mann, zu dem er gerufen worden war, wahrscheinlich Typhus hatte.

Trotzdem gehörte sie Papa. Nichts konnte etwas daran ändern. An dem Tag, an dem Papa starb, wollte sie auch sterben!

Bei Anna wußte sie nie, woran sie war. Anna war da. Sie gehörte Papa. Nein, Benjamin. Auf dieselbe Art, wie Papa Karna gehörte. Alle brauchten jemanden.

Aber jetzt hatte sie zu Anna gesagt, daß sie auch ihr gehörte, und dazu mußte sie stehen. Wie, das wußte sie nicht.

Aber sie fing an, jeden Abend, bevor sie einschlief, an Anna zu denken. Sie dachte daran, daß sie, wenn Anna nicht gewesen wäre, nie Klavierspielen gelernt hätte, ehe Großmutter gekommen war. Sie hätte auch nie im Leben so viele Lieder gelernt.

Es hätte auch niemanden gegeben, der ihr die Fortsetzungsromane und Bücher vorlas, die Papa langweilig fand.

Niemand wäre mit ihr auf den Wegen spazierengegangen oder hätte mit ihr Blumen auf den Wiesen gepflückt. Und niemand hätte darauf geachtet, daß sie zu den Festtagen ein neues Kleid bekam. Dann wäre Papa vermutlich immer grau und unausstehlich gewesen und mit einem Seeräuberbart herumgelaufen.

Auf Annas Genauigkeit konnte sie gut verzichten. Mit der konnte sie nicht immer gleich gut umgehen. Man konnte Anna nicht auf andere Art widersprechen, als das Zimmer zu verlassen. Sie schimpfte nicht und versuchte auch nicht, sie vergessen zu machen, wie alles eigentlich angefangen hatte.

Anna brachte Differenzen ans Licht und ließ sie dort, bis sie verblichen.

Zu Papa konnte Anna beispielsweise sagen: »Gestern haben Karna und ich uns darüber unterhalten, ob es klug ist, am Strand so nahe an den Wellen zu gehen, daß sie die Beine erreichen. Ich habe gesagt, das sei unklug. Aber Karna war anderer Meinung. Heute ist sie erkältet.«

Auf diese Weise zeigte Anna, daß sie keine Angst vor Papa und ihr hatte, obwohl sie zusammenhielten. Und so zwang sie auch Papa, sich zu überlegen, was klug war und was nicht.

Gelegentlich lachte er dann, andere Male sah er nur erschöpft und traurig aus. Selten sagte er, daß er Annas Ansicht teile. Noch seltener war es, daß er mit Karna übereinstimmte. Aber wenn das passierte, dann wurde Anna nie böse.

Sie sagte dann: »Nun gut, zwei gegen einen. Damit muß ich leben.«

Nachdem sie mit Anna gesprochen hatte, fühlte sich ihr Körper nicht mehr ganz so eklig an wie zuvor.

Es war schließlich nicht so, daß mit den Körpern der Frauen etwas nicht in Ordnung war. Sie hatte nur einfach keine Kraft. Hatte vermutlich geglaubt, es aufhalten zu können. Und jetzt mußte sie doch, ob sie wollte oder nicht.

Karna fand, daß Anna Glück hatte, wenn sie keine Kinder bekam. Aber das sagte sie nicht. Sie hatte noch nicht so viele Säuglinge gesehen, aber die, die sie gesehen hatte, waren immer laut.

Sie selbst wollte nie Kinder. Sie wollte sich von allem fernhalten, was ihr Anna über Frauen und Männer erklärt hatte. Sie sah nicht ein, warum sie überhaupt etwas mit Männern zu tun haben sollte. Sie mochte auch keine Jungen. Sie waren dumm und rochen nicht gut.

Wären sie wie Papa gewesen, dann hätte sie es noch ertragen können.

10

»Ich bin bei den Damen im Grand in Ungnade gefallen. Mein Leben ist eine Katastrophe! Deswegen komme ich zu dir, um mich auszuweinen«, sagte Aksel und warf sich in den besten Stuhl des Hauses.

Benjamin sah, daß der Mann ziemlich betrunken war.

»Was hast du getan?« fragte er.

»Ich habe Dina und Anna bei ihrem erotischen Umgang mit Brahms gestört.«

»Wie das?«

»Tiefe Zungenküsse«, sagte Aksel und seufzte.

»Wer von beiden?«

»Beide.«

»Hast du kein Schamgefühl? Meine Mutter und meine Frau!« Benjamin mußte lachen. Aber die Sache gefiel ihm trotzdem nicht.

»Schamgefühl? Nein, wieso das? Hast du einen Schnaps?« fragte Aksel mutlos.

»Hast du noch nicht genug?«

»Zur Zeit bekomme ich gar nichts. Gar nichts, hörst du!« brüllte Aksel.

»Halt den Mund, du weckst noch Karna und das Mädchen«, sagte Benjamin und füllte zwei Gläser.

»Ich bin ein Feigling!« murmelte Aksel und leerte sein Glas.

»Das bist du doch schon seit Jahren«, tröstete ihn Benjamin. Der Mann saß nach vorne gebeugt, als würde er jeden Moment einschlafen. Dann hielt er wie ein Bettler Benjamin sein Glas hin, und dieser goß erneut ein.

»Nun? Erfahre ich jetzt endlich, worum es eigentlich geht?«

»Sie schmeißt mich raus.«

»Sie hätte Schlimmeres tun können«, murmelte Benjamin.

»Schau mich an, alter Freund! Kann mich denn niemand lieben?«

Mit einem Mal wurde die Unterhaltung gefährlich.

»Man muß dich einfach lieben«, sagte Benjamin leise.

»Meinst du das ernst?«

»Zum Teufel, natürlich!«

»Warum kommt es dann nicht dazu?«

»Du hast deine Zeit an Dina verschwendet«, sagte Benjamin brutal.

»Das verstehst du nicht. Ich habe sie im Blut. Das ist wie ein Fieber, eine Entzündung, Schweiß und Reinigung. Alles! Aber du, du verdammter Herzensbrecher, du weißt nichts über die Liebe«, rief er.

»Ich nehme das zur Kenntnis. Aber sprich leiser, du Lümmel!«

»Ist etwas an diesen Gerüchten?« nuschelte Aksel.

»An welchen Gerüchten?«

»Daß Bürgermeister Olaisen seine Frau schlägt, weil sie dem Distriktsarzt hinterherläuft?«

Benjamin stellte sein Glas hin.

»Wer hat das gesagt?«

»Die Schwester des Bäckers, wie heißt sie noch? Ein paar von den Männern auf der Werft haben ebenfalls in aller Unschuld gescherzt ...«

»Läufst du herum und hörst dir den Klatsch an wie ein altes Weib?«

»Also doch, nun ja, das war ja ein richtiger Ausbruch. Dann ist da wohl etwas dran?« sagte Aksel schniefend.

Karna wußte, daß das nicht für ihre Ohren bestimmt war. Sie sahen sie nicht, weil die Portiere zwischen Wohnzimmer und Anrichte vorgezogen war. Aber die Tür stand offen.

Sie trat nie sonderlich leise auf. Warum gerade heute? Vermutlich weil sie hörte, daß Besuch da war, und sie nur ein Nachthemd anhatte. Sie hatte sich bereits hingelegt, weil es schon spät war. Aber dann mußte sie noch ein Glas Wasser holen.

Dann hörte sie Aksels Stimme. Karna blieb stehen.

»Zum Teufel! Machst du das immer noch?«

Papa antwortete etwas, was sie nicht verstand.

»Aber der Mann kann doch nicht nur mit leeren Anschuldigungen gekommen sein? Er schlägt doch nicht auf einen bloßen Verdacht hin seine Frau halbtot. Irgendwo muß da doch was dran sein?«

»Ich habe dir geantwortet, als du gefragt hast, welche Ausreden er braucht. Ich habe gedacht, ich könnte mit dir reden ... wie mit einem Freund?«

»Ich habe freiwillig auf Anna verzichtet, damit sie zu dir kommen konnte.«

»Diese Scheinheiligkeit kannst du dir sparen! Du hast damals schon an Dinas Rockzipfel gehangen! Laß uns mit diesem Thema aufhören, ehe wir anfangen, uns ernsthaft zu streiten.«

»Der eifersüchtige Olaisen hat also recht?«

»Aksel, hör bitte auf!« sagte Papa leise.

»Bei deinem Anblick wird mir übel«, sagte Aksel.

»Du hältst anderen Predigten, aber kommst zu Dina, obwohl du eine andere heiraten willst. Hast du der Braut erzählt, daß du hier nicht nur die Berge besteigen willst?«

Es hörte sich so an, als würde zugeschlagen. Hart. Dann noch ein Schlag. Danach wurde es still. Schwerer Atem. Beide zündeten sich eine Zigarre an, oder nur einer? Dann hörte sie Aksels Stimme. Sie war etwas zittrig.

»Nein. Und dann war da noch etwas.«

»Ach so!«

»Ich bin hierhergekommen, um sie zu holen oder zu bleiben. Das mit der Heirat habe ich nur geschrieben, um ... Sie wollte mich aber, verdammt noch mal, nicht haben! Jung und schön, wie ich bin! Hörst du, du Idiot?«

Aksel stieß eine Art Lachen aus. Nicht sonderlich überzeugend.

»Aber du!« meinte Aksel weiter. »Du hast alles, und läßt es zwischen den Fingern zerrinnen.«

Karna merkte, daß ein Anfall im Anzug war. Papa durfte sie hier nicht finden. Sie schaffte es die Treppe hinauf und blieb eine Weile mit dem Kopf zwischen den Knien auf dem Boden sitzen. Langsam verflog die Übelkeit.

War es etwa Papa, der gesteinigt werden sollte?

Die Gläser waren leer.

»Benjamin, deine diffuse Orakelantwort vorhin? Was Olaisens Hanna angeht … War sie deine Jugendliebe?« fragte Aksel und wischte sich mit dem Ärmel über die Nase. Seine Jacke lag zusammengeknüllt auf dem Fußboden.

»Wir sind zusammen aufgewachsen. Als ich aus Kopenhagen zurückkam …«

»In Kopenhagen hat sie dir so gefehlt, daß du eine andere schwängern mußtest! Und dann mußtest du Anna so an dich binden, daß sie nie mehr von dir loskam«, sagte Aksel verbissen.

»Mußt du das Schlimmste aus allem machen?«

»Nein, das tust du schon selbst! Ist es das wert?«

»Geh zum Teufel! Ich habe sie mehrere Jahre nicht …«

»Da kommt es!« schnaubte Aksel.

»Nun gut. Es ist vorgekommen, daß ich sie gesehen habe. Sie braucht jemanden. Und sie sagt, daß er sie sowieso schlägt …«

Aksel bekam den Mund nicht mehr zu.

»Hol noch eine Flasche«, zischte er.

»Nein, das ist genug!«

Sie saßen, jeder auf seinem Stuhl nach vorne gebeugt, und starrten sich an.

»Ich kann es nicht erklären. Kann nicht mehr nachdenken … Sie auch nicht. Beide bringen wir es nicht fertig.«

»Hatte er recht? War das Kind von dir?«

»Nein!«

Aksel versuchte aufzustehen, sank dann aber zurück und sagte andächtig: »Wird das so weitergehen?«

»Das hier ist ein kleiner Ort. Es ist unmöglich, ihr aus dem Weg zu gehen, falls du das meinst. Aber ich schlafe nicht mit ihr! Ich rede mit ihr! Verstehst du, du alter Bock?«

»Pfui Teufel! Ich habe gerade das Kamel im Nadelöhr gesehen!«

»Was meinst du?«

»Du kommst sicher in den Himmel.«

Sie saßen eine Weile da. Aksel putzte sich die Nase mit einem ordentlich zusammengefalteten Taschentuch, mit dem er eine Geste machte, ehe er loströtete.

»Wenn mir zu Ohren kommt, daß du Anna untreu bist, dann bringe ich dich um!«

»Du bist betrunken«, sagte Benjamin.

»Danke für die Auskunft! Die Flasche ist leer!« sagte Aksel sachlich.

Etwas später seufzte er und fuhr fort: »Ich hätte es begreifen sollen, ehe ich hierhergekommen bin. Daß du alles auf den Kopf stellen würdest, damit es den ganzen Abend nur um dich und deine Angelegenheiten geht.«

Benjamin holte eine neue Flasche.

Als Anna nach Hause kam, lagen sie, eng umschlungen, vor dem Bücherschrank. Benjamin atmete schwer in Aksels Bart. Ein deutliches Schnarchduett stieg zur Decke.

Erst blieb sie stehen und sah sie an. Verblüfft. Dann lächelte sie und zog vorsichtig die Gardinen zu. Ohne die umgestürzte Flasche aufzurichten oder den Tisch abzuräumen, legte sie eine Decke über die beiden und schlich aus dem Zimmer.

Sie schrieb einen Zettel für das Mädchen und heftete ihn an die Tür. »Nicht stören, der Herr Doktor ist im Wohnzimmer eingeschlafen!«

Am Tag von Aksels Abreise war stürmischer Wind. Großmutter war nicht mit ihm zum Kai gekommen, und als Karna zu ihr ging, steckte sie nur den Kopf durch die Tür.

»Ich kann heute mit niemandem reden. Nicht einmal mit dir«, sagte sie durch den Türspalt.

Es sah fast so aus, als hätte sie geweint.

Karna nickte und ging wieder hinaus in den Sturmwind.

Das Dampfschiff kam kaum vom Fleck da draußen und war immer noch nicht an Tjuvholmen vorbei.

Papa war schon weit oben auf dem Hügel, also ging sie zu Birgits Familie. Sie durfte hereinkommen, obwohl es aus dem Ofen qualmte, weil der Schornstein keinen Westwind vertrug.

Nach einer Weile sagte Birgits Mutter: »Die Karna wäre wirklich ein hübsches Mädchen, wenn sie ab und zu einmal lächeln würde.«

Aber Karna fand nicht, daß es etwas zu lächeln gab, weder hier noch anderswo. Sie zog, so gut es ging, die Mundwinkel nach innen.

»Ich bin ein ernster Mensch«, sagte sie. Das kam ihr gerade jetzt, wo sie es brauchte, in den Sinn. Sie hatte es vermutlich irgendwo gelesen. Aber das konnte Birgits Mutter schließlich nicht wissen.

»Du solltest dein Haar offen tragen, damit alle sehen können, wie schön gelockt es ist«, sagte Birgits Mutter. Sie gab einfach nicht auf.

Birgit wurde in ihrer Ecke immer kleiner.

»Es steht aber nicht in der Bibel, daß man das soll«, sagte Karna und fing an, sich ihren Regenmantel anzuziehen. Hier wurde es ihr zu warm.

Einen Augenblick später stand sie draußen im Wind. Heute konnte man nirgendwo bleiben.

Wieder in ihrem Zimmer, flocht sie ihr Haar noch fester und steckte es wie eine alte Dame tief im Nacken fest. Nur die Spitzen ihrer Ohrläppchen kamen zum Vorschein.

So wollte sie bis zu ihrem Tod aussehen!

Sie betrachtete sich im Spiegel und ging hinunter zu Papa und Anna.

»Findet ihr, ich sollte das Haar offen tragen, damit man es besser sieht?«

Papa schaute nicht von der Zeitung auf, sondern begann, Anna zu erzählen, daß der Amtmann im Gegensatz zum Bürgermeister nicht finde, daß viel Geld in die Landstraße nach Süden investiert werden sollte.

Anna sagte nur: »Ach so!« und sah sie ebenfalls nicht an, weil sie einen Brief aus Kopenhagen bekommen hatte.

Karna ging zu Papa hin und wiederholte ihre Frage.

»Das sieht man auch so gut genug. Aber wenn du meinst, dann ... Mir ist es egal«, sagte er, ohne die Augen von seiner Zeitung zu nehmen.

Karna ging in die Küche. Dort hing die Schere. Sie nahm sie mit nach draußen auf die Treppe und hielt sie an den Knoten. Dann war es passiert.

Anna entdeckte die kupferbraunen Locken, die in großen Mengen am Fenster vorbeiflogen. Sie lief zur Tür und fand Karna. Sie sah mit ihren abgeschnittenen Haaren aus wie ein Sträfling.

In sieben Tagen sollte sie konfirmiert werden und vor Gott und der Gemeinde über ihre Kenntnisse von den heiligen Dingen Rechenschaft ablegen.

»Was hast du getan?«

Anna hatte dieselbe Stimme wie Birgits Mutter.

Dann stand Papa in der Tür. Erst sah er nur etwas seltsam aus. Dann packte er ihren Arm und schrie: »Bist du verrückt? Eine Tracht Prügel sollte man dir geben!«

»Du hast doch gesagt, daß es dir egal ist. Daß man es auch so gut genug sehen kann.«

»Willst du wie ein Reisigbesen aussehen, wenn du konfirmiert wirst?« schrie Papa zurück.

Er sah gefährlich aus. Ganz weiß. Und ganz nah. Sie spürte seinen Atem und seine Spucke im Gesicht, verstand aber nicht alles, was er sagte.

Da ging Anna dazwischen.

»Wollen wir doch ruhig bleiben«, sagte sie, als würde sie in der Schule mit dem sprechen, den sie Dumm-Edevart nannten.

Anna nahm ihr die Schere ab und versteckte sie hinter dem Rükken. Glaubte sie etwa, daß Karna auch noch Papa die Haare schneiden wollte?

»Wie soll ich wissen, daß mein Haar so viel wert ist, wenn das nie jemand sagt? Birgits Mutter war heute die erste. Du hast doch gesagt, daß es dir egal ist.«

Das Mädchen streckte seinen Kopf aus dem Küchenfenster und starrte sie mit offenem Mund an.

»Laß uns reingehen«, sagte Anna.

»Teufelsbraten!« schrie Papa, und im nächsten Augenblick: »Wie du doch der Dina ähnlich bist!«

Er stellte das voller Abscheu fest, drehte sich auf dem Absatz um und marschierte in seine Praxis.

Anna mußte das, was noch übrig war, zurechtschneiden. Sie wusch das Haar, spülte es mit Wacholderlauge aus, trocknete es mit einem dicken Handtuch und kämmte es ordentlich mit einem Scheitel auf der rechten Seite.

Dann betrachtete sie das Ganze mit einer Art Entsetzen, das in Respekt überging. Schließlich holte sie eine mit Perlen besetzte Klammer aus ihrer eigenen Schmuckschatulle und befestigte sie links. Mit schräg geneigtem Kopf blieb sie eine Weile stehen und betrachtete ihr Werk.

»Es steht dir«, stellte sie fest.

Im Frühling hatte der Pfarrer noch gesagt, Karna sei zu jung, um im Sommer konfirmiert zu werden. Anna redete mit ihm, und es wurde beschlossen, daß sie doch konfirmiert werden sollte.

Aber als der Konfirmationsunterricht begonnen hatte, beklagte sich der Pfarrer bei Anna. Karna Grønelv sei ein heller Kopf, aber lerne nur, was sie selbst wolle. Sie bilde sich anscheinend auch ein, daß sie die Bibel besser kennen würde als er selbst. Sie sei abweisend und spreche nur mit ihren Mitkonfirmanden, wenn sie das müsse. Sie halte sie hochmütig auf Abstand, bis sie aufgeben und ihr aus dem Weg gehen würden. Außerdem singe sie ihre Aufgaben, statt sie aufzusagen, ungeachtet, ob es eine Melodie dazu gebe oder nicht. So ziehe sie alle Aufmerksamkeit auf sich. Das gehöre sich ganz und gar nicht, und dabei spiele es auch keine Rolle, daß sie die Tochter des Doktors sei.

Anna und Papa waren beide sehr streng, als sie mit ihr darüber sprachen. Karna verstand, daß sie sich vorher abgesprochen hatten. Also neigte sie nur den Kopf und sagte kein Wort.

»Du mußt dich endlich benehmen wie andere Leute!« sagte Papa.

Sie antwortete nicht. Erst als Anna sie eindringlich bat, darüber nachzudenken, daß sie in der Kirche über Entsagung und Glauben Auskunft geben mußte, sagte sie: »Ich habe überhaupt nichts Böses getan. Aber da du mich darum bittest, werde ich es nicht mehr tun. Ich werde alles aufsagen, auch das, was Töne hat.«

Am Tag der Konfirmation hatte Karna das Gefühl, als wäre sie die letzte eines großen Geschlechts. Als wäre ihr Leben bereits vor Hunderten von Jahren von einem Funken vorausbestimmt worden. Auf jeden Fall noch lange, bevor jemand an sie gedacht hatte. Es ging ihr durch den Kopf, daß sie alle vor ihr hier hatten stehen müssen, nur damit sie einmal an die Reihe kommen würde.

Sie sah die ernsten Gesichter der Erwachsenen. Die dicken Mauern. Licht und Schatten ließen das Bild unruhig werden. Als lebte es sein eigenes Leben.

Dann war es wohl Gott selbst, der draußen in den Baumkronen saß und so zu ihr hereinschaute, daß die Fensterscheiben Funken sprühten. Und bei jeder Bewegung, die Gott machte, um sie besser sehen zu können, veränderten sich Licht und Schatten im Muster der Baumkronen.

Die dunklen Ecken wurden deutlicher, während die Schatten auf die Wände fielen, so daß diese fast verschwanden. Und das nur, weil Gott in einem Baum saß und die Äste zur Seite bog, um sie besser sehen zu können.

Über dem Ganzen lag die Stimme des Pfarrers mit Mahnungen, Geboten und Strafen. Er kümmerte sich scheinbar nicht um das, was Gott tat.

Sie fiel, als sie gerade auf den Knien lag und den Leib Christi essen sollte. Das war zu eklig. Außerdem war Papa immer noch böse, weil sie sich die Haare abgeschnitten hatte.

Sie kam in der Sakristei wieder zu sich. Aber sie hatte nicht in die Hose gemacht, und Papa war auch nicht böse. Später vergaß der Pfarrer sie. Also hatte sie eigentlich keinen Pakt mit Gott wie andere Leute.

Sie fing an, darüber nachzudenken, daß sie nicht richtig konfirmiert war und daß alle es vergessen hatten.

Schließlich fragte sie Papa, ob sie nicht konfirmiert werden müßte.

»Du bist doch konfirmiert worden«, rief er.

Sie ließ sich von ihrem Standpunkt nicht abbringen, und er versprach, mit dem Pfarrer zu reden. Aber der hatte eine neue Pfarrstelle weit im Süden angetreten. Und der Propst wußte nichts anderes als das, was in den Kirchenbüchern stand: daß Karna Grønelv am dritten Sonntag im Juli 1886 konfirmiert worden war.

Karna konnte das nicht glauben. Daß in den Kirchenbüchern stand, sie sei konfirmiert, obwohl das nicht wahr sein konnte!

»Nur das, was in den Büchern steht, ist von Bedeutung«, sagte Papa.

»Äußerlichkeiten bedeuten nichts, der Gedanke dabei ist am wichtigsten. Und du bist ja in die Kirche gekommen, um dich konfirmieren zu lassen«, tröstete Anna.

»Wie könnt ihr nur sagen, daß es eine Äußerlichkeit ist, den Leib und das Blut Christi zu empfangen, wenn das von Gott so bestimmt worden ist?«

»Das ist nicht von Gott so bestimmt worden. Das haben sie nur eingeführt, um festzulegen, wer in der Gemeinde erwachsen ist. Soviel ich weiß, haben die Kirchenväter das so bestimmt«, meinte Papa.

Karna ging in ihr Zimmer, um das alles nachzulesen, fand aber keine Antwort.

Anna sorgte dafür, daß der Propst sie in die leere Steinkirche mitnahm und sie in Anwesenheit von ihr, Papa und Großmutter konfirmierte.

Und als sie wie beim vorigen Mal deutlich spürte, daß der Heilige Geist dabei war, sie zu verschlucken, fiel ihr Blick auf den rechten Nebenaltar.

Da ließ sich die heilige Anna auf den Fußboden sinken und kam mit dem großen Buch in den Händen auf sie zu. Karna spürte ihren Atem, als sie niederkniete.

»Schwörst du dem Teufel und allen seinen Taten und all seinem Wesen ab?« fragte der Propst freundlich.

»Ja«, sagte Karna, und der Umhang der heiligen Anna knisterte.

»Glaubst du an den Vater und den Sohn und den Heiligen Geist?«

»Ja«, flüsterte Karna.

Aber die heilige Anna fand das zu leise und wiederholte für sie: »Ja!«

»Willst du mit Gottes Gnade diesen Taufpakt bis zu deiner letzten Stunde einhalten?« fragte der Propst.

»Ja, sie will!« antwortete die heilige Anna.

Da hallte es zwischen den gekalkten Mauern wider, und das Dach verschwand. Aber Karna lag immer noch auf den Knien und war nicht gefallen.

»Dann gib mir die Hand darauf«, sagte der Propst gutmütig.

Aber sie nahm nicht die Hand des Propstes, sondern die der heiligen Anna. Und es war auch die Stimme der heiligen Anna, die zum Schluß sagte: »... Festigkeit in deinem Glauben zur Erlösung deiner Seele. Amen.«

Als sie später an ihren ersten Konfirmationstag dachte, konnte sie sich nicht mehr so genau erinnern. Sowohl die Kirche als auch die Gäste waren ihr gewissermaßen entfallen. Aber etwas fiel ihr oft ein, wenn sie dalag und einschlafen wollte. Das war Papas Rede.

Er hatte schöne Worte für sie gefunden und gesagt, sie sei ein Geschenk. Aber er hatte auch über die fünf Frauen gesprochen, die Karna und ihm eine unschätzbare Hilfe gewesen waren. Oline, Stine, Hanna, Großmutter und Anna. Am meisten hatte er von Anna geredet.

Er hatte Anna, Großmutter und auch sie angeschaut, als er von ihnen gesprochen hatte. Aber als er Hanna dafür dankte, daß sie all diese Jahre Karnas Patin gewesen war, und als er erzählte, daß sie ihnen bis Bergen entgegengereist sei, als er mit ihr aus Kopenhagen kam, da hatte er die ganze Zeit auf seinen Teller gestarrt.

11

Dina lud die feinen Leute zu einer Gesellschaft und einem Konzert ein. Gegen ihren Grundsatz, Geschäft und Fest nicht zu mischen, gab sie bekannt, daß Wilfred Olaisen und sie die Werft erweitern und eine neue Helling auf ihrem Grundstück neben der Seilerbahn bauen wollten. Diese sollte nächsten Frühling fertig werden und weitere Arbeitsplätze schaffen. Sie fügte noch hinzu, es sei beruhigend, Teilhaberin des Bürgermeisters zu sein.

Der Redakteur und der Telegrafist waren ganz Ohr.

Dina erwähnte nicht, daß Wilfred Olaisen sein privates Darlehen – mit dem Haus als Sicherheit – erhöht hatte, um sich an dieser Sache beteiligen zu können.

Aber das wußte der Bankdirektor.

Dieser Umstand änderte jedoch nichts daran, daß das der Abend von Bürgermeister Olaisen wurde. Er erhob sich und dankte Dina für das erwiesene Vertrauen. Er sei sicher, daß die Zusammenarbeit die allerbeste werden würde. Er halte die Mehrheit der Werft und sie die der Helling. Eigentlich sei es nur natürlich, beides zu fusionieren, meinte er lächelnd.

Sie gingen einander aus dem Weg. Hanna und Benjamin. Er hatte gelernt, ihren schnellen Blick zu deuten, wenn sie sich begegneten. An diesem Abend war es so, daß sie ihn nicht sehen durfte.

Anna wollte Karna einen weiteren Winter unterrichten, und dann würden sie sehen, wie es weiterging. Karna hatte so genügend Zeit. Zum Klavierspielen, Singen und Fallen. Ehe sie weggehen mußte, um etwas zu werden.

Sie büffelte Latein mit dem Vikar, einem gutmütigen Mann, der nicht viel mehr sagte als das, wofür er bezahlt worden war. Benjamin behauptete, Karna könne bereits mehr als er in ihrem Alter.

Aber darauf verließ sie sich nicht. Er behauptete oft irgendwas, ohne daß etwas daran war. Manchmal glaubte sie, daß er nur so freundlich zu Anna und ihr war, weil er bereits auf dem Weg irgendwo andershin war.

Großmutter und Papa sprachen über alles, was in Strandstedet, der Gemeindeversammlung und der Gesundheitskommission getan werden sollte. Gelegentlich saß auch Anna dabei und sprach über die Schulkommission.

Papa hielt sich in seiner Praxis auf, war draußen auf den Inseln, Richtung Süden die Landstraße entlang unterwegs oder traf jemanden im Grand. Gelegentlich roch er nach Zigarren und Punsch, wenn er nach Hause kam.

Das war das Neue. Die Politik. Ein Wort für alles, was außerhalb des Doktorhauses getan werden mußte.

Anna musizierte viel mit Dina. Sie gaben öffentliche Hauskonzerte. Ab und zu durfte Karna singen. Aber meistens blieb sie ausgeschlossen.

An einem Wintertag traf Karna Hanna beim Postmeister. Sie hielt den Jüngsten an der Hand und schimpfte mit ihm, weil er bockig war.

»Kannst du auf ihn aufpassen, während ich etwas besorge?« fragte Hanna, als er sich beruhigt hatte.

Karna wußte nicht, wie sie sich dem entziehen sollte, also setzte sie den kleinen Kerl auf ihre Schultern und spielte Pferd. Als Hanna zurückkam, gingen sie ein Stück zusammen.

Konrad wollte sie am Doktorhaus nicht loslassen, also zog sie ihn auf dem Schlitten den Hügel hinauf.

Hanna kam hinterher und sagte nichts.

Die Torpfosten der Olaisens waren fast zugeschneit, aber sonst war alles ordentlich freigeschaufelt. So war das nicht immer beim Doktorhaus.

Papa sprang beim Weggehen immer über die Schneewehen. Und Anna dachte gelegentlich auch nicht daran, den Bäckerjungen zu bitten, für sie Schnee zu schippen.

»Möchtest du das Kleid sehen, das ich mir gerade nähe?« fragte Hanna.

»Ja«, sagte Karna zögernd.

Im Haus war es gemütlich. Sara kochte Kakao und lächelte die ganze Zeit. Hanna lächelte ebenfalls ein paarmal.

Da war alles wie ein großer Sonnenschein über dem Küchentisch.

Wenig später fuhren Großmutter und Anna mit dem Dampfschiff nach Tromsø, um Geigenspiel zu hören, aber sie mußte zu Hause bleiben, um zu lernen.

Als sie mit den Hausaufgaben fertig war, war Papa noch nicht nach Hause gekommen. Das Haus war so leer und öde, denn das Mädchen hatte frei.

Sie zündete eine Laterne an und ging hinauf zu Hanna und Sara, denn sie wußte, daß Olaisen mit dem Frachtsegler weiter nördlich unterwegs war. Karna war es lieber, daß Großmutter dabei war, wenn sie Olaisen gegenübertrat.

Es war ein Abend im Februar, und Schnee lag in der Luft. Nicht einmal beim Gehen knirschte es. Alles war wie Seide.

Aus alter Gewohnheit ging sie zur Küchentreppe. Sie wollte gerade klopfen, da hörte sie aus dem Windfang leise Stimmen.

Ihr Herz fing an zu pochen. Ihr Kopf wurde merkwürdig gefühllos. Ohne nachzudenken, lief sie die Treppe hinunter und um die Hausecke.

Wenig später trat er ins Freie. Papa. Er ging bei den Olaisens durch den Hinterausgang.

Sie blieb eine Ewigkeit stehen, bis das Dunkel seine Gestalt verschluckt hatte. Dann begann sie, darüber nachzudenken, warum sie sich eigentlich hinter der Hausecke versteckt hatte. Warum hatte sie sich nicht zu erkennen gegeben, seine Hand genommen und war mit ihm wieder nach Hause gegangen? Und warum war es ihr jetzt unmöglich, bei Hanna anzuklopfen? Haustür oder Hintereingang. Unmöglich.

Sie kam nach Hause und schlich in den Gang. Aber er hörte sie und rief sie ins Wohnzimmer.

»Wo warst du noch so spät?«

»Ich bin eine Runde gegangen, es war so schön draußen«, sagte sie und zwang sich, hineinzugehen.

»Du solltest dich nicht allein im Dunkeln herumtreiben.«

Er saß bereits hinter seiner Zeitung, nahm sie aber weg, als er mit ihr sprach. Lächelte. Als wäre nichts. Sie mußte an alle die Male denken, als er denselben Gesichtsausdruck gehabt hatte, wenn er mit ihr oder Anna sprach.

Sie hätte sagen können, sie sei zu Hanna gegangen, um zu sehen, was sie gerade nähte, und habe ihn aus der Hintertür kommen sehen. Warum das? hätte sie ihn fragen können.

Statt dessen wünschte sie ihm eine gute Nacht. Und als er ihr seine Wange hinhielt, wie er das immer tat, merkte sie, daß sie den Tränen nahe war. Sie streifte ihn, so schnell sie konnte, mit dem Mund.

Er war nicht lebendig, war nur ein Stück Stoff.

Das Mädchen hatte geheizt, und sie hätte *Die Töchter des Amtmanns* oder *Latein für Fortgeschrittene* lesen können. Sie sah aber keinen Grund, eines der beiden Bücher anzufassen.

Sie hatte Papa nicht erzählt, wie es ihr ging oder was sie dachte. Sie hatte ihn verloren.

Sie erinnerte sich an Kleinigkeiten, seinen Tonfall, Erklärungen, Blicke, und begriff, daß er sie nicht regelrecht anlog, ihr aber auch nicht alles erzählte.

Und da sie die Worte, die sie gebraucht hatte, als sie klein gewesen war, nicht mehr benutzen konnte, erfuhr sie nichts. Nur das, was auch alle anderen wußten. Sogar wenn sie allein im Boot waren, gehörte er nicht mehr ihr. Lag es daran, daß sie erwachsen wurde?

Es war reiner Zufall gewesen, als sie mitbekam, daß er Olaisens Kücheneingang benutzte, wenn Olaisen nicht zu Hause war. Auf diesen Mann verließ sich Anna. Dieser Mann behandelte Kranke und tröstete, wenn jemand starb. Er war Papa. Und er war nicht Papa.

Sie legte sich mit allem, was sie anhatte, ins Bett.

Mitten in der Nacht erwachte sie. Sie hatte das alles geträumt. Aufs neue. Es war kein Traum gewesen, sondern Gedanken über die Wirklichkeit. Was sie nicht sehen wollte, wenn sie wach war. Daß Sara die Jungen mit nach Reinsnes genommen hatte. Sie hatte Karna gefragt, ob sie mitkommen wolle. Aber sie durfte nicht einmal mit nach Tromsø, um Geigenspiel zu hören.

Sie stand auf, zündete die Lampe an und machte Feuer im Ofen. Wusch sich das Gesicht mit eiskaltem Wasser und zog sich eine Wolljacke an. Es war drei Uhr, und die Dunkelheit erschreckte sie. Das tat sie sonst nie.

Zitternd setzte sie sich mit sämtlichen Kleidern unter die Bettdecke und wartete darauf, daß es warm wurde. Während sie dort saß, faßte sie einen Entschluß. Sie wollte mit ihm reden. Sofort. Ehe sie den Mut verlor.

Sie nahm die Lampe mit und ging ganz leise, um das Mädchen nicht zu wecken. Vor Benjamins und Annas Zimmer zögerte sie ein wenig und lauschte. Dann klopfte sie vorsichtig.

Niemand antwortete. Sie klopfte noch mal. Nichts rührte sich. Sie drückte die Klinke und trat mit erhobener Lampe ein. Das Bett war leer. Niemand hatte da drin gelegen.

Es lag auch kein Zettel auf dem Tisch im Gang wie sonst immer, wenn er mitten in der Nacht auf Krankenbesuch mußte. Im übrigen wachte sie immer auf, wenn jemand kam, weil ihr Zimmer so nah am Eingang lag.

Sie stand in dem kalten, dunklen Gang mit dem seltsamen Gefühl, tot zu sein. Als stünde sie aufrecht in einem Grab.

Nach einer Weile kamen ihr wieder zusammenhängende und sinnvolle Gedanken. Sie könnte sich anziehen, zum Olaisenhaus gehen und ihn holen. Aber da würden sie gewiß alle dabei draufgehen.

Sie ging zurück in ihr Zimmer und legte nach, ohne zu merken, daß sie mit den Ofentüren klapperte. Dann setzte sie sich mit den lateinischen Verben hin.

Sie spürte die Übelkeit, kümmerte sich aber nicht darum. Sie trotzte ihr. Packte das Lateinlehrbuch und schmiß es mit aller Kraft gegen die Wand. In einzelnen Papierbögen segelte es langsam zu Boden. Danach war alles still.

Sie stand erneut auf und ging zum Ofen. Dann hörte sie ihn kommen. Die Schritte auf der Treppe waren die eines Diebes. Sie hielt die Luft an, bis sie davonschwebte.

Sie erwachte auf dem Bett. Papa strich eine Salbe auf ihre Hand. Sie war wohl gegen den Ofen gefallen.

Wenig später empfand sie den Schmerz. Gut. Da wußte sie zumindest, was weh tat. Sie war naß im Gesicht.

»So, so, Karna, Karna!« hörte sie. »Das hier lindert.« Seine Stimme war wie früher. Auf Reinsnes, im Boot. Wo auch immer.

Sie wollte wieder zurück, wollte, daß es andauerte. Preßte die Augen zu, um ihn nicht sehen zu müssen. Denn sie wußte noch nicht, ob sie ihn stark genug hassen konnte.

Er zog sie an sich und wiegte sie hin und her, wie er das immer tat. Sie konnte auch nichts daran ändern, daß das den Schmerz linderte, und rührte sich nicht. Obwohl sie wußte, daß er sie halten und ihren Namen sagen würde, solange sie das nicht tat. Immer und immer wieder.

Sie entschloß sich, die Augen zu öffnen, nur um zu sehen, ob sie auch traf, wenn sie ihn anspuckte. Aber als sie seine Augen sah, brachte sie es nicht fertig.

»Du hättest nicht so früh heizen sollen, ehe alle anderen aufgestanden sind«, flüsterte er.

Sie fragte nicht, warum er vollkommen angekleidet war und Schnee im Haar hatte. Es gelang ihr, sich wieder von ihm zu entfernen. Weit, weit weg, bis hinter die Schären.

Am Morgen danach fühlte sie sich krank. Irgend etwas war mit dem Fenster nicht in Ordnung. Es öffnete und schloß sich von allein. Es war Stine, die ihr etwas sagen wollte, aber sie war nicht zu entdecken.

Papa kam und stellte fest, sie habe Fieber. Das Fenster blieb geschlossen, während er im Zimmer war. Sie glaubte, Hanna riechen zu können.

Sie versuchte auszuhalten, daß er sie anfaßte. Aber als er ihren Namen sagte und sie fragte, ob sie ihn hörte, hatte sie nicht die Kraft, zu antworten.

Er setzte sich hin, und sie sah ein, daß er bleiben würde, wenn sie sich nicht rührte. Das hielt sie nicht aus.

»Ich bin gesund«, sagte sie böse.

»Du hast Fieber und weinst«, sagte Papa.

»Nein«, sagte sie weinend.

»Gut, deine Stimme zu hören«, sagte er fröhlich und lächelte.

Da schloß sie wieder die Augen.

»Hör zu! Ich muß zu einer Versammlung der Gesundheitskommission, aber ich bleibe nicht lange fort.«

Sie antwortete nicht.

»Die Anna kommt heute nachmittag. Aber dann bin ich schon längst wieder hier. Kristine kommt und legt im Ofen nach. Sie bringt auch was zu essen. Dann geht es dir sicher bald besser, nicht wahr?«

Sie hörte, daß er aufstand, um zu gehen, und preßte die Lippen zusammen.

»Nicht wahr?« sagte er.

Sie spürte seinen Mund, als er ihr in den Nacken blies. Das war eklig. Sie sah Hanna vor sich. Es war wohl der Geruch.

Anna kam nach Hause, und es wurde sowohl schlimmer als auch besser. Sie war fröhlich, machte sich aber Sorgen um Karna. Sie setzte sich auf die Bettkante und wollte, daß sie Saft trank. Sie redete die ganze Zeit von ihrem Ausflug nach Tromsø. Der hätte ihr gutgetan. Das nächste Mal würde sie Karna mitnehmen. Soviel sei sicher.

Karna schüttelte den Kopf.

»Ich fahre nicht weg«, sagte sie.

»Was bekümmert dich?« fragte Anna nach einer Weile.

»Siehst du nicht, daß ich mir beim Fallen heute nacht die Hand verbrannt habe?«

»Doch, aber aus irgendeinem Grund bist du auch noch unglücklich.«

»Nein«, sagte Karna und schämte sich. Sie machte also gemeinsame Sache mit Papa. Sie log seinetwegen.

Anna spielte den ganzen Nachmittag Mendelssohn. Zwischendurch kam sie nach oben, erzählte von Tromsø und meinte, daß sie in Strandstedet einen Violinisten gebrauchen könnten.

Karna blieb mit der bandagierten Hand in ihrem Zimmer. Es war nicht so schlimm, als daß sie es nicht hätte aushalten können. Trotzdem kamen ihr die ganze Zeit Tränen.

Das Fenster öffnete sich erneut. Es war nicht Stine, sondern Hanna. Sie sah gierig aus und kroch die Gardinen hinauf. Aber es gelang ihr nicht, ganz ins Zimmer zu kommen.

So sahen sie aus. Die Huren aus der Bibel. Und plötzlich wußte sie, daß er sie schlagen mußte. Der Olaisen. Er sah ihr vermutlich an, daß sie eine Sünderin war, die gesteinigt werden mußte.

Hannas Gesicht löste sich da drüben auf der dunklen Fensterfläche auf. Schlangen und Würmer krochen ihr aus Augenhöhlen, Mund und Nase. Sie schrumpfte und verschwand zum Schluß ganz.

Aber sie hörte sie immer noch kratzen.

Sie dachte darüber nach, ob sie aufstehen und sie auf der Kohlenschaufel hereinholen und in die ewige Qual werfen sollte. Aber der Gedanke verschwand wieder.

Am nächsten Vormittag stand Großmutter in der Tür, ohne daß sie sie gehört hatte.

»Es heißt, es geht dir nicht gut«, sagte sie fröhlich, warf ihre Jacke auf den Teppich und zog sich einen Stuhl zum Bett.

»Wer sagt das?«

»Die zwei Alten da unten.«

Karna versuchte, sich etwas aufzusetzen.

»Sie sagen, du hast einen Anfall gehabt, bist gegen den Ofen gefallen und hast jetzt Fieber und schlechte Laune. Jetzt müssen wir uns eine Kur einfallen lassen.«

Sie zog eine große Papiertüte Kampferdrops hervor und hielt sie Karna hin.

Karna schob einen in den Mund. Bei dem guten, säuerlichen Geschmack fing sie an zu weinen.

Großmutter hörte ihr eine Weile zu. Dann zog sie ein Taschentuch hervor, von dem sie behauptete, es stamme von der besten Klöpplerin in Wien. Gab es Karna, die ausgiebig Gebrauch davon machte. Aber es half nichts.

Großmutter legte ihr die Hand auf die Stirn und verdrehte die Augen.

»Eiskalt«, sagte sie.

»Er kann sie nur totschlagen!« Die Worte kamen einfach so, ohne daß Karna sich etwas dabei gedacht hätte.

»Wen?«

»Hanna, die Hure!«

Großmutter stand langsam auf, machte einen Abstecher zur Tür, öffnete sie, als wollte sie gehen, schloß sie dann aber wieder. Sie setzte sich neben das Bett.

»Harte Worte«, sagte sie.

»Sie läßt Fremde durch die Tür zum Windfang herein, wenn niemand sonst zu Hause ist. Und die Anna spielt nur Mendelssohn.«

Großmutter sah aus, als wäre ein Winterwind über sie hinweggefegt.

Karna hörte auf zu weinen.

»Wer ist der Fremde?« fragte Großmutter.

Karna spürte, daß sie Angst bekam. Großmutters Augen. Und trotzdem mußte sie sagen, wie es war.

»Papa.«

»Hast du das gesehen?«

»Ja.«

Aber sie vergaß zu sagen, daß er nicht in seinem Bett geschlafen hatte. Warum auch immer, sie sagte es nicht.

»Hör zu Karna, das muß doch nichts Schlimmes bedeuten. Aber du darfst nicht mit Anna darüber sprechen. Sprich mit deinem Vater, aber verschone Anna damit!«

»Soll sie die einzige sein, die nicht Bescheid weiß? Dann ist doch alles eine Lüge ... alles ...«

»Benjamin muß sagen, was zu sagen ist. Nicht du! Verstehst du?«

»Aber Großmutter, wenn er sie einfach anlügt?«

»Du kannst das ja mißverstanden haben. Mach also nicht alles noch schlimmer. Versprichst du das?«

»Aber wie soll ich das nur schaffen, so zu tun, als wäre nichts gewesen? Das bringe ich nicht fertig.«

»Das brauchst du auch nicht. Du kannst Benjamin fragen, wieso er die Tür zum Windfang im Olaisenhaus einrennt, wenn Olaisen nicht dort ist.«

»Kann ich das?«

»Das kannst du.«

»Aber wie soll ich das sagen?«

»Mit denselben Worten, die ich gerade gebraucht habe. Geradeheraus.«

»Aber wenn er sagt, daß ich nicht alles mißverstanden habe?«

Großmutter stand wieder auf und ging mit schnellen Schritten hin und her. Nach einer Weile baute sie sich vor dem Bett auf.

»In diesem Fall kommt eine schwere Zeit auf ihn zu, Karna.«

Sie saßen eine Weile, ohne etwas zu sagen.

»Stehst du jetzt auf?« fragte Großmutter.

»Ich glaube nicht, daß ich jemals wieder aufstehe.«

»Dann liegst du einfach nur mit all deinen Gedanken da, und getan wird nichts.«

»Was denkst du, Großmutter?«

»Oh, ich denke viel Blödsinn, das kannst du mir glauben. Am meisten denke ich, daß du es wirklich nicht leicht hast, erwachsen zu werden. Aber für heute reicht es. Zieh dich doch an, dann gehen wir ins Grand. Der Hafen ist voller Boote, und ich glaube, daß heute die Sonne über den Horizont kommt.«

Karna putzte sich die Nase. Dann nickte sie.

Als Anna sie beide in Mänteln sah, sagte sie erstaunt:

»Gehst du aus, Karna? Ist das klug? Mit Fieber?«

»Das ist vorbei. Sie hat nicht mehr Fieber als die Möwen«, sagte Großmutter.

Sie gingen den Weg entlang, und Karna fragte: »Warum ist alles nur so häßlich?«

»Wenn du das alles etwas auf Abstand bekommst, kannst du wieder an das Schöne denken.«

»Was ist schön?«

»Die Schöpfung des Herrn. Kunst. Musik. Gewisse Gedanken und Worte.«

»Aber die Menschen sind böse.«

»Nicht die ganze Zeit.«

»Glaubst du, daß Menschen sich lieben können, ohne zu lügen, Großmutter?«

Großmutter ging wieder weiter, schaute Karna dabei aber an.

»Ich weiß nicht. Ich glaube schon. Aber du kannst nicht erwarten, daß die Menschen nur für dich da sind. Sie sind ihretwegen auf der Welt. Selbst wenn sie dich lieben, kann es passieren, daß sie dir nicht alles erzählen. Ich weiß nicht, ob das Lüge ist. Das Wichtigste ist aber, daß du jemanden lieben kannst.«

»Wie das?«

»Man muß die Liebe sehen, wenn sie da ist, man darf sie nicht einfach vorbeigehen lassen. Will sie aber vorbeigehen, dann muß man sie ziehen lassen. Sie muß frei sein. Nur so empfängt man sie.«

»Hast du sie frei sein lassen?«

»Nein, ich habe dasselbe getan wie du mit den Küken der Eiderenten.«

»Warum?« flüsterte Karna kaum hörbar.

»Weil er nicht bleiben wollte.«

»Aber du warst es doch, du hast doch gesagt, daß Aksel ...«

»Nicht Aksel, das war in meiner Jugend. Er hieß Leo. Ich glaubte, er wäre nur für mich da.«

»War er das nicht?«

»Nein, er gehörte sich selbst, und das habe ich nicht begriffen.«

»Hast du die Liebe zertrampelt?«

»Ja.«

Karna seufzte.

»Ja, was hättest du sonst tun sollen? Als er nicht wollte.«

Großmutters Augen waren belustigt. Oder waren es Tränen?

»Glaubst du, daß es Papa genauso ergeht?«

»Ich hatte gehofft, er wäre klüger ...«

»Kannst du nicht mit ihm reden, Großmutter?«

»Du hast ihn doch im Verdacht, also mußt auch du mit ihm sprechen.«

»Verdächtigst du ihn nicht?«

»Ich muß ihn nicht verdächtigen.«

»Was meinst du damit?«

»Mich braucht das nicht zu kränken, was Benjamin tut.«

»Aber kümmert dich Anna denn nicht?«

»Doch. Aber ich kann nicht das Leben von Benjamin und Anna leben. Das können nur die beiden.«

»Du redest, als wärst du ganz allein und hättest mit uns nichts zu tun.«

»Ich habe durchaus mit euch zu tun. Du, Karna, bist von außen so zart. Aber das macht nichts, denn innerlich bist du ein Urgestein. Bei mir ist es umgekehrt. Und wenn offenliegendes Urgestein birst, dann geht alles über den nieder, der daneben steht.«

Sie waren mittlerweile auf dem Strandveien angekommen. Da kam die Sonne hervor. Sie legte sich auf Großmutters Gesicht und blieb dort, bis sie durch die Tür des Grand gingen.

Das Abendessen war eine Strafe. Sie wußte nicht, was sie mit sich anfangen sollte.

Anna war heiter und erzählte alles mögliche über Tromsø. Sie habe eine gewisse Frau Andrea getroffen, die Witwe eines Gerbers, die ein Logis für junge Männer betreibe.

Papa murmelte, er habe dort gewohnt, als er in Tromsø die Schule besuchte.

»Sie ist bereit, Karna zu beherbergen, obwohl sie am liebsten Jungen nimmt. Sie behauptet, es gebe mit ihnen weniger Probleme«, sagte Anna und lachte.

»Keinesfalls!« sagte Papa und legte sein Besteck weg.

»Das finde ich auch. Mädchen müssen doch weniger ...«

»Karna darf dort nicht wohnen!«

»Aber warum denn nicht. Sie hat gerade das Zimmer neu tapezieren lassen. Es ist schön dort, und ...«

»Es kommt nicht in Frage!«

»Aber mein Lieber, warum nicht?«

»Das kommt überhaupt nicht in Frage!«

»War sie so schrecklich?« fragte Anna.

Karna sagte nichts, wenn sie nicht mußte. Das war ein Entschluß.

Papa schaute sie beide böse an.

Karna und Anna wechselten Blicke. Dann fing Anna an zu lachen.

»Gönnte sie dir das Essen nicht?«

»Hör schon auf! Karna geht nicht dorthin!«

»Ehrlich gesagt, ich habe mir wirklich Mühe gegeben, ein Zimmer zu beschaffen. Es liegt ganz in der Nähe der Mädchenschule, und die Dame wirkte freundlich und ordentlich. Kannst du mir nicht erzählen, was nicht in Ordnung ist, dann kann ich dir glauben.«

Karna hörte nur »was nicht in Ordnung ist, dann kann ich dir glauben«. So war Anna. Wenn ihr jemand erzählte, was nicht richtig war, dann glaubte sie ihm.

»Sie war ... war nicht, ich meine, sie war ... auf sie war kein Verlaß! Kurz und gut.«

Karna holte tief Luft. Das Gemälde zwischen den Fenstern hing etwas schief. Man bemerkte es kaum.

»Auf wen ist schon Verlaß?« Die Worte kamen einfach so.

Papa schaute hoch. Sie zwang sich, ihm in die Augen zu sehen. Da geschah etwas. Die Art, wie er die Hand bewegte. Daß er nicht blinzelte. Nur starrte. Und dann, direkt danach, schluckte, ohne etwas im Mund zu haben. Die Vertiefungen in den Wangen bekamen dunkle Schatten.

Anna sagte etwas, aber die Laute erreichten sie nicht. Dann sagte Papa ebenfalls etwas. Das hatte nichts mit dem zu tun, was sie gefragt hatte. Die ganze Zeit schaute er sie an.

Karna schlug als erste den Blick nieder. Sie konnte nicht mehr.

Sie lernte Latein und schrieb den Aufsatz auf deutsch, den Anna ihr aufgegeben hatte, ins reine. Aber auf *Die Töchter des Amtmanns* hatte sie keine Lust. Das Buch war zu traurig, und sie hatte Kummer genug.

Denn sie mußte es tun. Großmutter hatte es ihr auferlegt. Als der letzte Patient gegangen war, klopfte sie an die Tür der Praxis.

Drinnen roch es nach Erbrochenem.

Er stand mit dem Rücken zu ihr am Glasschrank.

»Du?« sagte er und drehte sich halb um.

Sie blieb mit gefalteten Händen neben der Tür stehen.

»Ich muß dich was fragen.«

»Frag nur.«

»Du mußt dich setzen.«

»Das ist aber feierlich«, sagte er und lachte. Aber er setzte sich hinter den Schreibtisch.

»Und?«

Sie setzte sich ebenfalls. Auf den Patientenstuhl. Papas Gesicht war so flach. Sie dachte schnell darüber nach, was sie sagen könnte, um ihr eigentliches Anliegen nicht preisgeben zu müssen. Aber ihr Kopf war leer. Außer der einen Frage gab es dort nichts. Nichts!

Da plötzlich kam sie darauf. Auf etwas anderes. Und trotzdem dasselbe.

»Warum siehst du die Anna nicht?«

Er sah überrascht aus. Oder?

»Sehe ich Anna nicht? Warum sagst du das?«

Karna spielte mit den Fransen an ihrem Gürtel. Flocht sie zu einem kleinen festen Zopf, ohne es zu merken. Die dünnen Leinenfäden schnitten in ihre Finger, aber sie spürte nichts.

»Weil ich gesehen habe, wie du bei Hanna aus dem Kücheneingang gekommen bist«, flüsterte sie.

Sie sah ihn nicht an, als sie das sagte. Sie wollte ihn ein wenig in Ruhe lassen, damit er sich sammeln konnte. Alle mußten das. Aber als die Stille zwischen ihnen so schwer wurde, daß sie sie nicht länger ertragen konnte, mußte sie aufschauen.

»Spionierst du mir hinterher, Karna?« sagte er leise.

»Nein. Ich bin nicht hinterhergegangen, um nachzuschauen, ob du noch einmal dorthin gegangen bist, als du auch in der Nacht nicht zu Hause warst.«

Sie hörte seinen Atem. Sah, wie er die Feder aus dem Tintenfaß nahm und in ein Etui legte. Seine Hand. Durchs Haar.

»Ich bin noch einmal dorthin gegangen«, sagte er ruhig.

Sein Gesicht verschwand vor ihr. Er trieb am Strand im Tang. Er war unter Wasser. Gewiß ertrunken. Daran war nichts zu ändern.

»Und was machst du daraus?« hörte sie ihn fragen. Also war er doch noch nicht ganz tot.

»Annas Trauer ...«

Papa hatte keine Farbe mehr. Er war nicht mehr.

»Ich bin Arzt, Karna.«

»In der Nacht auch?«

»In der Nacht auch.«

»Auch in der?«

»Ja.«

»Was hat ihr gefehlt?«

»Das kann ich dir nicht sagen.«

»Du lügst!«

Das war gesagt und konnte nicht zurückgenommen werden. Niemals.

»Karna ...«

»Du bist gemein!« sagte sie weinend und versuchte, das winzige Geflecht aus roten Leinenfäden aufzulösen. Als es ihr nicht gelang, zog sie so wütend daran, daß sich die Fäden lösten.

»Hast du Anna damit belästigt?«

»Nein, Großmutter hat gesagt, daß ich das nicht soll.«

»Aha, Großmutter ...«

Sie haßte ihn, weil er kein Gesicht mehr hatte. Das zeigte, daß sie recht hatte. Warum hatte er nicht einfach eine Entschuldigung, die man glauben konnte. Dann hätte sie das Ganze vergessen können. Und alles wäre wieder wie vorher gewesen.

»Du mußt es Anna sagen«, flüsterte sie.

»Da gibt es nichts, was ich Anna sagen müßte«, sagte er kurz.

»Du kannst ja sagen, was du zu mir gesagt hast, dann muß ich mich wenigstens nicht als Lügnerin fühlen, bloß weil ich nichts sagen darf.«

»Was wirfst du deinem Vater eigentlich vor?« sagte er mit einer fremden Stimme.

Sie konnte es nicht sagen. Hatte nicht einmal ein Wort dafür gelernt. In der Bibel stand Hurerei. Aber so ein Wort sagte man nicht zu Papa. Man konnte das nur direkt aus der Bibel vorlesen, aber die Tasche lag im Obergeschoß.

Alles, was ihr Anna und Sara über den Körper erzählt hatten, über Liebe und Empfängnis, das viele Blut, von dem sie wußte, daß es aus ihr herausfließen mußte, ehe sie alt wurde, all das vermengte sich zu einem ekligen, Brechreiz erzeugenden Geschmack in ihrem Mund. Als wäre alles ihre Schuld.

Er hielt ihr ein Taschentuch über den Tisch hin.

»Du sollst da nicht mehr hingehen! Hörst du?«

Erst sah er so aus, als hätte er nicht gehört, was sie gesagt hatte, dann stützte er den Kopf in die Hände und sah sie ernst an.

»Wenn jemand bei den Olaisens einen Doktor braucht, muß ich dahin. Das weißt du doch, Karna?«

»Sie können auch den anderen Doktor holen.«

»Das können sie«, stimmte er ihr zu und hatte wieder ein Gesicht.

Nach einer Weile beugte er sich über den Tisch.

»Du weißt doch, wie gut Hanna und ich uns kennen? Deswegen redet sie auch mit mir, wenn etwas nicht in Ordnung ist.«

Die Worte waren nicht richtig. Nur ein Klappern im Wind.

12

Karna hatte ihn auf der Werft gesehen. Ohne ihn eigentlich gesehen zu haben. Sogar auf Abstand hatte sie bemerkt, wie schmutzig er war. Ruß, Öl oder was auch immer. Aber darunter war er doch Peder, das wußte sie, der Maschinen reparieren konnte. Er war zurück in Strandstedet, um auf Großmutters und Olaisens Helling zu arbeiten.

Sie hatte die alten Männer auf der Bank am Kai davon reden hören, daß zwischen Schiffen und normalen Booten ein großer Unterschied bestehe. Sie sagten, er solle Ingenieur werden oder so was ähnliches. Dann würde er wohl meist Schiffe reparieren. Sie meinten, die Helling sei, obwohl neu, dafür zu klein.

Einmal war Karna bei Birgit und zeigte ihr, was passierte, wenn man Daumen und Zeigefinger gegeneinander an das Küchenfenster legte. Wenn man die Daumen etwas nach innen bog, dann ergab sich ein umgekehrtes Herz an der Scheibe. Birgit fand das hübsch und wollte wissen, wer ihr das gezeigt hatte.

Auf einmal erschien ein Mensch in ihrem Herz. Mit einem Ring aus Sonnenschein um sich herum. Es währte nur einen Augenblick. Sie war so verdutzt, daß sie sogar vergaß zu grüßen. Das tat jedoch Birgit. Einen Augenblick später war Peder Olaisen schon weit hinten am Weg.

»Er war in deinem Herz drin!« rief Birgit ganz außer sich.

»Er hat vermutlich geglaubt, du willst dich über ihn lustig machen«, sagte Birgits Mutter.

Und dann fing sie an, darüber zu reden, daß Peder die Mädchen in die Sünde lockte. Sie hingen an ihm, weil er so gut tanzen konnte. Wenn er sich wenigstens an eine gehalten hätte. Es war wirklich eine Sünde und eine Schande.

Dann schaute sie Karna und Birgit streng an und bekreuzigte sich. Aber wenig später hatte sie es anscheinend schon wieder vergessen. Ein Mann, der in Trondhjem gelernt hatte, war schließlich nicht irgendwer. Er war fünfundzwanzig und sah aus wie achtzehn. Da war etwas mit seinen Augen.

»Diejenigen, die früh ihre Mutter verlieren, bekommen solche Augen, die Ärmsten ...« sagte sie.

Dieses »die Ärmsten« mochte man ihr nicht so recht abnehmen.

Als Karna nach Hause kam, stellte sie sich vor den Spiegel. Versuchte zu entdecken, was dieses »die Ärmsten« eigentlich bedeuten könnte. Aber das Besondere an ihren Augen waren die Farben. Wo das Mutterlose sitzen sollte, konnte sie nicht ausmachen.

Sie nahm ihren Mut zusammen und fragte Anna danach, als sie mit den Hausaufgaben fertig waren.

»Kann man Leuten an den Augen ansehen, daß sie keine Mutter haben?«

Darüber hatte Anna noch nie nachgedacht. Aber sie lachte nicht. Sie hielt den Kopf schräg und betrachtete Karnas Augen. Dann schüttelte sie den Kopf.

»Warum fragst du das?«

»Birgits Mutter sagt, daß Peder Olaisen so nackte Augen hat, weil er keine Mutter hat.«

»Nun ... da könnte was dran sein«, sagte Anna ernst.

»Ich habe ja dich, deswegen sieht man es wohl nicht.«

Da lächelte Anna und dankte für das Vertrauen. Sie sei im übrigen keine besonders gute Mutter, meinte sie.

Karna sah sie erschreckt an.

»Sag so was nicht! Was hätte aus Papa und mir werden sollen? Ohne dich? Und wer in aller Welt hätte mir Klavierspielen beibringen sollen?«

»Erinnerst du dich daran, daß du mich die erste Zeit Hanna genannt hast?«

Karna wurde rot. Alles wurde gefährlich.

»Ich habe diese Namen wohl nicht auseinanderhalten können«, murmelte sie.

»Vielleicht hättest du eine solche Mutter gebraucht?«

»Sag das nicht! Das darfst du nicht! Hörst du? Ich ertrage ...«

Sie hielt inne und schaute in ihr Heft. Sie hatte eine so häßliche Handschrift.

Später saßen sie beide mit einer Tasse Kakao da, weil Anna fand, daß sie sich das verdient hätten. Da fragte Anna: »Kennst du diesen Peder?«

Karna schüttelte den Kopf.

Sie erzählte davon, wie sie mit Großmutter auf der Werft gewesen sei, als sie noch klein war. So schwarz sei er gewesen, daß sie ihn zuerst für einen Neger gehalten habe.

Anna lachte.

Karna spürte, daß sie hochrot wurde.

»Ich kenne ihn überhaupt nicht!« sagte sie schnell.

»Er ist ein sympathischer junger Mann. Benjamin und ich haben ihn bei Dina getroffen, zusammen mit Hanna und Wilfred. Er geriet natürlich in den Schatten seines Bruders. Aber das tun schließlich alle.«

»Wieso das?«

»Na ja, irgendwas hat es mit diesem Wilfred auf sich. Er beherrscht gewissermaßen alles. Frag Dina. Die kennt sich damit aus«, sagte Anna und lächelte.

»Worüber habt ihr gesprochen?«

Anna überlegte.

»Dina und die Männer sprachen von der Werft und der Helling, glaube ich. Und vom Kapital in Strandstedet, wie der Bankdirektor das nennt. Aber Peder Olaisen wollte lieber etwas über Kopenhagen und Berlin erfahren. Er behauptete, er müsse in die Welt, um mehr zu lernen. Er müsse aber erst noch Geld sparen. Davon wollte Wilfred Olaisen nichts hören; er brauche ihn im Betrieb.«

»Kann Olaisen das entscheiden?«

»Nein, das glaube ich nicht.«

»Aber er ist doch schon die ganze Zeit fort gewesen«, sagte Karna.

»Das muß man, wenn man was werden will.«

Karna wußte nicht, ob Anna von Peder Olaisen oder von ihr sprach, deswegen wollte sie auch nicht weiter fragen. Denn sie war sich nicht sicher, ob sie mehr werden wollte, als sie war.

Am Tag danach saß Karna im Privatsalon und aß Bestechungen, wie Großmutter es nannte. Dörrpflaumen, Rosinen, Dörräpfel, süße Mandeln und Feigen aus Schachteln.

»Sind die von John A. Giæver?« fragte Karna.

»Nein, dieses Mal von Ole M. Gundersen«, sagte Großmutter, die bereits mit dem Naschen aufgehört hatte. Sie rauchte mit der Zigarre zwischen den Zähnen. Sie betrachtete Karna durch den Rauch und paffte. Dabei wanderte die Zigarre zwischen den Zähnen von rechts nach links. Dann mochte sie offenbar nicht mehr und nahm sie heraus.

»Die Mutter von Birgit sagt, daß man es den Augen der Leute ansieht, wenn sie keine Mutter haben.«

Karna wartete. Sie hatte gelernt, daß gewisse Antworten Zeit brauchten.

»Na ja. Das ist nicht so ganz unglaubwürdig. Was in den Menschen ist, muß irgendwo heraus. Vielleicht sind die Augen der Ort dafür. Aber ich glaube doch, es kommt mehr darauf an, wer du bist, als darauf, ob du mutterlos bist. Hat sie dich damit gemeint?«

»Nein, Peder Olaisen.«

»Oh, den Peder ...« sagte Großmutter und sah aus, als denke sie an etwas ganz anderes.

»Hast du es auch gesehen?«

»Na ja«, sagte Großmutter und legte die Zigarre auf den Kuchenteller. »Der Peder ist ein zuverlässiger Kerl. Ja, jetzt, wo du es sagst, da ist was mit seinen Augen.«

»Nicht ich, sondern die Mutter von Birgit hat es gesagt«, meinte Karna und spürte wieder diese Hitze im Gesicht.

»Wenn du gerade den Peder erwähnst ... Es ist an der Zeit, daß man herausfindet, aus welchem Holz er geschnitzt ist. Vielen Dank dafür!«

»Was meinst du damit?«

»Als Benjamin das letzte Mal von der Gemeindeversammlung kam, sagte er, es stehe schlecht um die Armenkasse. Wir veranstalten einen Ball! Zugunsten des Armenausschusses. Wir laden alle im Tanzalter ein. Die Alten können bezahlen und als Tugendwächter zuschauen. Anna und ich sorgen für die Musik.«

»Und ich?«

»Du tanzt, mein Mädchen!«

»Ich kann das nicht so gut.«

»Peder kann dir das beibringen. Und ich spiele.«

»Eher versinke ich im Erdboden!« sagte Karna.

»Bewahre!« sagte Großmutter und lachte, als glaube sie nicht im mindesten daran.

Peder Olaisen hatte nie einen Gedanken daran verschwendet, daß etwas mit seinen Augen sein könnte, das preisgab, daß er seit dem Winter seines zwölften Geburtstags mutterlos war.

Obwohl er schüchtern war, wagte er es doch, die Mädchen beim Samstagstanz aufzufordern. Denn wenn alles vorbei war, reichte eine Verbeugung, und er konnte zu seiner Kammer gehen, die er bei Kaufmann Hole gemietet hatte.

Er kam ebenfalls gut zurecht, wenn Wilfred oder Frau Dina verfügten, daß er mit den feinen Leuten bei Tisch sitzen mußte. Da galt es, ordentlich zu kauen und seine Gedanken bei sich zu behalten.

Deswegen blieb er auch ruhig, als Dina an einem Abend auf die Helling kam und ihn dort allein antraf. Er arbeitete häufig, nachdem alle anderen bereits Feierabend gemacht hatten.

Sie bat ihn, ihr Fels zu sein, wenn sie den Ball zugunsten der Armen und Kranken veranstalte, die unter der Fürsorge des Bürgermeisters standen. Sie brauche jemanden, auf den sie sich verlassen könne.

Peder sah sie sehr direkt und fragend an.

»Mit so was kenne ich mich nicht aus«, sagte er.

»Du bist der Richtige. Du bist Peter, der Fels!« scherzte sie mit größtem Ernst.

Anfänglich weigerte er sich. Aber sie tat so, als hörte sie ihn nicht. Sie brauche etwas Arbeitseifer, wenn er das verstehen könne? Alles sei so schwierig in Strandstedet. Alle seien so rückständig. Sie brauche ihn, Peder!

Er kratzte sich am Kopf und schaute sie zweifelnd an. Aber da er ihr verpflichtet war, weil sie ihm zinslos Geld für seine Lehrzeit geliehen hatte, konnte er nicht nein sagen.

»Dann versuche ich es«, sagte er und ging zu dem Schiffsrumpf, mit dem er gerade beschäftigt war. Dort klaffte ein großes Loch.

»Da ist noch etwas. Ich brauche dich, damit du mir bei den Zahlen hilfst. Das ist wichtiger, als bei jedem Wetter hier draußen zu stehen. Kannst du mir bei den Bilanzen helfen?«

Er stand vornübergebeugt, erstarrte aber trotzdem. Es kam aber keine Antwort.

»Du kannst den Kredit auf diese Art zurückzahlen und dir noch ein paar Kronen dazuverdienen. Ich frage nur einmal. Verstehst du?«

Peder Olaisen richtete sich auf. Er trat von einem Fuß auf den anderen. Legte sein Werkzeug weg und trocknete sich die Hände an ein paar Holzspänen ab. Gründlich. Auch zwischen den Fingern. Dann nickte er nachdenklich.

»Laß mich die Zahlen sehen.«

Ein außerordentliches Plakat verkündete, daß ein Ball im Grand Hotel stattfinden würde. In der Zeitung stand es ebenfalls. Aber die Tatsache, daß so viel zu bezahlen war, bloß weil der Ball zugunsten des Armenausschusses war, setzte die Grenzen.

Er war also nicht für Dienstmädchen und Werftarbeiter. Auch nicht für Kohlenträger und Fuhrmannsgehilfen.

Aber für die Familie des Bankdirektors, die des Pfarrers, des Lehrers, des Uhrmachers, des Anwalts und des Kaufmanns Hole. Und noch einige andere. Eigentlich gab es viele, die beweisen wollten, daß sie ein ausreichendes Auskommen hatten, um ihren hoffnungsvollen Nachwuchs zu einem Ball in einer sittsamen und musikalischen Umgebung schicken zu können.

Es gab so viele Anmeldungen, daß Dina darum ansuchte, das Haus der Gemeindeversammlung benutzen zu können, damit alle Platz fänden.

Das führte zu einer Diskussion in diesem Gremium, ob es ratsam sei, einen Tanz mit allem, was dieser mit sich bringen könnte, in einem Saal zu veranstalten, der nur für schickliche Dinge vorgesehen war.

Wilfred Olaisen ergriff das Wort und bat die Versammlung, den guten Zweck in Betracht zu ziehen. Darüber hinaus sei das Ganze ein kulturelles Ereignis und außerdem einzigartig für die jungen Leute von Strandstedet. Es gebe sogar Anmeldungen von so weit her wie Tromsø. Die Jugend könne hier in friedlicher Eintracht zusammenkommen. Olaisens mächtige Verteidigungsrede erntete viel Beifall. Als er sich wieder setzte, dachte er, die Sache sei entschieden.

Aber der Postmeister, der sowohl Vormund als auch Mitglied des Gemeinderates war, stand auf und protestierte dagegen, daß das Haus der Gemeindeversammlung für Tanz und Spiel geöffnet würde. Das könne anstößig wirken. Außerdem müßten alle nicht nur bezahlen, sondern benötigten auch Kleider. Er denke mit Grauen an diejenigen, die ihre letzte Krone ausgeben würden, um diesem Sodom und Gomorrha beiwohnen zu können. Und wie verletzt müßten sich erst die fühlen, die nicht teilnehmen könnten? Habe überhaupt jemand daran gedacht, welches Schicksal die einfacheren Leute erlitten? Die Elenden? Die Vaterlosen, die, für die diese Welt keinen Platz habe ... In Jesu Namen?

Alle schauten auf die Tischplatte und dachten mehr oder weniger daran.

Der Doktor, der als Vorsitzender des Armenausschusses an dieser Sache mehr als alle anderen beteiligt war, bat schließlich um das Wort. Ob ihm einige Erläuterungen und ein Vorschlag erlaubt seien?

Olaisen sah die Versammlung mit einem leuchtenden und überraschten Gesicht an. Natürlich dürfe der Distriktsarzt einige Erläuterungen abgeben. Und einen Vorschlag machen. Aber bitte in aller Kürze!

Benjamin Grønelv meinte, die große Zahl der Anmeldungen habe gezeigt, daß Strandstedet seine jungen Leute nicht ernst genug genommen habe. Sie hätten keine Möglichkeit zur Geselligkeit außer bei der Arbeit und zu Hause. Und dies sei endlich einmal eine Gelegenheit für die Jungen und dann natürlich auch für die beinahe leere Kasse des Armenausschusses. Aber um zu vermeiden, daß jemand aufgrund von Geldmangel ausgeschlossen werde, gehe sein Vorschlag dahin, daß die Wohlhabenderen reichlich über das hinaus zahlten, was es eigentlich koste, ihre Hoffnungsvollen auf den Ball zu schicken. Diejenigen, die nichts hätten, sollten freien Eintritt haben. Gezahlt werden sollte rechtzeitig vorher und an anderem Ort, so daß niemand an den Pranger gestellt wurde.

Das war eines der wenigen Male, daß Olaisen und der Distriktsarzt für dieselbe Sache eintraten. Sie setzten ihren Willen durch.

Dina ließ sich die Verhandlung referieren. Sie holte zwei Gläser temperierten Genever. Eins für Benjamin und eins für sich.

»Vielleicht solltet ihr häufiger gemeinsame Sache machen, du und Olaisen? Vielleicht habt ihr ja nicht nur Hanna gemeinsam?«

Benjamin ließ sein Glas stehen und stürmte aus der Tür. Einen Augenblick später stand er wieder im Zimmer.

»Was zum Teufel hast du gemeint?« sagte er und leerte das Glas.

»Du weißt, was ich gemeint habe. Die Karna. Im Winter. Sei auf der Hut, Mann!«

Er drehte das leere Glas in den Fingern.

»Ich sehe sie nur, wenn wir auf dieselbe Gesellschaft eingeladen sind«, flüsterte er und begegnete ihren Augen.

Sie beugte sich über den Tisch, schenkte ihm noch ein Glas ein und setzte sich.

»Und jetzt hör genau zu, Benjamin, wie ich mir das mit dem Ball gedacht habe …«

Der Propst lud nach dem Gottesdienst zum Kirchenkaffee ein. Er war heute besonders redselig. Angeregt. Denn der Gottesdienstsonntag war ein Erfolg gewesen.

Er redete freundlich von seinen Gemeindegliedern. Doktor Grønelv sei wichtig für Strandstedet. Seine Arbeit, sein Talent, Kontakte herzustellen, machten ihn unentbehrlich. Habe er nicht fast gegen seinen Willen Zugang zur Politik gefunden? Denke er nicht in erster Linie an seine Patienten und Mitmenschen?

Sei er nicht ein solider Steuerzahler und eine wahre Stütze des Armenausschusses? Sei er nicht unentbehrlich, wenn Menschen in Not seien? Werde er nicht geholt, wenn es bei einer Entbindung oder am Ende eines Lebens Schwierigkeiten gebe? Setze er sich nicht dafür ein, daß endlich eine Apotheke nach Strandstedet komme?

Der Propst hatte sich warmgeredet und sah sich im Raum um. Die meisten, die wichtig waren, waren anwesend, aber die Familie des Doktors war bereits gegangen. Deswegen konnte er frei sprechen, ohne daß jemand in Verlegenheit geraten mußte. Denn die Familie des Bürgermeisters war nicht in der Kirche gewesen.

Der Redakteur saß mit gesenktem Kopf da, nickte jedoch diskret.

Mehrere nickten deutlicher, unter ihnen der Bankdirektor.

Hanna brauchte nicht mehr zu nähen. Trotzdem tat sie es noch von Zeit zu Zeit. Für Dina und Anna. Diese ermunterten sie auch, eine Näherei zu eröffnen. Mit in Lohn stehenden Näherinnen natürlich.

An einem Abend, an dem alle bei Dina waren, sagte Anna: »Hanna sollte ein Geschäft für Kleider eröffnen.«

»Ja, warum nicht«, sagte Benjamin und sah Hanna an. Unter diesen Umständen durfte er das wohl. Das schaffte eine aufregende Unwirklichkeit. Als balanciere er auf einem Seil über einem Abgrund.

Und trotzdem tat er es. Sah sie ein weiteres Mal an. Nur einen Seitenblick mit gesenkten Augen. Auf die winzige Narbe am

Mund. Den Amorbogen, den er in jener Nacht vor langer Zeit zusammengenäht hatte.

Die Lippe war seither etwas aufgeworfen, fast schöner als vorher. Er hatte den Schaden behoben, den Olaisen verursacht hatte, und Hanna sein Zeichen aufgedrückt.

»Ja, das ist kein dummer Gedanke«, sagte Wilfred zufrieden und legte einen Arm um Hanna.

Als die drei den Hügel hoch nach Hause gingen, sagte Anna: »Wie wäre es mit einem Familienausflug nach Reinsnes? Hanna, Wilfred, die Kinder und wir?«

»Nein!« sagte Karna, ohne nachzudenken. Das war ein zu großes Nein. Man konnte auf viele Arten nein sagen. Nein! Wie eine Steinlawine donnerte es in ihrem Kopf. Es gelang ihr nicht, Anna anzuschauen. Papa auch nicht.

»Warum denn nicht?« Annas Stimme klang verwundert. Zu verwundert. Wußte Anna Bescheid? Ahnte sie etwas? Verstand Papa, daß Anna etwas ahnte?

Er war sich mit Karna sehr einig. War in seiner Ablehnung aber nicht so stark. Er schlug einen milderen Ton an. Er verkrafte nicht so viele Menschen und soviel Unruhe. Er sei erschöpft. Es seien einfach zu viele Patienten gewesen. Zuviel Politik. Sitzungen. Das müßten sie doch verstehen. Nicht wahr?

Und Anna verstand. Selbst wenn man Wilfred Olaisen nicht in allem mögen würde, so könne man doch Hanna mögen, meinte sie.

»Ja, gewiß«, erwiderte Papa milde.

»Ich habe Lust, sie nach Reinsnes einzuladen, ohne daß du mitkommst«, sagte sie. »Die Kinder auch.«

»Warum das?«

»Weil ich eine Vertraute brauche. Und sie geht mir aus dem Weg, wenn ihr Männer dabei seid.«

»Mach, was du willst«, sagte Papa freundlich.

Das war unheimlich.

»Ich habe meine Tasche bei Großmutter vergessen«, sagte Karna und lief wieder den Hügel hinunter.

Alles war mit Laub und Wiesenblumen geschmückt. Ein ganzes Komitee war damit beschäftigt gewesen. Mütter und Tanten, unterstützt von der Jugend selbst. Außerdem der eine oder andere wohlwollende Vater, der sich freinehmen konnte, um etwas Unnützes zu tun.

Über dem Ganzen lag Peder Olaisens Blick. Ruhig wie ein Sonnentag. Wachsam wie ein Habicht.

Aber wie kam ein gestandener Kerl von der Werft dazu, einen so dummen Auftrag anzunehmen? Wilfred zog ihn damit auf, daß er sich mit Frauenarbeit und Unsinn beschäftige. Für den Ball bei der Gemeindeversammlung zu sprechen, um ihn überhaupt erst zu ermöglichen, oder Geld zu stiften, das sei eine Sache, aber Girlanden aufzuhängen und Stühle zu stapeln, das sei nur etwas für Kinder und Frauen.

Peder stimmte ihm zu, dann brauchte er sich nicht zu verteidigen. Sein abwesendes »Ja, da hast du verdammt noch mal recht, aber als sie fragte ...« war unangreifbar.

In frühester Kindheit hatte er bereits gelernt, wie man Wilfred antworten mußte. Denn antwortete man nicht, setzte es Hiebe ohne Vorwarnung.

Wilfred mußte recht bekommen, wenn er ihn wegen einer Sache verhöhnte. Gleichzeitig mußte Peder jedoch aufpassen, daß er ihm nicht zu sehr nach dem Mund redete. Das würde alles nur noch schlimmer machen. Mit gebeugtem Haupt mußte er seufzend seine eigene Dummheit beklagen. So weit, daß er über sich selbst lachte, durfte er jedoch nicht gehen, das konnte Mißtrauen erregen. Er durfte nur zeigen, daß er sich schämte.

Er hatte gesehen, daß Hanna diesen Trick immer noch nicht gelernt hatte. Das bekümmerte ihn. Aber er sagte es niemandem.

Peder hatte sich gründlich gewaschen. Nur die schwarzen Ränder um seine Nägel herum verrieten, wo er sein tägliches Brot verdiente. Ein sauberes Hemd trug er ebenfalls. Denn er wollte doch beim freiwilligen Arbeitseinsatz im Haus der Gemeindeversammlung wie ein Mensch aussehen.

Er hatte eine Skizze gemacht, wie alles aussehen sollte. Die Tische sollten zu beiden Seiten eines breiten Mittelgangs plaziert werden, damit man mühelos vom Eingang zur Tanzfläche kam. Am Ende des Saals war Platz für das Klavier und die Musiker. Getanzt werden sollte zwischen der Musik und den Tischen.

Ob Dina den Vorschlag akzeptabel finde? Dina hatte die Skizze gebilligt und gelobt. Und die Girlande. Wie er denn auf so etwas gekommen sei? Großartig!

Anna und Dina wollten sich mit der Akustik vertraut machen. Peder selbst trug Dinas Cello ins Haus. Mit allem Respekt. Aber ohne die Furcht, die andere oft der großbäuchigen Violine gegenüber an den Tag legten. Sie war trotz allem in einem Kasten, dachte er. Und alles Verpackte ließ sich schließlich transportieren.

Er wartete mit dem Aufhängen der Girlande, bis alle gegangen waren. Das sah möglicherweise dumm aus, wenn er an Armen und Beinen da oben unter der Decke hing. Allein sein war das Beste.

Er ließ sich Zeit und überlegte, wie er die Stehleiter stabil aufstellen konnte.

Karna erkannte ihn sofort. Er hing mit dem Kopf nach unten und an einem Arm und einem Bein an der Eisenstange, die die beiden Giebel hoch über dem Boden miteinander verband.

Es duftete nach Disteln, Klee und Laub.

Die Sonne stand niedrig in den hohen Fenstern und leuchtete durch seine Ohrläppchen und sein gelbes Haar hindurch.

Sie stand da und starrte.

Etwas rechts von ihm stand eine hohe Stehleiter auf einem Tisch. Wollte er die etwa treffen, um herunterzukommen?

Da sah er sie an. Wie ein Blitz von oben. Blau! So fürchterlich blau.

»Aufgepaßt, Fräulein! Sonst bekommst du einen Mann auf den Kopf!« sagte er ernst. Seine Stimme war tief und deutlich. Zu deutlich für jemanden, der an einem Arm und einem Bein von der Decke hing.

Sie wich zurück, konnte die Augen aber nicht von ihm wenden.

Er ließ mit dem Bein los und hing einen Augenblick nur an einer Hand. Dann griff er die Eisenstange auch mit der anderen und hangelte sich an ihr entlang, bis er über der Stehleiter baumelte. Als er sie anstieß, fiel sie krachend vom Tisch.

Sie hielt die Luft an und schaute sich ratlos um.

»Kannst du so nett sein und die Leiter wieder auf den Tisch stellen?« hauchte er von oben.

Mit pochendem Herzen versuchte sie, die schwere Stehleiter wieder auf den Tisch zu hieven. Gleichzeitig mußte sie nach oben schauen, ob er nicht plötzlich herunterfiel.

Jetzt waren nicht nur seine Ohren rot. Alles, was sie von ihm sehen konnte, war jetzt vor Anstrengung hochrot.

Endlich stand die Leiter wieder an ihrem Platz. Sie hielt sie krampfhaft mit beiden Händen fest.

Seine Füße kreisten eine Ewigkeit über der obersten Sprosse, ehe er Halt fand. Er versuchte, das Gleichgewicht zu gewinnen, um die Eisenstange loslassen zu können, und sie sah, daß das alles nicht gutgehen konnte.

»Warte, bis ich auf dem Tisch bin, dann kannst du dich an mir festhalten«, befahl sie.

Er gehorchte und hielt sich abwechselnd mit einem Arm an der Eisenstange fest, als wollte er den anderen ausruhen.

Sie schob noch einen Tisch heran und kletterte hoch.

»Gib mir die Hand!« sagte sie.

Wenig später spürte sie seine Finger um ihre Hand. Rauh und warm. Sie hielt die Leiter und stützte ihn, während er schwankend sein Gleichgewicht wiederfand. Dann ließ er sie los. Und langsam, eine Sprosse nach der anderen, kam er nach unten.

Schließlich standen sie einander auf den Tischen gegenüber, beide mit einer Hand auf der Leiter.

»Das hätte danebengehen können«, sagte sie.

»Danke! Nicht mit solcher Hilfe.«

Immer noch diese tiefe Stimme. Wie von einem Berg und nicht von einem Mann, der wie ein Affe an einer Eisenstange hängen konnte.

Etwas vibrierte tief in seiner Brust, bevor er es in Worte faßte. Aber er sah nicht so aus, als sei er sich bewußt, daß er soviel Musik im Körper hatte.

Sie errötete und dachte daran, daß sie einmal geglaubt hatte, er wäre ein Neger. Daß ein Mensch, der so schwarz gewesen war, wieder so weiß hatte werden können!

Neben den Mundwinkeln hatte er Andeutungen von Grübchen. Wie ein Geheimnis. Das kurze, helle Haar hatte einen energischen Wirbel am Haaransatz. Der war nicht erst da, seit er mit dem Kopf nach unten gehangen hatte, das konnte sie erkennen. Es nützte wohl nicht, dieses Haar mit Wasser zu kämmen.

Seine Stirn war eine Felskuppe. Steil. Ihr entkam man nicht. Und unter den hellen Brauen funkelte es. Das Bild verschwamm vor ihr. In etwas fürchterlich Warmes und Blaues.

Sie merkte, daß sie weinen mußte, und schämte sich. Das war vollkommen unsinnig, denn er war ja nicht heruntergefallen. Trotzdem war es so.

»Spielst du auch auf dem Ball?« fragte er. Er hatte immer noch nicht geblinzelt. Seine Wimpern waren ganz weiß.

Was sollte sie bloß machen? Sie konnte nirgendwohin, also blieb sie einfach stehen und sah ihm in die Augen, während ihr die Tränen herunterliefen. Sie wollte weg und wollte auch wieder nicht.

Da wurde er gewiß ihretwegen fürchterlich verlegen. Er sprang vom Tisch und reichte ihr die Hände, damit sie hinterherkommen konnte.

Ihre Übelkeit erinnerte sie daran, daß sie atmen mußte. Ruhig und tief, um nicht zu fallen. Aber er stand da unter ihr. Wie eine Kraft. Er war Herr über ihren Atem.

Der Saal begann sich zu drehen. Immer weiter. Er drehte sich auch. Seine Augen. Da unten im Meer. Das Licht. Auf dem Grund. Sie mußte dorthin. Wagte es nicht. Aber sie mußte.

Schwach spürte sie seine bebende Kraft. So weich und doch fürchterlich hart.

Peder Olaisen hatte noch nie jemanden fallen sehen, ganz zu schweigen davon, daß er noch nie jemanden aufgefangen hatte. Er fand sich mit einem menschlichen Wesen in den Armen wieder. Augenscheinlich tot. Hatte er sie so erschreckt, daß sie gefallen war?

Er hatte nie in seinem Leben einen Roman gelesen. Aber er hatte gehört, daß zarte Frauen vor Anstrengung sterben konnten. Die Leiter war wohl zu schwer gewesen.

Sie starrte ihn an und lebte offenbar doch. Aber dann trat ihr Schaum vor den Mund. Es rasselte und pfiff in ihrer Brust, und sie hatte Zuckungen.

Er legte sie halb auf den Tisch. Versuchte, sie langzulegen. Wenn er sie berührte, hatte er den Eindruck, als streckte er die Hand in einen Ofen. Er zog seine Hand wieder an sich. Aber versuchte es dann erneut. Wollte sie festhalten. Aber das war nicht leicht. Ihr Körper bäumte sich auf dem Tisch auf. Sie röchelte, und Arme und Beine arbeiteten schwer.

Schließlich fiel sie zurück und blieb ganz still liegen. Ihre Glieder streckten sich wieder aus. Der Mund stand halb offen, der Schaum war verschwunden. Nur die Augen starrten unverwandt auf etwas.

Es war wohl keine Hoffnung mehr.

Endlich besann er sich wieder seiner Stimme. Rief um Hilfe. Immer wieder. Bis sie kamen. Ein paar junge Leute, die im Hof gestanden und sich unterhalten hatten.

Alle starrten auf den toten Körper auf den zusammengeschobenen Tischen mit der Stehleiter.

Da sah er, daß sich auf ihrem Rock ein Fleck ausbreitete. Er empfand das wie eine Befreiung. Etwas kam aus ihr heraus. Also war sie nicht tot.

Und mit einem ihm unbekannten Verständnis für das, was ein junges Mädchen der Welt nicht zeigen will, breitete er etwas ungelenk ihren Rock um sie. Dann hob er sie hoch und blieb stehen. Daß ein junges, zartes Mädchen so schwer sein konnte!

Dann kam wieder Leben in ihre Augen. Sie schloß sie und seufzte.

Er setzte sie halb auf den Tisch. Aber er konnte sie nicht loslassen, denn dann hätten die anderen den Fleck gesehen. Jemand kam mit einer Tasse Wasser.

Er stellte sich vor sie und erinnerte sich plötzlich daran, daß er irgendwo eine Decke gesehen hatte.

»Holt die Decke auf der Ablage im Gang!« kommandierte er.

Er wußte nicht, ob das ihr oder sein Herzschlag war, was da in seiner Brust dröhnte. Im Kopf. In den Schläfen.

Da begann sie zu zittern. Der Schweiß lief ihr von der Stirn. Er gab ihr aus der Tasse zu trinken. Sie trank mit kleinen Schlucken. Dann öffnete sie die Augen und sah ihn an. Niemand hatte ihn bisher so angesehen.

Sie hob die Hände und faßte nach unten. Er spürte sie durch sein dünnes Hemd. Sie verweilten über dem Fleck. Ihr entrang sich ein erstickter Schluchzer.

Da legte er seine Arme noch fester um sie.

»Niemand hat etwas gesehen«, flüsterte er.

Sie legte ihren Kopf auf seine Schulter. Konnte ihn gewiß nicht mehr halten. Ihre Hände zogen sich aus ihrem Versteck zwischen ihnen zurück. Dadurch kamen sich ihre Körper so nahe. Erst jetzt spürte er ihre Nähe.

Irgend jemand kam mit etwas. Nicht mit der Decke, sondern mit ihrem Mantel. Er zog ihn ihr an und knöpfte ihn sorgfältig mit einer Hand zu, während er sie mit der anderen umarmte.

»Sie fällt immer wieder. Sie erholt sich schon«, sagte jemand.

Er antwortete nicht. Hatte nur eins im Sinn. Sie zu halten.

»Wir können sie auf Lars' Wagen nach Hause fahren«, schlug ein anderer vor.

Er schüttelte den Kopf. Er spürte das Gewicht und das Warme und Feuchte gegen seinen Bauch und seine Brust, und auf einmal wurde sie so leicht. Das hatte nicht das geringste mit Muskelkraft zu tun. Das war keine Überwindung und keine Anstrengung, sondern etwas, was er wollte.

»Ich trage sie zu Frau Dina. Das ist nicht weit«, sagte er und hielt sie fest.

Sie versuchte, etwas zu sagen. Aber daraus wurde nur ein Hauch, während sie mit beiden Händen den Mantel zuhielt.

»Sollen wir dir helfen?« fragte einer.

»Nein, das geht schon«, sagte Peder und trug sie nach draußen.

Er trug sie, und sie war ihm so nahe. Viel näher als die Mädchen, mit denen er getanzt und geschäkert hatte. Auch näher als diejenigen, die er auf Heuböden gelotst hatte oder die er hinter Fischkisten und Torfhaufen angefaßt hatte. Dieses Mädchen war ihm näher als die vielen, von denen er aus nächster Nähe mehr Haut gesehen hatte, als christlich war.

Als er das Grand sehen konnte, war er immer noch nicht müde. Frau Dina öffnete selbst und führte sie in ihre privaten Räume.

»Leg sie auf mein Bett«, sagte sie.

Er erklärte ihr alles und begriff, daß er nun gehen mußte. Da nahm sie seine Hand und sah ihn mit einem merkwürdigen Blick an.

»Danke! Es ist, wie ich geglaubt habe. Du bist der Fels.«

13

Das Haar war mit Wasser gekämmt. Trotzdem stand der Wirbel hoch wie ein Unwetter. Die etwas abgetragene schwarze Jacke hatte zu kurze Ärmel. Der Schlips sah aus, als hätte er ihn für den Anlaß geliehen, und die Hosen aus dunkelgrauem Flanell paßten nicht zur restlichen Kleidung.

Die breite, gerade Nase und der kräftige Mund wirkten zugleich weich und bestimmt.

Vorsichtig, fast wie ein Schlafwandler mit einem festen Blick, kam er auf die Mädchen zu, die in einer Reihe die Wand entlang saßen.

Karna hielt es aus, ihn näher und näher kommen zu sehen.

Eine tiefe, etwas heisere Stimme erfüllte den Raum zwischen ihnen. Er verbeugte sich, und es dauerte eine Weile, bis sie verstand, was er sagte.

»Darf ich mit dir tanzen, Fräulein Karna?«

Seine Augen sagten ihr, daß er stehenbleiben würde, auch wenn sie nein sagte. Sie brachten sie dazu, aufzustehen und ihm die Hand zu geben. Sie mußte daran denken, wie sie sich naßgemacht hatte. Er wußte das, aber es spielte überhaupt keine Rolle. Denn er war zu ihr gekommen.

Und als er ganz leicht seinen Arm um sie legte und sie spürte, wie sich seine warme, rauhe Hand um die ihre schloß, konnte sie einfach in den Raum schweben, hinauf zu den Girlanden und über die Eisenstange wirbeln. Denn er ließ sie in der Musik schweben.

Er warf seinen Kopf nach hinten, so daß sein Scheitel in Unordnung geriet, und öffnete den Mund zu einem dunklen Lachen. Es nistete sich wie ein Katzenjunges in ihrem Kopf ein und blieb dort.

Diesen Herbst wurde es zur Routine. Jeden Donnerstagabend half Peder Dina mit den Zahlen und der Korrespondenz. Sie saßen am Sekretär im privaten Salon.

Peder hatte eine ausgezeichnete, steile Handschrift. Sie ließ sich zu mehr verwenden, als nur die Aktiva und Passiva einzutragen. Außerdem sagte er nur das Nötigste. Sie fühlte sich in seiner Gesellschaft wohl.

Es war auffällig, daß Karna immer gerade Donnerstagabend unter irgendeinem Vorwand ihre Großmutter aufsuchte, aber darüber verlor Dina kein Wort. Hingegen sagte sie: »Du kannst uns in einer Stunde Kakao und Kekse bringen. Um Punkt sieben!«

Sie gebrauchte dieselbe Stimme wie dem Zimmermädchen gegenüber, wenn sie Gäste hatte. Aber Karna hörte sie kaum. Großmutters Stimme hatte keinerlei Bedeutung. Nicht donnerstags.

»Wird Fräulein Karna oft ohnmächtig?« fragte Peder, als Karna draußen war und er das Rechnungsbuch aufgeschlagen hatte.

»Ja, es kommt vor. Sie leidet an Fallsucht.«

»Woher kommt das?«

»Ich glaube, das weiß niemand so genau. Aber du kannst ihren Vater fragen.«

»Ist es gefährlich?«

»Nicht gefährlicher, als daß sie immer wieder zu sich kommt. Wenn sie sich dabei nicht auch noch weh tut. Aber es ist nicht gerade angenehm, wie du damals sicher verstanden hast.«

Sie zeigte ihm die Quittungen. Zeigte auf möglicherweise zweifelhafte Buchungen. Sprach von der klaren Tendenz der Zahlen. Nach oben. Mit einem kleinen schiefen Lächeln: Das müsse unter ihnen bleiben.

Natürlich, soviel verstand er.

Wilfred Olaisen wurde nicht erwähnt. Warum hätten sie ihn auch erwähnen sollen, wenn sie sich so einig waren?

»Aber sie ist vielleicht krank? Vielleicht müßte man etwas tun? Ehe es zu spät ist?« meinte er.

»Ein Professor aus Kopenhagen und ein Doktor aus Berlin haben sie untersucht. Sie wußten auch keinen Rat.«

Sie schaute in das bekümmerte Gesicht des jungen Peder. Dann klopfte sie ihm auf die Schulter.

»Sie ist doch nur ein kleines Mädchen. Woran denkst du?«

»Daß ich ihr helfen will, gesund zu werden«, sagte Peder sachlich.

»Wie alt bist du?«

»Fünfundzwanzig.«

»Herrgott, was für ein Alter für einen Mann!« rief Dina und tätschelte ihm tröstend den Arm.

Sie maß ihn mit ihrem Blick und fuhr ohne Gnade fort: »Und doch bist du zu alt! Für unsere Karna. Aber laß mal sehen ... in fünf Jahren?«

Da wurde er über und über rot und wußte nicht mehr, wo er in der Buchführung stehengeblieben war.

»Glaubst du ... in fünf Jahren?« fragte er dreist.

»Da mußt du sie schon selbst fragen. Sie ist zwar jung, aber sie wird wohl sagen können, was sie meint. Etwas anderes ist, daß sie es sich vielleicht anders überlegt. Das tun Frauen gerne.«

»Findet Frau Dina, daß ich den Doktor auch fragen sollte?«

»Warte noch damit. Er verliert nur die Fassung.«

»Muß man denn reich sein, um bei den Reinsnesleuten einzuheiraten?«

Sie sah ihn von oben bis unten an.

»Nein! Aber man muß vernünftig genug sein, erst einmal selbst zurechtzukommen!«

»Daran bin ich gewohnt«, sagte er und hielt den Kopf hoch.

»Natürlich!« gab sie ihm, nun wieder ernst, recht.

Sie machten beide mit der Arbeit weiter und sprachen zwischendurch über die Zahlen.

»Schlägst du?« fragte sie plötzlich.

Er blickte sie offenherzig an.

»Nein!« sagte er fast traurig.

»Gut!«

Da überkam ihn eine Art Trotz. Und eine offensichtliche Unverschämtheit kam ihm über die Lippen.

»Schlägst du?«

Ihre Verblüffung war nicht zu übersehen, aber ihre Augen funkelten fröhlich.

»Das ist schon vorgekommen.«

Wilfred Olaisen belächelte die Donnerstagsrechenübung seines Brüderchens. Bis er herausfand, daß er Peder benutzen konnte, um Einblick in Frau Dinas Geschäfte zu nehmen. Aber da traf er auf eine Wand. Vollkommen ohne Öffnung. Peder sagte rundheraus, daß er kein Wort über eine Bilanz verlauten lassen würde, die ihm anvertraut worden sei.

Als Wilfred wütend wurde, entfloh er schnellstens durch die Kontortür, denn er hatte aus der Vergangenheit gelernt. Auf der Werft war er sicher. Dort gab es viele Hände und viele Augen.

»Ich habe dir die erste Schule bezahlt! Du solltest für mich arbeiten! Auf ›Olaisens Werft‹«, rief ihm Wilfred hinterher.

»Das tue ich auch«, antwortete Peder ruhig über die Schulter. »Nur nicht Donnerstagabend.«

»Was hat dieses Frauenzimmer bloß an sich, daß immer alles nach ihr geht?« sagte Wilfred am selben Abend zu Hanna. Er hatte sich über den Verrat seines Bruders ausgelassen.

»Aber so bist du doch auch, Wilfred«, sagte Hanna kühn.

»Ich bin Geschäftsmann!«

»Ich weiß zwar nicht, was sie ist, aber es geht in dieselbe Richtung.«

»Aber wie lange, das entscheide ich. Ich kann sie auszahlen, wann immer ich will.«

Sie hätte ihn an die schwere Zeit erinnern können, als Dina einen Teil ihres Kapitals zurückgezogen hatte und sie eine Hypothek auf ihr Haus hatten aufnehmen müssen. Aber Hanna schwieg. Wie sie das in den letzten Jahren immer getan hatte. Das führte dazu, daß sie nur noch Gespräche führten, die er wollte. Nicht einmal, wenn andere dabei waren, konnte sie ihre Meinung frei äußern.

Das kam ihr immer schmerzlich zu Bewußtsein, wenn sie wieder zu Hause, die Kinder im Bett und die Mädchen außer Hörweite waren. Daß sie sich immer zurücknehmen, immer aufpassen mußte, ließ eine Art Kälte in ihr entstehen. Nicht nur Wilfred gegenüber, sondern allen Menschen. Den Kindern gegenüber auch.

Im Winter, als sie sich klar darüber geworden war, daß Nummer vier unterwegs war, hatte sie Benjamin aufgelauert, als sie allein war. Sara hatte die Jungen nach Reinsnes mitgenommen, und Wilfred war mit der »Svanen« unterwegs.

Sie hatte ihm vor dem Grand einen Zettel in die Hand gedrückt, ohne zu sagen, worum es ging. Als er kam, hatte sie gebettelt, er möge ihr helfen. Aber er hatte sie nur angestarrt, bis sie sich, ganz außer sich, an ihn geklammert hatte.

»Darum kannst du mich nicht bitten! Das könnte dich selbst das Leben kosten, Hanna! Begreifst du das nicht?«

»Das ist egal!« hatte sie geschrien. Das tat so gut. Endlich konnte sie in einem leeren Haus schreien.

»Sag so etwas nicht! Das darfst du nicht«, sagte er stöhnend und legte seine Arme um sie.

Aber als sie sich an ihn preßte, wich er zurück. Redete auf sie ein. Wollte sie wohl trösten.

Das machte sie nur noch verzweifelter. Machte sie böse. Ausnahmsweise wollte sie die Unbeherrschte sein. Wollte sich vermutlich rächen. An Wilfred? Jetzt wurde Benjamin der Leidtragende.

»Er schlägt mich ja doch tot!« schrie sie.

Als sie sah, wie sich sein Gesicht verzerrte, bereute sie es und flehte ihn an, zu bleiben. Trotzdem ging er.

In derselben Nacht noch kam er zurück, um nach ihr zu sehen, wie er es ausdrückte. Sie hatte geglaubt, er wäre endgültig gekommen. Zu ihr gekommen! Aber sie hatte ihn verloren. Er war nur der Doktor.

Auf diese Weise hatte sie sich ebenfalls verloren. Den Menschen, der sie einmal gewesen war. Aber das Neue war stärker. Ließ sich aushalten.

Wenn Wilfred sein Recht als Ehemann forderte, dann dachte sie immer an schöne Dinge und ließ es geschehen. Sie strich ihm sogar durchs Haar und dachte gleichzeitig an den Duft von Stines Kräutergarten. Oder an den Klee hinter dem Sommerstall. Oder an Blaubeermus mit Zucker in einer Tonschale. Sie konnte sogar den Tang hinter dem Hügel mit der Fahnenstange riechen.

Aber am meisten sah sie ihn. Roch ihn. Sie hatte sich abgewöhnt, daß er einen Namen hatte. Erinnerte sich an damals, als sie ihn in der Pension in Bergen getroffen hatte. Seine Augen. An den Abend, als sie Karna gefüttert hatte und er eingetreten war.

Während ihrer Schwangerschaft kam es vor, daß sie allein ins Grand Hotel ging. Am liebsten, wenn Wilfred auf Reisen war. Sie sprachen nicht von »dem einen Mal« oder »den beiden Malen«, als Dina sie in schlechter Verfassung angetroffen hatte. Hanna hatte den Eindruck, daß sie trotzdem alles sah.

Dina kramte Modejournale aus Berlin oder Paris hervor, holte Stoff, den sie auf Vorrat hatte, und fragte, wie man ihn nähen könne, damit es hübsch aussähe. Sie fragte sie auch um Rat, was die Speisekarte betraf.

»Was kann man den Verwöhnten servieren?« fragte sie immer.

Und Hanna erinnerte sich an Stines Rezepte. Ohne daß Dina das gesagt hätte, wußte sie, daß sie keinen Vorwand brauchte, ins Grand zu kommen. Sie fragte einfach das Zimmermädchen, ob Dina beschäftigt sei oder im privaten Salon.

Benjamin wurde in ihren Unterhaltungen selten erwähnt, um nicht zu sagen nie. Falls sie seinen Namen überhaupt einmal nannten, war das in Verbindung mit Karna.

Dinas Ideen und Bemerkungen gaben ihr ein Gefühl der Freiheit. Der Befreiung. Einmal sagte sie: »Hättest du nicht soviel Verantwortung und ein so großes Haus, dann hättest du dieses Hotel zusammen mit Bergljot führen können. Dann könnte ich endlich einmal eine Reise nach Berlin machen.«

Das war wohl keine Frage. Nur ein Ausdruck der Anerkennung.

Ein anderes Mal sagte Dina: »Hast du darüber nachgedacht, worüber wir einmal gesprochen haben? Daß du ein Modegeschäft eröffnen solltest? Ein Nähatelier? Hast du darüber nachgedacht, wie man so etwas betreiben könnte?«

Das hatte sie durchaus. Aber nicht im Ernst.

»Nichts ist unmöglich.«

»Wilfred muß das auch wollen«, sagte Hanna. Sie konnte es auch gleich zugeben. Daß es so war. Daß er im Augenblick kein Kapital im Überfluß hatte. Er warte auf den Hering. Es gehe um den Köder, der transportiert und verkauft werden müsse. Und die Aufträge für die Werft. Dort gebe es zuviel Saisonarbeit. Er habe wohl nicht die Nerven, Geld zum Fenster hinauszuwerfen, nur damit sie eine Nähstube betreiben könne. Und dann sei da auch der Haushalt. Er fordere das Seine. Die Kinder.

Beim nächsten Treffen mit Olaisen sagte Dina wie beiläufig, es sei wirklich schade, daß Hannas Talent zum Nähen brachliege. Oder zum Kreieren, wie man auch sagte.

Wilfred war eigentlich auf der Hut bei derartigen Bemerkungen. Es gefiel ihm nicht, daß Hannas Name überhaupt fiel. Das war zu demütigend. Erinnerte ihn an das eine oder andere. Aber wenn Frau Dina trotzdem Dinge erwähnte, mit denen sie nichts zu schaffen hatte, dann wies er sie freundlich zurecht.

»Die Hanna hat mehr als genug zu tun. Großes Haus und große Familie.«

»Für das meiste gibt es doch Personal. Auf Reinsnes gab es auch ein großes Haus und eine große Familie. Ich kann mich nicht entsinnen, daß ich mich damit verausgabt hätte. Wir hatten Leute, die alles, was man ihnen sagte, gegen Bezahlung machten. So ist es doch auf der Werft auch. Oder nicht? Du kannst es dir doch leisten, lieber Olaisen, daß Hanna ihre Talente entfaltet?«

Er war immer noch mißtrauisch.

So mißtrauisch, daß Dina sagte: »Sag nichts zu Hanna, daß ich wegen dieser Sache herumgesponnen habe. Ich finde es nur in all meiner Einfalt schade, daß ich teure und noch dazu schlechte Kleider in Tromør oder Trondhjem kaufen muß, wenn die Hanna so gut nähen kann. Die Frau das Anwalts und die Anna würden sicher auch gute Kunden. Sie bräuchte nur ein paar Näherinnen. Die kosten gerade mal eine Kleinigkeit. Das Startkapital müßte auch nicht so groß sein. Ein Ladenlokal natürlich. Und Nähmaschinen. Stoffe. Man sollte die Kaufkraft der Weibsbilder nicht unterschätzen. Kleider brauchen sie immer. Aber sag nichts zu Hanna, daß ich das gesagt habe. Sie hat sonst nur Flausen im Kopf. Und was wollte ich noch sagen? Ich habe gestern ein Telegramm bekommen, daß wir einen Frachter reparieren sollen, der nach Hamburg verkehrt. Er wird morgen im Tjeldsund erwartet. Irgendwas mit der Maschine. Peder soll sich darum kümmern.«

»Warum haben sie dir das Telegramm geschickt?«

»Weil ich den Besitzer des Schiffes kenne. In Hamburg habe ich einmal mit ihm Geschäfte gemacht.«

»Und deswegen kommt er zu unserer Werft!« rief er.

Respekt machte Wilfreds Gesicht noch schöner. Die Augen leuchteten.

Als sie bereits die Handschuhe angezogen hatte und gehen wollte, fragte er geradezu vertrauensvoll, ob sie glaube, daß mit einem lumpigen Kleidergeschäft Geld zu verdienen sei.

»Nicht mit einem lumpigen, aber mit dem von Hanna Olaisen! Ja! Du hast sie dir doch schließlich nicht umsonst ausgesucht. Und wenn wir schon einmal davon sprechen. Ich glaube, es läßt sich machen, daß ich etwas Kapital beisteuere. Beispielsweise die Maschinen kaufe. Natürlich nur, wenn sie dann auch mir gehören. Ihr kommt jedoch billig davon mit der Pacht. Nichts, bis der Laden Gewinn macht. Und dann ein bescheidener Prozentsatz, gerechnet von eurem Überschuß. Fünf oder zehn Prozent oder so? Aber erzähle der Hanna nichts davon, daß ich das gesagt habe. Ich möchte nicht diejenige sein, die ihr Flausen in den Kopf setzt … Guten Abend!«

Wilfred Olaisen hatte das unangenehme Gefühl, daß Frau Dina so tat, als würde sie sich an die gemeinsamen Regeln halten, während sie in Wirklichkeit alle Stiche machte, ohne daß er es merkte.

Trotzdem duldete er es gelegentlich, daß sie ihm widersprach oder diejenige war, die Ideen entwickelte. Bürgermeister zu sein kostete so viel Zeit, daß er sich auf der Werft und auch auf der Helling damit abfinden mußte, gelegentlich von ihr überfahren zu werden. Er sagte sich, daß er sich genauer um ihre Schwächen kümmern würde, wenn er wieder mehr Zeit hätte.

Strandstedet war auf dem Weg, Zentrum der Dampfschiffflotte des gesamten Bezirks zu werden. Wem war das zu verdanken? Nur Olaisen und seinem Kai! Wer fragte schon noch danach, wer diesen Kai eigentlich besaß?

Alle wußten, daß das Wilfred Olaisens Kai war. Hätte er sich nicht ohne weiteres auch Disponent nennen können? Aber tat er das? Weit gefehlt! Nur Handlungsreisende, die sich mit solchen Dingen auskannten, sprachen ihn mit Herr Disponent an. Wenn Leute das hörten, standen sie andächtig da wie in der Kirche und lauschten. So hatte dieser Titel eine größere Wirkung, als wenn er selbst mit ihm angegeben hätte.

Kamen nicht sogar Leute aus Hamburg und fragten nach der Werft von Disponent Olaisen? Und was konnte er denn dagegen tun? Die Leute sollten sich ruhig darüber Gedanken machen, wer er eigentlich war.

Die neu Zugezogenen waren zur Hälfte junge Frauen im heiratsfähigen Alter. Sie stolzierten herum und stellten sich zur Schau. Für Weibsbilder gab es genug zu tun. Im Protokoll der Gemeindeversammlung wurde das »häusliche Tätigkeiten« genannt. Außerdem gab es noch Laden- und Serviermädchen.

Olaisen begann, ernsthaft darüber nachzudenken, daß nicht nur die feineren Frauen, sondern auch alle diese anderen Damenkleidung benötigten.

Eines Abends sah er Hanna liebevoll an und sagte: »Ich kaufe dir ein Modegeschäft! Das wird zwar ein Verlust, aber es wird mir Spaß machen, daß du deine Talente entfalten kannst. Die Kinder sind bald groß. Die Leute werden darüber reden, daß ich meine Alte nicht einmal durchfüttern kann, aber das nehme ich nicht so schwer. Das wird doch keiner so recht glauben.«

Sie schloß die Augen und fühlte sich matt. Öffnete sie und sah ihn an. Setzte sich im Bett auf und zog die Decke um sich.

»Du sollst mich nicht so zum Narren halten, Wilfred.«

»Ich halte dich nicht zum Narren. Ich denke schon lange daran. Hast du nicht genäht, als ich dich kennengelernt habe? Aber das brauchst du jetzt nicht mehr in einer Kammer zu tun, in der du auch wohnen mußt. Wir müssen was Helles und Geräumiges finden. Und ich habe auch schon darüber nachgedacht, wie wir es nennen können ... Frau Olaisens Nähstube. Was?«

»Aber dann brauchen wir ständig zwei Kindermädchen und ... vielleicht eine Näherin ...«

»Habe ich nicht überall Leute in Lohn und Arbeit? Kann ich mir nicht etwa auch noch eine fest angestellte Näherin und ein Kindermädchen leisten?«

»Aber der Kredit von der Bank?« fragte sie.

»Das wird alles laufen. Alles in Ordnung. Du glaubst doch nicht, daß ich nicht alles unter Kontrolle habe? Ich kann ein Drittel des Dampfschiffkais verkaufen, wenn es eng wird.«

»Wer in aller Welt sollte daran interessiert sein? Hier in Strandstedet? Warum sprichst du von einem Drittel?«

»Deswegen brauchst du dich nicht zu beunruhigen. Da hast du nicht den Kopf dazu. Soll ich eine Nähstube und Maschinen kaufen, oder sagst du nein? Ein Drittel gehört Dina und ein Drittel besitzt die Dampfschiffgesellschaft. Der Rest ist mein. Ich dachte, ich hätte das schon gesagt.«

»Nein.«

»Na, spielt auch keine Rolle.«

»Wie kam das, daß das auch Dina gehört?«

»Wir schlossen vor einiger Zeit ein Geschäft ab. Sie sagte, sie hätte solche Lust, einmal im Leben auch ein Stück Kai zu besitzen. Mir hat das Spaß gemacht. Dann kam es eben so.«

Die Leute redeten darüber, daß Hanna Olaisen wie eine Witwe jetzt ein Geschäft betreiben würde. Und noch dazu in ihrem Zustand! Einige meinten, daß Olaisen seine Interessen noch weiter streuen wollte, um sich gegen schlechte Zeiten zu sichern.

Andere führten das auf den großen Appetit des Bürgermeisters zurück, Strandstedet noch weiter auszubauen. Der Mann war wirklich einzigartig. Natürlich biete das Kleiderbudget der Frauen Möglichkeiten.

Waren nicht schon mehrmals reisende Theatergruppen im Ort gewesen? Das schuf Bedarf an Garderobe. Und die Hauskonzerte im Grand Hotel? Die Feiertage? Man müsse doch etwas zum Anziehen haben.

Außerdem war ein Photograph nach Strandstedet gekommen. Man könne sich schließlich nicht in Gott weiß was photographieren lassen.

Strandstedet expandiere, meinten diejenigen, die solche Worte gelernt hatten. Das spiele alles keine Rolle, meinten die anderen. Solange es nur Arbeit und Brot für alle gebe.

14

Für die Anhänger von Olaisen kam es wie ein Schock, daß Benjamin Grønelv mit großer Mehrheit zum Bürgermeister gewählt wurde.

Wilfred Olaisen hatte gerade seinen vierten Sohn bekommen und fand sich augenscheinlich damit ab. Er lächelte und grüßte höflich nach rechts und links. Dieser Mann werde mit allen Situationen fertig, sagten die Leute, die sich auskannten

Der Distriktsarzt hatte nicht damit gerechnet, hieß es. Und er hatte Angst davor, daß seine Patienten darunter leiden würden. Aber da er sich für die Wahl hatte aufstellen lassen, mußte er schließlich annehmen. So wurde er nicht nur der Sieger dieser Wahl. Er war auch derjenige, der sich nicht selbst angeboten hatte.

Außerdem hatte er eine Frau aus Kopenhagen. Eine Frau, die Dänisch sprach, hatte sonst niemand in Strandstedet. Innerhalb kürzester Zeit begannen einige der Frauen die Vokale in der Aussprache zu dehnen, aber nur wenn sie Gespräche mit gebildeten Menschen führten.

Nicht daß jemand gesagt hätte, daß man das machen sollte, es ergab sich einfach so. Bei Gesellschaften und Wohltätigkeitsveranstaltungen änderten die Damen ihre Sprache völlig, ohne es selbst zu merken.

Die meisten in Strandstedet hatten durchaus für Wilfred Olaisen etwas übrig, aber der Doktor, der war nun doch außerdem noch ein Mensch! Und seine Buchgelehrsamkeit hatte er aus dem Ausland.

Direkt vor der Wahl hatte sich das Gerücht verbreitet, Wilfred Olaisens Geschäfte gingen nicht mehr so gut, weil er in ein neues Dampfschiff investiert und gleichzeitig ein Modegeschäft für Frau Hanna eröffnet habe. Es hieß, die Bank hätte ihm seinen Kredit stunden müssen, da die Werft, seit es die neue Helling gab, nicht gerade florierte. Ohne daß jemand verstanden hätte, wie das eigentlich kam. Vielleicht lag es ja daran, daß der junge Peder immer mehr für Frau Dina arbeitete.

Andere wußten jedoch, wo der Schuh drückte. Bankdarlehen waren für Arm und Reich gleichermaßen riskant. Er hatte sich übernommen. Und in den Jahren, als er Bürgermeister gewesen war, hatte er gewiß genug damit zu tun gehabt, sich in Szene zu setzen.

Außerdem sei Olaisen allzu hochmütig, hieß es. Und jetzt, seit sie einen neuen Bürgermeister hatten, konnten die Arbeiter auch zugeben, daß er nie sonderlich großzügig gewesen war.

Wilfred Olaisen kümmerte sich um die Überreste seiner Unternehmen und verhielt sich bei den Punschtreffen der Herren im Grand maßvoll. Im Gegensatz zu vielen anderen sah man ihn nie angetrunken.

Frau Olaisen hingegen war seit Bekanntgabe des Bürgermeisterwechsels nicht mehr im Modegeschäft gesehen worden. Auch sonst nirgends.

Eines Nachmittags kam die Tochter des Küsters von einer Chorprobe nach Hause und erzählte, Olaisen schlage Hanna.

Sie bekam eine wohlverdiente Strafpredigt von ihrer Mutter, weil sie Klatsch weitertrug.

Aber direkt darauf kam die Frage: »Wer hat das gesagt?«

»Jemand im Chor.«

»Aber das muß deswegen nicht wahr sein.«

»Ich habe Karna gefragt, ob es wahr ist, und da wurde sie ganz rot.«

»Hat sie gesagt, daß es wahr ist?«

»Sie hat nicht gesagt, daß es nicht wahr ist.«

Nach einer halben Stunde wußten es auch andere. Olaisen sei eine Bestie.

Aber an dem Tag, an dem es wirklich losging, betrug die Temperatur fünfzehn Grad minus, und das Nordlicht erschien bereits am frühen Nachmittag. Der Postmeister fand Worte sowohl für den

Himmel als auch für Olaisen: »Er ist wirklich ein Teufel, auch wenn er sich Christ nennt!«

Der Postmeister sagte oft als erster Unheil voraus. Er hatte auch schon früher Anwaltsbriefe gesehen. Die dicken waren an Olaisen adressiert, die dünnen an Frau Dina.

Der Telegrafist wußte auch seinen Teil. Finanzielle Transaktionen von einer deutschen Bank. Zahlen waren immer verläßlich. Ebenso eindeutig auf norwegisch wie auf deutsch. Mit der Deutung der Details war es schon schwieriger. Er war nicht besonders sprachbegabt und durfte auch nicht über das reden, was er wußte. Man konnte sich also nur wundern, daß alle trotzdem so gut unterrichtet waren. Denn das waren sie.

Einige hatten Anwalt Brink mit der Dokumentenmappe unter dem Arm aus dem Grand Hotel kommen sehen. Mitten am Tag. Das tat er bestimmt nicht nur aus Vergnügen.

Dann war es in aller Munde. Frau Dina hatte ihr Kapital aus der Werft gezogen. Der Bankdirektor verweigerte Olaisen Kredit, und zwölf Arbeiter liefen Gefahr, auf die Straße gesetzt zu werden. Strandstedet war eine einzige Gerüchteküche, die Meinungen gingen in alle Richtungen. Es schneite stark und anhaltend, der Kohlepreis stieg, und die Katastrophe schien unausweichlich.

Über Olaisens Fall stand allerdings nichts in der Zeitung. Jedenfalls nicht sofort. Aber alle warteten nur darauf. Das führte dazu, daß sich die Zeitung richtig gut verkaufte. Die Leute wollten auf dem laufenden bleiben. Es konnte schließlich auch etwas in einer unauffälligen Meldung stehen.

Wer von Olaisens Lohntüte abhängig war, hoffte noch, und diejenigen, die eine wirkliche, echte Tragödie witterten, hatten Oberwasser.

Es gab so viel zu erfragen und zu berichten. Man ging in das schwarze Dunkel hinaus, nur um nichts zu versäumen.

Die Bekanntmachung in der Zeitung sah nicht so aus, wie es die Leute erwartet hatten. Allein schon die Überschrift war aufsehenerregend.

»Die verwitwete Frau Dina Bernhoft kauft die Anteile des Disponenten Wilfred Olaisen an der Werft, der Helling und dem Dampfschiffkai.« In kleinerer Schrift darunter: »Kein Konkurs! Strandstedets Arbeitsplätze sind gerettet!«

Daß dies die einzige Möglichkeit für den Disponenten war, sein Privathaus vor der Zwangsversteigerung zu retten, war allen klar, die den ganzen Artikel lasen. Und das taten die meisten.

Dort stand, daß der Disponent seine zwei Dampfschiffe behalten würde und im übrigen sorglos auf seinem Hügel sitzen und auf den Kai und die Werft herunterschauen konnte, die er einmal gebaut hatte.

Die Überschrift ließ nicht nur das Ladenmädchen von Hole übersehen, was in der Zeitung über die Gleichberechtigung der Frau stand. Auch die *Novelle eines Frauenhassers* und die Gratisbücher mit dem Titel *Die Rache der Zigeunerin* fanden keine weitere Beachtung.

Letzteres war eine Maßnahme der Zeitung *Senjens Tidende*, um weitere Abonnenten zu werben. Die Bücher für diese Kampagne waren jedoch am falschen Tag gedruckt worden. Nur wenige bemerkten sie überhaupt, weil alle so sehr mit der Tatsache beschäftigt waren, daß Frau Dina Strandstedet gerettet hatte.

Wer zu Hause Ordnung hielt und die Zeitungen noch am selben Tag auf das unaussprechliche Örtchen im Hinterhof trug, bekam, um die Wahrheit zu sagen, den Artikel über die Gleichberechtigung der Frau nie zu sehen.

Daß der Artikel über Olaisens Niederlage in seiner eigenen Zeitung behutsamer formuliert wurde, war natürlich. Schließlich besaß Wilfred Olaisen, zumindest jetzt noch, die Aktienmehrheit.

Die Konkurrenz schlachtete die Sache um so eifriger aus. Nach einigen Tagen ließ sie verlauten, gewisse Kreise bezweifelten, daß Olaisen die Verantwortung für die Finanzen der Zeitung tragen könne, nun, da seine geschäftliche Glaubwürdigkeit erschüttert sei.

Olaisen selbst mußte in der Zeitung ein Dementi drucken lassen mit dem Titel: »Böswillige Gerüchte über meine Geschäfte.« Dort legte er Rechenschaft über seine weiterhin vorhandene Kreditwürdigkeit ab. Er habe es nur für notwendig gehalten, seine Kapazität einzuschränken.

Am selben Tag fand sich auch eine zweispaltige Anzeige in der Zeitung: »Hanna Olaisens Modehandel. Ich empfehle mein Weihnachtssortiment, das eine reiche Auswahl bietet. Verarbeitung von glattem und grobem Düffel und englischen Stoffen in allen Farben. Alle Stoffe werden umgehend verarbeitet nach ungefähren Maßen oder zugesandten Kleidungsstücken.«

Der Älteste, Rikard, bekam das meiste in der Schule oder auf dem Schulweg mit. Alles, was er zu Hause nicht erfuhr. Blutig und mit zerrissenen Kleidern kam er jeden Tag heim.

Die jüngeren lebten abgeschirmt zusammen mit Sara und dem Kindermädchen. Aber auch sie konnten die Leute nicht daran hindern, laut das Geschehen zu kommentieren oder ihnen lange, vielsagende Blicke zuzuwerfen. Die Nächstenliebe hatte viele Ausdrucksmöglichkeiten.

Peder Olaisen saß zwischen den Stühlen. Wilfred ließ keinen Zweifel daran, daß er sich von den Grønelvs fernhalten sollte. Ein Grønelv war schlimmer als ein Schakal oder ein Werwolf. Egal ob sie sich jetzt Bernhoft nannte oder nicht.

Obwohl Peder nicht so genau wußte, wie sich diese Tiere eigentlich verhielten, machte ihn das verzweifelt.

Aber auf der Werft bekam er auch anderes zu spüren, ohne daß es jemand direkt ausgesprochen hätte. Er war ein Olaisen, und deswegen sei auf ihn kein Verlaß.

Peder fand es nutzlos, Wilfred zu erklären, daß er eine Arbeit hatte, zu der er gehen müsse, egal wem der Betrieb nun gehöre.

Bei dem Ganzen hatte er nur einen einzigen Gedanken. Karna. Die Enkelin der Schakalin und Werwölfin. Er sah ein, daß er sich auf Fähigkeiten besinnen mußte, die er bisher nicht benötigt hatte.

Benjamin war vollauf damit beschäftigt, sich in die großen und kleinen Angelegenheiten der Gemeinde einzuarbeiten. Sitzungen und Gespräche, die er mit Leuten führte, die er auf der Straße traf, nahmen einen immer größeren Teil seines Tages in Anspruch. Wenn er mit seinen Patienten fertig war, suchte er sofort nach seinem Mantel. Anna und Karna bekamen nur noch zu hören: »Sobald ich Zeit habe ...«

Anna hatte mehrere Male versucht, mit ihm über Karnas Zukunft zu sprechen. Sie erhielt aber nur halbe Sätze in aller Hast als Antwort. Sie hegte den Verdacht, er lausche ihren Worten, ohne zu verstehen, was sie eigentlich sagte.

Zu Hause war er stets so abwesend, daß es sie erschreckte. Als befände er sich die ganze Zeit auf dem Weg in einen anderen Raum, an einen anderen Ort. Als würde er die ganze Zeit Gespräche planen, aber nicht mit ihr.

Anna fiel auf, daß ihr Leben mit Benjamin sie zum Verwechseln an das ihrer Eltern erinnerte. Sie redeten nicht mehr miteinander, wenn sie sich nicht in Gesellschaft anderer befanden.

Sie schliefen im selben Bett. Aber der Abstand war so groß, daß sie nur durch ihre Schlafgeräusche aneinander erinnert wurden. Er schlief eindeutig besser als sie. Und einem schlafenden Mann konnte man keine Vorwürfe machen.

An einem Abend kurz vor Weihnachten waren sie allein im Wohnzimmer. Sie wußte, daß er bald wieder aufstehen würde, um zu irgendeiner Sitzung zu gehen.

Da sagte sie ganz unvermittelt: »Im Sommer mache ich eine Reise nach Kopenhagen.«

In dieser Bemerkung lag kein Trotz. Keine Demonstration. Aber sie hatte erwartet, daß er seine Zeitung zusammenfalten würde. Daß er sie im schlimmsten Fall verärgert beiseite werfen würde. Im besten Fall erklären würde, sie könnten ja zusammen fahren.

Aber er sagte nichts. Er sah von seiner Zeitung nicht auf. Sie erhob sich und ging zum Fenster. Wartete.

Die Zeitung raschelte etwas. Er hatte wohl umgeblättert. Sie sah ein, daß er ihre Worte nicht wahrgenommen hatte.

Sie stand noch eine Weile da, dann öffnete sie trotz des Winters das Fenster ganz weit. Das war nicht leicht, denn es war festgefroren. Aber sie hob den Fuß und trat mit dem Absatz gegen den Rahmen.

»Aber Anna, hier ist Luft genug!« war hinter der Zeitung zu vernehmen.

»Was hilft das, wenn ich das Gefühl habe, ersticken zu müssen«, sagte sie.

Ohne zurückzublicken, kletterte sie auf die Fensterbank. Ließ sich nach hinten fallen, hinaus in das Weiche, Kalte und Nasse. Sie schloß die Augen und blieb eine Weile liegen. Dann bewegte sie langsam Arme und Beine im Kreis.

Als sie noch auf Reinsnes gewohnt hatten, hatte sie stets am Vormittag des Heiligabends so mit Karna gespielt. Auch sonst gelegentlich. Hier in Strandstedet schuf man keine Engel. Man erstickte.

Sie holte tief Atem. Bei jeder Bewegung kroch der Schnee in ihre Kleider. Ihr Nacken war bereits ganz naß. Als würde sie schwimmen. Oder als würde sie auf einer Melodie aus den neuen Noten, die sie mit Dina zusammen spielte, dahintreiben. Smetana. »Aus der Heimat.«

Sie fing an zu summen. Summen. Öffnete die Augen und schaute in den violetten Winterhimmel mit seinen Myriaden von Sternen. Sie sah in ihm die vielen Zeichen ihres Lebens, ohne sie deuten zu können.

Dann tauchte er in dem beleuchteten Fenster auf. Der Bürgermeister von Strandstedet. Er sah durchsichtig aus. Wie ein Gazestreifen aus seiner eigenen Arzttasche.

Wann hatte er eigentlich aufgehört, Benjamin zu sein? Das mochte wohl lange her sein. Eingesehen hatte sie es aber erst heute abend.

Sie schaute zu ihm hoch und erinnerte sich plötzlich daran, wie sein Gesicht damals ausgesehen hatte, als sie unter ihm auf Aksels hartem Studentenbett gelegen hatte.

Wie wenig sie damals gewußt hatte. Das war rührend.

»Gott bewahre die Fleischeslust!« summte sie zu dem Mann im Fenster hoch.

»Anna! Was um Himmels willen tust du?«

»Gott bewahre die Flei-hei-sches-lu-hust«, sang sie.

Der funkelnagelneue Smetana. Die alte Heimat. Das harte Studentenbett. Die Freude daran, in Sünde zu leben. Zusammen mit ihm! Was war nur aus der wunderbaren, freimachenden Angst geworden? Sie hatten sie in Nordnorwegen verloren. Hatten alles verloren. Sie hatte die Jugend verloren, den Liebhaber und die Heimat. Alles war in Strandstedet erstickt worden. Zusammen mit dem Distriktsarzt, dem jetzigen Bürgermeister.

Sie hob die Stimme und sang. Kostete es ganz aus.

»Tara-aha-am-haa ... Gott bewahre die Flei-hei-sches-lu-hust!«

»Anna!«

»Pst! Es geht um Leben und Tod. Ich schlafe gerade mit einem Engel auf dem Weg hinaus aufs Meer. Ich spreche mit Smetana und den Sternen über die Fleischeslust.«

»Ich muß jetzt gehen, Anna. Die anderen warten.«

Sie hörte, daß er ein Lachen versuchte. Aber es kam nicht so natürlich wie unten bei ihr. Sie summte lauter.

»Dir wird kalt, und du wirst naß!« erklärte er.

»Das werden alle, die hinaus aufs Meer schwimmen«, sagte sie.

Er sah sie mit einem merkwürdigen Blick an. Dann war er weg. Wer war dieser Mann?

15

Karna hatte immer gehört, daß sie irgendwann einmal in die Welt hinaus mußte, um etwas zu lernen. Vielleicht auch, um Examen zu machen. Aber bis dahin war es noch so lang.

Anna las laut aus der Zeitung vor, etwas über den Zugang von Frauen zum Erwerbsleben, und meinte, sie müsse sich glücklich schätzen, einen Vater zu besitzen, der eingesehen habe, daß Wissen nicht nur etwas für Männer sei.

Allerdings hatte er sich widersetzt, als davon die Rede war, sie bei dieser Witwe in Tromsø wohnen zu lassen, damit sie die Mädchenschule der Fräulein Thesen besuchen könne. Das wäre das einfachste und nächstliegende gewesen, sagte Anna.

Statt dessen hatte er an Dagny Holm in Bergen geschrieben. Sie hatte eine Nichte mit drei erwachsenen Kindern, die Karna gerne aufnehmen wollte. Sie würde ein eigenes Zimmer bekommen, aber im übrigen wie eine Tochter in der Familie leben. Sie würden schon lernen, mit den Anfällen umzugehen. Sie sollte sogar Gesangsunterricht bekommen.

Aber als alles geklärt war, erklärte Karna, sie wolle nicht nach Bergen. Keinesfalls.

Sie habe eigentlich nie den Wunsch gehabt, irgendwelche Examen abzulegen. Oder Gesang zu studieren. Sie singe auch so gut genug.

Sie wollte zu Hause bleiben. In Strandstedet.

Benjamin beherrschte sich erst einmal, um herauszufinden, was die Ursache war. Vielleicht hatte sie ja vor all dem Fremden Angst.

Da kam es an den Tag, daß sie einfach an ihnen vorbei groß geworden war.

Benjamin glaubte, Karna zu kennen und sie deuten zu können,

wie eingetragene Spalten in einem Bericht an die Gesundheitskommission. Aber da irrte er sich.

Anfänglich wollte sie nichts erklären. Sie wolle einfach nicht nach Bergen oder irgendwo anders hin.

Als Benjamin Dina seine Not klagte, lachte sie nur. Wußte er nicht, daß das Mädchen nicht nur ihretwegen gelegentlich im Grand übernachtete? Ob sie ihnen nicht erzählt habe, daß sie das nur täte, um bei jedem Wetter um sechs Uhr morgens in einem offenen Fenster zu stehen? Sechs Uhr! Um Peder Olaisen auf dem Weg zur Werft zu sehen.

»Sie peilt ihn durch ein umgekehrtes Herz an, das sie mit den Händen formt. So!« sagte Dina und demonstrierte es, während sie Benjamin aus den Augenwinkeln beobachtete.

Sie konnte ebenfalls berichten, daß Karna, ohne um Erlaubnis gebeten zu haben, ein Kleid in Hannas Modegeschäft bestellt hatte. Peder war auch der Grund, warum sie plötzlich alle möglichen Versammlungen ohne Bibel besuchen konnte.

Wüßten sie denn nicht, daß sie jede Gelegenheit nutzte, in Peder Olaisens Armen im Kreis zu schweben? Walzer, Mazurka, was auch immer. Sie würde tanzen. Schweben. Egal zu welcher Melodie.

»Aber sie ist doch immer um zehn Uhr abends wieder zu Hause«, sagte Benjamin matt.

»Ja, ich habe Peder gesagt, es sei ratsam, sie immer zeitig nach Hause zu bringen.«

»Ich habe ihn nicht einmal vor der Tür gesehen!«

»Nein, ich war der Meinung, es wäre das Beste, wenn nur Birgit bis zur Tür mitkommt und er schon vor der Kurve kehrtmacht.«

Was Benjamin nicht wußte, das wußten die Damen, die Frauen und die alten Weiber. Daß Peder Olaisen die junge Tochter des Doktors etwas zu fest umarmte. Fast unanständig.

Aber als Birgit zu Karna sagte, daß die Leute reden würden, erhielt sie eine Erklärung. Peder habe Angst, daß Karna wieder fallen würde. Und dann habe er so starke Arme. Deswegen halte er sie so eng. Ob Birgit das nicht verstehen könne? Daß ein solcher Mann nicht so genau abschätzen könne, wie fest er umarme?

Birgit wußte nicht richtig, ob sie das verstand, aber sie sagte nichts. Was hätte sie auch sagen sollen?

Karna sollte zu Papa in die Praxis kommen. Jetzt, sofort!

Sie stellte sich neben die Tür und wußte bereits, es hatte mit Bergen zu tun.

Erst hörte sie nur zu, ohne etwas zu sagen. Dann wurde es ihr aber zuviel. Er war dumm, wenn er einfach dasaß und ihr erzählte, was sie zu empfinden und zu meinen habe.

»Ich fahre nicht nach Bergen«, sagte sie und wollte gehen.

Da wurde er hochrot, zwang sie, sich zu setzen, und holte Anna.

Anna sagte all das, was Papa vergessen hatte. Aber Karna gab nicht nach. Da wurde Papa böse und sprang auf, aber Anna sah ihn warnend an.

Er zügelte sich etwas, sprach jedoch weiter.

Karna solle daran denken, daß nicht viele Mädchen eine gute Schule besuchen durften. Ob sie jemals gehört habe, daß jemand nein danke sagte, als es darum ging, entweder eine Schule zu besuchen oder den Haushalt zu besorgen? Es sei ihnen bereits aufgefallen, daß Karna für Hausarbeit nicht viel übrig habe. Sie habe zwei linke Hände. Was denke sie sich eigentlich? Wäre es besser gewesen, wenn sie einen Ehemann für sie gesucht hätten? Irgendeinen alten Mann? Wie damals der Lensmann bei Dina, als diese erst sechzehn gewesen sei? Wolle sie das?

Da merkte sie, daß der richtige Augenblick gekommen war.

»Ja! Ich will Peder heiraten! Er will mich ebenfalls unbedingt haben. Aber er traut sich nicht zu fragen, weil Großmutter gesagt hat, daß du dann die Fassung verlierst. Wenn Großmutter einen uralten Mann heiraten konnte, als sie sechzehn war, dann kann ich das wohl auch. Peder ist nicht so alt!«

Anna sah ängstlich aus, und Papa war so rot, als hätte er ein paar Ohrfeigen bekommen.

»Karna«, sagte Anna, »Heirat ist eine ernste Angelegenheit.«

»Jaja. Aber alle tun es doch.«

»Du bist trotzdem immer noch eine kleine Rotznase!« sagte Papa böse.

»Das bin ich nicht. Ich kann alles mögliche lernen, wenn ich nur den Peder heiraten darf. Ich brauche auch nichts. Nicht einmal ein Klavier ...«

Papa stand auf und fing an, auf- und abzugehen. Er trabte. Auf und ab. Zündete sich dabei eine Pfeife an. Rauchte und trabte weiter. Ihr wurde ganz schwindlig davon, ihm mit den Augen zu folgen. Aber schließlich blieb er stehen und rief: »Ist das das Ergebnis von Annas und meiner Erziehung? Daß dein einziger Wunsch ist, zu heiraten? Reicht deine Begabung nicht für mehr?«

»Mir ist meine Begabung egal. Ich glaube nicht, daß so etwas notwendig ist.«

»Bist du so dumm, daß du die Ehefrau des erstbesten Scharlatans werden willst?«

»Er ist kein Scharlatan«, sagte Karna. Sie bekam die Worte fast nicht heraus, denn es schmerzte sie so, daß er das über Peder gesagt hatte.

»Warum glaubst du sonst, daß er einem kleinen Mädchen Flausen in den Kopf setzt? Ich werde ihm schon was erzählen ...«

Da knallte es. Anna hatte auf den Tisch gehauen. Man hatte fast den Eindruck, als sei sie selbst über den Knall erschrocken. Aber das vergaß sie schnell. Sie war aufgestanden. Stand etwas vornübergebeugt und starrte Papa an. Ihre Augen blitzten.

»Fang nicht an, die Liebe zu verspotten! Das darfst du nicht! Bei den Grønelvs war es damit ja nie so sonderlich gut bestellt. Ich finde, es ist eine Befreiung, daß Karna jemanden lieben kann. Warum können wir sie nicht unterstützen? Natürlich muß sie mit der Heirat noch warten. Aber warum muß sie nach Bergen? Wenn sie dagegen ist, dann bin ich auch dagegen. Sie dazu zu zwingen ist vielleicht ein ebenso großes Verbrechen, wie jemanden zu einer Heirat zu zwingen. Das lasse ich nicht zu!« sagte Anna gebieterisch. Die ganze Zeit starrte sie Papa an.

Sie stritten sich, und das war Karnas Schuld.

»Das hätte ich von dir nicht erwartet, Anna. Du bist doch so für die Freiheit der Frau und ihr Recht auf Ausbildung?« sagte Papa eiskalt.

»Das ist keine Freiheit, wenn man es nicht selbst will«, sagte Anna.

»Ich dachte, wir wären uns einig, was Karnas Zukunft angeht?«

Papa redete mit Anna mit zusammengebissenen Zähnen. Als sie nicht antwortete, fuhr er höhnisch fort: »Sie kann doch fahren und wieder zurückkommen. Dann sehen wir, ob diese sogenannte Liebe so lange hält.«

Es zuckte in Annas Mundwinkeln, und ihr Kinn bebte.

»Ich glaube, es ist falsch, Gefühle in Portionen aufzuteilen, wie ihr das tut, du und Dina, je nachdem, ob die Gelegenheit paßt. Ihr versucht immer nur, euch Verlust und Gewinn auszurechnen. Du auch, Benjamin! Du überlegst, was sich lohnt. Was du brauchen kannst. Mich konntest du brauchen. Außerdem kam ich von allein. Deswegen hast du mich geheiratet. Aber Liebe, Benjamin Grønelv, ist ein Geschenk. Man muß sie schützen. Im Leben kann sie spät oder früh kommen. Aber sie ist nichts für Leute, die Rationen verteilen wie an Kriegsgefangene. Sie ist eine Kraft für die Menschen, die verstehen, alles zu geben und alles zu nehmen. Deswegen bin ich unter die Fremden gegangen. Wegen der Liebe. Die letzten Jahre habe ich deine Portionen empfangen. Alles zu seiner Zeit für den guten Doktor Grønelv. Zudem jetzt auch noch Bürgermeister. Ich bedanke mich. Und ich sage dir, das war es trotzdem wert! Die Jahre, die Wochen und die Tage! Die Liebe ist es wert, alle Einsamkeit auf Erden zu ertragen!«

Papas Gesicht war ein unbeschriebenes Blatt Papier.

Karna mußte raus. Nur weg.

Als sie sich umdrehte, stand Großmutter in der Tür. Karna lief auf sie zu und versteckte sich hinter ihr.

Es wurde ganz still. Sie hörte nur Großmutters Herzschlag.

»Das war eine kluge Rede, Anna!« sagte Großmutter schließlich und legte den Arm um Karnas Nacken.

Niemand antwortete.

»Ich verstehe das so, daß das eigentlich nur euch beide betraf, auch wenn von der ganzen Familie die Rede war? Ich war so neugierig, daß ich einfach vor der Tür stehengeblieben bin. Das war vielleicht nicht nett von mir, aber lehrreich …«

Anna fiel etwas in sich zusammen, richtete sich aber schnell wieder auf.

»Ich muß sagen, daß mich diese Rede getroffen hat. Du, Benjamin, mußt dich selbst rechtfertigen«, sagte Großmutter. Ihre Stimme war ganz anders als ihr Herz. Das schlug ganz heftig gegen Karnas Wange.

Anna ging zum Fenster. Papa stand allein in der Mitte des Raumes. Er hatte sich nicht bewegt, seit Anna zu sprechen begonnen hatte.

Großmutter sah sie beide nacheinander an.

»So wie die Dinge liegen, brauche ich ein großes Glas Portwein. Oder einen Schnaps aus der Doktorflasche? Dieser Berg ist ja die reine Sklaverei. Wenn ich noch einmal fünfundzwanzig wäre, dann würde ich mir ein Reitpferd kaufen. Nur damit ich mir nicht jedesmal bergauf zum Doktorhaus die Füße plattlaufen muß. Aber jetzt gehe ich doch lieber zu Fuß, als noch einmal ein Pferd zuzureiten.«

Papa wurde wach. Er ging zum Schrank und holte Karaffe und Gläser. Beim Einschenken ließ er ein Glas fallen.

Er trat einen Schritt beiseite. Dann sah er sich die Glassplitter an. Schließlich stellte er die Karaffe ab und wußte auf einmal nicht mehr, was er hatte tun wollen.

Karna ließ Großmutter los und ging auf ihn zu. Er merkte es nicht. Stand einfach da. Sie goß in die beiden Gläser ein, die übrig waren. Öffnete den Schrank, fand ein drittes Glas und füllte es ebenfalls.

Immer noch sprach niemand.

Karna reichte Papa ein Glas, und er nahm es, ohne sie anzuschauen. Dann ging sie zum Fenster zu Anna und dann zu Großmutter. Reichte ihnen beiden ein Glas. Gut, daß sie wußte, was zu tun war.

Da niemand Anstalten machte zu trinken, mußte sie das Schweigen brechen. Sie baute sich neben Papa auf, faltete die Hände auf dem Bauch und sagte: »Skål!«

Dina hatte Olaisens Büromöbel rausgeworfen und neue gekauft. Dann hatte sie Doppeltüren einsetzen lassen, um den Lärm von unten zu dämpfen, und Gardinen aufgehängt. Sie war eingezogen. Sie regierte. Befahl. Kontrollierte Listen und entließ zwei Schlendriane sofort.

Die Männer hatten immer die Mütze vor ihr gezogen. Das war also nicht neu. Aber als sie auch noch anfingen, sich zu verbeugen, bat sie sie barsch, das sein zu lassen und lieber zu arbeiten.

»Wer bei der Arbeit nicht grüßen kann, soll lieber das Grüßen sein lassen«, sagte sie.

Sie fürchteten sie mehr als Olaisen, den sie wie Zinnsoldaten gegrüßt hatten. Punkt sechs an dem Montagmorgen, an dem sie zum ersten Mal kam, griff sie sich den Vorarbeiter und befragte ihn eingehend.

Am späten Vormittag waren sie sie endlich wieder los, nur um zu hören, daß sie oben im Kontor kramte und herumwühlte.

Sie schaffte sich einen Drehstuhl an. Ein einzigartiges Möbelstück, das die Männer auch gern ausprobiert hätten. Aber sie trauten sich nicht, nach oben zu gehen, ohne daß sie nach ihnen geschickt hatte. Und dann saß sie ja selbst dort.

Olaisen hatte sich mehr um seine Kleidung als um seine Büroeinrichtung gekümmert. Frau Dina kümmerte sich um beides. Und in ihrer Weisheit bemerkte sie auch, daß sie zum Essen anständige Stühle und einen anständigen Tisch brauchten. Bisher hatten sie sich einfach auf eine Kiste gesetzt oder wo gerade Platz war.

Sie spendierte Samstags- und Stapellaufschnaps. Den trank sie auch selbst. Nach der Arbeitszeit.

»Bei mir wird nicht fürs Trinken bezahlt«, sagte sie.

Das Seltsamste war jedoch, sich von einer Frau Vorschriften machen zu lassen. Das war gegen die Natur! Aber was war dagegen schon zu machen?

Einmal murmelte der Vorarbeiter, daß sie zur Zeit von Olaisen die Listen erst in der Woche fertig hatten, in der die Arbeit tatsächlich begonnen wurde. Das sei rechtzeitig genug.

Da hatte sie ihm auf die Schulter geklopft und gesagt: »Es steht dir frei, den Bräuchen von Olaisen zu folgen. Bei Olaisen. Dann brauchen wir aber hier auf der Werft einen neuen Vorarbeiter.«

»Ein teuflisches Weibsstück!« murmelte der Vorarbeiter, als sie gegangen war.

Aber er sagte nie mehr etwas darüber, was zu Olaisens Zeit rechtzeitig genug gewesen war.

Sie wußten nicht recht, woran sie bei ihr waren. Aber etwas sagte ihnen, daß sie sich auf sie verlassen konnten.

Sie befahl ihnen, den Boden abzuspritzen, nicht einmal in der Woche, sondern täglich. Einige grinsten, andere fluchten. Aber nach ein paar Wochen merkten sie den Unterschied. Man konnte jeden Tag tief durchatmen. Nicht nur an Montagen.

Olaisen hatte immer einen Ausflug mit der »Svanen« gemacht, um Punsch mit den einflußreichen Männern zu trinken, wenn er einen großen Auftrag bekommen hatte. Frau Dina kam aus dem Kontor herunter und las ihnen Zahlen und Aufträge nach Feierabend vor. Dann spendierte sie allen einen Schnaps. Nie mehr als einen.

Das war genug, um sie gefügig zu machen. Sie gingen nach Hause und wuschen sich. Waren nicht einmal angetrunken. Nur guter Dinge und ziemlich gerädert. Einmal waren die Zahlen besonders gut, und sie bekamen jeder ihr Scherflein. Sie verlor kein Wort mehr darüber. Ließ einfach Peder das Geld austeilen, nachdem sie bereits wieder nach oben gegangen war.

Als sie dankten, winkte sie nur ab und sagte: »Viel Freude damit.« Wäre sie keine Frau gewesen, hätten sie gesagt, sie sei ein Mordskerl.

Nach Neujahr kam Peder zur Donnerstagsbilanz ins Grand. Sie hatten diese Sitte beibehalten, obwohl sie genausogut ins Kontor hätten gehen können.

Er war bedrückt. Er hatte sich überlegt, was er sagen sollte, denn er mußte kündigen.

»Mußt du aufhören? Warum?«

»Wilfred findet, es geht nicht, daß ich für die Gegenseite arbeite.«

»Die Gegenseite?«

»Ja, oder die Konkurrenz. Das sagt er.«

»Und du?«

»Ich muß kündigen.«

»Um deinem Bruder gefügig zu sein?«

»Nein, um etwas zu erreichen.«

»Ist das die richtige Art, etwas zu erreichen?«

»Das kommt darauf an, wie man die Sache sieht oder wieviel Geld man hat.«

»Und wie willst du an Geld kommen?«

»Wieder zur See fahren. Auf Wilfreds Dampfschiff. Er will mich beim Transport von Köder und ähnlichem beschäftigen.«

»So ... Du hast dir also Geld geliehen, um eine Lehre zu machen, nur damit du nachher Köder transportieren kannst?«

Peder beugte den Kopf und legte die Hände auf den Rücken.

Dina saß hinter ihrem Schreibtisch und betrachtete ihn.

»Sie muß entschuldigen. Aber mir bekommt das nicht, mich mit meinem Bruder zu zerstreiten.«

»Ist das der einzige Grund?«

Er hob den Kopf und sah ihr direkt in die Augen.

»Nein. Wir haben eine Abmachung, Wilfred und ich.«

»Und was ist das für eine Abmachung?«

»Ich darf für Frau Dina nicht mehr arbeiten, aber weiterhin Karna treffen.«

Er holte tief Luft und wußte nicht, wo er seine Hände lassen sollte. Versuchsweise steckte er sie in die Tasche. Aber dann besann er sich. Alles war so schon schlimm genug.

Da lachte sie gurrend. Resigniert. Legte den Kopf zurück.

»So! Und seit wann darf Wilfred Olaisen über meine Enkelin verfügen?«

Er sah sie unsicher an, wich aber nicht aus.

»Ich wollte um ihre Hand anhalten. Wenn sie alt genug ist.«

Seine Offenheit wirkte. Fast immer. Er wußte das, ohne daran zu denken. Deswegen wich er schwierigen Unterredungen nur selten aus. Ausgenommen mit Wilfred.

Es lag nicht daran, daß er gut reden konnte. Durchaus nicht. Aber er konnte den Leuten in die Augen schauen. Und seine Miene sagte mehr über das aus, was er meinte, als seine Worte.

Er hatte nicht vorgehabt, Frau Dina zu erzählen, daß er um Karnas Hand anhalten wollte. Aber wie er so dastand, kam ihm das richtig vor. Er sagte auch, das sei nie so gemeint gewesen, daß Wilfred über Karna bestimmen sollte, durchaus nicht! Nein, Wilfred mußte nur beruhigt werden. Das sei schon immer so gewesen. Wenn Wilfred nur einmal ruhig und fröhlich sei, dann komme schon alles in Ordnung.

»Setz dich und hör zu!« befahl Dina.

Peder Olaisen setzte sich auf die Kante eines Stuhls.

»Ich will dich nicht in Arbeit haben! Du kannst zuwenig!«

Gewiß hörte er, was sie sagte. Aber er verstand es nicht. Falls das eine Beleidigung sein sollte, dann konnte er es nicht als solche auffassen. Denn es war nicht wahr.

»Was meint sie?« fragte er.

»Du bist ein Grünschnabel, der alles hinnimmt. Du bist entlassen.«

»Und was soll ich angestellt haben?«

»Du glaubst, daß es genügt, dich mit Wilfred auszusöhnen, dann würde es dir und Karna schon gutgehen. Aber ich will dich nicht mehr. Das bedeutet, daß Karna dich auch nicht mehr will. Verstanden?«

Peder mußte sie anschauen. Meinte sie das alles? Oder war sie nur beleidigt? Steckte da etwas dahinter? Eine Finte? Sie sah nicht unbedingt böse aus.

»Darf ich Karna nicht mehr sehen?« flüsterte er.

»Nein!«

Das Blut stieg ihm zu Kopf. Er ballte die Hände so zusammen, daß die Fingerknöchel weiß wurden.

»Dann ist Frau Dina auch nicht besser als der Wilfred«, warf er ihr an den Kopf. Nicht so sehr im Affekt. Eher mit einem unterdrückten Beben. Sein sich sträubender Wirbel zitterte ebenfalls. Er war so wütend, wie er überhaupt nur werden konnte. Sah sie das nicht?

»Sag mir, warum ich besser sein sollte als Wilfred Olaisen?« fragte sie.

Für Peder waren die Worte nicht mehr einfach und klar. Er war nicht darauf vorbereitet, daß ihm dieses Gespräch so viel abverlangen würde.

»Was will Frau Dina, daß ich tun soll?«

»Du sollst nach Bergen fahren und richtiger Maschinenbauingenieur werden. Nicht nur einer, der Bleche zusammenschrauben kann. Dann kannst du zurückkommen und die Aktien kaufen, die dein Bruder verkaufen mußte. Auf diese Weise kannst du für dich selbst arbeiten.«

Er sah sie an, ohne zu blinzeln.

»Das wäre schon in Ordnung. Aber das kostet Geld, in Bergen ausgebildet zu werden.«

»Das leihe ich dir zinsfrei und ohne Revers.«

Peder Olaisen konnte sich das nicht mit geballten Fäusten anhören. Er packte die Armlehnen und erhob sich halb.

»Warum tut Frau Dina das?« flüsterte er und ließ sich wieder in den Stuhl sinken. Als müsse er mit einem Unglück fertigwerden.

»Weil ich plane, die Werft zu einer mechanischen Werkstatt auszubauen, und nicht fleißig genug bin, selbst eine Maschinenbaulehre zu machen.«

»Mechanische Werkstatt?«

»Das ist die neue Zeit.«

Peder schluckte und blinzelte. Dann entschloß er sich. Wilfred oder nicht. Wilfred, das konnte warten.

»Ich nehme an!«

»Dann arbeitest du bei mir, bis du einen Platz auf der Georgerneswerft in Bergen bekommst?«

Er stand auf und gab ihr die Hand.

Peder nahm seinen Mut zusammen und ging direkt hinauf zum Doktorhaus, um Karna zu erzählen, daß er nach Bergen wollte. Im Herbst! Falls er angenommen würde.

Sie stand einfach da und schaute ihn an. Zeigte keine Freude. Als sie zu sprechen begann, war es mit einer Stimme, als müsse einer von ihnen beiden sterben.

Wie könne er nur daran denken, nach Bergen zu fahren? Wenn sie sich da herausgeredet habe?

Da bekam er ihre beklagenswerte Geschichte zu hören. Wie sie sich mit Papa zerstritten hatte, damit ihr das erspart bliebe. Daß es so weit gekommen war, daß niemand mehr im Doktorhaus den Ortsnamen Bergen in den Mund nahm.

Und dann komme er und werfe ihr das einfach so hin. Daß er nach Bergen müsse. Was für eine Liebe sei das?

Peder wurde ganz rot. Aber er bedauerte nichts. Er sagte unumwunden, daß ein Mensch nicht nein sagen dürfe, wenn es etwas zu lernen gebe. Ob sie nein gesagt habe? Er würde sie eigenhändig in einer Lofotenschiffskiste mit nach Bergen nehmen und sie als bezahlte Fracht abliefern!

Ob sie glaube, daß die Liebe sterbe, wenn sich zwei Menschen einen Winter oder zwei nicht sehen? Da wisse sie noch nicht, aus welchem Holz er, Peder, geschnitzt sei! Ob sie nicht daran denke, daß sie ihn davor bewahrt hatte, von der Eisenstange im Haus der Gemeindeversammlung zu fallen? Ob sie an solche Zeichen nicht glaube?

Er fuhr mit der milden Autorität eines Wanderpredigers fort und pries den Doktor, der für sie bezahlen wollte. Und das, obwohl sie dann doch nur heiraten wollte! Ein anderer Vater hätte das für überflüssig gehalten. Denn das, was sie in Bergen lernen würde, könne sie ja doch nur in ihrem eigenen Kopf gebrauchen.

Warum habe sie ihm, Peder, diese Schwierigkeiten nicht anvertraut? Sie habe ihn ausgeschlossen, als sei er eine Kreatur, die nicht sprechen könne und mit der man deswegen wohl auch nicht sprechen wolle?

Karna hatte noch nie so viele Worte von ihm gehört. Es war etwas mit seiner tiefen Stimme. Peder hatte so schöne Töne in der

Brust. Eine Membran. An die man seinen Kopf lehnen konnte, wenn niemand zusah. Wie jetzt. Denn sie waren allein im Wohnzimmer.

Draußen war es beißend kalt. Obwohl es im Ofen brummte, zog es aus einer Richtung, die niemand lokalisieren konnte. Es dampfte vom Fischteller, das konnte auch niemandem die Füße wärmen, aber zumindest das Gesicht wurde warm.

»Großartig!« sagte Dina und nahm von der Fischleber. Sie schnupperte daran und brach ein Stück von dem Flachbrot ab.

Benjamin hielt nichts von Leber. Aber die anderen stimmten ihr zu.

Karna rutschte auf dem Stuhl hin und her und schaute sie alle nacheinander an. Sie mußte es sagen. Jetzt.

»Ich fahre doch nach Bergen!«

Papa und Anna hörten auf zu kauen. Aber Großmutter sah so aus, als hätte sie nichts gehört.

»Ach so, interessant«, sagte Papa.

»Hast du deine Meinung geändert?« fragte Anna froh.

Karna nickte.

»Und woran liegt das?« wollte Papa wissen.

»Der Peder sagt, das ist das Beste für die Liebe.«

Anna hob ihren Kopf auf eine merkwürdige Art und warf Papa einen Blick zu. Anna war schön, wenn sie lächelte.

Großmutter sah so aus, als sei ihr das alles gleichgültig.

»Sagt er das, der Peder? Du mußt ihn mal einladen, damit wir mit ihm sprechen können.«

»Er war gestern hier.«

»Ohne daß ich das erfahren habe?«

»Das liegt daran, daß du nie hier bist.«

»Anna, sei so nett und reiche mir die Schale mit der Leber!« sagte Papa.

»Du magst doch keine Leber«, murmelte Karna.

»Nein, aber heute muß ich doch noch versuchen, alles mögliche hinunterzuschlucken.«

16

Eines Tages brachte das Dampfschiff einen mageren, schwarzgekleideten Mann nach Strandstedet. Er war über die erste Jugend schon weit hinaus. Das Haar war weiß und das Gesicht glattrasiert und sonnenverbrannt. Der blaue, nach innen gewandte Blick verlieh ihm etwas Abwesendes. Als wüßte er nicht genau, wo er sich befinde.

Im Nieselregen steckten die Leute auf dem Kai die Köpfe zusammen und wunderten sich. Wer war dieser Mann? Einige meinten, ihn schon einmal gesehen zu haben, konnten sich aber nicht erinnern, wo.

Der Mann wirkte abweisend, fast furchterregend. Seinen Koffer und seine Reisetasche trug er selbst an Land und fragte den Fuhrmann dann, ob es weit sei zum Grand Hotel.

»Nein, nicht weit, aber ich kann Sie fahren.«

Der Mann wollte das Gepäck gebracht haben. Er selbst wollte gehen.

»Es kostet dasselbe, wenn Sie selbst mitfahren.«

Als der Fuhrmann keine Antwort erhielt, fuhr er los, und der Fremde schlenderte hinterher.

Ein paar Jungen folgten ihm, um ihn auszuhorchen. Aber er war nicht mitteilsam. Nein, er sei nicht von hier. Nein, er wisse nicht, wie lange er bleiben würde. Er sei einfach auf Reisen. Das sei alles.

Der Schwarzgekleidete ging die sieben Treppenstufen hinauf und schwang den Klopfer.

Doch, sie hätten ein freies Zimmer. Wenn er nichts dagegen habe, die Treppen zur Dachkammer hinaufzusteigen. Dort oben seien die Zimmer auch gut. Nur die Treppen seien etwas beschwerlich.

Er habe nichts gegen Treppen. Würde aber gerne eine Kleinigkeit auf dem Zimmer essen. Belegte Brote und starken Kaffee. Und er brauche warmes Wasser zum Waschen.

Er erhielt den Schlüssel und bekam den Weg gezeigt, wollte sein Gepäck aber selbst tragen. Das Mädchen bekam trotzdem ein paar Öre für ihre Mühe.

Als er allein in seinem Zimmer war, öffnete er das Fenster und schaute über den Ort und den Hafen.

Zwei Frauen kamen den Weg hoch. Eine von ihnen trug einen breitkrempigen Hut. Als sie das Haus erreicht hatten, war ihre etwas dunklere Stimme bis zu ihm zu hören.

Er trat langsam vom Fenster zurück.

Das Mädchen klopfte und kam mit dem Essen und dem Kaffee. Ob er noch etwas wünsche, sie würden die Küche für die Nacht schließen?

Danke, nein, nichts. Aber er müsse wissen, ob er nicht ausgesperrt werde, wenn er einen späten Abendspaziergang machen wolle?

Durchaus nicht, hier werde niemand ausgesperrt. Er solle einfach den Kücheneingang benutzen, falls vorne bereits abgeschlossen sei. Von dort aus gehe es durch die Anrichte in den Gästekorridor.

Er stand in Hemdsärmeln und mit offener Weste vor ihr. Gut gebaut, aber niemand, der mit den Händen arbeitete.

»Habt ihr viele Gäste?«

»Acht. Und Donnerstag wird es voll. Aber wir haben für ihn immer noch Platz. Falls er so lange bleiben will.«

»Ich weiß nicht. Könnte ich in diesem Fall einen größeren Tisch ans Fenster bekommen? An dem man arbeiten kann?«

Er könne vielleicht das Giebelzimmer im ersten Stock bekommen. Dort gebe es einen größeren Tisch. Sie werde sich darum kümmern.

Aber nein, ihm gefalle es, wo er sei. Die Aussicht. Er könne den Tisch auch selber die Treppen hinauftragen.

Das Mädchen wollte ihr möglichstes tun. Einen Tisch werde sie schon noch auftreiben. Was wollte sie noch sagen? Ach ja, daß sie vergessen habe, daß er sich ins Gästebuch eintragen müsse. Wen solle sie eintragen?

»Ich trage mich morgen beim Frühstück selbst ein«, sagte er.

Das Mädchen machte einen Knicks und zog sich verdutzt zurück.

Juni! Es hatte keinen Sinn, darauf zu warten, daß es dunkel wurde. Nicht hier.

Irgendwo im Haus hörte er das Cello. Er öffnete die Tür, um es besser zu hören, schloß sie dann aber wieder.

Als es still wurde, zog er seinen Mantel an und ging die Treppen hinunter. Er war vorsichtig, als wollte er niemandem begegnen.

»Wollte er sich nicht eintragen? Hat er sich nicht vorgestellt?«

»Er sagte, er würde sich morgen eintragen.«

»Wir müssen wissen, wen wir im Haus haben.«

»Ich habe gesehen, daß er noch einmal ausgegangen ist. Ich werde warten, dann kann er sich doch eintragen, wenn er zurückkommt.«

»Nein. Geh schon ins Bett. Aber Bergljot soll ein Auge darauf haben, daß er zahlt, ehe er abreist. Namenlose Gäste habe ich nicht gerne auf Kredit.«

Sie winkte das Mädchen mit einer ungeduldigen Bewegung aus dem Zimmer.

Die privaten Räume waren zwei Zimmer in der ersten Etage. Ein Wohn- und ein Schlafzimmer mit einer Verbindungstür. Das Wohnzimmer hatte Fenster zum Hafen und zum Weg.

Sie sah ihn, als er zurückkam. Der große, etwas gebeugte Mann erinnerte sie an jemanden, ihr fiel nur nicht ein, an wen. Der Hut verbarg sein Gesicht.

Sie setzte sich vor das offene Fenster und rauchte, während sie ihm mit den Augen folgte. Die Art zu gehen kam ihr bekannt vor.

Jacob? War er es? Irgendwas in ihrem Kopf wollte sie warnen. Nicht vor dem Anblick von Jacob, eher vor dem Faktum, daß dieser Mann wirklich war. Je näher er kam, desto wirklicher wurde er.

Sie fing an zu zittern. Drückte die Zigarre aus und stand auf, um besser sehen zu können. Da stand er bereits direkt unter dem Fenster. Sie holte Luft und lehnte sich hinaus, um ihm zuzurufen, daß sie ihm aufmachen würde. Aber kein Wort kam.

Er hatte sie gesehen. Nahm seinen Hut ab und sah hoch.

Da erkannte sie ihn.

Sie kamen sich auf dem halbdunklen Gang entgegen.

Was war nach so vielen Jahren zu sagen?

Niemand sah sie. Niemand wunderte sich über ihr Benehmen. Sie vergaßen beide, so zu grüßen, wie es zu erwarten gewesen wäre.

Er verweilte einen Augenblick mit dem Hut in der Hand und schaute sie von oben bis unten an. Dann nickte er und ging die Treppe hinauf.

Sie folgte ihm.

Er wollte schon die nächste Treppe ins Dachgeschoß nehmen, da nahm sie wortlos seinen Arm. Nickte nur in Richtung der Tür zu den privaten Räumen.

Zögernd trat er ein. Als wäre er eben aus einem Traum erwacht und hätte entdeckt, daß er woanders war als dort, wo er eingeschlafen war.

Sie schloß die Tür hinter ihnen.

Eine Schiffssirene erklang wütend von der Reede. Dann war alles still. Als hätte sie jemand eingeschlossen, blieben sie stehen und sahen sich an. Er hatte diesen abwesenden Gesichtsausdruck. Sie sah konzentriert aus. Es hatte den Anschein, als hätte sie eine praktische Lösung für sein Schweigen gefunden, denn sie wollte ihm seinen Mantel abnehmen.

Er zog ihn langsam aus. Beim Anblick seiner Bewegungen entstand der Eindruck, er würde von einem Uhrwerk angetrieben.

Sie öffnete die Tür zum Schlafzimmer und legte den Mantel aufs Bett. Die Tür ließ sie einen Spalt offenstehen.

Er dachte: Sie hat diese Sitte von Reinsnes beibehalten, das Schlafzimmer für alles mögliche zu verwenden. Heute für seinen Mantel? Vielleicht war sie ja immer noch dieselbe? Nur älter.

Noch hatten sie sich nicht begrüßt. Jetzt war es dafür auch zu spät.

Er sah sich im Zimmer um.

In einer Ecke standen zwei Cellos. Das eine in einem Kasten. Sonst gab es ein paar Biedermeiermöbel. Ein Sofa und vier Stühle, einen Sekretär mit Aufsatz und einen Bücherschrank. Vor dem einen Fenster stand ein Rauchtisch mit zwei tiefen bequemen Sesseln und einem niedrigen Hocker.

Neben dem Sekretär hingen auf beiden Seiten Gemälde. Das eine zeigte eine schöne, dunkelhaarige Frau mit milden Zügen. Sie hielt sich an einem Fischernetz fest und schaute ihn an.

Auf dem anderen Bild saß eine grünschimmernde, junge Frau mit einem weißen Cello, nackt. Er trat näher und las auf einem Schildchen den Titel: »Das Kind übertönt seine Trauer.«

Über dem Sofa hing ein Gemälde von einem großen Baum, der seinen Schatten auf einen jungen Mann wirft, der im Gegenlicht in schwarzer Erde pflügt.

»Du hast dich in Strandstedet niedergelassen? Hast dir ein Hotel und eine Werft zugelegt?« fragte er.

»Und du hast von Amerika wieder den Weg nach Hause gefunden?«

Er nickte. Ihre Stimme war noch dieselbe. Als hätte sie sie seit damals nicht benutzt. Als hätte sie eingepackt irgendwo gelegen, nur um jetzt mit demselben Klang auferstehen zu können. Dunkel und eindringlich.

Sie ging zur Anrichte und nahm zwei Gläser und eine Karaffe hervor. Schenkte ein, ohne zu fragen, ob er auch etwas wolle. Mit einer höflichen Verbeugung nahm er sein Glas.

Dann standen sie sich mit ein paar Schritten Abstand mit erhobenem Glas gegenüber. Es gab genügend Platz.

»Madeira?« fragte er.

»Madeira. Gut?«

»Gut.«

»Willkommen!«

»Danke!«

Sie machte eine Handbewegung, und er setzte sich. Nicht ans Fenster, in dessen Richtung sie gezeigt hatte, sondern aufs Sofa. Ganz hinten im Zimmer.

Sie kam hinterher. Setzte sich ihm gegenüber auf einen Stuhl.

Er wartete darauf, daß sie fragen würde, warum er ihr nicht ein Telegramm oder einen Brief geschickt habe, um seine Ankunft anzukündigen. Aber das tat sie nicht. Ob sie wohl eine Erklärung erwartete, ohne zu fragen?

»Reinsnes?« fragte er übergangslos.

Er sah, daß sie diese Frage erwartet hatte. Sie antwortete rasch.

»Benjamin hat Reinsnes übernommen.«

Er schaute auf sein Glas und stellte es auf den Tisch.

»Hast du vom Anwalt Bescheid bekommen? Ich war mir bei der Adresse nicht sicher«, fuhr sie fort.

»Ja. Ich habe den Brief bekommen.«

Er erwartete, daß sie sagen würde, sie rechne damit, daß somit alles mit der Erbschaftsregelung in Ordnung sei, da er nicht protestiert habe. Aber das tat sie nicht.

»Aber er betreibt den Hof nicht?«

»Nein, er ist Distriktsarzt. Das weißt du vielleicht?«

Er nickte. Überlegte, was wohl in ihrem Kopf vorging, kam aber auf nichts.

»Reinsnes hat keine Zukunft?«

»So wie die Dinge im Augenblick liegen, nicht. Aber die Verhältnisse können sich auch ändern. Wenn du danach fragst, dann hast du wohl einen Grund dafür?«

»Ich möchte darum bitten, eine Zeitlang dort wohnen zu dürfen. Ohne Vergütung.«

Er sah, wie es in ihr arbeitete. Die Pupillen, die Nasenflügel, winzige Bewegungen um den Mund.

»Das findet Benjamin sicher ganz ausgezeichnet. Leere Häuser sind ein Übel.«

»Ich wollte dich zuerst fragen.«

»Das verstehe ich.«

»Tust du das?« fragte er.

Sie betrachtete ihn.

»Nein, vielleicht tue ich das nicht.«

Sie machte also ein Eingeständnis. Das hätte sie früher nie getan.

Als könnte sie seine Gedanken lesen, wechselte sie das Thema.

»Du siehst gut aus.«

»Danke, du auch. Das Alter kann dir offenbar nichts anhaben.«

Er war erleichtert, daß die Unterhaltung eine andere Richtung nahm. Im übrigen meinte er es wirklich. Damals hatte er kaum gewagt, sie anzuschauen. Er hatte Angst gehabt, nie mehr von ihr loszukommen. Nur Kleinigkeiten waren nötig, und er würde ihre Nähe wieder zu stark empfinden.

Sie saßen da, ohne etwas zu sagen, und er fühlte sich milde gestimmt. Ob das vom Alter kam?

»Stine hat aus Wisconsin geschrieben, daß du dort Pfarrer gewesen bist.«

»Einige Jahre. Aber nicht mehr zuletzt.«

»Oh?«

»Pfarrer war eigentlich nicht meine Wahl.«

»Nein, die deiner Mutter, wenn ich mich recht entsinne.«

»Du erinnerst dich richtig.«

Wieder wurde es still. Sie hob das Glas und nickte. Er tat es ihr nach.

»Stine schrieb auch, daß du in der Gemeinde sehr beliebt gewesen bist.«

»So.«

»Trotzdem hast du aufgehört?«

»Ich bin nach Minneapolis gegangen. Habe die Norweger dort unterrichtet und Feuerversicherungen verkauft.«

Ihre Überraschung war echt.

Er lachte etwas. Aber ohne in Verlegenheit zu geraten.

»Und jetzt bist du auf dem Weg heim nach Reinsnes, um zu sehen, was du dort tun kannst?«

»Nein«, antwortete er ruhig.

»Nicht?«

»Hätte ich jetzt Reinsnes besessen, hätte ich geglaubt, es sei meine Schuld, daß der Hof brachliegt. Ich bin froh, daß mir das erspart bleibt. Trotzdem kann man es sich gelegentlich erlauben, auf alten Pfaden zu wandeln.«

»Das ist wahr. Das habe ich auch getan.«

»Du hast dich aufs neue etabliert. Geschäfte, ist mir erzählt worden. Strandstedet aufbauen für die neue Zeit oder so? Dir gelingt das auch.«

»Das sind große Worte, Johan.«

»Nein, warum das?«

Die Art, wie sie seinen Namen sagte, ließ ihn zu Boden blicken. Vielleicht war sie ebenso einsam wie er selbst?

»Die neue Zeit eignet sich nicht für Reinsnes. Benjamin hat den Grund und den Stall verpachtet. Von außen sind die Häuser immer noch wie früher. Aber niemand wohnt dort. Wir sehen zu, daß die Dächer dicht sind und alles abgeschlossen ist. Gelegentlich fahren wir hin. Wir alle, wenn es sich gerade so ergibt. Meist im Sommer.«

Hier machte sie eine Pause und nippte an ihrem Glas, ehe sie fortfuhr: »Du möchtest wohl so schnell wie möglich hin?«

»Wenn das nicht zu viele Umstände macht?«

»Ich werde jemanden bitten, dich zu fahren.«

»Kommst du mit?«

Sie sah ihn schnell an.

»Wenn du ein paar Tage wartest, kann ich ein Mädchen zum Saubermachen schicken. Leeres Haus, weißt du.«

»Nein.«

»Nein?«

»Nur du und ich.«

Er sah, daß es ihm gelungen war, sie aus der Fassung zu bringen. Aber nur einen Augenblick lang.

»Also auf die Art. Aber dann brauche ich dem Mädchen ja nur zu sagen, daß es wieder nach Hause fährt, wenn die Arbeit getan ist.«

Ihr Lächeln war nichts als ein Zucken der Muskeln. Es war deutlich, daß sie immer noch keine Befehle entgegennahm. Sie fragte auch nicht danach, was er meinte.

»Danke«, sagte er und schaute auf seine Taschenuhr. Die hatte einmal Jacob gehört. Dann leerte er sein Glas und stand auf.

An der Tür erinnerte er sich an seinen Mantel auf ihrem Bett. Aber er bat nicht darum. Sie erwähnte ihn nicht. Ließ sie ihn etwa ohne Mantel gehen?

Er faßte schon die Klinke, da sagte sie leichthin: »Mantel?«

»Ja?«

Sie nickte in Richtung Schlafzimmer.

Er wartete und machte keine Anstalten, ihn zu holen.

»Das ist wahr«, sagte er und ließ die Klinke los.

Eine Art Rache oder alte Besessenheit? Er wußte es nicht. Er tat so, als würde er den Mantel holen wollen, ging aber statt dessen auf sie zu. Legte ihr einen Arm um die Schultern und zog sie ins Schlafzimmer. So etwas kann sich nur ein Mann erlauben, der nichts zu verlieren hat.

Er überrumpelte sie. Sie ließ sich führen. Auf den Mantel mit amerikanischem Schnitt zu. Großer Kragen. Und der Hut.

Das letzte Mal hatte sie die Sache in die Hand genommen. Jetzt war er es. Da bemerkte er den Duft. Nicht so, wie er sich erinnerte. Nicht so roh. Mehr zivilisiert. Die Wege der Welt hatten ihre Spuren hinterlassen.

Sie machte sich behutsam frei. Legte ihre Hand auf seinen Arm und schob ihn weg. Nicht unfreundlich. Mehr eine Andeutung, er sei ihr zu nahe. Wann hatte sie angefangen, nur Andeutungen zu machen?

Er nahm Mantel und Hut. Als er wieder ins Wohnzimmer kam, drehte er sich ein paarmal um. Betrachtend.

»Schöne Zimmer hast du. Danke für die Bewirtung! Gute Nacht, Dina!«

Benjamin traf Sara auf dem Weg. Jetzt ergab sich die Gelegenheit.

»Guten Tag!« sagte er munter und ging in dieselbe Richtung wie sie. Nahm ihr den Korb ab und fragte, wie es ihr gehe.

Sie sah ihn erstaunt an.

»Danke der Nachfrage! Gut! Mußt du nicht in die andere Richtung?«

»Das hat Zeit. Und da oben? Wie geht es dort?« fragte er.

»Sie ist ja die meiste Zeit zu Hause. Dann geht alles gut«, sagte sie. Aber er sah die Verzweiflung.

»Was können wir tun?« fragte er leise.

Jemand kam vorbei.

»Wenn es nicht einmal Dina gelungen ist, sie zu befreien, dann weiß ich auch nicht ... Manchmal glaube ich, daß sie schon aufgegeben hat.«

»Und er?«

»Er ist auch nicht mehr so draufgängerisch, seit er die Werft verloren hat. Aber er hat Hanna jetzt zumindest eine Weile in Ruhe gelassen.«

»Du gibst uns Bescheid, wenn etwas ist?«

»Ja, falls ich loskomme. Aber dann ist es oft schon vorbei, weißt du.«

Er nickte.

»Und du?« fragte er.

»Was, ich? Ich komme auch nirgends hin. Er bewacht auch mich. Wenn ihm wieder etwas gelingen würde, dann wäre er auch besserer Laune.«

Sie blieb stehen, und er gab ihr ihren Korb. Er schaute ihr nach, wie sie den Berg hinaufhinkte.

Anna schickte Hanna und Wilfred Olaisen einen Brief mit der Post. Fragte, ob sie nicht Mittsommer draußen auf Reinsnes feiern könnten. Beide Familien. Bat inständig. Führte an, wie schwierig diese Feindschaft für die jungen Leute sei. Karna und Peder. Ob sie sie vorher einen Abend in das Doktorhaus einladen dürfe? Nur sie vier? Der Brief war an Wilfred adressiert. Es kam nie eine Antwort.

Nur selten sah jemand Hanna. Das Ladenmädchen und die Näherin waren entlassen. Das Rollo im Ladenfenster war immer herabgelassen. An sonnigen Tagen sah man das Schild mit dem

Wort »Willkommen« durch das gelbe Öltuch leuchten. Aber das hatte keine Bedeutung mehr.

Olaisen war nur noch ein Schatten seiner selbst. Aber er besuchte die Redaktionssitzungen. Gelegentlich empfing er auf dem Kai auch Geschäftsfreunde. Auf seinen Schiffen war er selten unterwegs. Die Leute meinten zu wissen, er habe sein Kontor bei sich zu Hause.

Benjamin dachte, daß er auf diese Weise immer dort war und alles unter Kontrolle hatte. Es gab keine Gerüchte mehr, daß er schlagen würde. Aber es zirkulierten auch keine guten Neuigkeiten über ihn. Die Leute übergingen die Olaisens in aller Stille.

Statt dessen interessierten sie sich für Johan Grønelv. Den Heimgekehrten und Weltgewandten.

Benjamin erkannte ihn kaum wieder. Konnte sich an Johan nicht erinnern, so wie er jetzt war. Das verwirrte ihn. Sie hatten sich zwar geschrieben, als Benjamin in Kopenhagen studiert hatte. Aber der Mann hatte scheinbar völlig vergessen, daß er Geistlicher war, und er hatte sich sogar Humor zugelegt!

Anna hingegen wunderte sich nicht. Hier hatte sie jemanden, mit dem sie reden konnte. Benjamin sagte sich, daß etwas Besseres nicht hätte passieren können. Aber als er fast jeden Tag Anna und Johan im eifrigen Gespräch im Wohnzimmer vorfand, mußte er sich eingestehen, daß es ihm doch zuviel wurde.

»Man merkt, daß dieser Mann seit früher Jugend von zu Hause fort war«, sagte Anna eines Abends, nachdem der Gast gegangen war.

»Du meinst im Unterschied zu anderen, die wieder nach Hause zurückgekehrt sind?« sagte Benjamin ironisch.

»Nein, so habe ich das nicht gemeint«, sagte sie und betrachtete ihn.

»Nun. Früher war er ein ekliger Moralist.«

»Das kann man sich kaum vorstellen. Vielleicht warst du ja zu jung, um ihn zu verstehen?«

»Vielleicht? Oder der Mann hat sich gebessert«, sagte er leichthin.

Sie antwortete nicht.

»Es ist gut, daß du ihn magst«, fuhr er fort und tätschelte ihr die Wange.

»Magst du ihn nicht?«

»Ich muß zuerst über alles mögliche hinwegkommen.«

»Worüber?«

»Das weiß ich nicht so genau.«

»Kannst du ihm nicht eine Chance geben, der Mensch zu sein, der er jetzt ist?«

»Doch«, sagte er und stand auf, um ins Bett zu gehen.

»Er hat mir versprochen, zu den Olaisens zu gehen und Grüße von Stine und Tomas auszurichten.«

»So?«

»Jemand muß etwas tun.«

»Für wen?«

»Für die beiden. Für die Kinder. Sie sind unglücklich und ausgestoßen.«

»Olaisen will doch ausgestoßen sein.«

»Niemand will das, Benjamin.«

»Nein, du hast sicher recht. Wie immer«, sagte er und legte den Arm um sie, während sie die Treppe hinaufgingen.

Er hatte es sich angewöhnt, die Gespräche mit ihr so kurz wie möglich zu halten und so gütlich wie möglich enden zu lassen. Um des Hausfriedens willen. Es war wichtig, daß er wußte, was ihn zu Hause erwartete.

Gelegentlich hatte er das Gefühl, das Leben gehe in rasender Geschwindigkeit an ihm vorbei. Aber das dauerte nie lange. Er mußte versuchen mitzuhalten.

Anna war fast immer woanders. Sogar wenn sie im selben Zimmer waren. Damals, als sie aus dem Fenster gesprungen war, hatte sie ihn aufgerüttelt. Aber dann kam wieder alles mögliche dazwischen. Alltägliche Pflichten. Pläne für Karnas Zukunft. Jetzt zum Schluß: Johan.

Und dieses andere. Hanna. Daß er ihr nicht erzählt hatte, was sogar Karna wußte. Daß er damals bei Hanna gewesen war. Gelegentlich, wenn sie zusammen in der Praxis saßen, war er kurz davor, sich ihr anzuvertrauen. Aber was wäre, wenn sie ihm nicht glaubte?

Sogar der Schmerz war versiegt. Daß er nicht wagte, Hanna zu begegnen, machte ihn leer. In klaren Augenblicken dachte er das Wort: Verrat. Aber er schob es von sich. Was konnte er schon tun? Ohne daß alles nur noch schlimmer wurde?

Als er begriff, daß es Anna damit ernst war, nach Kopenhagen zu reisen, war sein erster Gedanke, mitzufahren. Aber was sollte er dort? Etwa in der Sommerhitze in der Wohnung seiner Schwiegereltern sitzen? Oder in ihrem Sommerhaus die Zeit verbringen? Eingesperrt mit Annas Mutter?

Nein, er würde Anna nur alles verderben. Oder tat er das etwa nicht Annas wegen? Verzichtete er vielleicht, um zu erfahren, wie es sein würde, einmal nicht Annas Augen auf sich zu spüren? Er hatte auf jeden Fall gesagt: »Fahr du nur, meine Liebe!«

Als sie versucht hatte, ihn zu überreden, hatte er sich entschuldigt. Wichtige Sitzungen der Gemeindeversammlung. Der Bericht an die Gesundheitskommission. Die geplante Meierei in Strandstedet. Und der Umstand, daß der Ort dann keinen Arzt hätte.

Einmal im Winter waren Anna und er nach Reinsnes gekommen, um nach den Häusern zu sehen. Da hatte er auf einer der Fensterbänke ein Glas Champagner entdeckt. Noch vom Sommer.

Anna trug das Glas in die Küche. Dort spülte sie es gründlich und stellte es in die Anrichte. Danach war es von den anderen Gläsern, die dort ordentlich aufgereiht standen, nicht mehr zu unterscheiden.

Er konnte die Erinnerung an das vergessene Glas nicht abschütteln. Nachdem sie eingeheizt und sich hingelegt hatten, fehlte es ihm. Sie liebten sich und fühlten sich wohl miteinander. Trotzdem lag er da und sinnierte.

War ihr Zusammenleben so geworden? Wie der Inhalt eines Glases Champagner, das jemand in einem aufgegebenen Haus stehengelassen hatte? Erst sprudelte und zischte es beim Eingießen, in diesem glücklichen Augenblick. Dann verschwanden die Menschen, ohne ganz auszutrinken. Nach einer Weile erinnerte der Inhalt nur noch an abgestandenes Wasser. Die goldene Flüssigkeit verdampfte immer mehr. Bis das Glas schließlich staubig und mit eingetrocknetem Inhalt dastand. Nur ein einsamer Lippenabdruck am Rand und einige Ablagerungen erinnerten an das, was früher gewesen war.

Er konnte sich nicht einmal mehr auf seine Lust verlassen. Gelegentlich begegneten seine Augen den ihren, und er wußte, daß sie ihn herausforderte. Wie damals, als sie in den Schnee gesprungen war.

Und was hatte er getan? Er war gegangen. Zu einem Dasein mit grauen Männern. Wo zum Teufel war die Lust?

Hatte Anna damals mit dem, was sie in der Praxis im Beisein von Karna und Dina gesagt hatte, recht gehabt? War seine Liebe berechnend? Fiel das auf ihn selbst zurück?

So blieb ihm nur noch das Bürgermeisteramt. Er zwang sich dazu, diese Rolle auszufüllen. Er war der geworden, zu dem alle aufschauten, auf den alle hörten, an den alle glaubten.

Karna wußte nicht, was sie von Johan halten sollte. Er war einfach aufgetaucht. Dann würde er sicher bald wieder abreisen. Genau wie Aksel.

Sie erinnerte sich an die wenigen Male, da Papa vor Johans Ankunft von ihm gesprochen hatte. Entweder war er herablassend oder ein wenig verärgert gewesen. Großmutter hatte ihn nie erwähnt. Karna mußte zugeben, daß es schwer war, Johan nicht zu mögen. Obwohl sie deutlich merkte, wie reserviert Papa war. Vielleicht weil er wußte, daß sie eigentlich nicht verwandt waren. Denn nur in den Kirchenbüchern waren sie beide Jacobs Söhne.

Aber Anna mochte Johan ganz gewiß. Sie lud ihn bereits beim ersten Mal, als sie ihn bei Großmutter traf, zum Essen ein und spielte ihm vor. Großmutter saß einfach da und schaute zu. Das war merkwürdig. Als Karna fragte, wie lange dieser Johan bleibe, antwortete sie, daß er bald nach Reinsnes fahre.

»Allein?« erkundigte sich Karna erstaunt.

»Ja. Er will da draußen den Eremiten spielen«, antwortete Großmutter. Man hatte nicht den Eindruck, daß es ein Witz sein sollte.

Aber Karna hatte eigentlich genug, was sie beschäftigte. Peder und sie würden sich nicht trennen, sondern beide nach Bergen fahren. Er würde eine Lehre auf der Georgerneswerft machen und sie die Mädchenschule besuchen.

Großmutter meinte, sie könnten dann sonntags am See spazierengehen. Aber sie müsse aufpassen und sich ordentlich benehmen, damit sie nicht nach Hause geschickt wurde. Mädchen hätten in Bergen nicht so große Freiheiten wie in Strandstedet.

Würde sie nach Hause geschickt, dann würde doch Peder allein bleiben. Denn er sollte lernen, Boote auf Großmutters Werft zu bauen.

Peder war der einzige auf der Erde, an den zu denken sich überhaupt lohnte.

Zwei Wochen nach Johans Ankunft schickte Großmutter zwei Mädchen nach Reinsnes. Gardinen, Wäsche, Haus und Nebengebäude sollten gereinigt werden. Alles sollte gelüftet und bewohnbar gemacht werden.

»Er zieht wieder nach Hause«, sagte Großmutter.

Er selbst sagte, daß er ins Kloster gehen würde. Aber er würde es zu schätzen wissen, wenn sie ihn da draußen besuchen kämen. Sie alle! Gerne gleichzeitig. Wenn sie sich dort um alles selbst kümmerten.

Anna versprach zu kommen, ehe sie nach Kopenhagen fahre. Es war lange her, daß sie alle zusammen auf Reinsnes gewesen waren. Sie freute sich.

Dann hatten sie begonnen, über die Olaisens zu reden. Anna fragte Johan um Rat. Was sie gegen die Feindschaft tun könnten. Hanna gehöre doch ebenfalls zu Reinsnes.

»Nicht wahr, Benjamin?« sagte Anna.

»Doch«, sagte Papa. Er war vollkommen unberührt. Trotzdem wurde Karna mißtrauisch.

Am Abend vor Johans Abfahrt nach Reinsnes gab Dina ein Essen für ihn. Karna fragte, ob Peder nicht auch kommen könne.

»Dieses Mal nicht«, sagte Großmutter und sah so aus, als denke sie über etwas nach.

»Warum nicht?« sagte Karna flehend.

»Ich will es ihm ersparen, dabei zuzuhören, wie wir über seinen Bruder reden«, sagte Großmutter.

Damit war es entschieden.

Als sie oben in den privaten Räumen mit dem Essen fertig waren, fing Großmutter auch tatsächlich an, über die Olaisens zu sprechen.

»Johan hat geschafft, was du ihm aufgetragen hattest, Anna! Er hat Wilfred und Hanna dazu gebracht zu versprechen, daß sie nach Reinsnes kommen.«

Anna lächelte und meinte, das sei großartig. Papa sah so aus, als hätte er nichts verstanden. Er goß nur sich einen Cognac ein.

»Wie hast du das fertiggebracht?« fragte Anna.

»Das war eine Kleinigkeit. Ich habe sie nur nach Reinsnes eingeladen, das war alles.«

»Hast du gesagt, daß wir auch kommen würden?« fragte Karna.

»Ja.«

»Und davor?« ereiferte sich Anna.

»Davor habe ich lange mit Hanna und Wilfred Olaisen über Stine und Tomas und Amerika gesprochen. Aus Isak ist ein stattlicher junger Mann geworden. Dann sagte ich, ich wüßte nicht, wie es werden würde, so allein in Reinsnes zu wohnen, und daß ich sehr gern dort Besuch bekäme. Daß ihr planen würdet, da draußen Mittsommer zu feiern, aber daß dort noch für mehr Leute Platz sei. Ich erwähnte allerdings nicht, daß ich weiß, daß ihr zerstritten seid.«

»Das hört sich an, als hätte dir unser Herrgott dabei geholfen«, sagte Papa. Da war etwas mit seiner Stimme.

»Das ist schon möglich. Aber diese Hilfe ist genauso gut wie jede andere«, sagte Johan und lächelte etwas.

»Alle müssen das Ihre dazu beitragen, daß es gemütlich wird

und keinen Streit gibt. Ich glaube nicht, daß wir noch einmal eine solche Gelegenheit zur Versöhnung bekommen«, sagte Großmutter.

»Was hattest du für einen Eindruck von ihm? Was dachte er?« fragte Anna.

»Der Mann war ... ohne daß ich weiß, wie er früher war, wirkte er zerstört. Aber das ist vielleicht gar nicht so merkwürdig«, sagte Johan und schaute sie alle nacheinander an.

»Hast du Johan darüber unterrichtet, wie das Ganze zusammenhängt?« fragte Papa Großmutter.

»Nein, ich fand, er sollte Wilfred begegnen können, ohne zu wissen, wessen er beschuldigt wird. Und ich hatte recht. Es hat funktioniert.«

»Nun. Jetzt ist der Auftrag ausgeführt. Wessen beschuldigt man den Mann?« fragte Johan.

Erst antwortete niemand, dann sagte Anna: »Olaisen schlägt Hanna.«

»Warum?«

»Beispielsweise als sich Dina aus ihrem gemeinsamen Betrieb zurückgezogen hat und er beinahe Konkurs gegangen ist oder weil ich mehr Stimmen als er bekommen habe und Bürgermeister geworden bin«, antwortete Papa schnell.

Johan sah aus, als würde er darüber nachdenken, sagte aber nichts.

»Ihr dürft nicht glauben, daß er es vergessen hat, obwohl er jetzt mit Johan Freundschaft schließen will«, sagte Karna.

»Mittsommer wird dieses Jahr wahrscheinlich eine anstrengende Angelegenheit«, sagte Papa auf seine trockene Art.

»Nicht wenn alle darauf achten, daß es das nicht wird«, sagte Anna entschieden.

»Es ist ein Experiment. Man hat auch die Möglichkeit, abzuhauen«, sagte Großmutter und drückte ihre Zigarre aus.

Anna war noch auf und bürstete ihr Haar. Benjamin lag bereits im Bett und schaute ihr zu.

»Du glaubst, daß Johan hierhergekommen ist, um Reinsnes zurückzufordern?« fragte sie und sah ihn im Spiegel an.

»Na, ich weiß nicht. Er hat ja eigentlich keinen Anspruch darauf. Er hat akzeptiert, daß das Erbe aufgebraucht ist.«

»Ich glaube nicht, daß Johan auf überhaupt etwas Anspruch erhebt. Das ist nicht seine Art«, sagte sie.

»Wenn es um eine Erbschaft geht, ist alles möglich.«

»Wie würdest du dich dann dazu stellen?«

»Ich würde ihm einen Vergleich anbieten. Aber ich kann nicht auf Karnas Erbe verzichten.«

»Glaubst du, daß sie Reinsnes bewirtschaften will?«

»Das kann man sich kaum vorstellen.«

»Aber dann könnte er Reinsnes doch einfach übernehmen, wenn er das will?«

»In diesem Fall muß er mit Karna reden, wenn sie alt genug ist«, sagte er kurz.

»Du bist nicht böse, weil ich damit angefangen habe?« fragte sie.

»Nein, aber ich bin alle diese Konflikte leid.«

»Die wollen wir doch aus der Welt schaffen! Oder? Jetzt an Mittsommer!«

»Ich würde mir wünschen, daß wir verreisen könnten, nur wir zwei«, murmelte er.

»Meinst du das ernst?«

»Ja.«

Sie legte die Bürste weg und kam zu ihm ins Bett.

»Dann fahr mit. Jetzt sofort!« flüsterte sie und schob ihre Hände unter sein Hemd.

Er lachte und streifte das Hemd ab. Im selben Augenblick spürte er das schwere Verlangen nach ihr. Das gute, schwere Verlangen.

17

Er hatte das Boot lange gesehen, ehe sie auf die Anlegestelle zusegelte, und stand deshalb bereits dort und wartete.

»Du segelst wirklich gut!« sagte er anerkennend.

»Mit dem Segeln ist es wie mit der Liebe. Hat man erst einmal Blut geleckt, kann man es nicht mehr lassen.«

Sie sprang an Land.

Er packte mit ihr zusammen das Boot und zog es über die grünbemoosten Rundhölzer aus dem Wasser. Es passierte nicht jeden Tag, daß ein Boot nach Reinsnes kam.

»Und du bist allein?«

»Darum hattest du doch ausdrücklich gebeten«, antwortete sie, als sie wieder zu Atem gekommen war.

Sie richtete sich auf, stemmte die Hände in die Seiten und beugte sich dann hintenüber. Als wollte sie ihren Körper bezwingen.

Das blaue Kopftuch fiel ihr auf die Schultern. Dunkles Haar mit grauen Strähnen umrahmte das Gesicht.

Auch er richtete sich auf. Er stand da und schaute sie an. Als verstünde er nicht die Bedeutung dessen, was sie eben gesagt hatte, und wartete deshalb auf eine Erklärung.

»Ich habe gesehen, daß du guten Wind hattest«, sagte er und lachte.

»Ja, es ging wirklich munter dahin. Aber man wird so verdammt steif«, sagte sie und reckte sich ein zweites Mal.

»Womit beschäftigst du dich?« fragte sie, als sie zu den Häusern hinaufgingen, den Koffer aus Korbgeflecht zwischen sich.

»Lesen. Und Schreiben.«

Sie gab sich damit zufrieden und sagte nichts mehr. Auf halbem Weg blieb sie stehen. Die Sonne kam durch. Sie wandte sich ihr zu und schloß die Augen.

»Und das Klosterleben? Geht das gut?«

»Nicht immer«, sagte er und lachte.

Die Wiesen waren grün und wuchsen in diesem Jahr ordentlich. Der Pächter hatte seinen Hof etwas weiter den Sund entlang. Der Stall stand leer, und die Erntearbeiter würden noch lange nicht kommen. Sie wohnten während der Ernte normalerweise im Gesindehaus. Das Heu wurde dann im Winter mit dem Schlitten abtransportiert.

Sie erzählte, daß sie im Herbst gelegentlich in die Scheune gegangen und ins Heu gesprungen sei. Auch noch im vergangenen Jahr zusammen mit Karna. Das sei natürlich streng verboten. Jetzt genauso wie früher. Sie seien dann immer lachend ins Haus zurückgekommen. Wenn jemand fragte, wo sie herkämen, dann hätten sie immer ausweichend geantwortet. Sie hätten ein Geheimnis geteilt. Ein Geheimnis, das nach in der Sonne getrocknetem Heu duftete.

Sie standen auf dem Hofplatz und schauten sich um. Er lächelnd, sie ernst. Die Verlassenheit schlug ihnen entgegen. Die großen Anlegebrücken unten am Wasser, das Haupthaus, der Stall, alle die anderen Häuser, große und kleine. Die Allee und der verwilderte Garten. Der Taubenschlag ohne Leben.

»Wie war das, zurückzukommen?« wollte sie wissen.

»Gut. Hier war ja alles frisch gestrichen und aufgeräumt. Im Kuhstall lagen Sense und Schleifstein, und ich habe erst einmal um das Haus herum das Gras gemäht. Das habe ich früher auf Reinsnes nie gemacht, dafür aber in Amerika.«

Ums Haus und hinunter zur Anlegestelle hatte er einen schmalen Streifen Wiese frisch gemäht. Der Kiesweg war überwachsen.

»Ich habe nie segeln gelernt«, sagte er plötzlich.

»Darin liegt eine Freiheit. Den Wind zu beherrschen. Aber wenn es ein Unwetter gibt, dann tauge ich nichts.«

»Hast du das schon erlebt?« fragte er.

»Ich weiß nicht, was ich darauf antworten soll«, sagte sie und sah ihn hastig an.

»War das nicht eine Verschwendung, alle Häuser instand setzen zu lassen, obwohl niemand hier wohnt?« fragte er, als sie eintraten.

»Nein, nicht solange ich herkomme.«

Die Leere war noch in den Zimmern. Das lag daran, daß es keine Feuchtigkeit und keinen Essens- und Zigarrengeruch gab. Keinen Geruch nach Menschen. Auch in der Küche herrschte die Leere. Obwohl er sich hier häuslich eingerichtet hatte. Er hatte einen guten Sessel aus dem Wohnzimmer geholt und neben den Herd gestellt.

Er hatte mit Reisig eingeheizt, aber das reichte nicht aus, das Haus bewohnbar zu machen. Die Schränke rochen nach Schmierseife und nach gespültem Geschirr. Im Korridor des Obergeschosses duftete es nach Lavendel und Mottenkugeln. Um den Saal hatte er einen Bogen gemacht. Dort gab es zu viele Gespenster.

Sie saßen mit ihren Kaffeetassen am Küchentisch wie die Dienstboten.

»Hier draußen auf Reinsnes sind wir allesamt Tote«, sagte sie und ließ ihren Blick wandern.

Er sah sie schnell an, sagte aber nichts. Sie sagten ohnehin nicht sonderlich viel. Sie war von Zimmer zu Zimmer gegangen. Hatte alles in Augenschein genommen, ohne zu sagen, was sie dachte. Er hatte sie nicht begleitet. Dann hatte er sie zum Kaffee gerufen.

Sie hob den Kopf und lauschte. Ein Austernfischer übertönte das Möwengekreisch. Als würde jemand seine frischgeschlüpften Jungen bedrohen. Dann schnitt sie sich ein paar Scheiben von einer gedörrten Renkeule ab. Reichte ihm das Messer über den Tisch. Er nahm es. Sie legte ihr Fleisch in den Kaffee.

»Von wem hast du das gelernt?« fragte er.

»Von Stine.«

»Hast du diese Sitte auch in Berlin beibehalten?«

»Nein. Andere Länder, andere Sitten.«

Er kaute das dunkle und zähe Fleisch ohne sonderliche Begeisterung.

»Schmeckt es dir nicht?«

»Nicht besonders.«

»Warum ißt du es dann?«

Er hörte einen Augenblick auf. Dann kaute er wie besessen und schluckte.

»Weil du es mir gegeben hast«, sagte er.

Sie stand auf, holte den Schlüssel zum Keller und öffnete die Luke im Fußboden.

»Was willst du da?«

»Nachschauen, ob es noch Wein gibt.«

»Laß mich gehen!«

»Nein, mir macht das Spaß.«

Er ließ sie eine Weile da unten im Dunkeln herumkramen. Dann dauerte es ihm zu lang. Erst schaute er durch die Luke und rief ihren Namen. Als sie nicht antwortete, stieg er selber nach unten.

Geruch von gekeimten Kartoffeln, von Pökelfleisch, von Einmachgläsern und Schimmel. Rindengefäße mit altem Salz. Dunst von Moos und verrottenden Brettern. Oder? Salzwassertang und Samen.

Sie stand vor den Weinregalen und hatte ihn offenbar nicht gehört. Er hob die Lampe hoch, die sie auf eine Tonne gestellt hatte. Leer war es nicht. Aber bei weitem nicht so wie früher, wie er es in Erinnerung hatte.

Als Junge hatte er sich vor dem Keller gefürchtet. Er wollte etwas darüber sagen als Dank, daß sie ihm erzählt hatte, daß sie immer noch ins Heu sprang ... Aber ihr aufrechter Schatten an der Wand hielt ihn zurück.

Sie las die Etiketten. Wählte zwei Flaschen aus, stellte sie auf ein leeres Brett und verschloß die Türen aus Drahtgeflecht.

Er stellte die Lampe wieder auf die Tonne und nahm die eine Flasche. Als er wieder aufschaute, ruhte ihr Blick auf ihm. Herausfordernd. Fragend.

»Es gibt drei Flaschen Haut-Sauternes, mehrere Flaschen Saint-Julien und Rheinwein. Hier ist eine Flasche Rotwein mit unleserlichem Etikett. Was darf ich anbieten?«

Kannte er ihn nicht? Diesen höhnischen Blick?

Sie maßen sich mit den Augen. Dann hoben beide die Hand, um eine Flasche zu nehmen. Ihre Hand berührte ihn, und er ließ los. Die Flasche fiel auf die Schieferplatten. Inhalt und Glas explodierten.

Dann wurde es still. Nur Atemzüge. Ihre Schatten zitterten über das Kellergewölbe wie Trolle.

»Hast du was abgekriegt?« flüsterte er. Aber das Echo hatte hier bereits mehrere hundert Jahre lang gewartet.

»Hast du dich verletzt?« fragte er noch einmal.

Sie antwortete nicht.

Da ging er auf sie zu. Drückte sie gegen die kalte Steinwand. Er empfand eine Art Triumph. Das hier geschah, weil er es so wollte. Sie hatte noch nie seinen Willen zu spüren bekommen. Bis jetzt.

Er hatte es die ganze Zeit gewußt. Sie auch? Johan Grønelv war nicht nach Nordnorwegen zurückgekehrt, um das verlorene Anwesen seines Vaters in Augenschein zu nehmen. Er war nicht der Pfarrer, der gekommen war, um sich von der Frau seines Vaters Almosen zu erbetteln.

Erst stand sie ganz still. Reserviert. Als würde sie Gewinn und Verlust gegeneinander abwägen. Dann legte sie ihre Arme um seinen Hals und zog ihn an sich.

Er empfand es wie eine Befreiung. Einen Sieg. Nicht über sie, sondern über den Geistlichen. Er fand ihren Mund. Seine Hände berührten sie mit einer Gier, die er bisher nicht gekannt hatte. Er zog an ihren Kleidern, als wären sie bloße Spinnweben. Entblößte ihre Brüste.

Ihre Schatten beugten sich, wanden sich, verschlangen sich ineinander. Wurden größer und kleiner.

Er hob sie auf eine Tonne an der Wand.

Er spürte eine wilde Kraft. Keine Rache oder Revanche. Nur sein Herzklopfen. Dieses schwere, hilflose Pochen. Und die Stöße! Zwingend, beharrlich, befreiend. Er begehrte die Frau seines Vaters. Er wollte es, tat es und genoß es.

Anschließend lagen seine Arme zitternd um ihren Hals, und er spürte ihre warme Haut wie eine Liebkosung. Es war ihm gelungen. Er war nach Hause gekommen.

Sie hatten den kalten Braten gegessen, den sie dabeihatte. Die Soße wurde nicht gewärmt. Es hatte sich nicht ergeben. Es war einfach nicht so, daß sie in einer Küche stehen und in einen Topf stieren wollte. Für Kartoffeln hatten sie beide keinen Sinn. Sie rochen immer noch nach Kartoffelkeller und hatten fast zwei Flaschen Wein getrunken.

Es war unerträglich hell. Der Teufel solle den Juni in Nordnorwegen holen, meinte sie. Oder war er das?

Erst probierten sie es mit dem Eßzimmer. Aber dort war es zu leer. Dann setzten sie sich statt dessen an den Küchentisch.

Johan lachte. Ein ernster Mann, der erst in die Welt hatte ziehen müssen, um lachen zu lernen. Er schnitt dicke Scheiben von dem Braten ab. Gab sie ihr. Sie aßen und leckten sich die Finger.

Ihr Kleid war oben immer noch offen. Niemand hatte es bisher zugeknöpft. Er hing mit seinen Augen am Ausschnitt. Kaute.

»Ich habe dich eigentlich nie gekannt«, sagte sie.

»Ich mich auch nicht.«

»Wann bist du so geworden?«

Er dachte nach.

»Als mir klar wurde, daß ich sterben würde, ohne gewagt zu haben, etwas zu empfinden.«

Sie beobachtete ihn.

»Ich habe geglaubt, daß du mich verabscheust. Ich war die Sünde, erinnerst du dich nicht?«

»In diesem Fall war es das, was mich aufrechterhielt. Ich hatte solche Angst, was alle sagen würden. Glaubte, man könne es sehen. Das Begehren ... Ich verstand nicht, daß das und die Liebe dasselbe sein können.«

»Können sie das?« fragte sie.

Er sah sie eindringlich an.

»Ich wünschte mir, daß du das auch so sehen könntest.«

Er legte das Fleischstück weg und nahm ihre Hand.

»Siehst du das so?« wiederholte er.

»Glaubst du, ich hätte als Pfarrersfrau getaugt?«

»Ja! Wenn nicht der Jacob …«

Eine ungläubige Wehmut war in ihren Augen zu lesen.

»Nein, Johan, ich hätte dich zerstört«, sagte sie kaum hörbar.

»Warum hättest du das tun sollen?«

»Weil ich so bin.«

Sie saßen auf zwei Sesseln im Rauchsalon. Dina blies Ringe an die Decke. Johan sprach von Amerika. Von Tomas und Stine. Daß sie sich abrackerten, daß es ihnen aber trotzdem gefiel.

»Das war Stines Traum seit der Jugend, Amerika«, sagte sie.

»Sie sind nicht gefahren, weil du nach Hause gekommen bist?«

Sie sah auf, wachsam.

»Warum hätten sie das tun sollen?« fragte sie ruhig.

»Ich weiß nicht. Aber vor langer Zeit … Da war doch was zwischen dir und Tomas?«

Sie ging hinaus in die Küche und kam mit einer Karaffe mit Wasser und einem Wasserglas zurück. Trank mit großen Schlucken, ihm den Rücken zukehrend. Immer noch mit der Zigarre in der Hand.

»Das Dörrfleisch war viel zu salzig.«

Sie setzte sich wieder. Schaute ihn herausfordernd an. Als wäre er ihr eine Antwort schuldig.

»Hattet ihr was miteinander?«

»Das ist lange her. Und deswegen fährt man nicht nach Amerika.«

»Willst du mir davon erzählen?«

Sie schüttelte den Kopf.

»Man sollte ein Instrument hier draußen haben«, sagte sie und stand auf. Öffnete die Tür zum Wohnzimmer und ging ein paarmal auf und ab. Die Dielenbretter knarrten.

»Ich dachte, wir könnten offen reden?« rief er ihr hinterher.

Aber sie ging in die Küche und begann mit irgend etwas zu klappern.

Nun gut, dachte er. Bis hierhin und nicht weiter.

Er ging ins Freie. Ging den Weg zum Tümpel und ließ sich vom Wind ins Gesicht peitschen. Auf halber Strecke hörte er, daß sie ihm folgte. Er drehte sich um und wartete.

Sie hatte den alten Wolfspelz an. Bahnte sich einen Weg den Abhang hinunter und drückte dabei Johanniskraut und Sauerampfer platt. Er mußte lachen.

Als sie endlich außer Atem vor ihm stand, lachte er immer noch.

»So kalt ist es nun auch wieder nicht.«

»Komm«, sagte sie, nahm seinen Arm und wollte ihn ebenfalls in den Mantel ziehen. Sie fielen beide ins Gras.

Sie zog ihre Arme aus den Pelzärmeln und legte diese um sie beide. Dann lagen sie da und schauten auf die vorbeiziehenden Wolken.

Er war auf dem Weg in den Himmel und in das gewaltige Junilicht. In Pelz gekleidet.

Etwas zögernd begann sie, ihm von ihrer Jugend auf Reinsnes zu erzählen, nachdem er nach Kopenhagen gefahren war. Von Hjertrud, die ihr im Andreasschuppen erschienen war. Davon, daß ihr Lorch gefehlt und sie auf Briefe gewartet hatte. Von den Wanderungen zum Hügel mit der Fahnenstange. Den wilden Ausritten mit dem Schwarzen. Jacob. Sie erzählte von Jacob, als wäre er ihm nie begegnet. Ganz zu schweigen davon, daß er sein Sohn war. Erzählte kurz von der Witwe in Strandstedet.

»Er war ein Schwein!« sagte Johan unversöhnlich.

»Wer?« fragte sie und wandte sich ihm zu. Gegen das Licht konnte er sie nicht sehen.

»Vater. Jacob!«

»Oh, der«, sagte sie.

»Ein Hurenbock!«

Sie betrachtete ihn mit schräg geneigtem Kopf.

»Pst!« sagte sie und lauschte.

Er lauschte ebenfalls. Was hörte sie? Ruderschläge? Ein Boot an der Anlegestelle?

»Er ist immer noch hier. Er ist überall dabei. Er ist mir mein ganzes Leben lang gefolgt. In Berlin war er eine Weile fort. Aber jetzt ist er hier. Spürst du ihn nicht?«

»Nein!« sagte er fest und nahm sie in den Arm. Sie roch nach Mottenkugeln. Das war der Pelz. Er roch alte, verbrauchte Zeit.

Sie lagen eine Weile da, ohne etwas zu sagen.

»Hätte ich dir nur aus Kopenhagen geschrieben«, sagte er plötzlich.

»Ich glaubte damals, du würdest mich verabscheuen.«

»Ich verabscheute mich selbst. Und meinen Vater. Er mußte alle begrabschen, die er sah. Kümmerte sich nicht darum, daß ich groß genug war, es zu merken. Die Dienstmädchen. Mutter fand sich damit ab. Eines Tages war sie nicht mehr da. Dann kam er mit einem kleinen Mädchen. Du warst doch noch ein Kind, das auf Bäume kletterte! Die Hochzeit. Ich war vollkommen außer mir. Aus Scham. Für ihn, für mich selbst. Hauptsächlich für mich. Der Abend vor meiner Abreise. In der Laube. Und als wir im Kolk gebadet haben. Ich habe es mit mir herumgetragen. Mein ganzes Leben lang.«

»Hast du vergessen, was du für eine Angst hattest? Genau hier. In der Nacht, ehe du nach Kopenhagen gefahren bist?«

»Ja, Angst. Ich war feige! Ich hätte dir erzählen sollen, wie ich mich gesehnt habe.«

»Du warst so jung. Ich bin nie so jung gewesen ...«

»Als ich aus Kopenhagen kam ... hattest du nur Augen für den Russen. Ich verstand, daß ich Jacobs Sohn war. Der Russe sprach das auch aus, nannte uns Stiefmutter und Stiefsohn. Erinnerst du dich?«

»Ja.«

»Hattest du nur Augen für den Russen?«

»Ja, ich hatte wirklich nur Augen für ihn«, sagte sie und nahm seine Hand.

Die Sonne sank hinter den Schären und sandte Sicheln von Licht über sie hinweg.

»Er nahm ein gewaltsames Ende?«

Sie wandte sich ab, und er fragte nicht weiter.

Da hörte er ihre Stimme.

»Ich habe es getan.«

Er hatte sich wohl verhört.

»Frierst du?« fragte er.

»Mit einer Finnenbüchse«, flüsterte sie.

Er setzte sich auf und fühlte sich sonderbar. Spürte seinen Herzschlag bis in die Lippen. Es war so kalt. Ihr Gesicht da unten im Wolfspelz. Er fror so, daß er zitterte.

»Du!« hauchte er.

»Ja«, sagte sie einfach.

Er legte die Hand über die Augen und schaute in die Ferne.

»Hast du verstanden, was ich gesagt habe?« fragte sie.

»Ja«, sagte er heiser. Und ein wenig später: »Warum?«

»Ich glaubte wohl, das sei die einzige Art ... Ihn für immer zu behalten.«

Er legte sich wieder neben sie.

»Hast du nichts zu sagen? Auch nicht der Herr Pfarrer?« sagte sie mit etwas von dem alten Hohn in der Stimme.

»Nichts, abgesehen davon, daß ich Schweigepflicht habe.«

»Verurteilst du mich nicht?«

Er wandte sich ihr zu. Dann sagte er fest: »Nein. Ich bin nicht der, der zu verurteilen hat. Aber mir würde es gefallen, wenn du Frieden fändest. Mit dir und mit unserem Herrgott.«

»Hast du Frieden gefunden? Mit dir und mit unserem Herrgott?«

»Ja. Seit dem Tag, an dem ich aufgehört habe, ein feiger und falscher Pfarrer zu sein, habe ich Frieden.«

»Wer war sie?« fragte sie schnell.

Er sah sie verwundert an.

»Eine Indianerin. Sie war von einem weißen Mann zum nächsten gegangen. Um zu überleben. Ich habe nie ein reineres Wesen gekannt ... Und ich war zu feige, zu irgend jemandem zu sagen, daß sie mir gehört.«

»Und dann ...?«

»Sie haben sich betrunken und die Kontrolle verloren, in dem Wirtshaus, in dem sie gearbeitet hat. Sie waren sieben ... normale Männer. Mit Familie und ... Hätte ich ihnen erzählt, daß sie mir gehört, hätten sie sie nicht angefaßt. So ist das. Respekt vor der Geistlichkeit ... Sie wehrte sich ...«

»Ja?«

»Ich habe sie gefunden. Danach ...«

»Hast du deswegen aufgehört, Pfarrer zu sein?«

»Ja. Ich konnte ihnen nicht vergeben. Weder in meinem noch in Gottes Namen.«

»Dann kannst du mir doch auch nicht vergeben?«

Er dachte darüber nach.

»Es klingt vielleicht seltsam. Aber das kann ich. Sowohl in meinem Namen als auch in dem meines Gottes. Wenn du mich darum bittest.«

»Aber wenn ich einer dieser Männer gewesen wäre?«

»Das könntest du nie ...«

»Aber wenn es nicht Leo gewesen wäre, sondern dein Vater? Was dann? Hättest du auch dann Vergebung gefunden?«

Er lag ganz still.

»Mir gefällt es nicht, daß du das so ausdrückst. Aber ich hätte auch das gekonnt. Weil du es bist.«

18

Sie wollten Mittsommer feiern. Die Mädchen kamen, um alles vorzubereiten. Öfen, warmes Wasser, bezogene Betten und Essen.

»Ich wünschte, sie würden sich verspäten«, sagte er mit einem Seufzer und nahm ihr von einem der schwarzen Felder einen Springer ab.

»Mit einem Pferd kann man immer etwas anfangen«, sagte sie leise und sah aus, als würde sie über den nächsten Zug nachdenken.

»Wir können sie doch einfach kommen lassen und dann selbst nach Strandstedet fahren«, sagte sie.

»Meinst du das ernst?«

»Ja.«

»Dann tun wir das. Wir empfangen sie, bleiben noch einen Tag, feiern Mittsommer, und dann fahren wir nach Strandstedet. Nur wir zwei?«

»Du willst wohl zwei Fliegen mit einer Klappe schlagen«, sagte sie lachend.

Eines der Mädchen kam ins Wohnzimmer.

Er tat so, als würde er sich auf ihren nächsten Zug konzentrieren, lehnte sich aber gleichzeitig zu ihr vor und flüsterte: »Ich komme zu dir, wenn alles ruhig ist, auch wenn sie hier sind!«

»Du bist wirklich kein großer Schachspieler«, sagte sie und nahm seine Königin.

Sie kamen mit drei schwerbeladenen Booten. Hanna war nur noch ein Schatten ihrer selbst. Aber unterwegs lächelte sie mehrere Male. Wilfred Olaisen wirkte ebenfalls nicht wie in seinen großen Tagen. Die Zeit hatte bei beiden ihre Spuren hinterlassen. Die Jungen verhielten sich ruhig und artig. Der älteste schaute niemanden an und redete nur, wenn er gefragt wurde. Er schaute sich dauernd um, als glaubte er, jemand beaufsichtige ihn.

Wilfred hatte sich von Johan überreden lassen. Der Art, wie er sie gebeten hatte, konnte man nicht widersprechen. Nicht ohne die ganze Geschichte zu erzählen, und davor hütete er sich.

Hanna glaubte, daß er im Grunde erleichtert war. Er hatte sich jetzt lange genug aussätzig gefühlt. Sie selbst war froh, das Haus einmal verlassen zu können. Aufs Meer. Unter freien Himmel. Darüber hinaus hatte sie keine Erwartungen.

Heute war er der milde und geduldige Vater. Zeigte auf Inseln und Orte und erklärte. Fragte, ob es ihnen kalt war. Hanna war es doch wohl auch nicht kalt?

Vorläufig mußte er nicht auf Benjamin reagieren. Die Grønelvs saßen in einem anderen Boot. Sie segelten um die Wette. Das dritte Boot mit den jungen Leuten gewann. Die Herrschaften kamen ungefähr gleichzeitig an.

Benjamin ließ das Olaisenboot zuerst anlanden.

Eine beachtliche Menge Holzkästen mit Tragegriffen, Kisten, Taschen und Eimer wurden für lumpige vier Tage an Land gebracht. Aber sie waren auch viele. Die Olaisens allein sechs, die Bürgermeisterfamilie drei, Peder und Birgit, die Dienstmädchen von drei Haushalten und ein Lehrling von der Werft. Und noch dazu die, die bereits dort waren, Johan, Dina und ihre beiden Mädchen.

Essen und Trinken gab es reichlich. Soviel war sicher. Tortenböden und Sahne mußten ins Haus gebracht werden, denn es war warm geworden. In den Keller damit. Milch und Bier. Weißwein in schlanken Flaschen.

Johan und Dina empfingen sie, als hätten sie immer schon zusammen dort gestanden. Benjamin stutzte. Aber es blieb keine Zeit für lange Überlegungen. Es galt zuzupacken, bis alles an seinem Platz war.

Die drei ältesten Olaisenjungen liefen auf dem Hof herum wie Fohlen, die im Frühling zum ersten Mal auf die Weide gelassen werden. Peder bekam den Auftrag, den Brunnen zu sichern.

Reinsnes hatte wieder Blut und Leben. Der Eindruck von Verlassenheit schwand nach und nach. Ehe es Abend wurde, wirkte es bereits so, als würde es ständig bewohnt.

Peder und Evert von der Werft gingen mit der Sense um die Häuser. Dagegen kam der schmale Streifen, den Johan gemäht hatte, nicht an. Die beiden jungen Männer hatten nackte Oberkörper und mähten in festem Takt nebeneinander. Zwei Körper in einem einzigen starken Rhythmus. Die Klingen sausten. Sie verbreiteten einen Duft um sich. Sommer und Jugend. Sie pfiffen dieselbe Melodie, um den Takt zu halten. Swisch, swisch.

Karna stand in der Gartenpforte und schluckte. Sie sah ihnen zu. Birgit kam mit zwei Rechen. Dann wurden sie ebenfalls ein Teil der Düfte. Der Säfte. Der Körper. Des Lachens.

Das Leben war so einfach. Der Himmel so hoch. Karna hatte nur Augen für Peders Rücken. Er war winterbleich. Mit Muskeln unter straffer Haut.

Die Mädchen knöpften, so weit sie das wagten, ihre Blusen auf und krempelten die Ärmel hoch. Es war so warm. Und wer hatte die Kanne mit dem Saft? Sollte die nicht überhaupt im Schatten stehen?

Peder hatte sie in einem überwachsenen Primelbeet versteckt. Als Karna sie suchen ging, küßte er sie verstohlen. Niemand bemerkte etwas.

Dann stapelten sie unten am Strand Treibholz. Für das Feuer. Das war eine Kleinigkeit. Ein Jahr lang hatte hier niemand mehr Brennholz gesammelt. Man mußte es nur aufheben. Die Männer trugen die schwersten Stämme zu zweit. Die Kinder kleine Äste und Rinde. Der Jüngste, der noch nicht laufen konnte, saß zwischen zwei Steinen und schaute zu.

Dann flogen an diesem hellen Nachmittag die Funken in den Himmel. Am Feuer wurde Rømmegrøt, »Sauerrahmbrei«, als besondere Delikatesse serviert. Es gab Lefse, weiches Fladenbrot, mit Butter bestrichen, mit Zucker und Zimt bestreut. Dazu Saft und Kaffee. Gerollte Waffeln und Kekse machten auf dem felsigen Uferstreifen die Runde.

Die Möwen schrien. Nicht wie im Mai, sondern überrumpelt und voller Lebensfreude.

Karna war der Meinung, daß die Möwen in Strandstedet nicht so froh klangen wie hier. Sie mußte lachen. Sprang über die Felsen, obwohl sie bereits sechzehn war und im August nach Bergen sollte. Zusammen mit Peder.

Birgit hatte nicht soviel Glück. Aber sie klagte nicht. Sie war bereits siebzehn und würde im Winter in der Trankocherei arbeiten. Dann mußte sie sehen, wie es weitergehen würde.

Die Olaisens schliefen im Nebenhaus. Hier hatte Hanna ja ihre Kindheit verbracht. Die Kinder fanden sich schnell zurecht und schliefen, erschöpft von der Seeluft und den neuen Eindrücken, bald ein. Der älteste lief allerdings noch bis spät am Abend herum und sah sie alle der Reihe nach immer wieder mit starrem Blick an. Aber schließlich war auch er im Bett.

Es war spät, als die Erwachsenen endlich bei Tisch saßen. Bergljots Räucherlachs und alles, was dazugehörte. Die grünen schlanken Flaschen aus dem Keller. Eingemachte Multebeeren und Schlagsahne in gerollten Waffeln.

»Jemand hat da unten eine Flasche zerbrochen«, teilte Olaisens Dienstmädchen mit, als sie ihren Kopf aus dem schwarzen Kellerloch steckte.

»Feg sie doch beiseite, damit sich niemand daran verletzt«, meinte Bergljot.

Die Herrschaften und die Bediensteten aßen zusammen im Wohnzimmer. Das war früher auf Reinsnes nur an Heiligabend Brauch gewesen. Aber darüber sprachen sie nicht. Das war unpassend.

Nicht nur diese neuen Sitten hatten Reinsnes verändert. Auch daß sie zusammengekommen waren, um etwas zu entschärfen, um weiterzugehen. Heute abend wollten sie auf den Sommer trinken. Auf die Jugend. Auf die Zukunft.

Karna bemerkte erstaunt, daß Wilfred Olaisen seine Aufmerksamkeit Anna und Hanna gleichermaßen zuwandte. Dabei zuzuschauen war eklig. Wie er sich zu Anna vorbeugte, um mit ihr zu sprechen.

Benjamin war an diesem Abend froh, daß Peder dabei war. Er mußte sich zusammennehmen, um ihn nicht wie einen kleinen Jungen zu behandeln. Er war ja wirklich ein ganzer Mann.

Peder hatte ihm ein Problem anvertraut, auf das er in Sommerfeldts Buch über Schiffskonstruktion gestoßen war: Das *Centrum gravitatis*?

Benjamin erklärte, das sei dasselbe wie der Schwerpunkt. Der sei wohl für Boote ebenfalls wichtig. Peder nickte und erkundigte sich, ob der Doktor etwas über die »Wasserverdrängungsskala« wisse?

Benjamin räumte ein, daß er sich da nicht so sicher sei, aber vermute, daß es etwas mit den Dimensionen eines Schiffes zu tun habe.

»Ich höre, daß du eine erstklassige Lehre machen wirst. Da wirst du es wohl erfahren«, sagte er.

»Auf der Georgerneswerft werden die besten Schiffe hierzulande gebaut«, sagte Dina.

»Ich werde mich auch bei der Technischen Abendschule anmelden«, sagte Peder und räusperte sich verlegen. Soviel Aufmerksamkeit war er nicht gewohnt.

Aber die schlanken Grünen hatten die Stimmung gelöst. Ebenfalls der Kaffee mit dem aus dem Grand mitgebrachten Cognac. Sie rauchten ihre Zigarren und tranken ihren Kaffee im Eßzimmer. Johan sagte lachend, daß das zu den Zeiten, zu denen Mutter Karen regiert hätte, nicht möglich gewesen wäre. Alle lachten mit.

Die Dienstmädchen zogen sich zu ihren Küchenpflichten zurück, die jungen Leute und Sara nahmen einen Korb mit Flaschen und Gläsern und gingen zum Feuer hinunter, um nachzulegen.

Die sechs blieben bei offenen Fenstern allein zurück und sprachen darüber, daß es auf Reinsnes nicht mehr so viele Insekten gebe. Nicht mehr so wie früher. Das komme wohl daher, daß dort keine Tiere mehr seien.

Dieses Thema erinnerte sie alle an die Leere des Hofes, und Johan wandte sich an Benjamin. Ob er den ganzen Sommer bis in den Herbst auf Reinsnes bleiben könne? Er müsse einiges niederschreiben, sagte er.

Benjamin breitete die Arme aus und hieß ihn willkommen. Das sei geradezu ein Geschenk, daß jemand in den alten Häusern wohnen wolle.

Aber er brauche doch jemanden, der ihm den Haushalt führe. Ein Mann komme doch nicht allein zurecht, sagte Wilfred.

Aber Johan meinte, daß ein Mann, der auf der Prärie überlebt habe, auch auf Reinsnes klarkommen werde. Während er das sagte, schaute er Dina auf eine Art an, die Benjamin stutzig machte.

Anna forderte Johan dazu auf, zu erzählen, was er schreiben wolle. Und dieser war ungewöhnlich mitteilsam. Verglichen mit den Treffen in Strandstedet. Er wolle über seine Jahre in der Fremde schreiben. In Amerika. Über das Leben der Auswanderer.

»Auch deines?« wollte Anna wissen.

Ja, vermutlich schon. Er sah Dina erneut an.

»Ja nun«, dachte Benjamin und sagte das auch.

»Du bist in jungen Jahren weggezogen?« fragte Anna.

»Nicht so jung wie Benjamin. Ich war zwanzig.«

»In dieser Gesellschaft sind wohl nur Hanna und ich immer auf unserer Scholle geblieben«, meinte Wilfred.

Sie sahen ihn höflich an, widersprachen aber nicht. Das beleidigte ihn. Er kam sich ausgeschlossen vor. Als glaubten sie nicht, er sei jemand.

»Es kostet Geld, Leute ins Ausland gehen zu lassen, wo sie Lesen und Schreiben lernen oder was auch immer.«

»Aber das ist die neue Zeit, Wilfred«, parierte Benjamin. Und er gebrauchte den Vornamen, so als wären sie Saufkumpane. Oder noch schlimmer, als wäre Wilfred Olaisen sein Knecht.

Olaisen fand sich damit nicht ab.

»Alles schön und gut für die Leute, die jemanden zum Bezahlen haben«, sagte er beleidigt.

Das konnte sich leicht zuspitzen. Hanna rutschte unruhig hin und her. Ihre Schultern zeichneten sich spitz unter den Ärmeln ihres Kleides ab. Sie standen wie zwei wehrhafte Schilde hervor.

»Ja, du hast ja deinem Bruder die Mittelschule bezahlt, Wilfred«, sagte Dina.

»Meine Ausbildung hat mich mein ganzes Erbe gekostet«, sagte Johan und sah Dina vielsagend an.

Sie wollte schon aufbrausen, aber da deutete sie seinen Blick richtig.

»Hättest du etwa hierbleiben wollen und Reinsnes zu einem Musterhof machen?« wollte sie wissen.

»Nein, ich bin weder Bauer noch Kaufmann. In dieser Beziehung sind wir verwandt, Benjamin und ich.«

Benjamin sah Dina hastig an. Aber sie war immer noch ruhig und gelassen und sagte nichts.

»Man sagt, daß so etwas immer eine Generation überspringt. Das mit dem Geschäftssinn«, meinte Olaisen und beteiligte sich wieder an der Unterhaltung.

Er war der einzige der Männer, der einen Schlips trug. Und sein Jackett war auch nach dem Essen noch zugeknöpft.

»Ja, wir müssen selbst sehen, daß wir dieses Strandstedet aufbauen, Olaisen. Auf diejenigen, die nachkommen, können wir nicht zählen«, sagte Dina gutmütig und lehnte sich über den Tisch in seine Richtung.

Der Mann wurde hochrot. Aus Scham? Aus Dankbarkeit?

Benjamin sah, daß Hanna immer noch angespannt war.

»Es kostet, ein Neuerer zu sein. In jeder Beziehung. Das verstehen nur wenige«, fügte Dina noch hinzu.

Und das Wunder geschah. Wilfred Olaisen tätschelte Dina die Hand und dankte ihr. Wie man einem Untergebenen dankt, der Verständnis und Einsicht weit über das hinaus an den Tag legt, was man erwarten kann.

»Wir müssen die Kaufleute dazu bringen, ein Gaswerk zu bauen. Strandstedet ist zu dunkel. Im Winter sieht man seine Hand nicht vor den Augen. Und eine Apotheke! Es ist ein Irrsinn, daß wir keine Apotheke haben, nicht wahr, Olaisen?« sagte Dina vertraulich.

Benjamin schaute auf seine Serviette. Wie machte sie das nur immer? Daß der Mann wie Butter in der Sonne wurde. Nur indem sie ihm das Gefühl gab, daß er Wunder vollbringen könne.

Ehe die anderen noch etwas sagen konnten, waren sie überflüssig geworden. Dina und Olaisen sprachen über die Entwicklung von Strandstedet. Einen Prozeß, an dem sie den Bürgermeister offensichtlich nicht beteiligen wollten.

Benjamin zündete sich eine neue Zigarre an und füllte die Gläser, während er den Rauch über die Köpfe von denen blies, denen er gerade eingoß. Er wußte, daß Anna das irritierte. Einmal versuchte er, eine praktische Erläuterung einzuwerfen, die die geplante Apotheke betraf, gab aber augenblicklich auf.

Hanna ging, um nach den Kindern zu sehen. Anna wandte sich mit leiser Stimme an Johan, um nach seinem Schreibprojekt zu fragen.

Benjamin blieb außen vor. Schließlich entschuldigte er sich wegen einer privaten Angelegenheit.

»Ich verstehe mich nur auf Zahlen und Musik«, hörte er Dina mit einem kurzen Lachen sagen.

Anna schaute nicht auf, als er ging. Sie war so in Johans Erzählung über Minneapolis vertieft.

Er sah sie sofort. Offensichtlich hatte er daran gedacht. Er wußte, wo sie sein würde, wenn sie allein sein wollte. Nicht im Nebenhaus. Nein, auf der Treppe vor der Glasveranda. Sie saß dort und schaute auf den Sund. Ohne daß man sie vom Haupthaus aus sehen konnte.

Aber er ging nicht dorthin. Er ging statt dessen quer über den Hof zum Stall.

Die jungen Leute tummelten sich unten am Ufer. Hatten das Feuer wieder auflodern lassen. Es roch nach Teer und verbranntem Tang. Bergljot, Sara und die Dienstmädchen waren auch dabei. Sie lachten und tanzten Ringelreihen.

Beim Gesang übertönte Karnas Stimme die der anderen. Er hatte es gesehen, sie war so fröhlich! Jetzt hörte er es auch.

Er kletterte wie in alten Tagen auf den Donnerbalken und schaute durch die Fensteröffnung oben in der Wand. Er wußte, daß er von dort aus die Verandatreppe sehen konnte. Er mußte den Nakken beugen und sich etwas krumm machen.

Er erinnerte sich an die Zeit, als er sich auf Zehenspitzen hatte stellen müssen, um etwas anderes als den veränderlichen Himmel zu sehen.

Sie saß auf der untersten Stufe, und er sah sie von der Seite. Sie verschwand fast ganz hinter dem Treppengeländer. Das Sommerkleid aus dem blaugeblümten Stoff. Er sah sie nur von den Knien an abwärts.

Der Volant des Kleides bewegte sich im Wind. Sie bewegte den Fuß, als wüßte sie, daß er sie beobachtete. Jetzt faltete sie ihre Hände hart um die Knie. Lehnte den Oberkörper vor, so daß auch das Haar sichtbar wurde. Die nackten Arme. Nicht golden wie in alten Tagen. Hanna war verblichen. Wie ihre Jugend verblichen war.

Bei ihrem Anblick verspürte er eine Art Mitleid. Mit ihr? Mit sich selbst? Oder mit den Erinnerungen?

Das Begehren war immer noch da. Schwelend. Aber unmöglich.

Vielleicht wußte sie, daß er dort stand und sie anschaute? Das erregte ihn. Das Verbotene. Daß sie vielleicht denselben Gedanken dachten.

Er schaute mit zusammengekniffenen Augen durch die schmutzige Scheibe und versuchte, sie ohne sonderliches Resultat mit der Hand sauberzumachen. Sie war unerreichbar. Oder etwa nicht?

Dann tat er es. Der Bürgermeister von Strandstedet stand auf dem Donnerbalken und half sich selbst und starrte gleichzeitig Hannas Haar über dem blumigen Sommerkleid an. Er lachte über sich und war trotzdem ganz bei der Sache. Bei seinem keuchenden Atem, seiner verbotenen Phantasie. Das war vernünftig. Schadete niemandem.

Danach war er bereit, sich ihr höflich zu nähern und sich beiläufig mit ihr zu unterhalten, während sie gemeinsam wieder ins Haus gingen. Er wollte in beruhigendem Abstand und mit den Händen in den Hosentaschen im Gras stehenbleiben.

Er tat, was er sich auferlegt hatte. Schlenderte um das Nebenhaus herum, blieb mit etwas Abstand vor ihr stehen und grüßte, und sie hob den Kopf.

Sie saß dort und weinte.

»Komm!« sagte er, was er gar nicht geplant hatte. »Komm, dann gehen wir nach unten und tanzen mit.«

Sie sah schnell zum Haus. Dann trocknete sie sich, ohne etwas zu sagen, mit ihrem Unterrock das Gesicht, stand auf und ging aufs Ufer zu.

Er folgte ihr. Holte sie ein und wollte sie schon fragen, warum sie geweint hatte. Aber das war zu dumm. So hielt er sich ehrbar auf Abstand und ging mit.

Sie wurden mit Jubel und Hurrarufen empfangen. Aber nicht von Karna. Sie zuckte zusammen und sah hoch zum Haupthaus. Dann waren sie ein Teil des Rings. Tauschten Hände. Sangen mit. Hanna war an der Reihe, um sie herumzulaufen und jemandem auf den Rücken zu schlagen. Sie schlug ihn.

Sie japste vor Anstrengung. Vor noch nicht bewältigtem Weinen. Vor Lachen. »Schlag meinen Liebsten, wenn du willst«, sangen sie. Dann ein wildes Lachen, als sie beide laufen mußten. Sie kam als erste an. Dann war er an der Reihe, jemanden zu schlagen.

Sie hatten ihn nicht bemerkt, ehe er den Ring durchbrach. Nicht etwa, um mitzumachen, wie die Jugend unter lautem Jubel geglaubt hatte. Sondern um Hanna fest zu packen und sie von den anderen wegzuzerren. Er hatte keine Gesichtszüge. War schwarz.

Alle hielten inne. Erstarrten und hielten sich immer noch in einem Ring an den Händen. Sie starrten hinter Wilfred Olaisen her, der Hanna wegschleppte.

Und sie? Senkte den Kopf und wimmerte. Ohne jeden Stolz. Ohne Widerstand zu leisten. Ohne eine einzige Frage.

Benjamin versuchte, sich zu besinnen. Er fühlte ein idiotisches Zittern in den Knien. Ein Herzklopfen, das eines erwachsenen Mannes nicht würdig war. Was nun, du kleiner Feigling? Die Stunde ist gekommen. Was machst du jetzt?

Er erwachte. Setzte einen Fuß vor den anderen. Ging langsam

hinter den beiden her den Hügel hinauf. In einigem Abstand von den anderen versuchte er, mit Olaisen zu sprechen.

Der Mann hatte alles unter Kontrolle. Er konnte andere ohne ein Wort gefügig machen. Er war der Starke, Gefährliche, der sein schönes Eigentum beschützte. Der keine Niederlage hinnahm. Wer tat das schon? Aber Olaisen machte etwas daraus.

»Ich habe vorgeschlagen, zu den jungen Leuten hinunterzugehen und mitzuspielen«, sagte er zum Rücken des Mannes.

Olaisen drehte sich nicht um. Er hatte den Rücken ihres Kleides fest im Griff. Packte noch fester. Schubste sie vor sich her.

»Was hat Hanna jetzt wieder Schreckliches getan?«

Der Mann stieß härter und ging schneller. Sie stolperte und wäre gefallen, aber er hielt sie aufrecht. Als wäre sie nur eine Fliege in einem Sommerkleid, die an den Flügeln in seinen starken Fäusten hing. Er selbst hatte sie zur Disponentengattin Olaisen erhöht. Das brauchte er mit niemandem zu besprechen. Er wollte nur Ordnung halten. Nicht aufbrausen und schimpfen. Nur die Harmonie wieder herstellen.

Benjamin holte ihn ein und legte die Hand auf seine Schulter.

»So antworte doch! Was ist gegen Ringelreihen einzuwenden?«

Endlich drehte er sich um. Lächelte gelassen. Fast liebenswürdig. Er hatte die Situation unter Kontrolle. Denn er hatte gesehen, daß ihnen die anderen den Hügel herunter entgegenkamen. Alle wollten jetzt nach unten und mittanzen. Niemand hatte gesagt, daß gegen einen Ringelreihen etwas einzuwenden sei. Wo Benjamin das nur herhabe?

Wilfred Olaisen hatte Hannas Sommerkleid schon längst wieder losgelassen. Sich bei ihr untergehakt. Führte sie sittsam Dina und den anderen entgegen. Ob sie mitmachen wollten? Natürlich.

Hanna machte sich von seiner Hand frei und ging allein weiter den Hügel hinauf. Er rief sie mit seiner freundlichen Stimme zurück. Und sie drehte sich wie in Trance um und kam. Ohne ein Wort. Ohne die Miene zu verziehen. Kam mit. Lief im Kreis, wenn sie an der Reihe war. Und stolperte in die Lücke.

Benjamin beteiligte sich nicht mehr. Das war zu widerlich. Er setzte sich ans Feuer und stocherte darin mit einem Stock herum. Konnte Hannas Demütigung nicht mit ansehen. Es war auch seine. Er saß mit dem Rücken zu den anderen, hörte ihre Stimmen und den Gesang, und sein Haß auf diesen Mann flammte wieder auf. Wie das Feuer. Eine rote Feuerzunge gegen den hellen Himmel.

Einmal würde er ihn erwischen. Ihn unterkriegen. Ihn vernichten!

Peder wußte, daß es vorbeiging. Solange man es nicht noch schlimmer machte, indem man Wilfred widersprach. Er wußte sehr gut, wie man sich verhalten mußte.

Aber Karna fehlte die Geduld. Nach einer Weile blieb sie stehen, schaute Wilfred an und rief: »Nein, jetzt ist Schluß! Das macht wirklich keinen Spaß.«

Der Ring bewegte sich langsamer. Dann standen alle.

Peder legte Holz nach und achtete darauf, was für eine Miene sein Bruder machen würde.

Dina hakte sich bei Wilfred unter.

»Das ist wirklich nichts für uns Alte«, sagte sie leichthin und bot ihm Wein aus ihrem Glas an. Aber Wilfred wollte nichts. Er schüttelte den Kopf. Seine Augen waren unruhig. Er witterte die Unzufriedenheit.

Dina stellte ihr Glas in den Korb, nahm Hanna und Wilfred am Arm und führte sie langsam auf die Häuser zu. Gleichzeitig fing sie an, davon zu reden, wie wahrscheinlich es sei, daß ein Gaswerk gebaut werde. Die wirklichen Kosten. Den tatsächlichen Bedarf. Was das für den Kai bedeuten könne. Für die Dampfschiffe. Laden und Löschen. Ob er nicht auch meine, daß dort die Zukunft liege?

Er sah dort wirklich die Zukunft. Aber das Kapital? Und dann erst tüchtige Leute, die das Projekt leiten konnten?

»Du, Wilfred, bist der Mann dafür! Ich sage es geradeheraus, du fehlst mir. Seit du dich zurückgezogen hast, gibt es niemanden. Ich habe erwogen, bei der Gemeindeverwaltung um Garantien für die Kosten nachzusuchen. Was meinst du? Ich zahle dir Lohn, bis du die Sache im Griff hast. Noch eine Saison mit zwei Schiffen, die Köder frachten, dann bist du wieder flott. Dann kannst du dich wieder in die Werft einkaufen. Zusammen mit Peder. Wir müssen den Peder nur erst in die Lehre schicken. Dann haben wir die Expertise. Verstehst du?«

Wilfred verstand. Und verstand auch nicht. Hatte sie vergessen, daß sie ihn ruiniert hatte? Ihn gedemütigt hatte? Glaubte sie, er hätte das vergessen? Er wollte fragen, aber Hanna ging dort und sah zu Boden. Es war unmöglich. Und konnte er es sich leisten, nein zu sagen?

»Was soll ich antworten?« fragte er.

»Du brauchst nicht zu antworten, du kannst darüber nachdenken. Aber nicht zu lange. Denn ich brauche dich.«

Der Mann kam Schritt für Schritt in die Welt zurück, in die ihn Dina führte, und Hanna bekam wieder etwas Farbe und ging mit halbwegs erhobenem Kopf den Hügel hinauf.

Anna hatte es sofort gesehen, als sie kurz nach den anderen ans Ufer gekommen war. Etwas stimmte ganz und gar nicht. Sie sah es nicht nur an Hanna, sondern auch an Karna und den anderen. Besonders an Benjamin.

Er faßte mit Sara zusammen an und half ihr mit dem großen Korb den Weg hinauf. Anna blieb etwas hilflos mit den anderen zurück.

Sie hatte alles auf dieses Zusammenkommen gesetzt. Auf dieses Mittsommerfest. Die Versöhnung. Sie hatte Dina und Johan davon überzeugt. Aber es war wohl verkehrt gewesen.

Sie versuchte, aus den jungen Leuten herauszubekommen, was vorgefallen war, bekam aber keine klare Antwort.

»Es gefiel ihm wohl nicht, daß sie mit uns zusammen spielte. Das war unheimlich«, sagte Bergljot.

»Er war schon wütend, ehe er kam. Er wirkte nicht ganz ...« meinte Evert.

Hannas Dienstmädchen sagte nichts, entfernte sich nur.

Als sie endlich im Bett waren, schmiegte sich Anna an Benjamin und seufzte.

»Was ist da bei dem Ringelreihen eigentlich vorgefallen? War es Wilfred?« fragte sie.

Er tätschelte ihr den Arm.

»Ich ertrage den Mann einfach nicht mehr. Morgen gehe ich aufs Fjell«, sagte er entschieden.

»Aber kannst du mir nicht erklären ...?«

Er brauste auf.

»Ich kann doch wohl nicht erklären, warum er so ist, wie er ist?«

»Bist du wütend auf mich, weil dieser Ausflug meine Idee war?«

»Nein, Liebes«, sagte er müde und deckte sie gut zu.

Sie schlug die Decke wieder zur Seite.

»Ich habe das Gefühl, daß du und ich nicht ...« fing sie an.

»Verstehst du nicht, daß mir der ganze Kerl nur noch auf die Nerven geht? Alles um ihn herum wird schwarz. Schwarz! Du hast es gut gemeint. Johan hat es gut gemeint. Alle ...«

Der nächste Tag war wieder mit gutem Wetter gesegnet. Benjamin wollte Peder und Evert ein paar fischreiche Binnenseen zeigen. Sie nahmen Proviant, Kaffeekessel und Angelruten mit. Dann zogen sie Johan auf, weil er nicht mitkommen wollte.

»Wir brauchen einen Mann von der Prärie als Pfadfinder«, sagte Benjamin.

Aber Johan erklärte gutgelaunt, daß das Angeln für ihn noch nie etwas gewesen sei. Nicht einmal in seiner Jugend. Er habe vor, aufs Meer hinauszurudern, ohne zu fischen. Er wolle Dina mitnehmen und faul sein.

»Aber weckt doch Wilfred! Der Kerl ist gut zu Fuß!« sagte Johan.

Anstandshalber mußten sie ihn jetzt wecken. Aber Peder kam mit dem Bescheid aus dem Nebenhaus zurück, daß Wilfred zusammen mit den Jungen zur Spitze der Landzunge hinausrudern wolle, um Dorsch zu fischen.

»Alle versuchen, etwas zu fangen«, sagte Peder und warf Karna einen langen Blick zu.

»Du auch?« Benjamin neckte ihn gutmütig.

»Nein, ich doch nicht«, sagte Peder verlegen und seufzte.

Anna überredete Karna dazu, am Vormittag mit ihr in den Abstellkammern und auf dem Speicher aufzuräumen. Sie hatte ein paar Sachen vermißt.

Während sie damit beschäftigt waren, vertraute sie Karna an, daß sie mit Wilfred sprechen müsse, solange die Männer fort seien. Ob ihr Karna dabei helfen könne, daß sie ihn etwas für sich hätte, ohne daß es zu merkwürdig aussehen würde?

»Was willst du von ihm?«

»Das gestern ... sein Benehmen Hanna gegenüber.«

Karna wich ihrem Blick aus.

»Nein, tu das nicht! Gestern packte er die Hanna, als ob er ... Er kann so wütend werden, daß er auf dich losgeht.«

»Blödsinn«, sagte Anna munter.

Karna ging ins Nebenhaus, um Wilfred zu fragen, ob er Anna dabei helfen könne, eine Kiste herunterzutragen, die auf dem Speicher stehe. Anna wolle sie herunterholen, um sie auszuleeren. Im Licht der Lampe auf dem Speicher sei das zu umständlich.

Wilfred wollte natürlich gerne behilflich sein. Das wäre ja noch schöner. Anna bedankte sich schon, bevor er die Kiste angefaßt hatte, und schickte Karna, Wasser zum Saubermachen zu wärmen.

Sie hatte sich die Ärmel hochgekrempelt und zerzaustes Haar. Eine leichte Röte lag auf ihren Wangen. Sie war so angespannt, daß sie sich von ihm abwandte, als er zum Speicher hinaufstieg. Obwohl sie wußte, was sie sagen wollte.

Für Wilfred war das eine Kleinigkeit, eine solche Kiste zu bugsieren. Er winkte ab, als sie mit anfassen wollte, und sah nach wohlgetaner Arbeit sehr zufrieden aus.

Sie stiegen die Treppe hinunter, und sie sagte etwas außer Atem. »Ich gebe einen Portwein aus. Ich habe hier immer eine Flasche stehen ... im Saal. Da sitze ich gelegentlich und denke nach. In dem alten Korbstuhl beim Fenster.«

Etwas zu hektisch vielleicht. Merkte er das?

Wilfred trat zögernd in den Saal. Obwohl sich das wirklich nicht gehörte. Sie waren allein. Das war zu privat. Nicht daß er sich etwas anmerken ließ. Sicher, lächelnd, unbeschwert. Hob das Glas und schaute sich um. Schönes Zimmer. Ja, der Speicher auch. Groß. Da oben wäre noch Platz für ein Zimmer, aber das hätte dann wohl kein Tageslicht.

Als sie Karna die Treppe heraufkommen hörten, öffnete Anna die Tür und bat sie, oben auf dem Speicher die Lampe zu löschen.

»Nimm auch den Eimer mit nach unten, wir machen die Kiste hier sauber. Das ist besser.«

Dann machte sie die Tür zu und setzte sich neben ihn.

»Diese alten Sachen stehen wohl schon seit Methusalems Zeit dort«, sagte er und bürstete sich den Staub ab.

»Ja, Karna und ich finden es aufregend«, sagte sie und schenkte ihm einen Portwein ein.

»Danke für die Hilfe!« Sie hob das Glas.

»Keine Ursache!« Er schenkte ihr sein schönstes Lächeln.

Sie stellte ihr Glas weg und sah ihn nachdenklich an.

»Ich möchte dich gerne etwas fragen.«

Er blickte sie erstaunt an.

»Wir sind ja gewissermaßen schon fast verwandt«, sagte sie.

Er wartete.

»Das gestern? Daß du ... daß es dir nicht gefallen hat, daß Hanna beim Ringelreihen mitgemacht hat? Hast du dafür prinzipielle oder religiöse Gründe?«

Obwohl er angestrengt nachdachte, fand er keine Antwort auf eine so direkte Frage.

Sie wartete etwas, ehe sie fortfuhr: »Die jungen Leute haben erzählt, du seist, wie soll man sagen, ziemlich unbeherrscht gewesen. Habt ihr es schwer zusammen? Kannst du darüber reden? Oder ist es zu quälend? Ich meine, alle Ehen haben ihre ...«

Sie unterbrach sich und schaute ihn hochrot an.

Er holte tief Luft. Jetzt verstand er den eigentlichen Grund, warum sie ihn gerufen hatte, um eine alte Kiste zu schleppen und anschließend Portwein zu trinken. Er war erstaunt, skeptisch, interessiert. Wann hatte ihn zuletzt jemand gefragt, wie es ihm eigentlich ging? Oder welches Unrecht der Grund für seine Wut war? Saß nicht dieser Engel vor ihm und fragte ihn danach?

Seine Gedanken gingen blitzschnell. Die Demütigung gestern, für die konnte er jetzt Verständnis aufbringen. Er war bereit zu vergessen, daß Anna die Frau von diesem verdammten Benjamin war. Oder wollte er gerade das nicht? War hier so ganz beiläufig endlich eine Chance zur Rache gekommen? Konnte er endlich von der Konkursdrohung befreit werden? Von der Drohung, betrogen zu werden? Davon, derjenige zu sein, der nicht geliebt wurde?

Wenn er genauer darüber nachdachte, dann war es auch nicht gerecht, daß er das alles alleine tragen sollte, oder?

Er fiel gewissermaßen vor ihren Augen in sich zusammen. Nicht wie ein armseliger, sondern wie ein gekränkter Mann. Tiefe Seufzer. Falten um den Mund. Augen, die ihr erst auswichen, sie dann aber mit einem bemerkenswerten Schmerz und großer Ehrlichkeit ansahen.

Er gab es zu. Es komme vor, daß er die Fassung verliere. Und er mache sich deswegen Vorwürfe. Besonders die letzten Jahre. Nachdem er die Wahrheit erfahren habe. Über Hanna ...

Er kam nicht weiter. Es war genau bemessen. Er wollte sie nicht überrumpeln. Setzte sich lieber mit dem Kopf in den Händen hin. Er mußte daran denken, welchen Schmerz ihr dieses Gespräch bereiten würde.

»Hanna?« flüsterte sie.

»Wenn du nur die Wahrheit wüßtest ...« sagte er leise und schüttelte den Kopf.

Verwirrt fragte Anna nach der Wahrheit. Und dann mußte sie sie schließlich erfahren. Nicht alles auf einmal. Nein. Nach und nach. Er wollte sich fragen lassen. Ihr natürlich nicht mehr erzählen, als sie wissen wollte.

»Nein, ich kann dir das nicht erzählen, obwohl ich oft versucht war. Einmal, als ich sie zusammen überrascht habe, habe ich zu ihnen gesagt: ›Ich gehe zu Anna!‹ Aber ich tat es nicht ... man kann die Unschuldigen nicht unglücklich machen ...«

»Wilfred! Was darf ich nicht wissen?«

Als er sie anschaute, fiel ihm auf, daß sie immer noch etwas herablassend wirkte. Als würde sie ihm nicht glauben. Das verletzte ihn.

Trotzdem begann er ganz neutral damit, daß die Grønelvs versuchten, ihn wirtschaftlich zugrunde zu richten und mit Peder zu entzweien. Sie kämen aus einem schwierigen Zuhause und hätten nur sich. Es schmerze ihn, daß sie Peder gegen ihn aufbringen wollten. Er habe sein Bestes versucht ...

Hier unterbrach er sich und schaute sie an.

»Was war das mit Hanna?« fragte sie.

»Ich höre doch, daß du es bereits weißt. Alle reden doch darüber. Untreue. Über viele Jahre ...«

Anna erfuhr, daß der jüngste Sohn, auf den er sich so gefreut und für den er alles getan habe, seit er im Leib seiner Mutter gelegen hätte, daß dieser Sohn wahrscheinlich nicht sein eigener sei ...

»Aber lieber Wilfred, da mußt du dich irren«, sagte Anna bleich und faltete die Hände. Sie rieb sie aneinander, als würde sie frieren.

Er schüttelte den Kopf. Hätte sie nicht gesehen, daß der Junge ihm nicht ähnlich sehe? So dunkel! Während die drei anderen ...

»Du darfst so etwas von Hanna nicht behaupten. Wenn man sich nicht auf die Menschen verläßt, die einem wichtig sind, dann geht man zugrunde.«

»Ich muß das wohl hinnehmen. Du weißt es, du auch, obwohl du das vielleicht nicht sehen willst«, meinte er betrübt. Aber ruhig. Ganz ruhig.

»Was weiß ich?« hauchte sie.

Sie sah ihn so ängstlich an, die Ärmste. So ängstlich. Das war auch verständlich. Das, was sie sich nie eingestanden habe, das liege irgendwo und schwele, nicht wahr? Eine Frage, die eine klare Antwort verlange. Aber sie brauche keine Angst haben, denn jetzt seien sie ja zu zweit.

»Wobei?«

Es zu sagen sei unvermeidlich. Er könne sie nicht anlügen, sagte er. Es sei ihr Mann ... Und eigentlich habe sie das ja auch gewußt, nicht?

»Ich habe sie auf frischer Tat ertappt. Einmal traf ich sie im Boot. Sie kamen von irgendeiner Insel. Der Doktor hat ja so viele Entschuldigungen, wenn er die Hanna allein treffen will. Sie haben sich all die Jahre getroffen.«

Annas Hände lagen jetzt ganz still. Sie hatte sie im Schoß liegen. Sie hörte ihm mit unbegreiflich großen Augen zu. Er war wie in einem Rausch.

»Einmal fand ich den Durchschlag eines Briefes in einem Block. Sie hatte ein Treffen vereinbart. Ich habe den Zettel aufgehoben. Du kannst ihn dir anschauen ...«

»Aber dafür kann es doch viele Gründe geben«, flüsterte sie. Aber er hörte es. Sie war bald auf seiner Seite. Bald.

»Das habe ich mir auch gesagt. Aber als ich sie direkt gefragt habe, hat sie gestanden. Das brauche sie. Daß sie sich lieben. Ja, sie benutzte dieses Wort. Lieben! Damit ich nur ja verstehen würde, daß ich nichts bedeute. Nichts! Du auch nicht. Sie hätten uns, weil das nun einmal so gekommen sei, sagte sie. Hanna ...«

Als der Name verklungen war, begann eine Frau im Zimmer zu lachen. Erst ganz leise.

Nicht daß ihn das unangenehm berührte. Aber er fand es merkwürdig. Es wurde ihm gewissermaßen wichtig, daß sie damit aufhörte.

»Das ist nicht gerade lustig«, sagte er reserviert.

Aber sie hörte nicht auf. Sie lachte so sehr, daß ihr die Tränen über die Wangen liefen und ihre Schultern bebten. So laut, daß er sein Glas leerte und aufstand. Daß jemand dasitzen und über die Tragödie seines Lebens lachen konnte? Und ausgerechnet sie? Das war zuviel.

»Sie muß entschuldigen«, sagte er knapp und erhob sich.

Aber als würde ihm im letzten Moment etwas dämmern, legte er seine Hand auf ihre Schulter und sagte: »Wir müssen das vor allen verborgen halten, wegen der Kinder. Nicht wahr?«

Dann ging er mit ihrem Lachen in den Ohren aus dem Zimmer. Die Treppe hinunter und auf den Hof. Aber da war etwas, was er nicht verstand. Daß sie so hart sein konnte? Daß sie lachte?

Aber das Lachen würde ihr bald vergehen. Und er war nicht mehr allein.

Karna wußte, daß es ganz schlimm war. Niemand lachte so. Wie Olaisen gesagt hatte, das war alles andere als lustig.

Sie hatte an der Tür gelauscht. Rasch wie eine Katze war sie wieder auf dem Speicher, noch ehe Olaisen aus dem Saal kam.

Anna lachte immer noch dort unten. Eine fremde und fürchterliche Anna. Verstand sie nicht, was er gesagt hatte? Über Papa? War es möglich, daß sie das nicht verstanden hatte?

Sie hörte, wie Anna auf den Gang trat, immer noch lachend. Die Treppen hinunterging. Lachend.

Karna wollte sie rufen. Wollte sie trösten und sagen, daß es nicht so war, wie er behauptet hatte. Daß es ganz anders war. Wie sagte man so etwas zu Anna? Die alles verstanden hatte. Die es vielleicht schon vor langer Zeit verstanden hatte.

Was würde nun werden? Wo alles zerstört war?

Sie hörte Anna auf dem Hof lachen. Sie hatte die Tür zum Flur offengelassen. Es zog durchs ganze Haus. Die Lampe flackerte. Karna hielt ihre Hände in das warme Putzwasser. Wollte sich wärmen.

Sie stand über den Eimer gebeugt, und die Übelkeit kam. Sie legte sich wie ein Sack über ihren Kopf und drückte zu. Sie bekam keine Luft mehr.

Sie wollte sich abstützen. Wollte von der steilen Treppe weg. Von der Öffnung. Das letzte, was sie wußte, war, daß sie sich vor der Öffnung retten wollte.

19

Karna fiel über die Luke, empfand aber keinen Schmerz. Sie war nicht mehr bei sich. Und die Hand, mit der sie den Riegel mitgerissen hatte, war schwer und ruhig.

Die Luke schloß sich ordentlich. Präzise. Sie war genau für diese Öffnung angefertigt worden. Niemand hörte den Knall. Bergljot und die Mädchen genossen das gute Wetter.

Im Fallen stieß Karna gegen eine leere Kiste, auf die Anna die Lampe gestellt hatte. Einen Augenblick lang stand sie und wippte hin und her. Dann fiel sie um. Rollte auf den Fußboden. Kein tiefer Fall, aber der Petroleumbehälter zerbrach.

Das Lampenglas hielt, und der Docht sog immer weiter Petroleum auf, und die Flamme erlosch nicht. Sie rußte. Bald war das Glas schwarz. Aber es hielt. Nur der Petroleumbehälter war nicht zu retten. Und das Petroleum. Es floß träge über den Fußboden.

Ein altes Kleid von Mutter Karen lag dort in Seidenpapier. Anna hatte frische Mottenkugeln in seine Falten gelegt. Hatte es hergerichtet, um es in die Truhe zu legen. Das Petroleum tränkte langsam das Papier. Nicht soviel, daß nicht noch etwas zu retten gewesen wäre.

Es verging einige Zeit. Die Zeit, die ein Lampendocht braucht, bis er kein Petroleum mehr bekommt. Er sog und sog. Flackerte immer wieder gegen das rußgeschwärzte Glas und wollte erst nicht aufgeben. Aber zum Schluß wurde es dunkel.

Es gab jedoch noch einen Funken. Beim Docht? Im Lampenglas? Im Staub auf dem Fußboden? War er in dem Augenblick herausgeschleudert worden, in dem die Lampe umgefallen war?

In dem Moment, in dem das Petroleum den Funken fand, war alles entschieden. Nicht aufbrausend und sofort. Nein, schleichend. Wie eine spielende, goldene Zunge. Sie leckte sich vor bis zu den Spitzen. Den venezianischen. Mutter Karens Schmuckborten. Zischte und blühte zu einer roten Flamme auf.

Karna war in diesem Licht. Noch nie war sie so sehr im Licht gewesen wie jetzt. Sie strengte sich an, damit ihre Glieder ihr gehorchten. Die Hände. Wollte sich schützen. Zog die Beine an.

Es fiel ihr so schwer zu atmen. Viel schwerer als sonst. Und dieses Licht? Das mußte doch jetzt vorbei sein. Sie müßte doch jetzt wieder zu sich kommen.

Da erinnerte sie sich an etwas. Sie war gefangen. Die Luke? Wo war die Luke? Ein Schrei wollte aus ihr hervorbrechen, kam aber nicht hoch. Sie mußte weg von der Hitze. Sie stieß gegen den Eimer, der über sie fiel. Das Wasser war lau. Das tat gut.

Durch den Rauch roch es nach Lauge. Sie mußte husten. Wollte sich erbrechen. Gleichzeitig mußte sie weg. In den hintersten Winkel.

Sie kroch vom Rauch weg. Er bewachte die Luke. Und einen anderen Ausgang als die Luke gab es nicht. War dies ihre Bestimmung? Weil sie vergessen hatte, in der Bibel zu lesen, nachdem sie Peder getroffen hatte? Sie sollte deswegen verbrennen.

Sie wollte nach Peder rufen. Auf die Dielen trommeln. Hob die Hand. Aber ihre Kraft reichte nur zu einem Husten.

Hörten sie sie? Wußten sie Bescheid? Dachte jemand daran, daß sie hier oben war?

Da fühlte sie es wie einen Schlag auf den Kopf. Angst. So groß, daß kein Platz mehr für etwas anderes war. Der Ton des Meeres kam, um sie zu holen. Er dröhnte und knisterte.

Sie versuchte, durchzuhalten. Kroch so weit weg, wie sie nur kommen konnte. Bis sie an der Balkenwand kratzte und nicht mehr weiterkam.

Dina war zum Haus zurückgegangen, um festere Schuhe zu holen. Sie stand auf der Küchentreppe und überlegte sich, wo sie die Stiefel hingestellt hatte.

Da bemerkte sie den Geruch. Den Rauch. Er kam aus dem Haus. Mit dem Instinkt eines Tieres fand sie den Weg in den Gang. Lief die Treppen hinauf.

Es quoll aus den Fugen der Speicherluke hervor.

»Feuer!« rief sie und stieg die Speichertreppe hinauf. Aber die Luke bewegte sich nicht.

Wilfred war ins Obergeschoß des Nebenhauses gegangen. Hatte sich etwas hingelegt. Er hatte einen Verdacht, den er nicht richtig in Worte kleiden konnte. Es hatte etwas mit Anna und ihrem Lachen zu tun. Mit den Menschen. Mit den Grenzen. Deswegen mußte er allein sein. Da erreichte ihn der Ruf. Feuer!

Hanna wischte die Arbeitsplatte in der Küche des Nebenhauses ab und schüttelte das Wischtuch aus dem Fenster. Da hörte sie das Schreckliche. Das, was niemand hören wollte. Aber mußte. Feuer! Sie steckte das Tuch in die Schürzentasche und rannte los.

Sara, Bergljot und die Mädchen saßen in der Laube und tranken Saft. Sie erzählten sich Geheimnisse. Nicht die großen. Die kleinen, leichten. Es war ein so schöner Tag. Trotzdem mußten sie es hören: Feuer!

Hanna war als erste dort.

»Es brennt auf dem Speicher! Etwas liegt auf der Luke. Ich komm da nicht hoch. Hol die Axt! Hol Hilfe!« befahl Dina.

»Ist jemand da oben?« rief Hanna.

»Ich weiß nicht!«

Sara stand mit wilden Augen auf dem Gang.

»Die Anna hat da oben aufgeräumt!«

»Die Anna!« kam es wie ein Echo von den Mädchen, die dazugekommen waren.

Hanna kam mit einer Axt angerannt, und als Wilfred dazukam, hatte Dina bereits einen Spalt in die Luke gehauen.

»Vielleicht liegt sie auf der Luke«, sagte sie und rief durch den Spalt Annas Namen.

»Laß mich!« sagte Wilfred.

Aber Dina hebelte weiter die Bretter auseinander.

»Wo ist die Karna?« schrie Birgit. Sie war die letzte, die dazugekommen war.

Karnas Name erscholl in alle Richtungen.

»Herr erbarme dich, daß sie nicht auf dem Speicher liegt«, schluchzte Bergljot mit einem Eimer in jeder Hand.

»Anna! Karna!« schrie Sara und lief zum Brunnen.

Schwerer Rauch kam Dina durch das Loch über ihr entgegen.

Wilfred lief nach draußen, um Wasser aus dem Brunnen heraufzuziehen. Eimer schlugen gegen die gemauerten Schachtwände. Die alten Ketten rasselten, und rasche Mädchenfüße liefen über den Hof.

Johan hatte ein seltsames Lachen gehört, ohne daß er dem weitere Beachtung geschenkt hätte. Und dann war es fort. Es waren wohl die Mädchen, die über die Wiesen liefen. So etwas hörte man, ohne weiter darüber nachzudenken.

Er war im Bootshaus, um nach einem Tau zum Festmachen des Bootes zu suchen. Bei dem guten Wetter wollte er Dina auf eine Insel entführen.

Jetzt richtete er sich auf und lauschte.

»Feuer!«

Er warf die Taurolle weg und rannte den Hügel hinauf.

Als er zu den anderen stieß, war Dina bereits auf dem Speicher. Sie hatte ihre Strickjacke in einen Eimer getaucht und vor Mund und Nase gebunden.

»Wer ist da oben?« schrie Johan wild.

»Dina. Sie versucht, sie da herauszubekommen. Anna. Karna. Sie rühren sich nicht …«

Sie hörten, daß Dina sich hustend über die Dielen schleppte und nach Anna und Karna rief.

Ein alter Webstuhl war an die Decke hochgezogen. Gierige Flammen streckten sich die Seile hinauf. Plötzlich krachte es, und ein Funkenregen ging durch das Loch in der Luke nieder.

Johan schrie Dinas Namen, bekam aber keine Antwort.

»Etwas ist gefallen! Was Schweres!« schrie Bergljot.

Johan schob Hanna beiseite und versuchte, nach oben zu kommen, aber der Rauch quoll ihm entgegen. Er mußte mehrere Stufen zurückweichen.

»Dina!« schrie er. Aber niemand antwortete.

»Hier kommen wir nicht durch. Wo ist die Axt?«

»Sie hat sie mit hoch genommen!« rief Hanna und war schon weg, um eine andere Axt zu holen.

»Wilfred! Hilf mir! Wir müssen an einer anderen Stelle durch die Decke!« schrie Johan.

Aber Wilfred stand am Brunnen. Hanna schrie ihm die Order zu, als sie vorbeilief, um eine Axt im Schuppen zu suchen. Wilfred lief mit einem vollen Eimer in jeder Hand über den Hof.

Johan riß die Stehleiter von der Wand neben der Speicheröffnung. Dann lief er taumelnd in das Zimmer, das seiner Ansicht nach am weitesten von den Flammen entfernt war, und kletterte wieder die Leiter hoch. Da fiel ihm auf, daß er keine Axt hatte.

»Wo ist die Axt!« Ihm versagte die Stimme.

Hanna kam die Treppe hochgerannt und hielt die Axt mit beiden Händen fest. Sie stolperte auf den Stufen, aber hielt das Werkzeug, als wäre es aus Glas.

Johan schlug in wilder Verzweiflung drauflos. Aber er kam nicht durch. Es war keiner mehr da, der die Äxte auf Reinsnes schliff.

Bergljot wußte, wo noch eine Axt zu finden war. Unter dem Vordach des Nebenhauses.

Wilfred löste Johan ab. Fand Halt auf der Stehleiter, die Hanna festhielt. Er schlug mit aller Kraft gegen die Decke.

Johan lief zur Speichertreppe, um durch die zur Hälfte eingeschlagene Luke den Versuch zu machen zu löschen. Aber es zischte nur. Als reizte er einen Vulkan. Der Rauch zog sich nur ein wenig zurück, dann kam er mit neuer Kraft. Wasser und Funken kamen ihm entgegen, die Treppe herunter.

Die Frauen und der älteste von den Olaisenjungen brachten Eimer um Eimer. Aber es nützte nichts.

Trotzdem machte Johan weiter. Irgend jemand holte Bettwäsche aus dem Wäscheschrank, tauchte sie in die Eimer und gab sie ihm. Er wickelte Kopf und Oberkörper ein und warf den Rest nach oben ins Flammenmeer.

Die ganze Zeit rief er die Namen nach oben in das Inferno. Aber er mußte zurückweichen. Schritt um Schritt.

Da rief Wilfred, daß er durch sei.

»Ich muß hier stehen bleiben und dafür sorgen, daß sie herunterkommt!« schrie er und sah, wie hoffnungslos das war.

Wilfred wollte nach oben, aber die Öffnung war zu klein. Da wickelte sich Hanna in ein nasses Laken und befahl: »Heb mich hoch!«

Autorität und Wahnsinn blitzten in ihren Augen.

»Keinesfalls!« rief Wilfred und mühte sich ab, die Öffnung zu vergrößern.

Aber dann kam der Rauch. Dicht wie eine Wand kam er erstikkend auf ihn zu und machte alles unmöglich. Er mußte nach unten, um Atem zu holen.

Da war Hanna schon auf der Leiter. Vor sich warf sie eine Rolle altes, nasses Leinen, deren Ende sie aus der Öffnung herabhängen ließ.

Ehe er sich's versah, war sie oben. Er hörte sie noch hustend sagen, daß er sie wieder herunterziehen solle, wenn sie rufe.

»Du bist ja völlig verrückt!« schrie er verzweifelt.

Sie waren fast ganz oben auf der Hochebene angelangt. Standen da und versuchten, zu Atem zu kommen. Sie sahen über den Vågsfjord und auf die steile Gebirgswand auf der anderen Seite. Tief unter ihnen lagen Wiesen und Häuser in einem gründiesigen Licht.

Peder sah ihn als erster. Den Rauch.

»Fürchterlich, wie sie da unten einheizen!« sagte er.

»Ja«, sagte Benjamin und dachte an etwas, was er dem Propst hätte sagen sollen. Langsam zündete er seine Pfeife an und kam wieder zu Atem.

Dann redeten sie über das Wetter. Es war zu klar. Die Fische würden nicht anbeißen. Wenn nur ein leichter Wind geweht hätte.

Da streckte Peder plötzlich den ganzen Arm aus. Seine Augen waren starr und ungläubig.

Eine rote Zunge leckte über das Dach des Haupthauses. Leckte und wuchs. Breitete sich aus. Obwohl es so hell war, konnten sie den Funkenregen über dem Dach sehen.

In dem Augenblick, den es dauerte, bis sie begriffen, was sie da sahen, flammte es noch an anderen Stellen auf.

»Feuer!«

Benjamin rannte als erster. Die Rucksäcke, die sie abgenommen hatten, blieben stehen. Peder war der schnellste. Er hatte bald einen guten Vorsprung vor den anderen.

Jetzt gab es zwei Öffnungen in der alten Decke zum Speicher. Das Feuer bekam Luft und Nahrung. Die Flammen hatten bereits die Treppe erfaßt, die hinaufführte. Die Eimer kamen nicht mehr so oft. Die Mädchen und Jungen waren erschöpft.

Hannas ersticktes Husten dort oben ließ Wilfred noch lauter rufen: »Komm runter! Hanna! Komm runter!«

Er stand auf der Stehleiter und goß mit Schwung Wasser durch die Öffnung. Johan stand unter ihm und reichte ihm die Eimer. Aber immer wieder mußten sie ans Fenster. Atem holen. Abwechseln. Wassereimer. Wieder hinauf.

Da hörte er eine heisere Stimme von der anderen Seite des nassen Leinenstreifens. Ein »Zieh«, und die Männer zogen.

Gleich darauf erschien Karna in der Öffnung. Kostbare Sekunden verstrichen, während sie sich damit abmühten, sie herunterzuholen. Sie war leblos, hatte aber keine sichtbaren Brandwunden. Sie atmete.

Johan lief mit ihr ins Freie, überließ sie den anderen und drehte sich um, um wieder ins Haus zu laufen.

Da sah er, daß das Feuer bei zwei von den Schornsteinen schon durchs Dach kam und daß die Flammen Bergljot und die Mädchen aus dem Obergeschoß vertrieben.

Von Panik erfaßt, blieb er stehen. In diesem Moment sah er Wilfred am offenen Fenster.

Eine Leiter! Früher hatte immer eine Leiter an der Stallwand gehangen. Bergljot trug sie mit ihm zusammen. Sie lehnten sie hoch zum Fenster.

Wilfred schrie etwas von dort oben, was er aber nicht verstand. Johan griff einen Stein und kletterte hoch. Schlug das Glas aus dem Rahmen der anderen Fensterhälfte. Schlug wie blind, und die Splitter fielen klirrend auf Bergljot, die unter ihm stand.

Der Rauch war wie ein Schock, als er ins Zimmer stieg. Seine Lungen schienen zu bersten. Er hörte mehr, als daß er es sah, wie Wilfred oben auf der Stehleiter nach Luft rang. Er zog an etwas, dann taumelte er zum Fenster.

Johan riß sein Hemd herunter und band es vor Mund und Nase. Oberhalb der Stehleiter konnte er gerade noch ihren Arm erkennen. Er hing durch die Öffnung. Dinas Hand.

Er zog, aber sie saß fest. Etwas war auf sie herabgestürzt.

»Gott, Barmherziger! Hilf einem Sünder«, betete er laut und immer wieder.

Als er verstand, daß es noch nicht zu spät war, bekam er ungeahnte Kräfte. Die hatte er wohl aufgespart. Genau für diesen Augenblick.

Er zog so sehr, daß er das Gefühl hatte, das ganze Haus mitzureißen. Die Flammen dröhnten da oben. Immer näher.

Er konnte Wilfred nicht mehr hören. Voller Panik glaubte er, der Mann sei nach draußen geklettert, um sich selbst zu retten. Ein unerträgliches Gefühl des Alleinseins ließ ihn beinahe aufgeben.

Ein letztes Mal wandte er der Öffnung den Rücken und zog. Da kam sie! Beide fielen sie die Stehleiter hinunter.

Er kam wieder auf die Beine und schleifte sie den Boden entlang. Gleichzeitig schrie er nach Wilfred um Hilfe. Dann mußte er ans Fenster, um Atem zu holen.

Dort war Wilfred. Er hielt seinen ganzen Oberkörper aus dem Fenster, und sein Atem ging keuchend. Jetzt hob er den Fuß und trat die Fenstereinfassung heraus, damit sie beide Platz hatten.

Aber nur einen Augenblick. Zusammen hoben sie Dina hoch und trugen sie zum Fenster.

Die Frauen hatten alle Decken und Kissen aus dem Nebenhaus und dem Wirtschaftsgebäude geholt und sie unter das Fenster gelegt. Es war unmöglich geworden, wieder ins Haupthaus zu gelangen. Johan riß die Matratze vom Bett und warf sie nach draußen.

»Stellt die Leiter weg, daß sie da nicht drauffällt«, rief er nach unten. Das wurde gemacht. Dann bugsierten sie Dina durch die Fensteröffnung. Johan hielt sie unter den Armen fest und versuchte, sich so weit wie möglich vorzubeugen, ehe er losließ.

Als er sich umdrehte, sah er, daß Wilfred wieder auf dem Weg zur Stehleiter war. Da krachten mit fürchterlichem Getöse brennende Balken durch die Decke. Eine Sekunde später stand das ganze Zimmer in Flammen. Das Inferno hatte sie eingeholt.

Johan erfuhr nun am eigenen Leib, daß die Hölle heiß war.

»Tragt sie weg, damit wir hinterherkönnen«, schrie Johan.

Die, die unten waren, umringten Dina. Einen Augenblick lang unschlüssig. Ohne es ganz zu begreifen.

»Spring!« schrie Johan in Wilfreds Ohr. Als würde ein Meer zwischen ihnen liegen.

»Hanna!« schrie Wilfred gegen die Flammen.

»Es ist zu spät!« rief Johan brutal und zog ihn Richtung Fenster.

Der andere riß sich los.

»Bist du von Sinnen?« schrie Johan.

Wilfred beachtete ihn nicht. Er schwankte durch den Rauch zur Stehleiter, die wie eine Feuersäule mitten im Zimmer stand. Es dröhnte. Balken fielen herab.

Johan wankte einen Augenblick. Dann verspürte er eine verzweifelte Wut. Die hatte ihm wohl sein ganzes Leben lang gefehlt. Jetzt war sie da. Er näherte sich taumelnd Wilfreds Rücken und schlug. Schlug auf den Kopf und spürte, daß er traf.

Dann mußte er ihn nur noch zum Fenster schleifen. Schwer und weit. Er glaubte schon, es würde gar kein Ende mehr nehmen. Spürte, daß seine Haare Feuer gefangen hatten. Versuchte, die Flammen mit einem Arm zu löschen.

Endlich kippte er den Mann nach draußen und schrie gleichzeitig in die kreideweißen Gesichter.

Er erinnerte sich später nicht daran, selbst gesprungen zu sein. Aber er hatte es wohl getan, denn der Himmel wölbte sich mächtig und hellblau über ihm.

Dann spürte er, wie sie ihn von dem Inferno wegzerrten. Als er wieder zu Atem kam, versuchte er herauszufinden, ob er etwas gebrochen hatte. Die Müdigkeit hatte sich in jedem auch noch so kleinen Muskel festgesetzt. Er drehte den Kopf. Langsam.

Da sah er sie. Sie hatten sie auf eine rußgefleckte Decke gelegt. Das Haar war versengt, die ganze rechte Gesichtshälfte verkohlt. Mit einer extra Schicht jahrzehntealtem Staub vom Speicherfußboden. Der eine Arm und der Oberkörper sahen aus wie eine geschwollene Masse mit verkohlten Stoffetzen drumherum.

Der Hals war seltsam intakt. Weiß und jung. Aber nicht ganz sauber. Wie beim ersten Mal, als er sie gesehen hatte.

Er versuchte zu begreifen, was er da sah.

Sein Schrei war der eines sterbenden Stiers. In den Händen eines Schlächters, dessen Messer abgerutscht ist, weil er mit so kräftigem Widerstand nicht gerechnet hat.

Die Olaisensöhne standen am Gartenzaun und starrten auf das Feuer, das sich mächtig und dröhnend zum Himmel erhob. Der älteste hielt den kleinsten.

Lange hatte niemand Zeit gefunden, mit ihnen zu reden oder sich um sie zu kümmern. Nicht, solange für die im Haus noch Hoffnung bestand.

Alle mußten dort sein, wenn sie geborgen wurden. Mußten es wissen. Helfen. Wenn nicht mit etwas anderem, dann doch damit, den Atem anzuhalten. Oder zu atmen.

Als das Dach einstürzte, lief Wilfred zur Haupttreppe. Mit erhobenen Armen und geballten Fäusten.

»Hanna! Komm raus! Ich sage, komm raus! Hörst du, du sollst sofort rauskommen! Denk daran, daß du vier kleine Kinder hast!«

Da war der älteste, Rikard, mit seinen zehn Jahren bereits uralt. Er sammelte sich und seine Brüder zu einer Gruppe beim Gartenzaun.

Sara lief hinkend auf sie zu, und alle ließen sich in das grüne Gras sinken. Aber auch dort wurde die Hitze mit der Zeit so stark, daß sie weiter weggehen mußten.

Ab und zu kamen ganze Funkenschauer geflogen.

Die Jungen klammerten sich an Sara. An ihre Hände und an ihren Rock. Mit einer Kraft, der sie nicht entkommen konnte.

Karna erwachte mehrere Male. Aber die Anfälle kamen zurück. Da war dieses fürchterliche Licht. Sie wollte dort nicht hinein.

Einmal, als sie die Augen öffnete, sah sie Johan auf den Knien über einem Bündel auf einer weißen Decke. Er goß Wasser darüber. Eimer um Eimer. Er nahm sie gar nicht wahr. Karna. Niemand nahm sie wahr.

Alle hatten genug mit sich zu tun. Und über allem lag dieses flackernde Licht. Es war auch kein ordentlicher Gesang des Meeres, sondern nur ein prasselnder Alptraum. Das Licht sollte still sein oder einen großen, ruhigen Ton haben, und es sollte keinesfalls donnern.

Wo war Peder? Hatte er sie ebenfalls verlassen? Endlich kam er. Hob sie hoch und trug sie irgendwo hinein. Da war eine Uhr, die tickte und tickte. Stines Uhr.

Da erinnerte sie sich. Der Speicher. Stine, die gesagt hatte, sie hätte die Bibel vergessen. Oder war es etwas anderes gewesen? Peder roch nach Mittsommerfest. Oder war sie das? Ja, gewiß. Das Feuer. Dieses Jahr war es so groß.

»Nicht wahr, Peder, das ist nur das Feuer?« wollte sie fragen. Sie war sich nicht sicher, daß etwas zu hören war. Aber er hielt sie fest. Dazwischen sagte er etwas vom Am-Leben-Sein.

Da zersprangen die Fensterscheiben. Klirrten zu Boden. Und Olaisens Stimme drang zu ihnen herein. Sie war fürchterlich wütend und voller Tränen.

»Hilf mir nach draußen!« brachte sie endlich über die Lippen.

Erst schüttelte Peder den Kopf, dann gab er nach und trug sie hinaus auf den Hof.

Das erste, was Benjamin sah, war Wilfred Olaisen, der mit geballten Fäusten dastand und Hanna befahl, aus dem brennenden Haus zu kommen. Er wollte nicht noch mehr sehen. Diese Verrücktheit. Die Flammen. Aber er mußte!

In einem wahnsinnigen Augenblick bemerkte er, daß Anna nicht da war. Er taumelte auf irgend jemanden zu. Sah nicht mehr deutlich.

»Anna?«

Der andere legte seine Arme um ihn, ohne etwas zu sagen.

»Anna?« rief er.

»Sie ist da drin! Es ist zu spät ...« weinte der andere.

Er riß sich los und rannte auf das Haus zu, das lichterloh brannte. Die Hitze warf ihn zu Boden. Mit dem Gesicht blieb er in dem kühlen Gras liegen mit frischem Klee- und Erdgeruch in der Nase.

Karna mühte sich damit ab, etwas zu sagen. Etwas Wichtiges. Stines Worte. Sie mußte Wilfred helfen, Hanna dort herauszubekommen.

Sie versuchte aufzustehen. Das ging nicht besonders gut. Sie klammerte sich an den Taubenschlag. Holte mehrmals tief Luft. Öffnete den Mund. Aber es kam kein Laut.

Wenn nur Peder dagewesen wäre, um sie zu halten, dann hätte sie nicht soviel Kraft nur aufs Stehen verwenden müssen. Aber der versuchte, Wilfred vom Feuer wegzuziehen.

Also mußte sie es allein schaffen. Sie öffnete den Mund. Holte tief Luft. Spürte, wie der schwere Rauch ihre Lungen füllte. Mußte husten. Umklammerte den Pfosten des Taubenschlags mit beiden Händen. Da gelang es ihr. Endlich gehorchte ihre Stimme. Das Lied, das Anna immer in der Kirche sang.

»Wenn alle meine Glieder ...«

Sie verstummte wieder und mußte von neuem beginnen. Aber da trug ihre Stimme. Sie erhob sich gegen das dröhnende Feuer.

»Wenn alle meine Glieder
Auch voll von eitel Sang,
Der Wohllaut meiner Lieder

Bis in den Himmel drang;
Ja säng' ich Tag und Nacht,
Ich könnte nicht vergelten,
Was Gott mit mir gemacht.

Und wollt' ich recht berichten,
Von meinem ersten Jahr,
Die Thaten und Geschichten,
Und wie mein Leben war,
Ich hätt' auf nichts doch acht,
Als stets mich zu verwundern,
Wie gut er es gemacht.

Daß deine Quellen fließen,
Daß keiner sie verstopft,
Laß alle froh genießen,
Was rein vom Himmel tropft.
Mach alle herzensfroh,
Daß Sulamit umarme
Herrn Jesus-Salomo.«

Karna begann aufs neue. Die Strophen kamen von allein.

Sara und die Jungen knieten.

Johans rauhe, wacklige Stimme fiel ebenfalls ein. Das brauchten sie. Ein schwacher Chor erhob sich gegen die Flammen. Wilfreds wildes Rufen verstummte.

20

Karnas kleines Ruderboot hatte hübsche Spanten und einen schlanken Rumpf. Es ließ sich leicht rudern und leicht ziehen. Ein Geschenk von Großmutter, gebaut auf Olaisens Werft.

Heute hatte es eine ungeübte Mannschaft. Anna hatte zwar rudern gelernt, war aber nie weit gerudert.

Das Gelächter war schon lange verstummt. Ohne daß sie es selbst gemerkt hatte. Sie ruderte einfach. Eigentlich war sie wohl vom ersten Tag an, den sie auf Reinsnes verbracht hatte, aufs Meer hinausgerudert. Sie hatte es nur selbst nicht gewußt.

Das Boot hatte einfach dort gelegen. Hatte hinter dem kleinen Felsen auf sie gewartet. Sie hatte nur an Bord gehen müssen. Jetzt hatte sie Blasen, und das Land war weit weg. Aber sie merkte es nicht.

Sie wartete auf Wind. Es würde jetzt nicht mehr lange dauern. Die Sonne stand zitternd ganz hoch oben. Die Wasserfläche war wie Öl.

Gelegentlich spürte sie die Dünung. Sie war lang. Sie zog und lockte. Anna legte die Riemen ins Boot und ruhte sich aus. Das tat gut. Hier draußen waren nicht einmal Wellen zu hören. Nicht an einem solchen Tag.

Felsen und Strand waren so weit weg. Es rauschte leicht. Ein Wind, den sie nicht sehen konnte? Oder kam es von innen? Von ihr selbst?

Sie stützte sich gegen die Spanten und richtete sich ganz auf. Spürte das unvermeidliche Schaukeln unter den Füßen. Das Meer. In ewiger Bewegung.

Früher hatte es sie immer etwas ängstlich gemacht. Aber heute nicht.

Sie beugte sich zu den Riemen hinunter. Richtete sich wieder auf.

Dann ließ sie sie gleiten. Erst den einen, dann den anderen, über die Kante. Eine fast lautlose Berührung mit der Wasserfläche, ein kleiner Schlag gegen die Bootsseite.

Dann war sie frei. Sie öffnete ihr Haar. Ließ die Nadeln ins Wasser fallen. Sie waren so leicht. Schwammen einen Augenblick und waren verschwunden.

Da kam, worauf sie gewartet hatte. Der Wind hob ihr Haar und blies ihr etwas Kühle unter die Kleider. Dann wurde die ganze Wasserfläche grau und lebendig. Stück um Stück. Feld um Feld, bis ganz hinaus. Nicht bedrohlich oder gewaltsam. Eher wie eine kleine Liebkosung.

Im Augenblick des Entschlusses hob sie ihren Blick und schaute zum Land hin. Schloß die Augen und öffnete sie wieder.

Es tat nicht mehr so weh. Es war vorbei. Alles ging vorbei. Der Schmerz war nichts, was jetzt passierte. Er war immer dagewesen. Schon lange. Sie hatte ihn nur nicht sehen wollen.

Sie hatte ihr Leben auf etwas gebaut, das es nicht gab. Das war nicht sonderlich einzigartig. Viele taten das. Aber da war trotzdem ein Unterschied. Sie wollte es nicht. Das war zu erbärmlich. Zu erbärmlich …

Die Häuser waren so weiß in all dem Grün. Aber das half nichts. Das war woanders. Die Sonne sandte ihre Blitze über die Dächer. Blitz um Blitz. Sie konnte nichts daran ändern, daß sie das schön fand.

War sie doch nicht ganz verschwunden? Die Sehnsucht danach, daß alles so sein sollte, wie sie glaubte. Wie sie glauben wollte.

Aber jetzt glaubte sie nicht mehr. Sie sah. Deutlich. Sie wollte nicht etwas Kleines in einem erbärmlichen Leben sein. Niemals!

Sie schloß wieder die Augen und machte sich bereit. Aber der Schmerz in ihrem Körper wurde größer. Brachte sie zum Zittern. Sie mußte warten, bis sie wieder ruhig war. Es würde nicht lange dauern.

Das Boot trieb jetzt flott dahin. Der Wind half ihr. Bald würde sie die Häuser nicht mehr sehen können. Dann würde es leichter werden. Das wußte sie.

Nach einer Weile öffnete sie die Augen. Aber die Häuser von Reinsnes waren nicht verschwunden. Der Himmel über ihnen hatte eine so schöne Farbe. Unruhig, als würde er winken.

Erst war es nur ein Bild, das sie nichts anging.

Dann verstand sie es. Eine Feuersäule erhob sich in den Himmel. Mehrere. Es brannte! Reinsnes stand in Flammen!

Anna hörte ihren eigenen Schrei über das Meer. Ohne Echo. Er war so nackt. So ohnmächtig. So vollständig ohne Bedeutung.

»Karna! Mein Kind! Die Lampe!«

Sie warf sich nach unten auf den Boden des Bootes, fiel über die Ruderbank und griff nach den Riemen. Aber sie waren nicht da. Sie klammerte sich an die Spanten, wiegte sich hin und her und schrie. Kroch dann zum Bug und versuchte, mit den Armen im Wasser zu rudern.

Aber das nützte nichts. Der gute Wind, auf den sie gewartet hatte, war aufgekommen. Sie trieb aufs Meer hinaus.

Er ging von einem zum anderen. Sah ihnen ins Gesicht. Fragte. Anna? Warum war sie da drinnen im Haus?

»Sie sagen, sie hätte da oben auf dem Speicher zusammen mit Karna aufgeräumt. Hanna und Dina wollten sie holen ...« sagte Johan.

Er spürte einen Augenblick lang Johans Arme um sich. Dann schwankte er weiter. Anna? Das konnte nicht wahr sein!

Um ihn herum lärmte und donnerte es.

Da fielen seine Augen auf Dina. Sie lag ganz still. Ab und zu öffnete sie die Augen. Zuckungen kamen und gingen.

Doktor Grønelv sah sofort, wie es um diesen Menschen stand.

Aber Benjamin faßte es nicht. Seine Gedanken klammerten sich daran, daß seine Arzttasche im Saal stand. Im Saal?

Er ging über das Schlachtfeld. Alle riefen Mama. Er mußte sie aufheben und ins Lazarett bringen. Es spielte keine Rolle, wie sie aussahen. Auf die Trage mit ihnen. Durch den Funkenregen. Das Donnern. Zum Lazarett.

Seine Anweisungen gingen in alle Richtungen. Evert sollte mit dem Boot Hilfe holen. Wasser mußte abgekocht werden. Saubere Laken, falls es noch welche gab, sollten im Nebenhaus auf die Schlafbank gelegt werden.

Er rief. Karna! Und sie kam auf ihn zu. Faßte mit ihm an. Karna mach das und auch das, sagte er ernst.

Und Karna tat alles, worum er sie gebeten hatte. Sie waren im Krieg. Sie halfen den Verstümmelten. Denen, die sterben mußten.

»Du mußt dich zu ihr setzen! Ich komme gleich!« sagte er.

Und Karna setzte sich.

Dazwischen kam Anna aus den Flammen. Sie hatte das helle Kleid an. An das er sich vom ersten Morgen erinnern konnte. Hatte er sie seither in diesem Kleid nicht mehr gesehen?

Und Anna? Hatte er Anna seither gesehen?

Die Leute kamen aus Strandstedet und den umliegenden Orten. Das gewaltige Feuer war vom Meer und auch in einem weiten Umkreis über Land zu sehen. Sie kamen mit Eimern. Tauen. Sprungtüchern.

Aber bereits als die Boote Land unterm Kiel hatten, war allen klar, daß nichts anderes mehr zu tun war, als Wasser zu schleppen und Wände aus nassen Tüchern aufzustellen, um die umliegenden Häuser zu retten. Achtzugeben.

Sie redeten kaum. Und wenn sie es taten, ging es nur darum, was Hände und Arme ausführen konnten. Was mit den Füßen zu erreichen war.

Sie konnten nicht einmal sagen, daß es gut war, daß hier drinnen Windstille herrschte, obwohl draußen auf dem Fjord eine Brise wehte. Denn das Schlimmste war bereits eingetreten. Sie flüsterten es nicht einmal. Es stand in ihre Gesichter geschrieben. Leben war verlorengegangen. Und dort lag Frau Dina.

Die kleinen Jungen wurden zusammen mit Sara weggebracht. Sie hatten vollkommen die Sprache verloren. Sie ließen sich einfach führen und auf eine Bank im Boot setzen.

Benjamin nahm Peder beiseite.

»Du mußt holen, was ich hier auf die Liste geschrieben habe. In der Praxis. Vergiß nicht das Pulver! Ganz oben in dem Schrank mit Schloß. Der Schlüssel liegt in der Schale auf dem Schreibtisch. Du kannst ihn nicht übersehen.«

»Was ist das?«

»Morphium gegen die Schmerzen. Beeil dich! Nimm mein Boot, und warte nicht auf die anderen!«

Gegen Abend standen drei rußgeschwärzte Schornsteine vor einem strahlend blauen Himmel. Aber immer noch brannte es. Ständig fand eine lauernde Feuerzunge noch etwas zum Verzehren. Einen Balken, ein verkohltes Stuhlbein. Etwas Klägliches, was noch nicht ganz vernichtet war.

Wilfred Olaisen ging in hohen Überschuhen im Kreis um die Brandstätte. Ohne so recht zu wissen, wie das aussehen würde, was er zu finden hoffte.

Gebeugt und mit rußigem Gesicht. Er versuchte, die glühendheiße Asche zu überlisten. Sich zu nähern. Mußte aber immer und immer wieder aufgeben.

Benjamin konnte Karna den Anblick von Dina nicht ersparen. Sie hatte bereits neben der Großmutter gesessen, ehe Dina ins Nebenhaus gebracht wurde. Er hatte nicht einmal Zeit, sich zu fragen, warum sie nicht fiel.

Die festgebrannten Kleiderfetzen trockneten auf Dinas Körper. Er hatte ihr untenherum frische Sachen angezogen. Mit Hilfe von Johan und Bergljot.

Er schwor sich, später Faden um Faden wegzuzupfen. Aber im Innern wußte er es. Die Brandwunde ließ sich nicht reinigen. Der Kopf. Das halbe Gesicht. Großen Teilen der Brust und einem Arm durfte man nicht zu nahe kommen.

Er versuchte, über ihrer Brust eine Art Zelt zu errichten. Aus sauberen Laken. Johan half ihm. Ganz schnell bauten sie ein Stativ aus Draht, damit der Stoff den Wunden nicht zu nahe kam.

Aber sie mußten die ganze Zeit achtgeben, denn sie lag so unruhig und jammerte.

So konnten sie sie abschirmen. Und diejenigen schonen, die sie sehen mußten.

In den ersten Stunden wußten sie nicht recht, ob sie ganz bei Besinnung war. Ob sie etwas sehen oder hören konnte. Sie öffnete zwei blutunterlaufene Augen. Dann kam das Stöhnen. Geräusche irgendwo aus dem Magen, die die Stimmbänder passierten.

Er wollte Karna nach draußen schicken. Aber sie schob ihn einfach weg und blieb sitzen.

Als Dina wieder etwas ruhiger wurde, sagte Johan leise: »Geht raus und schnappt frische Luft. Wir brauchen unsere Kräfte noch.«

Benjamin und Karna saßen dicht beieinander auf der Verandatreppe des Nebenhauses. Mit den Gesichtern zum Meer.

Sie sah ihn nicht an. Sah auf etwas ganz weit weg. Dann fing sie an zu zittern.

»Das habe ich getan.«

In der Sekunde, in dem sie diese Worte gesagt hatte, verstand er, was sie meinte.

»Nein!« sagte er mit fester Stimme.

»Du kannst es nicht ändern. Ich habe die Lampe umgeworfen.«

Er hielt sie. Fest. Hielt. Nur der Atem war zwischen ihnen. Dieselben Atemzüge.

»Anna und du, ihr wart da oben?«

»Nein, nur ich – und die Lampe. Sie ist mir wohl gefolgt, um mir zu helfen.«

»Du hattest einen Anfall, nicht wahr? Und die Lampe ist umgefallen?«

»Ich glaube«, flüsterte sie.

»Aber daraus kann man dir doch keinen Vorwurf machen. Hörst du!«

»Vielleicht wußte ich mir keinen andern Rat, als daß wir alle untergehen würden.«

»Karna. Liebe, liebe Karna …«

Da sagte sie die Worte.

»Die Anna hat es gewußt.«

»Was hat sie gewußt?«

»Alles. Mit der Hanna.«

»Hanna?«

»Der Wilfred hat es ihr erzählt. Ich habe jedes Wort gehört. Ich sollte dir das jetzt nicht sagen. Aber ich kann damit nicht allein bleiben. Denn wir müssen alle sterben. Wir alle. Das weiß ich jetzt. Und die Worte, die wir nicht sagen, die werden ein Fluch.«

»Was hat er gesagt?«

»Daß Hanna alles gestanden habe. Daß ihr euch lieben würdet und nicht voneinander lassen könntet ... Er habe euch in einem Boot überrascht. Er habe das viele Jahre lang gewußt, aber nichts zu ihr, zu Anna, sagen wollen. Aber da sie ihn jetzt danach gefragt habe, so müsse er antworten, sagte er. Und jetzt ist sie nicht mehr.«

Er spürte die Bank unter sich nicht mehr. Spürte seine Hände nicht mehr. Und auch die Arme nicht, mit denen er Karna hielt. Trotzdem behauptete er immer noch laut und deutlich, daß sie unrecht habe, wenn sie glaube, sie sei schuld daran, daß die Lampe umgefallen sei. Niemandem könne so etwas zum Vorwurf gemacht werden.

Da sah sie ihn an. Ein weit offener, ungläubiger Blick.

»Armer Papa Benjamin.«

Peder kam mit dem, was er hatte holen sollen, von der Anlegestelle angerannt. Benjamin stand auf und nahm ihm alles ab. Schaute alles durch. Alles war da.

»Danke!« sagte er heiser und ging hinein.

Benjamin und Johan saßen bei Dina. In einer Art wachsamen Dösens. Beide wußten, daß es nur eine Frage der Zeit war. Sie hatten nicht die Kraft, miteinander zu sprechen. Hofften nur auf das Ende, ehe sie wieder ganz zu sich käme.

Der Schmerz. Sie sahen und hörten ihn. Versuchten, ihn zusammen mit ihr zu tragen. Aber sie faßten ihn nicht.

Sie hörten die kraftlosen Rufe. Nach Hjertrud. Mama.

Vielleicht war es so, dachte Benjamin, daß man erhört wurde, wenn man es am meisten nötig hatte. Auf jeden Fall doch ein einziges Mal?

Im Verlauf des Abends begann sie, einen Namen zu stöhnen. Leo. Worte ohne Zusammenhang, Zitate. Offenbar ohne Bedeutung.

Benjamin flößte ihr etwas Morphium ein. Das machte sie ein bißchen ruhiger.

Dazwischen wandte er sein Gesicht zum Fenster. Er saß so, bis er Anna aus der rauchenden schwarzen Masse kommen sah.

Um Mitternacht schlug Dina die Augen auf. Hob den unverletzten Arm zum Gesicht und versuchte, den Kopf zu heben. Dann sank sie mit einem hilflosen, fragenden Blick zurück.

»Sag ihnen nur, daß sie kommen können, um mich zu holen«, murmelte sie durch den Wundschorf, wo ihr Mund war.

Johan beugte sich näher heran.

»Wem?«

»Dem Lensmann und dem Amtmann ... sie sollen nur kommen.«

»Dina!« flüsterte er zu ihr hinunter.

Sie atmete schwer und tastete nach dem Stativ mit den Laken. Benjamin stand auf und entfernte es. Beide standen über sie gebeugt.

»Mama, ich bin hier. Benjamin ist bei dir.«

Er nahm die unverletzte Hand. Wartete.

Johan gab ihr mit einem Löffel Wasser. Sie schlappte es auf. Schluckte gierig. Schob ihn weg, nur um im nächsten Augenblick mit der verbrannten Hand nach ihm zu greifen. Der Schrei hallte in den Wänden wider.

»Johan! Das war ich ... die ihn da runtergestoßen hat. Mama, verlaß mich nicht!«

Sie öffnete die Augen und starrte ins Zimmer.

»Leo!« keuchte sie.

»Dina, erkennst du mich?« fragte Johan.

»Ja ... die Vergebung ...«

Er nickte Benjamin zu.

»Wir müssen allein sein. Sie braucht einen Pfarrer.«

Benjamin ging hinaus auf den Hof. Zum Brunnen. Zog einen Eimer herauf. Ließ das kalte Wasser zwischen den Fingern herabfließen. Über das Gesicht.

So mußte ihr also Johan dabei helfen, frei zu werden. Falls es ihr gelang, etwas zu sagen. Johan, mit dem niemand gerechnet hatte.

Zwei Fischer überquerten den Andfjord auf dem Weg nach Norden. Sie wollten bei dem guten Wetter weit draußen segeln. Einer von den beiden entdeckte etwas, was wie ein kleines Spitzboot aussah, weit draußen auf See.

Erst sahen sie keine Riemen und keinen Menschen. Aber das Boot schwamm, also gehörte es jemandem. Im Sonnenschein hielten sie darauf zu.

Als sie nahe genug waren, entdeckten sie ein Bündel, das zwischen den Ruderbänken lag. Ein Frauenzimmer. Sie hatte versucht, ihr Tuch um sich zu legen, und sah ziemlich erschöpft aus.

Riemen waren keine zu sehen. Die beiden Fischer holten die Frau in ihr eigenes Boot und nahmen das kleinere ins Schlepptau. Sie zogen ihr ihre eigenen Kleider über und versuchten, sie dazu zu bringen zu erzählen, wie ihre Fahrt so hatte enden können. Aber sie war nicht sonderlich mitteilsam, also ließen sie sie in Ruhe.

Sie wollten weiter Richtung Norden und zu den nächsten Häusern segeln, um sie dort aufzutauen und loszuwerden.

Da fand sie auf einmal die Sprache wieder.

»Bringt mich nach Hause, nach Reinsnes! Seid so gut!«

Die Leute schliefen in Schichten. Schliefen sie wirklich? Im Neben- und im Gesindehaus waren rußgeschwärzte Matratzen und Strohlager auf dem Fußboden ausgebreitet.

Wilfred wurde überredet, mit ein paar Männern von der Werft nach Strandstedet zu fahren. Frische, ausgeruhte Leute sollten sie als Brandwache ersetzen.

Er sprach nur unzusammenhängend über praktische Dinge. Zwischendurch wurde er von Weinkrämpfen geschüttelt. Peder führte Gespräche mit ihm. Augenscheinlich ohne Gehör zu finden.

Gerade als das Boot ablegen sollte, fing der Mann an, davon zu reden, daß er die Versicherung des Hauses verdoppeln wolle. Damit Hanna und die Jungen etwas erben könnten.

Ein paar der Männer sagten leise etwas zueinander. Hatte Olaisen den Verstand verloren? Einer von ihnen lief zu Doktor Grønelv und wollte um Rat fragen. Der Doktor kam ins Freie und hörte zu. Er nickte.

»Das ist gut! Nehmt ihn mit nach Strandstedet!«

Der Mann fragte nicht weiter, sondern ging wieder zum Strand zurück.

»Was hat der Doktor gesagt?« wurde er gefragt.

»Na ... das wird auch für den Doktor zuviel. Ich glaube nicht, daß sie das so richtig verstehen ... keiner von ihnen.«

Die halbe Nacht verging. Johan schlief im Sitzen. Immer nur ein paar Minuten am Stück. Benjamin gelang es nicht. Sie hatten nicht darüber gesprochen, was sie zu ihm als Pfarrer gesagt hatte. Das hätte er ohnehin niemandem anvertrauen dürfen. Aber Johan hatte das Gesicht von einem, der wußte.

Da schlug sie die Augen auf. Mit großer Mühe kamen ein paar einsilbige Worte. Aber deutlich. Sie wollte Karna sehen. Allein.

Karna wurde geholt, und sie gingen hinaus. Aber Benjamin wollte vor der Tür warten. Falls sie fiel.

Der Mangel an Schlaf machte ihn allmählich benommen. Bilder, Geschehnisse und Gesichter türmten sich in Reihen vor ihm auf. Er konnte nicht mehr klar zwischen dem unterscheiden, was passiert war, und dem, was wirklich war.

Peder kam auf ihn zu, um ihm zu sagen, daß Karnas Boot fort sei. Und Benjamin dachte, daß die Leute über die merkwürdigsten Dinge redeten.

Aber sein Körper war wie eine Maschine. Er setzte einen Fuß vor den anderen und hielt sich am Türrahmen fest. Er würde eine sichere Hand haben, wenn er sie pflegte. Würde leise, beruhigende Worte sagen und hoffen, daß sie ihn hörte.

Die ganze Nacht hatte er dieses alte Wort aus der Kindheit gesagt: Mama. Immer und immer wieder. Hatte sie ihn gehört?

Er hatte solche Schmerzen noch bei keinem Menschen gesehen. Nicht über so lange Zeit. Düppel? Nein. Nicht einmal dort. Er mußte da mit ihr durch. Konnte sie, dann konnte er.

Dafür hatte sie ihn also in die Lehre geschickt. Damit er ihre Schmerzen betäuben konnte. Wenn auch nur ein wenig. Deswegen war er wohl zur Welt gekommen.

Und was hatte er gelernt? Nichts. Er stand da und hielt sich an einem Türrahmen aufrecht.

Er war gewiß eingeschlafen, denn Anna war so nahe.

Sie kamen mit einem Stuhl, ohne etwas zu sagen. Aber er setzte sich nicht. Er hatte Angst, nicht rechtzeitig aufzuwachen. Denn Karna war da drinnen. Er mußte sie auffangen, falls sie fiel.

Aber Karna kam heraus und legte ihre Hand auf seinen Arm.

»Versuch jetzt zu schlafen, Papa. Ich wecke dich dann ...«

Dieser einfache Bescheid. Als wäre sie die ältere von ihnen. Nicht seine fallsüchtige Karna.

Er legte sich auf eine Matratze neben Dinas Bett.

Da kam ihm Anna aus dem Nebel entgegen. Sie hielt ihn in den Armen und kam ihm gleichzeitig entgegen. Trug ihn. Als sie ihn erreicht hatte, empfing er nur. Empfing sich selbst.

»Anna?«

Er war auf den Beinen, ohne daß er wußte, wie es zugegangen war.

Da hörte er Dinas rauhe Stimme: »Ich habe sie nicht gefunden.«

Johan stand von seinem Stuhl auf und ging hinaus. Benjamin hatte nicht bemerkt, daß er dort gesessen hatte. Es war so hell, daß man niemanden sehen konnte.

Er setzte sich auf den Stuhl und nahm Dinas Hand mit seinen beiden. Die Geräusche vom Hof und aus dem übrigen Haus verschwanden.

Sie lag da und kämpfte. Der Atem war angestrengt. Aber sie begegnete seinem Blick.

»Erkennst du mich?« fragte er.

»Ja! Benjamin ...«

Sie wollte etwas sagen. Aber es gelang ihr nicht. Der Kampf verlangte ihr alles ab.

Er beugte sich ganz nah über sie und flüsterte: »Mama.«

Da bat sie um Gnade. Ein Mensch in äußerster Not.

»Benjamin!«

Er nickte. Der Augenblick war gekommen. Er bezwang seinen Atem. Ruhig. Er brauchte ruhige Hände. Das Pulver. Er wollte ihr etwas davon geben.

Aber sie stieß gegen seine Hand, und das Pulver fiel auf ihr verschorftes Gesicht. Er begegnete ihrem Blick.

»Wir haben es geschafft! Wir beide zusammen!« sagte er. Kniete sich auf den Fußboden und legte seinen Kopf auf ihr Kissen.

»Ich habe gesucht ... Sie war nicht dort ...« sagte sie. Und nach einer Weile:

»Verurteilst du mich, Benjamin?«

»Nein! Ich wollte dich nur bei mir haben. Und dann bist du ja gekommen ... zum Schluß«, sagte er und gab seinen Gefühlen nach.

Nach einer Weile merkte er, daß Johan im Zimmer war.

Ihr Atem war ungleichmäßig und eine Weile lang keuchend. Dann öffnete sie die Augen.

»Mama? Jetzt?«

Ihre Stimme war klein und klar.

Ihre starrenden Augen brachen.

21

Benjamin machte die Tür hinter sich zu. Einen Augenblick lang stand er gebeugt da. Dann ging er schwankend die Treppe hinunter und verließ das Haus.

Er suchte. Brauchte Spaten und Hände. Durchsuchte alles, was so weit abgekühlt war, daß es sich anfassen ließ. Sie gingen zusammen mit ihm, aber er erkannte sie nicht. Grub dort, wo einmal der Kartoffelkeller gelegen hatte.

Etwas anderes als beißender Rauch traf ihn wie ein Faustschlag in den Magen. Er hatte so etwas noch nie gerochen. Der süßliche, rohe Geruch von verbranntem Fleisch.

Er hob einen verkohlten Dachbalken und geschwärzte Stoffetzen hoch. Ihre Hand lag unter einem Stück Stoff. Der Ehering war eindeutig. Dein Wilfred.

So wußte er, daß es nicht Anna war.

Sie hatten in Strandstedet drei Särge bestellt. Alle klammerten sich ans Praktische.

Vier Männer von der Werft gruben zusammen mit ihm erneut alles um. Ohne Resultat.

Jedesmal, wenn Benjamin auftrat, stellte er seinen Fuß auf Anna. Es half nicht einmal, ins Nebenhaus zu gehen. Auch dort war sie, in den Dielenbrettern.

Er folgte dem ausgetretenen Pfad zu dem Hügel mit der Fahnenstange.

Seevögel. Seufzer zwischen den Steinen, wenn die winzigen Wellen sich zurückzogen. Das Gleißen der Sonne über den Untiefen des Meeres. Die dunklen Flächen dazwischen. Das war der schwarze Abgrund. Er wandte ihm den Rücken zu.

Dort war das Fjell. Das Fjell. Dort war er noch vor einem Augenblick den Abhang heruntergerannt, während die Flammen sie verzehrt hatten. Oder wann war es gewesen?

Die Sonne stand wie ein Hohn über der schwarzen Grube. Die Schornsteine ragten noch auf. Dazwischen Rauchsäulen in trägen Spiralen.

Er ging zur Bank bei der Fahnenstange hinauf. Versuchte, seinen Blick auf etwas draußen an der Mündung des Fjords zu richten, egal auf was. Aber er sah nur den Wind. Eine Bewegung in den Pupillen drinnen. Ein Rieseln. Wie eine plötzliche Fontäne auf einem Platz mitten in einer unbekannten Stadt. Auf dem alle Straßen zusammenlaufen und alle Horizonte sich in einem Punkt treffen.

Alle diese Gerüche! Von Sommer. Glaubten wohl, sie könnten den Geruch des Todes verdrängen. Salzig, süßlich, scharf und peinigend.

Die Geräusche! Boote kamen und fuhren. Menschen, die leise von Unwichtigem sprachen. Schritte hin und her. Wußten sie nicht, daß Geräusche sich gegenseitig ersticken und nur die Stille barmherzig ist?

Er legte sich mit den Armen als Kissen auf die Bank. Nach einer Weile glaubte er, er würde schlafen. Aber die Gedanken waren trotzdem noch da. Nicht daß sie einen Sinn ergeben hätten. Sie waren wie eine Wand.

Es gelang ihm nicht länger, die Augen geschlossen zu halten.

Anna! Jetzt kam sie über den glänzenden Blasentang. Als wäre sie noch dieselbe. Sie hatte ihr Tuch eng um sich geschlungen. Erst ging sie noch etwas unsicher. Als würde sie aus dem Meer waten.

Er vernahm auf einmal wieder das Geräusch der Wellen. Als wäre er noch wach.

Niemand würde ihm das Bild von Anna nehmen können, dachte er.

Jetzt war sie so groß und nah. Beugte sich über ihn.

Da spürte er eine Wärme. Einen Druck. Auf der Brust. Der Stirn. Ein schwindliges Gefühl von Haut. Eine behagliche Kühle.

»Benjamin!«

Ihre Stimme ... Dieser Traum linderte alles. Warme, glatte Haut. Er konnte nicht anders, als dieses Bild an sich zu drücken.

»Anna!«

»Verzeih mir, Benjamin!«

Warum sagte sie das? Sie hatte eine Männerjacke an. Er fuhr sich mit dem Ärmel über den Mund. Warum trug sie nicht ihre eigenen Kleider? Er wischte sich die Hände an seinen Hosenbeinen ab, bis er glaubte, daß sie sauber waren.

Dann legte er sie zögernd auf diese fremden Kleider mit Anna darin.

22

Sieh an meinen Jammer und mein
Elend und vergib mir alle
meine Sünden!
Bewahre meine Seele und errette
mich; lass mich nicht zuschanden
werden, denn ich traue auf dich!

Der Psalter, Psalm 25,
Vers 18 und 20

Als die sterbliche Hülle von Hanna Olaisen begraben wurde, weinten alle fürchterlich.

Der Propst hielt die Grabrede selbst. Er sprach von dem Mut, etwas für andere zu tun. Hanna Olaisen habe bei dem Versuch, das Leben der anderen zu retten, alles geopfert. Er sprach mit Wärme von der Nächstenliebe. Und darüber, daß Gott selbst mit der größten Tragödie eine Absicht verfolge. Niemand dürfe das Gefühl haben, von Ihm vergessen zu sein.

Die Trauer um Hanna wurde ein gemeinsames Anliegen, bei dem sie sich selbst vergaßen. Sie wurde ein Beispiel für sie alle. Gastfreundlich und gut, als sie noch am Leben gewesen war. Jetzt hatte sie ihr Leben gegeben, um andere zu retten.

Strandstedet hatte noch nie eine eigene Heilige besessen. Bis jetzt. Das Leben der Leute bekam einen Sinn, weil Hanna hatte sterben müssen.

Der Anblick von vier mutterlosen Knaben und einem schönen, bleichen Mann machte das Mitgefühl echt. Jemand sprach davon, wie das Schicksal nur so grausam sein könne. Andere meinten, daß Gott in seiner Weisheit den Schultern der Auserwählten schwere Lasten auferlege.

Die Kirche war voll. Wilfred Olaisen stand, während der Pfarrer sprach, sehr aufrecht da, die Augen geschlossen. Sein Gesicht war grau, und Schweißperlen standen ihm auf der Stirn.

Das Licht war barmherzig, und vom Chor bis zur ersten Reihe gab es genügend Abstand. Das half, denn die Frauen ließen ihn nicht aus den Augen. Sie warteten auf ein Zeichen seiner grenzenlosen Trauer.

Kaufmann Holes unverheiratete Tochter konnte ihre Augen nicht von Wilfred Olaisen abwenden. Sie schluckte und fand, daß er die Hand so schön auf der Schulter seines ältesten Sohnes halte.

Sara saß bei den anderen und hatte den Kleinsten auf dem Schoß. Alle waren sie ein Bild grauer Verzweiflung, und das hatte nicht dieselbe Wirkung auf Fräulein Hole.

Der Propst wollte erst nichts davon hören, daß Frau Dina auf eigenen Wunsch wie ein Seemann begraben werden sollte. Weit draußen auf dem Meer.

Aber Johan traf den Propst unter vier Augen. Was gesagt wurde, wurde nie bekannt, aber Johan nickte, als Benjamin und Anna ihn fragten, wie es gegangen sei.

»Er nimmt das auf die eigene Kappe. Ich habe vor dem Propst wirklich Hochachtung. Aber ich halte den Gottesdienst.«

Die Gemeindeversammlung wollte, daß ein Ehrenportal auf dem Marktplatz gebaut wurde. Mit reichem Blumenschmuck und »Dina Bernhoft« in Goldbuchstaben.

Sie sei die führende Kraft in Strandstedet gewesen und habe Arbeit und viel Geld investiert. Es wurde beschlossen, daß der Trauerzug durch dieses Portal führen solle.

Eine Art Einigkeit wurde erreicht. Die Geistlichkeit würde ihre Feier in der Kirche bekommen und die Gemeindeversammlung ihr Portal, ehe die See dann das Ihre nahm.

Johan und Karna saßen im Grand im privaten Salon. Sie lasen laut aus der Bibel.

Bergljot erklärte denen, die sich wunderten, daß Karna so durcheinander sei, daß sie einen Seelsorger benötige. Jemanden, mit dem sie reden könne. Sonst sagte sie nicht viel. Tat dafür um so mehr.

Sie kümmerte sich um die Herrschaften sowohl im Doktorhaus als auch im Grand. Lief hin und her und brachte Essen.

Sie flüsterte den Mädchen zu, der Doktor sei ganz grau geworden und die ganze Familie wiege nicht mehr, als sie allein auf dem Rücken tragen könne.

Sie hatten fast nicht miteinander geredet, seit sie von Reinsnes zurückgekommen waren. Sie hatten sich nur in den Armen gehalten. Sie wagten nicht, den anderen aus den Augen zu lassen. Dann könnte es geschehen. Was, das wußten sie nicht.

Einmal flüsterte er: »Was hat er zu dir an diesem Tag gesagt?«

Und sie antwortete: »Das ist da draußen auf dem Meer geblieben. Ich wollte es nicht.«

Anna wußte, daß sie sich damit auseinandersetzen sollte, was geschehen war. Aber so war es nicht. Sie konnte um die, die fort waren, nicht weinen.

Für sie war der Begriff Haß unwirklich gewesen. Bis jetzt. Damit schmückten sich Männer der Weltgeschichte, um einen Grund zu haben, sich gegenseitig totzuschlagen. Sie hatte Haß immer für sinnlos gehalten und als eine Zeitverschwendung angesehen.

Aber im Lauf der letzten Tage hatte der Haß einen so großen Raum eingenommen, daß er ihre Trauer verdrängte.

In einer der Nächte, als sie nicht schlafen konnte, wurde sie dermaßen wütend, daß sie nicht liegenbleiben konnte. Sie stand auf und hatte das Gefühl, ins Freie zu müssen. Sie mußte laufen oder schreien. Am liebsten wäre sie zu dem Mann auf dem Hügel gegangen und hätte ihn in Stücke gerissen.

Sie stand im Gang und zog sich den Mantel an, kam aber nicht weiter. Sie mußte etwas festhalten. An sich pressen. Etwas zerfetzen. Ehe sie sich's versah, hatte sie mit den bloßen Händen einen Messinghaken aus der Wand gerissen.

Da spürte sie Benjamins Arme um sich.

»Anna! Weck mich doch bitte, wenn es dir schlechtgeht. Ich flehe dich an, geh nicht von mir fort. Ich halte das nicht aus.«

Der Messinghaken fiel ihr aus den Händen und auf den Fuß. Das tat gut.

»Ich hasse! Hasse! Verstehst du nicht, wie ich hasse?« sagte sie und trommelte auf seine Brust.

Er erstarrte, wich aber nicht zurück.

»Ich hasse so sehr ...«

»Ist es wegen dem, was er zu dir gesagt hat ... ehe alles ...?«

»Ja! Ich hätte es sehen und verstehen müssen.«

»Komm!« sagte er nur und zog sie die Treppe hinauf.

Er half ihr aus dem Mantel und brachte sie ins Bett. Deckte sie beide zu.

Das Licht war so gnadenlos. Selbst durch die zugezogenen Gardinen. Als lägen sie in einem durchsichtigen Eisblock.

Da hörte sie, daß er zu ihr sprach.

»Ich hätte dir alles erzählen müssen. Aber ich hatte Angst, daß du es nicht verstehen würdest ... Nie hatte es etwas mit dem zu tun, was ich für dich empfand. Trotzdem hätte ich es sagen müssen. Dann wäre all das ... Dann hättest du mich vielleicht weniger gehaßt.«

»Hasse ich dich?« fragte sie.

Er sah sie an und antwortete nicht. Seine Gesichtszüge waren verzerrt. Die Augen kamen zu nahe. Sie wollte weg von ihnen. Und sie wollte doch ganz nah zu ihm.

»Ich hasse Wilfred Olaisen, weil er jahrelang Gift und Gewalt um sich verbreiten durfte, ohne daß auch nur jemand, Dina einmal ausgenommen, einen Finger erhoben hätte. Ich hasse ihn so sehr, daß ich nicht weiß, was ich mit diesem Haß anfangen soll. Sogar meine Trauer verschwindet dahinter! Wenn ich nur die Kraft hätte, dann würde ich ... würde ich ...«

Erst sah er sie an, als wäre sie eine Fremde. Dann drückte er sie an sich.

»Du haßt ihn, weil er derjenige war, der dir von Hanna und mir erzählt hat?«

»Du hast sie getroffen?« flüsterte sie.

»Ja.«

Anna sah über seine Schulter. Der Spiegel über der Kommode hatte in der rechten oberen Ecke mehrere blinde Stellen. Die Feuchtigkeit hatte wohl die Rückseite beschädigt.

»Warum?«

»Sie hat mich gebraucht. Und ich habe es ausgenutzt.«

Sie hörte die Worte. Was für ein Gespräch war das? dachte sie. Mit wem sprach sie da?

»Ich sehe es jetzt ein. Einmal habe ich Hanna Grund zur Annahme gegeben, daß aus uns beiden ein Paar werden würde. Ich habe sie verraten. Sie wurde geprügelt, und ich habe damit gelebt. Ich hatte solche Angst, dich zu verlieren, daß ich geleugnet habe, daß ich Hanna immer sehr gemocht habe.«

»Wie?« Sie hörte ihre eigene klägliche Stimme.

»Es gab auch Augenblicke, da ... habe ich sie begehrt. Deswegen habe ich dir auch nichts erzählt, was du vielleicht mißverstanden hättest. Zum Beispiel, daß ich einen Abend bei Hanna war, an dem ihr beide verreist wart, Wilfred und du.«

»Warum?«

»Sie bat mich, sie von dem Kind zu befreien, mit dem sie schwanger war.«

»Hast du ihr geholfen?«

»Nein.«

»Hast du sie oft getroffen?« Sie hörte kaum ihre eigene Stimme.

»Wenn sie mich brauchte. Und ich konnte. Nicht oft. Aber es kam vor.«

Sie starrte ihn an. Es kam ihr vor, als würde eine dünne Schicht auf seinem Gesicht liegen, als würde jemand versuchen, es zuzudecken. Sie hätte ihn gern gefragt, wann, wo und wie. Wie viele Male. So wie sie ihn die Patienten hatte fragen hören, wenn eine Diagnose gestellt werden sollte. Je ernster die Krankheit, um so wichtiger war eine klare Antwort.

»Die letzten Jahre passierte nichts mehr zwischen uns. Aber vor mehreren Jahren ... habe ich mit ihr geschlafen. Auch nachdem du hierherkamst. So habe ich alles zerstört. Und die Lüge wurde immer größer.«

Die Worte trafen schmerzhaft ihren Körper. Einen Augenblick lang glitt er ganz fort.

»Um wen hast du getrauert, als wir beide tot waren?«

Die Stille brauste in ihren Ohren.

»Tot? Ich trauerte um eine Schwester. Aber dich hatte ich verloren. Daß ich dich in meinen Armen halten kann, erlebe ich so, als hätte ich mein eigenes Leben zurückbekommen.«

»Seine Schwester begehrt man nicht«, sagte sie hart.

»Ich weiß. Trotzdem tat ich es.«

Sie wollte ihm den Rücken zuwenden. Oder aufstehen und aus dem Zimmer gehen. Aber da fielen ihre Augen auf ihre eigene durchsichtige Einsamkeit. Das lähmte sie.

»Ich kann nicht gegen eine Tote kämpfen ...«

»Du hättest auch nicht kämpfen müssen, wenn sie noch am Leben wäre.«

»Und doch habe ich es getan, ohne es selbst zu verstehen.«

»Nein. Das war meine Schwäche. Mein Verrat.«

»Wie soll ich dir glauben?«

»Ich weiß nicht, Anna. Aber ich muß mein Leben daran setzen, daß du mir glaubst.«

Sie drehte sich zu ihm um. Versuchte, die Ehrlichkeit zu finden, die sie suchte. Aber sie sah nur Verzweiflung. Seine Augen waren starr, seine Lippen rissig, auch wenn er sie ständig mit der Zungenspitze befeuchtete.

»Ich fahre wie geplant Ende Juli nach Kopenhagen.«

Eine Weile lang waren nur seine Atemzüge zu hören.

»Kommst du zurück?« fragte er schließlich.

»Ich weiß nicht.«

Das Licht war so still, so kalt.

»Ich habe es wohl so verdient«, sagte er nach einer Weile und hielt sie noch fester.

»Ist das alles, was du zu sagen hast?« flüsterte sie.

»Ich liebe dich, Anna! Kommst du nicht zurück, dann fahre ich hinter dir her. Flehe dich an und belagere dich. Ich lasse dich nie los! Hörst du? Nicht einmal, wenn ich dich bei einem anderen finde! ›Lege mich wie ein Siegel auf dein Herz, wie ein Siegel auf deinen Arm. Denn Liebe ist stark wie der Tod und Leidenschaft unwiderstehlich wie das Totenreich ...‹«

Sie hatte ein Gefühl der Benommenheit, als wäre sie schwerelos. Sie war ihm so nahe. Nicht nur seinem Körper, seiner Haut, seinem Atem, sondern auch seinen Gedanken. Das letzte Mal war so lange her.

»Und eines Tages werde ich dich fragen, ob du mir vergeben kannst, daß ich dir das nicht erzählt habe ... aber heute nacht wage ich es nicht.«

Als sie ihm wieder in die Augen schaute, sah sie, daß er genauso große Angst hatte wie sie.

Am Tag danach ging Anna zum Olaisenhaus. Sie wolle mit ihm allein sprechen, sagte sie.

Er war freundlich. Er wisse zu schätzen, daß sie gekommen sei. Seine Augen verrieten jedoch eine gewisse Unruhe.

Als die Türen geschlossen waren und sie sich gesetzt hatten, brachte sie ihr Anliegen vor.

Sie wollte mit ihm darüber sprechen, wie die Tragödie habe eintreten können. Nur zu ihm könne sie damit gehen, sagte sie.

Olaisen lauschte bewegt.

Sie begann suchend, aber ihre leise Stimme wurde nach und nach immer fester.

»Ich dachte, daß ich mit dir darüber sprechen muß, wie katastrophal Menschenworte unser aller Leben verändern können.«

Hier unterbrach sie sich und beugte sich zu ihm vor.

»Als du mir von Hanna und Benjamin erzählt hast, ist etwas mit mir passiert. Anfänglich war ich unsicher, dann glaubte ich dir. Ich glaubte, ich wäre jahrelang die einzige gewesen, die es nicht gewußt hatte.«

»Wir können jetzt nicht darüber reden. Ich will nichts Häßliches über die Tote sagen«, sagte er steif.

Aber sie sprach weiter, als hätte sie ihn nicht gehört.

»Das führte dazu, daß ich die Menschen um mich herum nicht

mehr sehen konnte. Und ich vergaß, die Lampe auf dem Speicher zu löschen. Außerdem erschreckte ich Karna.«

Wilfred Olaisens Blick flackerte. Aber sie übersah es. Fuhr einfach fort zu erzählen, es sei ihre Schuld, daß die Lampe umgefallen sei und Dina und Hanna umgekommen seien. So große Macht könnten Worte erlangen. Ob er ihre Schuldgefühle ein wenig verstehen könne? Daß sie sie den Rest ihres Lebens zu tragen habe?

Er wollte etwas sagen. Aber fand nicht die rechten Worte.

Mehrere Tage lang habe sie ihn für die Worte, die er gesagt habe, gehaßt. So sehr gehaßt, daß der Haß die Trauer verdrängte. Ob er das verstehen könne?

Er versuchte, etwas zu sagen, bekam jedoch kaum noch Luft.

»Ich weiß, daß meine Worte an dich jetzt, so kurz danach, unverzeihlich sind. Weil ich sie nicht aus Mitgefühl sage, sondern aus Haß und Rache. Aber wie dem auch sei. Ich glaube nicht, daß du jemals jemandem begegnet bist, der dich als Mensch ganz ernst genommen hat. Du hast sicher davon gehört, daß man mich weit draußen auf See gefunden hat und nicht auf dem Speicher. Dafür bin ich dir heute dankbar.«

Sie sprach wieder von der Lampe. Deswegen seien sie heute nicht mehr hier. Hanna und Dina.

»Dabei hätte ich nicht mehr hier sein sollen«, fuhr sie fort. »Deswegen war ich ja da draußen! Die Lampe! Die hat mich vor deinen Worten gerettet. In dem Augenblick, in dem ich den Brand sah, verstand ich, was ich getan hatte. Begreifst du, was für eine Last ich zu tragen habe? Hast du jemals Schuld für deine Taten empfunden, Wilfred?«

Er konnte nur nicken. Versuchte, sie mit der Hand zu erreichen. Aber es blieb nur eine leere Geste.

Sie hatte eine kleine Pause gemacht. Saß aufrecht auf der Stuhlkante. Als säße sie in einem Verhör. Aber dann sprach sie weiter.

»Da ist noch etwas, was ich von dir will, Wilfred. Und das betrifft den Kleinen, von dem du sagst, er sei Benjamins Sohn. Ich ertrage den Gedanken nicht, daß du ihn vielleicht für etwas haßt, für das er nichts kann. Deswegen will ich ihn mit nach Hause nehmen, ins Doktorhaus.«

Da mußte er die Hände nach ihr ausstrecken. Er hatte keine Wahl.

Zu ihrem eigenen Erstaunen nahm Anna den Mann in die Arme, als er zusammenbrach. Sie blieb den größten Teil des Tages bei ihm. Der Haß verschwand, als sie ihre Schuld und Verzweiflung teilen durfte. Der Junge blieb bei ihm. Wilfred hatte sich die Vaterschaft erbettelt.

Aber ehe sie ging, schickte sie nach Johan.

»Wir brauchen beide einen Pfarrer, aber er zuerst«, sagte sie.

Epilog

Was ich euch sage in der Finsternis,
das redet im Licht; und was euch
gesagt wird in das Ohr, das
predigt auf den Dächern.

Das Evangelium nach Matthäus,
Kapitel 10, Vers 27

Karna saß da und wartete auf das Zeichen von Johan.

Sie spürte vom südlichen Nebenaltar die Augen der Jungfrau Maria und der heiligen Anna auf sich. Ihre Kleider knisterten, und die heilige Anna hielt ihr Buch aufgeschlagen. Genau wie Johan.

Jetzt sprach er da vorne am Sarg.

Sie versuchte herauszufinden, wo er im Text war, aber es gelang ihr nicht. Er hatte zu ihr gesagt, daß sie keine Angst haben müsse. Falls sie es nicht schaffte, dann würde er all das sagen, was sie hätte sagen sollen.

Falls sie fiele, würde Papa sie in die Sakristei tragen. Dort hatten sie bereits eine Decke auf dem Fußboden ausgebreitet. Also glaubten sie doch, daß sie fallen würde.

Das zusammengefaltete Papier war an der Stelle feucht geworden, an der sie es festhielt, so sehr schwitzte sie. Sie legte es in den Schoß und hoffte, daß es schnell trocknen würde.

Sie schloß die Augen halb, damit das Licht der hohen Fenster sie nicht überwältigte. Das schwarze Kleid war an den Ärmeln zu lang, aber das machte nichts. So sah nicht einmal sie, daß ihre Hände zitterten.

Dann kam das Zeichen von Johan.

Sie stand langsam auf und ging zu ihm hin.

Er nickte leicht und führte sie behutsam zum Sarg. Später spürte sie, daß er dort stand. Direkt hinter ihr.

Die heilige Anna kam vom Altar herunter und stellte sich neben sie. Ihr weißes Kopftuch verbarg ihr Gesicht.

Sie spürte, daß sie ihr das Papier abnahm, wagte aber nicht nachzuschauen. Kurz danach hörte sie ihre Stimme unter dem gewaltigen Gewölbe.

»Die Toten können nicht sprechen. Nach dem Wunsch meiner Großmutter habe ich alles geerbt, was sie besaß. Auch ihr Bekenntnis gehört zu diesem Vermächtnis.

Aber das ist zuviel für mich allein. Ich möchte daher um Verständnis bitten für das, was ich sagen werde.

Hier, am Sarg meiner Großmutter, vor Gott und allen Menschen, bitte ich um Gnade und Vergebung für das Erbe, das ich empfangen habe.

Denn ich, Karna Grønelv, habe diese Botschaft von der Toten:

Ich, Dina Grønelv Bernhoft, geborene Holm, fuhr Jacob Grønelv im November 1844 über das Fjell zum Doktor. Ich sorgte mit meinen eigenen Händen dafür, daß der Schlitten in den Abgrund stürzte, und verursachte damit seinen Tod.

Im Oktober 1857 schoß ich auf der hochgelegenen Heide südlich von Reinsnes mit einer Finnenbüchse auf den Russen Leo Zjukovskij, so daß er starb.

Ich bekenne meine Schuld.

Ich bitte trotzdem darum, daß meine sterbliche Hülle freigegeben wird.

Im Meer.«

Die heilige Anna gab ihr das Papier zurück und ging wieder in ihren Altarschrein.

Die Orgel hätte erklingen sollen. Es sollte gesungen werden. Aber das geschah nicht. Alles war so still.

Doch das machte nichts, denn sie war nicht gefallen. Sie hatte sich auf den Beinen gehalten. Alles auf dem Papier war gesagt worden.

Sie hob den Kopf und sah direkt auf eine endlose verschneite Ebene.

Das waren alle Gesichter. Aber dort waren Peder. Papa. Und Anna. Zusammen.

Dann ging sie durch den Mittelgang. Nicht um zu entkommen, sondern weil es getan werden mußte.

Als sie ganz ans Ende kam, öffnete sie die Türflügel, damit sie Großmutter Dina ins Freie tragen konnten.

Die Originalausgabe erschien 1997
unter dem Titel *Karnas arv*
bei Gyldendal Norsk Forlag, Oslo.

Die Übersetzung wurde gefördert
von der Europäischen Komission
im Rahmen des Programms
Ariane 1998.

Das Lied auf S. 616 f. heißt
»Mein Lebenslauf« und stammt von Petter Dass.
Aus: Petter Dass, *Die Trompete des Nordlandes
und andere Gedichte*, Gotha 1897.
Aus dem Norwegischen übertragen
von Louis Passarge.

1 2 3 4 5 01 00 99

Satz: Greiner & Reichel, Köln
Druck und Bindung: GGP, Pößneck

ISBN 3-630-87021-X